dtv

Sie sind vor Monaten im Streit auseinandergegangen; nun wissen sie nicht, dass sie sich auf demselben Kreuzfahrtschiff befinden: Almut, Ende vierzig, als Bordpsychologin, und ihr Sohn Sebastian, Anfang zwanzig, als Barpianist. Während sich Sebastian in eine Kollegin aus der Crew verliebt und in das Schicksal von vier blinden Passagieren verstrickt wird, bekommt Almut Einblick in die Ehe-Abgründe der Mitreisenden und muss sich außerdem ihrer DDR-Vergangenheit stellen, die plötzlich allgegenwärtig ist: in Gestalt von Bernd Gaus, dem Personalmanager des Luxusliners, der sich täglich in Almuts Beratungszimmer einfindet. Kurz bevor das Schiff Patagonien erreicht, spitzt sich die Lage zu, und es kommt zur Begegnung zwischen Mutter und Sohn, bei schwerer See und unter außergewöhnlichen Umständen.

Stefan Moster wurde 1964 in Mainz geboren. Er lebt als Autor und Übersetzer mit seiner Familie in Espoo, Finnland. 2001 wurde er mit dem Staatlichen finnischen Übersetzerpreis ausgezeichnet. ›Die Unmöglichkeit des vierhändigen Spiels‹ ist sein Romandebüt. 2011 folgte ›Lieben sich zwei‹.

Stefan Moster

Die Unmöglichkeit des vierhändigen Spiels

Roman

Deutscher Taschenbuch Verlag

Ausführliche Informationen über
unsere Autoren und Bücher
finden Sie auf unserer Website
www.dtv.de

MIX
Papier aus verantwortungsvollen Quellen
FSC® C019821
FSC www.fsc.org

2012 Deutscher Taschenbuch Verlag GmbH & Co. KG,
München

Umschlagkonzept: Balk & Brumshagen
Umschlaggestaltung: Wildes Blut, Atelier für Gestaltung,
Stephanie Weischer unter Verwendung
eines Fotos von plainpicture/Ingo Kukatz
Druck und Bindung: Druckerei C. H. Beck, Nördlingen
Gedruckt auf säurefreiem, chlorfrei gebleichtem Papier
Printed in Germany · ISBN 978-3-423-14137-6

Für Helen

Teil I

Almut Die Firma lebt. Sie lebt in ihren Mitarbeitern weiter. Seit fünfzehn Jahren außer Dienst, nicht mehr im Amt und sowieso noch nie in Würden, aber noch immer auf den Beinen und somit nicht aus der Welt. Sie tragen ihre echten Namen, ohne Gänsefüßchen, und die klingen harmlos wie eine heiter ausgesprochene Erinnerung mit ein bisschen Nostalgie.

Bernd Gaus, zum Beispiel.

Ein Mann in jenem Alter, das sich so schwer bestimmen lässt, Ende fünfzig, Anfang sechzig, vorteilhaft ergraut, relativ freundlich, jedenfalls dann, wenn er etwas von einem will. Gegenüber Vorgesetzten stets verbindlich, zu Untergebenen mitunter barsch, wenn die Wahrung der Ordnung es erfordert. Das Bewusstsein für Hierarchien hat er behalten, und darum ist er richtig hier, in diesem Betrieb mit über tausend Mitarbeitern, der für sich in Anspruch nimmt, ja sogar damit wirbt, dass alle Rädchen reibungslos ineinandergreifen, und zwar im Verborgenen, ohne dass man von außen das Getriebe sieht.

Gleich wird er anklopfen, wie neuerdings fast jeden Nachmittag. Was heißt neuerdings. Vor acht oder zehn Wochen fing er damit an, während der Überfahrt von Teneriffa nach Brasilien. Seitdem hat er die Stunde zwischen fünf und sechs für sich reserviert, nein, in Beschlag genommen, denn eine Absprache haben wir nie getroffen. Mich wundert, dass er die Zeit dafür aufbringt, offenbar besitzt er Privilegien. Um vier Uhr geht er laufen. Früher dachte ich, auf Schiffen gebe es keinen Auslauf, aber hier schlängelt sich eine fünfhundert Meter lange Laufbahn durch den Freizeit-Parcours an Deck. Dort ist immer jemand unterwegs, rennend oder gehend, manche eilen im Laufschritt mit Stöcken in der Hand.

Bernd Gaus würde sich nie auf diese Weise lächerlich machen. Er joggt, in Shorts und ärmellosem Hemd, zehn oder zwölf Runden, wenn es mehr sind, teilt er es mir nachher mit. Dann sitzt er am Flügel, lässt andächtig den Schlussakkord vom Kopfsatz einer Schubert-Sonate ausklingen, atmet tief durch und sagt: Zehn Kilometer bin ich heut gelaufen, ich hab das Blut voll Sauerstoff. Das merk ich jetzt, beim Spielen.

Und dann nimmt er den zweiten Satz in Angriff.

Mit Sicherheit genießt er Privilegien, darum genehmigt er sie sich auch hier, bei mir. Ich habe ihn gefragt, ob er manchmal allein in diesen Raum kommt, wenn ich nicht da bin, um zu spielen, aber das hat er verneint. Ohne Zuhörer klingt es nicht, erklärte er, und das hatte er keineswegs als Scherz gemeint.

Bernd Gaus. Als er sich vorstellte, Anfang April, in meinem alten Dienstzimmer in der Beratungsstelle, sah ich ihm unwillkürlich forschend ins Gesicht, um nach Ähnlichkeiten mit Günter Gaus zu suchen. Ich sagte dabei kein Wort, doch mein Gegenüber schien zu ahnen, was ich dachte. Ich bin weder Bruder noch Sohn, sagte er.

Ausgerechnet Gaus. Mein Vater hatte mir den Namen ins Ohr gesetzt, in einem Zusammenhang, der typisch für ihn war. Er war zufällig auf eine eigentümliche Sendung gestoßen, auf eine Wiederholung offenbar, aus Zeiten, als sich das Fernsehen noch mit Schwarz-Weiß begnügen musste. Zufällig – das betonte er jedes Mal, wenn er es erzählte, mit erhobenem Zeigefinger und großen Augen. Rein zufällig! Er war keiner, der täglich Westprogramme schaute, schließlich war er Leser und brauchte Zeit für seine Bücher, nur hin und wieder genehmigte er sich spätabends ein Stündchen mit dem feindlichen Sender. Meist winkte er anschließend ab, mit der Bemerkung: Na, eine Offenbarung war das nicht.

Im Fall Gaus dachte er anders. Aber es ging meinem Vater dabei nicht um den Journalisten. Von dem hatte er zunächst ohnehin nur den Hinterkopf gesehen. Die Kameras waren nämlich auf Gausens Gast gerichtet: auf Heinrich Böll, den Forschungsschwerpunkt meines Vaters. Der saß vor schwarzem Hintergrund im Studio, hörte sich mit hängender Unterlippe jede Frage aufmerksam an und antwortete ausführlich mit leicht karnevalistischem Akzent. Mein Vater berichtete am Tag darauf beim Frühstück in allen Einzelheiten über Bölls Tonfall und Körpersprache. Ich wollte wissen, was der Schriftsteller gesagt hatte, aber das wusste mein Vater nicht mehr so genau. Du musst verstehen, ich war so beeindruckt von dem Mann, dass ich mich auf seine Worte kaum konzentrieren konnte, erklärte er. Eine charismatische Erscheinung. Und hat unentwegt geraucht. Eine Zigarette nach der anderen, erzählte mein Vater aufgeregt und auch fasziniert. Das wunderte mich, denn eigentlich konnte er Zigarettenqualm nicht leiden. Doch meinen Einwand wischte er mit einer Handbewegung vom Tisch. Böll sei der Einzige, dem er in unserer Wohnung einen Aschenbecher hinstellen würde, sagte er kategorisch.

Ich habe die Sendung damals und auch später nicht gesehen, aber der Bericht meines Vaters hat mich für immer für den Journalisten Gaus, den späteren Ständigen Vertreter, eingenommen. Während seiner Zeit in der Politik (oder war es eher Diplomatie?) fand er manchmal Eingang in die Aktuelle Kamera, und dann musste ich stets an meinen strahlenden Vater denken, dem vor Begeisterung alles Professorale abhandengekommen war, der damals sogar erwähnte, dass Böll im Fernsehstudio nicht alleine an der Zigarette gesogen hatte. Gaus rauchte übrigens auch, hatte er gesagt, ebenfalls mit erhobenem Zeigefinger, als sei dieses Detail von einem höheren Gesichtspunkt aus unbedingt zu beachten.

Bernd Gaus ist Nichtraucher und riecht immer frisch gewaschen. Er duscht sich, bevor er zu mir kommt und die weißen Finger auf die Tasten des Flügels legt. Seine Hände sind trocken und symmetrisch. Ich würde sie nicht als schön bezeichnen, dafür wirken sie zu mechanisch. Funktional geformt. Mit Daumen, die lang genug wären, um Rachmaninow zu spielen. Gaus bleibt jedoch bei Schubert und Beethoven. Von Bach will er nichts wissen. Vielleicht fällt es ihm schwer, Schönheit zu erkennen, wenn ihr das Pathos fehlt, und ich stelle fest, dass er mir schon allein deswegen immer ein wenig fremd bleiben würde. Selbst wenn er nicht bei der Firma gewesen wäre.

Als er mich im Frühjahr an meinem damaligen Arbeitsplatz ansprach und ich wissen wollte, wie er ausgerechnet auf mich gekommen sei, entgegnete er kurz und bündig: Ich war bei der Firma. Gleich darauf nahm er einen Stapel Fotokopien aus der Aktentasche und legte sie vor mir auf den Schreibtisch. Viele Daten, viel Text, durchsetzt mit geschwärzten Stellen.

Aus Ihrer Akte.

Ich wusste nicht einmal, dass ich eine Akte hatte. Prominente hatten Akten, nicht graue Mäuse, wie ich eine war.

Wo haben Sie das her?

Da hob er die Arme, zeigte die Handflächen und bat höflich darum, ihm die Antwort zu erlassen.

Was ich auf die Schnelle las, glich der Beschriftung in einem Fotoalbum, nur ohne eingeklebte Bilder. Viel über Besucher in unserem Haus, die Kollegen meines Vaters, die Kollegen meiner Mutter, Studenten, Patienten. Einiges über meine Studienjahre in Leipzig, und immer wieder Mitteilungen über die Sommer an der Ostsee, bei Onkel Heinrich in Warnemünde oder bei der Verwandtschaft meiner Mutter in Dierhagen, sogar über die bescheidenen Segelübungen auf dem Saaler Bodden. »Kann segeln!«, hieß es an einer Stelle mit Ausrufezeichen. Der Hinweis auf Ihre Segelerfahrung hat den Ausschlag gegeben, sagte Gaus sachlich. Bei Leuten meines Fachs sei das nicht unbedingt vorauszusetzen. Für die Stelle, die er mir zu bieten habe, sei Seetauglichkeit aber unabdingbar. Die Passagiere dürften seekrank werden, die Besatzung nicht.

Ich wollte wissen, ob er sich nicht schäme, ein Spitzel gewesen zu sein. Darauf erwiderte er, dieser Begriff existiere für ihn nicht. Er sei operativer Mitarbeiter gewesen, ja, das stimme, er sei darauf nicht stolz und behandle die Tatsache gemeinhin mit Diskretion, doch weigere er sich, Diffamierungen widerspruchslos hinzunehmen.

Was war Ihr Dienstgrad?, fragte ich.

Ach, fragen Sie mich das lieber nicht. Schon im eigenen Interesse.

Na gut. Aber dann wollte ich wenigstens wissen, warum ich mich auf jemanden einlassen sollte, der freiweg sagt, er sei Mitarbeiter des MfS gewesen.

Na eben darum, erwiderte er mit anschwellendem Ton. Weil Sie wissen, was es heißt, wenn sich jemand zu seiner Vergangenheit bekennt. Und außerdem: Sie haben ja selbst schon ehemalige Kollegen von mir eingeladen.

Das wusste er also auch. Obwohl das nach der Wende gewesen war.

Woher wissen Sie das?

Er schmunzelte: Die Firma lebt.

Das war mir damals alles ein bisschen zu viel gewesen, zu irritierend, kompliziert. Ich hatte keine Lust, mich in Vorstellungen von Seilschaften und unterirdischen Vernetzungen zu vertiefen. In meinem Beruf war ich mit so vielen Komplikationen konfrontiert, dass ich mich außerhalb meiner Beratertätigkeit nach Klarheit, Einfachheit und Frische sehnte. An einem normalen Arbeitstag hatte ich damals sieben Gespräche mit therapeutischem Anspruch zu führen. Drei am Vormittag und vier am Nachmittag, dazwischen eine Stunde Mittagspause, in der ich wählen musste zwischen einem Spaziergang am Rhein und einem Stammessen in einem der umliegenden Lokale. Sieben Gespräche, das hieß normalerweise: sieben Formen der Hölle auf Erden. Zumeist Ehehöllen, aber ein paar schlimm verkorkste Einzelleben waren natürlich auch dabei. Wenn ich abends die Beratungsstelle verließ, klang immer etwas davon nach. Immer. Das ließ sich nicht vermeiden, denn die Leute, die zu mir kamen, boten mir ja keine Aufführung, denen war es allen ernst! Da ging es in jedem Fall ums Eingemachte, und in jedem zweiten Fall wusste ich nicht, was ich raten sollte. Und je ratloser ich tagsüber war, umso lauter und chaotischer tönte auf dem Nachhauseweg die Kakofonie der Klienten und ihrer Probleme in meinem Hirn.

Fast jeden Abend lief ich mir die Hacken ab. Der Weg von der Beratungsstelle nach Hause war nicht weit, ich musste gewaltige Umwege machen, um einigermaßen durchlüftet in meiner Wohnung anzukommen. Dann spülte ich meistens mit Bach nach. Johann Sebastian Bachs Klaviermusik ist für mich tatsächlich wie klares Wasser. Ich spiele eine Viertelstunde aus dem Wohltemperierten Klavier, schon kommt der Appetit, und ich fühle mich wieder wie ein Lebewesen mit gesunden, einfachen Bedürfnissen.

Damals gehörte zu diesen Bedürfnissen auch, wenigstens gelegentlich Ruhe vor der eigenen Vergangenheit zu haben, weil die alltägliche Gegenwart wirr und anstrengend genug war. Nicht nur im Beruf, wo meine Kompetenz als Ehe- und Familienberaterin oft hinten und vorne nicht ausreichte. Im Privaten hatte meine Ratlosigkeit erst recht zu Buche geschlagen. Kurz bevor Gaus zu mir kam, um mir das merkwürdige Angebot zu machen, bei ihm anzuheuern, hatte Sebastian mich verlassen, und damit war ich noch längst nicht durch. Er hatte sich buchstäblich von mir losgerissen, heimlich die Vorbereitungen getroffen, und mir dann bloß noch mitgeteilt, er gehe jetzt. Mir blieb nur noch, einen fürchterlichen Streit vom Zaun zu brechen, mit Schreierei und Tränen und steinigenden Vorwürfen, aber das änderte nichts daran, dass irgendwann die Wohnungstür zufiel und ich meinen Sohn im Treppenhaus nach unten rennen hörte.

Gegen die Verzweiflungswut half damals auch keine Musik, erst als ich nach ein paar Tagen richtig deprimiert und bald darauf anständig traurig war, konnte ich wieder spielen. Dabei war ich in Gedanken viel in alten Zeiten, aber nur in solchen, in denen Sebastian schon vorkam, vor allem in dem Teil der Vergangenheit, in dem wir zu zweit waren – im besten Teil. In diesem Bilderbuch aber gab es keinen Platz für Stasi-Spitzel.

Trotzdem wunderte ich mich, nicht auf den Gedanken gekommen zu sein, eine Akte zu haben, als Bernd Gaus die Fotokopien vor mir auf den Schreibtisch legte – wieder einmal wunderte ich mich. Zwar hatten wir das ganze Studium über den Namen Freud nicht im Munde führen dürfen, zwar hatten wir statt »psychoanalytisch« immer »psychodynamisch« sagen müssen, aber was Verdrängung war, wusste ich trotzdem. Erstaunlicherweise zieht man jedoch, auch wenn man vom Fach ist, für sein eigenes Leben wenig Nutzen daraus. Ich habe Psychologie gelernt, ich kenne die Mechanismen aus Theorie und Praxis, das aber ändert nichts daran, dass ich mich parallel zum wachsenden Know-how privat zur Meisterin des motivierten Vergessens fortgebildet habe. Was ich studiert habe, verhilft mir lediglich zu Erkenntnissen im Nachhinein. Darum unterscheiden sich Psychologen von normalen Menschen vor allem dadurch, dass sie sich öfter über sich wundern und häufiger von den eigenen Handlungen überrascht werden.

Unser Jahrgang war überschaubar, denn die psychologische Fakultät galt nicht als Kaderschmiede, eher als leicht verdächtig. Da gingen Leute hin, die sich für Dinge interessierten, die jeder mit sich selbst ausmachte, hinter dem Rücken des Apparats. Das roch nach Insistieren auf Privatheit. Nach Individualismus.

Und auf den Lehrstühlen wurde etwas untersucht, das sich nie materialisierte. Die Seele gab es im heidnischen Arbeiter-und-Bauern-Staat natürlich nicht. Aber konnte es dann eine Psyche geben?

Wie auch immer, wir waren jedenfalls ein kleiner Klub, und fürs Studieren konnte das nicht besser sein. Dass in Potsdam-Gollen an der MfS-Hochschule ein noch kleinerer, aber umso erlesenerer Klub garantiert seelenlose »operative Psychologie« lernte, wussten wir damals noch nicht. Außerhalb der Vorlesungen saßen wir im Wohnheim oder in der Kalinin-Mensa zusammen und machten uns beim hemmungslosen Palavern vor, wir wären unter uns.

Eigentlich ein merkwürdiger Widerspruch, denn wir fanden uns selbst ungeheuer interessant. Und was wir über die Traumata und Sehnsüchte der Menschen unseres Staates sagten und über die Zustände der vielen klugen Köpfe, die spätestens seit 76 das Weite suchten, kam uns über alle Maßen wichtig vor. Warum also hätte das dem notorisch eifersüchtigen Staat keine Ohren wachsen lassen sollen?

Außerdem: Wer operativer Mitarbeiter bei der Firma werden wollte, der brauchte gewisse Kenntnisse über das Verhalten menschlicher Wesen. Und wo konnte man sich die besser aneignen als an der psychologischen Fakultät?

Der Widerspruch war umso größer, als wir eigentlich alle davon ausgingen, dass einige aus unserer Runde mehr als losen Kontakt zu Mielkes Firma hatten. Wir dachten wohl, die gehörten eben dazu, das ließ sich nun mal nicht vermeiden. Zum Beispiel Werner, der Assistent, der für die Einführungsseminare zuständig war und immer die Nähe der Studenten suchte, der Studentinnen vor allem. Anfangs hielt ich sein Interesse für eines erotischer Natur, aber als ich Karin gegenüber eine entsprechende Bemerkung fallen ließ, sah sie mich entsetzt an: Sag mal, lebst du eigentlich hinterm Mond?

Trotzdem, in den ersten Semestern weigerte ich mich einzusehen, dass er nicht auf uns Studentinnen scharf war, ich vermute sogar heute noch, damit recht gehabt zu haben. Wenigstens zum Teil. Er konnte es nicht trennen. Karin meinte, er habe das Angenehme mit dem Nützlichen verbinden wollen, doch ich frage mich, ob er nicht echtes Verlangen hatte, eines, das nicht kalkuliert war.

Ich stellte ihn mir als einsamen Menschen vor, worüber Karin lachte. Dennoch war sie damit einverstanden, ihn nach der Wende zum zehnjährigen Diplom-Jubiläum einzuladen, sofern ich das übernahm. Es fiel mir leicht, ihn ausfindig zu machen, obwohl er damals plötzlich aus Leipzig verschwunden war. Es hatte geheißen, er sei nach Berlin gewechselt, an die Humboldt-Universität, doch dort war er nie im Vorlesungsverzeichnis aufgetaucht. Er war spurlos verschwunden. Dennoch fand ich ihn 1993 ganz einfach im Telefonbuch und rief ihn an. Er erkannte mich sofort, wusste aber zunächst nicht, welchen Ton er anschlagen sollte. Ich fragte ihn ein bisschen aus, das war ihm hörbar peinlich, aber ich erfuhr, dass er Familie hatte und eine private Praxis als Verhaltenstherapeut in Schöneberg. Zum Jahrgangstreffen mochte er nicht kommen, er schützte einen Fachkongress in Boston vor. Schade, beteuerte er. Ausgerechnet. Vielleicht ein andermal.

Ein anderer mutmaßlicher MfS-Mann in unserem Kreis fiel durch die strikte Vermeidung politischer Themen auf. Er redete viel, doch immer nur über fachliche Dinge. Wahrscheinlich wollte er es besonders clever anstellen und nicht durch provozierende Thesen zur Staatspolitik unsere Aufmerksamkeit erregen. Oder er hatte es auf die Substanz unserer Gesinnung abgesehen, denn er spezialisierte sich darauf, verbotene Fachschriften kursieren zu lassen. Jung und Freud und Erich Fromm, manchmal ziemlicher Käse in schwarzen Ullstein-Taschenbüchern aus dem Westen, aber eben auch interessante Sachen. Bloß: Viele von uns kannten das längst. Sein Schicksal bestand darin, fortwährend offene Türen einzurennen, was aber offenbar den Vorteil hatte, dass er nie irgendwo anstieß, denn als er zum Jubiläumstreffen kam, wirkte er noch ebenso jung und unverschlissen wie in der Studienzeit. Da er sein Quartier nicht im Wohnheim gehabt, sondern bei seinen Eltern gewohnt hatte, außerhalb der Stadt, hatte er sich weniger Nächte rauchend und trinkend um die Ohren schlagen müssen. Auch davon profitierte er womöglich später. Er wirkte ungebrochen, obwohl er als Filialleiter eines Discounters in Eilenburg lange Arbeitstage hatte.

Eigentlich hätte er gut und gern als Passagier auf dieses Schiff gepasst, denn Leute wie er sind hier zahlreich vertreten, Angehörige der Mittelschicht, die in ihrem Leben viel geschuftet haben, oder es zumindest glauben, und sich nun, da die Kinder aus dem Haus oder aus dem Gröbsten raus sind, etwas gönnen wollen.

Wer glaubt, Kreuzfahrten seien Millionären vorbehalten, irrt. Die gibt es zwar auch, vor allem oben, in den Suiten. Manche von ihnen mögen sich nicht einmal unters Volk mischen und nehmen ihre Mahlzeiten im eigens für sie reservierten Restaurant ein. Die Mehrheit aber, schätze ich, bilden die Multimillionäre nicht.

Allerdings liegt mir keine Statistik über die sozialen Hintergründe der Gäste vor, und ich kann mich täuschen. Sich über mehr als dreitausend Passagiere ein adäquates Bild zu machen, ist unmöglich, zumal sie ständig wechseln. Die wenigsten sind von Anfang bis Ende, also die gesamten 157 Tage, dabei. Alle zwei, drei Wochen verlassen Hunderte das Schiff und machen Platz für Nachfolger, die mit dem Flugzeug aus Deutschland die Häfen angeflogen haben, wo sie für zwei, drei Wochen an Bord gehen.

Da ich die Preise kenne, überrascht es mich mitunter schon, was für Leute sich so eine Reise leisten, wer alles Geld im Überfluss besitzt, sodass er bereit ist, dreitausend, sechstausend oder gar zwölftausend Euro zu investieren für zwei Wochen auf einem großen, weißen Schiff, wo Tausende andere Passagiere auf Tuchfühlung und durch den Duft diverser Körperpflegemittel unablässig beweisen, dass man trotz hoher Investition gar nichts Besonderes ist. Man sucht das Exklusive, wird jedoch zwangsläufig eingeschlossen in einen Personenkreis von der Stärke einer Gemeinde wie Krostitz oder Kröpelin.

—

Von Anfang an habe ich es mir zur Gewohnheit gemacht, mich neben anderen Mitgliedern der Crew am Empfang aufzustellen, wenn neue Passagiere kommen, denn ich will sehen, mit wem ich es potenziell zu tun habe. Ich verberge mich in der zweiten Reihe hinter den Schultern der uniformierten Offiziere und mustere die Ankömmlinge. Die meisten tragen tatsächlich eine Art Stolz zur Schau. Sie sehen aus, als inspizierten sie ihr Eigentum, wenn sie sich zum ersten Mal im Foyer umblicken. Und wenn sie die Augen nach oben richten und registrieren, dass erst nach sechs Stockwerken eine Decke kommt, und auch dies nur in Form einer leicht gewölbten Glaskuppel, die den Blick freigibt auf den Himmel über dem Meer, dann nicken sie entweder anerkennend, oder sie heischen Lob von ihren Ehefrauen für das gewaltige Ambiente. Mich verblüfft jedes Mal aufs Neue, mit welch zufriedenem Gesichtsausdruck die gläsernen Lifte zur Fahrt in Kabinen und Suiten betreten werden. Als wäre die für alle sichtbare, kaum hörbar surrende Beförderung nach oben die amtliche Bestätigung für ein erfolgreiches, rundum legitimiertes Dasein.

Ich weiß mittlerweile, wie es nach der adelnden Aufzugsreise in mancher Kabine weitergeht. Dann will der frisch zum Meister seines Lebens gekürte Herr von seiner Frau ein Zeichen der Anerkennung und schlägt Gunstbeweise rustikal-erotischer Natur vor. Weigert sich die Gattin, kann es passieren, dass der Mann ein paar Tage später an die Tür des Musikzimmers klopft und sagt, er müsse mal mit mir reden. Willigt sie ein, steigt wiederum die Wahrscheinlichkeit, dass die Frau sich bei mir meldet, etwa per Anfrage über die Rezeption, im verschlossenen Umschlag, selbstverständlich.

Eine Kreuzfahrt ist die totale Entbindung von Sinn und Zweck und Bodenhaftung durch sauber eingefriedeten Luxus. Wenn man sich das leisten kann, hat man es geschafft, und das ist es, was man sich selbst zeigen will. Man genießt die Skrupellosigkeit, mit der man den Aufwand von Energie und Personal zugunsten des eigenen Komforts hinnimmt, als hätte man es nicht anders verdient. Und der absurd hohe Preis fungiert als fettes, rotes Siegelwachs, in das man genüsslich den Stempel seiner Bankverbindung drückt.

Als ich nach der Wende zum ersten Mal in den Westen fuhr, las ich den Wohlstand vieler Leute zu meiner Überraschung ausgerechnet an der Freizeitkleidung ab. Die edlen Materialien der legeren Schnitte, diese unverschämte Bequemlichkeit, das, was in Prospekten mit dem Wort »Tragekomfort« bezeichnet wurde, machte mir den Reichtum in den Fußgängerzonen stärker sichtbar, als es Smokings und Paillettenkleider je gekonnt hätten. Hier auf dem Schiff begegnet mir das Phänomen erneut, und ich staune wie ein Zonenkind über Seglerschuhvariationen, die mit geradezu höhnischer Arroganz ihre Rutschfestigkeit zur Schau tragen, über obszön saubere weiße Hosen, über Oberteile aus lebenskräftiger, strahlender Baumwolle, über das viele Ultramarinblau, über Quer- und Längsstreifenkontraste, und über die kleinen, aber scharf erkennbaren Logos der Textilhersteller, die wie Auszeichnungen getragen werden, über dem Herzen.

Ein neuer Gast, der nicht in dieser Art von Bordkleidung erscheint, springt sofort ins Auge. Zum Beispiel die Witwe, die in Mallorca das Schiff betrat, zur Fahrt entlang der Küste Nordafrikas, über Tanger, Casablanca, Agadir aus dem Mittelmeer hinaus nach Santa Cruz de Tenerife.

Wann mochte das genau gewesen sein? Anfang November? Oder noch im Oktober? Ich müsste im Kalender nachsehen, mir ist das Zeitgefühl längst abhandengekommen. Manchmal fällt es mir sogar schwer, mich in der Tageszeit zu orientieren, weil ich eine Innenkabine ohne Fenster habe und auch mein Dienstzimmer fensterlos ist. Natürlich brauche ich nur auf die Uhr zu sehen, wenn ich wissen will, wie spät es ist, aber das ersetzt nicht den Blick aus dem Fenster. Ich hätte es nicht geglaubt, aber das gehört zu den Dingen, die ich hier gelernt habe: von wie vielen Faktoren das Zeitgefühl abhängig ist. Und dass man es nicht als leeres Gerede abtun darf, wenn jemand in einer neuen Lebenssituation sagt, er suche noch nach dem passenden Lebensrhythmus. Zum Problem der Fensterlosigkeit kommt nämlich noch etwas Maßgebliches hinzu: das Fehlen fester Arbeitszeiten. Ich bin eigentlich immer im Dienst. So ungefähr steht es in meinem Vertrag. Und mindestens jeden zweiten Tag gerate ich in eine Situation, in der ich mich frage, wie ich nur so dumm sein konnte, eine solche Vereinbarung zu unterschreiben.

Na, jedenfalls stand ich wieder einmal neben der Rezeption, als die neuen Gäste in Mallorca an Bord gingen. Es waren viele, die Prozedur zog sich in die Länge, weil jeder seinen Auftritt ausführlich zelebrieren wollte. So geht das immer. Kaum haben sie den Metalldetektor durchschritten, bleiben sie stehen und machen ein erwartungsvolles Gesicht, als rechneten sie damit, von einem gekrönten Haupt in Empfang genommen zu werden. Zum Glück erblicken sie gleich darauf die Signale des Luxus, die im Foyer an allen Ecken und Enden blitzen und blinken, sie schalten von Staatsgast auf Hotelgast um und schreiten mit Genugtuung im Blick auf den Empfangsschalter zu. Das alles dauert, und in Mallorca hielt ich nicht bis zum Ende durch. Nach einer knappen Stunde hatte ich von der Besichtigung der frischen Passagiere genug und war gerade im Begriff, meinen Posten zu verlassen, als mich jemand am Arm packte. Fräulein!, sagte die alte Frau flehentlich, mit einer Stimme, als wäre sie den Tränen nah, Fräulein, wo ist mein Koffer?

Die Frau hatte erst drei Schritte hinter der Schwelle zurückgelegt und war schon verzweifelt. Für Pracht und Großzügigkeit der Empfangshalle schien sie sich ebenso wenig zu interessieren wie für die routinierte Höflichkeit an der Rezeption.

Ich sagte ihr, das Gepäck werde direkt in die Kabine gebracht. Sicherlich warte ihr Koffer dort schon auf sie.

Aber wo ist meine Kabine?, wollte sie wissen.

Ich führte sie zum Schalter, wo sie zwischen den anderen wartenden Gästen wie ein Fremdkörper wirkte. Sie trug schwarze Strumpfhosen, einen schwarzen Rock und eine schwarze Kostümjacke über einer schwarzen Bluse. Am Revers der Jacke war ein leuchtender Fleck zu erkennen, aber das war kein Markenlogo, sondern ein quadratisches Stück Band, rot, rechts und links von goldenen Rändern eingefasst, die ein schwarzer Streifen durchlief.

Als sie schließlich an der Reihe war, musste ich als Dolmetscherin fungieren, obwohl Gast und Rezeptionistin dieselbe Sprache sprachen. Alle Fragen der geschminkten jungen Frau in der weißen Uniformbluse übersetzte ich in eine etwas andere Form und schaute dabei auf das knochengelbe Gesicht der Passagierin, die den ängstlichen Blick strikt nach vorne gerichtet hielt. Ich nahm für sie die Schlüsselkarte in Empfang, fasste sie beim Arm und führte sie zum Aufzug. Zwei Decks weiter oben begleitete ich sie über den dicken Teppichboden zu ihrer Kabine. Durch die Gummisohlen ihrer schwarzen Schuhe lud sie sich mit Elektrizität auf, die offenbar über ihren Arm an mich weitergeleitet wurde, denn als ich die Schlüsselkarte durch das Lesegerät zog und zur Klinke griff, bekam ich einen leichten Schlag.

Sie hatte eine Innenkabine, zählte also zu den Gästen mit dem geringsten Etat. Ihr Koffer lag auf der dafür vorgesehenen Ablage, und sobald sie ihn erblickt hatte, schien sie erleichtert. Den habe ich seit Frankfurt nicht mehr gesehen, sagte sie, und dabei strahlte sie mich an. Ihr Sohn und ihre Schwiegertochter hatten sie am frühen Morgen von Ingolstadt zum Frankfurter Flughafen gebracht, dort hatten sie den Koffer aufgegeben, und dann war er weg gewesen. In Palma hatte man sie direkt zum Shuttle-Bus der Reederei geleitet und ihr versichert, ihr Gepäck sei in guten Händen, aber das hatte sie nicht überzeugt. Sie hätte wenigstens einen Blick darauf werfen mögen.

Nachdem sie mir das erzählt hatte, wollte ich mich verabschieden, aber sie hielt mich mit einer entwaffnenden Frage zurück: Und was kommt jetzt?

Sie besaß keine Vorstellung davon, wie so eine Kreuzfahrt vonstattenging, was auf sie wartete und was von ihr erwartet wurde. Sie wusste lediglich, dass sie neun Tage auf dem Schiff verbringen und danach von Teneriffa aus wieder nach Frankfurt transportiert werden würde, wo ihr Sohn und ihre Schwiegertochter sie dann in Empfang nehmen und wieder nach Ingolstadt bringen wollten.

Ich war ja noch nie im Ausland, sagte sie.

Das sind Sie jetzt auch nicht, beruhigte ich sie. Dieses Schiff ist Deutschland pur, bloß dass es nicht an Ort und Stelle bleibt. Über die amerikanische Fahne brauchen Sie sich nicht zu wundern, die flattert nur pro forma auf dem Achterdeck.

In den ersten Tagen kümmerte ich mich ein bisschen um sie, führte sie zu den Mahlzeiten im Speisesaal und zeigte ihr, was man an Bord alles unternehmen konnte. Drei der sieben täglichen Mahlzeiten ließ sie aus, sie sagte, sie wisse sonst nicht, wohin mit dem ganzen Essen, und mit dem Freizeitangebot konnte sie nichts anfangen. Ich hatte den Verdacht, dass ihr sogar das Wort »Freizeit« fremd war. Wenn sie nicht aß, hielt sie sich in ihrer Kabine auf oder im Freien an Deck. Dort saß sie dann auf einem Bänkchen und schüttelte unablässig den Kopf, und zwischendurch stand sie auf, um ein paar Schritte zu gehen. Während der Überfahrt nach Tanger stand ich neben ihr an der

Reling und deutete auf die Delfine, die neben dem Schiff aus dem Wasser sprangen. Da schüttelte sie den Kopf noch heftiger, beinahe fassungslos. Sie fand es unvorstellbar, sich an einer Stelle zu befinden, wo sich auch diese glitschig-glatten Lächler aufhielten, die sie nur aus dem Fernsehen kannte.

Am Nachmittag des zweiten Tages führte ich sie in den Wintergarten, wo man in Ruhe Kaffee trinken konnte. Es war einer der wenigen Orte auf dem ganzen Schiff, an denen man keiner Hintergrundmusik ausgesetzt war. Tatsächlich gefiel es ihr dort, das behauptete sie wenigstens, trotzdem saß sie am runden Tisch wie auf dem Sprung. Sie war ganz und gar nicht der Typ, der die Beine übereinanderschlägt, sich mit geschlossenen Augen zurücklehnt und dann demonstrativ gründlich einatmet. Und immer hielt sie ihre schwarze Handtasche auf dem Schoß. Mit der linken Hand umschloss sie den Griff, während sie mit der rechten das Stück Torte aß, das ich ihr bestellt hatte. Da sie nicht aufblickte, bis der Teller leer war, blieb mir Zeit, sie zu betrachten. Und erst da wurde mir klar, dass sie Witwe war und sich ihre schwarze Kleidung dadurch erklärte. Ich hätte sofort darauf kommen müssen, aber in diesem Ambiente, in dem Flächen aus gleißendem Weiß und warmen Hölzern für simple Sorgen blind machen wollen, vergisst man leicht die Wahrheit von bleichen Knochen in kalter Erde.

Das rote Abzeichen an ihrer Jacke machte mich neugierig, darum fragte ich sie direkt, was es zu bedeuten habe.

Bundesverdienstkreuz, sagte sie und zog dabei die Schultern etwas hoch, als wollte sie um Entschuldigung bitten. Mit der rechten Hand rückte sie den leeren Teller einen Zentimeter zur Seite und strich über das polierte Tropenholz der Tischplatte. Ihr Sohn habe gesagt, sie solle die Miniatur des Ordens immer an der Jacke tragen, damit die Leute Respekt vor ihr hätten. Sie lachte leicht darauf, als hielte sie das für einen abwegigen Gedanken. Wenn es nach ihr ginge, wäre sie gar nicht hier, unter all den vornehmen Leuten, beteuerte sie. Aber die Reise sei ein Geschenk ihrer Kinder gewesen, alle hätten zusammengelegt, damit sie es sich endlich einmal gut gehen lasse. Und da es nun mal ein Geschenk gewesen sei, habe sie sich verpflichtet gefühlt, es anzunehmen. Ihr ältester Sohn habe gesagt, Mama, das Trauerjahr ist um, jetzt sollst du mal an dich denken. Und die Schwiegertochter habe sie sogar aufgefordert, die Trauerkleider abzulegen, doch das habe sie nicht übers Herz gebracht. Ich hab mich an die schwarzen Sachen halt gewöhnt, erklärte sie, außerdem käm ich mir frech vor, wenn ich jetzt schon was Helles anziehen würde, schließlich ist er grad erst ein Jahr unter der Erde.

Sie gab ihrer Erinnerung ein paar Sekunden Zeit, dann fügte sie hinzu: Lungenkrebs, wissen Sie. Am Ende ging es ganz schnell.

Der Kellner kam und fragte, ob sie noch etwas wünsche. Wieder kam ich mir wie eine Dolmetscherin vor, denn ganz selbstverständlich richtete er die Frage an mich, als hielte er die Witwe unter Bordbedingungen für unmündig. Ich sah sie fragend an, sie schüttelte leicht den Kopf, worauf der Kellner ihr unübersehbar freundlich zulächelte, das benutzte Geschirr abräumte und rasch mit dem feuchten Lappen über die Tischplatte wischte.

Ich wollte wissen, wofür man ihr das Bundesverdienstkreuz verliehen habe.

Das wollte ich auch wissen, als ich es bekam, entgegnete sie. Es hat geheißen, ich sei eine der Stillen im Lande, die sich für ihre Mitmenschen aufopfern. Damit war gemeint, dass ich meinen Mann bis zum Schluss gepflegt habe. Aber was hätt ich denn machen sollen? Ich konnte ihn doch nicht im Stich lassen.

Ihr Mann war Facharbeiter in der Autofabrik gewesen, gelernter Blechschlosser, zufrieden mit seinem Beruf, einverstanden mit der Schichtarbeit, die ihm so viele Zulagen einbrachte, dass sie sich früh ein Häuschen leisten konnten, jeden Tag war er gut gelaunt zur Arbeit gegangen und nach der Schicht ebenso guter

Dinge wieder nach Hause gekommen. Er hat immer gepfiffen, sagte die Witwe, ein richtiger Pfiffikus war er, und dann war er wahrscheinlich einmal in Gedanken und nicht bei der Sache, und da ist ihm ein Arm in die Presse geraten. Mit dem anderen Arm hat er ihn schnell wieder rausziehen wollen, aber der Ärmel vom Kittel hat sich schon verheddert gehabt, und alles war zu spät.

Es war noch vor der Zeit der automatischen Sicherheitsvorrichtungen gewesen, die Presse hatte zugeschlagen, und dann waren beide Arme ab. Direkt unter den Ellenbogen abgetrennt.

Das Leben hatten sie ihm im Krankenhaus schnell gerettet, er kam als derselbe kräftige, aufrechte Mann nach Hause, der er immer gewesen war, nur dass ihm Hände und Unterarme fehlten. Und er nichts mehr selber machen konnte. Nicht sich waschen, nicht sich kämmen, nicht die Zähne putzen, nicht sich anziehen, nicht die Schuhe binden, nicht essen und anfangs auch nicht trinken. Für alles brauchte er von nun an seine Frau. Und seine Frau hatte seitdem keinen Tag ihres Lebens ohne ihn verbracht, an keinem einzigen Tag hatte sie das Häuschen für mehr als zwei Stunden verlassen.

Ich hab ja immer da sein müssen.

Beim Erzählen war die ängstliche Scheu der Witwe in stabilen Ernst übergegangen. Sie wirkte nun nicht mehr wie ein Fremdkörper, vielmehr waren die Gewächse im Wintergarten in meinen Augen zum grün schattierten Hintergrund ihrer Person verschwommen, wie man es oft auf Porträtfotos sieht.

In all den Jahren habe ihr Mann nur zwei Dinge einigermaßen selbstständig tun können, berichtete sie: trinken und rauchen. Sie habe die Flaschen aufmachen müssen, dann habe er sich selbst eingeschenkt und das Glas mit beiden Stümpfen zum Mund geführt. Die Gläser mussten halt solide sein und groß genug, fügte sie hinzu. Die Zigaretten habe sie aus der Packung nehmen, ihm in den Mund stecken und anzünden müssen, nach jedem Zug habe er sie dann zwischen die Stümpfe geklemmt. An diesen Anblick habe sie sich nie richtig gewöhnen können, sagte sie, an die vor dem Gesicht zusammengepressten Armstümpfe, zwischen denen die qualmende Zigarette eingeklemmt war.

Während ich zuhörte, setzte sich vor meinen Augen eine Bildfolge zusammen, ich sah den rauchenden Krüppel in einer schummrigen Wohnküche sitzen und seiner Frau in Kittelschürze den Mund mit der Zigarette zum Anzünden hinstrecken, dann sah ich den Rauch zwischen den Stümpfen aufsteigen. Ich sah weitere Einzelheiten aus dem Alltag der beiden, von denen die Witwe nichts erzählte, Szenen aus Bad und Schlafzimmer vor allem. Wie immer schämte ich mich ein bisschen dafür, mich so tief in die Intimsphäre meines Gegenübers hineinzudenken, aber wie immer konnte ich nicht anders: Berufspflicht und -krankheit.

Andererseits: Was ist dabei? Aus den intimen Kernen keimt das Leben.

Ich fragte die Witwe, ob ihr das alles nicht manchmal zu viel geworden sei.

Ach, sagte sie.

Dann sah sie mich scheu an, lächelte flüchtig.

Und seufzte leicht.

Ach, sagte sie noch einmal. Das Einzige, was mich manchmal gestört hat, war, dass er immer gute Laune hatte. Ein Pfiffikus war er bis zuletzt. Wenn er vorm Mittagessen schon sein erstes Bier getrunken und in der verqualmten Küche dazu vor sich hin gepfiffen hat, da wär mir schon ein paarmal fast die Hand ausgerutscht, zumindest hätte ich ihm manchmal die Bierflasche aus dem Fenster schmeißen können und die Zigaretten hinterher, und ich hab ihn auch schon mal angefahren, jetzt hör wenigstens für fünf Minuten mit der Pfeiferei auf, außerdem kann man hier drin ja kaum mehr atmen vor lauter Qualm. Aber dann hab ich den Aschenbecher weggestellt, den Tisch gedeckt und den armen Kerl gefüttert. Beim zweiten Bissen hat er jedes Mal gezwinkert und gesagt: Schmeckt gut. Und ich hab mir gedacht, lass ihm halt den Spaß, was hat er denn sonst für eine Freud im Leben.

Und Ihre Kinder, wollte ich wissen, haben die Sie unterstützt?

Wie das so ist, antwortete sie sachlich. Die Kinder haben sich rausgehalten.

All die Tage auf dem Schiff trug sie ihre schwarzen Kleider und den roten Fleck am Revers. Die Landausflüge ließ sie aus, sie blieb an Bord, ein dunkler Punkt mit kalkulierbarem Bewegungsradius. Wenn sie mich an Deck oder im Speisesaal sah, winkte sie mir zu, und wir wechselten ein paar Worte. An einem Abend sah sie sich sogar die Show der Seiltänzer, Feuerschlucker und Jongleure an. Das erzählte sie mir gegen Ende ihrer Reise wieder im Wintergarten, wo sie sich täglich der Obhut des Kellners übergab, der sie beim ersten Mal angelächelt hatte.

Inzwischen war ihr Gesicht von den langen Aufenthalten an Deck nicht mehr knochengelb, sondern leicht gebräunt. Ihre Miene aber strahlte noch die gleiche Bekümmerung aus wie am ersten Tag. Der Kontrast war bestürzend.

In Santa Cruz hätte ich sie gern verabschiedet, aber ich wurde von einem Klienten im Gesprächszimmer festgehalten. Noch zwei Tage später erwischte ich mich bei dem Gedanken, ob die Witwe ihren Koffer in Frankfurt wohl unversehrt wiederbekommen hatte. Und ob sie jemals andere als schwarze Kleider tragen würde.

Wem es wohl zu verdanken war, dass man ihr das Bundesverdienstkreuz verliehen hatte? Ich wüsste nicht zu sagen, ob ich diese Entscheidung für ein Resultat milder Weisheit oder des staatstragenden Zynismus halten soll.

Sebastian Ich war saumüde, hatte die ganze Nacht im Klub gespielt und musste am Nachmittag schon wieder bei der Show einspringen, weil der Keyboarder vom Zirkusorchester krank geworden war. Hatte sich angeblich den Magen verdorben. Ich tippte allerdings, dass ihn nicht das Essen, sondern eher illegale Nahrungsergänzungsmittel außer Gefecht gesetzt hatten. Kommt hier öfter vor, speziell bei den Jungs aus dem Osten. Das sind Desperados, die ziehen sich alles rein, was sie kriegen können, Hauptsache, es katapultiert sie auf die äußerste Umlaufbahn. Auch die Russen, von denen ich immer geglaubt hatte, sie würden ausschließlich saufen. Stimmt nicht. Einer hat mir gesagt, er könne gar nicht so viel kiffen, wie es nötig wäre, um die Zeit bei der Armee zu vergessen. Er ist in Tschetschenien gewesen, wenn ich sein Kauderwelsch aus zusammengestoppeltem Englisch und Deutsch richtig verstanden habe.

Jedenfalls fiel der Keyboarder aus, weshalb sie mich hochschickten, um ein bisschen mitzuklimpern. Kein Problem, hieß es, das meiste sei in G-Dur, ich bekäme das schon hin, auch im unausgeschlafenen Zustand. Es waren aber nicht die Akkorde, die mir Kopfweh machten, sondern die Tatsache, dass sie dich hier wie einen Sklaven behandeln. Denen ist es scheißegal, ob du genug Schlaf abbekommst oder mal ein bisschen Zeit zum Abschalten hast. Die interessiert auch nicht, ob dir die Finger wehtun vom pausenlosen Spielen. Die sagen: Du verdienst hier eine Menge Kohle, da musst du dich eben ein bisschen reinhängen. Wenn die 157 Tage um sind, kannst du lange genug Pause machen, wenn du willst. Warum soll es den Musikern besser gehen als den Kellnern und den Küchenhilfen? Als wäre Klavierspielen und Karottenschnippeln das Gleiche!

Na, ich lehnte jedenfalls todmüde im Aufzug an der Wand,

da stieg plötzlich eine Frau im Friedhofsoutfit zu, und ich dachte, was will die schwarze Oma im Personalaufzug, ist das die in die Jahre gekommene Dame ohne Unterleib, oder wie? Sie guckte mich gar nicht an, sondern beugte sich gleich über die Knöpfe neben der Tür. Noch bevor sie sich für einen davon entschieden hatte, gab der Lift schon wieder Gas, und da bekam sie die Panik. Jedenfalls drehte sie sich zu mir um und sah mich an, als wollte ich ihr die Handtasche klauen. Und dann fragte sie entgeistert: Wo fährt der hin? Ich musste lachen, weil das klang wie in einem Bus in einer fremden Stadt. Ich sagte, der fährt direkt zum Zirkus. Das verstand sie nicht. Gehören Sie nicht zur Truppe?, wollte ich wissen. Ich siezte sie, obwohl sich normalerweise alle, die zum gemeinen Personal gehören, duzen. Aber die panische kleine Person war einfach unduzbar. Sie kapierte immer noch nichts, aber da waren wir auch schon an meiner Haltestelle angekommen und nun begriff *ich* endlich, dass die Ärmste sich verirrt hatte und natürlich nicht zum Personal gehörte. Sie sind auf dem falschen Dampfer, erklärte ich ihr, saublöd, ich weiß, der Spruch kam wohl von der Müdigkeit, außerdem war ich ziemlich spät dran. Gehen Sie diesen Gang entlang und dann zweimal rechts um die Ecke, dann stehen Sie vorm Zuschauereingang. Gucken Sie sich die Vorstellung an, dauert bloß eine Stunde, und wenn anschließend alle anderen den Saal verlassen, bleiben Sie einfach auf Ihrem Platz sitzen. Dann hole ich Sie ab und bringe Sie zu Ihrer Kabine oder wo immer Sie hinwollen.

Danke, sagte sie. Aber woher weiß ich, was mein Platz ist?

Die hatte echt keine Ahnung. Darum versorgte ich sie instinktiv mit einer klaren Ansage: Vorletzte Reihe rechts, ganz außen. Und tatsächlich, nach der Vorstellung saß sie schön brav dort und wartete. Panik hatte sie keine mehr, sie schüttelte nur ständig den Kopf, weil sie noch immer fassungslos über die Seiltänzer, Feuerschlucker und Jongleure war, die in der Show aufgetreten waren. Spaßeshalber fragte ich sie, wie ihr die Musik gefallen habe. Die Musik? Auf die hab ich gar nicht geachtet, meinte sie.

Hätte ich mir eigentlich denken können. So geht es hier ja meistens. Du spielst dir die Finger wund, und keiner von den Ignoranten merkt was, weil sie mit ihren Tischnachbarn Blödsinn reden oder wie Radargeräte nach potenziellen Sexualpartnern Ausschau halten oder sich dermaßen die Kante geben, dass sie nicht mitbekommen, was um sie herum passiert.

Ich brachte sie zu ihrer Kabine, weil sie überhaupt keinen Schimmer hatte, wie sie dorthin kommen sollte, und hoffte, dass mich unterwegs keiner von den Chefs sah. Uns war nämlich gleich am Anfang eingebläut worden, dass wir uns, abgesehen von den Personaldecks, nur dort aufhalten durften, wo wir dienstlich eingesetzt wurden. Die Passagiere sollen nicht ständig herumstreunende Crewmitglieder vor Augen haben, sondern nur zweckgebundenes Servicepersonal.

Vor der Kabinentür kramte sie kurz in ihrem schwarzen Handtäschchen, zog eine kleine schwarze Geldbörse heraus und drückte mir eine Münze in die Hand. Zwei Euro. Das ist für Sie, sagte sie. Vielen Dank für Ihre Hilfe. Sie haben übrigens Ähnlichkeit mit jemandem. Dann zog sie behutsam die Schlüsselkarte durch den Schlitz und war in ihrer Innenkabine verschwunden.

Ich war saumüde, aber jetzt hatte ich irgendwie gute Laune. Es gibt Sätze, die können nur alte Leute sagen. »Sie haben Ähnlichkeit mit jemandem.« Klasse. Gutes Gefühl, wenn man gesagt bekommt, dass man kein totaler Alien ist.

Auf dem Weg zum Personallift kam ich an einer Spielecke vorbei. Ich steckte die frische Münze in einen Einarmigen und holte satte sechsundvierzig Euro raus. Die fehlten jetzt den Zockermumien unter den Passagieren. Wenn das Gaus und Konsorten wüssten, dachte ich und grinste so breit, dass mein Mund kaum in den Aufzugspiegel passte.

Almut Wenn ich bei ruhiger See im Beratungszimmer, meinem Arbeitsplatz, sitze und nichts tue, sondern nur auf die Wirkung des Raumes achte, kann ich nicht entscheiden, in welche Richtung das Schiff fährt, ob es sich überhaupt bewegt oder vor Anker liegt. Die Wände sind besonders isoliert, effektiver noch als in den Luxuskabinen, nur ein minimales Brummen ist zu vernehmen, eine schwache Vibration eher, die einen dünnen Ton mit sich führt. Oder es ist Einbildung. Eine Art innerer Unterstellung, weil man eben weiß, dass man sich auf einem großen Schiff befindet.

Am ersten Tag meinte ich den Ton am deutlichsten zu hören. Ich legte das Ohr an den Flügel, war aber nicht sicher, ob das Schwingen seines Resonanzkörpers den unterschwelligen Klang erzeugte. Man hatte mir erklärt, der Raum sei mit dem Instrument ausgestattet, weil er ursprünglich als Musikzimmer konzipiert gewesen sei. Man habe namhafte Musiker, Dirigenten, Komponisten als Gäste ansprechen wollen, sei aber nicht auf genügend Widerhall gestoßen. Darum werde der Raum umfunktioniert. Für die neuen Zwecke sei er wegen der Spezialisolierung prädestiniert. Niemand müsse befürchten, dass seine intimen Geständnisse in die Nachbarräume oder auf den Gang dringen. Tatsächlich habe ich diese Wirkung bemerkt. Meine Klienten sprechen meist erstaunlich ungehemmt, sie spüren die Undurchdringlichkeit der aprikosenfarbenen Wände.

Wegen des ursprünglichen Zwecks gehört das Zimmer zu den wenigen auf dem gesamten Schiff, die nicht über dickes Teppichgeläuf verfügen. Für die Akustik hat man Parkett ausgelegt, schwimmendes, schwingendes Parkett. Darauf ist der Flügel mit kräftigen Metallspangen verschraubt worden, damit er bei unruhiger See nicht ins Rollen oder Rutschen gerät.

Es handelt sich übrigens um einen kleinen Stutzflügel von Blüthner, etwa eins fünfzig lang, und für diese Größe von erstaunlichem Klangvolumen. Ich mag das Instrument, es ist freundlich zu mir, lässt falsche Anschläge zwar nicht gnädig untergehen, aber nimmt sie mit wohlwollendem Lächeln entgegen. Die singende Stimme bricht ihm dabei nicht. Natürlich bin ich positiv voreingenommen, schließlich befindet sich die Julius Blüthner Pianofortefabrik in Leipzig, sozusagen in der alten Heimat, oder besser in der zweiten Heimat, in der Stadt meiner ersten großen Liebe, meines ersten großen Scheiterns, in der Geburtsstadt meines Sohnes – das heißt, streng genommen werden die Blüthners heute außerhalb der Stadt hergestellt, aber immerhin wurde die Firma in der Leipziger Weststraße gegründet, die später zur Hindenburgstraße aufstieg und noch später zur Friedrich-Ebert-Straße umkorrigiert wurde … Mein Vater wusste solche Sachen, und er hielt mit seinem Wissen nie hinter dem Berg, darum weiß ich sie auch, ob ich will oder nicht.

Gaus, der ansonsten nicht gegensätzlicher sein könnte, gleicht meinem Vater in diesem Punkt aufs Haar. Auch er bringt bei jeder sich bietenden Gelegenheit ein Wissen zur Anwendung, dessen Detailfetischismus mich rasend machen kann, vor allem, wenn Gaus seine frisch gekackten Korinthen beiseitewischt und sich für einen Moment in gefühlsseliges Pathos sinken lässt. Oft geht es auch umgekehrt. Die Sentimentalität zuerst, und dann die harten Fakten.

Wie einmal, als er ein Andantino von Mozart spielte und mitten in die Musik hinein schwärmte: Ah, der Blüthner. Hören Sie, wie der Blüthner heute wieder singt!

So etwas ist natürlich zum Kotzen, und darum dachte ich innerlich lautstark, halt die Klappe, aber er hatte ja recht. Der Blüthner sang, und an manchen Tagen schien er reiner zu singen als an anderen. Offenbar reagierte er schon auf geringe Temperaturschwankungen oder Veränderungen der Luftfeuchtigkeit.

Beim Gefühl ließ Gaus es aber, wie üblich, nicht bewenden, es schuf nur die Bahn, auf der er sogleich seine Kenntnisse anrollen ließ.

Dieses Instrument hier, erklärte er, sei beileibe nicht der erste Blüthner, der den Atlantik überquert habe. Es habe sogar mal einen fliegenden Flügel aus dem Hause Blüthner über dem Ozean gegeben, und noch bevor ich ihm untersagen konnte, mir Märchen zu erzählen, sägte er auch schon mit einer interessanten Geschichte meinem Unwillen den Ast ab. So geht das mit Gaus: Immer wenn er abstoßend wird, kommt er wieder mit was Anziehendem. Diesmal also mit Julius Blüthner, dem Hoflieferanten von Queen, Zar und Sultan von Burma. Blüthners Klaviere und Flügel, so Gaus, seien im 19. Jahrhundert bereits in die Kolonien exportiert worden, von der Londoner Vertretung aus, nicht zuletzt nach Südamerika, gewiss über Gewässer, auf denen wir hier unseren – er sagte tatsächlich: »unseren« – kleinen Blüthner spazieren führen. Das mit dem fliegenden Flügel sei jedoch ein einmaliges Kuriosum gewesen, welches zurückgehe auf eine Idee der deutschen Admiralität. Die habe im Jahr 1932 der Firma den Auftrag gegeben, einen besonders leichten Flügel für das Luftschiff *Hindenburg* zu entwickeln. Eine harte Nuss für die Blüthners, denn sie waren es gewohnt, an Klangnuancen zu feilen und zu deren Verfeinerung mit Hölzern zu operieren, ohne dabei an das Gewicht denken zu müssen. Nun war es umgekehrt. Nun war physikalische Leichtigkeit das Maß, dem sich der musikalische Klang fügen musste, wenn möglich allerdings, ohne dass Menschen mit Gehör allzu sehr litten. Als Anwälte der reinen Musik hätten die Blüthners den Auftrag ablehnen müssen, doch sie wollten beweisen, welch innovative Firma sie führten, und darum nahmen sie an.

Vier Jahre später überquerte der erste Blüthner-Flügel per Zeppelin den Atlantik. In der Luft wurde ein Konzert gegeben, das dreiundsechzig Rundfunkanstalten weltweit live übertrugen! Die Wangen von Bernd Gaus glühten bei dieser Vorstellung. Ich fragte mich, wie damals Direktübertragungen von Radiosendungen aus der Luft möglich gewesen sein sollten, aber da ich mich in diesen Dingen nicht auskannte, verzichtete ich auf einen Einwand, zumal Gaus nun augenscheinlich eine Pointe vorgesehen hatte. Er verriet nämlich, wie es den Leipziger Klavierbauern gelungen war, den Flügel leicht genug für die Luftschifffahrt zu machen. Geniale Idee – und aller Achtung wert, denn es wird einem Klavierbauer mit Leib und Seele weiß Gott nicht leichtgefallen sein, ausgerechnet auf sein wichtigstes Material zu verzichten: auf Holz. Tatsächlich, erklärte Gaus, habe man das Gewicht für den fliegenden Flügel eingespart, indem man die Grundkonstruktion komplett aus Aluminium gefertigt habe. Dieses Gerüst sei dann mit Pergament bespannt worden. Quasi mit besserem Butterbrotpapier. Und siehe da, das Resultat habe sich hören lassen. Die Fachwelt sei von den klanglichen Qualitäten des Unikats höchst erstaunt gewesen, beteuerte der große, einwandfrei proportionierte Mann mit kindlichem Eifer.

Ich wollte wissen, was bei dem Konzert gespielt worden sei und ob der Pianist einen bekannten Namen gehabt habe.

Meine Frage löste eine Serie von Übersprunghandlungen bei meinem universal gebildeten Führungsoffizier aus. Das war selten bei ihm, aber jetzt rieb er sich die Nase, kratzte sich im Nacken, zupfte sich am rechten und am linken Ärmel.

Er wisse es nicht, gestand er. Habe es nie gewusst. Was er gerade berichtet habe, sei leider nur Wissen aus zweiter Hand. Nicht einmal selbst gelesen, sondern nur gehört. Auf Schiffen werde viel erzählt, und manches behalte man, ohne sich über die Verlässlichkeit der Quelle Klarheit verschafft zu haben.

Ich war nicht geneigt, ihn in seiner Bekümmerung aufzumuntern, wäre aber auch nicht dazu gekommen, denn sogleich fuhr er mit weiteren Erläuterungen zum Thema Blüthner-Flügel fort, die vermutlich auf Kenntnissen aus erster Hand, was immer das sein mochte, beruhten. Gaus bot einen geschichtlichen Abriss seit dem Gründungsjahr 1853, legte den Schwerpunkt aber auf die Jahre nach dem Atlantikflug des Alu-Pergament-Flügels. In seinem Bericht kam unter anderem die klassische Trias vor: Brand nach Luftangriff, Enteignung in der DDR, Rückübertragung nach der Wende.

Seinen Vortrag schloss er mit ein paar Takten auf dem Flügel, die mir bekannt vorkamen, die ich aber nicht für Klaviermusik hielt. In einem dröhnenden Akkord ließ Gaus die kurze Hörprobe ausklingen und sagte: Wagner. Danach spielte er *Für Elise* an, lächelte verschmitzt und sagte: Beethoven. Dann ließ er eine hübsche, simple Melodie folgen, die er sogar leise mitsang: *Yesterday.*

Ich musste lachen, denn so verspielt kannte ich Bernd Gaus gar nicht. Wagner, Beethoven und die Beatles, erklärte er, alle haben sie auf einem Blüthner gespielt. Er setzte eine betont neutrale Miene auf, summte weiter das Lied, zu dem er sich selbst begleitete. Ich nahm, was er gesagt hatte, schweigend zur Kenntnis, und genau das veranlasste ihn, die Hände von den Tasten zu nehmen und aufzuspringen. Frau Schäfer!, rief er aus. Jetzt habe ich Sie ertappt. Sie hören mir nicht zu! Wenn Sie das mit Ihren Klienten ebenso machen, spricht das nicht gerade für ausgeprägtes Pflichtgefühl!

Ich wusste nicht, was er meinte, denn ich war mittlerweile längst wieder im Hadern mit mir selbst begriffen, eben weil ich ihm so aufmerksam zugehört hatte. Was soll das?, fuhr ich ihn an. Ich habe jedes Wort vernommen und auch nicht zum einen Ohr herein- und zum anderen wieder hinausgelassen. Wie kommen Sie dazu, mir Vorwürfe zu machen?

Gaus hatte inzwischen den Platz hinter der Klaviatur verlassen und sich vor mir aufgebaut. Das war mir nicht angenehm, denn ich saß auf meinem Beratungsstuhl und hatte den Kopf auf der Höhe, wo seine Dienstkrawatte in einen Pfeil nach unten mündete.

Wagner, Beethoven, die Beatles!, wiederholte er.

Ja, und? Ich wurde ungeduldig und stand auf.

Beethoven starb am 26. März 1827. Die Julius Blüthner Pianofortefabrik wurde, wie ich gerade vorhin in diesem Raum berichtet habe, im Jahr 1853 gegründet. Wie hätte Beethoven also auf einem Blüthner spielen sollen, Frau Schäfer?

Angesichts dieses infantilen Tests stieg Wut in mir auf, so sehr, dass sie sich in Mut verwandelte und ich drauf und dran war, dem Herrn Gaus, der immerhin mein Vorgesetzter war, die Tür zu weisen. Doch er kam mir zuvor. Nichts für ungut, war nur ein Scherz, versicherte er leicht gequält. Ich las in seinem Gesicht jedoch echte Enttäuschung. Der Mann war nicht verschnupft wegen mangelnden Engagements seiner Mitarbeiterin, er war ernsthaft betrübt, weil meine Reaktion auf das Stichwort Beethoven nicht ausgefallen war, wie er es sich gewünscht hätte. Das tat mir leid, meine Wut schrumpfte im Nu, und als Gaus sich hastig verabschiedete, hielt ich ihn auf, indem ich sagte, er habe außer dem kleinen Andantino ja noch gar nichts gespielt. Macht nichts, wehrte er ab, griff zur Klinke und sagte knapp: Ich gehe. Zögerte aber gerade lange genug, um meinen schnellen Zusatz zu hören: *Geschwinde, doch nicht zu sehr und mit Entschlossenheit.* Da war er baff, und seine Hand rutschte von der Türklinke. Er lachte kurz auf. Na ja, gab er zurück, das war vielleicht jetzt *etwas lebhaft und mit der innigsten Empfindung.* Für mich sah es eher *lebhaft, marschmäßig* aus, meinte ich und merkte auf der Stelle, dass es gleich brenzlig wurde, denn wenn wir weiter mit den Tempobezeichnungen von Beethovens Hunderteinser spielten, bliebe uns nur noch eine übrig: *langsam und sehnsuchtsvoll.*

Vielleicht hatte Gaus einen ähnlichen Gedanken, denn kurzzeitig glühte leichte Röte in seiner Gesichtsbräune auf. Er strich sich mit der symmetrisch geformten Hand übers Kinn, nickte schwach und war mit wenigen Schritten am Notenschrank. Innerhalb von ein paar Sekunden fand er, was er suchte, er schlug die tiefblau eingebundene Partitur mit der goldenen, geprägten Schrift am Rücken auf, blätterte kurz und stellte sie vor sich am Flügel auf. Na gut, sagte er lächelnd, eins spiel ich noch. Und tatsächlich versuchte er sich an Beethovens achtundzwanzigster Sonate, op. 101, erwies sich jedoch als nicht sattelfest, darum brach er den Versuch nach dem ersten Satz, der normalerweise nur ungefähr dreieinhalb Minuten dauert, ab. Das müsste ich üben, meinte er. Spiele ich viel zu selten. Dabei ist es schön, finden Sie nicht? Ich stimmte zu und nahm mir eine von den Mozartkugeln aus der Glasschale, die täglich von einem dienstbaren Geist aufgefüllt wird. Mittlerweile saß ich wieder auf meinem Beratungsstuhl und betrachtete Gaus beim Sinnieren. Er war bewegt, und das bedeutete, dass er gleich wieder eine kleine Wissenslawine anrollen lassen würde. Und tatsächlich, da kam sie schon: Kempff hat den ersten Satz dieser Sonate übrigens als »Lied ohne Worte« bezeichnet.

Aha. Aber wie kommen Sie gerade jetzt auf Kempff?

Frau Schäfer, ich sehe, Sie können von mir noch das ein oder andere lernen. Auf Wilhelm Kempff komme ich aus vier Gründen. Erstens: Er war ein Pianist, der Beethoven begriff. Zweitens: Der Mann besaß einen Blüthner. Hatte er sich in den Sechzigerjahren machen lassen. War keine Kleinigkeit damals. Stellen Sie sich vor, der große Pianist von Weltruhm fährt in die böse DDR, um sich ausgerechnet dort ein Instrument maßschneidern zu lassen! Drittens: Auch Kempff überquerte mit dem Luftschiff den Atlantik. Auf dem Pergamentflügel spielte er aber nicht, denn er flog nicht mit der *Hindenburg*, sondern mit *Graf Zeppelin*, und zwar als Ehrengast von Hugo Eckener. Nach Südamerika ging es, zu einer Konzertreise mit Recitals in Argentinien, Brasilien und Uruguay. Und viertens: Kempff hat auch mal auf einem Schiff konzertiert. Genau gesagt auf dem Luxusdampfer *Renaissance*, bei einer musikalischen Kreuzfahrt im Mittelmeer. 1968. Mallorca, Monte Carlo, Tunesien, Jugoslawien, Italien.

Herr Gaus, ich bin beeindruckt. Sie sind das reinste Lexikon.

Dieser Bemerkung schenkte er keine Beachtung, stattdessen fuhr er in seinem Beitrag unter dem Lemma »Kempff, Wilhelm« fort. Der Mann sei überhaupt viel unterwegs gewesen. Habe nicht nur dem deutschen Kaiser vorgespielt, sondern auch dem schwedischen Königspaar und dem Tenno. Sei in den Zwanzigerjahren erstmals in die Türkei gereist und dort gar zum Berater von Atatürk avanciert, der westliche Kultur ins Land habe holen wollen, die Musik dabei für unverzichtbar gehalten und ihr darum Vorrang eingeräumt habe. Das sei, hob Gaus hervor, in einer Zeit gewesen, als es Istanbul noch nicht gegeben habe. Die Stadt hieß damals noch Konstantinopel!

Gaus schien begeistert von diesem historischen Faktum, der Atem der Geschichte fächelte ihm sichtlich eine frische Brise um die Nase und motivierte ihn, weiter ins Detail zu gehen. Kempff sei in der Türkei ein Missionar des Abendlandes gewesen, in Japan ebenfalls, dort habe seine ungeheure Beliebtheit jeden Rahmen gesprengt. Es gebe sogar eine kleine Insel, die seinen Namen trage: Kempu-san.

Nun kamen mir doch Zweifel, denn das schienen mir ziemlich kühne Geschichten zu sein, die der Herr Gaus hier aus dem Ärmel seines leichten Sommeranzuges schüttelte. Bevor ich meine Skepsis artikulieren konnte, kam Gaus auf Kempffs häufige Konzertreisen nach Skandinavien zu sprechen und, wie ich seinem ansteigenden Tonfall entnahm, zum vorläufigen Höhepunkt seines Vortrags. Dort oben im Norden, erzählte er, habe er mehrfach keinen Geringeren als Jean Sibelius zu Hause besucht. Einmal habe der finnische Komponist seinen Gast gebeten, Beethovens Hammerklaviersonate zu spielen. Hernach habe er zu Kempff gesagt: »Sie haben nicht wie ein Pianist gespielt, sondern wie ein Mensch.«

Das war zweifellos schön gesagt. Ich sah, wie Gaus sich an dem Satz erfreute. Nahezu erleuchtet schien er mir, wie er da hinterm Flügel hockte und ein Lächeln schräg nach oben in die Luft aufsteigen ließ, als wäre es eine Seifenblase.

Dann machte es »plopp«, und die Blase war geplatzt. Gausens Zeigefinger schnellte in meine Richtung: Jetzt sagen Sie mir bitte, wie ein solcher Mensch es fertigbringen kann, während des Krieges auf Einladung des widerlichen Fettwanstes Hermann Göring im Potsdamer Schloss zu residieren!

Schlagartig wurde ich aufmerksam. Von Gaus waren die Hüllen abgefallen, seine ganze Symmetrie geriet in Schieflage, er schien mir echt verzweifelt. Seine Stimme war von Bitterkeit getränkt und zugleich weinerlich, als er zum Ausdruck brachte, wie sehr ihn der Widerspruch quäle zwischen Kempffs Arrangement mit den braunen Machthabern und seinem Verständnis vom Klavierspiel. Da dient er sich den Nazis mit ihrem pompösen Wagner-Wahn an – und spielt gleichzeitig seinen geliebten Beethoven so herrlich, leugnet jedes Pathos, lässt erst gar keinen lächerlichen Heroismus aufkommen, spielt einfach klassisch abgeklärt, voller … wie sag ich es am besten … voller … apollinischer Schönheit.

Sogar als Psychologin kommt man nicht oft in Situationen, in denen man einen Mann wegen eines schon vor Jahren verstorbenen Pianisten, den er nicht einmal persönlich gekannt hat, den Tränen nah erlebt. Ich war fast sicher, Bernd Gaus würde gleich heulen, weil Wilhelm Kempff als Görings Gast Beethovens Sonaten besonders innig spielte. Gaus starrte mich an, seine Gesichtszüge verzogen sich nach unten, ich rechnete jeden Moment mit dem Ausbruch eines gewaltigen, weibischen Greinens und war deswegen vor Entsetzen wie gelähmt.

Da klopfte es an der Tür.

Gaus war dicht am Wasser balanciert, jetzt war er mit einem Satz wieder auf dem Trockenen.

Er räusperte sich vorwurfsvoll, maß mich dabei jedoch mit einem Blick, in dem ehrliche Betroffenheit lag. Sogleich hob er das Kinn, machte die Augen schmal und schob sich an mir vorbei auf den Gang hinaus, wo er auf dem golfrasenweichen Teppich entschwand, lautlos, obwohl er sehr energisch auftrat. Das ergab ein groteskes Bild. Da war einer dazu verdammt, auf leisen Sohlen zu gehen, obwohl er stampfen wollte.

Ich hielt die Tür offen, sah ihm nach und fand daher erst langsam Aufmerksamkeit für die Person, die durch ihr Klopfen die Szene herbeigeführt hatte. Beim Öffnen der Tür hatte ich dem Mann ins Gesicht gesehen, aber dann hatte Gaus sich zwischen uns gedrängt, und der Mann war zurückgewichen. Nun sah er mich höflich fragend an und betrat nach einer auffordernden Handbewegung von mir das Zimmer.

Es lag noch Spannung im Raum, das machte den Ankömmling verlegen.

Er setzte sich auf den Klientenstuhl, und ich bot ihm Mozartkugeln an. Wohl aus Höflichkeit nahm er eine, wickelte sie aus, schob sie sich in den Mund, merkte, wie groß sie war, wusste nicht gleich, ob er sie zerbeißen oder zergehen lassen sollte, entschloss sich fürs Zergehenlassen und strich inzwischen Mozarts Konterfei auf dem bedruckten Silberpapier glatt. Ich ärgerte mich über meine Gedankenlosigkeit, ihm einen Mundstopfer aus gefüllter Schokolade verabreicht zu haben, schließlich war er gekommen, um zu reden, ich sah es ihm an. Ich sah allerdings auch, dass ich vermutlich keinen allzu aufregenden Fall vor mir hatte. Gut so, denn nach dem Aufbrausen fühlte ich mich noch etwas außer Atem.

Sebastian Zigaretten, Haschisch, Gras, Alkohol und Porno – dafür wird auf dem Mannschaftsdeck das Geld rausgehauen. Und fürs Zocken natürlich. Ganz klassisch. Ich hätt es nicht geglaubt, aber es kommt mir längst logisch und normal vor. Andere Möglichkeiten, seinen Lohn loszuwerden, gibt es auch gar nicht. Wir brauchen ja nichts. Nur wenn wir Landgang haben, was selten genug vorkommt. Ich rede natürlich von den Männern, von den jungen hauptsächlich, ganz gleich ob Europäer, Afrikaner, Asiaten, egal ob hetero oder schwul. Klar gibt es Ausnahmen. Zum Glück.

Die Frauen, die hier arbeiten, sind anders. Viele lassen sich von ihrem Lohn grundsätzlich gar nichts auszahlen. Die wollen, dass alles komplett auf ihr Konto daheim überwiesen wird. Die ernähren mit Bettenmachen und Kloschrubben ganze Sippschaften in der Ukraine, in Rumänien oder im Kosovo. Haben sie mir erzählt. Die reden nämlich gern. Bei denen stehen immer die Kabinentüren offen, und auf den Gängen wird getratscht wie anno dazumal in den Dörfern. Wenn ich da durchkomme, tätscheln mir mindestens zwanzig Muttis die Wange. Es gibt sogar welche, die ziehen mich am Ohrläppchen, wie einen Lausebengel. Komisches Gefühl. Aber irgendwie mache ich doch ganz gern ab und zu einen Abstecher in die Balkan-Odessa-Region. So nenne ich diesen Bereich des Schiffes. Weiß auch nicht genau, warum. Balkan ist klar, aber bei Odessa bin ich mir eigentlich nicht mal sicher, wo das genau liegt. Trotzdem fiel es mir gleich ein, als ich hier zum ersten Mal diesen Frauen begegnet bin. Das Wort steckte irgendwie in mir drin, als hätte es mir jemand schon im Kleinkindalter mitgegeben.

Ich lasse mir meinen Lohn übrigens auch überweisen. Auf das Konto, das mir mein Vater in Hamburg eingerichtet hat. Sogar eine Visa-Karte konnte er bei seiner Hausbank für mich lockermachen. War er ganz stolz drauf. Fühlte sich vermutlich gut, weil er für seinen Ältesten auch mal was Nützliches tat. Und nicht immer nur für die zwei neuen Kleinen.

Bei den Landgängen lebe ich von dem Trinkgeld, das ich gelegentlich einstreiche.

Es ist schon seltsam. Du sitzt am Flügel und spielst und spielst und kein Schwein hört zu, keiner guckt mal rüber oder so, glaubst du jedenfalls, aber dann steht plötzlich einer auf, kommt schnurstracks zu dir und schiebt dir einen Schein in die Brusttasche. Meistens wünschen sie sich dann noch ein Stück, in der Regel *My Way* oder *Yesterday* oder sogar *Wonderful World,* keine Ahnung, wieso, kann dir ja auch egal sein, und im Morgengrauen ziehst du dann auf dem Weg zu deiner Kabine im Aufzug einen Fünfziger oder sogar einen Hunderter aus dem Hemd. Das ist eine Menge Holz. Vor allem für einen wie mich, der noch nie richtig was verdient hat. Und der fast nicht raucht, so gut wie nie kifft, nur alle Jubeljahre mal was trinkt und praktisch nicht zockt. Der sich nicht mal besonders für Pornos interessiert.

Das glaubt mir hier zwar keiner, aber es stimmt. Ich wäre im Grunde der ideale Schwiegersohn.

Nur als Sohn hab ich irgendwie die Kurve nicht gekriegt.

Aber das ist ein anderes Thema. Denken wir nicht daran. Meine Mutter ist weit weg, und mein Vater war es immer schon. Wenn dieses Schiff um Kap Hoorn herumgefahren ist und sich langsam wieder auf den Weg nach oben macht, kann es sein, dass ich ab und zu auch mal wieder die Antenne in Richtung Radio Mama drehe. Ist aber auch gut möglich, dass ich damit warte, bis wir aus dem Panamakanal herauskommen und wieder Atlantikwasser unterm Kiel haben.

Ha. Jetzt drücke ich mich schon aus wie ein Seebär.

Als ich in Hamburg an Bord ging, dachte ich noch, auf so einem Pott, da reden die Seemänner wie die Piraten in alten Filmen, »Leinen los« und »Kiel holen« und so. Aber nichts da. Kein Seebärjargon. Vielleicht passt das nicht zu einem Luxusliner. Oder aber es beschränkt sich auf die wenigen, die tatsächlich mit Tauen und Ankern und so zu tun haben. Die tausend oder fünfzehnhundert Übrigen sind ja nichts anderes als Hotelpersonal im weitesten Sinn, zuständig für Küche, Kneipen und Kabinen. Die haben mit der Seefahrt so viel zu tun wie ich. Das bisschen, das ich weiß, habe ich aus den Geschichten meiner Mutter und den Urlauben an der Ostsee. Früher ist meine Mutter viel gesegelt, zu DDR-Zeiten noch. Mich hat sie in den Ferien nur ein paarmal in der Jolle mit rausgenommen. Sie hatte wohl die Lust verloren. Beigebracht hat sie es mir nie. Na, sie besitzt ja auch selbst keinen Segelschein, nicht mal ein Hammer-und-Sichel-Zertifikat. Das war so eine der Storys, die sie ab und zu mal erzählt hat. Wie sie in meinem Alter ohne »Befähigungsnachweis für den Fahrtbereich Küste, See, Hochsee« mit einem winzigen wackeligen Boot auf dem Bodden manövrierte. Was angeblich gar nicht mal so ungefährlich war, weil das flache Brackwasser sich bei Starkwind an der benachbarten Ostsee orientierte und richtig heftig Wellen schlug.

Behauptete meine Mutter. Wenn sie mir solche Sachen erzählte, war ich mir nie ganz sicher, ob sie hundertprozentig stimmten. Ob nicht einiges an Seemannsgarn dabei war. Hier auf dem Schiff, also ich meine auf dem Personaldeck, wird auch eine Menge erzählt. Es gibt Aufschneider, klar, aber wenn jemand von sich erzählt, also was Persönliches, bezweifle ich eigentlich nie, dass es stimmt. Keine Ahnung, woran das liegt. Kann sein, dass ich bloß gutgläubig bin, besonders Leuten gegenüber, die irgendwie aus armen Ländern kommen oder so, aber ich denke schon, dass hier unten tatsächlich meistens die Wahrheit gesagt wird. Vielleicht weil man sonst nichts hat. Es gibt praktisch keine Gelegenheit, sich mal zu freuen. Außer man verliebt sich oder findet wenigstens jemanden, der ab und zu mit einem in die Kiste steigt. Da tut es schon gut, wenn man erzählen kann, was einem im Kopf rumschwirrt, ohne dass man dafür ausgelacht wird. Man muss aber vorsichtig sein. Wenn du zu viel rauslässt, geht der Schuss leicht nach hinten los. Dann wirst du stehen gelassen, weil der andere denkt, du lässt ihn bald gar nicht mehr in Ruhe.

Als ich in Hamburg in meine Kabine kam, räumte mein Kabinennachbar gerade seine Sachen in den Schrank. Ich war spät dran, den offiziellen Empfang mit Amtseinführung der sogenannten besseren Crewmitglieder, also derjenigen, die direkt mit den Passagieren in Kontakt kommen, hatte ich verpasst, weil ich erst in letzter Minute angeheuert worden war. Darum wusste ich auch nicht, mit wem ich es mehr als fünf Monate lang auf weniger als sieben Quadratmetern zu tun haben würde. Ich grüßte freundlich, also mit Lächeln und so, streckte die Hand aus und nannte meinen Namen. Und was tat er? Fauchte mich an: Wehe, du bist schwul! Und ich dachte: Zum Glück bin ich's nicht, denn wenn ich es wäre, würde er es garantiert merken und mich fertigmachen. Ich sagte zu ihm: Brauchst keinen Schiss zu haben, ich bin Hardcore-Hetero. Das gefiel ihm. Mir war es peinlich, dass mir so ein Scheißspruch rausgerutscht war, aber er gab mir die Hand und sagte seinen Namen: Konstantin. Ohne Opel. Genannt Tintin.

Das war auch nicht witzig. Damit waren wir quitt.

Tintin ist ein gutes Stück älter als ich und arbeitet als Kellner. Meistens im Wintergarten, aber manchmal auch in einem von den anderen Cafés. Da ist er stolz drauf, dass er immer in Cafés bedienen darf. Nie Essensgeruch in den Haaren. Und die Gäste nicht so gierig und ungeduldig, weil sie immer pappsatt zum Kaffee oder Tee einlaufen. Sein Job ist, genau genommen, ziemlich anstrengend, weil er stundenlang auf den Beinen ist, ohne sich mal setzen zu können, aber er hat gelernt, sich die Kräfte einzuteilen. Ich beeile mich nie, meint er. Ich gehe würdig, weißt du, das ist gut für die Atmosphäre, das mögen die Gäste, und das wissen die Chefs wieder zu schätzen. Nie kommt er gestresst vom Dienst. Im Gegensatz zu mir. Ich falle fix und fertig in die Kiste, jede Nacht voller Angst, mir diesmal garantiert eine Sehnenscheidenentzündung gespielt zu haben, und bin auch schon so gut wie eingepennt. Tintin kommt nach Schichtende lautlos rein, macht sich ein bisschen frisch, zieht sich ruhig und zügig um und geht spazieren oder sucht sich eine Frau. Am liebsten eine von den Passagieren. Ist zwar streng verboten, aber die Bosse, die wirklich Durchblick haben, drücken schon mal ein Auge zu. Sie wissen, dass es der Stimmung an Bord nicht guttut, wenn allzu viele Töchter reicher Eltern oder unternehmungslustige allein reisende Damen vor Langeweile und Frust vergehen und dann so was Verwesendes ausstrahlen.

Tintin behauptet sogar, Gaus persönlich habe ihm zwei Anzüge auf Firmenkosten besorgt, mit denen man sich auf den Passagierdecks sehen lassen kann. Angeblich genießen mehrere Crewmitglieder, die bestimmte Voraussetzungen erfüllten, dieses Privileg des freien Auslaufs im Kavalierskostüm. Gern würde ich Tintin fragen, ob die Reederei auch echte Huren engagiert hat, traue mich aber nicht, weil ich befürchte, er könnte es in den falschen Hals bekommen, also irgendwie auf sich beziehen. Oder denken, ich hätte es nötig und wollte die Fühler ausstrecken.

Nachdem ich die zwei Euro von der alten, verirrten Dame im Handumdrehen verdreiundzwanzigfacht hatte, kam ich mit extrem guter Laune in die Kabine. Ich pfiff sogar, und da wollte Tintin natürlich wissen, was mit mir los war.

Ich habe gerade einer Witwe ein aufregendes Stündchen beschert und damit fast fünfzig Euro verdient, erklärte ich.

Da sprang er vom Bett auf und ging mir fast an die Gurgel. Bist du wahnsinnig?, fauchte er. Fünfzig Euro für eine ganze Stunde? Du machst die Preise kaputt!

Er war wirklich außer sich, beruhigte sich aber schnell, als ich ihm erzählte, was vorgefallen war. Auf einmal war er wie umgewandelt. Er konnte sich an die schwarze Witwe erinnern, sagte, er habe sie oft bedient, sie habe zwar keine üppigen Trinkgelder gegeben, sei ihm aber ans Herz gewachsen. Anfangs sei sie ein paarmal mit der Psychologin da gewesen, später habe sie ihren Kaffee allein getrunken und sich immer an einen Tisch in Tintins Servicebereich gesetzt.

Ist das so eine Superreiche, dass sie ihre eigene Psychologin dabeihat? So sieht sie gar nicht aus.

Quatsch, Mann. Das ist die Bordpsychologin. Die ist für alle da. Also für alle oberhalb von diesem Deck. Wusstest du das nicht? Ist eine neue Erfindung, gibt es auf keinem anderen Schiff. Hat Gaus sich ausgedacht.

Und wieso, wenn ich fragen darf? Die Leute machen doch Urlaub. Wer braucht da schon einen Therapeuten?

Genau dann braucht man ihn. Vor allem Ehepaare haben ihn nötig. Denk doch mal nach. Zu Hause haben sie ihre Routine und wissen, wie man sich aus dem Weg geht. Hier hocken sie eng aufeinander. Er kann keine Überstunden vortäuschen und sich auch nicht für sechs Stunden zum Golfen abseilen, und sie kann sich nicht am Abend in die Oper flüchten. Die sind sich also gegenseitig ausgeliefert und stellen plötzlich fest, dass sie sich nichts zu sagen haben. Was ihnen natürlich vor den anderen irrsinnig peinlich ist. Ich seh das im Café jeden Tag. Stumm verdrücken sie ihre Torte, aber sobald sich jemand an den Nebentisch setzt, versuchen sie pro forma Konversation zu machen. Unglaublich peinlich.

Ich verstand, was Tintin meinte, denn von meinem Platz am Klavier aus konnte ich Ähnliches beobachten, bloß in der abendlichen Variante, in festlicherer Garderobe.

Was bei diesen Ehepaaren passiert, erklärte er, musst du dir so vorstellen: Am Anfang der Tour staunen sie noch über das

Schiff und den Luxus und das Meer und so weiter, aber irgendwann, spätestens in der Karibik, verwandelt sich der blaue Himmel in eine Riesenlupe, hinter der ein gigantischer Scheinwerfer brennt. Und das Meer wird zum riesigen Spiegel. Und nun rate mal, was die Leute in dem Spiegel sehen, wenn sie vom Schampus benebelt übers Sonnendeck schleichen? Sich selbst. Und die Gestalt neben sich. Und zwar im Großleinwandformat, superscharf. Dieser Anblick ist für manche der absolute Horror.

Ganz schien mir Tintins Bild nicht aufzugehen, aber so, wie er es beschrieb, mit verklärtem Blick, sah es aus, als wäre ihm das Phänomen nicht unangenehm.

Bist du schadenfroh?, wollte ich wissen.

Absolut, grinste er.

Und Leute, die diesen Horror erleben, können jetzt einen Psychologen buchen? Ich dachte, auf Schiffen gäbe es nur Pfarrer.

Das war einmal. Zu wenig Zulauf. Wir haben trotzdem noch einen. Ist mir allerdings noch nicht über den Weg gelaufen. Wahrscheinlich ein Grottenolm, der sich nicht ans Licht traut. Und nur zur Erinnerung: Unser Psychologe ist eine Psychologin. So wird sie im Bordprospekt übrigens nicht genannt. Klingt wahrscheinlich zu sehr nach Klapse. Dort steht »Lebensberaterin«.

Peinlich.

Stimmt. Aber die Frau hat was. Nicht mehr ganz jung, trotzdem noch gut in Schuss, garantiert Single, das seh ich auf den ersten Blick, macht aber keinen ausgehungerten Eindruck. Entweder sie hat einen an der Hand, auf den sie notfalls zurückgreifen kann, oder sie ist mit anderen Sachen beschäftigt. Kommst du mit zum Essen?

Das war einer der Vorteile meines Kabinennachbarn. Er erinnerte mich an die Mahlzeiten. Ich tauschte Glitzersakko, Fliege und Rüschenhemd gegen ein T-Shirt, und wir machten uns auf den Weg in die Messe.

Almut Als das Kalorienbömbchen aus Salzburg geschmolzen war, öffnete sich der vermutlich noch mit Schokoladengeschmack ausgekleidete Mund schließlich, um etwas zu erzählen, das nach einem der Routine-Fälle klang, bei denen ich mir aufgrund ihrer ermüdenden Häufigkeit fast gewaltsam ins Bewusstsein rufen muss, was die Situation für die Betroffenen selbst bedeutet. Ihnen nützt es nämlich nichts, dass ich ihren Fall schon in Dutzenden von Variationen gehört habe.

Immerhin war der Mann kein Druckser. Auch keiner, der Bagatellen dramatisch zu Großleinwandereignissen aufblies oder, noch schlimmer, gar mit aufgerissenen Augen und Tremolo in der Stimme von sich behauptete, er sei fürchterlich depressiv. Auch hob er sich, da er nach kurzer Verlegenheit den Anfang gefunden hatte, wohltuend vom effektvoll abgetretenen Tragödienhelden Bernd Gaus ab. Er saß mit übereinandergeschlagenen Beinen auf dem Besucherstuhl, seine Kleider passten und standen ihm, er schien sich darin wohlzufühlen, und das mag einer der Gründe dafür gewesen sein, dass es ihm leichtfiel, ungezwungene Freundlichkeit an den Tag zu legen.

Er stellte sich mit Namen und Herkunft vor, sagte, er sei verheiratet, doch kinderlos, und gab sich als beruflich erfolgreicher Mensch aus, der mit seinem Dasein zufrieden ist.

Jetzt aber habe er ein Problem.

So fangen Männer immer an. Sie haben ein Problem. Dahinter steckt etwas, das sie nicht durchschauen: Was als klar umgrenztes Problem definiert wird, soll von mir rückstandslos beseitigt und entsorgt werden. Die Herren denken mechanistisch. Teile werden ausgetauscht. Reparaturen werden durchgeführt. Sogar wenn sie an Körper denken. Dann werden eben Organe transplantiert.

Aber ich darf nicht ungerecht sein. Vor allem will ich es in diesem Fall nicht sein, denn der Mann, der sich mir als Sven Dornfeld aus Hamburg vorgestellt hatte, war offenbar im Beruf ganz auf Problemlösung getrimmt. So etwas übertrug sich leicht aufs Private, nicht unbedingt zum Nachteil. Den üblichen Kleinkram kriegt man damit durchaus geregelt.

Sein Problem, sagte er, bestehe darin, dass er sich seiner Frau nicht nähern könne.

Nun ja. Das klang nicht nach Sensation, bloß nach ein bisschen Überdruss. Nach Ehealltag eben. Meine Gedanken schickten sich bereits an, zum weinerlichen Gesicht von Bernd Gaus zu springen, aber ich erkannte noch rechtzeitig, wie nachdenklich der gut aussehende Mann von vielleicht fünfunddreißig, vierzig Jahren wurde, als er das eine Bein vom anderen nahm, sich nach vorne beugte, die Unterarme auf die Knie stützte und sich beim Reden auf die Finger schaute.

Seine Ernsthaftigkeit appellierte an mein Wohlwollen, aber noch lebte die Ungeduld in mir, weshalb ich ihm erst mal zu verstehen gab, dass ein solches klassisches Paarproblem nur im Beisein beider Partner in Angriff genommen werden könne.

Am besten, Sie kommen ein andermal wieder und bringen Ihre Frau mit. Ansonsten sind die Erfolgsaussichten nicht sonderlich gut.

Das war voreilig gesagt, doch zum Glück ohne brüsken Unterton, denn es fiel Herrn Dornfeld nicht schwer, weiterhin meine Aufmerksamkeit einzufordern.

Sie haben sicher recht, gab er zu, aber lassen Sie mich wenigstens die Lage kurz skizzieren. Außerdem weiß meine Frau eigentlich noch nichts von dem Problem. Und die Geschichte ist schnell erzählt.

Die Kreuzfahrt sei ein Geschenk. Und zwar eines von seiner Frau an ihn. Zwei Verwöhnwochen auf dem Luxusdampfer, bei Landgängen brasilianische Lebensfreude, danach Tango und

Latino-Flair in Buenos Aires – und per Flieger in der ersten Klasse wieder zurück an die Alster. Anlass des Geschenks? Natürlich der Hochzeitstag. Aber nun raten Sie mal, der wievielte.

Ich zuckte mit den Schultern und riet: Der zehnte?

Nein, der vierte. Der vierte! Verstehen Sie? Da offenbart sich das Milieu, dem meine geliebte Frau entstammt. Das ist der wahre Reichtum. Zum vierten Hochzeitstag eine kleine Kreuzfahrt für zehn Riesen. Aber schön. Die Idee ist gut. Und sie gefiel mir. Ich war zuvor noch nie auf einem solchen Schiff, ich war auch noch nie in Südamerika, und im November ist Hamburg ohnehin unerträglich.

An dieser Stelle fühlte er sich bemüßigt, darauf hinzuweisen, dass er seine Frau natürlich nicht im November vor vier Jahren geheiratet habe, sondern im Juni. Dies allerdings sei eine Zeit, in der ihm sein Beruf keine längere Absenz vom Arbeitsplatz erlaube. Bei seiner Frau sei das nicht anders, darum habe sie von Anfang an den November als Reisemonat avisiert – und auf dem Geschenkgutschein auch eingetragen.

Ich verkniff mir jede Reaktion, dennoch hielt er kurz inne und sah mich forschend an, sprach aber sogleich weiter.

Er sei gern gefahren, habe sogar beschlossen, weder Laptop noch Kommunikator mitzunehmen.

Schon hielt er erneut inne, diesmal, um mich fast triumphierend anzusehen. Die angemessene Reaktion darauf wäre ein Kraulen des Fells zwischen den Ohren gewesen: Guter Hund, aber ich lächelte nur routiniert.

Statt elektronischer Geräte habe er Bücher eingepackt. Er sei nämlich passionierter Leser, sehe sich aus Zeitmangel allerdings oft gezwungen, mit Hörbüchern vorliebzunehmen. Nun aber sei er vor dem heimischen Regal auf und ab gegangen und habe darüber nachgedacht, was sich als Reiselektüre eigne. Etwas mit Meer, etwas zu Südamerika, Buenos Aires, er habe hin und her überlegt, da sei ihm ein schmales Taschenbuch in die Hände gefallen, dessen Existenz er vollkommen vergessen hatte. Es sei hässlich gewesen, hautfarben, mit einem miserablen Schwarz-Weiß-Foto der chilenischen Verfasserin vorne drauf, aber der Titel des Büchleins sei ihm durch und durch gegangen: *Wenn du mich anblickst, werd' ich schön.* Beim Lesen des Titels habe er sofort zu zittern angefangen, und als er das Buch aufschlug, steigerte sich das Zittern zum Schüttelfrost. Er schlotterte, denn er las die Widmung, mit zarten Buchstaben dünn geschrieben, weil der Kugelschreiber kaum aufgedrückt worden war: »Für Sven. In Liebe, Kasia«.

Kasia, ausgesprochen Kascha, bloß mit einem »sch«, das eigentlich keines war, sondern viel weicher, ein »sch« mit kleinem, zärtlichem »s«. Ein polnisches »sch«. Kasia. Die Koseform von Katarzyna.

Wenn du mich anblickst, werd' ich schön. Das hatte sie zu ihm gesagt. So ähnlich jedenfalls. Vermutlich bevor sie das Buch mit dem Titel gekannt hatte. Vielleicht hatte sie gesagt: Wenn du mich ansiehst, fühle ich mich schön.

Nun spürte ich erneut Unruhe in mir aufsteigen. Offenbar war die Geschichte doch nicht so schnell erzählt. Vor allem aber wurde ich nervös, weil ich Kitsch befürchtete. Da bin ich empfindlich – obwohl ich selbst schon mal gern ein Sentimentalitätsbad nehme. Aber das tue ich für mich im stillen Kämmerlein und belästige keine Therapeuten.

Das Buch, fuhr Dornfeld unbeirrt fort, habe sich von den anderen in seinem Regal dadurch unterschieden, dass es mit selbstklebender Folie eingebunden war. Auf dem Rücken war die Folie jedoch in Form eines quer liegenden Rechtecks aufgeschnitten. An dieser Stelle hatte sich der Codestreifen befunden. Er war allem Anschein nach mit einem scharfen Messer herausgetrennt worden, um ein unbemerktes Entwenden des Buches zu ermöglichen. Das Buch stammte nämlich aus der Stadtbibliothek Hamburg, wie der Stempel auf dem Vorsatzblatt bewies, und zwar aus der Hauptstelle, dem großen Bibliotheksgebäude oberhalb des Bahnhofs.

Nun richtete sich Dornfeld wieder aus seiner sinnierenden Haltung auf und sah mich eindringlich an.

Sie war demnach in Hamburg!, rief er beinahe aus. Es könne nicht anders gewesen sein. Sie sei ihm nachgereist, sicherlich um ihn zu sehen, und dann müsse sie erkannt haben, dass er nicht allein lebte. Statt ihn aber zur Rede zu stellen, sei sie vor der Rückfahrt offenbar in die Bibliothek gegangen und habe das Buch entführt, das sie ihm später aus Posen geschickt habe. Sie hatte darin einzelne Verse, hier und da auch ganze Strophen unterstrichen, mit Kugelschreiber, ganz dünn, so wie sie auch die Widmung geschrieben hatte. »Wenn ich dich hasste, würde ich meinen Hass rund und sicher in Worte kleiden. Ich aber liebe dich«, hatte sie hervorgehoben.

Dornfeld wusste es auswendig aufzusagen, und das nahm mich sogleich wieder vollkommen für ihn ein. Ein Zitat ließ er noch folgen: »Am Wege trafst du keinen Stein, der nackter wäre in der Morgenröte als ich, die Frau, auf die du deinen Blick geworfen, da du sie singen hörtest.« Dies sei aus dem Gedicht, erklärte er, dessen erster Vers dem ganzen Buch den Namen gegeben hatte: »Wenn du mich anblickst, werd' ich schön«.

Er habe das Buch mit diesen unterstrichenen Botschaften in einem typischen Ostblockkuvert aus holzigem Papier in seinem Briefkasten gefunden und danach nie wieder etwas von Kasia gehört.

Vor Begeisterung über das literarische Ende der Geschichte hatte er vergessen, den Anfang zu erzählen. Allerdings konnte ich mir in etwa denken, was vorgefallen war: Pseudo-Lovestory Ost-West. Der Spender aus dem Westen trifft auf die bereitwillig Gebende im Osten. Wohltaten von morgens bis abends, ohne kapitalistischen Alltag. Ich kannte das. Und wie ich das kannte! Wenn man in der DDR eine junge Frau war und nicht gerade für Sportzwecke zur Testosteronrakete aufgerüstet wurde, sah man erst, wie viele Herren aus dem Westen sich in unseren leeren, grauen Städten herumtrieben. Während des Studiums in Leipzig verging in der Zone zwischen Hauptbahnhof und Uni kein Tag ohne das verschlagene Zwinkern eines mehr oder weniger feisten Herrn von drüben.

Das war Pech für Herrn Dornfeld. Denn damit saß er mir nun wieder in eher ungünstigem Licht gegenüber und musste den Anfang der Geschichte gegen meine missmutige Skepsis anerzählen. In den letzten Jahren, sagte er, als rechne er noch immer mit meinem Wohlwollen, sei er beruflich sehr erfolgreich gewesen und habe überdurchschnittlich gut verdient. Aber ursprünglich komme er aus einfachen Verhältnissen. Im Gegensatz zu seiner Frau. Das Studium habe er sich weitgehend selbst finanzieren müssen. Reisen seien nicht drin gewesen. Einmal sei er eher zufällig und halb unwillig immerhin in Ost-Berlin gewesen und habe bei der Gelegenheit eine polnische Reisegruppe kennengelernt, allesamt Studentinnen der Germanistik aus Posen. Sie hatten sich in dem Selbstbedienungsrestaurant am Alexanderplatz getroffen, das es heute nicht mehr gebe, gleich neben dem Fernsehturm. Ob ich es kennte?

Ich nickte. Das Lokal kannte jeder DDR-Bürger, der schon mal Berlin besucht hatte. Die seltsamen Betonzacken des Gebäudes vergaß man ebenso wenig wie das System der Essensausgabe. Am Eingang musste man eine Marke kaufen, anschließend durfte man zwischen zwei Speisen wählen. Was man sich ausgesucht hatte, kam schließlich per Förderband auf einem Tablett aus dem Untergeschoss angefahren.

Weil es ein Selbstbedienungsrestaurant gewesen sei, habe er sich hineingetraut, erklärte Dornfeld. Die DDR sei ihm nämlich etwas unheimlich gewesen. Ständig habe er Angst gehabt, etwas falsch zu machen und dadurch die Aufmerksamkeit der Volkspolizei auf sich zu ziehen. Obwohl er also alles andere als forsch aufgetreten sei, hätten ihn die Polinnen sofort als Westdeutschen identifiziert und auf unvergleichliche Weise mit ihm geflirtet. Schüchtern geflirtet! Es gebe nichts Betörenderes, beteuerte Dornfeld, und mein Gemüt verdüsterte sich weiter. Er begab sich auf Terrain, auf dem mein Unmut prächtig spross.

Dem Personal im Restaurant habe das Flirten, Tuscheln, Kichern und Lachen nicht gefallen, das habe er bald gemerkt. Darum habe er sich im Zaum gehalten. Aber als die Polinnen, die eigentlich schon bei seinem Eintreten mit dem Essen so gut wie fertig gewesen seien, sich angeschickt hätten zu gehen, habe er im Scherz zu ihnen gesagt, er werde sie besuchen. Sie hätten gelacht und erwidert, so weit in den Osten traue er sich gewiss nicht. Ihr werdet euch wundern, habe er ihnen nachgerufen.

Das war 1989. Im Frühsommer vor der Wende. Die sich damals aber noch keiner so richtig vorstellen konnte.

Noch im Oktober desselben Jahres fuhr er nach Posen. Von Berlin aus war es lächerlich nah. Allerdings dauerte die Fahrt wegen der Grenzkontrollen mehrere Stunden länger, als es die Entfernung erfordert hätte.

Im Sommer jenes Jahres hatte in Polen ein Regierungswechsel stattgefunden. Der neue Ministerpräsident war kein Kommunist mehr, er hieß Mazowiecki, wirkte freundlich, sanft und immer auch ein bisschen traurig. Nicht wie ein Held. Und trotzdem war er einer von denen, die dafür gesorgt hatten, dass sich östlich der DDR plötzlich eine breite Lücke im Ostblock auftat. Die Polen durften ohne große Umstände ihr Land als Reisende verlassen und nutzten das weidlich aus. Darum war der Zug, mit dem der Student Dornfeld nach Posen fahren wollte, voller Polen auf dem Heimweg, die Elektrogeräte bis Fernsehgröße mit sich führten. Die Abteile waren vollgestopft, sogar die Zugtoiletten dienten als Stauraum. Dornfeld sagte, er habe eine Platzkarte gehabt, sich aber nicht getraut, den reservierten Platz zu beanspruchen. Er habe in der Abteiltür gestanden und ratlos die acht rauchenden Polen auf den sechs Sitzen angeschaut und dann, ohne ein Wort zu sagen, auf seinen Sitzplatz verzichtet.

Als der Zug den Bahnhof Zoo verließ, stand Dornfeld zwischen zig Polinnen und Polen im Gang und fühlte sich nicht besonders wohl. Nach einigen Minuten hielt der Zug in Ost-Berlin am Hauptbahnhof, und da herrschte plötzlich ein Ton, den der junge Deutsche nur vom Hörensagen kannte. Die DDR-Zöllner sahen nicht ein, sich zwischen all den Slawen hindurchzudrücken, sie ließen die Gänge kurzerhand räumen. Alles, was keinen Sitzplatz hatte, musste raus auf den Bahnsteig. Dornfeld sah ängstliche Gesichter, die befürchteten, ihr Gepäck und ihre Einkäufe im Waggon lassen zu müssen und selbst nicht weiterfahren zu dürfen. Ihm selbst war das Ganze ebenfalls nicht geheuer, aber richtig peinlich wurde es, als auf dem Bahnsteig eine kleine Selektion nach deutscher Art stattfand. Die Polen, schilderte Dornfeld, seien zu einem Pulk zusammengetrieben worden, ihn aber, der er den weinroten BRD-Pass in der Hand hielt, habe man aus dem Pulk herausgeholt. Er habe abgesondert von den Polen stehen müssen, mit mehreren Metern Abstand, und dabei habe er genau gemerkt, dass die DDR-Zöllner das anders sahen. Aus ihrer Sicht *durfte* er alleine stehen.

Nach einer Zeit, die ihm unwahrscheinlich lang vorgekommen sei, hätten die Gangpassagiere die Waggons wieder besteigen dürfen, und die eigentliche Reise habe begonnen. Sie sei anstrengend gewesen, vor allem wegen der Enge auf den Gängen und weil nur wenige Toiletten zugänglich waren. Als eher ärgerlich bezeichnete Dornfeld den Auftritt des polnischen Schaffners unmittelbar hinter der Grenze. Er habe dem jungen Deutschen bedeutet, er dürfe nicht auf dem Gang stehen, da er über eine Platzkarte verfüge. Auf den Einwand, der reservierte Platz sei belegt, reagierte der Uniformierte mit einem unwirschen Redeschwall und dem Befehl, eine Zusatzgebühr zu entrichten.

Dass die polnischen Mitreisenden, die ebenfalls auf dem Gang standen, von dieser Gebühr offenbar befreit waren, wunderte Dornfeld nun nicht mehr. Er bot drei D-Mark in Silbermünzen an, das war dem Schaffner sichtlich zu wenig, aber schließlich gab er sich damit zufrieden und stellte sogar eine Art Quittung aus, obwohl er die Münzen nicht in das Dienstportemonnaie, sondern in die Hosentasche steckte.

Posen, erzählte Dornfeld, sei bei der Ankunft fast vollkommen dunkel gewesen und habe seltsam intensiv nach etwas gerochen, das er nicht kannte.

Braunkohle, klärte ich ihn auf. Der Duft des Ostens.

Ja, sagte er, mittlerweile wisse er das. Damals aber habe er das nicht gekannt. Im Übrigen habe er in Posen auch keine Ahnung gehabt, wohin er sich wenden sollte. Es habe am Bahnhof keinen Informationsstand und auf der Straße davor kein Taxi und kaum Leute gegeben. Er sei einfach mit seinem Gepäck in die Richtung gegangen, in der er die Innenstadt vermutete, habe ständig damit gerechnet, auf einem der langen Abschnitte zwischen zwei funktionstüchtigen Straßenlaternen überfallen zu werden, und nach einer Weile sei es ihm tatsächlich gelungen, ein Hotel zu finden. Das Zimmer habe er im Voraus mit Devisen bezahlen müssen – obwohl er vor dem Eingang bei einem mobilen Geldwechsler zum Schwarzmarkttarif D-Mark gegen ein stattliches Bündel Zloty getauscht habe.

Am nächsten Morgen war er in die Uni gegangen, hatte herausgefunden, wo sich das germanistische Institut befand, und danach einfach abgewartet, indem er sich als einsames Monument in der Cafeteria des Gebäudes aufgebaut hatte. Er hatte Pflaumensaft getrunken und polnische Zigaretten ohne Filter geraucht, die man ihm zunächst gar nicht hatte verkaufen wollen, als wären sie für westliche Lungen nicht geeignet. Waren sie auch nicht, wie sich herausstellte, aber er habe es einfach nicht über sich gebracht, im armen Osten Marlboro zu rauchen. Da wäre er sich vorgekommen wie ein Kolonialherr. So viel Sensibilität habe er damals schon aufgebracht, obwohl er Betriebswirtschaft studierte.

In der Cafeteria habe eine junge Frau bedient, an deren Nägeln der Lack schon abgeblättert sei. Sie habe immer wieder zu ihm hingeschaut und irgendwann eine Kassette in den Rekorder gelegt und mit gedämpfter Lautstärke laufen lassen. Das Lied habe *Lambada* geheißen und sei damals überall in Posen gespielt worden, hauptsächlich auf der Straße, von fliegenden Händlern, die verkauften, was sie selbst in den Billigmärkten Westdeutschlands erworben hätten, nicht zuletzt Musikkassetten.

Lambada. Ob ich mich an das Lied erinnern könne. Südamerika, Samba, Karneval in Rio oder so ähnlich. Und dies dann im Herbstnebel des düsteren Posen, wo drei Viertel aller Lampen kaputt zu sein schienen, wo man das Gefühl hatte, die Sonne würde bewusst einen weiten Bogen um die Stadt machen.

Dabei seien manche Plätze und viele Häuser in der Stadt schön gewesen. Kasia habe sie ihm gezeigt.

Zunächst hatte es jedoch den Anschein, als hätte sich die Reise nicht gelohnt. Gegen Mittag kamen Studenten in die Cafeteria, darunter einige der Mädchen, die in Ost-Berlin gewesen waren. Er sah, dass auch sie ihn erkannten, aber sie wandten sich allesamt ab, etwas halbherzig, schien ihm, aber immerhin so, dass sie eine mögliche Kontaktaufnahme unmissverständlich ablehnten. Sie hatten diesmal auch einige junge Männer bei sich, und darin mochte der Grund für ihr Verhalten gelegen haben, denn die Blicke dieser Studenten blitzten wie frisch geschärfte Säbel, behauptete Dornfeld.

Ich war völlig frustriert, sagte er. Und auf der Stelle wütend auf mich, weil ich die grauenhafte Zugfahrt auf mich genommen und so viel Geld für das Hotelzimmer ausgegeben hatte, ohne etwas dafür zu bekommen.

Was hatten Sie denn erwartet?, fragte ich ihn. Und diese Frage hatte nichts mit aufrichtigem Interesse zu tun. Vielmehr wollte ich dem Kater die Schnauze in die eigene Kacke drücken.

Ja, eben, das war es ja gerade, entgegnete er ohne jedes Zögern. Auf einmal wurde mir klar, dass ich in Wahrheit bloß in ein diffuses erotisches Abenteuer investiert hatte. Die so keck und schüchtern zischelnden polnischen Mädchenlippen in Ost-Berlin waren eine Verheißung auf etwas Aufregendes gewesen, das ich noch nicht kannte. Ich hatte mir ja noch nicht mal eine Studentin herausgepickt, ich war mir insgeheim sicher, ich könnte viele von ihnen haben.

Kleinlaut verließ ich die Universität und streunte durch die Stadt, die schon wieder von Dunkelheit und Nebel eingehüllt war. Ich aß Kohl in einem kahlen Lokal, stellte mich aus Neugier in die Schlange vor einem Geschäft, um festzustellen, dass es Joghurt gegeben hätte, und irgendwann stolperte ich über ein dickes Tau, das über den Bürgersteig gespannt war. Es gehörte zu einem Zirkuszelt, das auf einem Platz in der Innenstadt aufgeschlagen, in der nachmittäglichen Düsterkeit aber kaum zu erkennen war. Gewaltige Heringe waren ins Pflaster geschlagen worden und spannten die dicken Zeltseile. Während ich mich noch wunderte, wurde ich schon am Arm gepackt und von einem Clown zur Kasse gezogen. Dort redete man auf Polnisch auf mich ein, ich aber wollte nicht in das muffig riechende Zirkuszelt, nicht in dieser dunklen Nebelkälte, mir war das alles unheimlich, doch mir fehlte die Sprache, um mich zu wehren. Hier wollte keiner Deutsch oder Englisch verstehen, bis mich plötzlich eine zart zischelnde Stimme auf Deutsch fragte, ob sie für mich dolmetschen solle.

Die Stimme gehörte einer zierlichen Blonden, die aber, wenn sie polnisch sprach, so energisch werden konnte, dass der Fall im Nu gelöst und ich von Kassenhäuschen und Zirkusclown befreit war. Ich fragte sie darum, wie ich mich erkenntlich zeigen könne, und da lächelte sie auf diese unvergleichlich schüchtern-kecke Art, die mich schon bei den polnischen Germanistinnen in Berlin betört hatte, und sagte, das sei leicht. Ich müsse ihr bloß eine Karte für den Zirkus kaufen.

Das war Kasia.

Der Clown tippte sich an die Stirn, das Kassenfräulein schoss mit den Augen Blitze ab und ich wurde ein paar abgegriffene, federleichte Zlotyscheine los. Wenig später saß ich neben Kasia auf einer Holzbank am Rand der Manege, unter zwanzig, dreißig anderen Zuschauern. Etwas von dem Nebel schien ins Zelt eingedrungen zu sein, die Sicht war jedenfalls nicht klar, der Geruch der Elefantenleiber hielt sich lange in der Luft, und die Instrumente der Kapelle waren vor Kälte und Feuchtigkeit verstimmt. Der Schlangenbeschwörer trug eine dicke Boa zweimal im Kreis herum, dann blieb er direkt vor mir stehen. Er rief den anderen Zuschauern etwas auf Polnisch zu, und ehe ich mich's versah, hängte er mir das Reptil um den Hals.

Die Schlange sei unglaublich schwer gewesen, beteuerte Dornfeld, er habe das Rückgrat strecken und die Schenkelmuskeln anspannen müssen, um nicht in die Knie zu gehen. Und Kasia habe mit beiden Händen vor dem Mund das Lachen unterdrückt, während sich der Kopf der Schlange langsam auf die Höhe von Dornfelds Gesicht erhob und sie ihn züngelnd mit ausdruckslosen Augen fixierte. Den kalten Gleichmut der Gewohnheitswürgerin habe er in dem Moment erblickt und unter unverdünnter Angst gelitten.

Mit dieser Angst aber habe er wohl die schmale blonde Polin für sich gewonnen. Wer in sich Gefühle hat, die er nicht in den Griff bekommt, der kann kein schlechter Mensch sein, habe Kasia ihm viel später erklärt. Dass es ihm nicht gelungen sei, die Schlangenangst mit westeuropäischer Souveränität zu kaschieren, habe ihn liebenswert für sie gemacht. Nur wer Angst habe, könne auch lieben, habe sie hinzugefügt, mit einer Logik, die ihm damals noch fremd gewesen sei, die er aber nach und nach zu verstehen und zu genießen gelernt habe.

Mehrfach sei er in Posen gewesen, erzählte Dornfeld. Im Winter desselben Jahres schon wieder, im darauffolgenden Frühjahr, im Sommer, im Herbst, und dann sei er irgendwann einfach nicht mehr hingefahren.

Warum?

Ich weiß es nicht mehr.

Genau dies, sagte er, sei Teil seines Problems. Als er nämlich vor Beginn der Kreuzfahrt das entwendete Gedichtbuch aus der Hamburger Bücherei mit der zarten Kugelschreiberwidmung in den Händen gehalten habe, sei ihm aufgegangen, dass er die Kasia, auf deren Namen er da blickte, vollkommen vergessen hatte.

Ich bin bei dieser Frau gewesen, in ihrem kleinen Untermietzimmer, habe Tage und Nächte mit ihr verbracht und dabei gedacht, hier bin ich richtig, und dann vergesse ich sie einfach so!

Eine schockierende Erfahrung sei das gewesen. Die Erinnerung habe nach und nach eingesetzt, zusehends an Tiefenschärfe gewonnen und sei schließlich in Verzweiflung und Entsetzen über die eigene Kälte umgeschlagen. Die letzte Begegnung mit Kasia habe er sich aber noch immer nicht wieder ins Gedächtnis rufen können. Ob das wohl eine Form von Verdrängung sei, wollte Dornfeld wissen.

Ich zuckte mit den Schultern und brachte vorerst kein Wort heraus.

Jedenfalls habe die Begegnung mit seiner eigenen Schäbigkeit ihm die Freude an der Kreuzfahrt genommen. Angesichts des nasskalten polnischen Nebels, in dem Kasias Bild unerklärlich versunken gewesen war, sei ihm die Lust vergangen, auf einem blendend weißen Luxusschiff im südlichen Atlantik mit Champagner auf den eigenen Wohlstand anzustoßen. Er habe sich selber ungenießbar gefunden, damit sei die Lust auf Genuss verflogen, und allein seiner Ehefrau zuliebe habe er die Reise nicht abgesagt.

Hätten Sie sich getraut, Ihrer Frau die Wahrheit zu sagen?

Die Replik kam ohne Zögern: Natürlich nicht.

Die Folgen habe er gerade auszubaden. Seine Frau habe nämlich gleich nach dem Einschiffen versucht, sich ihm in der Kabine zu nähern. Eine Überraschung sei das nicht gewesen, denn sie wussten beide, auch wenn sie es nicht aussprachen, dass sie sich von der Reise nicht zuletzt ein Aufleben der ehelichen Sexualität erhofften. Die habe in den letzten Monaten praktisch nicht mehr stattgefunden.

Der Job, verstehen Sie? Und überhaupt. Vier Jahre Ehe, davor auch schon fast fünf Jahre zusammen. Das merkt man halt.

Hier auf dem Schiff gebe seine Frau sich alle Mühe. Ob es nötig sei, ins Detail zu gehen?

Nein.

Er aber, wie solle er sagen, nun, er könne nicht. Sobald seine Frau ihn berühre und er sich durch ihre Berührung seines eigenen Körpers bewusst werde, überkomme ihn gewaltiger Ekel vor sich selbst. Und das sei natürlich der Tod der Erotik.

In den ersten Tagen habe er seine Frau noch vertrösten können, aber nun spitze sich das Problem zu. Er spiele sogar ernsthaft mit dem Gedanken, sich von einem der Bordärzte Viagra verschreiben zu lassen, um gewissermaßen der psychischen Übermacht eine starke, autonome Physis entgegenzusetzen.

Offenbar verzog ich gegen meinen Willen das Gesicht, denn er reagierte sogleich beschwichtigend. Er wisse schon, das wäre der falsche Weg, darum sei er ja auch zu mir gekommen und nicht in die Bordklinik gegangen.

Übrigens sei ihm hier auf dem Schiff wieder eingefallen, wie es damals gewesen sei, als er das Buch in dem holzigen polnischen Kuvert gefunden und die von Kasia unterstrichenen Verse zum ersten Mal gelesen habe. Er habe da schon mit seiner jetzigen Frau zusammengelebt und sei mit seiner Dissertation beschäftigt gewesen.

Das Buch mit der Widmung habe ihm durchaus zu denken gegeben, verstohlen habe er es ins Regal geschoben, und mehrere Wochen habe ihn das schlechte Gewissen geplagt. Andererseits sei er auch erleichtert gewesen, von Kasia nicht zur Rede gestellt worden zu sein, womöglich gar im Beisein seiner Freundin. Nach und nach sei seine polnische Affäre in der Szenenfolge eines ereignisreichen Lebens wieder in den Hintergrund gerückt.

Bis zu dem Tag vor der Abreise, als er wieder diesen Satz vor sich sah: »Wenn du mich anblickst, werd' ich schön.« Seitdem frage er sich in einem fort, wie er die Kälte habe aufbringen können, seinen Blick einfach irgendwann von Kasia, die ihn aller Wahrscheinlichkeit nach geliebt habe, abzuwenden.

Wenn nichts mehr geht: Gehen.

Wenn ich verwirrt bin, gehe ich zu Fuß, bis die überschüssige Komplexität veratmet ist und die Gedanken einen schlichten Gehrhythmus annehmen, ohne freilich den Geist aufzugeben. Andante con moto.

Bloß ist das mit dem freien Gehen auf diesem Schiff nicht so einfach, denn es gibt das Offene nicht. Oder genauer: es gibt es schon, aber nur wenn man an der Reling steht und aufs Meer hinausschaut. Ansonsten wird einem fortwährend der Blick verstellt, ständig muss man um Ecken biegen, man bewegt sich in einem Labyrinth, nicht auf einer Strecke, die zu einem Ziel oder sogar nach nirgendwo führt, dadurch kommt man erst gar nicht ins befreiende Ausschreiten. Nicht mal die eigenen Schritte klingen sympathisch – oder wenigstens vertraut. Entweder ihr Klang versinkt im weichen Teppich, oder er klingklongt draußen auf den Metalltreppen, wenn er nicht gerade kapriziös auf

Edelholz pocht. Ich sehne mich hier oft nach Pflaster, Schotter, Sand, nach Asphalt sogar.

Selbstverständlich bietet der schwimmende Komplex nicht die Möglichkeit, sich selbst zu überraschen, indem man ausnahmsweise in eine Straße einbiegt, die man sonst außer Acht lässt. Außerdem ist es unmöglich, ungestört zu gehen. Zwar begegnen mir auch in der Stadt unentwegt fremde Menschen, aber hier kommen sie viel näher an mich heran. Das Schiff ist riesig, geradezu unglaublich groß, auch protzt es in manchen Sälen gezielt mit Weitläufigkeit, doch daneben produziert es an allen Ecken und Enden Enge. Dreitausend fremde Körper, die Crew nicht eingerechnet, rücken einem auf den Leib.

Nach der Sitzung mit dem hübschen Herrn Dornfeld überkam mich das unbezwingbare Bedürfnis nach Bewegung, und ich suchte den schnellsten Weg ins Freie. Im fensterlosen Beratungs- und Musikzimmer hatte sich Braunkohlenebel der Wendezeit breitgemacht, so etwas löst bei mir unweigerlich Sehnsucht nach einer frischen Ostseebrise aus, genau darum war ich erst mal wie vor den Kopf gestoßen, als ich das Außendeck betrat und mir die Sonne ins Gesicht stach. Das hier war nicht die Ostsee, das war der südliche Atlantik, und die Uferlinie, die ich dort drüben sah, setzte sich nicht östlich von Rostock als Sandstrand mit Kiefernwald im Nacken bis Polen fort, sondern führte zu unserem nächsten Zielhafen Natal.

Ich ging ans Heck des Schiffes, wo man einen kleinen Park angelegt hat, mit Mäuerchen und Sträuchern, Blumenrabatten und ein paar Bäumchen, sogar mit einem niedlichen Teich und einem mäandernden Bächlein, über das mehrere kleine Brücken führen. Man fühlt sich dort wie ein Plastikmännchen in der Landschaft einer Modelleisenbahn, und man ist durch eine geschwungene, grün berankte Mauer abgeschirmt vom Leben auf dem Sonnendeck. Man sieht weder Tennisplatz noch Basketballfeld, man sieht nicht die Golfanlage, die Kletterwand, die diversen Pools, eingefasst von braunen Körpern auf Sonnenliegen und Gestühl, auch nicht die Café-Terrassen und die Open-Air-Bars, vor denen Menschen in blütenweißen Hosen oder Röcken gegen die Langeweile anblinzeln, und man wird somit auch nicht auf Schritt und Tritt Objekt der Beobachtung Hunderter von Augenpaaren, die sich an Meer und Himmel sattgesehen haben und jede Bewegung, die nicht der Trägheit entspringt, begierig aufnehmen.

Ich war tatsächlich allein im Park und sah den Vögeln zu, die in Küstennähe dem Schiff folgten. Außer Möwen waren überdimensionierte Schwalbenartige darunter, die Sturzflüge ins Kielwasser vollführten, überhaupt sah ich verblüffend viele große Vögel verschiedener Arten, die ich in natura noch nie gesehen hatte, die mir aber entfernt bekannt vorkamen, wahrscheinlich aus den Tierfilmen, die ich mir früher gemeinsam mit Sebastian im Fernsehen angesehen hatte. Die Möwen hatten den Wind unter den Achseln, sie schwebten lässig und drehten dabei die Köpfe wie Bodyguards von rechts nach links, aber alle anderen Vögel, die ich hinter dem Schiff erblickte, flogen in akrobatischer Manier kreuz und quer durchs Bild. Das wirkte kurios und lenkte mich eine Weile ab, doch nach und nach verursachte das Zuschauen leichte Übelkeit, so ähnlich wie im Auto, wenn man während der Fahrt auf dem Beifahrersitz die Karte liest.

Die Übelkeit vertiefte das Unwohlsein, das ich nach Dornfelds Bekenntnissen aufs Sonnendeck mitgebracht hatte und von dem ich nicht recht wusste, wo es seinen wahren Ursprung hatte. Ich drehte dem Meer den Rücken zu, lehnte mich an die Reling und fasste die Oleanderbäumchen im Park ins Auge, um mich zu beruhigen. Dabei merkte ich erst, wie sehr ich außer mir war. Was hatte mich nur so aus der Fassung gebracht? Identifizierte ich mich womöglich mit der kleinen, verlassenen Polin meines Klienten? *Wenn du mich anblickst, werd' ich schön?* Hatte das in mir die Pipeline mit dem Selbstmitleid leckgeschlagen, sodass mich der tückische Stoff innerlich vergiftete – als eine, die von niemandem angeblickt wird? Ich verließ den Park, drehte im Stil von Bernd Gaus, nur nicht im Trab und schon gar nicht in sachgerechter Kleidung, ein paar Runden auf der Jogging-Bahn und kam zu dem Ergebnis: nein.

Als mir das klar wurde, passierte ich gerade zum wiederholten Mal die Kletterwand. Dort hingen zwei Männer mit nacktem Oberkörper und kurzen Hosen in den Seilen. Sie schwitzten mächtig unter ihren roten Helmen und sahen immer wieder nach unten zum Rand des Pools, von wo sie unablässig observiert wurden.

Als ich mich boshaft grinsen spürte, atmete ich auf: Ich kam wieder zu mir.

Zum Aufatmen gab es weitere Gründe, vor allem den, Kasias Schicksal nie geteilt zu haben. Es war ein Glück, sich nie einen zwangsumtauschliquiden Liebhaber aus dem Westen eingehandelt zu haben, der immer dann auftauchte, wenn es ihm passte und wie es sich mit seiner Westehe vereinbaren ließ. Ich kannte solche Geschichten zur Genüge, im Prinzip hatte mir Dornfeld nichts Neues erzählt, immerhin hatte ich in Leipzig studiert, und in der Messestadt waren solche Affären gang und gäbe. Bis weit in die Wendezeit hinein reichten die Auswirkungen, sie fielen allesamt ähnlich aus, folgten drei, vier Grundmustern. Im Leipziger Frauenhaus kam ich, schon kurz nachdem ich meinen Dienst dort angetreten hatte, mit der ersten einschlägigen Story in Berührung. Die Frau, die sie mir erzählte, war frisch verprügelt angekommen. Ihrem Ehemann waren die Sicherungen durchgebrannt, weil eines Tages die alljährliche Messeliebschaft seiner Frau vor der Tür gestanden hatte. Dabei hatte der Herr aus dem Westen nur verhindern wollen, dass die Ostgeliebte die offene Grenze zum Anlass nahm, ihn ihrerseits im Westen zu besuchen und sein bis dato durch die Mauer fein geschütztes trautes Heim dem rauen Ostwind auszusetzen. Mit einem letzten Besuch in der Grünauer Platte hatte er Schluss machen wollen – und dabei nicht einkalkuliert, dass der Ostehemann nicht auf Arbeit war, sondern arbeitslos auf dem heimischen Sofa gärte. Die Frau jedenfalls hatte auf einen Schlag, genauer gesagt, auf mehrere Schläge in kürzester Zeit, zwei Männer, die Würde, ihr bisheriges – na, nennen wir es der Einfachheit halber eben kleines – Glück sowie ihren Traum vom etwas größeren Glück verloren.

Mich hatten die Männer von drüben auch gelockt, ein paarmal sogar bis in die Bar vom Astoria, aber entweder war es mir gelungen, stark zu bleiben, oder aber ich war im Laufe des Abends so schwach geworden, dass die Herren sich nach frivoleren Alternativen umsahen. Sie hatten alle von der heidnischen Freizügigkeit des Ostens gehört und glaubten überdies, wo es sonst nichts gab, würden Samenspenden nicht nur dankbar, sondern mit herbem Enthusiasmus aufgenommen. Ohne Sentimentalität. Sprich ohne Anhänglichkeit. Ohne dass die Gefahr bestünde, es könnte einer von uns doch irgendwie gelingen, rüberzumachen und dann plötzlich vor der Haustür zu stehen.

Einmal nur habe ich mich verlocken lassen bis zum Niedersinken. Das war, als einer mir einen Stern zeigen wollte, einen einzigen, und der stand nicht am Himmel über Leipzig, sondern war auf Dachhöhe in Prag festgenietet. Westdeutscher war er, Literaturstudent, ausgerechnet, wo ich doch keine Bücher las, im Hotel Europa wohnte er, und dorthin nahm er mich mit, auf sein Zimmer, genauer gesagt zuerst auf den Balkon. Ein schmaler Balkon im vierten, fünften oder vielleicht auch sechsten Stock, mir war ein bisschen mulmig beim Blick auf den Wenzelsplatz hinunter, aber wenn man gerade nach vorn schaute, sah man auf einer Kuppel einen roten Stern aus Leuchtröhren.

Mein sensibler Weststudent war aus dem Häuschen. Das politische Symbol des Antikapitalismus, präsentiert mit den Mitteln der kapitalistischen Warenreklame. Das fand er bemerkenswert, er war ganz stolz auf seine Erkenntnis, und ich fand das niedlich. Ansonsten nahm ich den Stern bloß als Kulisse, mich schauderte eher bei dem Bewusstsein, auf einem Jugendstilbalkon zu stehen, das kam mir unerhört vor, unerhört schön und erlesen. Ich sagte aber nichts, sondern wartete nur ab, dass etwas geschehen würde. Irgendwie war klar, dass die Initiative weiterhin vom Westen ausgehen musste. Schließlich teilte er mit mir eine Haschischzigarette. Ich hustete wie ein tuberkulöses Schaf, aber das lohnte sich, denn dank des Anfalls fasste er mich endlich an.

Dornfeld und die polnischen Germanistinnen in Berlin. Ich und die westdeutschen Studenten in Prag. So lief das, das waren die kleinen Maßnahmen zur unterschwelligen Erwärmung im Kalten Krieg. Klassisch gewordene Muster, kleine, organisierte Freiheiten, in denen scheinbar alles möglich war, in einem Alter, in dem man Risiken nicht scheut. Und die Leute von der Firma schrieben fleißig mit, falls ihr operativer Auftrag nicht gar weiterführenden Körpereinsatz forderte. Das wussten wir und wussten es auch nicht, was man eben so weiß, wenn man nichts wissen will, um nicht wissen zu müssen, um mal ein bisschen nicht wissen müssen zu dürfen.

Man war froh, wenn man nicht mit einem schwangeren Bauch hinter dem Eisernen Vorhang sitzen blieb.

Der rote Stern in Prag – am frühen Morgen warf ich einen letzten Blick darauf, bevor ich mich aus dem Hotel Europa schlich und zum ersten Mal in meinem Leben selbst für mich ein Taxi nahm. Im spielzeugblauen Lada vom Wenzelsplatz zum bewimpelten Wohnheim – bezahlt mit einem Original-Westgeldschein aus dem Portemonnaie eines langhaarigen Literaturstudenten aus Bamberg.

Wie alt war ich damals?

Gewiss kaum älter, als Sebastian heute ist.

Sebastian, der in diesem Alter durch die Welt fährt. Ohne

Schulabschluss, ohne Studium, ohne unverstellte Aussicht auf einen Beruf – sage ich. Er sagt, die Aussicht, die er aus dem Zugfenster habe, genüge ihm.

Er zieht durch die Welt, ich fuhr in seinem Alter mit dem öffentlichen Nahverkehr an die Ostsee. Und ein Mal, ein einziges Mal mit dem echten Zug nach Prag. Nach dem einen Mal bekam ich keine Erlaubnis mehr. Nicht mal in die UdSSR durfte ich, nix mit Kolchose Soundsowitschki. Aber aus vollem Herzen wollte ich da sowieso nicht hin. Bei meinem miserablen Russisch. Außerdem war mir schon als Kind sonnenklar, dass dort rund ums Jahr Eiseskälte herrschte.

Nur zu Odessa hätte ich mich vielleicht überreden lassen. Odessa war einer der Ortsnamen, die mein Vater gelegentlich mit verklärtem Gesichtsausdruck im Munde führte. Wenn er ihn aussprach, klang der Name magisch, nach warmer Luft und einem irgendwie seltsam südlichen Meer, und kein bisschen nach Bruderkuss im Popelinemantel, nach ratternden Raketenwagen vor ZK-Mumien auf dem grauenhaften grau-grau-grauen Roten Platz.

Während ich in der Erinnerung versunken war, hatte ich den Blick offenbar nicht von den Kletterern gelöst. Einer von ihnen hatte das missverstanden. Als er wieder Boden unter den Füßen hatte, schnallte er Seile und Gurte ab, nahm den Helm vom Kopf und zwinkerte mir zu, bevor er eine Sonnenbrille aufsetzte und sich anschickte, mit nacktem Oberkörper zu mir herüberzukommen. Erschrocken ergriff ich die Flucht und wäre beinah mit dem Kellner zusammengestoßen, der sich inzwischen von der Seite genähert hatte, um mir eine Erfrischung schmackhaft zu machen. Wenn man nämlich in gewissen Zonen des Sonnendecks eine gewisse Zeit an einer Stelle steht, taucht automatisch eine Bedienung auf.

Ich verließ die Servicezone und umrundete die Poolanlage, um mich drüben auf der Schattenseite an die Reling zu stellen.

Wenn man nicht in die Sonne blinzelte, waren die Blau- und Grüntöne des Meeres besser zu unterscheiden. Mein Blick fotografierte mal wieder Kalenderblätter, wie so oft während der letzten Wochen, und die zeigten genau das Gegenteil von dem, was man gemeinhin verächtlich Alltag nennt. In solchen Anblicken hätte ich mich aalen sollen, so war's gedacht, das Schiff mit seiner komfortablen Absurdität sollte mich abdriften lassen von dem, was ich bislang alles gewesen war, für eine begrenzte Zeit wenigstens, 157 Tage, sollte mich weit weg tragen, in Gegenden, die ich mir nicht einmal hatte vorstellen können, aber dann stand ich unter wolkenlosem Himmel an Deck und musste zusehen, wie der Dampfer schnurstracks in meinen privaten und persönlichen Dschungel hineinglitt, etwa so, wie er letzte Woche zu meiner Verblüffung von Porto Grande aus einfach immer weiter auf dem Amazonas in den Urwald hineingeschippert war, als blütenweißes Hochhaus, das sich in die Wildnis schiebt. Da hatte ich das tropische Schwitzen kennengelernt, und mir hatte gegraust vor dem ständigen Geschrei von kleinen, flinken Affen und Millionen von Vögeln, die im Laub der Urwaldbäume nie zu erkennen gewesen waren. Zwar hatte ich Vögel gesehen, große, bunte, solche mit gekrümmten Schnäbeln, wie man sie auf den Umschlägen von Kinderlexika sieht, Papageien auch – aber ich hatte nicht glauben können, dass sie vor meinen Augen real existierten. Es war leichter für mich gewesen, mir einzureden, das bunte Paradiesgeflügel sei nichts als die Folge einer tropischen Halluzination.

Auf der Schattenseite war wie immer wenig Betrieb. Ich suchte mir einen Platz, bestellte einen Kaffee und nahm mir vor, mich auf den Augenblick zu konzentrieren. Das da drüben ist Brasilien, Mädchen!, rief ich mir lautlos ins Ohr. Demnächst siehst du den Zuckerhut und einen weißen Jesus mit ausgebreiteten Armen über einer Stadt, in der alle nur Badehosen und Bikini tragen und von morgens bis abends Samba tanzen.

Es wollte mir nicht gelingen, mich auf Zack zu bringen. Der Barpianist gab sich Mühe, südamerikanisches Flair aufkommen zu lassen, und als er das Girl von Ipanema streifte, freute ich mich sogar ein bisschen, aber damit war meine Aufmerksamkeit vom Klavier gefesselt, und nun ärgerte ich mich über den nachlässigen, müden Anschlag des Pianisten, genau genommen verstärkte das ausdruckslose Spiel lediglich den Missmut, den ich schon mitgebracht hatte. Hinter Dornfelds polnischen Verwerfungen und der kleinen Prager Haschischwolke, die mir kurzzeitig in die Nase gebissen und in den Augen gebrannt hatte, schob sich wieder mein Stasi-Hauptmann Gaus ins Bild. Das ging mir auf die Nerven, ich stand abrupt auf, lief an der Schattenseite ganz nach vorn, stieg zwei weiße Treppen hinab und stellte mich auf der Bugterrasse in den Wind.

Das war ein merkwürdiger Platz. Man traf dort selten jemanden, wohl weil weder Getränke ausgeschenkt noch Snacks angeboten wurden und keinerlei Animation stattfand. Es war nur eine Art breiter Balkon unterhalb der Kommandobrücke, wo einen der Wind ungehindert anwehte. Aber seltsamerweise war es ausgerechnet dort fast völlig still. Das Schiff fuhr nicht schnell genug, um für einen Fahrtwind zu sorgen, der in den Ohren knatterte. Die Motorengeräusche drangen nicht nach vorn, sie zogen nach hinten und zur Seite ab, nirgendwo waren Lautsprecher für Hintergrundmusik angebracht, und es standen keine schwatzenden, scherzenden Grüppchen herum. Nur hier und da vereinzelte Sehnsüchtler mit Blick in die Ferne. Aber einsames Sehnen macht nach außen hin ja keinen Krach.

Hier endlich gelang es mir, auf das Meer zu achten. Ich versuchte es in seiner Eigenart zu sehen, die blauen von den eher grünen und türkisen Streifen zu unterscheiden, Übergänge und Grenzen der Farbzonen wahrzunehmen. Unwillkürlich zog ich zum Vergleich die Maßstäbe heran, die mir zur Verfügung standen – eigentlich war es nur einer: die Ostsee. Was unterschied das Meer an der Copacabana von der Ostsee zwischen Rostock und Heiligendamm? Ich wusste wohl, dass hier auf den Wellen gesurft wurde, was in Warnemünde selbstredend nicht geschah, dort hatte es nur rudimentäres Brettsegeln gegeben, aber an diesem Tag oder um diese Tageszeit – ich wusste nicht, wovon das hierzuwasser alles abhing – war die See ruhig und bildete keine Wellentunnel für den effektvollen Auftritt von Beachboys.

Die Ostsee konnte verblüffend blau sein, besonders wenn der Nachmittag in den Abend überging, wenn das Vier-Uhr-Glitzern ausgebrannt war und die Wasserfläche wieder Eigenfärbung annahm. Auch hier glitzerte es noch im davongleitenden Nachmittag, und wenn man nur ein wenig den Kopf drehte, sah man immer tieferes Blau vom Horizont heranwachsen.

Der schmeichelnde Fahrtwind zupfte mir einzelne Strähnen aus der Frisur und malte mir damit Zeichen auf Wange und Stirn. Es kitzelte schön, und irgendwo tief in meinem Brustkasten, zwischen Herz und Nieren, saß ich selbst zusammengekauert als Zwergenfrau und heulte genussvoll in mich hinein, denn jetzt war ich wahrhaftig in der Ostsee angelangt, nicht bloß in Gedanken, sondern mit der Form von Erinnerung, für die man mehr braucht als das Hirn, mehr sogar als das Herz: Man betrachtet das Erinnerungsbild nicht wie eine historische Aufnahme, sondern schaut von innen aus dem Bild heraus. Wie in der Psychoanalyse, wenn man, anstatt an die Kindheit nur zurückzudenken, auf einmal ganz und gar wieder Kind ist und am eigenen Leib erfährt, wie es dem Kind ergeht. Und wenn man kurz darauf erkennt, dass einem diese Zeitreise im eigenen Innern gelungen ist, überkommt einen genau dieses besondere Gefühl glücklicher Erschütterung oder erschütternden Glücks, das jetzt tief in mir die Zwergenfrau zu Tränen rührte.

Ich musste eine ganze Weile so in der Ostsee baden, bevor es mir gelang, gezielte Fragen an mich zu richten und mich aus dem Strudel von Gaus und Dornfeld, von Missmut, Ostsee und westöstlichem Flirten, von Freiheit, Macht und kleinen Fluchten zu befreien. Das war alles ein bisschen viel für einen Tag und wollte der Reihe nach bedacht werden.

Den Missmut, erkannte ich nun, hatte nicht erst Dornfeld ausgelöst, vielmehr hatte Bernd Gaus ihn mir schon eingepflanzt, mit dem, was er mir über den Pianisten Kempff erzählte. Es hatte mich gestört. Zwar hatte ich mir vor Gaus nichts anmerken lassen, aber den Namen Kempff konnte ich nicht gleichgültig zur Kenntnis nehmen. Warum? Weil er einer der Hausgötter meines ersten und einzigen Klavierlehrers gewesen war: Onkel Heinrich hatte mir Kempff schon als Vorbild nahegelegt, als ich noch gar nicht das Verständnis für unterschiedliche Interpretationen eines Stückes aufbringen konnte, weil ich noch zu sehr mit dem Ausmerzen meiner Fehler beschäftigt war. Aber er schwärmte so überzeugend und riet mir, jede mögliche Aufnahme von Kempff anzuhören. Leider seien die Platten schwer zu kriegen. Westprodukte. Man solle sein Interesse daran auch nicht an die große Glocke hängen. Aber wenn du dir den Mann zum Vorbild machst, Kind, gerätst du auf den richtigen Weg, beteuerte Onkel Heinrich. Und dann folgte nach einer kurzen Charakterisierung von Kempffs Darbietung der Goldberg-Variationen beim Leipziger Bachfest 1966 ein Exkurs über seine Interpretationen von Beethovens Klavierkonzerten ein Jahr später in Berlin, welcher indes nur dazu diente, einen noch weiter zurückliegenden Konzertabend zu beschreiben. Nicht ein Mal, nicht zwei Mal, nein, bestimmt ein Dutzend Mal hatte mir Onkel Heinrich von Kempffs Auftritt im Nikolaisaal in Potsdam erzählt. 1959. Zur Einstimmung Bach, Französische Suite G-Dur. Da hat man sich immerhin schon am herrlich lyrischen Ton freuen können, und ich muss sagen: Gar nicht schlecht, gar nicht schlecht. – Aber dann: Beethoven, Sonate A-Dur, op. 101. Glaub mir, Kind, das war für mich, als hätte ich den Beethoven erst da richtig verstanden. Der Kempff hat ihn mir erklärt, ohne Worte, nur durch sein

Spiel. Jede Spannungssträhne, auch die allerfeinste noch, hat er erklingen lassen. Und falls bis dato jemand im Saal noch nicht der Auffassung gewesen sein sollte, dass Beethoven ein Genie war, dann ist ihm das an dem Abend schlagartig klar geworden.

Kaum träumte ich mich im sanften Fahrtwind des Schiffes zu Onkel Heinrichs ergriffener Schilderung des Potsdamer Konzerts zurück, sah ich Kempff auch schon auf dem Podium am Flügel sitzen, doch vor der Meereskulisse lösten sich Rahmen und Hintergrund rasch auf, und nun sah ich Kempffs grauen Haarkranz im Wind der Ostsee flattern, sah den Mann mit dem edlen Profil an der Seite meines Vaters, zwei Freunde, zwei Professoren, schlendernd auf der Mole von Warnemünde, zwei Schritte hinter ihnen der beflissene Adlatus Onkel Heinrich, und dann sah ich Wilhelm Kempff auch schon in unserer Wohnung, mich selbst als kleines Kind unmittelbar in seiner Nähe, ich hörte ihn sogar auf unserem Klavier spielen, auf dem Klavier, das sich längst in meinem Besitz befindet, auf dem Sebastian spielen gelernt hat, ich sah das alles so deutlich vor mir, dass ich ernsthaft überlegen musste, ob es eventuell sogar wahr gewesen sein könnte, ob es kein Tagtraum, sondern Erinnerung war.

Mir wurde ein wenig unheimlich zumute, wie jedes Mal, wenn ich in mir auf starke Bilderfolgen stoße, deren Herkunft ich nicht auf Anhieb erkenne. Ich weiß, schon von Berufs wegen, dass sie etwas zu bedeuten haben, dass ich sie also deuten müsste, aber ich finde den Anfang nicht, weil ich mich darum drücke, aus Angst vor der Wahrheit in ihrer unsublimierten Form.

Mit Sicherheit wusste ich lediglich, dass mein Vater eine Einspielung der Schubert-Impromptus von Wilhelm Kempff besaß. Die LP stammte aus dem Westen – wo mein Vater sie wohl herhatte? Vorne auf der Hülle sah man auf den ersten Blick einen Blumenstrauß, aber wenn man genauer hinschaute, erkannte man, dass es sich um ein loses Arrangement von Küchenschellen handelte, um Blümchen also, die man gewiss in keinem Laden kaufen kann, die man nur findet, wenn man weiß, wo man suchen muss.

Und auf der Rückseite Kempffs Profil.

Und Mutters Kommentar: Ein schöner Mann.

Und Vaters Achselzucken, leicht verlegen.

Ich fragte mich, ob Kempff ihm selbst die Platte geschenkt haben könnte ... Kempff hatte sich in der DDR aufgehalten, Onkel Heinrich hatte ihn ja gehört ... Und hatte Gaus nicht gesagt, Kempff habe sich in Leipzig einen Blüthner machen lassen?

Die Sache begann mich zu interessieren. Ich wollte wissen, ob der Pianist zu meiner Kinderzeit in Rostock gewesen war und ob ich ihn dort leibhaftig gesehen hatte.

Wie aber war das herauszufinden?

Das Schiff glitt immer weiter in Sichtweite der brasilianischen Küste in Richtung Südsüdwest, der Fahrtwind schmeichelte nach wie vor, und ich stand alleine auf dem Bugbalkon. Ich sah auf die Uhr: Teestunde. Da war mit Klienten erfahrungsgemäß nicht zu rechnen, psychische Probleme treten immer nur zwischen den Mahlzeiten auf. Ohnehin ist meine temporäre Abwesenheit dank feinster Bordtechnik kein ernsthaftes Problem. Bin ich nicht im Beratungszimmer, ist die Tür also verschlossen, fordert eine kleine Leuchtschrift die Besucher auf, eine bestimmte Taste zu drücken. Damit wird eine Verbindung zu meinem Bordhandy hergestellt, und der Besucher kann über die Sprechanlage an der Tür mit mir telefonieren und einen Termin vereinbaren. Hin und wieder wird das in Anspruch genommen, ich habe allerdings den Verdacht, dass viele sich scheuen, ihr Anliegen außerhalb eines schalldichten Raums vorzutragen, und daher darauf verzichten, auf dem Gang per Bordfunk Vereinbarungen zu treffen. Darum gebe ich mir Mühe, mich möglichst oft im Beratungszimmer aufzuhalten. Mein Pflichtgefühl hat auch am Äquator nicht haltgemacht, es kennt keine Grenzen. Um gar nicht erst Selbstvorwürfe aufkommen zu lassen, ich würde mich mit übertriebenem Eifer in den Dienst fremder Menschen stellen, nutze ich die Zeit zum Klavierspielen und zum Schreiben meines Reisetagebuchs – oder besser gesagt: meines Logbuchs, schließlich haben wir Wasser unterm Kiel.

Jetzt aber war Teestunde, und darum beschloss ich, rasch in den Schiffsbauch hinunterzugehen, in die Bibliothek.

Natürlich hatte ich wieder vergessen, wo sie sich befand, ich musste die Informationstheke aufsuchen, es mir auf dem Lageplan zeigen und mir dazu erklären lassen, wie man am besten hinkommt, über welche Treppe, welchen Aufzug, welchen Gang. Die Beschreibung war umständlich, ich machte mir Notizen auf einem kleinen Zettel.

Auf dem Infodeck ging ich über den Steuerbordgang in Richtung Heck, bog einmal rechts ab, einmal links, bis ich vor einem der Nebenlifte stand. Ich musste auf den Fahrstuhl warten, ging dabei hin und her, warf einen Blick in den Quergang und sah dort eine Kabinentür aufgehen. Eine unwahrscheinlich langbeinige Frau trat heraus, gefolgt von einem Mann, der hinter sich die Tür zuzog und noch einmal prüfte, ob sie auch verschlossen war. Dann lächelte er die Frau an, legte den Arm um ihre Schulter, und die beiden gingen in Richtung Backbordgang davon.

Der Mann war Dornfeld, da gab es keinen Zweifel, und er wirkte nicht wie einer, dem ein ernsthaftes Problem im Nacken sitzt.

Vor ein, zwei Stunden erst hatte ich verzweifelt versucht, ein paar Sätze zusammenzukratzen, die ihm etwas Linderung verschaffen könnten, denn er schien mir ernsthaft darunter zu leiden, so ein Schuft zu sein, der eine arme Polin ausnutzt und sie dann kurzerhand vergisst.

Ich hatte ihm schließlich etwas gesagt, von dem ich, während ich es aussprach, befürchtete, es würde mir die Schamesröte ins Gesicht treiben. Ich hatte gesagt: Dass Sie vergessen können, zeigt, dass Sie zur Liebe fähig sind. Wer seine ehemaligen Frauen nicht hinter sich lässt, wird niemals in der Lage sein, sich seiner aktuellen Partnerin ganz zuzuwenden.

Das hatte ich gesagt! Aber das war noch nicht alles, zur Abrundung setzte ich, ausgehend von dem ominösen Gedichtbuch, hinzu: Was die kleine Polin Ihnen da an Poesie geschickt hat, sollten Sie dankbar als Lebensgeschenk annehmen. So reizvoll, wie Sie die Frau schildern, wird sie gewiss ihr Glück gefunden haben. Warum gönnen Sie sich nicht diese Zuversicht und machen sich außerdem als Reminiszenz an Kasia die Worte der Dichterin zu eigen, indem Sie den Vers auf Ihr jetziges Leben anwenden? Schauen Sie Ihre Frau wieder einmal an! Denn dann wird sie womöglich schön.

Dornfeld war dankbar gewesen, so ein fest verschnürtes Wortpaket erhalten zu haben, er hatte nachdenklich den Raum verlassen, aber nicht ohne Mut.

Und nun entschwand er elastischen Schrittes mit der Gattin im Arm, und ich sah ihm hinterher und fragte mich, ob ich ihn mit meinen fürchterlichen Phrasen tatsächlich aufgepäppelt hatte. Noch dringender fragte ich mich allerdings, wo eigentlich der Mist herkam, auf dem solche Phrasen wuchsen. Es schien, als erfüllten sie ihren Zweck, jedenfalls unter Bedingungen wie diesen, wo es um schnelle Lösung oder wenigstens Hilfe ging. Linderung ad hoc. *Destination and Solution.* Gönnen Sie Ihrer Seele eine kleine Kur. So steht es im Bordprospekt. Im Kapitel *Wellness und Vitality,* ganz am Ende. Dort bin ich aufgeführt, mit Bild. Neben dem Pfarrer.

Sebastian In den Gängen waren mal wieder die Sprüherinnen unterwegs, diese kleinen, flinken Frauen aus Malaysia oder Thailand, die mit einer Flasche Desinfektionsmittel in der Hand ununterbrochen durchs Schiff streifen und sämtliche Türklinken, Griffe, Geländer, Handläufe, Aufzugknöpfe einsprühen. Tintin meint, das Ganze ist so genau berechnet und geplant, dass alle anderthalb Stunden jede Klinke, jeder Knopf, jedes Geländer frisch desinfiziert wird. Hygiene ist an Bord nämlich oberstes Gebot. Mehr als dreitausend Leute, oder sind es viertausend, ich kann mir das einfach nicht merken, ist ja auch egal, jedenfalls bewegen die sich auf engstem Raum, und wenn einer was hat, hat es bald der Nächste, und dass einer was kriegt, ist gar nicht mal so unwahrscheinlich, schließlich legen wir ständig irgendwo an, die Leute gehen an Land und werden jeden Tag von einer anderen Bazillenpopulation unter Beschuss genommen. Und einem Gast, der zehn Riesen für seinen Urlaub hingeblättert hat, kannst du schlecht dauernd sagen, er soll sich gefälligst die Hände waschen. Darum muss diskret desinfiziert werden. Durchfall und Kotzerei sind nämlich so ziemlich das Gegenteil von dem, womit Kreuzfahrtprospekte Werbung machen.

Apropos Hygiene. Auf diesem Schiff herrscht auch sonst sauberste Ordnung. Sprich: blitzblanke Hierarchie. Wenn du von oben nach unten gehst, gehst du von reich nach arm. Ganz einfach ist das, international kommunizierbar und für jeden zu kapieren: oben gut, unten mies. Oben schlagen Herz, unten murksen Darm. Capito? Jawohl, Herr Chef. Das gilt sogar für die Passagierdecks, wo die vornehmsten Suiten ganz oben liegen und die preiswertesten Kabinen nur durch den Fußboden vom obersten Personaldeck getrennt sind, und das gilt erst recht für die Personaldecks. Leute wie Tintin und ich sind im obersten

Personaldeck untergebracht, noch deutlich über der Wasserlinie. Unser Kabinenfenster ist eckig, und wir sehen was, wenn wir hinausschauen. Das heißt: Wir würden etwas sehen, wenn die Scheibe nicht immer von Salzwasserflecken gesprenkelt wäre und irgendwie beschlagen aussehen würde. Auf unserer Etage wohnt das bessere Personal unterhalb der Offiziersebene, alles, was zum Cruise Department und zum Entertainment gehört, außerdem die erste Kellnerliga. Wir sind diejenigen, die direkt mit den Kreuzfahrtpassagieren in Kontakt kommen. Wir müssen sauber sein und ordentlich aussehen, darum gibt es für uns anständige Duschen und brauchbare Betten. In den Etagen unter uns sind die Fenster rund, und vor diesen Bullaugen schlafen in manchen Kabinen vier Matrosen oder Putzfrauen in Stockbetten. Auf dem Küchendeck wohnt das Personal, das mit der Verpflegung zu tun hat, und ganz unten, in den Katakomben, hausen dann diejenigen, die sich bei der Arbeit schmutzig machen, Matrosen, die Kerle, die mit Ankern und Tauen hantieren oder nach dem Frühstück im Maschinenraum verschwinden.

Oben Passagiere, unten Crew, das ist irgendwie logisch und im Prinzip kein Grund, sich zu beschweren, aber krass fand ich am Anfang, dass auch das Personal noch mal hierarchisch durchsortiert ist. Und zwar nach Herkunft. Die Abstufung geht, von oben nach unten, ungefähr so: Deutsche, Europäer, Asiaten und Latinos, Afrikaner. Ehrlich wahr. Die Schwarzen sind ganz unten und machen die miesesten Arbeiten. Abgesehen von wenigen Ausnahmen, denn einige kellnern auch. Wahrscheinlich weil sie in den weißen Uniformen so schmuck aussehen. Der freundliche, dienstbare Mohr oder so. Und unter den Asiaten gibt es einerseits die Edelrassen mit der helleren, aber nicht gelben Haut, die dürfen ebenfalls kellnern, aber nur dort, wo es sowieso einen Haufen Bedienungen gibt, im großen Speisesaal vor allem, da räumen sie nach jedem Gang die Tische ab und tragen in einer Riesenprozession beim Captain's Dinner die Eisbomben mit den Wunderkerzen in den Saal, worauf dann alles »aah« und »ooh« macht, superpeinlich, ich wusste gar nicht, wo ich hingucken sollte, das erste Mal, als ich in der Speisesaalcombo aushalf, was haben wir da eigentlich gespielt, beim Einlaufen der Wunderkerzenprozession, ich glaub, das war sogar Beethoven, allerdings bürgernah zugeschnitten, Ode an die Meute. Und dann gibt es natürlich die B-Klasse-Asiaten, also alles, was zu sehr ins Gelbliche spielt, und die Inder natürlich, die sind einfach zu braun und erinnern die Passagiere wahrscheinlich auch zu sehr an Hunger- oder Hochwasserkatastrophen, genau wie die dünnen Jungs aus Bangladesch, die an den Spülmaschinen stehen oder die Essensreste entsorgen, und schließlich wären da noch die kleinen Filipinos, aber bei denen hat man den Eindruck, dass sie sowieso nix mit den komischen, aufgequollenen Europäern zu tun haben wollen. Die machen ihr eigenes Ding: die Männer als Matrosen, die Frauen als Zimmermädchen. Da haben sie es ständig mit Kollegen aus anderen Ländern zu tun, aber du siehst auf den ersten Blick: Die sind zwar freundlich, aber die halten Abstand.

In alle Kategorien sind übrigens Deutsche eingestreut, sogar ganz unten, keine Ahnung, wo sie die herhaben, aus dem Sammelbecken für gescheiterte Existenzen gefischt, wahrscheinlich. Und der Offiziersstab ist natürlich komplett deutsch. Das gehört zum Konzept: »Amerikanischer Luxus mit deutschem Gesicht« nennt sich das. Die deutsche Kundschaft soll nirgendwo auf sprachliche Hindernisse stoßen. Der Deutsche will immer klipp und klar sagen können, wo der Schuh drückt, der Hammer hängt oder der Schrank steht, und zwar genau so, wie ihm der Schnabel gewachsen ist.

Die Decks sind von deutschen Bäuchen besetzt, der Bauch gehört der Besatzung. Und in dem Bauch rumort es gewaltig, da wird nämlich richtig rangeklotzt. Jeder reißt zehn, elf Stunden pro Tag runter, freie Tage gibt es auch schon mal, aber nicht so üppig. Dafür kann man es ruhiger angehen lassen, wenn die Passagiere Landgang haben. Die Arbeitsteilung ist perfekt, jeder hat seinen Posten, also praktisch eine einzige Aufgabe, und die hat er einwandfrei zu erfüllen. Wenn der Crew Landgang erlaubt ist, verzichten viele darauf, entweder weil sie kein Geld ausgeben wollen oder weil sie einfach so müde sind, dass sie lieber in ihrer Koje bleiben und schlafen. Oder aber sie suchen sich ein stilles Plätzchen, wo sie mal mit jemandem zu zweit sein können.

Viele von der Crew müssen ihre Intimsphäre nämlich fast komplett in Urlaub schicken, weil immer jemand in unmittelbarer Nähe ist. Auf Intimitäten wollen sie aber trotzdem nicht verzichten. Und das gibt Probleme. Wenn du in die Crew-Bar kommst, schlägt dir an manchen Abenden die aufgestaute Geilheit nur so entgegen, sagt Tintin. Ich habe dazu keine Meinung, schließlich muss ich abends immer spielen und komme in die Crew-Bar darum nie rein. Tintin sagt auch, auf dem Sonnendeck für die Crew werde jede Nacht an mehreren Stellen zeitgleich gevögelt. Dazu soll ich mich nie herablassen, meint er. Lieber würde er mir für ne halbe Stunde unsere Kabine überlassen.

Die Offiziere haben solche Probleme nicht, die wohnen in Einzelkabinen und halten sich auch sonst eher separat. Die haben ihre eigene Messe, da gibt's so ziemlich das Gleiche, was auch die Passagiere kriegen, abgesehen von Austern, Tiramisu und sonstigem leicht verderblichen Zeug. Die Reederei hat schließlich Führungsoffiziere angeheuert und keine uniformierten Wirtstiere für Salmonellen. Nee, nicht Führungsoffiziere. Das war jetzt der falsche Begriff. Chefs halt. Kommandostab. Was weiß ich. Jedenfalls Typen, die mit Gold verzierte iPods auf den Schultern und goldene Streifen an den Ärmeln kleben haben.

In unserer Messe sieht es immer so aus, als würde der Laden

jeden Moment geschlossen, dabei ist immer offen. Es ist halt nichts gerichtet. Es herrscht keine Erwartung, von wegen wann kommt der Kapitän, wann wird die Mahlzeit eingeläutet und so weiter. Die Tische werden abgewischt, aber nicht dauernd, die Leute bringen ihr Tablett zurück, aber eben nicht alle, es steht immer was rum, immer ist es irgendwo nicht hundertprozentig sauber, denn sonst bräuchte die Crew ja genauso viel Personal wie die Passagiere, ist ja logisch, also es ist nicht dreckig, das nun bestimmt nicht, aber die Stühle stehen eben nie schön säuberlich am Tisch, denn wer aufsteht und sich beeilt wieder zur Arbeit zu kommen, der zieht nicht das Lineal aus der Latzhose und bringt seinen Stuhl in den rechten Winkel. Dass die Tische selbst nie aus dem Lot geraten, hängt nur damit zusammen, dass sie am Boden festgeschraubt sind, falls mal hoher Seegang herrscht. Darum sind auch die Ecken abgerundet und die Tischkanten werden von Leisten eingefasst, die ein bisschen überstehen: Wenn die Teller ins Rutschen kommen, werden sie von der Bande gestoppt. Für dich als Esser bedeutet das, dass dir dieselbe Bande beim Essen ständig in den Unterarm drückt. Komischerweise gewöhnt man sich daran nie. Auch wenn es schmeckt, was eigentlich immer der Fall ist – muss man ehrlich sagen, die Kollegen in der Kombüse haben das echt im Griff. Allerdings werden sie ja auch effektiv überwacht. Alle paar Tage Kontrolle, aber ohne dass sie wüssten, wann genau, und wehe, dein Posten ist dann nicht astrein, dann gibt's eine Verwarnung. Bei der zweiten Verwarnung fliegst du. Strenge Sitten, aber Gaus hat mir gleich am Anfang erklärt, anders gehe es nicht. Du musst prinzipiell knallhart sein, dann kannst du später im Einzelfall auch mal ein Auge zudrücken, meinte er.

Übrigens gelten die Regeln auch für mich, bloß dass es unter den Kontrolleuren wahrscheinlich nicht viele gibt, die mir unsauberes Klavierspiel nachweisen könnten. Abgesehen von Gaus natürlich, der hat es nämlich drauf. Als er mir bei Dienstantritt die diversen Flügel und Klaviere zeigte, musste er sich jedes Mal kurz hinsetzen und ein bisschen was anspielen. Ein paar Takte nur, aber astrein. Ich fragte ihn, ob er das öfter macht. Jeden Tag, hat er gesagt. Und ganz ernst ist er dabei geworden, richtig feierlich: Jeden Tag.

Tintin und ich haben uns ganz unfeierlich im Vorbeigehen von einer süßen kleinen Thailänderin mit ein paar Spritzern aus der Flasche die Hände desinfizieren lassen und uns zum Essen hingesetzt. Kaum hatten wir die Gabeln in unsere Nudelberge versenkt, als auch schon einer von den schwarzen Tischabräumern mit seinem Lappen um uns herumwischte und überhaupt nicht mehr aufhören wollte. Ich kannte ihn, das war der, den alle »den schwarzen Helmut« nennen. Was ist los, Helmut, wollte Tintin wissen. Ist irgendwas? Bevor der schwarze Helmut antwortete, machte er eine Kopfbewegung in meine Richtung und sah Tintin fragend an. Kein Problem, erwiderte der. Offenbar meinte er mich. Sicher?, fragte der Schwarze. Sicher, antwortete Tintin. Okay. Wir müssen uns bald über den nächsten Landgang unterhalten, meinte Helmut todernst. Es hörte sich beim besten Willen nicht so an, als sollte es dabei um Freizeitgestaltung gehen. Ist gut, ich meld mich, meinte Tintin, und daraufhin wischte sich Helmut Tisch für Tisch unauffällig von uns weg. Ich hatte gar nichts davon gewusst, dass Tintin neuerdings mit schwarzen Jungs aus der Küche shoppen ging oder sich an den Strand legte. Das waren bei Landgängen der Crew nämlich die klassischen Programmhighlights. Außerdem fragte ich mich, was die Heimlichtuerei sollte. Sie hätten sich ja auch gleich hier und jetzt darüber unterhalten können. Ich wollte endlich wissen, worum es eigentlich ging. Die Frage rutschte mir ein bisschen zu laut heraus, was Tintin eindeutig nicht recht war. Ich schmiss Löffel und Gabel neben den Teller. Was ist auf einmal los mit dir, Mann? Tintin guckte wieder nur genervt, dann sah er sich zu dem schwarzen Helmut um, der sich ebenfalls umgedreht hatte. Sie schauten sich an und runzelten dabei so sehr die Stirn, als überlegten sie, wer die Ehre hätte, mir gleich beide Ohren abzuschneiden.

Also was ist jetzt?

Später. Halt erst mal die Klappe und iss.

Almut Bei meinem ersten Besuch in der Bibliothek hatte das Schiff noch im Hamburger Hafen gelegen. Bei Dienstantritt war das gewesen, als die sogenannten besseren Crewmitglieder in sämtliche Gänge und Winkel des Schiffs geführt wurden. Ich hatte zuvor bei den Landungsbrücken ein Fischbrötchen gegessen und anschließend an einer Hafenrundfahrt teilgenommen, um mir den Riesenpott von schräg unten anzusehen. Wenige Stunden später stand ich selbst auf dem weißen Ozeandampfer und blickte auf die Ausflugsboote hinab, von deren Decks die Landratten zu mir heraufwinkten.

Während der Führung beeinträchtigte der Fisch- und Zwiebelgeschmack meine Konzentration, ich befürchtete, Mundgeruch zu haben, und ahnte, dass ich mir nicht merken würde, was sich auf dem Schiff wo befand. Weil die Bibliothekarin noch nicht an Bord gewesen war, hatte Gaus, der als Personalmanager bei der, wie er sagte, »Installation der zentralen Crew-Bestandteile« unbedingt dabei sein wollte, den Crew Purser die wichtigsten Daten aus der Basisbroschüre zitieren lassen. Ich hatte mir nur einen Superlativ gemerkt, nämlich dass es sich um die weltweit größte Bibliothek auf See handelte: gut zehntausend Bände.

Mir kamen die Räumlichkeiten gar nicht so üppig vor, wohl weil die Fläche gut genutzt war. Die Regale aus dunklem Holz reichten bis zur Decke, nirgendwo sah man auch nur das kleinste Stückchen Wand, aber es waren noch eine Menge Bretter frei: Wachstumsspielraum. Für die Lektüre standen Sitzgruppen aus Ledersesseln im englischen Klubstil bereit, massive Tische waren ihnen zugeordnet, die im Fußteil ebenfalls Regalfächer bargen. An drei Bullaugen standen kleine Schreibpulte, über sämtliche Leselampen wölbten sich grüne Glasschirme, das sorgte für angenehme Lichtverhältnisse und diskrete Atmosphäre.

Während ich nun mit meinem Orientierungszettel in der Hand die Bibliothek auf eigene Faust suchte, rechnete ich aufgrund des Ambientes, an das ich mich erinnerte, mit einem höchst seriösen Bibliothekar und war darum froh, diesmal nicht nach Bismarckhering zu riechen. Doch kaum hatte ich die Tür geöffnet, schmetterte eine Altstimme ohne jeden Hauch von Diskretion: Hallöchen.

Im Kielwasser des Zurufs trat eine Frau aus dem Nebenraum. Sie trug einen kleinen Bücherstapel auf dem Arm, war sichtlich bei der Arbeit, verbreitete aber durch ihren Augenaufschlag, ihr spektakuläres Lächeln, durch Schritt, Hüftschwung und ihren atemberaubenden Busen ein Flair von Hollywood, über das ich nur staunen konnte.

Ich kenne Sie aus dem Prospekt, rief sie. Sie sind die Pfarrerin … nein, die … wie hieß das noch gleich … Lebensberaterin! Witzige Idee, auf diesem Luxuspott eine Intensivstation für kollabierende Ehen einzurichten.

Sie kam schnurstracks auf mich zu, legte in voller Fahrt die Bücher auf einem Tisch ab und streckte mir die Hand entgegen: Ich bin die Bibliothekarin. Also nicht so fürs Akute zuständig. Und eigentlich müssten wir uns duzen. Ist beim Personal im Inneren des Wals ja wohl so üblich. Ich heiße Madeleine.

An dem französischen Namen blieb ich kurz hängen, und sie reagierte sogleich auf mein Zögern: Sag bloß nicht, dass du plötzlich Lust auf Lindenblütentee bekommst! Der Witz ist alt und unter Bildungsbürgern weit verbreitet.

Ich verstand nicht, was sie meinte. Genau dies las sie offenbar in meinem Gesicht, denn sie fragte: Nicht kapiert? Keine Ambitionen, so zu tun, als hättest du Proust gelesen? Na, bist ja auch kein Mann.

Ich begriff noch immer nicht, sagte nur, ich läse nicht so viele Bücher, wenn, dann am ehesten Fachliteratur. Oho, meinte sie. Da müssen wir was unternehmen. So geht das nämlich nicht!

Dabei richtete sie sich auf wie das Klischee einer strengen Lehrerin in alten DEFA-Filmen, sogar ihr auffälliger Busen wirkte autoritär.

Jetzt ist dir der Blick abgerutscht, stellte sie fest. Aber mach dir nichts draus, meinen männlichen Kunden geht es immer so. Die Firma wird das einkalkuliert haben. Ohne ihre Brioches hätte die kleine Madeleine die Stelle hier sicherlich nie bekommen!

Diese Bemerkung untermalte sie mit einer Geste, wie ich sie bei einer Frau noch nie gesehen hatte. Sie legte beide Hände unter die Brüste und hob sie ein wenig an. Der frivole Anblick ließ mich zusammenzucken, und das wiederum brachte sie zum Lachen. Ich habe nicht nur Proust im Angebot, sagte sie, sondern auch Lawrence. Aber das verstehst du wahrscheinlich auch wieder nicht.

Da irrte sie sich. Eine Klientin hatte mich mit dem Namen bekannt gemacht, indem sie mir erzählte, was für ein Erweckungserlebnis es für sie gewesen sei, *Lady Chatterley* zu lesen, und zwar aus einem einzigen Grund: Schwarz auf weiß stehe in dem Roman geschrieben, die Erfüllung der Liebe bestehe im simultanen Orgasmus von Mann und Frau. Ich hatte mir Mühe gegeben, ihr das auszureden, denn ich sah, wie sie sich durch ihre sexuelle Idealvorstellung in eine Sackgasse manövrierte. Dabei musste ich mich nicht einmal auf meine berufliche Kompetenz berufen, mein privater Erfahrungsschatz genügte in diesem Fall vollkommen.

Ich verstehe durchaus, was du meinst, sagte ich also zu Madeleine, und genau darum lasse ich lieber die Finger von Herrn Lawrencens Roman. Das ist kein Stoff für Frauen, die lernen müssen, sich mit wenig zu bescheiden.

Solche Frauen dürfte es gar nicht geben!, erwiderte sie mit kategorischem Ernst, und plötzlich klang sie, als trüge sie eine Uniform: Was kann ich für dich tun?

Ich suche was über Musiker, über Pianisten, genauer gesagt ... also eigentlich nur über einen ... weiß aber gar nicht, ob es da was gibt ... Kempff heißt er, Wilhelm Kempff ... Haben Sie ... hättest du da zufällig etwas?

Ich kam mir ein bisschen lächerlich vor bei der Frage, die wirken mochte wie ein unbeholfener Themenwechsel und die auf alle Fälle ein Schuss ins Blaue war.

Tatsächlich machte Madeleine ein ungläubiges Gesicht.

Kempff?, fragte sie.

Ja. War mal ziemlich berühmt.

Komischer Zufall. Warte.

Sie verschwand im Nebenraum und rief mich nach einer Weile zu sich. Sie wies auf eine Aluminiumkiste mit zwei Griffen und forderte mich auf, ihr zu helfen, sie nach vorn zu tragen. Wir stellten sie auf dem Arbeitstisch ab, Madeleine suchte in der Schreibtischschublade nach dem passenden Schlüssel, dann öffnete sie die Kiste. Sie enthielt Bücher, was aufgrund des Gewichts unschwer zu erraten gewesen war, alle noch in Folie eingeschweißt. Madeleine nahm eines nach dem anderen heraus, bis sie auf eines stieß, dessen Umschlag einen Mann am Flügel zeigte, einen Mann mit hoher Stirn, markanter Nase und dem Hinterkopf eines Musikers.

Ist er das?, fragte sie.

Das ist er.

Na, dann mach auf!

Ich wollte die Folie behutsam entfernen, aber es gelang mir nicht. Madeleine verdrehte die Augen, nahm mir das Buch aus der Hand und riss die Folie mit energischen Bewegungen herunter. Die sind ganz neu, erklärte sie. In Hamburg an Bord gekommen. Hätte ich längst einsortieren müssen, hab's aber noch nicht geschafft. In letzter Zeit häufen sich nämlich die Sonderwünsche.

Welche Sonderwünsche?

Na, die Leute kommen heutzutage nicht mehr, um zu stöbern. Stattdessen geben sie schriftlich etwas in Auftrag. Den bringt mir jemand vom Service, und dann muss ich nach Gusto des jeweiligen Gastes ein Lektüreprogramm zusammenstellen. Aber damit ist es nicht getan. Ich darf nicht einfach die Bücher liefern. Ich muss dazu auch eine Anleitung schreiben. Da steht dann drin, in welcher Reihenfolge man die Bücher am besten liest und warum, und natürlich biete ich zusätzlich kleine Einführungen in die Werke, wenige Zeilen bloß, Appetithäppchen.

Was geben sie denn so in Auftrag, die Passagiere?

Unbestimmtes. Die wenigen, die ein Faible für echte Literatur habe, kommen selbst, die anderen bringen es fertig und schreiben auf einen Zettel: »Bitte was Leichtes!« Viele wollen Krimis, frag mich nicht, warum. Biografien sind bei Kreuzfahrtpassagieren übrigens auch sehr beliebt. Das wahre Leben, verstehst du, und Bildungshuberei, Stoff für Tischgespräch und Cocktailbar. Deswegen sind wir da ziemlich gut bestückt. Systematisch erfasse ich die einschlägigen Neuerscheinungen per Internet in der »Bücherschau der Woche«, Rubrik »Biografien«, da geht mir so gut wie nichts Bedeutsames durch die Lappen.

Ich hatte inzwischen den Text auf der Rückseite der Kempff-Biografie überflogen. Er wirkte ziemlich schwülstig. Aber in der Not frisst der Teufel Fliegen.

Kann ich mir das Buch ausleihen?

Erstens darf ich nur an Passagiere verleihen, belehrte mich Madeleine. Zweitens ist das Buch noch nicht registriert, darf also noch nicht in den Verleih. Drittens: Nimm es mit. Und wenn es dir gefällt – behalt es!

Konnte es sein, dass ich der Frau sympathisch war? Ich mochte sie. Die kurze Begegnung mit ihr hatte mir das Gesicht gekühlt und das Haar zerzaust. Ich fühlte mich frisch, als ich ins Beratungszimmer kam, wie früher bei einem Spaziergang in Warnemünde, wenn ich von der Promenade aus die Menschen über den zementgrauen Strand verstreut sah und mich freute, keine von ihnen zu sein. Ganz unbeweglich kamen sie mir vor, in den Mulden, die sie sich in den Sand gegraben hatten, um die eigene Familie von der Nachbarsbrut getrennt zu halten, ohne Grenzzäune hielten sie es einfach nicht aus, und wo weder Maschendraht noch Latten zur Hand waren, musste eben ein fünfzehn Zentimeter hoher Wall aus Ostseestrandsand reichen. Man schenkte sich nichts. So war ich es gewohnt: Man schenkt sich nichts.

Umso kostbarer eine solche unerwartete Gabe wie dieses Buch – auch wenn es streng genommen nicht Madeleine gehörte und obwohl ich selbst entscheiden sollte, ob daraus ein Geschenk würde oder nicht.

Ich setzte mich im Beratungszimmer an den Tisch und nahm mir das Werk gleich vor, musste aber nach kurzer Zeit unterbrechen, weil Herr Verweegen, einer meiner Stammkunden, vor der Tür stand und Einlass begehrte. Glücklicherweise drohte er an diesem Abend nicht an, sich über die Reling zu stürzen, denn er hatte eine aufregende Beobachtung gemacht. Im Fortuna, dem vornehmsten unserer drei italienischen Restaurants, war ihm eine allein speisende Frau mittleren Alters aufgefallen, die Stil zu haben schien. Aus der Entfernung hatte sich der kurzsichtige Verweegen jedoch nicht sicher sein können, weshalb er auf dem Weg zur Toilette einen Umweg gemacht und den Tisch der Dame aus nächster Nähe passiert hatte. Der Anblick war elektrisierend gewesen. Alters- und Gesellschaftsklasse hatte Verweegen tatsächlich schon auf die Entfernung richtig eingeschätzt, aber damit nicht genug: Er kannte die Frau! Genauer gesagt, ihr Gesicht, und zwar aus dem Fernsehen.

Da sitzt die Moderatorin, die in höchsten politischen Kreisen verkehrt, die mit den Vorsitzenden der maßgeblichen Parteien per Du ist, die fast jeder zweite Fernsehzuschauer kennt, allein am Tisch und isst einen Meeresfrüchtesalat! Verweegen war begeistert. Er habe beschlossen, erklärte er, sich zunächst über den

Zivilstand der Dame ins Bild zu setzen. Sobald er darüber Aufschluss erhalten habe, wolle er die weiteren Maßnahmen überdenken. Ob er dabei auf meine Hilfe zählen könne.

Ich drehte mein mildes Lächeln an und entriegelte die Nackenmuskeln. Dadurch brachte ich ein Nicken zustande, das Verweegen freute und zugleich vom Stuhl katapultierte. Er verließ das Beratungszimmer voller Tatendrang, und ich beschloss, mich potenziellen Fremdbedürfnissen ähnlicher Art an diesem Abend zu entziehen, indem ich mich früher als sonst in meine Kabine begab.

Eine Biografie hatte ich, wenn ich mich recht erinnerte, noch nie gelesen. Gab es in der DDR überhaupt welche? Ich meine, abgesehen von den fettleibigen Legenden über die offiziellen Säulenheiligen.

Was nach der Wende an großen Köpfen auf den Buchumschlägen prangte, war die erste Wessi-Garde, und mit der hatte ich auch nicht so schrecklich viel am Hut.

Als ich nach Leipzig kam, jung und ergriffen ob der Nähe von Nikolai- und Thomaskirche, wollte ich etwas über Bach lesen, klar, aber das funktionierte irgendwie nicht. Die Verfasser der greifbaren Bücher hatten es nicht geschafft, aus dem Mann einen Menschen zu machen. Und außerdem: Was Biografie hieß, war fast nur Spekulation.

Ob es bei Kempff besser funktionierte? Immerhin bewegte man sich bei ihm nicht auf der Schöpfer-, sondern nur auf der Interpretenebene, also mehr in Bodennähe.

Aber von wegen. Kaum hatte ich mit dem Lesen der vorgeblichen Lebensgeschichte begonnen, hätte ich auch schon wieder aufhören können. Diese Fanfarenstöße, wenn das Genie geboren wird! Die pathetische Wortwahl, sobald von Musik die Rede ist! Das klang für mich alles wie aus den preußischen Zeiten der

Vorfahren meiner Mutter, und es gefiel mir nicht. Vorläufig sah es aus, als würde ich mir so ein Werk lieber nicht von Madeleine schenken lassen.

Ich beschloss, mich auf die puren Informationen zu konzentrieren. Was wollte ich wissen?

Ob es sein konnte, dass Wilhelm Kempff bei uns in Rostock zu Besuch gewesen war und meinem Vater die Langspielplatte mit den Schubert-Impromptus als Mitbringsel überreicht hatte.

Ziemlich privater Anspruch. Und nicht gerade unspezifisch, mein Privatinteresse. Wie blöd war ich eigentlich? Nicht blöd, sondern nur ernsthaft interessiert. Mit anderen Worten: Offenbar ging es mir um etwas.

Als Erstes las ich jene Kapitel quer, die während der Jahre meiner frühen Kindheit spielten, als ich noch nicht über die Kapazitäten für anhaltende Detailerinnerungen verfügte. Von Reisen war darin durchaus die Rede, Kempff war offenbar viel unterwegs gewesen, Südamerika, Japan, in der ganzen Welt und – tatsächlich! DDR-Tournee nach Halle, Dresden, Leipzig, Berlin, Potsdam, Erfurt. Wie es Onkel Heinrich erzählt hatte. 1959. Als ich ein Jahr alt war.

Und? Nichts und. Das war's. Ich fand keinen Hinweis, dass es Kempff an die Ostseeküste verschlagen haben könnte, und nach einer Weile war ich mir ziemlich sicher, dass er nicht bei uns zu Gast gewesen war.

Gut. Was wollte ich noch wissen?

Ob die Empörung von Bernd Gaus berechtigt schien, hinsichtlich Kempffs Aufenthalt als Görings Gast in Potsdam. Ich musste zugeben, dass diese Vorstellung auch mein Bild von dem sensiblen Schubert- und Beethoven-Interpreten, den Onkel Heinrich so geachtet hatte, trübte.

Der Einfachheit halber, aber auch damit mir nichts entging, suchte ich im Register das Stichwort »Potsdam« und klapperte sämtliche Seitenverweise ab. Als Erstes fand ich Harmloses:

Umzug der Kempffs 1899 von Jüterbog nach Potsdam, von 1917 an Freundschaft mit dem Staudengärtner Karl Foerster in Potsdam-Bornim. Dann kam ich ins Jahr 1939 und stieß auf Kempffs Sommerkonzerte mit Furtwängler im Konzerthaus. Hatte das unbedingt sein müssen? Zwar war es noch vor dem Überfall auf Polen gewesen, aber doch immerhin nach den Nürnberger Gesetzen. Weiter im Text. 1942: Festlicher Musiktag in Potsdam, mit dem großen Wilhelm Kempff. Das war nun nicht mehr schön. Ich blätterte und stellte fest, dass Herr K. Anfang der Vierzigerjahre gern dort konzertierte, wohin sich das »Reich« gerade ausgedehnt hatte. In Paris zum Beispiel, wo er sogar einen persönlichen Anlass fand: die Eröffnung einer großen Ausstellung seines Freundes Arno Breker ... Bei dem Namen kamen mir prompt schwammige Bilder aus dem Horrorkabinett des politischen Unterrichts in den Sinn; höchste Zeit, sich vor dem Buch in Sicherheit zu bringen. Am wichtigsten war mir am Ende doch die Erkenntnis, dass der Mann nicht in unserer Wohnung in der Wokrenter Straße und damit als Schemen, den meine Erinnerung nicht mehr fassen konnte, in meiner realen, physischen Nähe gewesen war. Was für einen Aufwand ich betrieben hatte, nur um das bisschen Unheimlichkeit im eigenen Kopf zu bannen!

Die Antwort auf die andere große Frage stand aber noch aus: War der Pianist mit dem Charakterkopf, den Breker freundschaftlich in Bronze gegossen hatte, nun Gast oder gar Protegé des Marschalls mit der Fantasieuniform gewesen oder nicht? Stand in dem üppigen neuen Buch darüber etwa nichts? Nein, tatsächlich nicht. Der Biograf war auf ein makelloses Bild seines Objekts bedacht gewesen und hatte sich bei den Jahren zwischen 1933 und 45 auf die Schilderung von Konzertreisen beschränkt. Brisant-Privates fehlte. Was immer der schriftstellernde Vasall sich davon erhofft hatte, es schlug bei mir nun gewiss anders zu Buche als von ihm erwünscht. Da kein Klartext die wahren

Verhältnisse offenbarte, blieb die Möglichkeit bestehen, dass der Maestro tatsächlich zeitweilig als Ehrengast des feisten Nazi-Narzissten in Sanssouci Unterschlupf gefunden hatte, und das war nun wirklich eine unschöne Vorstellung. Es kam mir vor, als habe der Künstler mit dem antiken Edelprofil meinen Onkel Heinrich böse betrogen, und damit letztlich auch mich. Gewissermaßen.

Grimmig löschte ich das Licht. In der fensterlosen Kabine war es vollkommen finster. Die Tür schloss so nahtlos, dass sich keine Lichtritzen bildeten, weshalb auch nicht der Effekt eintrat, dass sich die Augen an die Dunkelheit gewöhnten und irgendwann Umrisse oder Schattierungen erkannten. Die Finsternis wies keine Perforation auf, sie war vollkommen, und wenn man es nicht rechtzeitig aufgab, auf den Gewöhnungseffekt zu warten, konnte sie einen an den Rand des Wahnsinns treiben. Ich wusste von Innenkabinen-Passagieren, die grundsätzlich bei brennender Nachttischlampe schliefen, weil sie es hassten, morgens im stockdunklen Raum aufzuwachen.

Ich schloss die Augen, um das Dunkel nicht sehen zu müssen. Sogleich warf der Projektor einen präsomnalen Film auf die Leinwand vor meinem inneren Auge. Ich musste gegen eine Fantasie ankämpfen, die den Marschall zufrieden im Sessel zeigte, während er Kempffs Interpretation von Beethovens op. 101 lauschte! Um zu verhindern, dass sich um dieses Bild ein beklemmender Kreis schloss, suchte ich fieberhaft nach Kompensation, nach einem Gegenbild – und fand es nach Sekunden schon in Potsdamer Gefilden, in Gestalt des Gartengurus und Kempff-Freundes Foerster. Von dem hatte in dem Buch nicht viel gestanden, doch glaubte ich plötzlich zu wissen, dass der Herr der Stauden während des Krieges jüdische Bekannte in seiner Gärtnerei beschäftigt und ihnen so das Leben gerettet hatte. Aus meiner Erinnerung war die Information aufgezogen, aus der Schulzeit wohl, ja, genau, aber damals war nicht von Juden, sondern von Kommunisten die Rede gewesen, von einem KPD-Mitglied, das unter Foersters Obhut arbeitete ... Konnte das wirklich in der Schule gewesen sein? Hatte man sich dort mit Einzelfällen abgegeben? – Nein! Und kaum war das Wort »Nein« gefallen, wusste die umherirrende Erinnerung auch wieder, wo sie hingehörte: Mein Vater hatte mir davon erzählt, und jetzt fiel mir auch ein, in welchem Zusammenhang. Es war um Böll gegangen, um dessen Roman *Gruppenbild mit Dame,* der davon handelt, dass in einer Gärtnerei während des Krieges ein sowjetischer Kriegsgefangener wie ein Mensch behandelt wird. Mein Vater hatte das mit dem Fall Foerster in Zusammenhang gebracht, um zu zeigen, wie wirklichkeitsnah Böll den Schauplatz seines Romans gewählt hatte, »ein wahrer Gärtner hütet und hegt und liefert seine Schützlinge nicht der Kälte aus, das hat Böll erkannt«, hörte ich meinen Vater sagen und fand Vergnügen daran, die Verbindung aufgedeckt zu haben, aber fast im selben Moment erschrak ich wieder, denn nun fiel mir die Hauptfigur des Romans ein, hieß sie nicht Leni, doch, so hieß sie, die spielte auch Klavier ... Die wirkte ein bisschen widerborstig, war aber für andere da, wenn es darauf ankam, nicht gerade als Psychologin, eher unsystematisch und entschlossen. Und kam sie nicht aus gutbürgerlichem Hause? Vor allem aber, hatte sie nicht einen Sohn? Einen, der abwesend ist? Wo aber steckt er, der Herr Sohn? Sitzt er gar im Gefängnis?

Dong!

Nun klingelte der Wecker. Nicht im Audio-Video-System meiner Kabine, sondern zwischen meinen Ohren. Schallend dröhnte es wie an einem Sonntagmorgen in Leipzigs schönster Ecke, gleich neben der Thomaskirche. Ich kannte das Geläut. Das waren meine privaten Sebastiansglocken.

Jetzt war ich wach, ich knipste das Licht an und hätte schon wieder mit den Fäusten gegen die Wände der Kabine hämmern können. Stattdessen zog ich den Morgenmantel über und lief so lange über Gänge und Treppen, bis ich draußen an der Reling stand und Luft und Raum zum Atmen hatte.

Ich vermisste meinen Sohn, dass es mich krümmte. Mir war schlecht wie einer Seekranken, aber ich steckte mir nicht den Finger in den Hals, denn ich wollte die Sehnsucht nicht von der Übelkeit trennen, oder auch: Ich wollte mich nicht von der Sehnsucht trennen, darum geschah mir die Übelkeit gerade recht, schließlich war ich selber schuld – nein, das durfte ich mir nicht einreden. Vielleicht so: Meine Sehnsucht war untrennbar mit Schuldgefühlen verwachsen, an deren Entstehung ich nicht ganz schuldlos war.

Statt die Reling zu umklammern und mit feuchtem Film im Auge nach Sternschnuppen Ausschau zu halten, ging ich auf dem nächtlichen Deck ein paar Runden im Schnellschritt, um mich müde zu laufen, weil ich Angst hatte, nicht einschlafen zu können. Den Blick hielt ich gesenkt, um nicht die Doppelsilhouetten der typischen Nachtluftpärchen sehen zu müssen und auch nicht die Schattenleiber des Amüsements oben hinter den Panoramascheiben des Nachtklubkomplexes. Nicht mal dem Meer gönnte ich Aufmerksamkeit. Darum ging es jetzt nicht. Jetzt ging es ums Gehen.

Darüber wurde es so spät, dass ich wiederum befürchtete, nicht genug Schlaf zu bekommen. Also deaktivierte ich in meiner Kabine die Weckvorrichtung, verschlief am nächsten Morgen prompt und verletzte somit erstmals während der gesamten bisherigen Fahrt meine Pflicht und vor allem: mein Pflichtgefühl.

Sebastian Ich muss spielen. Das war am Anfang ungewohnt. Früher spielte ich, wann ich wollte. Oder wenn meine Mutter mich darum bat. Was heißt bat. Das war eigentlich auch so gut wie müssen. Obwohl sie mich nie gezwungen hat. Aber kaum machte ich ein einziges Mal nicht mit ... Es ist schon verrückt, wie das Leben so läuft. Weil ich ein Mal nicht vierhändig spielen wollte, bin ich an einen Job geraten, bei dem ich ständig an die Tasten muss und überhaupt kein Wörtchen mehr mitreden darf. Ich bin verpflichtet, zu spielen, wann und wo es der Dienstplan vorsieht. Meistens muss ich ganz nach oben in den Nachtklubbereich, der von außen aussieht wie ein riesiger tragbarer CD-Player, bloß mit verglasten Wänden. Dort sitze ich dann in der Bar am Flügel, aber manchmal schicken sie mich auch an eines von den Klavieren in den Cafés oder an den großen Flügel im Speisesaal, darum muss ich jeden Tag auf dem Schwarzen Brett nachsehen, ob es Änderungen gibt.

In der Nacht vor Rio hatte ich Dienst in der Bar. Es war voll. Dauernd kamen verschwitzte Leute rüber, nebenan wurde anscheinend viel getanzt. Wahrscheinlich nach guten Erfahrungen in Natal angetörnt von der Vorstellung, am nächsten Tag wieder ins pralle Leben von Brasilien einzutauchen. Ich dachte mir, wenn sie an Land in der Disco ständig Salsa und Samba hören, mache ich was anderes. Als Kontrast. So weit geht mein Pflichtgefühl. Obwohl ich sicher bin, dass die meisten überhaupt nicht hören, was ich spiele, mache ich mir oft Gedanken über Melodien und Rhythmen. Außerdem versuche ich mitzukriegen, wie die Atmosphäre ist, und mich darauf einzustellen. An den reinen Seetagen kann schon mal ganz schön depressive Stimmung herrschen. Zum Beispiel, als wir den Atlantik überquerten. Da hatten sie alle den Blues. Ganz komisch. Die Leute sind rumgeschlichen wie auf einer Galeere, bloß eben in edlem Outfit. Die Männer haben die Whiskygläser auf dem Tresenholz kreisen lassen und sich dabei zugesehen. Die Frauen haben gegähnt und dauernd auf die Uhr geschielt, als dürften sie den letzten Zug nicht verpassen. Was mitten auf dem Atlantik schon ein bisschen schräg wirkt. Und ich hab mir Mühe gegeben, die schönsten Melodien auszugraben. Oder was die Mehrheit so für die schönsten hält. Filmmusik funktioniert da ganz gut. Berühmte Sachen, *As Tears Go By.* Das kennen alle irgendwie, und dann heben sie auf einmal die Köpfe und gucken sich um, als würden sie überlegen, he, was wird da gerade gespielt, das kenn ich doch irgendwoher. Oder sie registrieren gar nicht, dass es mit der Musik zu tun hat, wenn sie plötzlich positive Vibrationen spüren, und schauen bloß auf, weil sie ein bisschen munterer werden.

Gaus hat mir am Anfang einen richtigen Vortrag über das Thema gehalten. Da dachte ich noch, der quatscht bloß Opern, aber im Nachhinein muss ich sagen, der Mann kennt sich aus. Er hat in allem recht behalten. Wenn ich mich an seinen Tipps orientiere, liege ich meistens richtig. Was sich dann am Trinkgeld bemerkbar macht.

Wenn ich ehrlich bin, sind mir die Leute aber ziemlich egal. Am meisten geht mir auf die Nerven, dass ich mich trotzdem ständig frage, ob sie mir zuhören oder nicht. Und dass ich einfach nicht rauskriege, was die Wahrheit ist.

Gaus hat es mir so erklärt: Als Barpianist, meinte er, bist du für die Leute meistens bloß eine Endlos-CD. Aber eben nicht nur. In dem Moment, in dem sie die Bar betreten, müssen sie das Gefühl haben: Ah, gute Musik. Das löst in ihnen die Bereitschaft aus, es sich gut gehen zu lassen. Sie denken: Jetzt relaxe ich, jetzt bestell ich mir den Drink, auf den ich Lust habe, und schau nicht auf den Preis. Während sie das denken, nimmt ihre Aufmerksamkeit für die Musik schon langsam ab, aber noch registrieren sie den Pianisten, sie fühlen sich sogar ein bisschen erhaben, weil jemand extra für sie live spielt, weil das kein popeliger Laden ist, wo der übliche Standard-Soundteppich vom Band kommt. Doch sobald der sündhaft teure Whiskey Sour vor ihnen steht, spätestens aber nach dem ersten Schluck, vergessen sie den Mann am Klavier. Und das muss ein guter Barpianist akzeptieren. Er darf jetzt nicht den Virtuosen markieren, er darf nicht mit Gewalt den Blickkontakt zu den Gästen suchen, aber er darf sich auch nicht hinter seinem Instrument verschanzen. Denn jederzeit kann bei einem Gast die Aufmerksamkeit für den Musiker wieder erwachen. Und dann kommt es gewaltig darauf an, was gespielt wird. Aber nicht nur dann. Wenn du zum Beispiel bemerkst, dass gleich mehrere Gäste dabei sind, komplett abzusacken, musst du versuchen, sie musikalisch aufzufangen oder wenigstens zu bremsen. Hat Gaus gesagt. Ich hab es versucht – und tatsächlich, es klappt. Nicht immer, aber oft. Ist auch Glückssache. Ich versuche es meistens mit Melodien aus den Sechziger- und Siebzigerjahren. Die Sachen haben die Leute gehört, als sie jung waren, das kommt dann so als Widerhall aus dem goldenen Zeitalter rüber oder so. Bei schweren Fällen würze ich das Ganze mit Anklängen aus Weihnachtsliedern. Das kommt gut. Das entspannt. Die Leute erkennen die Lieder nicht, weil ich nur ganz kleine Sequenzen einstreue, aber sie reagieren alle darauf. Und ich profitiere endlich mal davon, dass mich Omi immer zwang, *Süßer die Glocken nie klingen* zu singen. Lässt sich übrigens ne tolle Jazz-Nummer draus machen, aus dem Lied.

In der Nacht vor Rio war die Stimmung alles andere als gedrückt. Eher aufgekratzt. Gaus sagt, in solchen Situationen soll ich versuchen, die Leute in genau der Stimmung zu halten. Also gab ich ihnen ein paar Gute-Laune-Impulse, *My baby don't care* und so, mischte aber Improvisationen von klassischen Motiven dazwischen. Meine Spezialität. Über Motive, die ich von früher noch im Kopf hab, mache ich Improvisationen. Motive aus Sonaten von Mozart, Beethoven, Schubert, verjazzte Bach-Präludien. Auf die Idee bin ich sozusagen ungewollt gekommen. Bei Bach kam mir nämlich schon als kleiner Junge oft der Jazz durch, noch bevor ich überhaupt richtig wusste, was das ist. Meine Mutter fand das zwar eigentlich ganz originell, konnte es aber trotzdem überhaupt nicht leiden. Ihren Bach durfte niemand verhunzen. Irgendwie war es ihr sowieso unheimlich, dass ich das ganze Zeug auswendig konnte. Das gesamte Wohltemperierte Klavier von vorne bis hinten, alle achtundvierzig Teile. Sie spielte es seit zwanzig, dreißig Jahren jeden Tag und musste immer noch in die Noten schauen, während ich es nach ein paar Monaten Üben einfach draufhatte.

Wie ich das schaffe, weiß ich selbst nicht, aber Noten merke ich mir einfach schnell. Was heißt merken. Das geht irgendwie anders als bei anderen Dingen. In der Schule musste ich mir alles mühsam einhämmern, und es hat trotzdem nichts genützt. Aber wenn ich ein Klavierstück zwei, drei Mal – oder sagen wir vier Mal – spiele, ist es in meinen Fingern gespeichert. Ein ziemlicher Vorteil bei dem Job, den ich jetzt mache.

Der alte Onkel Heinrich hat gesagt, ich hätte halt so eine spezielle Begabung. So was gebe es. Der berühmte Pianist Kempff habe die auch gehabt. Der habe nicht mal üben müssen. Und improvisiert habe er auch. Jedenfalls in jungen Jahren. Am Ende seiner Konzerte habe er ganz besondere Zugaben gegeben. Das Publikum durfte kleine Motive auf einen Zettel schreiben. Die wurden dann eingesammelt, und Kempff hat sich was ausgesucht und darüber improvisiert. Meine Mutter war ganz aus dem Häuschen, als der kauzige Heinrich das erzählte. Dabei machte ich auch nichts anderes. Ist gar nicht so schwer, finde ich. Das Klavier hat den Vorteil, dass alle Töne quasi schön sauber geordnet vor dir liegen. Jede Taste ein Ton. Man muss sich nur bedienen. Da haben's die Streicher schwerer. Bei denen stehen lediglich vier Töne fest: G, D, A, E. Den Rest müssen sie jedes Mal selber machen. Und wehe, sie liegen auch nur einen Millimeter daneben: Dann heißt es Katzenmusik, und die kommt überhaupt nicht gut.

In der Nacht vor Rio waren die Leute kaum zu bändigen. Ich hatte den Fehler gemacht und einem Gast einen Wunsch erfüllt. War schon ein bisschen älter, der Mann, aber ganz sympathisch. Er wollte unbedingt *I will survive* hören. Kennen Sie das?, fragte er mich. Ist schon komisch. Das fragen alle, wenn sie sich was wünschen. Kennen Sie das? Ich meine, ich hab ja nichts dagegen, aber ich finde es irgendwie schräg, weil sie sich ja immer total bekannte Sachen wünschen.

Na, jedenfalls schob mir der nette Herr einen Schein in die Brusttasche, und da konnte ich natürlich nicht Nein sagen, sondern spielte halt das abgelutschte Ding von Gloria Gaynor.

Da war was los. Unglaublich.

Alles auf die Tanzfläche, obwohl ja keine Band spielte, sondern bloß ich. Und dann Foxtrott. Sah aus wie in der Tanzschule. Da hab ich eine Pause reingehauen, bis sie alle standen, die Männer sahen ihre Frauen an, dann schauten alle auf mich, weil es nicht weiterging, und in dem Moment, in dem ich das Gefühl hatte, jetzt haben mich garantiert alle im Blick, bin ich wieder voll in die Tasten gestiegen und habe das ganze Stück noch mal in höherem Tempo in Angriff genommen. Die meisten sind dann auf Freistil übergegangen und haben dazu gegrölt, obwohl sie bestimmt nicht den ganzen Text auswendig kannten. Nur der Mann, der das Lied bestellt hatte, versuchte es weiter mit Foxtrott, aber seine Partnerin stieg ziemlich bald aus. War ihr wohl zu schnell, und ihren Kavalier konnte man auch nicht gerade als Travolta bezeichnen. Sie ist an ihren Tisch zurück, der Mann ihr hinterher. Sie wirkte genervt, vielleicht auch von der Grölerei, sie tat mir fast ein bisschen leid, und als sie kurz zu mir rübersah, lächelte ich ihr zu, drehte das Stück langsam ab und überlegte mir dabei, auf welcher Tonwiese ich der schwitzenden, aufgedrehten Meute jetzt zur Beruhigung Auslauf gönnen wollte.

Weil ich gerade in C-Dur war, spielte ich, nach ein paar neutralen Akkordfolgen, einfach das erste Präludium aus dem Wohltemperierten Klavier. So wie es war. Ohne Synkopen, ohne Bluenotes. Meine Mutter hätte ihren Spaß gehabt.

Die meisten reagierten nicht darauf, wie üblich, aber einige wurden doch aufmerksam, das habe ich gemerkt. Der Kavalier versuchte, mit seiner entflohenen Tanzpartnerin ein Gespräch anzufangen, aber die ging überhaupt nicht auf ihn ein. Eiskalt ließ sie ihn abblitzen. Stattdessen sah sie mich an. Pfeilgerade. Das ging mir durch und durch, ich dachte, Scheiße, das Stück ist so verdammt kurz, was mache ich jetzt, da war ich auch schon bei den letzten Takten angekommen und fing einfach wieder von vorne an. Dreimal machte ich das, dann kriegte ich die Kurve und konnte langsam zur Variation übergehen und das Ganze barmäßig verjazzen, bevor es zu feierlich wurde.

Ich war ganz dizzy von dem Blick der Frau. Ich wusste nämlich, wer das war, ich kannte sie aus dem Fernsehen, und dass die mich wirklich so ansah, also ich meine, *so* ansah, überforderte irgendwie meine Rezeptoren. Erst als ich richtig in meinem persönlichen Play Bach drin war, konnte ich wieder einigermaßen lässig in ihre Richtung schauen. Sie hatte noch immer mit dem Herrn zu tun, der sich *I will survive* gewünscht hatte. Sie schien überhaupt keine Lust zu haben, nett zu ihm zu sein, und ich dachte gerade, die hat Haare auf den Zähnen und außerdem ist sie garantiert geliftet, da steht sie auf, drückt ihrem verzweifelten Kavalier einen Blick wie einen Poststempel ins Gesicht und kommt zielstrebig auf mich zu. Als sie den Flügel erreicht hat, könnte man glauben, sie geht haarscharf an dem Instrument vorbei zum Ausgang, aber stattdessen bleibt sie neben mir stehen, sieht mir in die Augen und legt mir kurz die Hand auf die Wange. Was heißt kurz. Bestimmt zwei, drei Sekunden lang. Sagt kein Wort, sieht mich nur an, lächelt nicht mal dabei – und segelt davon.

Mir war heiß und kalt und was auch immer, mir war an allen möglichen Körperstellen schwindlig, und meine Finger sind dabei die weißen Tasten hoch- und runtergaloppiert.

Anschließend glühte mir der Kopf. Ich sah den verlassenen, frustrierten Kavalier auf seinem Stuhl zusammensacken und schämte mich, einen Schein von ihm in der Brusttasche stecken zu haben. Mir war klar, dass ich ihn jetzt nicht mehr musikalisch aufmuntern konnte. Er rappelte sich auf und trollte sich, und es sah aus, als würde er sich in spätestens einer Minute draußen über die Reling stürzen. Schnell machte ich mit ein paar knalligen Anschlägen einen Punkt hinter das Bach-Gejazze. Ich wollte dem armen Mann wenigstens ein paar Töne mitgeben, die zu seiner Stimmung passten, damit er sich nicht so alleine fühlen musste, und das Erste, was mir in die Finger kam, war *I'm through with love.*

Da drehte er sich tatsächlich kurz nach mir um und hob die Hand. Wie zum Abschied, als würde er nie wiederkommen.

Die Bar wurde immer voller, viele Gesichter kannte ich, weil sie jeden Abend hier auftauchten, aber manche waren neu. Das machte der Rio-Effekt.

Je voller es wird, umso langweiliger wird es auch, weil du den Überblick verlierst und die Einzelnen nicht mehr so im Auge hast. Nur noch murmelnde Masse. Da döse ich dann manchmal fast ein. Auch darauf hatte mich Gaus vorbereitet. Er hatte gesagt, einem Barpianisten könnten lediglich zwei Arten von Arbeitsunfall passieren: erschossen werden oder beim Spielen einschlafen.

Weil ich das Gefühl hatte, mir fallen gleich die Augen zu, ließ ich mir eine Cola bringen und spielte etwas Schwieriges, um bei der Sache zu bleiben, aber es dauerte nicht lange, da hatte ich keine Stimulanzien mehr nötig. Die Fernsehfrau, die mir vorhin die Hand auf die Wange gelegt hatte, war nämlich wiederaufgetaucht. Sie lehnte jetzt am Tresen, und zwar in Begleitung. Neben ihr stand groß und lässig Tintin. Sie redeten, aber sie unterhielten sich nicht einfach. Sie flirteten. Mir war das irgendwie peinlich, und ich versuchte woanders hinzuschauen, aber nach einer Weile musste ich doch wieder einen Blick riskieren. Und jetzt sah ich, dass Tintins Hand auf der Hüfte der Frau lag. In mir kochte tatsächlich so was wie Eifersucht hoch, obwohl die Frau mehr als doppelt so alt war wie ich. Sie hätte meine Mutter sein können. Trotzdem machte es mich ganz nervös, Tintins Hand so auf ihrer Hüfte liegen zu sehen, dass die Spitze des Mittelfingers fast die Stelle erreichte, wo die Pofalte ansetzt.

Prompt rutschten mir ein paar Akkorde ab, und Tintin warf mir einen mahnenden Blick zu. Ich bat um Entschuldigung, indem ich mit allen Fingern ziemlich laut eine primitive Kadenz in die Tasten stanzte, die Harmonien anschließend auf die simple Art zerlegte und in der gleichen Reihenfolge wiederholte, sodass es wie ein Intro wirkte. Tintin verstand sofort. Ich konnte es nicht genau erkennen, aber ich wette, er zwinkerte mir kurz zu, dann führte er die Frau zu der kleinen Tanzfläche, die seit Längerem wieder leer war, so wie meistens. Sie wird normalerweise nur ab und zu von Paaren, die sich gerade erst gefunden haben, für Anschmiegemaßnahmen genutzt. Genau das hatte Tintin jetzt im Sinn, und darum rollte ich ihm und seiner Beute wie ein gehorsamer Depp quasi den roten Teppich aus und spielte *Wonderful World*.

Da hatte er sie also im Arm, konnte schon mal Tuchfühlung mit ihren Titten aufnehmen und sie spüren lassen, was in seiner Hose auf sie wartete. Es war ätzend.

Eine halbe Minute später kam ein zweites Paar auf die Tanzfläche, das ich schon den ganzen Abend beobachtet hatte. Die hatten sich gegenübergesessen und sich ständig angeguckt. Beziehungsweise er hatte sie angestarrt. Die Frau hatte zwischendurch immer mal wieder den Blick abwenden müssen. Dabei hatten sie die ganze Zeit Händchen gehalten. So ein richtiges Musterpärchen. Und klar, jetzt beim Tanzen sah man: beide Topfigur. Sie: unfassbar lange Beine, sexy-elegant. Er: gut aussehend, groß und sportlich. Marke Traumpaar.

In Hamburg hatte ich solche gesehen, als mein Vater mir die Stadt zeigte. Junger Geldadel, hatte er gesagt. Hanseatische Variante. Und dann wollte er wissen, ob ich einen Unterschied zu Leipzig und Rostock sähe. Hier gibt es mehr Bettler, antwortete ich. Das verstand er zuerst überhaupt nicht. Dabei stimmt es. In der Fußgängerzone: alles voll. So richtig im großen Stil. Alle unglaublich behindert, ohne Arme, oder ein Bein total verwachsen, oder irgendwelche abartigen Geschwulste, bei denen du lieber nicht so genau hinsiehst, manche knieten sogar und bettelten die Leute an, wie im Mittelalter vielleicht Pestkranke Gott um Hilfe anflehten oder so. Aber das alles wirkte wie eine konzertierte Aktion. Als würde in der nächsten Seitengasse ein Riesenlaster stehen, der sämtliche Bettler nach Geschäftsschluss einsammelt und wieder nach Rumänien bringt. Oder nach Bulgarien. Oder auf den Balkan. Oder nach Odessa, was weiß ich. Sie sahen jedenfalls alle aus, als kämen sie aus der Ecke da unten.

Bettler gibt es dort, wo was zu holen ist, meinte mein Vater dann stolz wie der Bürgermeister persönlich. Aber geben dürfe ich den Leuten nichts, ermahnte er mich. In Wahrheit seien die gar nicht so arm, sondern würden nur ausgenutzt. Die gehörten quasi zu einer Einsatztruppe, und genau genommen habe man es hier mit organisierter Kriminalität zu tun.

Da blieb ich stehen und sah mir meinen Vater einen Moment lang mal genauer an. Wie konnte einer, der mich gezeugt hatte, bloß so einen Scheiß reden! Seit wann lassen sich Leute ausnutzen, die nicht arm sind? Mein Vater kam mir in dem Augenblick so dermaßen blöd vor, dass ich kein Wort rausbrachte. Hätte ja auch keinen Sinn gehabt.

Ich war noch immer bei *Wonderful World* und schaute dem Traumpaar zu. Sie sahen sich auch beim Tanzen dauernd in die Augen. Vielleicht waren sie wirklich verliebt. Trotzdem konnte ich mir irgendwie nicht vorstellen, wie sie es miteinander treiben, obwohl beide so superattraktiv waren. Probehalber zog ich die Frau ein bisschen aus – sie war perfekt. Zu perfekt für meinen Geschmack. Eventuell ging es ihrem Mann ähnlich … Aber dann fuhr ich mir auch schon selbst in die Gedankenparade. Sebastian, dachte ich, was du dir für einen Müll einredest. Als wärst du der Experte auf diesem Gebiet. Ausgerechnet du.

Ich brachte das Stück zu Ende und legte eine kleine, effektvolle Pause ein. Die beiden Paare standen auf der Tanzfläche, Tintin nutzte die Gelegenheit, um seiner Partnerin etwas ins Ohr zu flüstern. Sie lachte laut auf, laut und lang genug, dass einige darauf aufmerksam wurden, wie auf einen Melodiefetzen aus meinem Klavier, den man schon mal gehört hat, aber nicht gleich zuordnen kann.

Am Tresen drehte sich ein Mann um, von dem ich bis dahin nur den Rücken gesehen hatte. Einer von der Sorte Grauer Star. Sprich: Silberlocke, eine Nuance zu braun im Gesicht, leichter Bierbauch, Polohemd und gelbliches Sakko. Hatte vermutlich schon einen im Tee, jedenfalls waren seine Bewegungen ein bisschen schwammig, aber als er die lachende Fernsehfrau auf der Tanzfläche erblickte, schlug er die Hacken zusammen wie ein Rekrut, der gerade angeschissen wird. Auf einen Schlag war er wie nüchtern. Ruck, zuck zahlte er seine Rechnung und verdrückte sich, als hätte er tierische Angst, erwischt zu werden.

Solche Sachen kannst du vom Klavier aus beobachten. Ich staune immer wieder. Auf den ersten Blick sieht alles nur nach blubbernder Menge aus, aber nach und nach entdeckst du, was unter der Oberfläche wirklich vor sich geht.

Ich spielte jetzt eine Schmacht-Version von *Leaving on a Jetplane,* aber das war ein Fehler. Denn es dauerte nicht lange, und ich musste mit ansehen, wie Tintin und die Fernsehfrau beim Tanzen knutschten. Hemmungslos. Alle konnten sehen, was die beiden in absehbarer Zeit in der Kabine machen würden. Verdammt, wurde mir flau! Ich hatte ein Gefühl, als würde vom Zwerchfell abwärts alles an mir nur noch flimmern wie im Sommer die heiße Luft über dem Asphalt. Bevor ich vom Balken kippte, führte ich das Stück über eine Abkürzung zum Schlusston, gab dem Barkeeper ein Zeichen, damit er eine CD einlegte, und nahm mir eine Pause.

Und beging gleich noch einen Fehler.

Den Fehler, den man nicht machen darf, wenn man monatelang auf einem Schiff ist, das wird dir jeder bestätigen, der schon mal zur See gefahren ist. Wenn du auch nur annähernd den Blues hast, darfst du dich auf keinen Fall nachts an die Reling stellen.

Wenn du das tust, kommst du dir die ersten drei Minuten vielleicht noch wie ein Filmheld vor und lässt dir die Haare melodramatisch verwehen, aber auch wenn du dich noch so sehr in Pose bringst, nach drei Minuten spätestens wird es ernst, und du fühlst dich durch und durch beschissen. Verlassen. Einsam. Heimatlos. Das ganze Programm.

Völlig fertig war ich, als ich da mitten auf dem Meer unter dem Sternenhimmel stand, ich wusste nicht mal so genau, weshalb, da hatte sich was ganz komisch innerlich verknäuelt, ich dachte schon, ich fang gleich an zu heulen, bloß damit der Druck nachlässt, da merke ich, dass ich nicht alleine bin, dass ein paar Meter weiter der kleine Mann an der Reling steht, der vorhin in der Bar die Abfuhr eingesteckt hat, von der Frau, mit der Tintin gerade vor meinen Augen geknutscht hat. Ich sah also den Mann genauso an der Reling stehen und zum Himmel schauen wie ich, hörte, wie er murmelte, lamentierte, und es kam mir ätzend vor, ekelhaft, abstoßend, absolut unerträglich, dass ich eine Minute zuvor selbst so ein Bild abgegeben haben sollte, das einer Memme, Flasche, Heulsuse. Ich konnte es nicht mit ansehen und ergriff die Flucht, auf dem Deck nach vorne, so weit es ging, und schließlich auf den Bugbalkon oder wie man das nennt, ganz vorne unter der Brücke, und da war es auf einmal sonderbar still, nicht mal der Fahrtwind machte Geräusche, obwohl er mir frontal das Gesicht wusch, allerdings mit warmer, milder Luft. Das tat gut, so gut, dass der Blues in mir schon gleich ganz anders klang, zwar noch nach Blues, aber nicht mehr so beißend, sondern mit der Art von Traurigkeit, die gar nicht so unangenehm ist, die was Weiches hat, was Wohlriechendes. Wie von selbst machte ich die Augen zu, als hätten Wind und Blues mich dazu überredet, ein zart hingetupfter Windblues auf dem Klavier, ich hätte nicht entscheiden können, ob ich ihn lieber selbst gespielt hätte oder ihn mir lieber hätte vorspielen lassen, aber wer spielte mir schon was auf dem Klavier vor, meine Mutter hatte das früher getan, aber nie Blues, das hatte sie nicht drauf, bei ihr war es immer nur Bach oder Schubert, von ein paar Beethoven-Ausnahmen abgesehen immer Schubert oder Bach, das war die Tonspur meiner Kindheit, aber warum nicht, schließlich ist das nicht die schlechteste Musik, die man einem Film unterlegen kann.

Prompt war der Blues verklungen, und mein Kopf war voller Schubert. Bach konnte sich im Nachtwind nicht durchsetzen. War wohl meine Stimmung. Vielleicht, fiel mir dann ein, war Schubert für meine Mutter so etwas wie der Blues, das ewig Traurige, in dem so eine vertrackte Schönheit steckt, die leicht die Tränenkanäle flutet und mit einem Schlag wer weiß was für Gefühle auslösen kann. Abrupt, wie bei einer Hormonausschüttung.

Mein Abgang von zu Hause ist nicht viel anders gelaufen, abrupt und anfallartig, völlig ohne Geplänkel von meiner Seite.

Allerdings wurde er mit einer Art Geplänkel von meiner Mutter eingeläutet, durch ihre Bitte aus heiterem Himmel, was heißt heiter, das war ja gerade das Problem, dass der Himmel schon ewig lange bewölkt gewesen war, darum ja auch die Bitte, nein, eine Bitte war es nicht, es war eine Forderung, fast würde ich sagen, ein Befehl, wenn es nicht irgendwie so verzweifelt geklungen hätte, also sagen wir die total unerwartete Forderung, ich solle mit ihr Schubert spielen, vierhändig, wie früher, die f-Moll-Fantasie, Deutschverzeichnis 940, nein, nicht bloß verzweifelt, vollkommen hysterisch war sie, als sie das von mir verlangte. D 940, hat sie geschrien, spiel wenigstens einmal noch mit mir D 940!

Lächerlich, peinlich. Und sie tat mir leid. Ich hatte sie so ja auch noch nie gesehen, oder doch, ein Mal vielleicht, vor Jahren, ewig lange her, in der Erinnerung sehe ich sie von unten, aus der Kleinkindperspektive, ich muss noch ein ziemlicher Zwerg gewesen sein, und irgendwas Schlimmes musste passiert sein, vermutlich hatte es mit ihrem Exmann zu tun, meinem Vater, da war sie auch so aus der Fassung gewesen und hatte geschrien, weinerlich geschrien. Fürchterlich.

Sie wollte mich wieder in die Kindheit zwingen, gewissermaßen einen Kopf kürzer machen. Und tatsächlich: Ich hob die Hände. War als Beschwichtigung gemeint, sah aber womöglich aus wie ein Gangster, der sich ergibt.

Wir haben also gespielt.

Ich rechts von ihr.

Und schon die ersten Takte kamen mir verkehrt vor. Nicht, dass wir falsch gespielt hätten, im Gegenteil, es lief gut, dadurch merkte man das Verkehrte ja überhaupt erst, weil es Musik war, und als Musik für uns zwei war es verkehrt. Das war ein Stück für Mann und Frau und nicht für Mutter und Sohn.

Ich kam mir pervers vor, so etwas mit meiner Mutter zu spielen. Obwohl ich die Musik schön fand, wie immer schon, oder gerade weil ich sie schön fand. Das Stück ist unglaublich, der Anfang, also das Thema und so, der pustet dich weg, aber es hat … ja, mit Liebeskummer oder so was zu tun, eben damit, dass du bei der Frau sein willst, die du liebst.

Schubert stand garantiert auf eine, an die er nicht rankam, was weiß ich, totaler Frust jedenfalls, Moll, Moll, Moll, minutenlang, dann auf einmal Generalpause und es geht in Dur weiter. Früher hatte mir das Spaß gemacht, da kam ein bisschen Leben ins Tränige, aber jetzt: Ich legte partiturgemäß einen Hüpfer nach dem andern hin und meine Mutter lächelte immer seliger und wiegte sich hin und her, ständig schubste mich ihre Schulter an und ich dachte, ich krieg eine Delle.

Unter meinem Smoking brach mir die Gänsehaut aus, dadurch kam ich wieder zu mir und trottete zurück in die Bar. Dort vermisste mich kein Schwein, die Musik kam vom Band, Tintin tanzte immer noch mit derselben Frau, also machte ich wie ferngesteuert auf dem Absatz kehrt und quittierte für diese Nacht den Dienst. Im Lift sah ich auf die Uhr und stellte fest, dass ich noch fast drei Stunden zu spielen hätte, aber es war mir egal, ich war sonst so pflichtbewusst, hielt mich immer an die Regeln, ich konnte mir sogar eine Verwarnung leisten. In meiner Verfassung hätte ich beim besten Willen die Finger nicht mehr sauber aufs Elfenbein gekriegt, ich war so schwach, so seltsam schwach, als hätte ich ewig nichts gegessen und viele Nächte nicht geschlafen. Vor unserer Kabine angekommen, drückte ich die Klinke herunter und lehnte mich mit dem ganzen Körpergewicht gegen die Tür, weil meine Arme nur noch Pudding waren, wie ein Besoffener ließ ich mich in den Raum fallen, aber ich war noch nicht richtig drin, da packte mich der Schock schon am Schlafittchen und stellte mich stocksteif hin.

Auf meinem Bett saßen vier Afrikaner und glotzten mich mit

großen Augen an. Die Augen kamen mir riesig vor, sperrangelweit aufgerissen, wie junge Riesenvögel auf der Stange saßen die Jungs auf meinem Bett, genauso schockgefrostet wie ich, bloß dass ich irgendwann lachen konnte, weil ich begriff, dass die vier jung und ungefährlich waren, und mir die Situation einfach zu verrückt vorkam. Denen war aber nicht zum Lachen. Immerhin bewegten sie zaghaft das Gefieder und trauten sich wenigstens zu blinzeln.

Wo kommt ihr denn her, Freunde?, fragte ich sie. Seid ihr aus der Küche ausgebüxt?

Die verstanden kein Wort, obwohl ein Minimum an Deutsch auf dem Schiff eigentlich Pflicht ist. Ich versuchte es auf Englisch, und das klappte einigermaßen, an den Augen konnte ich sehen, dass sie mich verstanden, aber sie antworteten nicht. Sie hatten Schiss, ganz klar. Und sie waren nicht ganz koscher, ebenfalls klar. Mir fiel Tintins Geheimniskrämerei mit dem schwarzen Helmut ein, und ich musste schon wieder lachen, weil ich mich kurz fragte, ob die vier kleinen Negerlein hier womöglich schwarzfuhren, und wollte schon sagen, für blinde Passagiere macht ihr aber ganz schön große Augen, da kam Tintin zur Tür herein.

Okay, machen wir's kurz, fing er an und legte eine ernste Platte auf, von der ich gar nicht gewusst hatte, dass er sie in der Sammlung hatte. Die vier Jungs gehören nicht zur Crew, erklärte er, die haben wir vor Teneriffa aus dem Wasser geholt. Sind wahrscheinlich aus ihrem Flüchtlingsboot gefallen oder gesprungen, keine Ahnung, das sagen sie nicht. Bloß dass sie nach Spanien wollen, haben sie verraten: »Spain, Spain.« Waren kurz vorm Verdursten, mittlerweile haben Helmut und ein paar andere sie wieder aufgepäppelt. Papiere natürlich Fehlanzeige. Geld dito, sie haben nichts als die Klamotten aus der Altkleidersammlung am Leib, nicht mal Schuhe.

Während Tintin redete, sah ich mir die vier genauer an. Zwei trugen Fußballtrikots, einer ein gelbes T-Shirt, der Vierte ein kariertes Hemd, an dem mehrere Knöpfe fehlten, aber nicht das Tommy-Hilfiger-Logo. Einmal Adidas-Trainingshosen, dreimal Shorts.

Wie habt ihr die an Bord gekriegt, ohne dass man es auf der Brücke bemerkt hat?, wollte ich wissen. Erzähl ich dir später, sagte Tintin, jetzt hab ich keine Zeit, ich muss wieder nach oben. Außerdem: Wer sagt denn, dass es auf der Brücke keiner bemerkt hat?

Du willst mir doch nicht sagen, dass der Kapitän Flüchtlinge auf diesem Luxusliner duldet?

Wenn du es unbedingt wissen willst: Wir hatten Glück, weil der Zweite Offizier gerade seinem Matrosen den Ausguck überlassen hatte. Der ist Filipino und hat einem philippinischen Bootsmann über Funk Bescheid gesagt, und der hat dann mit seinen Matrosen unten alles geregelt. Die wissen, wie das geht. Ein paar Afrikaner von der Crew sind ein bisschen zusammengerückt. Da schlafen in der einen oder anderen Doppelkabine eben jetzt drei, das macht denen nichts aus, die sind nicht so empfindlich wie wir. Liegt halt einer auf dem Boden, oder zwei teilen sich ein Bett, no problem, so werden schnell vier Betten frei. Das Problem sind die Kontrollen, wie du dir vielleicht denken kannst. Die kommen so unregelmäßig, da muss man höllisch aufpassen und improvisieren. Jemand hat spitzgekriegt, dass heute Abend auf dem Dritte-Welt-Deck kontrolliert wird, da haben wir die Jungs kurzfristig und vorübergehend in unsere Kabine ausgelagert. Du hattest Dienst, darum war hier frei, es konnte ja keiner ahnen, dass du plötzlich den Abgang machst.

Wer ist »wir«?

Der schwarze Helmut, ich und ein paar andere. Hat sich so ergeben, weil wir von der Crew-Bar kamen, als die vier Halbverreckten an Bord gezogen wurden. Die Filipinos haben sie fast getragen, aber als sie uns sahen, haben sie die Kerle einfach fallen gelassen und sich aus dem Staub gemacht. Und da hatten wir die Bescherung. Wir konnten sie ja schlecht wieder ins Wasser schmeißen, oder?

War ein komisches Gefühl, in der engen Kabine mit Tuchfühlung zu den vier Jungs über sie zu reden, ohne dass sie ein Wort verstanden. Ich hätte sie dafür am liebsten um Verzeihung gebeten. Aber erst mal wollte ich noch genauer Bescheid wissen.

Was habt ihr jetzt mit ihnen vor?

Wenn ich das wüsste. Wir diskutieren noch. Ist aber nicht einfach, das in aller Ruhe zu bequatschen. Wenn Dienst ist, gibt es kaum eine Chance dazu, und in der Freizeit ist immer jemand anderes in der Nähe. Aber morgen in Rio gehen die meisten von Bord, dann muss es klappen. Die Frage ist, ob wir uns einigen können. Einige meinen, man sollte die Jungs einfach unter die Crew schmuggeln, das würde von den Bossen sowieso keiner merken, andererseits könnte es sein, dass sie dann einer aus der Crew verpetzt. Keiner von den Afrikanern, die halten zusammen, aber ein Europäer vielleicht, obwohl die selten einen Schwarzen vom anderen unterscheiden können. Trotzdem: meiner Meinung nach zu riskant. Die andere Möglichkeit wäre, die vier irgendwo unterwegs von Bord gehen zu lassen. Fragt sich nur, wo. Jetzt sind wir erst mal in Südamerika. Brasilien, Argentinien, dann unten rum, nach Chile, Peru, Panama, das dauert noch Monate, bis wir wieder Kurs auf Europa nehmen.

Vielleicht solltet ihr ihnen Südamerika schmackhaft machen?, schlug ich vor. Allerdings hatte ich keine Ahnung, wie da gerade die Lage war, was sie zum Beispiel in Argentinien mit Afrikanern ohne Papiere anstellten, ob die nicht vielleicht auf dem direkten Weg wieder abgeschoben wurden.

Tja, und schon zerbrach ich mir den Kopf. Tintin hatte mich eingeweiht, wenn auch notgedrungen, und damit trug ich irgendwie auch Verantwortung. Darum beeilte ich mich erst mal, Tintin zu versichern, dass er sich auf mich verlassen konnte.

Das will ich auch schwer hoffen, meinte er. Wenn du das Maul aufmachst, bin ich nämlich meinen Job für immer los. So, und jetzt muss ich wieder hoch, der angenehme Teil der Pflicht ruft. Er zwinkerte kurz, versetzte einem der Jungs einen freundschaftlichen Knuff gegen die Schulter und verschwand.

Ich gab den vieren nacheinander die Hand, nannte meinen Namen und fragte sie auf Englisch, was wir jetzt tun sollten.

We wait for Helmut, erklärten sie unisono.

Almut Als ich aufwachte, war die Frühstückszeit längst vorbei. Da auf diesem Schiff aber die lückenlose Fürsorge im Bereich der oralen Bedürfnisse garantiert ist, gibt es zu jeder Uhrzeit irgendwo etwas zu essen. Zwar definiert der Bordplan sieben Mahlzeiten und verteilt sie sinnreich über den gesamten Tag bis hin zum Mitternachtsbüfett, doch kann man zwischendurch nicht bloß Häppchen bekommen, sondern in diversen Restaurants auch à la carte essen. Mir war an diesem Vormittag nur nach einer Tasse Kaffee, und ich beschloss, sie im Freien zu trinken.

Auf dem Gang herrschte wie immer Teppichstille. Dass aber auch in der Aula, von wo aus die Treppen und Aufzüge zu den anderen Decks führten, keine Stimmen zu hören waren, wunderte mich. Auf der Treppe nach oben begegnete mir kein Mensch, das ganze Schiff kam mir gespenstisch stumm vor.

Ich blieb stehen und lauschte. Die übliche Hintergrundmusik fehlte. Keine sanften Töne rieselten die Wände herab. Plötzlich glaubte ich zu spüren, dass sich kein Mensch mehr auf dem Schiff befand, dass ich allein dieser bedrohlichen Atmosphäre wie kurz vor dem Ausbruch einer Katastrophe ausgesetzt war.

Vor der elektrischen Schiebetür, durch die man aufs Sonnendeck gelangte, war ich auf alles gefasst.

Sie öffnete sich wie geschmiert, was mich geradezu erstaunte.

Ich trat ins Freie, drehte mich um, sah die Tür hinter mir wieder zugleiten, und machte einen Schritt auf sie zu, um mich zu versichern, dass mich der Mechanismus nicht ausgeschlossen hatte. Erst dann sah ich mich um.

An Deck war niemand.

Kein Mensch. Nein, so stimmte es nicht, denn Personal war

anwesend wie immer, schweigend und unauffällig, in Dienstkleidung und augenscheinlich auf dem Posten. Aber es fehlten die Passagiere. Es sah aus, als hätte eine neuartige Bombe eingeschlagen, die nur Menschen mit überdurchschnittlichem Einkommen traf.

Ich war irritiert. Nein, verwirrt. Genauer gesagt: verstört.

Alles schien aus den Angeln gehoben zu sein. Das Gefühl kam mir allerdings entfernt bekannt vor. Ich setzte mich auf die nächste Bank, um mir in aller Ruhe die neue Wirklichkeit anzueignen, da fiel mir ein, woran mich die Verstörung erinnerte. Irgendwann tief in der Vorwendezeit meines Lebens kam ich im Sommer vom Ernteeinsatz zurück und war so unendlich müde von der täglichen Feldarbeit und dem nächtlichen Feiern, dass ich schon am Mittag ins Bett fiel und auf der Stelle einschlief. Als ich aufwachte, war es halb sechs und erstaunlich hell. Ich verließ mein Zimmer und traf meine Mutter beim Bügeln an. Mein Vater saß mit einem Glas Bier im Wohnzimmersessel und war in irgendwelche Manuskripte vertieft. Als sie mich sah, stellte meine Mutter das Bügeleisen ab, begrüßte mich fröhlich und bot mir an, den Bohneneintopf aufzuwärmen. Ich verfolgte das alles mit wachsendem Grauen, denn es schien mir vollkommen verkehrt zu sein. Diese Geschäftigkeit morgens um halb sechs, Bier und Eintopf inklusive! Mir wurde übel von meiner eigenen Verwirrung, ich musste mich setzen. Erst als meine Mutter sich wunderte, dass ich schon auf war und nicht bis zum nächsten Tag durchgeschlafen hatte, wo ich doch todmüde gewesen sei, dämmerte mir, woher meine Verwirrung rührte. Nach dem Erwachen aus tiefem Schlaf war ich selbstverständlich davon ausgegangen, es liege eine Nacht hinter mir und sei nun halb sechs am Morgen. Ich brauchte ein, zwei Stunden, bis sich mein Bewusstsein ganz und gar die Tatsache zu eigen gemacht hatte, dass es früher Abend war, dass meine Heimkehr erst wenige Stunden zurücklag und dass man mich in absehbarer Zeit auch schon wieder ermuntern würde, schlafen zu gehen. Bis ich wieder auf der Höhe der Zeit war, starrte ich offenbar mit glasigen Augen vor mich hin und war kaum fähig, ein Wort zu sagen, was meine Eltern dazu veranlasste, sich fragende Blicke zuzuwerfen, angesichts der nach dem Ernteeinsatz so verstörten Tochter. Mein Vater kam sogar mit linkischer Zärtlichkeit zu mir, strich mir übers Haar, sah mir forschend in die Augen, legte den Arm um mich und drückte herrlich kräftig zu, wie er es selten tat, und nachdem er mich einige Male gedrückt hatte, nahm er den Arm nicht einfach weg, sondern ließ ihn noch eine Weile auf meiner Schulter liegen, wenn auch leicht. Ich konnte es auf meiner Bank an Deck noch immer spüren, ich spürte es genau, bis ein Geruch mich veranlasste, die Augen zu öffnen.

Schräg vor mir stand Bernd Gaus, leicht vornübergebeugt, er sah mir forschend ins Gesicht, und seine rechte Hand lag leicht auf meiner linken Schulter.

Ist Ihnen nicht gut?, flüsterte er.

Was ist passiert?, fragte ich.

Was meinen Sie? Was soll passiert sein?

Alle sind weg. Wo sind all die Menschen?

Offenbar lag ein deutlicher Unterton des Entsetzens in meiner Stimme, denn jetzt vereinten sich in Gausens Reaktion Mitgefühl und Amüsement.

Ach, Frau Schäfer, sagte er. Sie sind ja ganz verstört.

Und dann führte er mich auf die andere Seite des Decks, schob mir auf der dortigen Café-Terrasse einen Sessel mit gestreiftem Bezug zurecht und hieß mich setzen. Sogleich stand eine Tasse Kaffee vor mir, auf die richtete ich meine Konzentration, damit sich der harsche Griff der Verstörung löste. Kaum hatte ich die Tasse abgesetzt, brachte der Kellner auf Veranlassung von Herrn Gaus einen Kognakschwenker.

Das wird Ihnen guttun, sagte Gaus.

Ich lehnte ab. Zu teuer. Und zu früh am Tag. Zumal auf leeren

Magen. Allerdings: Aus dem Glas stieg ein unerhörtes Bukett auf.

Wissen Sie, mir fällt da ein Satz ein, den meine Mutter immer gesagt hat, erinnerte sich Gaus. Wenn es dir schlecht geht, setze deinen schönsten Hut auf!

Damit hatte er mich. Als wäre er mit meiner Schwäche für weise Mütter und gute Ausreden vertraut. Der Cognac dehnte alle Zellen meines Körpers um ein Winziges, in der Summe sorgte das für beträchtlich weiten Raum zum Atmen. Die Beklemmung wich.

Den Grund für die Leere auf dem Schiff sehen Sie dort, sagte Bernd Gaus nun und deutete über die Reling hinaus.

Ich drehte den Kopf und sah den Zuckerhut.

Rio, sagte Gaus. Da bleibt niemand an Bord. So ängstlich die Leute sonst auch sind, hier überwinden sie ihre Angst vor Taschendieben und gehen an Land. Wer will schon daheim gestehen, das Schiff habe im Hafen von Rio gelegen, aber er habe sich nicht in die Stadt gewagt?

Er lachte kurz, leicht spöttisch, aber durchaus verständnisvoll. Mir fiel auf, wie locker er sich gab, und dann merkte ich auch, dass er ausnahmsweise keinen Anzug trug, sondern kurze Hosen und ein Polohemd, auf dessen Brusttasche die Silhouette eines Golfspielers gestickt war. Machte ihn der Aufzug tatsächlich gelassen, oder wirkte er durch die Kleidung nur so entspannt?

Ich hatte an Rio de Janeiro nicht gedacht. Auch mir standen freie Tage zu, mein Arbeitsvertrag listete die Bedingungen penibel auf, doch hatte ich mir noch immer nicht die Mühe gemacht, meine Landgänge zu planen. Ein Versäumnis, mit dem ich vorerst nicht haderte. Meine Rezeptoren und Verarbeitungsapparaturen waren mit dem ausgelastet, was mir die schwimmende Kleinstadt bescherte, darum war ich nicht auf weitere neue Eindrücke aus. Freilich ging von den Namen all der Städte, deren Häfen wir anliefen, ein gewaltiger, magischer Reiz aus. Weit über zwanzig mochten es bislang allein im Mittelmeerraum gewesen sein, darunter Lissabon, Rom, Athen, Alexandria, Casablanca, alles Namen mit aufregendem Beiklang, Städte, von denen ich gehört und Bilder gesehen hatte, in denen ich aber nie gewesen war. Eigentlich hätte ich traurig sein müssen, weil ich an allen nur vorbeigefahren war, darum stellte ich mir lieber nicht allzu detailliert vor, was ich verpasst hatte. Während der Atlantiküberquerung, an den reinen Seetagen, probierte ich prophylaktisch die gegenteilige Methode aus, um mir touristische Gelüste auszutreiben, indem ich mir den Aufenthalt an den angepeilten, dem Namen nach attraktiven Orten mit besonderer Intensität und vor allem in allen Einzelheiten ausmalte: Ich in Rio de Janeiro. Die blässliche Ex-Rostockerin flaniert zwischen braunen Körpern im wiegenden Schritt … Eine groteske Vorstellung.

Ich nahm einen weiteren Schluck Cognac, und Gaus fragte mich, ob er mich noch einmal danach fragen dürfe, was mir fehle.

Da ich offenbar zu lange überlegte, machte er einen Vorschlag: Haben Sie Heimweh?

Das war gar nicht so dumm, obwohl es nicht recht stimmte.

Fühlen Sie sich allein?

Ich bin ganz gern für mich.

Oder gar einsam?

Er merkte selbst, wie intim die Frage klang, und gab sich darum sichtlich Mühe, seinen Gesichtsausdruck so zu justieren, dass man ihm auch nicht den geringsten Hauch von unschicklichem Interesse unterstellen konnte. Es gelang ihm gut. Seine Anteilnahme wirkte persönlich und diskret zugleich. Mein Führungsoffizier war jetzt ganz Mensch. Und als ich diesen Gedanken dachte, weckte er nicht etwa meinen Hohn. Um ein Haar hätte ich traurig gelächelt.

Vielleicht schicke ich meinem Sohn mal wieder eine Mail, sagte ich und stand auf.

Ich sah, dass Gaus mich nur widerwillig gehen ließ. Es kostete ihn nun noch mehr Mühe, seine Gesichtszüge im diskreten Bereich zu halten. Er nickte verbindlich und sagte nach kurzem Zögern: Sie sollten aber nicht vergessen, dass man von seinen Kindern nicht zu viel erwarten darf.

Beim Spielen einer Fuge erkennt man, wie gut es ist, zwei Hände zu haben.

In meinem schlimmsten Albtraum fehlen mir die Hände. Ich weiß nicht, wie, weiß nicht, warum, doch ich kann nichts mehr halten, niemanden. Walter nicht, Sebastian nicht, nicht meinen Vater, meine Mutter, nicht Onkel Heinrich, nicht die alten Freunde, nicht Karin, nicht die Kolleginnen, nicht halten und nicht Halt geben, denen, die mir teuer sind, denen, die mich brauchen, ohne Hände bin ich niemand, der Traum ist schrecklich, ich kenne ihn seit Jahren, er kommt nicht oft, doch wenn er kommt, reißt er mich jedes Mal aus dem Schlaf – und ich stehe klamm vom Bett auf, wage es nicht, an mir herabzublicken, gehe als Marionette ans Klavier, setze mich nieder, schließe die Augen und versuche etwas zu spielen. Und bin erleichtert, wenn es geht.

Das ist die schlimme Variante.

Weniger dramatisch: das alltägliche Vergessen, zwei staunenswert allmächtige Werkzeuge zu besitzen. Solange sie nicht gefesselt sind, sind sie zu allem fähig. Warum lässt du sie so oft verkümmern? Kaum bist du ratlos, verwachsen sie zu Klauen, denen nichts zuzutrauen ist. Da flieht man dann nicht instinktiv ans Instrument, da muss man sich an die Tasten zwingen und den Instinkt beim Anblick von wohlsortiertem Schwarz und Weiß erst wecken, indem man einfach spielt.

Und beim Spielen einer Fuge merke ich dann, dass ich noch immer zwei Hände habe – und wie gut das ist.

Mit der einen Hand beginnt man, dann setzt die zweite ein, und nach einer Weile wundert man sich, dass die erste noch immer ihrer Stimme folgt, die zweite sie aber nicht nachahmt, sondern ebenfalls auf ihrem Weg besteht, und dass sich daraus in der Mitte, dort, wo die Aufmerksamkeit der Spielenden jetzt losgelöst von allem über den Tasten schwebt, die herrlichste Musik aus den beiden Varianten des einhändigen Eigensinns ergibt.

Mit meiner Sehnsucht nach Sebastian, mit dem Abdruck der ungehörigen Hand von Gaus auf meiner Schulter setzte ich mich an den Blüthner und suchte Halt bei der Fuge in gis-Moll, die hatte genau das richtige Andante, genau den Schritt, den ich jetzt brauchte, um nach und nach Land zu gewinnen. Erst nach der Fuge spielte ich das dazugehörige Präludium, es war langsam genug, um fehlerfrei hindurchzugehen, es glich einem Gedankengang, der kurz vor Schluss auf eine nicht zu hohe Höhe führte und dort zur Ruhe kam.

Nach all den Jahren weiß ich zu wählen, welchen Teil aus dem Wohltemperierten Klavier ich spiele. Oder eher: »Es« weiß zu wählen, etwas in mir, ich setze mich nur hin, lege die Stümpfe oder Klauen in den Schoß, lasse sie dort eine kleine Weile liegen, hebe sie an – und sehe zu, auf welche Tasten sie dann niedersinken, wie sie zu Händen werden und mit ihren Fingerspitzen die Musik erwecken.

Und wie fühle ich mich, nachdem ich gespielt habe? Ich entsteige einem Becken, Wasser tropft von meinem Körper, ich gehe Stufen hinauf, still, es sind keine Menschen da, aber um mich schließt sich ein wohlgestalteter Raum, alles befindet sich im richtigen Verhältnis zueinander, die Proportionen stimmen, alle Farben sind mit Bedacht gewählt, so kann sich die Ästhetik diskret wieder der Aufmerksamkeit entziehen, nachdem man sie erkannt und sich profund daran gefreut oder getröstet hat. Und ich sitze wieder leibhaftig auf einem Klavierhocker in der Welt.

Ein Blick auf den Programmplan im Computer sagte mir, dass

die Zeit für einen nachgeholten Landgang nicht mehr reichte. Rio hatte ich also auch verpasst. Zu Hause würde ich erzählen können, wie die Silhouette der Stadt vom Hafen her aussieht, samt Zuckerhut und Riesenjesus.

Blieb nur die Frage, wem ich das überhaupt erzählen sollte.

Schon wieder war Schwermut im Anzug, die Hände hatten mit dem Andante der Musik nur den Anfang gemacht, jetzt musste ich mit den Füßen weitergehen, und wenn ich schon nicht an Land konnte, so doch wenigstens ins von der Reling eingezäunte Freie.

Die Vergnügungsdecks waren immer noch so leer, dass es die Bedienungen, die eigentlich die Stellung halten sollten, nun wagten, sich gehen zu lassen. Die Kellner der Open-Air-Bars zogen Schuhe und Strümpfe aus, krempelten die Hosen hoch und ließen die Füße in den Pool hängen, und unten, auf dem Sonnendeck der Crew, wurden Angeln ausgeworfen. In allen Ecken und Winkeln sah man Leute in Uniform oder Arbeitskleidung Cola oder Bier aus Flaschen trinken und Zigaretten rauchen. Die Kippen wurden lässig über die Reling geschnippt. Wer nicht knutschte oder mit anderen plauderte, hatte Stöpsel in den Ohren stecken, aus denen dünne Kabel hingen. Alle zeigten Haut und alle schienen jung zu sein.

Ich spazierte über die Sonnendecks, durch Minipark und Golfanlage, vorbei an allen Pools und Liegeflächen, sah zu, wie das Personal die Plätze der Passagiere okkupierte, und bemerkte, wie sehr sich die Atmosphäre an Deck von dem unterschied, was ich seit Wochen beobachtete: Jetzt herrschte echte Entspannung. Die zahlenden Gäste wirken in ihren Liegestühlen oft wie auf der Lauer, ganz und gar nicht entspannt, sondern so, als erfüllten sie eine Pflicht, der nicht zu entrinnen ist.

Und noch etwas fiel mir auf. Die Passagiere in Badebekleidung sorgen dafür, dass auf den Decks rund um Spiel- und Badeflächen die Farbe weißer, bleicher oder sonnenbrandgeröteter Haut dominiert, gesprenkelt von Einzelexemplaren in ledrigem Mallorcabraun, denn nahezu alle sind Landsleute von mir, unter die sich meines Wissens nur einige andere Europäer gemischt haben, hauptsächlich Holländer. In der Crew hingegen sind Menschen aller Hautfarben vertreten. Normalerweise fällt das gar nicht so auf, vermutlich wegen der Dienstkleidung oder eher noch wegen der Funktion, man sieht die Dienenden nicht als Personen mit Herkunft und Hintergrund, sondern als installierte Erfüllung einer Aufgabe, manche Passagiere sehen sie womöglich irgendwann gar nicht mehr so, wie man Personen sieht, sondern registrieren sie nur halb bewusst in Gestalt einer Serviceleistung, die einem gilt und zusteht.

Jetzt, da ich mich darauf konzentrierte, erkannte ich mindestens Chinesen, Inder, Filipinos, Thailänder, Indonesier, schwer definierbare Zentralasiaten, Westafrikaner, Nordafrikaner, Ostafrikaner und wahrscheinlich noch weitere Afrikaner, Latinos aller Art, dazu fast sämtliche in Europa vertretenen Gesichtszüge und Körperbauten, mit Schwerpunkt aber eindeutig auf Osteuropa. Kaum dachte ich das, hörte ich hinter mir das unverkennbare, verlockende slawische Zischeln, ich drehte mich um und sah Gaus einer offenbar russischen Kellnerin einen Klaps auf den Hintern geben, bevor er durch die getönte Glastür im Inneren des Schiffs verschwand.

Die Russin zupfte an ihrem Röckchen und kicherte mit ihrer Freundin weiter, Gausens jovial-chauvinistische Grußgebärde schien sie nicht weiter aus der Fassung gebracht zu haben.

Ob ich ihm wohl eine gescheuert hätte?

Das wäre wohl nicht nötig, denn bei mir würde er sich so etwas gar nicht trauen.

Sieh an, wie selbstverständlich ich Gaus ein Denken und Handeln nach hierarchischen Prinzipien unterstellte. Dabei müsste gerade er, ehemals Schild- und Schwertträger der Partei, doch den Gleichheitsgrundsatz wenn nicht mit der Muttermilch, so doch mit dem Pioniertee aufgesogen haben. Wie unsereiner freilich auch. Gleichheit, Freiheit – und in meinem Fall dann: Bürgerlichkeit. Meine weiße und danach meine blaue Bluse, die galten bei uns daheim als Garantien der Freiheit, wie auch das Parteibuch meines Vaters. Wenn wir in Ruhe und relativer Freiheit unser bescheidenes bürgerliches Leben führen wollen, müssen wir dafür sorgen, dass keiner auf die Idee kommt, uns zu behelligen, lautete das Credo meines Vaters. Er habe auf der Arbeit so viel mit Mielkes Firma zu tun, dass er im Privaten keinen von den Herren in seiner Nähe sehen, hören und erst recht nicht riechen wolle. Dabei verzog er das Gesicht, als hätte er im Dunstkreis des VEB Fischkombinats in Rostock-Marienehe tief Luft geholt.

Um die muffige Erinnerung zu vertreiben, hielt ich an der Reling die Nase in den Brasilienwind und sah zur fast weißen Strandlinie vor den dunstumhüllten grauen Hochhäusern hinüber, hinter denen sich dschungelgrün überwucherte Hügel auftürmten. Am Strand wimmelte es von Menschenameisen, es herrschte fortwährende Bewegung, die zur Wasserlinie hin immer mehr ausfranste, in Rio wurde augenscheinlich weniger gebadet als gesonnt. War das jetzt die Copacabana oder der Strand von Ipanema? Ich war verdammt schlecht informiert, aber genau genommen interessierte es mich auch nicht weiter. Das da drüben war brasilianisches Bikiniland, und dort, so spürte ich bei aller Wind- und Sonnenkosung, hatte ich nichts zu suchen. Ich winkte dem weißen Jesus zum Abschied zu, doch der schien nichts zu merken, hielt einfach weiter seine ausgestreckten Arme in der Waage, als würde ihm vom Schneider ein Anzug angepasst, und ich wandte mich ab, bevor mir boshafte Assoziationen in Kreuzform eingegeben wurden.

Des Alleinseins überdrüssig, schlug ich probehalber den Weg zu Madeleines Reich ein, nicht ohne zuvor das Kempff-Buch als vorzeigbaren Besuchsgrund aus meiner Kabine geholt zu haben, und siehe da, ich fand sie lesend in der Bibliothek. Ich hab keine Lust auf Stringbikinis und Straßenkinder, erklärte sie und zeigte mir, was sie las: *In Patagonien* stand auf dem Umschlag des Taschenbuchs. Ich bereite mich auf das vor, was mich wirklich interessiert, sagte sie. Bald ist es so weit. Nur noch Buenos Aires, dann geht es schon in Richtung Feuerland, Kap Hoorn und Patagonien. Ich bin irre gespannt und sage dir eins: Dort unten hält mich keiner davon ab, an Land zu gehen.

Sie zeigte mir einige weitere Bücher über den äußersten Süden Südamerikas, darunter ein paar üppige Bildbände, aber die konnten mich nicht locken. Ich wollte mir das alles lieber in echt ansehen. Wie Madeleine hatte auch ich mir vorgenommen, wenn nur irgend möglich, in Patagonien an Land zu gehen, dort nämlich, das wusste ich genau, würde ich in meinem ganzen Leben nicht mehr hinkommen. Kap Hoorn war etwas anderes als die Mole von Warnemünde, um Kap Hoorn fuhr man als Mensch entweder ein Mal im Leben oder kein Mal.

Ich fragte Madeleine, ob ich mir einen Roman ausleihen dürfe, und ließ mir *Gruppenbild mit Dame* geben, weil sich das nun mal in meinem Hirn festgesetzt hatte. Madeleine schenkte mir das Buch, unter der Bedingung, dass ich ihr Gesellschaft leistete, bis die Passagiere aus der Sambametropole zurückkamen. Sie würde gern was ganz Perverses tun, das alleine aber keinen Spaß mache: Schlittschuhlaufen.

Dass es irgendwo tief im Innern des Schiffes eine Eisbahn gab, hatte ich vollkommen verdrängt, auch wenn das Bordprogramm an mehreren Abenden schon eine Eis-Revue angekündigt hatte. Vielleicht hatte ich es auch bloß nicht an mich herangelassen, denn Schlittschuhlaufen war mir fremd, das hatte ich nicht mal als kleines Mädchen gemacht. Einen Winterteich hatte es in der Nähe nicht gegeben, und überhaupt, wir waren Leute, die das Wasser im ungefrorenen Zustand bevorzugten, Schwimmer, Segler, Planscher; Eis war uns suspekt. Ich weiß noch, wie meine

Cousine mir von einem Mädchen erzählte, dem beim Schlittschuhlaufen in der Eishalle angeblich durch die Kufe eines anderen Läufers eine Hand abgetrennt worden war. Die Vorstellung reichte mir, um mich von der Wintersportdisziplin kategorisch fernzuhalten.

Wie sich Schlittschuhe an den Füßen anfühlten, erfuhr ich darum erst an der Hand von Madeleine, die mein Zögern ignorierte und mich auf die grauweiße Fläche führte, die einem von unten kalt unter den Rock atmete. Mit sicherem Führen und Halten half mir Madeleine, die Unsicherheit zu überwinden, und nach mehreren Runden brach fast Euphorie in mir aus, befeuert durch die groteske Tatsache, dass ich im Hafen von Rio de Janeiro auf blank poliertem Eis Runden drehte.

Beim Betreten der Halle hatte der Keeper der Eisbar gedöst, aber Madeleine hatte ihn kurzerhand aufgescheucht, ihm befohlen, die Musik auszulassen, dafür aber zwei Caipirinhas zu mixen. Von denen nahmen wir ab und zu einen Schluck an der Bande, dann ging es weiter, ohne Kichern, ohne viele Worte, die atmosphärische Verrücktheit still genießend.

Und wie so oft machten auch hier erst die Geräusche die Stille hörbar. Das Kratzen der Kufen auf dem Eis in seinen unterschiedlichen Schattierungen, Klangstriche, Klangschraffuren, schabend, ritzend, schneidend, pflügend, knirschend, spritzend, blechern klimpernd, trocken pochend, zischend. Und dazu unser Atmen, deutlich zu vernehmen. Madeleine nannte das »Schlittschuhstille«. An dem Wort fand ich Gefallen, ich wollte wissen, wie sie sich so etwas Treffendes, Poetisches nur ausdenken konnte, ob sie gar Gedichte schreibe.

Nein, aber ich lese welche. »Die Schlittschuhstille der Welt vor Bach«. Das stammt aus einem Gedicht.

Sie erzählte mir davon, ein Schwede hatte es geschrieben, er sagt darin, bevor es die Musik von Bach gegeben habe, müssten auf der Welt nur die Geräusche von Äxten beim Holzhacken, von Schlittschuhen auf dem Eis und so weiter gewesen sein. Ich war angetan, wollte sogar den Namen des Dichters wissen, sagte ein paarmal vor mich her »die Schlittschuhstille der Welt vor Bach« und begann mich schon richtig glücklich zu fühlen, da ausgerechnet piepste mein Bordhandy. Ein Mann stand an der Sprechanlage des Beratungszimmers und fragte, ob ich zufällig Zeit für ihn hätte.

Ich bremste, schockgefrostet von diesem perfiden Zufall. Warum gerade jetzt? Wer steckte hinter dem Plan, mir jeden Anflug von Ausgelassenheit sofort auszutreiben? Von wem hatte sich der Zufall diesmal kaufen lassen?

Madeleine sah mich vielsagend schräg von unten an.

Musst du wirklich?

Gute Frage, erwiderte ich und schnürte die Schlittschuhe auf.

Sebastian Sie gingen mir nicht aus dem Kopf, die vier armen Afrikaner. Die waren in meinem Alter, höchstens, eher jünger, und hatten alles hinter sich gelassen, waren durch wer weiß was für Wüsten gefahren oder gelaufen und dann mit einem baufälligen Boot aufs Meer hinaus in Richtung Zukunft. Einfach raus, weg vom Ufer, irgendwohin, wo es besser ist. Und jetzt hatten sie nichts mehr, null, absolut gar nichts und waren auf Typen wie mich angewiesen. Auf Schlappschwänze, die damit angeben, sie wären von zu Hause geflüchtet, weil sie es dort nicht mehr ausgehalten hätten, wegen zu viel Stress mit der Mutter. Ich schämte mich. Und dachte mir, es gibt schon verdammt unterschiedliche Varianten, seine Eltern zu verlassen.

Ich hatte leicht wegrennen, denn ich wusste ja genau, ich kann jederzeit zurück, meine Mutter lässt mich nicht verkommen, wenn mir das Geld ausgeht, wenn ich nicht mehr weiterweiß oder einfach nicht mehr kann. Ich habe gut flüchten mit dieser Sicherheit und mit der Visa-Karte von meinem Vater. Aber die Jungs aus Afrika in ihren Klamotten, die aussahen wie von unsereinem ausrangiert und in die Altkleidertonne gestopft, diese Jungs cruisten unfreiwillig über die Südhalbkugel und hatten nicht den geringsten Einfluss darauf, in welche Richtung es weiterging. Leute wie ich, Tintin und der schwarze Helmut trafen jetzt die Entscheidungen für sie, und sie konnten nur hoffen, dass dabei kein Scheiß rauskam.

In Rio sind alle Passagiere an Land gegangen, zig Busse standen draußen Schlange und ein irrer Pulk von Taxis, auch von der Crew sind viele losgezogen, diejenigen, die an Bord geblieben sind, haben sich's bequem gemacht, und das war die Gelegenheit, endlich ausführlich zu bereden, wie es mit den Flüchtlingen weitergeht. Um auf Nummer sicher zu gehen, trafen wir uns oben im Passagierbereich. Madeleine hatte Tintin den Schlüssel für die Bibliothek geliehen, das war normalerweise personalfreie Zone. Dementsprechend saßen auch alle ein bisschen steif rum, gehörten wohl nicht zur Spezies der Leseratten. Außer Helmut und Tintin waren Manuel, einer von den philippinischen Bootsmännern, und Linda dabei, das war die Krankenschwester, die dafür gesorgt hatte, dass die vier Jungs wieder zu Kräften kamen. Tintin hatte das eingefädelt, wahrscheinlich kannte er sie näher, auf seine spezielle Art.

Linda war dafür, die Jungs dorthin zu bringen, wo sie ursprünglich hinwollten, nach Spanien.

Aber dauert viel Monate noch, bis wir da wieder sind, wandte Manuel mit unschlagbarem Akzent ein.

So lange Versteckspiel ist zu gefährlich, fand auch Helmut.

Aber Linda blieb bei ihrer Meinung: Vier Illegale unter 4500 anderen Leuten. Wem sollen die auffallen?

Es reicht, wenn sie einem auffallen und dieser eine der Falsche ist. Das sagte Tintin, der schon wieder diesen seltsamen ernsten Ton draufhatte.

Ich saß auf dem Schreibtisch der Bibliothekarin, schnupperte nach den Frauenduftpartikeln, die noch in der Raumluft schwebten, und hielt mich erst mal raus. Hatte eigentlich auch noch gar keine Meinung.

Wir müssten rauskriegen, ob es irgendwo eine freie Kabine gibt, die keiner kontrolliert, wo sie ständig bleiben können, schlug Linda vor.

Man könnte versuchen, jemanden vom Housekeeping anzuzapfen, überlegte Tintin. Aber das ist riskant.

Ich hatte immer noch nichts zu sagen und sah mich verlegen um, damit ich nicht so auffiel. Neben mir auf dem Tisch der Bibliothekarin lag ein Buch. Das Cover zeigte einen Mann am Flügel. Ich drehte es zu mir um: Wilhelm Kempff. Sieh an, dachte ich, ein alter Bekannter. Der Beethoven-Spieler, von dem meine

Mutter öfter mal geredet hat. Besonders in der ersten Zeit nach dem Tod von Onkel Heinrich. Von dem sie das Klavierspielen gelernt hat und an dem sie darum so hing. Sie war schwer geknickt gewesen nach seinem Tod. Onkel Heinrich musste ihr immer Vorträge über diesen Kempff gehalten haben, jedenfalls kam sie mir auch mit ihm, vor allem bei Beethoven und natürlich bei Schubert. Wenn es um die richtige Dosis Pathos ging. Nicht zu viel durfte es sein, das war ihr wichtig. Genau das musste Kempff im Griff gehabt haben, Pathos ja, aber nicht überzogen.

Vielleicht könnte unser junger Klavierspieler das machen.

Auf einmal sahen alle mich an.

Was? Wie?

Kannst du nicht eine Cabin Stewardess verführen?, schlug Manuel vor. Ist kein Problem für dich.

Nee, nee, nicht nötig, wehrte Tintin an meiner Stelle ab. Aber unser Sebastian hat gute Connections zu den Balkan-Putzen. Wie wär's? Könntest du dir vorstellen, es bei einer von denen zu probieren?

Der schwarze Helmut lachte, aber Tintin hatte es ernst gemeint.

Ich dachte eher an die Mutter-Sohn-Schiene. Darauf springen die an. Ist auch wesentlich sicherer als die Romantik-Methode, die bringt nur Stress, wenn man keine Erfahrung hat. Also was ist?, fragte Tintin noch einmal.

Na klar, antwortete ich übertrieben laut. Was mich dazu trieb, war das erwartungsvolle Lächeln von Linda, die so ein ärmelloses Oberteil trug.

Almut Ich verließ den Lift, eilte über leere Gänge zum Beratungszimmer, wurde aber im Spa-Bereich überraschend abgefangen: Verweegen.

Da wartet jemand auf Sie, sagte er. Ich wollte zu Ihnen, aber da war schon jemand. Ein anderer Mann! Verweegen war sichtlich aus der Fassung, und ich hatte das Gefühl, ihn nicht einfach stehen lassen zu können. Ich machte mir Sorgen um ihn, und zwar deshalb, weil er weder heiter war noch damit drohte, eine dramatische Verzweiflungstat zu begehen. Stattdessen war ihm echter, akuter Kummer anzumerken.

Ich musste ihm helfen, konnte ihn aber nicht ins Beratungszimmer mitnehmen, wenn dort schon jemand auf mich wartete. Also brachte ich ihn kurzerhand in meine Kabine, setzte ihn dort in den Sessel, klappte die Lehne zurück, schaltete den Computer ein und holte aus dem elektronischen Bordarchiv die Goldberg-Variationen auf den Schirm. Die hatte Bach einst für den russischen Gesandten komponiert, weil der Probleme mit dem Einschlafen hatte, warum sollten sie bei Verweegen nicht auch ihre Wirkung entfalten und ihn wenigstens beruhigen.

Während ich hantierte, sagte er nichts, doch als Murray Perahia die ersten Takte anschlug, sah Verweegen mich mit einer Mischung aus Dankbarkeit und müdem Elend an. Er nickte sogar leicht, und das interpretierte ich als Genehmigung, die Kabine erst mal wieder zu verlassen.

Vor dem Beratungszimmer wartete niemand. In mir brandete schon Ärger auf, ich öffnete die Tür und blickte mich vor dem Eintreten noch einmal auf dem Gang um, da löste sich an der nächsten Ecke ein Schatten aus der Deckung und eilte auf mich zu. Ein Mann von der Sorte Grauer Star, wie es sie auf dem Schiff in Hülle und Fülle gibt: Silberlocke, eine Nuance zu braun, leichter Bierbauch, Polohemd.

Skarupke, stellte er sich vor und schlug die Hacken zusammen. Horst Skarupke. Er habe da ein Problem. Das heißt, noch habe er es nicht, könne es aber bald bekommen, dann jedoch gewaltig. Vor Kurzem habe er auch schon mal bis zum Hals in der Scheiße gesessen, rausgeschmissen hätten sie ihn um ein Haar, fristlos hätten sie ihm kündigen wollen, eine Sauerei, aber zum Glück, hä hä, hätte er gegen ein paar Bosse was in der Hand gehabt. Delikate Informationen. Darauf habe er mal kurz hingewiesen, und zack, hätten sie ihm eine saftige Abfindung gezahlt. Und wenn er saftig sage, meine er saftig. So. Und mit dem Pulver habe er mal schön die Sau rauslassen wollen. Das Angenehme mit dem Nützlichen verbinden. Erst mal sei es natürlich darum gegangen, aus der Schusslinie zu kommen. Abzutauchen, bildlich gesprochen. Darum: sauteure Kreuzfahrt, halbes Jährchen weg vom Schuss, keiner weiß, wo, kein Mobilfunknetz, für die Medien nicht erreichbar, die konnten ihre schmutzige Wäsche ohne ihn waschen, und wenn er in ein paar Monaten zurückkäme, wäre der Markt verlaufen, dann würde sich keiner mehr an seinen Namen erinnern, weil längst eine andere Sau durchs Dorf getrieben würde. Und er könnte dann an anderer Stelle noch mal neu angreifen.

So weit, so gut. Alles bestens. Aber dann geh ich gestern in die Bar, um mir einen zu genehmigen, und wen seh ich da: die Dingsbums aus dem Fernsehen. Sie wissen schon, die vornehme Brünette, die sie neulich aus dem Programm genommen haben.

Ich weiß. Wo aber liegt Ihr Problem?

Das fragen Sie? Was glauben Sie, was passiert, wenn die Fernsehzicke mich hier entdeckt? Die macht doch sofort einen Stall voll Affen wild, und zack, haben sie mich am Arsch. »Skandalmanager auf Luxusschiff«. Ich seh die Überschriften schon vor mir.

Sie sagten doch selbst, die Dame sei vom Fernsehen und außerdem abgesetzt.

Sind Sie so naiv oder tun Sie nur so? Ich hab gedacht, Sie sind Lebensberaterin und kennen sich im Leben aus. Da hätte ich auch gleich zum Pfaffen gehen können, wenn Sie dermaßen unbeleckt sind.

Es folgte eine kleine Tirade, bei der ich auf Durchzug schaltete, dergleichen hörte ich nicht zum ersten Mal. Ich ließ ihn ein wenig aus der Puste kommen und rollte das Ganze dann von Anfang an auf, indem ich ihn fragte, weshalb er gefeuert worden sei. Das veranlasste ihn, mir eine ganz und gar nicht uninteressante Geschichte aufzutischen, die mir allerdings entfernt bekannt vorkam. Er sei im Management eines namhaften multinationalen Konzerns tätig gewesen, Personalorganisation, Kontaktmann nach oben wie nach unten, auch mit der Dauerkommunikation mit dem Betriebsrat betraut und in dieser multiplen Funktion nach und nach zum Spezialisten für spezielle Arrangements geworden. Sonderreisen, Einladungen, Präsente, individuelle Betreuung. Er sei oft in Brasilien gewesen, wo es eine Niederlassung des Konzerns gab und regelmäßig Meetings stattfanden. Allerdings flankiert von einem Begleitprogramm, das sich gewaschen hatte. Zum Beispiel habe er Frauen organisieren müssen. Brasilianische Edelnutten.

Die waren verrückt nach denen, rief er aus und warf dabei die rechte Hand nach oben. Ich weiß auch, warum, aber das gehört nicht hierher. Bloß dass meine Frau irgendwann in meiner Aktentasche Visitenkarten von Prostituierten fand. Ja, so was gibt's. Und man muss nicht Portugiesisch können, um zu verstehen, um welche Branche es sich handelt.

Seine Frau hatte es jedenfalls auf Anhieb verstanden, es hatte ihr geekelt vor ihm, und sie hatte nur noch wissen wollen, ob er im Puff gewesen sei. Ob er es im Puff mit brasilianischen Nutten getrieben habe. Es sei fürchterlich gewesen, sie so kalt zu sehen, so eiskalt, er habe sich vor Entsetzen nicht mehr herausreden können, sondern habe einfach nur genickt.

Da war es aus. Da war sie weg. Zack.

Und das zu einer Zeit, als seine Chefs ständig im Wirtschaftsteil herumgeisterten. Einer nach dem anderen sei in der Fachpresse porträtiert worden, weil es in der Firma so gut lief, weil die Aktionäre zufrieden waren und mit der Gewerkschaft trotzdem alles wie geschmiert über die Bühne ging, der Wirtschaftsminister ließ sich in der Firma blicken, brachte natürlich das Fernsehen mit, der Kanzler dito, der lobte die Bosse als Wohltäter des ganzen Landes, und die Bosse lächelten stolz wie Oskar in die Kamera.

Und ich wusste die ganze Zeit, dass die Kerle in den letzten fünf, sechs Jahren Millionen an Schmier- und Vergnügungsgeld unter diverse Leute gebracht oder höchstpersönlich verzockt, verfressen, versoffen und verfickt hatten, nicht nur in Brasilien, auch in Deutschland. Ich hatte sogar Wohnungen anmieten und möblieren müssen, praktisch als Verrichtungsboxen für die höheren Stände, damit sie ihre aus Funk und Fernsehen bekannten Visagen nicht in zweifelhafte Etablissements tragen mussten.

Kurzum, es habe ihn rasend gemacht, seine Chefs als Galionsfiguren des neuen deutschen Wirtschaftsaufschwungs präsentiert zu sehen, Männer, denen er auf Firmenkosten Edelhuren zugeführt hatte, als Musterunternehmer neben der Politprominenz, während ihm die Frau davongerannt sei. Es habe ihn so rasend gemacht, dass er ein Mal, ein einziges Mal nur eine Bemerkung fallen gelassen habe. Es gab eine große Pressekonferenz, bei der alles, was Chef hieß, vertreten war, also Geschäftsführung, Aufsichtsrat und die obersten Betriebsräte, weil es um die große Zukunft ging, darum, ob ein anderer großer Anbieter der Energiebranche als Anteilseigner einsteigen soll oder nicht und so weiter, große Themen, wurden auch sauber abgehandelt. Aber dann sagte anschließend am Pressebüfett ein Journalist scherzhaft zu Skarupke, es sei doch erstaunlich, dass sämtliche Topmanager so einen braunen Teint hätten. Sogar die obersten Betriebsräte. Als wäre das Vorschrift, habe der Pressemensch gewitzelt und mit den umstehenden Kollegen im Chor gelacht. Skarupke meinte darauf bloß, die Bräune sei kein Wunder, da regelmäßige Brasilienflüge bei den Herren Standard seien, mit und ohne Kunden. Der Journalist glaubte, sich weiterhin im Scherzbereich zu bewegen, und fragte, ob sie in Brasilien denn so dringend Nachhilfe aus Deutschland brauchten oder ob sich das Klima dort besonders gut für Kundengespräche eigne.

Och, die Herren sehen sich bei schönem Wetter einfach gerne mal gut gebaute Modelle auf anderen Kontinenten an. Dazu eine angedeutete vertikale Kurvenbewegung mit der Hand und ein kurzes Zwinkern, das genügte. Der Journalist hörte sofort auf zu witzeln und guckte mir nur noch neugierig in die Augen. Er fragte: Tatsächlich? Worauf ich ihn ermunterte, sich etwas eingehender zu erkundigen. Und das war's. Dann hat es nicht mehr lange gedauert, bis alles rauskam. Ging zack, zack. Nach ein paar Wochen hatten sie allerdings auch mich am Wickel. Ich hätte den Stein ins Rollen gebracht, hieß es. Stritt ich natürlich ab, klar, aber entsorgen wollten sie mich trotzdem. Nur, wie gesagt, ohne goldenen Händedruck habe ich mich nicht abspeisen lassen. Im Prinzip sind wir damit quitt. Außer, es geht unschön weiter. Und die Gefahr besteht, wenn hier auf diesem Schiff eine prominente Journalistin auf mich aufmerksam wird.

Skarupke sagte, er könne sich nicht wochenlang verstecken, sehe das auch nicht ein, schließlich wolle er seinen Spaß haben und ein bisschen entspannen, auch denke er nicht daran, im nächsten Hafen das Schiff zu verlassen und nach Hause zu fliegen.

Also: Was raten Sie mir?

Zuhören, auffordern, alles noch einmal zu überdenken und dann wiederzukommen – das muss manchmal genügen. Wenn mir nichts einfällt, wenn mir nichts einfallen will. Leute wie Skarupke geben sich damit natürlich nicht zufrieden, denen muss man sagen: Morgen entscheiden wir, was wir tun.

Mir war jeder Satz recht, um ihn loszuwerden, damit ich nach Verweegen sehen konnte. Der lag in meiner Kabine noch immer im Sessel und suhlte sich im Selbstmitleid, was mich nicht überraschte, da ich es von ihm kannte, und doch hielt er diesmal eine Überraschung parat, denn in seinem Lamento ging es um dieselbe Frau wie bei Skarupke.

Er hatte sie einen Tanz lang im Arm gehabt, ein fröhliches Lied aus seinen besten Jahren hatte er sich beim Pianisten eigens dafür bestellt, gegen einen gar nicht mal so kleinen Schein, aber nach dem Tanz hatte sich die aparte Dame geweigert, die beschwingte Gemeinsamkeit im Gespräch tête-à-tête enger zu flechten. Er habe auf stilvollen, dezenten Flirt gesetzt und im Hinterkopf die Bestellung eines langsamen Musikstückes aus einem alten Hollywood-Film geplant, zur unverfänglichen weiteren Annäherung der Körper, doch sie sei einfach aufgestanden und davongegangen, aber nicht, und das sei der schmerzliche Höhepunkt der Demütigung gewesen, ohne vor dem Verlassen der Bar dem jungen Mann am Klavier in unmissverständlicher Weise die Hand an die Wange gelegt zu haben.

Als habe der hübsche Jüngling es ihr angetan, als verkörpere er das Gegenbild zu Verweegen, worauf sie diesen unbarmherzig hinweisen wollte.

Die Abfuhr war zweifellos als endgültige zu verstehen, weshalb Verweegens Liebe, wie es zu nennen er die Stirn hatte, ins Leere lief.

Der Liebeskummer bohrt sich so tief ins Herz, klagte er und krümmte dabei die Finger beider Hände wie im Krampf.

Mit einem Ruck stellte ich die Rückenlehne des Sessels gerade und erklärte klipp und klar: Was Sie haben, ist kein Liebeskummer, sondern akut gekränkte Eitelkeit und latent etwas ganz anderes. Denken Sie darüber nach und kommen Sie anschließend wieder!

Er war baff, doch kurz darauf verschwunden, und nur darauf kam es mir an. Du sollst das Wort Liebe nicht unnütz im Munde führen, lautet ein Schlüsselsatz auf meiner selbst gemeißelten Gesetzestafel. Ich hasse es, wenn mit kostbaren Wörtern leichtfertig, nachlässig jongliert wird. Ich hasse Missbrauch, auch von Wörtern, unweigerlich bringt er mich zum Hadern, zieht sogleich triftige Erinnerungspartikel wie ein Magnet an sich und gibt mir in Rekordzeit Grund, mein Schicksal zu verwünschen.

Was schlug ich mich mit Leuten wie Verweegen und Skarupke herum, warum spendierte ich denen meine Energie? Auf das Schiff hatte ich mich locken lassen, um den Elendsgeschichten des deutschen Festlands für einen garantierten Zeitraum zu entrinnen, und jetzt sah ich mich mit Pseudoproblemen konfrontiert, von Leuten, die mir gestohlen bleiben konnten. In meinem Missmut fing ich fast an, meine Beratungsstelle mit den einschlägigen Klienten zu vermissen, all die Ehefrauen, die von ihren Schwiegermüttern gepeinigt wurden, die Ehemänner, die ihre Frauen mit krankhafter Eifersucht verfolgten, die Ehepaare, die sich und ihre Kinder durch immer mehr Schulden aus der Umlaufbahn des funktionierenden Kleinbürgerlebens katapultierten, all das elendige Unterfutter der Nation, die unter der Oberfläche eingenähte Hilf- und Orientierungslosigkeit. Ich sehnte mich nach anständig verkrachten Existenzen und zertifizierbar kaputten Ehen, nicht nach solchen grässlichen Problemkonglomeraten der oberen Zehntausend, die nur gedeihen, wo der Überfluss ist, so wie Kürbisse nur auf dem Komposthaufen groß wie Medizinbälle werden, sodass man aus jedem Exemplar achtundvierzig Liter gelbe Suppe kochen kann. In dieser

Stunde vis-à-vis mit Zuckerhut und Riesenjesus hasste ich all die gottverdammten Träger hochwertiger Polohemden, egal ob aufgestiegene Proleten wie Skarupke oder stagnierende Geldadlige wie Verweegen, die den abartigen Preis ihrer Pikeehemden dadurch erkennbar machen, dass die Kragen stets vorbildlich liegen wie gebügelt, was bei den Polohemden normaler Männer nie der Fall ist, spätestens nach dem ersten Waschen wellen sich dort die Kragen. So sehr verbohrte ich mich in meine Wut, dass ich mich an lächerlichen Textilien festbiss und mich somit vor mir selbst lächerlich machte, ich sah mich wild in der Kabine um, auf der Suche nach einem Ausweg aus dem emotionalen Tunnel, und das konnte natürlich nur die einzig vorhandene Öffnung sein, also zur Tür hinaus, den Gang entlang, ins Freie, wo man wenigstens theoretisch aus voller Lunge laut in den Wind schreien konnte.

Oder könnte. Mein furioser Missmutsmarsch endete nach wenigen Minuten nämlich im Stau: Die Passagiere kamen vom Landgang zurück, mit erhitzten Gesichtern, schnaufend oder aufatmend, gierig nach klimatisierter Luft, gut temperierten Getränken und schmuck arrangierten Gerichten auf vorgewärmten Tellern.

Soviel man bei den Abläufen an Bord auch darauf bedacht ist, alles gediegen, ja erhaben vor sich gehen zu lassen, so lässt sich doch nichts daran ändern, dass es nur zwei Eingänge gibt, weshalb bei dreitausend Eintretenden selbst durch die ausgefuchstesten logistischen Bemühungen Gedränge nicht zu vermeiden ist. Zumal die Passagiere grundsätzlich nach Betreten des Schiffes den Schritt verlangsamen, wie beim ersten Mal, aus einer Empfangserwartung heraus, Schatz, ich bin da, scheinen sie allesamt ins Innere ihres Eigenheims zu rufen, obwohl nämlicher Schatz im Gedränge neben ihnen steht und ihnen wahlweise die um den Hals gehängte Kamera oder die unter den Arm geklemmte Handtasche in die Flanke stößt.

So steckte ich im Pulk fest und bekam notgedrungen mit, was die aus Rio Zurückgekehrten bewegte.

Einige waren über alle Maßen stimuliert, vom Alkohol, wie nicht zu überriechen war, doch wohl auch von Eindrücken vielfältiger Art, sie wirkten wie überdrehte Kinder nach dem Schulausflug, laut eifernd, drängelnd, über die Schultern nach hinten rufend zu Bekannten, Scherze brüllend, die mit Gelächter honoriert wurden und zu weiteren Scherzen ermunterten. Andere wiederum schienen auf weniger heitere Art außer sich zu sein, sie erklärten gestikulierend wechselnden Nebenleuten sowie dem Personal rund um den Empfang, wie sie in der Stadt oder gar oben, im Schatten von Jesu ausgebreiteten Armen, beklaut worden seien. Offenbar hatten wir nun ein ganzes Sortiment an digitalen optischen Geräten weniger an Bord, auch um Bargeld hatte man mehr als nur einen erleichtert, womöglich waren gar ganze Brieftaschen flötengegangen, denn hier und da hörte ich wiederholt die Worte »alles weg!«, und es kam mir vor, als wären dabei sogar die Ausrufezeichen zu hören.

Wie fatal das zu Skarupke und Verweegen passte! Zur Kategorie Pseudoprobleme. Meine Missstimmung verfestigte sich beim Drängeln durch den Pulk nur noch. Jeder zweite von euch übergewichtigen, feisten, selbstgerechten Herrenmenschen, fauchte in mir der Drache, würde sich, ohne mit der Wimper zu zucken, in einer Privatklinik in Florida die Niere eines Straßenkindes aus Rio einpflanzen lassen, und zwar ohne sich näher zu erkundigen, unter welchen Umständen das Organ entnommen worden ist, und jetzt zerreißt ihr euch über diese Kinder das Maul. Bloß weil sie, die spindeldürren Habenichtse, euch um ein Bröckchen Überfluss erleichtert haben, nehmt ihr euch das Recht heraus, über sie zu schimpfen wie über Ungeziefer.

Mein Bedürfnis nach klarer Luft wuchs und wuchs, das Verlangen nach weiter Aussicht, nach alles umfassender und durchdringender Reinheit wurde immer stärker, ich wollte aus dem

Gedränge hinaus, die schweißigen Eiferer hinter mir lassen, Skarupke und sogar meinen Stammkunden Verweegen ein für alle Mal loswerden, für Tabula rasa sorgen, und während es mir endlich gelang, mich aus dem Pulk zu lösen, fasste ich den Entschluss, umgehend mit bereinigenden Maßnahmen zu beginnen. Um Skarupke und Verweegen aus dem Weg zu räumen, musste ich an dem Glied ansetzen, das die beiden verband: bei der reifen Brünetten aus dem Fernsehen. Der eine hatte Angst vor ihr, der andere fühlte sich von ihr gekränkt. Jeder hatte sein Kreuz zu tragen und ich konnte ihnen höchstens zeigen, mit welchem Griff das am wenigsten anstrengend vonstattenging. Die Last in Luft auflösen konnte nur eine: die Auslöserin des Ungemachs. Die zählte jedoch, streng genommen, nicht zur Einflusssphäre der Therapeutin. Und doch traute ich der Frau mehr Vernunft zu als den aufgescheuchten Männern mit den Schweißflecken unter den Achseln. Die Frau einzubeziehen, käme einer Kompetenzüberschreitung gleich, die unter praktizierenden Psychologen streng tabu ist. Konnte der Zweck in diesem Fall die Mittel heiligen?

Nach einer Runde übers Deck kehrte ich ins Beratungszimmer zurück und setzte mich mit klarem Kopf an den Flügel, auf dass er mir gute Gedanken eingäbe.

Erstaunlicherweise senkten sich meine Finger auf Geheiß des Blüthners zu etwas Heiterem auf die Tasten, als wollte mich der schwarze Holzspiegel nicht verdrossen sehen, das Präludium Fis-Dur erklang, anfangs sträubte sich noch etwas in mir, doch dann ließ ich es geschehen, spielte einfach und hörte dabei zu, als spielte jemand für mich, und fand Gefallen daran. Irgendwann kam mir das Präludium dann unwahrscheinlich lang vor, obwohl es eigentlich ein kurzes Stück ist, bis ich begriff, dass ich es unbewusst wiederholt haben musste, vermutlich drei, vier Mal schon, wie ein Endlosstück. Nichts hatte unterwegs die Fahrt behindert. Sogar die Triller gelangen mir, genau und zart.

Das ganze Stück klang so graziös, als machte mir der kleine Flügel ein Kompliment: Wenn du mich spielst, wirst du schön.

Vor lauter Dankbarkeit spielte ich dem Blüthner noch die Fuge vor. Die liebte ich, schon allein wegen der Gänsehaut, die mich im Mittelteil jedes Mal flaumfedrig überlief, aus Schönheitsüberschuss. Danke, Blüthner, danke, Johann Sebastian Bach!

Derart frisch geliftet, formte sich in mir prompt eine freche Frage: Warum soll eine schöne Frau nicht ungezwungen das Gespräch mit einer anderen schönen Frau suchen dürfen?

Gaus sprach überaus passend vor. Ob er, obwohl bereits der Abend anbreche, eventuell noch ein wenig spielen dürfe.

Gegenfrage: Ob ich an diesem anbrechenden Abend eventuell ausnahmsweise im Fortuna essen dürfe, aus beruflichen Gründen, versteht sich.

Um wen geht es?

Gilt für mich nicht die Schweigepflicht?

Nein.

Eine verblüffend simple Antwort, dachte ich beinahe anerkennend. Ein Versäumnis meinerseits, über dieses Thema nicht vor Vertragsabschluss verhandelt zu haben, doch eine Spitze wollte ich Gaus wenigstens versetzen:

Akten über meine Klienten muss ich doch wohl nicht anlegen?

Falls das eine Anspielung sein soll, ist sie Ihnen gründlich missraten, Frau Schäfer. Aber lassen wir das. Um wen geht es?

Ich nannte ihm den Namen, und ein unsichtbarer Mechanismus zog langsam seinen Kopf weit in den Nacken, verursachte Stirnrunzeln und Lippenspitzen, wobei die Augen weiterhin auf mich gerichtet waren. Ich rechnete mit einem anerkennenden Pfiff. Doch der blieb aus. Stattdessen folgte eine nüchterne Replik:

Eine große Herausforderung. Es wird sicherlich nicht einfach sein, sich der Dame aufzudrängen.

Ungeachtet seiner Skepsis zog er ein Kärtchen mit Vordruck aus der Tasche, füllte es aus und unterschrieb es, mit der Empfehlung, es dem Kellner im Fortuna auszuhändigen.

So. Aber nun zur Musik. Haben wir eigentlich etwas von Astor Piazzolla im Notenschrank? Ich dachte, so kurz vor Buenos Aires könnte das nicht schaden.

Haben wir. Bedienen Sie sich. Einen schönen Abend noch.

Sie wollen gehen? Bitte bleiben Sie, Sie wissen doch, dann klingt es besser.

Nein. Den Piazzolla haben Sie bestimmt nicht drauf. Und wenn Sie üben wollen, lasse ich Sie lieber allein.

Seit Blüthners Komplimenten schien ich vom Glück begünstigt zu sein, denn als ich das Fortuna betrat, waren alle Tische von Paaren oder befreundeten Doppelpaaren besetzt. Nur an dem kleinen Tisch der Fernsehlady war noch Platz.

Ich gab dem Kellner Gausens Kärtchen, setzte ihn kurz ins Bild, und er ging umstandslos zu ihr, sprach sie an, sie gab ihm eine kurze Antwort, und zwar, das fiel mir natürlich auf, ohne sich auch nur ansatzweise nach mir umzudrehen. Diese Frau schien es gewohnt zu sein, ihre Entscheidungen unabhängig von anderen Leuten zu treffen.

Sogleich gab der Kellner einer jungen Kollegin ein präzises Zeichen, es wurde eingedeckt mit einer Batterie Gläser und mindestens acht Besteckteilen, so flugs ging das, dass der Kellner mich kaum eine Minute künstlich aufhalten musste, dann durfte er mich auch schon formvollendet zu Tisch geleiten und mir den Stuhl unterschieben.

Respekt, sagte mein Gegenüber.

Das empfand ich als überraschenden Auftakt und drückte dies offenbar durch meine Miene aus, denn die Erläuterung folgte auf dem Fuße.

Zum ersten Mal wagt es jemand, sich an meinen Tisch zu setzen. Ich freue mich!

Normalerweise, erklärte sie mir, legten die Menschen prominenten Persönlichkeiten gegenüber ein höchst ambivalentes Verhalten an den Tag. Einerseits scheuten sie vor ihnen zurück, hüteten sich, ihnen zu nahe zu kommen, andererseits drängten sie sich auf das Groteskeste auf, verdrehten die Hälse, entblödeten sich nicht einmal, mit dem Finger auf einen zu deuten, ja es gebe sogar welche, man möchte es kaum glauben, die sich mit einem fotografieren lassen wollten.

Durch diese Erfahrungen sei sie genügsam geworden, rechne nicht mehr mit ungezwungener, gar stilsicherer Kontaktaufnahme und sei im Prinzip schon froh, wenn man sie ignoriere oder wenn die Leute einigermaßen glaubhaft so täten, als erkennten sie sie nicht oder als wäre sie ihnen gleichgültig.

Sie hatte bereits ihre Vorspeise beendet, darum orderte ich gleich ein Hauptgericht, worauf der Großteil von Besteck und Gläsern an meinem Platz unverzüglich wieder abgeräumt wurde. Darüber kicherten wir beide, die junge Kellnerin nahm die Weißweinflasche aus dem Kübel, goss mir ein, und mein Gegenüber wartete lächelnd ab, bis wir wieder zu zweit waren.

Probleme gebe es für sie, als geschiedene Frau, natürlich im Besonderen mit den Männern. Spreche sie einer an, hege sie unweigerlich den Verdacht, da wolle sie einer bloß zum Renommieren.

Bitte, ich sehe das nüchtern, sagte sie mit dem Gesichtsausdruck einer Nachrichtensprecherin, ich bin eine glänzende Partie. Darauf bilde ich mir nichts ein, objektiv betrachtet ist es nun einmal so.

Unabhängig davon fielen die Annäherungen ohnehin durchweg zu dröge aus. Bei ihr werde keiner albern, oder gar auf nette Art ein kleines bisschen anzüglich. Als wären sie alle unfähig, mit einem Fernsehgesicht zu flirten.

Unter uns, sagte sie mit gedämpfter Stimme, sodass es fast verrucht klang, ich habe schon Männern die Hand auf den Oberschenkel gelegt, nur um zu sehen, ob sich dann bei ihnen etwas rührt. Als müsste ich mir beweisen, dass ich nicht schon ein digitales Wesen bin.

Mit Frauen ihrer Preisklasse kam man in einer kirchlichen Eheberatungsstelle nie in Kontakt, im Leipziger Frauenhaus schon gar nicht, und im Arbeiter-und-Bauern-Staat hatte es sie schlicht und einfach nicht gegeben. Darum kam ich mir trotz meines Berufs so vor, als fehlte mir jegliche Voraussetzung, um ihre Ausführungen einigermaßen vernünftig zu kommentieren. Einen Versuch riskierte ich trotzdem:

Was ist mit Männern, die ebenfalls prominent sind? Wäre das keine Alternative?, schlug ich zaghaft vor.

Ich kenne genug von der Sorte. Und ich sage Ihnen, wie es ist. Denjenigen, die ungefähr in meinem Alter sind, bin ich zu alt. Die suchen Frischfleisch unter dreißig, sonst könnten sie ja gleich bei ihren Ehefrauen bleiben. Was Männer aus dem öffentlichen Leben betrifft, komme ich nur noch für alte, reiche Säcke infrage.

Wir aßen unseren Fisch, bestellten Käse, ließen ein Dessert folgen, und unterhielten uns bestens. Natürlich erkundigte ich mich ganz allgemein nach ihrer Arbeit, vermied es aber, auf die Tatsache zu sprechen zu kommen, dass man ihre wöchentliche Sendung, die jahrelang ein großer Erfolg gewesen war, unlängst abgesetzt hatte, unter gewaltigem Rauschen im Blätterwald.

Sie erzählte viel von sich, etwas zu viel für meinen Geschmack, aber so war das bei Prominenten vielleicht nun mal, allerdings musste ich ihr zugutehalten, dass sie sich durchaus auch nach mir erkundigte, wobei sie freilich ständig ein Stichwort fand, das sie wieder zu einem ihrer Themen hüpfen ließ. Für mich wurde es dadurch immer schwerer, mein ursprüngliches Anliegen zur Sprache zu bringen.

Nach dem Essen lud sie mich ein, mit in eine Bar zu kommen, was ich nicht nur wegen meines noch immer unausgesprochenen Anliegens annahm, sondern auch, weil sie sich offenbar in meiner Gegenwart nicht unwohl fühlte. Sie nahm mich mit in die VIP-Lounge, die ich bis dato nicht betreten hatte, jedoch auf Anhieb mochte. Geschmackvoll eingerichtet, wenn auch leicht plüschig, nicht zu groß und mit ganz sanftem Trompetenhauch im Hintergrund. Wir setzten uns an die Bar und erzählten uns, woher wir stammten. Ich aus Rostock, sie aus Lübeck.

Zwei Hansestädte, konstatierte sie, gar nicht weit auseinander, und doch zwei Welten. Sogleich unterbrach sie sich und bat sogar um Verzeihung: Das klang jetzt wie eine Anmoderation. War nicht so gemeint. Es ist nur so, dass mich das Thema sehr beschäftigt. Die Tatsache, privilegiert geboren worden zu sein, der Zufall, dass unser Hausstrand in Travemünde lag und nicht in Warnemünde, wie bei Ihnen.

Sie fuhr mit dem Finger über den Rand ihres Kognakschwenkers und starrte dabei auf einen imaginären Punkt auf dem Tresen. Travemünde, Warnemünde, murmelte sie nachdenklich vor sich hin. Die beiden Orte ähneln sich dermaßen, als wäre einer dem anderen nachgezeichnet worden, die Flussmündung, die Mole, der Strand, die Kapitänshäuser, die Strandkörbe, ja sogar das Hochhaushotel in bester Lage, alles gleich – und eben doch nicht identisch. Gerade in der Ähnlichkeit erkennt man ja oft die elementaren Unterschiede.

Ich ahnte, was sie meinte, doch blieb mir keine Zeit, länger darüber nachzudenken.

Kennen Sie Edda Schönherz?, fragte sie mich unvermittelt.

Na ja, was heißt kennen. Nicht persönlich, aber jeder bei uns kannte sie vom Bildschirm. Die war Ansagerin, als das Fernsehen bei uns farbig wurde.

Nicht nur Ansagerin, auch Moderatorin, korrigierte sie mich. Warum fragen Sie?

Wissen Sie, der Mensch ist primitiv. Er sucht nach Orientierung und Vergleichen, nach Ähnlichkeiten und Unterschieden, wenn er in Schwierigkeiten gerät. Als sich bei mir im Job Probleme abzeichneten, fühlte ich mich schnell ungerecht behandelt und beklagte mich, bis ich ausgerechnet in *Newsweek* auf einen Artikel über Edda Schönherz stieß. Ich hatte den Namen nie gehört, las den Text aber, weil er quasi von einer Kollegin von mir handelte. Nur eben einer aus dem Osten. Und da begriff ich, was es heißt, wenn man wirklich ungerecht behandelt wird.

Nämlich?

Kennen Sie die Geschichte nicht?

Ehrlich gesagt, nein.

Erstaunlich. Wunderten Sie sich nicht, als Edda Schönherz irgendwann einfach vom Bildschirm verschwand?

Bei uns wurde nicht so viel ferngesehen. Wann war das?

1974.

Da war ich sechzehn und hatte anderes im Kopf als Aktuelle Kamera und all das Zeug.

Jahrgang 58? Dann sind wir nur ein Jahr auseinander, stellte die Lübeckerin fest, und dann musterte sie mich eine Weile, fast taxierend, fand ich, bevor sie weiterredete.

Edda Schönherz war nie in der SED, lag auch überhaupt nicht auf Parteilinie, und das muss man ihren Moderationstexten angemerkt haben. Die sie übrigens grundsätzlich selbst schrieb. Zwar hatte sie einen prominenten Job, aber sie wurde in ihrem Staat nicht glücklich. Und 1974, im Sommerurlaub in Ungarn, ging sie mit ihren beiden Kindern in Budapest zuerst in die Botschaft der Bundesrepublik und dann in die Botschaft der Vereinigten Staaten und erkundigte sich nach Ausreisemöglichkeiten. Besonders clever war das nicht, denn natürlich wurde damals alles überwacht, das wollte sie wahrscheinlich nicht wahrhaben. Prompt wurde sie wenig später von den ungarischen Behörden festgenommen. Nach längeren Verhören ließ man sie zwar wieder gehen, aber eine Woche nach ihrer Rückkehr aus dem Urlaub standen eines frühen Morgens plötzlich zwölf Stasi-Mitarbeiter in ihrem Schlafzimmer. Notabene: zwölf. Eine komplette Fußballmannschaft plus Trainer. »Ziehen Sie sich an!«, bellten die, »da wäre ein Sachverhalt zu klären.« So hieß das ja immer: einen Sachverhalt klären.

Danke für die Belehrung, dachte ich, verkniff mir aber, es laut auszusprechen.

Edda Schönherz wurde ins Untersuchungsgefängnis Hohenschönhausen gebracht, dort drei Monate mit Isolationshaft und dergleichen zermürbt und im Dezember wegen »staatsfeindlicher Verbindungsaufnahme« und »Vorbereitung zum illegalen Verlassen der DDR im besonders schweren Fall« zu drei Jahren Zuchthaus verurteilt. Besonders schwerer Fall, weil sie ihre Kinder dabeihatte. Dieselben Kinder, denen sie, als sie von der Stasi abgeholt wurde, gesagt hatte, »die Mami ist bald zurück«. Elf und zwölf Jahre alt waren die beiden damals gewesen. Drei Jahre später sahen sie ihre Mutter erstmals wieder. Da waren sie vierzehn und fünfzehn. Haben Sie Kinder?

Einen Sohn.

Wie alt?

Einundzwanzig.

Dann können Sie sich das vorstellen.

Und Sie? Haben Sie Kinder?

Einen Sohn. Sechsundzwanzig. Studiert in Cambridge.

Vermissen Sie ihn?

Wir sehen uns zwei-, dreimal im Jahr. Es geht.

Was geschah mit den Kindern von Edda Schönherz, während die Mutter im Gefängnis war?

Sie hatten Glück im Unglück, mussten nicht ins Heim, weil zum Zeitpunkt der Verhaftung die Eltern des Freundes von Edda Schönherz zu Besuch waren. Die nahmen die Kinder bei sich auf.

Warum erzählen Sie mir das alles?

Ich wollte einen Dokumentarbeitrag über den Fall drehen. Auch über die Kinder. Was aus ihnen geworden ist, wie sie es verkraftet haben, dass die Mutter ganz plötzlich drei Jahre weg war.

Aber?

Ich konnte den Film im Sender nicht durchsetzen. Zu spät, hieß es. Ist passé. Auch zu düster, auch wenn es am Ende einigermaßen gut ausging, mit Ausreise und Neuanfang im Westen und so weiter. Ostthemen gehen, aber nur, wenn was sogenanntes Kultiges dabei ist.

Was Kultiges?

Kuriositäten aus dem DDR-Alltag. Nadelkissen in Pilzform und solche Sachen. Gegenstände sind wichtig. Produkte, Gegenstände sind heute beliebter als Personen. Dann kommt die Angst vor Einwänden hinzu. Dass es heißt, war doch bloß ein Einzelschicksal.

Jetzt musterte ich die Frau meinerseits taxierend. Man sah ihrer Gesichtshaut an, dass sie mit teuren Faltencremes verwöhnt wurde. Auch wusste sie sich zu schminken. Ganz dezent, aber der Wirkung durchaus zuträglich. Ich konnte Herrn Verweegen schon verstehen. Mir wurde bewusst, wie selbstverständlich ich davon ausgegangen war, dass so eine gepflegte, gut angezogene und dazu prominente Frau nicht nachdenklich werden und keine echte Empathie aufbringen konnte, wenn sie einem vom Schicksal gebeutelten Menschen begegnete. Jetzt wurde ich eines Besseren belehrt, ich schämte mich fast ein wenig, jedoch nicht zu sehr, denn meine emotionale Apparatur war hauptsächlich mit der Verarbeitung des schreienden Schmerzkerns der Geschichte ausgelastet: die Mutter, die ihre Kinder verlassen muss. Die Kinder, die ihre Mutter drei Jahre nicht zu Gesicht bekommen. Wie musste man sich den Augenblick der Rückkehr vorstellen? Ich konnte ihn mir nicht vorstellen, hatte aber von Berufs wegen einen ziemlich genauen Begriff von den posttraumatischen Symptomen, die sich bei allen Beteiligten unweigerlich einstellten.

Das war wieder mal so eine Geschichte aus meinem Exland. In wenigen Minuten erzählt, als wäre es nichts. Und kein Einzelfall, sondern eine Geschichte unter vielen. Sicherlich nicht mal die schlimmste, das darf man nicht vergessen – und darum, dachte ich, nicht zuletzt darum, gehe ich viel zu freundlich mit meinem OM Gaus um!

Beim letzten Gedanken war ich vom Barhocker gesprungen und musste dabei ein furchterregendes Gesicht gemacht haben, denn die gepflegte Lübeckerin fasste mich am Arm und wollte wissen, was in mich gefahren sei.

Ich wiegelte ab, kletterte wieder auf den Hocker und beschloss, nun zu meinem ursprünglichen Anliegen zu kommen. Kennen Sie Herrn Verweegen?, fragte ich sie unumwunden. Und sagt Ihnen der Name Skarupke etwas?

Meine Güte, was für ein Themenwechsel, rief sie aus. Darauf nehme ich noch einen. Sie auch?

Beim Anstoßen nannte sie mir ihren Vornamen, was natürlich überflüssig war, mir aber die Gelegenheit gab, meinen zu nennen, und von nun an duzten wir uns, schließlich waren wir fast ein Jahrgang. Sibylle hörte sich an, was ich ihr über Verweegen zu sagen hatte, konnte es sich aber nicht verkneifen, dabei spöttisch den Mund zu verziehen, wohingegen mein Bericht über Skarupke sichtlich ihr journalistisches Radar zum Kreisen brachte.

Glaubst du, du kannst das für dich behalten?, fragte ich leicht bange.

Warum sollte ich? Wenn wir den schonen, schonen wir den Falschen.

Aber ich stehe von Berufs wegen ein bisschen in der Pflicht, druckste ich.

Verstehe.

Und bin, ehrlich gesagt, ratlos. Darum wollte ich mit dir sprechen. Nachdem wir uns so gut unterhalten haben, ist mir der Anlass in Vergessenheit geraten, bis mich die Geschichte von Edda Schönherz auf allerlei unschöne Gedanken brachte, und bei unschönen Gedanken fielen mir prompt meine zwei Pappenheimer wieder ein. Was machen wir nun mit den beiden?

Wir lassen sie schmoren, entschied Sibylle kategorisch.

Und ich hab sie dann ständig am Hals.

Ach so. Na, das will ich natürlich nicht. Pass auf. Ich übernehme den Fall.

Und wie?

Das lass mal meine Sorge sein.

Du wirst doch hoffentlich nichts tun, was du nicht wirklich willst.

Na hör mal! Ich bin doch keine käufliche Brasilianerin. Mir wird schon eine Lösung einfallen, die das Tageslicht nicht scheuen muss, darauf kannst du dich verlassen. Heute ist es mir zu spät, etwas zu unternehmen, aber in den nächsten Tagen werde ich dem Duo in der Bar auflauern. Versprochen! Und jetzt lass uns auf einen Absacker nach unten gehen. Vielleicht spielt heute wieder der niedliche Pianist seine eigenwilligen Arrangements. Kennst du ihn?

Nein, aber Verweegen hat mir erzählt, du hättest dem Jüngling durch Handauflegen deine Gunst erwiesen.

Sie lächelte und senkte wieder die Stimme. Nur seine zarte Wange habe ich leicht berührt, meine Liebe. Er hat so schön gespielt, der Knabe, und dabei so verloren gewirkt, als wäre er ganz allein unter Fremden, mit denen ihn nichts verbindet. Ich konnte einfach nicht achtlos an ihm vorübergehen, zwei starke innere Instanzen hielten mich auf: die Mutter in mir und die Frau, die ich bin.

Sebastian Die Mutter-Frauen in der Balkan-Odessa-Region dachten nur an das Eine. Sie stemmten eine Hand in die Hüfte, hoben die andere auf Gesichtshöhe und schwenkten den ausgestreckten Zeigefinger wie einen Scheibenwischer: Na, na, na! Dachten, ich suche mir ein Liebesnest. Manche reagierten auch auf eine Art, die ich von Muttertieren nicht unbedingt erwartet hätte. Irgendwie, wie soll ich sagen, irgendwie ordinär. Mannschaft muss immer heimlich in Ecke ficken, nix Kabine, hat eine geblökt, und die Nächste hat gemeint, muss Zimmernachbar kurz spazieren gehen, und dann zack, zack. Wahrscheinlich war mir das erkennbar peinlich, denn gleich haben sie mich wieder getätschelt und gekniffen und mir Tee angeboten und Gebäck, das sie in ihren Kabinen gebunkert hatten. Sie übertreiben es bei allem, aber dabei hat man das Gefühl, als könnte ihnen keiner was. Würde auf einmal der Crew Purser hereinmarschieren, oder sogar der Hotelchef, und sie wegen irgendwas zusammenscheißen, dann würden sie ihn einfach auslachen. Die sind komplett angstfrei. Denen kann tatsächlich keiner was. Wenn du ihnen sagst, passt auf mit der Klauerei von Lebensmitteln, ihr fliegt von Bord, wenn ihr erwischt werdet, dann lachen sie bloß und sagen, es gibt Schlimmeres.

Es gibt Schlimmeres. Genau. Wahrscheinlich bringst du diese Einstellung mit, wenn du vom Balkan oder aus Odessa kommst.

Jedenfalls hatte das Frauengeschwader kein Problem damit, eine leere Kabine für unsere vier Schwarzfahrer klarzumachen. Janica hielt mir die Schlüsselkarte hin und versicherte mir mit todernstem Gesicht, sie hätten es ausprobiert: Wenn du drinnen stöhnst, hörst du draußen nix. Ihre Freundinnen haben sich weggeschmissen, aber ich hatte meinen Auftrag erfüllt und konnte den anderen Vollzug melden. Vor allem hatte ich einen super Vorwand, bei Linda vorbeizuschauen. Bei der Gelegenheit nahm ich mir die Freiheit, nicht vom Personalaufzug direkt zur Bordklinik zu gehen, sondern einen Umweg über den Spa-Bereich zu machen. Vielleicht hatte mich der Mut, den die Balkan-Frauen im Blut hatten, ein bisschen angesteckt. Ich war einfach neugierig und wollte mal einen Blick in das angeblich so tolle Fitnessstudio werfen. Zuerst bin ich erschrocken, weil in den Gängen jede Menge Leute unterwegs waren, alle im Top-Sportdress, aber absolut nicht alle mit Topfigur. Keiner von denen hat mich auch nur angeguckt, und darum hab ich mich getraut, tatsächlich fast überall kurz den Kopf hineinzustecken, und ich muss sagen: Nicht schlecht, Herr Specht. Alles nur vom Feinsten, und außerdem unglaublich groß! Da staune ich immer wieder. Du gehst hier über ziemlich enge Gänge, lebst Tür an Tür, denkst, hier hängen alle dicht aufeinander wie die Sardinen, aber dann biegst du ein Mal ab und stehst in einem Riesensaal. Keine Ahnung, wie die das machen. Ob das der Speisesaal ist, das Theater oder die Eisbahn, plötzlich ist da Platz ohne Ende. Der Speisesaal hat sogar quasi drei Stockwerke, es ist zwar bloß ein Riesenraum, aber mit solchen Balkonen oder Galerien oder wie man sagt, auf denen eben auch noch Tische stehen.

Hier war es der Fitnessraum, bei dem mit Quadratmetern geprotzt wurde. Ein Gerät neben dem anderen, und an einer Seite Glasfront mit Blick aufs Meer. Besser geht's nicht, nur schade, dass die Crew dort nicht zugelassen ist.

Vor lauter neugierigem Rumschleichen verlief ich mich im Wellness-Labyrinth, plötzlich ging ich auf golfrasenweichem Teppich und fing instinktiv an zu pirschen. Da geht vor mir eine Tür auf und Obermacker Gaus tritt auf den Gang. Nanu, was haben Sie denn hier verloren? Suchen Sie jemanden?, wollte er wissen. Zum Glück war ich ja tatsächlich auf dem Weg zur Krankenstation und brauchte darum kaum zu lügen, musste nur sagen, mir wäre nicht gut, ich wollte mir vom Doc was geben lassen, damit ich später im Dienst nicht vom Stängel kippe. Hier sind Sie falsch, machte Gaus, es klang fast ein bisschen unschlüssig, er drehte sich sogar halb zu der Tür um, aus der er gerade gekommen war, als hätte er selbst kurz die Orientierung verloren. Aber er war schnell wieder der Alte, wies entschieden in eine Richtung und bellte: Da lang! Und ich natürlich nichts wie weg.

Linda schien eine echte Vorliebe für ärmellose Tops zu haben. Dieses hier war weiß, klar, sie war ja im Dienst, und so benahm sie sich auch. Die Docs waren in der Nähe, da konnte sie sich keine Privataudienz erlauben. Sie bat mich übertrieben laut in einen Behandlungsraum, fragte mich ebenso laut, was mir fehle, und forderte mich auf, das Hemd auszuziehen. Ich war baff, aber sie meinte es ernst. Nun mach schon, Kleiner, zischte sie, und ich gehorchte. Sie hörte mit dem Stethoskop meine Brust ab und fragte dabei flüsternd: Und, hat's geklappt? Meine Brustwarzen kamen mir dermaßen nackt und unanständig vor, ich wusste überhaupt nicht, wohin mit mir, nickte nur, zog die Schlüsselkarte, die Janica mir gegeben hatte, ein kleines Stück aus der Hosentasche und ließ mir stumm in den Hals und in die Ohren schauen. Linda roch so gut nach sauberer Haut und frischer Wäsche, dass ich am liebsten geschnuppert hätte wie ein Köter, um möglichst viel von dem Aroma zu inhalieren. Unter den Armen war sie rasiert, und sie trug einen weißen BH. Als sie die Lampe mit dem spitzen Schnabel aus dem linken Ohr nahm, flüsterte sie mir hinein, wo ich auf sie warten solle, dann entließ sie mich lautstark mit der Bemerkung, es sei alles schon wieder am Abklingen, ich brauchte mir keine Gedanken zu machen. Mein Schädel pulsierte glühend heiß, weil ich mir sicher war, dass sie mir dabei grinsend auf den Hosenstall guckte.

Ein paar Stunden später zeigte ich ihr die Kabine und gab mich betont cool. Und tatsächlich, sie nickte anerkennend, sagte sogar: Gut gemacht. Die Kabine war auch anständig, es war eine von denen, die normalerweise den gebuchten Künstlern zur Verfügung stehen. Die müssen nämlich nicht wie unsereiner nach unten in die Verschläge. In Wahrheit hätte Linda die Balkan-Frauen loben müssen. Die hatten spitzgekriegt, dass der Assistant Cruise Director die zweite Geigerin aus dem russischen Streichquartett in seine Kabine umquartiert hatte, sogar relativ offiziell, nicht insgeheim wie sonst, er hatte angeblich sogar dem CD, seinem Chef, versichert, diesmal sei es was Ernstes. Darum stand die Kabine der Russin jetzt leer. Besonders groß war sie nicht, hatte aber ein Doppelbett. Linda prüfte, ob es einen Spalt zwischen den Matratzen gab. Nee, sagte sie und zurrte die Tagesdecke wieder fest, das ist nur eine Matratze. Wetten, dass die afrikanischen Jungs alle nebeneinander im Bett schlafen? Als sie sich aufrichtete und umdrehte, stand sie direkt vor mir. Weil, na ja, weil ich halt inzwischen direkt hinter ihr stand. Sie hatte mich vorhin zwar »Kleiner« genannt, aber in Wirklichkeit war ich einen Kopf größer als sie. Es war mein Alter, das sie gemeint hatte. Keine Ahnung, wie alt sie war, dreißig vielleicht, knapp drunter, knapp drüber, egal, ich dachte jedenfalls, wenn ich jetzt nicht ihre nackten Arme anfasse, drehe ich durch, raste ich aus, werde ich wahnsinnig, kriege ich die Krise. Und dann habe ich sie angefasst. Ganz leicht nur. Und dabei hingeguckt. Auf ihre Brust. Und es hat sich angefühlt, als müsste ich jeden Moment anfangen zu weinen.

Sie hat zuerst auch nur geguckt, dorthin, wo mein Blick hinfiel, dann auf die fremden Hände auf ihren Oberarmen.

Spinnst du?, flüsterte sie. Und das war als Frage ernst gemeint, das war kein Rüffel.

Ich habe mit den Achseln gezuckt. Weil ich nicht wusste, ob Ja oder Nein die richtige Antwort gewesen wäre.

Wir kennen uns doch überhaupt nicht!, sagte sie.

Ich glaub, genau das ist es, fiel mir vor lauter Ehrlichkeit nur ein.

Tja, und dann. Dann kriegte ich die passenden Wörter nicht mehr auf die Reihe, war aber auf einmal körpersprachlich voll auf der Höhe. Ohne zu überlegen, wusste ich, was zu tun war, sogar die Häkchen bekam ich auf Anhieb auf. Die Balkan-Odessa-Frauen waren entweder Seherinnen und Schamaninnen, oder sie hatten verdammt viel Erfahrung mit jungen Männern. Dabei hatte ich immer gedacht, ich wäre das genaue Gegenteil vom Balkan-Macho. Linda drückte mit beiden Händen meinen Kopf von sich weg, aber nur, damit sie ihren Kaugummi in die Ecke spucken konnte, dann ging es weiter mit meinem ersten Zungenkuss seit ewigen Zeiten, erst im Stehen, dann im Liegen, und als meine Brustwarzen einen Moment später wieder Frischluft atmeten, kam mir das überhaupt nicht mehr unanständig vor. Stattdessen kochte in mir die Lava dermaßen hoch, dass ich das Gefühl hatte, mir platzen gleich die Nähte, und da war es auch schon passiert, nach der Lava kam die kalte Dusche, ich erstarrte, geriet in Panik, riss die Augen auf, sah mich nach Hilfe um und hätte schon wieder fast losgeheult. Meine Hose war offen und eine Etage tiefer gerutscht, weshalb Linda keine Mühe hatte, auf die Frage, die sich unweigerlich stellte, eine schnelle Antwort zu finden. Sie fühlte kurz nach, tappte in die Pfütze, stützte sich dann auf beide Ellenbogen und beugte sich über mein Gesicht. Ihre Augen waren ganz nah, ich sah, wie sie mein Gesicht absuchten.

Wolltest du Kinder zeugen, oder wie muss ich das verstehen?, meinte sie. Dann holte sie ihre Hand in mein Blickfeld, ließ den Finger, der in die Pfütze getappt war, vor meinen Augen kreisen und leckte ihn ab. Theoretisch hätte ich bei dem Anblick reflexartig heftig geschluckt, wäre meine Kehle nicht so trocken gewesen wie die Wüste Gobi.

Almut Sie habe sich ihren Sohn immer als musischen Menschen gewünscht, erzählte Sibylle. Musikalische Früherziehung, erster Klavierunterricht mit fünf, Kindermalschule, sogar in die Waldorfschule hätte sie ihn gesteckt, wäre ihr Mann nicht strikt dagegen gewesen. Alles hatte der Junge mitgemacht, nicht ungern, aber eben auch ohne Enthusiasmus. Die Klavierlehrerin habe ihm durchaus Talent bescheinigt, und sie, Sibylle, habe ihr geglaubt, da sie damals noch nicht wusste, dass keine Klavierlehrerin offen sagen würde, Ihr Sohn ist ein unbegabter Holzklotz, Sie können froh sein, wenn seine Feinmotorik später zum Onanieren reicht.

Wir lachten uns schief, und ich bestellte noch einen Piranha – das Getränk, das ich am selben Tag erst durch Madeleine auf der Eisbahn kennengelernt hatte –, worauf der Barkeeper sich ein Grinsen nicht verkneifen konnte.

Statt Waldorfschule also Privatgymnasium, wo das Musische durchaus gefördert wurde, aber eben nur »durchaus«, mit anderen Worten: Mit durchbrechender Pubertät verkümmerte das Klavierspiel immer mehr, sie habe selbst, sagte Sibylle, bald die Nase voll davon gehabt, Tag für Tag zu sagen, du musst üben, hast du schon geübt, jetzt hast du aber nicht lange geübt, das waren doch höchstens zehn Minuten. Zum Glück habe ihr Mann nach der Scheidung den Flügel unbedingt behalten wollen, aus innenarchitektonischen Gründen, den Sohn jedoch nicht, sodass der sein Leben fortan ohne musikalische Züchtigungen fortsetzen und die schwarzen und weißen Tasten konsequent durch die Tastatur seines Computers ersetzen durfte. Sein Vater habe ihm das Spiel mit den Aktien beigebracht, mit neunzehn Jahren sei er finanziell praktisch unabhängig gewesen.

Nicht schlecht, staunte ich.

Ja, ja, ich erkenne das durchaus an. Aber eben nur »durchaus«. Und ob Anerkennung das dominierende Gefühl einer Mutter für ihren Sohn sein sollte? Anerkennung. Auch wenn man es dem Wort nicht auf Anhieb anmerkt: Es steckt zu viel Distanz, zu viel Fremdheit darin, stellte Sibylle nüchtern fest. Sinnierte kurz, sah mich an und fügte hinzu: Und das ist furchtbar.

Ihr Traum sei es gewesen, irgendwann vom eigenen Sohn die Mondscheinsonate vorgespielt zu bekommen. Oder etwas anderes Schönes, etwas Bezauberndes, Berückendes, sie suchte in der Luft nach dem richtigen Wort, vielleicht auch nach einem Gefühl, nach der Atmosphäre, die sie und ihren Sohn in ihrer Vorstellung umschloss, wenn er für sie herrliche Musik spielte.

Etwas von dieser Fantasie musste am Vorabend in der Bar die Macht über sie gewonnen haben. So jedenfalls erklärte sie sich ihre spontane Zuwendungsgeste an den Jüngling am Flügel, die Verweegen so aufgebracht hatte. Auch wenn nicht die Mondscheinsonate unter den Fingern des jungen Barpianisten erklungen war.

Sie schien an den Moment zurückzudenken, das las ich an ihrem Gesicht ab, sie lächelte mich an, neigte den Kopf etwas zur Seite und runzelte mit gradweise ironisch werdender Miene die Augenbrauen.

Du hältst mich für sentimental, unterstellte sie mir.

Och, das ist für mich kein Schimpfwort, erwiderte ich wahrheitsgemäß. Sonst käme ich an manchen Tagen aus der Selbstbeschimpfung gar nicht mehr heraus.

Wieder lächelte sie, ihr Lächeln war ehrlich zauberhaft, frei von Kälte und sehr sanft.

Er hat übrigens die gleiche Augenpartie wie du.

Wer?

Der Jüngling am Klavier.

Ist es denn ein hübscher Knabe? Darf ich das als Kompliment nehmen?

Oh ja. Allerdings kann ich mich auch täuschen, ich meine, was die Ähnlichkeit betrifft, sagte sie, nun wieder nachdenklich. Als ich meinen Sohn in den letzten Jahren, bevor er zum Studieren nach England ging, immer mehr von mir weg- und in die Sphäre seines Vaters driften sah, obwohl er bei mir wohnte und seinen Vater nur jedes zweite Wochenende sah, obwohl ich mich um sämtliche alltäglichen Dinge kümmerte und alle Pubertätsstreite ausfechten musste, während sein Vater nur die Sahne abschöpfte und mit seinem gut geratenen Sohn tolle Sachen unternahm, da suchte ich immer häufiger in seinem Gesicht nach meinen Zügen, in seinen Bewegungen nach meinen Gesten, in seiner Redeweise nach meinen Worten, und immer häufiger suchte ich vergebens danach.

Mittlerweile habe ich mich damit abgefunden, dass er offenbar hauptsächlich die Gene seines Vaters durch die Welt trägt, stellte sie einigermaßen glaubhaft fest. Der Junge sei inzwischen ein Mann und strotze vor Zielorientiertheit und Effizienzdenken. Hin und wieder frage sie sich, wo ihre Spuren in ihm verloren gegangen sein konnten, so kalt erscheine er ihr bisweilen.

Sie unterbrach sich, bat den Barkeeper um eine Zigarette und Feuer, und sah mir erst wieder ins Gesicht, nachdem sie den Rauch des ersten Zuges in Richtung Deckenventilator geblasen hatte. Sie lachte ein Sekundenlachen, das vermutlich nur die Aufgabe hatte, als Trägerrakete für ihre Bitterkeit zu dienen: Oder aber die Spuren sind gar nicht verloren gegangen, sondern ich deute sie bloß falsch.

Ich holte Atem für eine ausführliche, fachlich einigermaßen wasserdichte Antwort, aber sie unterbrach mich vor dem ersten Wort: Nein, bitte nicht!

Was meinst du?

Bitte nicht mit mir als Beraterin reden!, bat sie inständig. Offenbar hatte sie mir den entsprechenden Ansatz am Gesicht abgelesen.

Erzähl mir lieber von deinem Sohn!

Rigoroser hätte sie mir das aufkeimende professionelle Unkraut nicht ausjäten können.

Der hat es sicherlich nicht leicht gehabt.

Wieso?

Na, wenn er einundzwanzig ist, wurde er zwar noch in der DDR geboren, aber in der BRD eingeschult. Von der DDR hat er nicht viel mitbekommen, er ist als gesamtdeutsches Kind aufgewachsen, wenn auch im Osten, sozusagen als Ost-Wessi, allerdings mit einer Mutter, die eine komplette DDR-Biografie aufzuweisen hat. Stimmt's? Oder ist er gar keine Ostgeburt? Und was ist eigentlich mit seinem Vater?

Mir wurde etwas unbehaglich, das war viel Neugier und viel professionelle Synopse auf einmal, ich druckste, sog an einem der beiden schwarzen Strohhalme in meinem Glas, bekam aber nur noch Schmelzwasser in den Mund, worauf sogleich der Barkeeper auftauchte und fragte, ob ich noch einen Piranha wolle.

Sebastian Tintin nahm die Stöpsel aus den Ohren, legte seinen iPod weg und drehte sich in meine Richtung. Es macht mich nervös, wenn du so an die Decke starrst, sagte er. Was ist los?

Zwischen unseren Betten lag nur ein knapper Meter, da wirkt Schweigen schnell intim, aber ich konnte nicht reden. Er war nicht die richtige Adresse für die Behandlung der Frage: Wie tritt man einer Frau wieder unter die Augen, wenn man sich schämt wie verrückt?

Er versuchte es mit Raten: Heimweh?

Eigentlich kein schlechter Tipp, gab ich innerlich zu, denn ich musste ziemlich oft an zu Hause denken. Genauer gesagt an das, was mal mein Zuhause war.

Oder hast du Schiss wegen der vier Schwarzen?

Auch da lag er nicht ganz falsch, trotzdem schüttelte ich zum zweiten Mal den Kopf.

Na dann hüte eben dein Geheimnis, meinte er und schaltete die Leselampe aus, aber nach einer Weile kam ihm doch noch ein Nachtgedanke: Wie findest du eigentlich Linda?

Zum Glück war das Licht aus, sonst hätte er mir bestimmt etwas angemerkt.

Nett.

Nett?

Na ja, nett halt.

Sonst fällt dir nichts ein?

Nein. Dir?

Und ob.

Nämlich?

Bist also doch neugierig?

Du hast damit angefangen.

Aber wenn du sie bloß nett findest, müsste es dir eigentlich egal sein, was mir zu ihr einfällt.

Ist es mir ja auch.

Warum fragst du dann?

Ich frag ja gar nicht!

Doch.

Nein!

Schrei nicht so!

Tschuldige.

Also?

Also was?

Wie findest du sie?

Du kannst ganz schön nerven, Mann.

Okay, vergessen wir's. Aber ich sag dir, die Frau ist ... wie soll ich sagen.

Ja?

Aha. Also doch.

Und zack, hatte ich ein Kissen im Gesicht und Tintins dreckiges Lachen im Ohr. Gleich darauf wurde das Kissen von einer unsichtbaren Hand wieder entfernt und Tintin war plötzlich ganz der große Bruder.

Sie ist in Ordnung, meinte er. Im Ernst. Aber sie ist zu alt für dich, vergiss das nicht. Gute Nacht.

Dann segelte er ins Reich der schnarchenden Matrosen, und ich lag allein in der stockfinsteren Kabine wach und schämte mich vor mich hin, weil es mir nicht gelungen war, mich bei Linda zu beherrschen, und weil sich wieder das Heimweh in mir austoben wollte. Es fühlte sich an, als würde ein Männchen über meinen Magen spazieren. Als wäre der ein Miniplanet im Universum meines Bauchraums. Ein Scheißgefühl. Außerdem klebte mir noch immer das getrocknete Zeug in den Schamhaaren, weil ich vor dem Dienst keine Zeit und nach dem Dienst keinen Nerv zum Duschen gehabt hatte.

Wir fuhren die Küste Südamerikas hinunter, und ich lag klebrig und mit Heimweh in der Koje und schämte mich. So viel zum Thema Seebär. So viel zum Thema »Ich muss meinen eigenen Weg gehen, ich will was von der Welt sehen«. Oho, das reimte sich. Und was sich reimt, ist gut. Sagt der Pumuckl.

Der verdammte Kobold hatte mir gerade noch gefehlt. Auf den fuhr meine Mutter ab wie nix. Überhaupt auf alles, was nicht ganz Mensch war. Das Sams. Die kleine Hexe. Das kleine Gespenst. Urmel aus dem Eis. Der kleine König Kalle Wirsch. Kater Mikesch. Die ganze Galerie meldete sich auf einmal bei mir zum Appell, sämtliche Figuren, mit denen wir uns amüsiert hatten, meine Mutter und ich. Sie hatte Bücher und Videos angeschleppt wie Schätze und sich beim Lesen gar nicht mehr eingekriegt, und die dritten Programme hatte sie nach Wiederholungen der Augsburger Puppenkiste systematisch durchforstet. Wir waren Fans, und ich wollte nie, dass ein Freund dabei war, wenn ich mir mit meiner Mutter ein Puppenkisten-Video ansah. Das war unser Ding. Sogar vor meinem Vater hielt ich das geheim. Ich wollte nicht, dass er es weiß. Und womöglich auf die Idee kommt, auch so ein Video mit mir anzugucken. Das ging irgendwie nicht. Die Sachen waren reserviert für meine Mutter und mich.

So wie das Spielen. Es war ganz anders, einerseits, aber andererseits auch wieder nicht. Ich hatte dabei immer so ein Gefühl, als hätten wir es uns in einer Muschel gemütlich gemacht. In einer Mupfel. Sagt der Pinguin im Urmel-Film. Und in der Muschel war sie auf einmal gar nicht mehr grau im Gesicht, und sie hatte auch nicht diesen Blick nach schräg oben drauf, als würde sie dauernd aus einem Fenster in den Himmel gucken. Stattdessen bekam sie runde Schultern und einen schönen Hals. Wenn wir vor dem Fernseher auf dem Boden saßen, zog sie die Knie unters Kinn, und am Klavier schaute sie ganz selig auf die Hände, auf ihre und auf meine. Ja, selig, so selig wie ein Mädchen, das … ach, was weiß ich.

Sie war mächtig stolz auf mich, weil ich so schnell alles spielen konnte, was sie mir beibrachte, als wäre es nichts, und auch noch auswendig. Hast du dein Talent etwa von mir geerbt?, rief sie manchmal total begeistert. Und sie hörte richtig gern zu, wenn ich was spielte, sie tat nicht bloß so. Nur mit dem Improvisieren hatte sie ihre Probleme, besonders wenn ich ihren Bach verjazzte. Das konnte sie überhaupt nicht leiden. Da ließ sie nicht mit sich reden, da machte sie kurzen Prozess. Versetzte mir einen Stoß, sagte: Hör auf, und das war's.

Das war's. Am Schluss war es so, als hätte ich das zu ihr gesagt. Das war's. Habe ich natürlich nicht. Ich habe gesagt, ich gehe. Und da ist sie ausgerastet. Sie war entsetzt. Verzweifelt. Das hatte nichts Muttermäßiges an sich gehabt, und das hat mich schockiert. Genau wie der Schubert vorher, D 940, vierhändig für Verliebte. Irgendwie war sie auf die falsche Spur geraten.

Verlass mich nicht, schrie sie. Verlass mich nicht!

Ich konnte es nicht fassen.

Ich bin nicht dein Mann!, schrie ich zurück. Wir sind nicht verheiratet. Ich bin bloß dein Sohn.

Genau so kam es mir über die Lippen: Ich bin bloß dein Sohn. Bloß.

Sie hat das genau gehört. Schließlich ist es ihr Job, auf versteckte Botschaften in den kleinsten Wörtern zu achten. Und da war sie dann endgültig fertig.

Almut Sebastian ging an einem Samstag, den Sonntag verbrachte ich im Ausnahmezustand, wie eine Verwesende kam ich mir vor, aber am Montag war ich wieder als vitale Endvierzigerin gefragt und musste mich konzentrieren, weil Budget-Verhandlungen mit Vertretern der Stadt anstanden. Ich schminkte mich so lange, bis ich einigermaßen lebendig aussah, und wappnete mich mit meiner Lederjacke. Im Konferenzraum war es dann aber so warm, dass ich die Jacke bald auszog und über die Stuhllehne hängte. Von da an drückte mir der Kragen jedes Mal unangenehm ins Kreuz, wenn ich mich zurücklehnte.

Es ging um Sparmaßnahmen, unser neuer Geschäftsführer schien im Stadtkämmerer einen Verbündeten gefunden zu haben, vielleicht erkennen sich gleich gesinnte Männer auf dem Weg nach oben an den Manschettenknöpfen, unisono erklärten sie, auch Stellenstreichungen dürften nicht mehr mit einem Tabu belegt werden, der beste Wille, der schönste Idealismus helfe nichts, wenn er nicht zu finanzieren sei. Durch einen Schleier verfolgte ich, wie der Zynismus nach und nach das eckige Tisch-U in seine Gewalt brachte, befeuert von den Leuchtfolien auf dem Polylux, ich versuchte mich zu wehren, durch Watte hörte ich meine Stimme Statistiken ins Feld führen, über die steigende Zahl der Ratsuchenden, über die wachsenden Wartezeiten bis zum Erstgespräch, trotz zunehmender Überstunden der Berater, über die sich immer prekärer blähende Brisanz der Fälle und Probleme, über das wuchernde Kaputte im sozialen Keller der Stadt.

Und dazwischen kehrte ich gedanklich immer wieder zum Samstag und zur Schlussszene mit Sebastian zurück – und zur Erkenntnis des Sonntags: dass ich von nun an allein lebte.

Mit wie vielen Elternpaaren hatte ich schon über die Schwierigkeit gesprochen, die Ablösung der Kinder zu verkraften? Trotzdem hielt ich für mich selbst keinen wirksamen Trost parat. Dabei sah ich schon seit Jahren zu, wie der Junge selbstständig wurde. Mit sieben wollte er nicht mehr an meiner Hand gehen, mit zwölf war es ihm peinlich, mir im Beisein seiner Freunde an der Straßenbahnhaltestelle zu begegnen, mit vierzehn wehrte er jedes Aufklärungsgespräch ab, und mit sechzehn wollte er bei den gemeinsamen Mahlzeiten lesen, um nicht so viel reden zu müssen.

Das war alles normal, ja, ja, das war vielleicht ein gutes Zeichen, doch, doch, die Kinder sollen schließlich erwachsen werden, nicht wahr, und aus fachlicher Sicht war mir das ohnehin alles plausibel und durch und durch bekannt.

Doch diese Fremdheit.

Die Frage: Kenne ich mein Kind noch? Die Frage: Was weiß ich eigentlich von meinem Sohn? Oder die Frage gar: Was will mein Sohn eigentlich noch von mir?

Und wenn dann erst die Familientraditionen angetastet werden.

Irgendwann mochte er die gemeinsamen Videos nicht mehr sehen, wollte aber auch nicht, dass ich mir mit ihm seine neuen ansah, irgendwann lehnte er sich beim Klavierspielen nicht mehr unvermittelt kurz mit der Schulter an mich, wie früher, und irgendwann sprach er mit mir auch nicht mehr über seine Freunde.

Auf dem Schiff hier sehe ich reiche Familien mit halbwüchsigen Kindern einträchtig den Speisesaal ansteuern oder auf dem Sonnendeck im Whirlpool sitzen. Ich sehe Jugendliche, einige davon sicher schon volljährig, mit ihren Müttern plaudernd Cappuccino trinken und mit ihren Vätern auf der Golfbahn üben. Das irritiert mich. Lieben diese jungen Menschen ihre Eltern mehr als Sebastian mich? Undenkbar, dass er als Achtzehnjähriger noch mit mir in Urlaub gefahren wäre! Oder warten diese

Eltern einfach mit einem Angebot auf, dem ihre Kinder nicht widerstehen können? Wer schlägt schon eine Kreuzfahrt aus, wenn die Alternative darin bestände, sich wochenlang allein zu Hause von Tiefkühlpizza zu ernähren? Haben es finanziell gutgestellte Eltern leichter, ihre Brut bei der Stange zu halten?

Manchmal war es kränkend, wenn Sebastian von einem Freund mit betuchten Eltern nach Hause kam und dann unser Leben abwertete, die kleine Wohnung, die billigen Möbel, die unvollständige Ausstattung mit Elektro- und Spielgeräten, die zu geringe Speicherkapazität, die zu unattraktiven Snacks im Kühlschrank. Wie mich das verletzen konnte! Gewaltige Konflikte sind daraus entstanden, in denen ich keineswegs mehr Reife bewies als mein Sohn, sondern anfällig fürs Schreien war: Dann zieh doch aus! Geh doch zu deinen reichen Freunden! Oder sag deinem Vater, er soll dir ein Prass-und-Protz-Konto einrichten!

Unsere Beratungsstellen dürfen nicht als Auffangbecken für sozial Gescheiterte fungieren, hörte ich unseren Jungmanager dozieren. Anstatt uns auf langwierige, therapieähnliche Gesprächssequenzen einzuschießen, müssen wir verstärkt den Mut aufbringen, an die Eigenverantwortung der Menschen zu appellieren, das steht keineswegs im Widerspruch zu unserem karitativen Auftrag.

Der Bischof hatte den smarten Burschen von Headhuntern in der freien Wirtschaft suchen lassen, damit er bei der Caritas die unschöne Sanierungsarbeit durchzog, mit der sich die Kleriker nicht die Finger schmutzig machen wollten, zu der sie aber Zuflucht nahmen, da ihnen aufgrund von Kirchenaustritten die Steuermittel wegbrachen. Eheberatung ist letztendlich ein Luxusgut, erklärte er mit sichtlichem Wohlgefallen an der eigenen Parolenschmiede, und durch den Schleier meiner beeinträchtigten Aufmerksamkeit kam er mir trotz mutmaßlichem Boss-Anzug, diagonal gestreiftem Hemd und goldener Krawatte vor wie Blauhemd-Hauke aus dem Bezirk Rostock beim Dozieren über die Herausforderungen der Planerfüllung vor dem Hintergrund des soundsovielten Parteitags, und auf einmal glaubte ich auch einen gewissen Küstenakzent unter den gegeneinander klackernden Wortmurmeln heraushören zu können. Hatte es hier einen ehemaligen Mecklenburger Vorzeigestudenten oder gar ein Exemplar postsozialistischen Bad Doberaner Gestütsadels in den Südwesten der Republik verschlagen?

Wahrscheinlich war es jedoch nur eine akustische Halluzination, ein kleiner, verquerer Gruß aus der Heimat, Abfallprodukt des vertrackten Heimwehs, das mich seit Sonntag, dem ersten Tag des Alleinlebens, räucherte, als wäre ich ein fetter Aal. Apropos Aal, wie lange hatte ich eigentlich schon keinen mehr gegessen? Und warum eigentlich nicht? Weil man die nur frisch und vom eigenen Onkel selbst geräuchert an der Ostsee essen konnte. In einem Geschäft, das Nordsee hieß, konnte ich mir doch keinen Räucheraal kaufen, schon gar nicht zu dem schamlosen Preis, den ich freilich in mehr als einer Mittagspause ausbaldowert hatte.

Hauke Boss wand sich jetzt gewaltig vor dem großen Block auf Beinen, den alle Flipchart nennen. Wenn hier jemand ein Aal ist, dann du, mit allem Glitsch, giftete ich ihn innerlich an. Zugeben musste man allerdings, dass er kein Gramm Fett am Leib hatte. Wenn man es genau betrachtete, passte er ganz und gar nicht in die Sphäre der Fürsorge und Therapie, darum sprach er wahrscheinlich auch notorisch von sozialen Dienstleistungen, er war ein Edelaal, der damit haderte, vom großen Personalmanager im Himmel als Aas aussaugender Wanderegel auf die Welt geschickt worden zu sein. Vermutlich ahnte er mittlerweile, wie aussichtslos es sein würde, den Posten des Caritas-Geschäftsführers in einer mittelgroßen Diözese wieder gegen einen gut dotierten Managerposten in einem Unternehmen mit klangvollem Namen einzutauschen. Und bei dem Gedanken wurde mir schlagartig klar, dass es etwas gegeben haben musste, was den Mann dazu bewogen hatte, sich ausgerechnet bei der Caritas weiterzuentwickeln, unter dem Logo der Nächstenliebe, dem so penetrant der Geruch des Verlierens und Scheiterns anhaftete, ja der schlimmen Behinderung, des unschönen Alterns und des ganz und gar grässlichen Sterbens. Der Bischof musste ihm Kompetenzen, Macht und Geld in Aussicht gestellt haben, und zwar in Mengen, die sich zu einer ausreichend attraktiven Summe addierten. Mit anderen Worten: Der schleimige Aal da vorne verdiente sich goldene Flossen, indem er uns alles kaputt kürzte.

Soeben widmete er sich hingebungsvoll dem Begriff »Qualitätsmanagement«. Mir drehte es bei dem Wort reflexartig den Magen um, ich überlegte ernsthaft, ob ich mich entschuldigen und die Flucht ergreifen sollte, der Kragen der Lederjacke drückte im Rücken, es war zu warm im Raum, die Männer am Tisch verströmten ihre Rasierwasseraromen, die Düfte prallten aufeinander, mochten nicht verschmelzen, waren zu verschieden, und so kreuzten sie die Klingen, sodass vor lauter gewaltsam ausgetragener Geruchsfehde geradezu olfaktorischer Schlachtenlärm im Konferenzraum herrschte, den ich als unparfümierte Marketenderin apathisch über mich ergehen ließ. Nun ja, als Beraterin ist man den Umgang mit Gerüchen, genauer, den Umgang mit sich selbst unter dem Einfluss fremder Gerüche, ja gewohnt. Der Geruch nämlich kommt als Erstes an, wenn ein Klient das Beratungszimmer betritt. Ein angenehm riechender Klient ist ein Geschenk des Himmels, ein Engel, dem man dankbar ist, weil er einem Ekel und Anpassungsleistungen des Nervensystems erspart, ein stinkender Klient wiederum stellt eine gewaltige Herausforderung an den Lächel- und Höflichkeitsapparat der professionellen Helferin dar. Gestank betäubt den natürlichen Willen zur Aufmerksamkeit und zum Engagement, weil er die Empathie entkräftet.

Ganz unabhängig von den realen raumklimatischen Bedingungen wird einem in dem Job ohnehin die Frischluft knapp.

Man liegt unter einem funkelnden Fahrzeug und schraubt am Unterboden herum, wo sich allenthalben der Rost einfrisst, ohne dass es oben im Schoß der Lederpolster einer merkt.

Anders gesagt: Man wird zum Hirten der armen Schweine.

Oder drastischer: Wer in einer für Klienten kostenlosen Beratungsstelle arbeitet, ist mit dem Auswurf der Zweidrittelgesellschaft konfrontiert.

Oft sagte ich mir auf dem Heimweg, wenn ich zur Beruhigung mal wieder besonders lange Umwege machen musste: Jetzt reicht es, ich habe genug davon, den Müll dieser Gesellschaft wegzuräumen. Zum Glück konnten meine Klienten nicht telepathisch Gedanken lesen. Sie waren mir selbst peinlich, die Gedanken, aber es waren unleugbar meine.

Hauke Boss kritzelte noch immer Filzstiftziffern zum Thema Qualitätsmanagement auf die karierte Papierschürze, in Zahlen übersetzt die Auswertung der Fragebogen, die wir neuerdings auszufüllen hatten, jene Zeugnisse unseres von oben angeordneten Sägens am eigenen Ast.

QM war Pflicht und über seine Durchführung wachte die eigens eingerichtete und allen Ernstes so genannte Stabsstelle QM, eine Bezeichnung, die bei ehemaligen DDR-Bürgern durchaus ein Glöckchen klingeln ließ, aber Pflicht hin oder her: Mit unseren Herausforderungen war die modische Formularorgie nicht zu synchronisieren. Wie evaluiert man die Verzweiflung von Menschen, die am Abgrund stehen beziehungsweise in der Scheiße sitzen?

Wie hält man eine klare, unerschütterliche fachliche Position, wenn man eine Frau vor sich hat, deren neuer Mann gerade ihr Kind vom alten Mann an die Wand geworfen hat? Und wie überträgt man das alles dann in einen Fragebogen? Nur mal als Beispiel.

Was andere Leute in der Zeitung lesen, sitzt mir gegenüber im Beratungszimmer – und anschließend im Kopf.

Der Goldaal schlug die bezifferte Schürze um und ließ eine jungfräulich karierte neue zum Vorschein kommen, über die er sich jedoch sogleich mit seinem Schwarzstift hermachte, ich hörte durch die Watte das Wort »Konsequenzen«, es klang fabrikneu und frisch ausgepackt, ich wusste, bald würde ich wieder etwas sagen müssen, mit Nachdruck, falls niemand für mich in die Bresche sprang, doch fraß allein die Mühe, mich in diesem Raum aufrecht zu halten, schon all meine Energie auf.

Am Ende erwies sich ohnehin alles als abgekartetes Spiel, wir traten nach der Sitzung kleinlaut auf die Straße, meine Kollegen und ich, Goldaal hatte uns mit dem gerunzelten Blick des Pflichtbewussten, der nicht anders kann, ins brutal gekürzte Budget entlassen. Wir nahmen die Aufgabe mit, einen oder eine von uns zu streichen, und möglicherweise keimte in dem Moment, als ich mir auf dem zugigen Rathausvorplatz die Lederjacke überzog und die Möwen über dem nahen Rhein hysterisch lachen hörte, schon eine Art Entschluss, freiwillig das Feld zu räumen.

Das Angebot, auf dem Schiff zu arbeiten, kam vielleicht nicht vom Richtigen, denn es kam von Gaus, aber es kam zur richtigen Zeit, als hätte Gaus im Konferenzraum des Stadtkämmerers eine Wanze installiert. Das Angebot war die Möglichkeit, erst mal dem eng und kalt geschmälerten Kanal der Sozialetats zu entrinnen und mich für eine Weile nur noch Luxusproblemen zuzuwenden. Pause zu machen von Idealen und Moral. Sich Dingen ohne existenzielle Dimension zu widmen. Nicht dem Elend der Armut, nicht dieser totalen Zerrüttung, nicht mehr diesen kaputten Menschen, deren Körper vor der Zeit verfallen, deren Seelen Trümmerhaufen sind, Menschen ohne Aussichten und Hoffnung und oft auch ohne Hirn. Ungebildete, Analphabeten, Geschlagene, Missbrauchte, Menschen mit Erfahrungen, die jeder Beschreibung spotten.

Ein Angehöriger des bürgerlichen Mittelstands kann sein

ganzes Leben verbringen, ohne solchen Zeitgenossen je aus der Nähe begegnen zu müssen. Er sieht vielleicht mal einen aus einer Kneipe torkeln oder mit leerem Blick am Bahnhof sitzen, aber er hat mit diesen vom Schicksal, vom Nächsten und von sich selbst Geschlagenen nie wirklich zu tun.

Ich aber musste ihnen täglich gerecht werden.

Zwar befassen wir uns ständig auch mit Ehezwisten im gesicherten bürgerlichen Rahmen, aber wenn eine Mutter von acht Kindern bei dir aufkreuzt, wohnhaft in 1a Sozialer-Brennpunkt-Lage, sechsstellig verschuldet, kreuz und quer gepfändet, deren Mann im Knast sitzt und die währenddessen vom Schwager nicht nur gebumst, sondern auch geschlagen wird, damit sie es sich bis zur Rückkehr des Gatten auch bestimmt nicht abgewöhnt, wenn so eine Frau also mit blauen, sprich blau geschlagenen Augen vor dir sitzt, flankiert von drei offensichtlich verhaltensauffälligen Kleinkindern, dann vergisst du schon mal kurz das Eifersuchtshickhack im Reihenhaus des Programmierers und seiner Frau, das dir die beiden in der Stunde zuvor möglichst dramatisch zu schildern versuchten, wobei es ihnen dann doch nicht gelang, den wahren banalen Kern des Ganzen zu kaschieren, nämlich dass sie schlicht und einfach nichts miteinander anfangen können.

Problem ist nicht gleich Problem, da kann mir einer sagen, was er will, und dummerweise überlappte sich diese Einschätzung in fataler Weise, wenn auch nur an einem Rand, mit Goldaals Thesen.

Im stilvollen Ambiente ihrer modernisierten Altbauwohnung zickig verzankte Dinks konnten mir gestohlen bleiben. Und die verkrachten Existenzen stahlen mir alle Kraft.

Aber erst Sebastians Abgang machte den Fluchtweg endgültig frei. Ich betrat das Schiff, kam mir als Flüchtling, als Abtrünnige vor – und war damit erst einmal vollauf zufrieden. Nur mit der Zeit und unterm Ozeanhimmel dämmerte mir: Hier auf dem

Schiff bin ich nicht die Einzige, die flieht. Hier sind Flüchtlinge aller Couleur versammelt. An Luxusproblematikern herrscht kein Mangel, doch fahren auch arme Elendsträger mit, unten, im Bauch, im Versorgungs- und Verdauungstrakt des Wals.

Teil II

Sebastian Nach Buenos Aires wussten unsere vier afrikanischen Schützlinge überhaupt nicht mehr, was Sache war. Vorher, während wir von Rio aus immer weiter die südamerikanische Küste runtergefahren waren, war es Helmut irgendwie gelungen, ihnen ihr »Spain« auszureden und stattdessen »Argentina« schmackhaft zu machen. Das sei praktisch wie Spanien, bloß größer, und darum gebe es für Zuwanderer Topchancen. Big future, no problems, fasste Tintin Helmuts umständliche Beschwörungspredigt zusammen und ließ sich von jedem der vier Jungs per Kopfnicken bestätigen, dass sie bereit waren, in Buenos Aires von Bord zu gehen und dort ihr Glück zu versuchen. Linda war dagegen, sie fand es eine Sauerei, die jungen Kerle in einem Moloch wie Buenos Aires auszusetzen, wo sie garantiert über kurz oder lang in einem Slum landen würden. Ich hatte nichts von Slums in Argentinien gewusst, war überrascht und fing mir dafür von Linda einen abschätzigen Blick ein. Tintin wollte wissen, wo ich stand, ob ich für oder gegen die Ausschiffung der Schwarzen in der argentinischen Hauptstadt war. Ich hatte keine Ahnung. Entscheidet ihr, sagte ich, und der Blick, den mir Linda daraufhin zuwarf, hätte den schwärzesten Ork blass werden lassen. Jetzt habe ich mich endgültig als unreifes Brothirn geoutet und bin für immer bei ihr abgeschrieben, dachte ich schon, aber dann riss ich mich doch noch mal zusammen, um zu retten, was eventuell zu retten war. Ich machte auf vernünftig, von wegen, wir können sie nicht einfach so die Jakobsleiter runterklettern und im Hafen stehen lassen, wir müssen an Land was für sie organisieren. Soll sie der Kongo-Konsul persönlich mit der Stretch-Limu an der Pier abholen, oder wie?, bügelte mich Tintin auf der Stelle ab, aber der schwarze Helmut hatte schon den Kopf schief gelegt und nickte leicht.

Stimmt schon. Im Hafen hat sie ruck, zuck der Zoll am Arsch, meinte er.

Wie auf Kommando nickten die vier Jungs zu diesem Kommentar heftig und mit aufgerissenen Augen, als hätten sie einen Filter eingebaut, der dafür sorgte, dass sie Helmuts Deutsch Wort für Wort verstanden, das von uns anderen aber nicht.

Was ist mit unseren Argentiniern an Bord?, fragte Linda. Zu meiner Erleichterung wurde sie wieder pragmatisch. Vielleicht war ich doch noch nicht total unten durch.

Sie fingen an, sich Namen zuzuwerfen und jeweils mit einer Bewertung zu quittieren. Federico vom Service? Zu etepetete, meinte Tintin. Was ist mit dem Zauberer? Ist der nicht auch Argentinier? Ja, schon, aber der ist ein Feigling, entgegnete Linda. Woher wusste sie das? Weibliche Intuition? Mir fiel kein Argentinier ein, darum versuchte ich es erst gar nicht mit Grübeln, die anderen strengten sich schon genug an, sie legten die Gesichter in Falten und guckten in der Luft herum. Dann ließ Helmut plötzlich den Zeigefinger nach vorne schießen und sagte: Antonio. Und sofort stimmten die anderen ein: Na klar, Antonio! Dass wir auf den nicht gekommen sind. Sie meinten einen der Crewköche. Ich kannte ihn natürlich auch, alle kannten ihn, ein richtig netter Kerl, sah zwar aus wie der Prototyp eines Machos, also mit unrasierbarem Eisbrecherkinn und immer ordentlich Gel in der Matte, aber er hatte einen Blick drauf wie Mutter Teresa: blitzeblau und kuschelfreundlich. Unsere Kolleginnen schmachteten ihn am Selbstbedienungsbüfett nur so an, wenn er die leere Nudelwanne gegen eine volle auswechselte oder nachsah, ob noch genug Salatdressing im Eimerchen war.

Linda wollte mit ihm reden.

Das ist sicher sinnvoll, meinte Tintin.

Ich hatte alle Mühe, meine Zustimmung herauszuquetschen: Ja, ja, bestimmt.

War dann auch sinnvoll beziehungsweise erfüllte seinen Sinn, denn Antonio hatte eine Idee.

Er, Tintin und ich meldeten Landgang an, und als unser Schiff im Hafen von Buenos Aires festgemacht hatte, zogen wir die Chipkarten durchs Lesegerät und gingen von Bord. Busse und Taxis waren längst weg, wir verließen zu Fuß das Hafengelände, und ich staunte über die Glasfassaden der Hochhäuser, in denen sich der blaue Himmel spiegelte. Eine richtige Skyline hatten wir vor uns, die sah überhaupt nicht nach Slums aus, auch der Park, den wir auf dem Weg zu einem Kopfbahnhof durchquerten, machte einen ziemlich gediegenen Eindruck, auch wenn es für meinen Geschmack ein bisschen zu viel Sand gab. Wir fuhren mindestens eine halbe Stunde mit einer Art S-Bahn durch die Stadt, und was da an Fahrgästen Zeitung las oder mit Kopfhörern Musik hörte, sah absolut nicht nach Slum-Bewohnern aus, auch nicht nach Pampa-Gauchos. Ich konnte keinen Unterschied zu Europäern erkennen. Bei den Klamotten war vom Anzug bis zur Schnellscheißerhose alles vertreten. Und sogar die Klingeltöne kamen mir bekannt vor.

An einem großen Platz stiegen wir aus, und da schlug uns erst mal Hitze entgegen. Am Hafen war noch ein angenehmer Wind gegangen, aber hier stand die Luft. Und nicht nur das. Sie stank auch. Nach Abgasen. Der Verkehr war die Hölle. Laut. Richtig laut. Als würden alle mit offener Motorhaube fahren und dabei ununterbrochen hupen. Wir waren noch keine Minute aus der S-Bahn-Station draußen, da lief mir schon überall der Schweiß runter. Antonio winkte den Taxis, die massenweise an uns vorbeifuhren, aber es dauerte, bis eines anhielt. Das gab mir Zeit, mich umzusehen. Die Häuser waren ein bisschen so, wie ich mir Paris vorstelle, bräunlich-gräulich, mit so schwarzen Gittern an den Balkonen, unten viele Läden und Cafés drin, und mitten auf dem Platz war ein riesiger Tannenbaum aufgepflanzt worden. An dem hingen rote Kugeln, so groß wie Luftballons, außerdem brannten auf sämtlichen Ästen Glühbirnen und ganz oben ein Stern aus Neonröhren, obwohl es helllichter Tag war.

Ein Weihnachtsbaum.

Guckt mal, ein Weihnachtsbaum!, rief ich ganz automatisch, aber Antonio reagierte nicht, weil er nach den Taxis Ausschau hielt, und Tintin meinte bloß, ist ja logisch, schließlich haben wir Dezember.

Als wir endlich in einem von den schwarzen Taxis mit gelbem Dach saßen und uns durch den Wahnsinnsverkehr quälten, sah ich durch die Scheibe noch mehr Weihnachtsbeleuchtung. Die ganze Stadt war dekoriert, und ich brachte das irgendwie nicht auf die Reihe: Leute in T-Shirts, kurzen Hosen, Minirock und dazu rechts und links Tannenbäume, Leuchtsterne und Schaufenster, in denen wasserfallartige Lamettamassen hingen. Weihnachten bei vierzig Grad, wie sollte das denn gehen? Ich konnte es nicht fassen, dass für argentinische Kinder immer und grundsätzlich im Sommer der Weihnachtsmann kam. Trug der dann kurze rote Hosen? Und einen atmungsaktiven Hightech-Bart?

Für mich war Weihnachten draußen dunkel und kalt und drinnen kerzenhell und warm. Schwibbogen und Räuchermännchen, das ganze Programm, so wie es meine Mutter aus ihrer Kindheit mitgebracht hatte. Ein paarmal hatten wir sogar Schnee gehabt, ich glaub, in Leipzig, richtig stilecht wie in den Weihnachtsgeschichten. Bei Oma in Rostock lag allerdings nie Schnee, da wurde von »weißer Weihnacht« immer nur geredet, und Omas Anekdoten von der zugefrorenen Ostsee gehörten dazu. Wozu Opa immer sagte, das kann nicht sein, da irrst du dich, das war bestimmt erst im Januar oder Februar, an Weihnachten friert die Ostsee nicht zu, worauf Oma ihn abbürstete, von wegen, wer hat denn seine Kindheit an der Küste verbracht, du oder ich, und da musste Opa natürlich den Mund halten, weil er ja ursprünglich aus Sachsen kam. Nahm er halt noch ein Stück »von der Stolle«, wie er sagte. Was Oma auch wieder auf die

Palme brachte. Ihrer Meinung nach hieß es »der Stollen«, was ihr Mann als Germanistikprofessor eigentlich wissen müsste, aber der meinte dann bloß, er komme nun mal aus Sachsen, und da heiße es »die Stolle«.

Nach einiger Zeit kamen wir auf breitere Straßen, es ging zügiger, man sah auch wieder Hochhäuser in allen möglichen Formen, viele runde waren dabei, und plötzlich, direkt hinter der Wolkenkratzerzone, dachte ich, das gibt's nicht, weil sich neben der Straße, ein bisschen unterhalb bloß, eine gigantische Müllkippe ausbreitete, aber wenn man ein paar Sekunden lang hingeschaut hatte, merkte man, dass dort Bewegung herrschte: Dort bewegten sich Menschen. Und das, was aussah wie zusammengeraffter Müll, waren ihre Behausungen.

Antonio unterbrach seine fuchtelnde Dauerkonversation mit dem Taxifahrer, drehte sich zu mir um und deutete mit dem Daumen aus dem Seitenfenster: Slums.

Das Bretter-Blech-Plastik-Schrott-Gelände wollte gar nicht mehr aufhören. An dem war man mit dem Wagen nicht so schnell vorbei wie an einer Schrebergartensiedlung, das war ein Meer aus braunem Abfall, durchsetzt von weißen und blauen Fetzen, Plastikplanen, Müllsäcke, nahm ich an, und sogar dort brannten auf ein paar zusammengeschusterten Dächern Weihnachtsbäume!

Dann sah ich plötzlich Kinder direkt am Taxi vorübersausen. Ich fokussierte den Blick auf den Straßenrand. In Abständen saßen dort kleine, schmutzige Kinder auf der Leitplanke und rauchten Zigaretten. Anscheinend hatten sie sich einen Ausflug von ihrem Slum genehmigt und waren die Böschung zur Straße hinaufgeklettert.

Mir wurde flau, ich musste das Fenster runterkurbeln, aber der Fahrer blaffte mich sofort an. Du sollst wieder zumachen, damit die Klimaanlage nicht aus dem Konzept kommt, übersetzte Antonio.

Tintin, der neben mir auf der Rückbank saß, klopfte mir auf die Schulter. Das ist die große weite Welt, sagte er. Dann drückte er auf einen von den kleinen Knöpfen unter dem Screen, der in die Nackenstütze des Beifahrersitzes eingebaut war, und vor meiner Nase tauchte die Zackenkrone von Bart Simpson auf.

Als ich das nächste Mal aus dem Fenster schaute, hatten wir die Slums passiert. Nun säumten Wohnblocks die Straße, aus Beton natürlich, aber nicht so richtig grau à la Grünauer Platte, sondern gelblich beige. Wir bogen mehrmals ab, fuhren durch ein Labyrinth aus diesen Wohnkästen, gerastert mit Satellitenschüsseln. Auf vielen Balkonen hing Wäsche zum Trocknen, daneben standen Tannenbäume mit Lichtern. Ich fragte mich, ob die aus Plastik waren oder ob in Argentinien echte Tannen wuchsen, und wollte mich bei Antonio schon danach erkundigen, da hielten wir endlich an. Tintin zahlte die Fahrt, das Taxi fuhr davon und meine beiden Staff-Kollegen erklärten mir mit Blick auf einen Wohnblock eiskalt, sie gingen jetzt da rein, und ich solle schön hier draußen auf sie warten.

Ich war so was von wütend.

In dem Hof, in dem ich stand, vor Wut kochte und auch sonst schwitzte, hockten ein paar alte Männer und Frauen rum, einige Kinder spielten, aber man hörte, dass irgendwo in der Nähe mehr los sein musste, weil ziemlich lautes Geschrei um die Ecke drang.

Weil es mir nicht ganz geheuer war, einfach so vor dem fremden Haus rumzustehen und mich von den Balkonen aus anglotzen zu lassen, bin ich in Richtung Lärm gegangen. Er kam von einem Bolzplatz, der die gleiche Farbe hatte wie die Häuserblocks ringsum und fast die Ausmaße eines normalen Fußballfeldes. Ich habe nicht gezählt, ob in jeder Mannschaft elf Leute spielten, aber es herrschte ein ganz schönes Gedrängel auf dem Platz. Kaum nahm einer den Ball an, wurde er gestört, es wurde viel gedribbelt und gefummelt – und tierisch getreten. Ich dachte, ich seh nicht richtig, als ein Typ in meinem Alter einem Kleinen von vielleicht zwölf Jahren derart in die Beine sprang, dass man es krachen hörte. Der Gefoulte schrie, aber sein Schreien ging sofort im Geschrei der Zuschauer unter. Von denen gab es nämlich jede Menge. Über den Platz rannten Kinder und Jugendliche und ein paar, die ungefähr in meinem Alter waren, aber am Rand standen Männer, die gut und gern die Väter und Onkel der Spieler sein konnten. Die schauten nicht cool zu, die waren auch nicht bloß voll dabei, wie das eben bei manchen Erwachsenen so ist, wenn sie ihren Sprösslingen beim Sport zugucken, nein, die standen total unter Strom. Denen war das richtig ernst. Es sah aus, als ging's um Leben und Tod. Und auf dem Platz wurde entsprechend gespielt. Gnadenlos. Keine Späßchen, wie auf Bolzplätzen üblich, kein Lachen, nichts. Richtig unheimlich war mir das. Kleine Gladiatoren in kurzen Hosen und drum herum die blutrünstigen Zuschauer, die auf sie einschreien.

Ich wollte zum Zeitvertreib ein bisschen zuschauen, aber ich konnte nicht, weil mir das Ganze zu gruselig war. Das am Spielfeldrand waren keine Väter, das waren total kranke Monster und sonst gar nichts.

Ich ging also wieder zurück zu dem Haus, in dem Tintin und Antonio verschwunden waren, und setzte mich neben einer Oma auf eine Betonbank. Die Alte taxierte mich und sagte etwas, aber ich kann ja kein Spanisch. Als sie merkte, dass ich nichts verstand, ließ sie mich in Ruhe.

Für den Rückweg war kein Taxi bestellt. Tintin und Antonio kamen aus dem Haus, ich war ungeduldig, wollte wissen, was los war. Alles in Butter, beruhigten sie mich, aber ich wollte genau hören, was sie eingefädelt hatten. Du wirst schon sehen, sagte Tintin, und gleich darauf sah ich erst mal einen Lieferwagen vorfahren, weiß, mit sachgemäßer Beschriftung, keine Ahnung, was genau draufstand, sah aber auf jeden Fall firmenmäßig aus. Antonio durfte auf den Beifahrersitz, Tintin und ich mussten in den Laderaum. Wir setzten uns auf den Boden, den Rücken lehnten wir an die Wand zum Führerhaus. Es roch nicht gerade frisch. Und falls es in dem Wagen eine Klimaanlage gegeben haben sollte, war der Laderaum jedenfalls nicht in ihren Wirkungsbereich integriert. Das Schwitzen nahm in dieser Stadt kein Ende.

Wer ist der Fahrer?, wollte ich wissen.

Ein Cousin von Antonio. Zweiten Grades, glaube ich. Oder dritten.

Und was transportiert er?

Ab sofort schwarze Afrikaner.

Und sonst?

Sondermüll.

Sehr witzig.

Ist kein Scherz. Der wird heute hochwertigen Abfall von unserem Mega-Cruiser laden. Vier schwarze Jungs werden ihm dabei helfen. Und wenn sie mit dem Einladen fertig sind, werden sie nicht mehr aufs Schiff zurückgehen, sondern mit der Fuhre verschwinden. Ganz einfach.

Almut Ich wachte auf, spürte den Schrecken und wagte darum nicht, die Augen zu öffnen. Der Albtraum hatte mich aufgesucht. Wieder einmal. Meine Hände waren abgehackt gewesen, darum flackerte beim Erwachen die Angst, der Traum könnte sich in die Wirklichkeit hinein fortsetzen.

Man muss sich einen Ruck geben und die Lider aufreißen wie Fensterläden.

Das tat ich, doch als ich die Augen aufschlug, erschrak ich gleich noch einmal, und zwar über das Dunkel meiner Innenkabine. Es kam mir außergewöhnlich schwer vor, drückend. Schnell machte ich Licht, registrierte dadurch blitzartig, aha, die Finger sind noch dran, der Blitz war aber schnell verglüht und ich sah mich von meiner Kabine im Licht der Leselampe umgeben wie vom Inbegriff des Trostlosen, trotz allen geschmackvollen Mobiliars.

Es war noch vor fünf Uhr am Morgen. Ich hätte ein bisschen heulen mögen, aber ich wusste, wie fatal es sein kann, sich in Selbstmitleid zu hüllen, wenn man sonst nichts hat, das einen umfängt. Mitunter schlägt die Kälte anschließend noch unerbittlicher zu.

Dies war eigentlich ein klassischer Moment, um Klavier zu spielen.

Erstaunlich deutlich spürte ich allerdings, dass sich die Fugentherapie dennoch nicht aufdrängte. Mein Beratungszimmer mit dem kleinen Blüthner schien eine Tagesreise weit entfernt zu liegen, ich konnte mir nicht vorstellen, den weiten Weg dorthin anzutreten, jetzt, im Morgengrauen, ich fühlte mich zu schwach dafür – von Einsamkeit geschwächt.

Ich versuchte mir per Autosuggestion bewusst zu machen, wie wenig allein ich de facto war, wie viele Menschen mich in Wahrheit körperlich umgaben. Die nächsten Nachbarn schlummerten wenige Meter entfernt von mir in ihren Betten, nur Wände aus Metall und Kunststoff trennten uns, doch in meiner Verfassung nach dem Albtraum bewirkte die Schallisolation der Kabine im Gegenteil eine geisterhafte Illusion von potenzierter Abwesenheit. Als wäre ich tausendfach verlassen worden, als hätten mich Tausende Menschen vorsätzlich in dieser klimatisierten, minimal vibrierenden Zelle zurückgelassen.

Mit einem Ruck setzte ich mich auf. Meine Gliedmaßen waren tatsächlich vollständig vorhanden. Ich rieb mir das Gesicht, faltete die Hände am Hinterkopf und zog an, damit die Wirbelsäule sich streckte. Dann ließ ich die Hände auf die Oberschenkel sinken, mit den Innenseiten nach oben. Die Oberschenkel waren weich. Ich sah an mir herab. Auf die kleine Wölbung des Unterbauchs. Auf die zu runden Knie. Ich legte die rechte Hand auf die Stelle, wo der Hals entspringt, so, dass Mittelfinger und Daumen auf den Schlüsselbeinknochen ruhten. Der Unterarm lag auf der rechten Brust. Auch sie war weich.

Ich bin vorhanden, aber als traurige Person, dachte ich mit seltsamer diagnostischer Kühle. Das war der Anfang eines Selbstgesprächs. Ich sagte: Ich muss aufpassen, dass mich die Traurigkeit nicht in sich einschließt wie in einen Bleisarg. Dann wunderte ich mich über das Wort »Bleisarg«, schüttelte den Kopf und gelangte dadurch aus dem Selbstgespräch wieder hinaus.

Ich fasste den Entschluss, an Sebastian zu schreiben.

Revidierte den Entschluss auch nicht, während der Kabinencomputer hochfuhr. Warf mir nicht vor, Flausen zu kultivieren, und drängte mich auch nicht dazu, mir alles wieder aus dem Kopf zu schlagen.

Ich ließ das frische, leere Feld aufgehen und schrieb.

Lieber Sebastian, tippte ich mit zehn stabilen Fingern, ich denke mal, deine E-Mail-Adresse ist noch die alte. Hier hielt ich inne und überlegte, ob ich die Anredewörter groß schreiben sollte. Nein. Nicht beim eigenen Sohn. Das wäre zu formell. Und ich hoffe, schrieb ich, du gehst ab und zu mal in ein Internet-Café und liest deine Mails. Wo immer du derzeit auch sein magst. Diese Cafés gibt es heutzutage ja angeblich überall. Karin hat mir einmal Fotos von ihrer Reise nach Vietnam gezeigt, auf einem war eine ganze Straße in Hanoi zu sehen, in der es ausschließlich Internet-Cafés gab, manche offenbar nur in Wellblechbaracken untergebracht. Aber in Vietnam wirst du sicherlich nicht sein. Oder etwa doch? Magst du mir nicht wenigstens eine Postkarte schicken? Meinetwegen auch ohne Text. Male von mir aus ein kleines »s« in irgendeine Ecke, Hauptsache, ich erfahre, dass du es warst, der die Karte frankiert und eingeworfen hat. Hauptsache, ich kann mir vorstellen, wie du die Postkarte in beiden Händen gehalten hast, dann nur noch in einer und dann losgelassen hast. Aber eine Mail soll mir auch recht sein. Ich verzichte auf die Fingerabdrücke, wenn ich dafür ein Wort von dir bekomme. Ich könnte dir von dem Schiff erzählen, auf dem ich bin und arbeite. Aber ich mag nicht, weil es jetzt nicht wichtig ist. Später vielleicht, wenn wir – hoffentlich – wieder angefangen haben werden, miteinander zu sprechen, dann kann ich dir ein bisschen über das schreiben, was ich hier mache, wie es hier so ist. Aber wie gesagt, das ist jetzt noch nicht wichtig. Ich vermisse dich. Eigentlich müsste man froh sein, wenn man jemanden vermisst, weil es heißt, dass man jemanden hat, den man vermissen kann. Aber so ist es nicht. Nicht jetzt. Nicht bei dir. Ich habe solche Sehnsucht, dass ich es bald nicht mehr ertrage. Ich versuche mir nichts anmerken zu lassen. Meistens klappt's. Ich denke mir, das bin ich dir schuldig. Oder mir. Ich weiß nicht. Ich bin ratlos. Die ratlose Beraterin. Wenn das mein Chef wüsste. Schreib mir, Sebastian, bitte! Almut. Hier zögerte ich noch einmal, löschte meinen Namen und tippte stattdessen: Mama.

Kaum schrieb ich das Wort »Mama«, fing ich an zu heulen.

Weinend legte ich mich ins Bett, auf die Seite, mit angezogenen Beinen, wie es sich für eine traurige Frau geziemt, als würde ein Film über mich gedreht, hörte ich mich noch denken, dann schlief ich ein, sank in ungeheuer tiefen Schlaf, so schien es mir jedenfalls später, nachdem ich ein zweites Mal an diesem Morgen erwacht war, diesmal bei brennendem Licht. Auch der Computer war noch an.

Um mich zu orientieren, holte ich das Bordfernsehen auf den Bildschirm. Auf einem Kanal wurde rund um die Uhr das Bild einer Kamera übertragen, die auf der Kommandobrücke installiert war. So konnte man jederzeit die Perspektive des Kapitäns nachvollziehen. Ich sah das Schiff einer Front von Hochhäusern mit Glasfassaden entgegengleiten.

Zum Glück lege ich den *Persönlichen Kompass*, die kleine Zeitung, die an Bord gedruckt wird, stets an einem sicheren Ort ab, an dem ich sie auf Anhieb finde. Mit einem Griff unter den Schreibtisch zog ich sie aus dem Papierkorb und klärte mich auf: Wir fuhren auf dem Río de la Plata in den Hafen von Buenos Aires ein.

Argentinien also.

Und kaum dachte ich Argentinien, dachte ich »Don't cry for me« – ist auch gar nicht nötig, Argentina, das besorge ich schon selbst, ich transatlantische Heulsuse in meiner fensterlosen Hightech-Kemenate bei bläulicher Bildschirmbeleuchtung.

Argentinien – das Wort hatte ich als junge Frau mehr als ein paarmal im Mund geführt, es war ein Thema, über das wir während des Studiums diskutiert hatten, natürlich, es bot Anschauungsmaterial für die fatalen Folgen einer falschen gesellschaftlichen Entwicklung, wie es von offizieller Seite gerne geheißen hatte. Militärdiktatur. Junta. Unterstützt vom amerikanischen Geheimdienst. Gefangene Frauen, die schwanger wurden und verschwanden, deren Kinder in Heimen aufwuchsen und von ihren Eltern nie etwas erfuhren. Überhaupt die Verschwundenen: Symbole der argentinischen Diktatur. Frauen mit weißen Kopftüchern, die über ihre verschwundenen Männer und Söhne weinten. Und dann das Schlimmste: die Folter. Auch an Frauen, sogar Kindern angewandt. Uns war von Säuglingen berichtet worden, die man mit Elektroschocks gequält hatte, um ihren Eltern das Rückgrat zu brechen.

Wie lange war das her? Zwanzig, fünfundzwanzig Jahre, etwas mehr. Damals hatte dieses Hafenbecken, in das wir gerade einliefen, als Tor zum Reich des Bösen gegolten. Von einem Land, das sich nach dem Krieg bereitwillig zur Heimstatt führender Nationalsozialisten habe machen lassen, sei freilich nicht viel anderes als der Absturz in die Militärdiktatur zu erwarten gewesen, war hier und da aus Dozentenmund zu vernehmen. Und wenn mich der demagogische Ton auch ärgerte, so ärgerte es mich umso mehr, dass mir das in ebendiesem Ton Vorgetragene zumindest teilweise absolut richtig erschien. Ich wollte immer schon die Wahrheit hören, aber ich hätte sie gern aus anderen Mündern, oder wenigstens mit anderem Unterton, gehört. Das galt für mein ganzes Studium: Ich war dort richtig, an meiner Fakultät, mein Fach war das passende für mich – doch gleichzeitig kam mir alles falsch vor. Und hieß es nicht sogar von oben, es könne kein richtiges Leben im falschen geben?

Schwamm drüber. Ich lief als weinende Mutter zielgerichtet im Hafen von Buenos Aires ein und landete zugleich als hin- und hergerissene Studentin in Leipzig. Mein privater Kompass hatte eindeutig eine Macke.

Der Bordcomputer aber funktionierte einwandfrei. Er hielt den Brief an meinen Sohn treu auf dem Schirm, leicht gedimmt nur, um Energie zu sparen, und mit einem leichten Tastendruck brachte ich meine Post erneut zum Strahlen.

Lesen mochte ich sie nicht mehr. Abschicken? Speichern? Löschen?

Ich tippte die Umschalttaste mit der Fingerkuppe an, als prüfte ich bei einem regungslosen Regenwurm, ob er noch lebt. Das reichte. Der Brief ging in den Äther, was mir der Apparat sogleich bestätigte, ich wartete mit unverwandtem Blick die Fehlermeldung ab, sie kam nicht, und das hieß: Zumindest die virtuelle Adresse hatte sich bei Sebastian nicht geändert.

Sebastian Der Lieferwagen setzte uns vor dem Hafengelände ab, wir mussten zu Fuß zum Schiff zurück. Und als wir so darauf zugingen, dachte ich, dass es eigentlich nicht viel anders aussah als einer von den Wohnblocks, von denen wir gerade kamen. Hatte was von Plattenbau, fand ich, wenn auch frisch geweißt: das Verhältnis von Länge, Breite, Höhe; die kleinen Wohnungen samt Balkonen, eine neben der anderen, die Insassen dicht gedrängt. Bloß die Satellitenschüsseln fehlten. Und die Glatzen, die sich hier aufs Balkongeländer stützten und eine rauchten, waren keine Assis, sondern so ziemlich das Gegenteil davon.

In der Messe war Betrieb, Tintin setzte sich zu ein paar Kellnerkollegen an den Tisch und war sofort ins allgemeine Gespräch einbezogen. Antonio verschwand in der Kombüse, kam kurz darauf in Arbeitskleidung wieder heraus und fing an, hinter dem Büfett zu hantieren. Ich wusste nicht so genau, wohin, darum holte ich mir was zu trinken und lehnte mich in Antonios Nähe ans Büfett.

Mir ging noch das brutale Fußballspiel zwischen den Wohnblocks durch den Kopf. Vor allem die übel verzogenen Visagen der Männer am Spielfeldrand, wenn sie auf die Kinder einschrien, ihr ständiges Gefuchtel, bei dem sie nicht bloß mit den Armen wedelten, sondern Schläge in die Luft austeilten. Irgendetwas an der Szenerie war mir gründlich gegen den Strich gegangen. Es ließ mir keine Ruhe. Darum fragte ich Antonio danach. Wieso diese Härte? Warum das fanatische Gebrüll der Zuschauer? Was war da eigentlich los? Die kickten doch nicht einfach so zum Spaß.

Antonio machte erst mal Licht in seinem blauen Silberblick und aktivierte eine von seinen typischen Latino-Gesten: Handflächen nach vorne drehen, Schultern bis zu den Ohren hochziehen, Stirn in Falten legen, Mund einen Spaltbreit aufmachen und »ah« sagen. Aber dann sagte er: Komm, setz dich mal kurz. Er kam hinter der Theke hervor und nahm sich einen Stuhl. Kleine Fußballkunde, fing er an, als ich ihm gegenübersaß.

Warum schießen afrikanische Mannschaften so wenige Tore, obwohl die Spieler technisch perfekt sind?

Keine Ahnung.

Ganz einfach. Als Kinder und Jugendliche haben sie jeden Tag gekickt, aber auf Plätzen, wo die Tore keine Netze hatten. Wegen der Armut und so. Wenn die jetzt ständig getroffen hätten, dann wäre der Ball jedes Mal ewig weit weg geflogen. Dann hätten sie die meiste Zeit mit Ballholen verbracht. Und darum haben sie sich angewöhnt, sich die Kirsche immer nur schön zuzuspielen und möglichst wenig aufs Tor zu schießen. Das haben sie im Blut und können es sich später nicht mehr abgewöhnen. Kapiert?

Na ja, ich weiß nicht …

Doch, doch, ist wissenschaftlich erwiesen! Ehrlich.

Ich musste grinsen, weil Antonios Schwiegersohnaugen genau in dem Moment, in dem er »ehrlich« sagte, aussahen wie die eines besonders raffinierten Gauners.

Oder die Brasilianer, setzte er seine Schulstunde fort. Die besten Trickser und Fummler der Welt. Strandfußballer. Kaum können sie laufen, spielen sie Fußball. Barfuß, im Sand und nur zum Spaß. Für die hat das nix mit Kampf zu tun. Das ist reines Spiel. Und das siehst du noch der Seleção an – auch wenn die total überschätzt wird.

Antonio verzog das Gesicht. Man merkte, dass er Argentinier war. Doch seine Miene hellte sich schlagartig auf, als er auf das eigentliche Thema kam:

Und jetzt denk mal an unsere Nationalmannschaft. Wie spielt die? Wie hat die schon immer gespielt?

Was weiß ich, ganz gut, oder?

Natürlich gut, Mann! Aber auch immer hart. Knallhart. Von Maradona jetzt mal abgesehen. Und warum? Weil die Spieler sich das als Kinder und Jugendliche so angewöhnt haben. Auf solchen Bolzplätzen, wie du sie gesehen hast. In den Außenbezirken von Buenos Aires. Aber warum mussten sie als Kinder schon so hart spielen? Weil es ums Gewinnen ging, nicht ums schöne Spielen, nicht um die besten Tricks. Klar, gewinnen wollen alle, auch die Brasilianer, aber die Argentinier, die *müssen* gewinnen, verstehst du? Und zwar aus einem bestimmten Grund. Weil nämlich am Spielfeldrand ihre Väter und ihre Onkel und die Nachbarn stehen und auf die Spiele wetten.

Um Geld?

Um Geld. Und zwar nicht um Kleingeld, Amigo. Wenn du hundert Dollar auf deinen Sohn gesetzt hast, verlangst du, dass dein Sohn, verdammt noch mal, auf dem Platz alles gibt. Da drückst du kein Auge zu, wenn ihm der Gegenspieler davonläuft. Dann willst du, dass er den Gegner stoppt. Egal mit welchen Mitteln. Und wenn er das Spiel nicht gewinnt und der Papa seine hundert Dollar verliert, dann hat der Papa beim Abendessen ziemlich schlechte Laune. Rate mal, ob der Sohn scharf darauf ist, sich das zwei-, dreimal die Woche anzutun. Zumal dem Papa, wenn er nicht hundert, sondern vielleicht fünfhundert Dollar verloren hat, auch schon mal die Hand ausrutschen kann.

Klang nicht schön, was Antonio mir da erzählte. Ich wusste auch nicht so genau, was ich damit anfangen sollte. Es war mir irgendwie unheimlich. Die Forderung nach Härte – nichts für mich. Ich bin kein harter Typ. Mein Sport war Basketball: körperlos. So wurde es uns in der Schule beigebracht. Im Verein war's mit der Körperlosigkeit ab der C-Jugend allerdings vorbei. Und dann dauerte es auch nicht mehr lange, bis es mir zu blöd wurde und ich aufhörte. Von da an hab ich nur noch mit

Freunden auf dem Schulhof gespielt, in Straßenklamotten, ganz locker. Ich versteh nicht, wieso diese gnadenlose Härte immer sein muss. Warum kann man nicht einfach so spielen, dass es allen leichtfällt und keiner blaue Flecken kriegt?

Ich wechselte das Thema, weil mir beim Zuhören etwas aufgefallen war, und danach fragte ich Antonio: Wieso sprichst du eigentlich so gut Deutsch?

Mein Großvater war Deutscher, Mann.

Wie jetzt, Deutscher?

Na, Deutscher halt. Ist nach Argentinien ausgewandert.

Wann?

Irgendwann nach dem Krieg. 45, 46.

Hast du einen deutschen Nachnamen?

Nein. Opa hat seinen Namen nach der Einreise geändert. Alle seine deutschen Freunde hatten spanische Namen.

Nun verlor Antonio plötzlich die Lust am Reden. Ich muss jetzt arbeiten, sagte er, stand auf und verzog sich wieder hinters Büfett.

Der schwarze Helmut hatte in den Eingeweiden des Schiffes endlich einen Nigerianer aufgetrieben, den er als Dolmetscher für vertrauenswürdig hielt.

Der Kerl hatte einen total versauten Overall an, darum durfte er sich in der Kabine der vier nicht setzen, aber er redete auf die Jungs ein, damit sie sich beruhigten und etwas aßen, denn sie waren völlig panisch.

Was redet der für eine Sprache mit ihnen?, fragte ich Linda.

Weiß nicht genau, Helmut hat was von Haussa gesagt.

Und woher kann er so gut Deutsch?

Er kam als Asylbewerber nach Deutschland und hat als Taxifahrer in Hamburg gearbeitet.

Aus seinem Mund hörte ich die jungen Afrikaner zum ersten Mal ganze Sätze sagen. Das war ein komisches Gefühl. Solange sie nur ein paar englische Brocken von sich gaben, behandelte man sie automatisch wie nicht ganz mündig. Als könnten sie selbst keine Entscheidungen treffen. Jetzt wussten sie plötzlich ziemlich genau, was sie wollten, vorausgesetzt, der Dolmetscher erledigte seinen Job korrekt.

Sie fühlten sich nicht mehr sicher und wollten bei der nächsten Gelegenheit von Bord.

Die nächste Gelegenheit ist Patagonien!, rief Tintin aus. Feuerland, Kap Hoorn, kapiert ihr das? Das Ende der Welt, da hättet ihr auch in euren Lehmhütten bleiben können.

Sie lenkten nicht ein, sondern bestanden darauf, so schnell wie möglich von Bord zu kommen.

Wenn ihr nicht vorher abgeholt werdet, murmelte Tintin, und ich sah ihm an, dass er geschafft war. Es war absolut nichts Cooles mehr an seinem Gehabe. Kein Wunder. Er zitterte um seinen Job, denn er hatte verdammtes Pech gehabt.

Dabei war anfangs alles glattgegangen. Helmut hatte unten bei der Müllpresse Vorbereitungen getroffen und die Afrikaner, die dort arbeiten, gebrieft, Antonios Cousin zweiten oder dritten Grades war es gelungen, sich mit seinem Lieferwagen in den Hafen zu mogeln, fehlten bloß noch unsere vier Freunde. Die nach unten zu bringen war die eigentliche Herausforderung. Den Job hatte Tintin übernommen, und der lief ab einem bestimmten Punkt eben nicht mehr glatt.

Linda und ich halfen ihm, indem wir vorneweg gingen und guckten, ob die Luft rein war. Ich verließ die Kabine, ging bis zum Ende des Gangs, Linda lugte aus der Kabinentür, ich winkte ihr zu, dass sie kommen könne, dann lief ich weiter zur nächsten Ecke, sie lief zu der Stelle, an der ich gestanden hatte, und gab Tintin das Signal, er könne mit den Jungs kommen. Und so weiter. Wir hatten das clever ausgedacht und clever durchgezogen, wir kamen sicher in den Aufzug, sicher runter und auch auf dem Küchendeck sicher nach vorn, ich lief ungestört auf der Backbordseite die Treppe zur Müllentsorgung hinunter, gab von unten Linda ein Zeichen und wurde kurz darauf von Helmut in einen Raum hineingezogen. Linda hätte wenig später folgen müssen, aber sie tauchte nicht auf. Helmut und ich warteten und schauten uns immer wieder an. Neben der Müllpresse und den Klärtanks standen Schwarze in Arbeitskleidung und rührten sich nicht. Alle warteten. Schließlich kam Linda angerannt. Tintin ist erwischt worden, flüsterte sie. Ich glaube, sie flüsterte nicht aus Heimlichkeit, sondern vor Entsetzen. Ihre Stimme war ganz einfach weg.

Sie hatte oben an der Treppe auf Tintin gewartet, aber er tauchte im Gang hinter ihr nicht auf. Nach einer Weile schlich sie zurück, spähte um die Ecke und dachte, sie trifft der Schlag. Tintin stritt sich an der Kreuzung zweier Gänge heftig mit einem Mann im Anzug, den sie nur von hinten sah, die vier Afrikaner guckten sich hilflos nach allen Seiten um und wussten überhaupt nicht mehr, was los war. Als der Typ im Anzug Tintin am Schlafittchen packte, rannte Linda hin und mischte sich ein. Der im Anzug war einer von den Sommeliers, erkannte Linda, sie schrie ihn an, spielte die Hysterische, um den Kerl abzulenken, sie ging sogar handgreiflich auf ihn los, damit er alle Hände voll zu tun hatte, sein Gesicht vor Kratzspuren zu schützen, und das nutzte Tintin aus, um mit den Afrikanern zu entkommen. Nichts anderes hatte Linda im Sinn gehabt, das begriff auch der Sommelier, aber bis er sie abgeschüttelt hatte, waren Tintin und die Jungs weit genug weg. Der Sommelier rannte ihnen zwar nach, doch gekriegt hatte er sie nicht, sonst wären sie jetzt nicht in ihrer Kabine herumgetigert und hätten sich darauf versteift, ausgerechnet in Patagonien das Schiff zu verlassen, nachdem sie den richtigen Moment verpasst hatten, um über die Müllentsorgung aufs Trockene zu kommen. Sie wollten festen Boden unter den Füßen haben. An Land kannst du selbst entscheiden, welche Richtung du einschlägst, solange deine Füße funktionstüchtig sind. Auf dem Wasser bist du immer auf einen schwimmenden Untersatz angewiesen, und auf so einem Kahn hier auch noch auf eine irrsinnige Anzahl von Personen, die du nicht kennst.

Dann lieber zu Fuß durch die Prärie beziehungsweise Pampa. Ich verstand das.

Aber ich verstand auch, warum Tintin alles andere als gut drauf war und von den Vorstellungen der vier nichts hielt. Er hatte eine Menge für sie riskiert, und jetzt ließen sie sich von einem momentanen Panikimpuls leiten. Das passte nicht zusammen.

Am meisten machte ihm zu schaffen, dass er nicht wissen konnte, ob der Sommelier ihn verpfiffen hatte.

Zumindest die Gefahr schwebte von nun an ständig im Raum.

Tintin überlegte laut, ob wir den Sommelier einweihen und auf unsere Seite ziehen sollten. Aber die anderen rieten ab, Helmut meinte, der Weinkenner habe einen guten Draht zu den Offizieren und zu Gaus, das wüssten alle, er würde ihnen ab und zu ein Fläschchen vom Besseren außer der Reihe zuschanzen, so etwas verbinde.

Wenn der Kerl bei Gaus oder beim Kapitän den Mund aufmacht, fliegt Tintin, das steht fest, erklärte Helmut. Und wenn sie dann erst anfangen, nach den vier Jungs hier zu suchen, wird es noch mehr Probleme geben.

Hat er dich überhaupt erkannt?, wollte Linda von Tintin wissen.

Keine Ahnung, aber er muss nur im Manifest nachschauen, dann sieht er mein Foto und weiß Bescheid. Wir müssen ihn zum Schweigen bringen, so einfach ist das.

Und wie? Sollen wir ihn bestechen?, fragte Linda.

Plötzlich setzte Tintin einen ätzenden Blick auf. Warum nicht, sagte er.

Er ist kein Kostverächter, was Frauen angeht, meinte Helmut, der Dolmetscher übersetzte alles brav und alle Augen richteten sich auf Linda.

Da ging ich dazwischen, baute mich vor ihr auf und rief: Spinnt ihr! Kommt überhaupt nicht infrage!

Was brachte mir das ein? Einen neuerlichen Wutanfall von Linda. Glaubst du, ich würde mich für so was hergeben?, fauchte sie mich an. Spar dir deine ritterlichen Anwandlungen!

Okay, okay. Ich hatte verstanden. Ich war nicht mehr gefragt. Kein Problem. Ging ich eben.

Es stellte sich mir keiner in den Weg.

Almut Gaus hatte die Piazzolla-Noten auf dem Flügel liegen lassen, offenbar war er mit ihnen noch nicht fertig und kämpfte weiter um Horizonterweiterung. Ich räumte die Noten in den Schrank, immerhin war das mein Zimmer. Gausens tägliche Nachmittagsstunde ausgenommen, machte ich hier die Musik.

Beim Eintreten um fünf sah Gaus mit einem Blick, dass die Noten fehlten, aber er wollte sich nichts anmerken lassen, ich achtete genau auf sein Gesicht, nicht das leiseste Zucken war zu erkennen, die leichte Missbilligung in seinen Augen mochte eher eine Projektion meinerseits sein. Wer weiß. Darf ich?, fragte er verspätet, denn die Tür fiel bereits hinter ihm ins Schloss. Er nahm am Flügel Platz, wischte mit der Handfläche über das spiegelnde Holz, wo die Piazzolla-Noten gelegen hatten, machte Anstalten, mit einem Stück zu beginnen, nahm dann aber die Hände in den Schoß, drehte sich zu mir um und sagte: Ist Ihnen eigentlich aufgefallen, dass ich vor Ihren Ohren noch kein einziges Impromptu von Schubert gespielt habe? Immer nur Sonaten. Eigenartig, nicht?

Nach welcher Logik dies nun eigenartig sein sollte, erschloss sich mir keineswegs. Bei Gaus musste man freilich nie lange auf Erläuterungen warten.

Wer Schubert liebt, liebt die Impromptus, deklamierte er. Er liebt sie sogar besonders, möchte ich meinen. Oder was sagen Sie? Und wer die Impromptus liebt und Klavier zu spielen weiß, für den muss es nachgerade als das Höchste gelten, die von ihm so sehr geliebten Stücke mit den eigenen Händen zum Erklingen zu bringen.

Kaum war er mit dem feierlichen Satz zu Ende, fing er an, sich mit Tonleitern die Finger zu wärmen.

Welches möchten Sie hören?, wollte er dann wissen, erhob

sich und suchte im Schrank nach den Noten. Als er wieder saß, sah er mich fragend und wartend an.

Ich wollte keines hören.

Ich wollte diesen Mann nicht diese Stücke spielen hören.

Ich liebte die Impromptus, mir wäre die Wahl schwergefallen, nur ein Banause würde sie in eine Schönheitsrangordnung zwingen. Zwar mochte mir eines womöglich trotzdem am nächsten liegen, das in Ges-Dur nämlich, aber von Gaus wollte ich es nicht vorgetragen haben.

Bislang hatte es mir nur ein einziger Mensch je vorgespielt: Onkel Heinrich. Und zu Hause hatte ich es von der Platte mit den Küchenschellen auf der Hülle gehört, so wie Onkel Heinrich es mir empfohlen hatte, eingespielt von Wilhelm Kempff, in der Wokrenter Straße auf dem Plattenspieler meines Vaters, später auf dem Plattenspieler, den mir Walter überlassen hatte, dieselbe Platte, geerbt von meinem Vater nach dessen Tod. Ich liebte die Einspielung, ich liebte das Knistern des Staubs in der Schallplattenrille, ich liebte die Art, wie Kempff die Stücke spielte, denn Onkel Heinrich hatte Kempff diese Art des Ausdrucks abgelauscht und mir beigebracht, und ich hatte es Sebastian später genau so vorgespielt, schon als er noch ganz klein war. Ich wollte nicht, dass Gaus mit seiner Interpretation auf mein Hörbild kritzelte.

Aber Gaus wartete auf eine Antwort.

Also?

Ich war selbst überrascht von meiner Empfindlichkeit und Eifersucht bei diesen Stücken. Sie mussten mir tatsächlich viel bedeuten. Hätte Gaus sich in den Wochen zuvor an Bach versucht, hätte ich eine ähnliche Erfahrung schon früher gemacht, denn von Bach hätte ich nicht ohne Weiteres etwas in Gausens mustergültige Präzisionshände geben mögen, aber Mozart-, Beethoven- und sogar die Schubert-Sonaten konnte ich ohne sonderliche Erregung oder Widerwillen vertragen. Oft hörte ich sogar genau hin, weniger auf Gausens Spiel, mehr auf die Musik an sich. Schließlich kommt es beim Musikmachen weniger auf den Spieler an, sondern auf die Musik selbst, die größer ist als er.

Gaus klopfte mit dem Finger auf das Holz des Flügels wie an eine Tür. Das sollte das endgültige Signal an mich sein.

Ich sagte: Spielen Sie das Impromptu in Es-Dur.

Wenigstens nicht das in Ges. Und immerhin das kürzeste. Außerdem schnell, allegro, und nicht einfach, sondern äußerst haarig. Es ist verflixt schwer, die langen Tongirlanden in hohem Tempo fehlerfrei und auch noch anmutig rund ausrollen zu lassen. Das würde er nie hinbekommen. Er würde über seine Finger stolpern, sich blamieren und aufgeben müssen. Gaus ahnte das und fragte nach:

Es-Dur?

Das und sonst keines.

Er blätterte, schaute lange auf die Partitur, räusperte sich und wagte es. Noch als er die Finger auf die Tasten legte, hoffte ich, er könnte es sich anders überlegen und die Waffen strecken.

Aber nein.

Wenn Gaus spielt, vergröbert sich sein Gesichtsausdruck. Er zuckt nicht, zeigt keine Regungen, kein Mienenspiel, schließt nur ganz selten kurz die Augen, lehnt sich zurück oder richtet sich aus der Krümmung auf. Es scheint, als strömte dabei ganz langsam Luft in seine Backentaschen. Sie blähen sich unmerklich, aber nicht so weit, dass die Haut sich spannt. Dann ist eine Spur von Abscheu oder Ekel in seinem Gesicht zu erkennen. Konzentration sieht bei ihm nicht schön aus. Man könnte glauben, er litte unter der Aufgabe, diese herrliche Musik zu spielen. Der Kontrast zwischen seiner Ausstrahlung und Schuberts genialem Stückchen wirkte ziemlich irritierend. Ich musste den Blick abwenden und hätte einiges darum gegeben, aus dem Fenster sehen zu können.

Gaus hatte sich für ein moderates Tempo entschieden, er wollte auf Nummer sicher gehen, lieber zu langsam und dafür Fehler vermeiden.

Der Feigling.

Trotzdem erinnerte die Tonfolge an Schubert. Es war Musik. Sie griff mich an. Ich spürte einen wunden Punkt, fühlte mich in meiner Verletzlichkeit berührt, es fehlte nicht mehr viel bis zur – ja, Angst gar, es machte sich der Nebel einer Fantasie breit, in der ein argentinischer Junta-General mich besonders perfide quälen wollte, indem er an sich riss und schändete, was mir lieb und teuer war, eine übertriebene Fantasie, wies ich mich selbst zurecht, nur nicht hysterisch werden, die fünf Minuten sind irgendwann vorbei, hör einfach weg oder hör auf die Fassung, die du seit jeher im Kopf und in den Ohren hast, vergiss Gaus, denk an Onkel Heinrich, auch an die Platte mit den Küchenschellen auf der Hülle, lass dir von Gaus nicht noch mehr emotionale Energie rauben, halte es einfach aus und vor allem: lass dir nichts anmerken!

Und jetzt Sie, sagte Gaus.

Er war fehlerfrei durchgekommen, zu langsam, aber fehlerfrei, hatte sich erhoben und mir gegenüber Platz genommen. Seine Hand wies auf den Blüthner.

Seine Aufforderung war deutlich mehr als eine Bitte.

Ich hätte sagen können: Nein, ich mag nicht, mir ist nicht danach, ich kann jetzt nicht. Irgendetwas in der Art. Aber was hätte er dann denken sollen? Dann hätte er ja denken können, es wäre etwas Außergewöhnliches daran, in seiner Gegenwart Klavier zu spielen.

Ich hatte es bisher nie getan, er hatte mich nicht darauf angesprochen, mir wäre gar nicht mehr in den Sinn gekommen, dass er es mir eines Tages abverlangen könnte. Er spielte, ich hörte zu, so hatte sich das eingependelt.

Tun Sie mir den Gefallen?

Er war gewieft. Denn warum hätte ich ihm keinen Gefallen tun sollen. Was sollte an ihm so besonders sein, dass ich ihm nicht mal eine kleine Gefälligkeit erweisen konnte.

Oder fällt es Ihnen schwer?

Er war gnadenlos.

Ich bin es nicht gewohnt, vor Publikum zu spielen.

Ich bitte Sie, Frau Schäfer. Immerhin bin ich kein Fremder mehr für Sie. Also. Welches Impromptu spielen Sie?

Ich spiele kein Impromptu. Ich spiele Bach.

Ach nein, nicht Bach. Spielen Sie mir das Impromptu, das Ihnen am meisten am Herzen liegt. Oder wenigstens dasjenige, das Sie am besten können.

Ich spiele Bach, sagte ich und stand auf. Was haben Sie gegen Bach?

Er ist mir zu mechanisch. Oder wie soll ich sagen. Ich sehe in ihm eher einen Konstrukteur von Musik für Spieluhren.

Ich nahm die Schubert-Partitur vom Notenhalter und räumte sie in den Schrank. Sie verstehen Bach nicht, sagte ich. Sie wollen ihn nicht verstehen.

Aha. Und warum nicht, wenn ich fragen darf?

Weil Sie Angst vor ihm haben.

Ich sagte es ihm ins Gesicht, darum sah ich das maliziöse Lächeln, mit dem er seine Reaktion garnierte.

Aha. Und warum habe ich Angst vor ihm?

Der Kontrapunkt beunruhigt Sie, das Disparate. Sie ertragen es nicht, wenn zwei Stimmen unabhängig voneinander parallel laufen.

Ich sagte ihm auch dies ins Gesicht, nun aber war seine Antwort Schweigen.

Er schwieg so lange, bis es ihm wohl unschicklich vorkam. Dann fragte er mit belegter Stimme: Was werden Sie spielen?

Spiel mir doch ein bisschen vor, hatte mein Vater mich früher gebeten. Ich erfüllte ihm einen Herzenswunsch, wenn ich es tat, darum tat ich es gern. Später erst verstand ich, was mich darüber hinaus motivierte: Das verfeinerte Musizieren war Legitimation. Es war die Rechtfertigung dafür, dass ich mich nicht so eindringlich mit der Welt der Bücher befasste, wie mein Vater es sich von mir, seiner einzigen Tochter, gewünscht hätte. Mit meinem Klavierspiel kaufte ich mich bei meinem Vater vom Lesen frei.

Später, als ich schon studierte, machte es die Besuche bei meinen Eltern einfacher. Wenn unser Gespräch beim Frühstück schon schwierig zu werden drohte, wenn ich mich mit meiner Mutter oder meinem Vater oder gar mit beiden in Zank verstrickte und ein zermürbender ideologischer Stellungskrieg drohte, setzte ich mich ans Klavier und übte. Ich konnte lange üben. Vier Stunden am Stück, wenn es sein musste. Und nach einer Essenspause noch einmal vier Stunden. Beim Üben aber durfte ich nicht gestört werden, das hatten meine Eltern schon verordnet, als ich Kind war, darum hielten sie sich stets auch selbst daran. Und nach acht Stunden Etüden und Sonaten war der Bedarf an Diskussionen selbst über die Ausbürgerung schnurrbärtiger, musikalisch grobmotorischer Barden ausgebrannt wie das Teelicht im Stövchen aus Meißener Porzellan.

Früher noch, in den Sechzigerjahren, als sie mich dazu bewogen, das Klavierspielen zu lernen, dachten meine Eltern mitten im Arbeiter-und-Bauern-Staat wie Bürger des 19. Jahrhunderts. Im Klavier sahen sie das geeignete Instrument für Bürgertöchter, das Instrument, das sich dem weiblichen Geschlechtscharakter am besten fügt. Eine Frau, die Klavier spielt, nimmt keine unschickliche Haltung ein, indem sie die Beine spreizt wie für ein Cello, und sie ruiniert sich nicht das Aussehen. Sie muss nicht die Backen blähen wie bei Horn oder Trompete, ihr treten nicht die Adern an den Schläfen eines verbissenen, roten Gesichts zutage, wie es beim Spielen der Oboe notwendig der Fall wäre, nicht einmal die Lippen muss sie kräuseln wie eine Flötistin, sie muss auch nicht den Oberkörper biegen und verrenken wie mit einer Geige oder Bratsche, erspart sich überdies die hässlichen Druckstellen am Hals, die von Streicherinnen wohl oder übel in Kauf genommen werden müssen, sie fuchtelt nicht herum, sie hält den Rücken gerade, senkt die Augenlider, lernt, falls man sie frühzeitig dazu anhält, auch ihre Gesichtszüge zu beherrschen, nur Hände und Füße bewegen sich, dies jedoch anständig und kontrolliert.

Elegante Körperhaltung und demütiger Gesichtsausdruck – was will Herr Biedermeier mehr?

Kann sein, dass meine Eltern bei ihrer bürgerlichen Projektion sogar schon einen künftigen Ehemann für mich im Blick hatten, mein Vater insbesondere, nicht konkret und namentlich, sondern als Vorstellung, als Inbild. Es sollte einer sein, dem bürgerliche Attitüden nicht fremd und vor allem nicht unsympathisch waren. Die anmutige junge Frau am Pianoforte – das war für meinen Vater der Gegenentwurf zur Brigadeführerin.

Bestimmt sollte das Klavierspiel mir auch guttun, als Teil der musischen Erziehung, aber es sollte eben auch soziale Botenstoffe aussenden und signalisieren, mir, meinen Eltern und manchen anderen, zumindest der Verwandtschaft und den ausländischen Gästen meines Vaters, welchem Nest ich in Wahrheit entsprang.

Die blaue Bluse hing im Schrank, das Klavier aber stand mit offenem Deckel im Wohnzimmer bereit.

In der DDR sah mein Vater in Wahrheit einen kulturellen Rückschritt. Er fand, es hätte möglich sein müssen, nach dem Sieg über den Faschismus eine neuartige, freundliche Kulturnation herauszubilden, wie es sie in der deutschen Geschichte noch nicht gegeben hatte. Stattdessen war ein Komplex entstanden, in dem der Einzelne keine Rechte und keine Chance zur Mitbestimmung und erst recht nicht zur Entfaltung seiner Persönlichkeit bekam. Das war keine Kulturnation, das war die Unkultur als Prinzip, so schimpfte er, wenn auch gedämpft.

Darum sorgte er gemeinsam mit meiner Mutter dafür, dass die DDR meiner Kindheit erst unten vor der Haustür anfing. Was Pioniernachmittag oder Wehrübung hieß, lief unter dem sarkastisch ausgesprochenen Sammelbegriff »gesellschaftliche Verpflichtungen«, die unschönen Apparat-Wörter selbst mussten draußen bleiben. Wenn wir im Stabü-Unterricht etwas auswendig lernen mussten, wagte ich es nie, mich von meinem Vater oder meiner Mutter abhören zu lassen, dann lief ich vor unserem Haus die Straße hinauf und hinunter, hüpfte und sagte rhythmisch vor mich hin: »Wenn ich durch die Straßen gehe und etwas Neues Schönes sehe, dann weise ich stolz darauf: Das hat mein Freund getan, mein Freund der Plan«.

Unsere Wohnung war meines Vaters bildungsbürgerliche Bastion. Sie war das Biotop, das er zum Überdauern brauchte, darin durfte nichts umgesichelt und nichts plattgehämmert werden, was den gemütlichen Geistesmenschen erquickte und am Leben hielt. Meine Klaviermusik trug nicht wenig dazu bei, dass die Luft in diesem Refugium für meinen Vater des Atmens wert war.

Und jetzt wollte Gaus, ehemals hauptberuflicher, operativer Kämpfer gegen die aushöhlenden Kräfte des reaktionären, dekadenten Bürgertums, dass ich ihm etwas vorspielte.

Fällt es Ihnen schwer, sich zu entscheiden, Frau Schäfer?

Er erhob sich, trat an den Flügel und legte eine Hand auf den schwarz glänzenden Deckel, wie Peter Schreier, freilich ohne Absicht, zu meiner Begleitung zu singen.

Ich senkte die Lider und sah meine Hände auf den Tasten in Bewegung kommen. Ich spielte.

Ich spielte, und Gaus stand neben dem Flügel und hörte zu.

Und schon sah ich das Bild von außen.

Konzentriert sitzt die Frau am Flügel, sie zeigt ihre Fertigkeit und Anmut, vertieft darin, Schönheit hervorzubringen. Und der

Mann daneben bewundert die Frau, doch nicht nur das, er staunt auch über die Musik, wie sein Gesicht verrät, staunt er sogar über die Gefühle, die in ihm ausgelöst werden durch die Schönheit der Musik, die den Händen der Frau entspringt, weshalb er seine Empfindungen unwillkürlich und fast zwangsläufig, wenigstens zum Teil, auf die Spielende überträgt. Er unterstellt seinen Emotionen, von der Frau am Klavier ausgelöst zu werden, nicht wegen der Musik, sondern im Einklang mit ihr.

Das sah ich, dieses Urbild des Zusammenspiels von Mann und Frau in bürgerlichem Rahmen. Bloß dass die Rolle des bürgerlichen Jünglings von einem in die Jahre gekommenen Schwert und Schild der untergegangenen antibürgerlichen Heerschar gemimt wurde.

Dann aber hörte ich mich. Ich war die Besucherin eines Konzerts, in dem ich selbst auftrat. Und außer uns beiden war niemand im Saal. Sobald ich mich hörte, verschwand Gaus unter den Tönen des Präludiums, in der Pause vor der Fuge störte kein Eindringling den angehaltenen Atem, den der erste Ton der Fuge dann mit zarter Hand erlöste. Verwirrend war es, wie in einem Traum, doch es ergriff mich so, als hörte ich mich zum ersten Mal. Und als ich am Ende angekommen war, den Fuß vom Pedal und die Hände von den Tasten nahm, erwachte ich in einer wunderlichen Stille nach Bach, in die nur allmählich das kaum vernehmbare Vibrieren des fahrenden Schiffes sickerte.

Sebastian Unsere vier Flüchtlinge ließen sich hängen. Wenn ich ihnen das Essen brachte, gaben sie keinen Mucks von sich, wenn ich das Geschirr abholte, war die Hälfte der Ration noch auf dem Teller.

Ich hatte ihnen einen Satz von meinen Unterhosen und Socken abgetreten und dafür gesorgt, dass ihre Klamotten im Balkan-Odessa-Bezirk gewaschen wurden. Froh hatte sie das nicht gemacht. Sauber, aber völlig fertig gärten sie in ihrer Zelle vor sich hin.

Irgendwann, wir hatten schon den Halt in Puerto Madryn hinter uns und hielten Kurs auf Feuerland, aßen sie gar nichts mehr, und da war es höchste Zeit, Linda zu alarmieren.

Ich beobachtete, wie sie die vier untersuchte und sich dabei auf die Unterlippe biss. Was sie da sah, gefiel ihr nicht.

Die sind so apathisch, als wollten sie sich ohne Einwirkung von außen ins Koma rutschen lassen, stellte sie fest.

Helmut schleppte den nigerianischen Dolmetscher an, der redete auf die Jungs ein, angefeuert von Tintin, der sichtlich beunruhigt war. Er war sowieso schon angeschlagen, wegen des Sommeliers. Bis jetzt hatte ihn zwar keiner zur Rede gestellt, aber er wusste, dass das jederzeit noch passieren konnte. Dann war Schicht für ihn. Und Tintin gehörte nicht zu denen, die wie die Balkan-Muttis sagten: Gibt Schlimmeres.

Linda versuchte es bei den vier Afrikanern mit Spritzen, aber sie wehrten sich. Sie wollten nur trinken.

Wir wollten, dass sie ordentlich aßen und sich auch sonst zusammenrissen. Natürlich hatten wir keine Ahnung, was in ihnen vorging. Sie fühlten sich beschissen, klar, aber hatten sie schon aufgegeben?

Ich fragte sie danach, per Dolmetscher, bekam aber keine

Antwort. Ich redete am Dolmetscher vorbei auf Englisch auf sie ein, Leute, ihr habt noch eine Chance, garantiert. Sie starrten nur durch mich hindurch.

Mir wurde das unheimlich, ich konnte an nichts anderes mehr denken, meinen Job am Flügel erledigte ich wie ein Roboter, spulte das Standardprogramm ab, bloß mit ein bisschen mehr Anklängen von Weihnachtsliedern, weil das Fest ja tatsächlich vorm Bullauge stand.

Das Essen schmeckte mir auch nicht mehr, ich würgte das Zeug nur noch runter. Natürlich machte mir zusätzlich zu schaffen, dass Linda mich weiterhin links liegen ließ. Zwar versuchte ich den Starken zu spielen, schon allein aus Stolz, aber irgendwann konnte ich nicht mehr. Wir waren zu zweit bei den Afrikanern, kontrollierten, dass sie wenigstens ihr Obst aßen und ein bisschen Joghurt löffelten, und während wir bei schmatzender Geräuschkulisse warteten, sagte ich zu Linda, ich will mit dir reden.

Ich hab keine Zeit, ich muss wieder in die Klinik.

Wann hast du denn mal Zeit?

Ich weiß nicht, sagte sie genervt. Dann sammelte sie erst mal die Joghurtbecher ein.

Wir verließen die Kabine und ich schaltete einen Gang höher: Ich vermisse dich.

Sie verzog das Gesicht.

Jetzt übertreib mal nicht, sagte sie.

Nein, echt!

Sie wollte es nicht hören, sie beschleunigte wie nachts in einer Unterführung, wenn man hinter sich plötzlich Schritte hört. Jetzt sah ich endlich ein, dass sie mich loswerden wollte, und das fühlte sich an wie ein Schlag in die Magengrube. Auf einmal waren mir sämtliche Gelenke eingegipst und ich konnte nicht mehr weitergehen.

Weil sie die Schritte des Verfolgers nicht mehr hörte, blieb

Linda nach einigen Metern ebenfalls stehen und drehte sich zu mir um.

Da hatte sie die Bescherung: einen Trauerkloß auf zwei Beinen.

Sie kam und nahm meinen Kopf zwischen ihre Hände.

Es tut mir leid für dich, sagte sie. Ehrlich.

Sie ließ sich sogar umarmen, aber als ich nach ein paar Sekunden ihren Hals küssen wollte, machte sie sich los.

Mitleid und Erotik, das passt nicht zusammen, stellte sie fest.

Nimm mich mit in deine Kabine, bettelte ich.

Ich kann nicht jemanden ins Bett lassen, mit dem ich Mitleid habe, kapier das endlich!

Sex ist ja nicht alles, meinte ich.

Das musste irgendwie schräg geklungen haben, denn sie presste plötzlich die Lippen zusammen, um nicht loszuprusten.

Hast du schön gesagt, meinte sie, dann konnte sie sich nicht mehr beherrschen. Sie hielt sich den Mund zu und lief davon.

Wäre Tintin nicht selbst völlig von der Rolle gewesen, hätte er mich garantiert gefragt, was mit mir los war, als ich in unsere Kabine kam. Doch er war mit sich selbst beschäftigt. Und er zerbrach sich den Kopf über den Zustand der Afrikaner.

Wir müssen uns was einfallen lassen, sagte er. Wir brauchen Hilfe.

Linda passt schon auf, dass sie körperlich nicht total absacken, versuchte ich ihn zu beruhigen.

Ja, okay, aber wenn sie auf dumme Gedanken kommen, den Spiegel zertrümmern und sich mit den Scherben die Schlagadern aufritzen?

Jetzt übertreib mal nicht.

Ich übertreibe nicht, Kleiner, glaub mir, ich hab ein Scheißgefühl. Und darum werde ich bei der nächsten Gelegenheit die Psychologin anhauen. Ich muss mich nur erst noch ein bisschen überwinden.

Bist du verrückt? Woher hast du die Garantie, dass sie dem CD nichts sagt oder diesem Gaus oder sogar dem Kapitän?

Ich hab die Garantie nicht, aber wir müssen es riskieren.

Wissen Linda, Helmut und Manuel Bescheid?

Nein.

Warum erzählst du es dann mir?

Weil ich mich frage, ob es vielleicht besser ist, wenn du mit der Frau redest.

Ich? Wieso ich? Weil ich für die Mutter-Sohn-Schiene zuständig bin, wie damals bei den Balkan-Odessa-Frauen, als es um die Kabine ging?

Nein, weil … Weil es sein könnte, dass die eine oder andere Dame, die sich auf dem Schiff befindet, der Psychologin ihr Herz ausgeschüttet und dabei vielleicht in einem gewissen Zusammenhang auch mich erwähnt hat. Falls ja, wäre das nicht gerade die ideale Ausgangsbasis für ein Vertrauensverhältnis.

Ich rede nicht mit ihr. Ich hab's nicht so mit Psychologinnen.

Tintin verstand nicht, was das heißen sollte, und ich hatte keine Lust, es näher zu erläutern. Aber nach ein paar Minuten Nachdenken erklärte ich mich doch bereit, den Job zu übernehmen, falls er das Risiko nicht eingehen wollte.

Find ich klasse, meinte er. Danke. Ich lass es mir durch den Kopf gehen und sag dir Bescheid. Und vergiss nicht: Das bleibt unter uns.

Almut Was für eine Bucht! Golfo Nuevo heißt sie, und ich fand sie schön. Warum? Vielleicht, weil sie umfängt und somit Sicherheit bietet, dabei aber den Weg ins Freie öffnet, hinaus auf den Atlantik. Nie habe ich eine so große Bucht gesehen, weitläufig, aber kreisrund beinahe, eingefasst von exakt gleich hohen, ziemlich steilen Hängen, und dort, wo Puerto Madryn liegt, die Hafenstadt, noch einmal ausgebeult, sodass sich ein Raum bildet wie eine große Freilichtbühne, die hellen, wüstenfarbenen Felsanstiege mit dem schütteren Bewuchs als Ränge, und auf der Bühne vor ihnen die Stadt mit ihren Häusern in allerlei Formen und Farben, darunter mehrere hohe, zehn-, zwölfstöckige, über die ich mich ein bisschen wunderte, Hochhäuser hier?; davor ein breiter Sandstrand, auf dem dürre Pilze wachsen: Sonnenschirme mit Dächern aus Stroh oder Schilf, dazwischen bewegen sich Badende, wie sich Badende überall auf der Welt am Strand bewegen, mit dem typischen Gang, der sich einstellt, wenn man mit Badeschlappen an den Füßen, einer Kühltasche in der Hand und einem Bündel aus Handtüchern und Liegematten im Arm durch weichen Sand geht. Entlang der Strandlinie leuchtet das Wasser türkisgrün. Mit wachsender Entfernung vom Ufer wächst auch der Farbton immer mehr ins Dunkelblaue hinein.

Im rechten Winkel zur Uferpromenade ragt schmal, aber weit in die Bucht hinein eine Pier, an der sogar ein Riesenpott wie unserer festmachen kann.

Vom Bugbalkon blickte ich auf die Stadt hinunter. Aber nicht lange, denn ich hatte es eilig, von Bord zu kommen. Madeleine wartete auf mich. Es war ihr gelungen, mich zu überreden, das Betreten patagonischer Erde nicht bis Ushuaia oder Punta Arenas zu verschieben. Sie hatte einfach ein paar schwere Bücher aufgeschlagen und mich mit den Bildern von Walen, Seelöwen und Pinguinen überzeugt. Die Seelöwen waren mir ein bisschen unheimlich gewesen, aber wer kann schon Walen und Pinguinen widerstehen?

Im Buskonvoi fuhren wir aus der Stadt hinaus. Draußen Buschland, Steppe, trockenes Gelände, drinnen unsere Passagiere in tadelloser Freizeitkluft. Sibylle, Verweegen und Skarupke hatte ich in trauter Eintracht einen anderen Bus besteigen sehen, ich nahm mir vor, Sibylle später zu fragen, wie sie die beiden Männer ruhiggestellt hatte, und musste schmunzeln, weil mir mein Unterbewusstsein zunächst das Wort »gestillt« auf die Zunge gelegt hatte. Offenbar nahm ich meine Pappenheimer bevorzugt als Knaben wahr. Falls das ein Anzeichen einer Déformation professionnelle sein sollte, brauchte ich mich freilich nicht zu wundern, dass ich Schwierigkeiten hatte, einen passenden Mann für mich auch nur zu *treffen* – geschweige denn an mich heranzulassen.

Madeleine und ich redeten während der Fahrt nicht viel, wir schauten auf die Schafe in der Steppe, auf kreisende Riesenvögel, die wir nicht identifizieren konnten, für Adler oder Geier hielten, überhaupt wurde im Bus nicht viel geredet, es hatte den Anschein, als wäre das Publikum enttäuscht von der kargen Landschaft, die sich vollkommen gleichförmig in alle Richtungen und bis in alle Ewigkeit fortzusetzen schien.

Mir war die weite, leere Landschaft recht. Und das Schweigen auch, denn ich hatte noch an der letzten Musikstunde mit Gaus zu knabbern. Sich vor seinen Augen ins Klavierspiel vertieft zu haben, das war zu viel Intimität gewesen. Er hatte das Entweichen der Luft aus meinen Nasenlöchern hören können, und die kleinen Töne, die mir an schwierigen Übergängen manchmal als kurze Resonanz in den Kopf steigen und dann in stöhnenden Lauten aus dem Mund kommen, die konnten ihm ebenfalls nicht verborgen geblieben sein.

Eigentlich hätte ich mich deswegen nicht grämen sollen.

Hatte er eben geglotzt und sich seine Gedanken gemacht, anzügliche oder auszügliche, das fiel am Ende doch nicht ins Gewicht, schließlich war Musik im Raum gewesen, und auf die kam es vor allem an. Denn wie Onkel Heinrich immer sagte: Es geht in der Musik um etwas, das nicht nur größer ist als derjenige, der spielt, sondern auch als derjenige, der zuhört. Für ihn zählte ausschließlich die Musik in ihrem Eigenwert. Übrigens sprach er mit Vorliebe von »großer Musik«. Große Musik sei klassenlos, besitze kein Alter und sei auch nicht nach Ländern oder gar Systemen aufzuteilen, schärfte er mir ein.

Wenn man große Musik spiele, solle man vergessen, für wen man spiele und was man dabei für ein Bild abgebe. Wer vorspiele, der werde angeschaut, gewiss, doch das dürfe keinen Einfluss aufs Musikalische haben. Früher habe die Regel gegolten, eine Frau am Pianoforte solle gefallen und nicht als Virtuosin für Verblüffung sorgen. Unter der Voraussetzung hätten natürlich keine großen Pianistinnen heranreifen können. Ein Jammer sei es, wie viel weibliche Begabung der Etikette und dem sogenannten Anstand schon zum Opfer gefallen sei. Dabei kenne die Musik kein Geschlecht. In der großen, wahren Musik werde jeder heimisch – wenn er nur ein Mensch sei.

Es tat wohl, an Heinrich zu denken, er war mein guter Geist, vor dem die bösen Geister und Gause Reißaus nahmen und sich über der weiten Steppe Patagoniens verflüchtigten.

Patagonien ist das Heilmittel gegen die Übel der Menschheit.

Mit diesem Satz weckte mich Madeleine aus meinen Gedanken. So wie sie ihn ausgesprochen hatte, mit Überbetonung, klang er wie ein Zitat.

Wer sagt das?

Ist nicht so wichtig, Hauptsache, es stimmt, antwortete sie mit einem Zwinkern und sah wieder aus dem Fenster.

Auf der Landenge, die zur Halbinsel Valdés führte, wurde

haltgemacht, um das Eintrittsgeld für den Nationalpark zu entrichten. Dem Bus stieg ein Guide zu, und der redete nun leider pausenlos. Zum Glück dauerte es nicht lange, bis es vom Hochplateau nach unten ging, zu einem kleinen Hafenort, dem Ausgangspunkt unserer Expedition zu den Walen. Schwimmwesten wurden verteilt, dann watschelten wir aufgeplustert zu den Booten, die gar nicht im Wasser, sondern auf dem Strand lagen, ziemlich große, flache Boote mit podestartigen Aufbauten, damit von verschiedenen Rängen aus die Tiere beobachtet werden konnten. Über mobile Treppen gingen wir an Bord und waren gespannt, wie wir nun ins Wasser kämen. Da sprangen schon die Motoren der traktorartigen Gefährte an, die überall herumstanden, jedes koppelte seine überlange Deichsel an ein Boot und schob es über die Wasserlinie hinaus auf die flachen Wellen.

Zuerst saßen wir auf den Bänken wie bei einer gewöhnlichen Sommerspritztour, die Haare flatterten, man schaute sich ein bisschen ziellos um, Fotos wurden gemacht, Mutti mit Schwimmweste im Boot, das Übliche, ich dachte, was für ein herrlicher Wind zum Segeln das jetzt wäre, dann nahm der Bootskapitän den Gang heraus und ließ das Boot zunächst noch langsam tuckern, schließlich nur noch treiben, die ersten Passagiere standen auf, und schon streckten sich erste Arme mit deutenden Zeigefingern aus, Silhouetten von Getier wurden unter Wasser sichtbar, große Fische offenbar, und etwas weiter weg sah man nach einiger Zeit auch Robben rundäugig aus dem Wasser spähen. All das wurde lautstark und eifrig kommentiert, doch mit einem Mal hielten alle an Bord den Atem an, denn knapp unter der Wasseroberfläche näherte sich zügig ein massiver Schatten, der kurz vor dem Boot langsamer und dunkler wurde, bis er den Wasserfilm durchstieß und seinen meterlangen, grauschwarzen Rücken zeigte.

Das war ein Wal.

Und schon ertönten Rufe. Auch mir saß die Stimme locker,

ich spürte es genau, als wäre ein Ausruf oder kleiner Schrei die angemessene Form, auf den Anblick eines Wals zu reagieren, es war ein Urgefühl, das mich erfasste, anthropologisch sozusagen und höchst seltsam in seiner Mischung aus Begeisterung und Bangigkeit.

Der Wal tauchte ab, doch mit Schwung, und ließ nun seine prächtige Fluke sehen. Er präsentierte sie scheinbar mit Absicht, hielt sie lange in der Luft, bevor er sie im Wasser untergehen ließ, und neuerliche Ausrufe begleiteten das Schauspiel.

Madeleine packte mit beiden Händen meinen Arm, Wahnsinn, sagte sie, ergriffener noch als ich, während der Wal zehn Meter weiter vorne senkrecht aus dem Wasser schoss, seinen Containerkopf im Sonnenlicht zum Glänzen brachte und schwer in sein Element zurücksank. Wieder kam er näher, er spielte mit unserem Boot, ich fragte mich, was ihn davon abhalten sollte, es im Spiel mal eben in die Luft zu werfen, oder weshalb er es nicht einfach aus Versehen umkippen könnte, mit einem leichtfertigen Flukenschlag. Doch schien er zu wissen, was er tat, nach und nach verloren sich meine Befürchtungen, auch wenn ich mehrmals nass wurde, weil das Säugetier dicht neben der Reling eine Fontäne aus dem Blasloch spritzen ließ.

Das Tier war nicht alleine, das sah man bald, es kamen weitere hinzu, kleinere auch, Mütter und Kinder, Kühe und Kälber vielmehr, und nachdem die erste Ergriffenheit an Bord in lebhaftes Geplapper ausgefasert war, kamen aus dem Mund des Guides über Lautsprecher zoologische Informationen.

Ich wusste nicht, ob ich hinhören wollte oder nicht, konnte mich nicht entscheiden, nahm einzelne Brocken wahr, verstand, dass die Tiere Südkaper hießen, ein Wort, das ich nie zuvor gehört hatte, Familie der Glattwale, Bartenwale ohne Finne auf dem Rücken, bis zu achtzig Tonnen schwere Viecher, wie lang sie waren, sah ich selbst.

Madeleine hatte mich noch immer nicht losgelassen, nur meinen Arm freigegeben und mir stattdessen ihren um die Schulter gelegt, weil sie sich so freute. Ihr Strahlen rührte mich. Dann ließ sie plötzlich los, beugte sich langsam über die niedrige Reling und richtete sich ebenso zeitlupenartig wieder auf. Direkt vor ihrer Nase, in unmittelbarer Tuchfühlung mit dem Boot, tauchte in walartiger Langsamkeit ein grauer, grob geformter Schädelfelsen auf, den ein imposantes Maul, ein überdimensionierter Mund eigentlich, dominierte. Nachdem er sich in aller Würde aus dem Wasser erhoben hatte, verharrte er auf der Stelle, Auge in Auge mit Madeleine, aber was heißt Auge, mir war ein wenig unheimlich zumute, denn ich suchte vergeblich nach einem Gesicht, doch von Augen keine Spur, auch nicht von Zügen eines Ausdrucks, den man hätte deuten können, fast schüttelte es mich vor leichtem Grauen, dann erwischte ich mich bei dem Gedanken, dass ich mit so einem Tier nicht warm werden könnte; ein idiotischer Gedanke, über den ich fast gelacht hätte, wenn nicht Madeleine neben mir langsam den Arm ausgestreckt und mit den Fingern ihrer rechten Hand das Lippengeländer des triefenden Giganten berührt hätte. Kurz darauf strich sie mit der ganzen Hand über das, was man am ehesten als die Nase und die Stirn deuten konnte. Sie streichelte den Wal wie einen Kater und ich lernte im selben Augenblick, was gemeint ist, wenn man sagt, mir stockt der Atem.

Später im Bus war Madeleine selig. Wie auch die anderen Passagiere, schien mir. Alle machten glückliche Gesichter, wie ich es während der Kreuzfahrt vielleicht bisher noch nicht gesehen hatte, und auch ich fühlte mich ausgesprochen feierlich.

Warum nur? Was rührten die Wale in mir an? Sorgt Größe allein schon für Ergriffenheit? Wäre die Faszination ähnlich durchdringend, wenn Wale große Fische wären und keine Säugetiere, die ihre Kinder im Großen und Ganzen so empfingen und zur Welt brachten wie wir und auch noch mit Muttermilch ernährten? Vielleicht verkörpern sie für uns, für mich die große Urgeburt, aber auch das kann noch nicht alles sein. Es muss etwas hinzukommen: nämlich die kolossale Friedlichkeit der riesenhaften Wesen. Im Giganten erkennen wir üblicherweise ja die Bestie, Wale aber sind keine Weißen Haie, sie werden uns nicht gefährlich, darum verdrängen wir, welche Menge Kleingetier ein Wal vertilgen muss, um auf seinen langen Wanderungen durch den Ozean über die Runden zu kommen. Und wer es nicht verdrängt, verzeiht es ihm. Wir sehen Wale als Beweis dafür, dass sich auch das Große freundlich und harmlos gebärden kann – trotz der enormen Geschlechtsorgane, an die wir nur mit einem Schauder denken können.

Während in meinem Kopf noch die Südkaper Schallwellen funkten und meine Assoziationen Funken sprühen ließen, chauffierte man uns in den Bussen auf der Halbinsel weiter, eine ziemlich lange Strecke, zeigte uns See-Elefanten, die in Cliquen am Strand lagen, fett und faul, den Sand um sich herum ein bisschen aufgeworfen, sodass es mich an die Familienverbände hinter ihren Sandwällen am Strand von Warnemünde erinnerte, doch nur ganz blass, wie auch der Anblick der See-Elefanten nicht recht haften bleiben wollte, denn die Begegnung mit den Walen lastete mich noch immer aus, begleitet von der Verwunderung darüber, dass ebendies der Fall war. Sogar zwischen den Magellanpinguinen stand ich später ein bisschen unschlüssig herum, ich hielt mich einfach an Madeleine, folgte ihr, sah ihr beim Fotografieren zu, freute mich an ihrer Freude, aber taperte selbst nur ziemlich steif und mit kümmerlichen Schwingen über die Zwergkellnerplantage.

Noch als wir beim Abendessen saßen, glühte ich von meinem ersten Landgang nach. Madeleine hatte mich überredet, mit ihr in die Messe der Crew zu kommen, auch dies eine Premiere für mich. Die überstehenden Kanten des Tisches, die verhindern sollten, dass bei hohem Seegang Geschirr von der Platte rutschte, störten mich, aber das Essen schmeckte gut. Madeleine fand, ich sollte öfter hier meine Mahlzeiten zu mir nehmen, unter Kollegen, und mich nicht immer alleine in eine Ecke verkrümeln. Tatsächlich gefiel mir das Völkergemisch, das in der Messe, wo alle in einem Raum versammelt waren, erst so richtig sichtbar wurde. Der Stimmpegel war ungleichmäßiger als oben in den Restaurants und Speisesälen, die Geräuschkulisse heterogener. Und es wurde viel gelacht. Allerdings nicht nur fröhlich, sondern auch belustigt, höhnisch und vielleicht sogar gemein – in allen Facetten eben.

Madeleine behauptete, allein wegen der Wale habe sich die ganze Schiffsreise für sie schon gelohnt. Selten sei ihr ein Erlebnis nähergegangen. Sie habe vor mächtigen Kathedralen, in norwegischen Fjorden oder am Bosporus schwer gestaunt, aber die Begegnung mit den Meeressäugern habe in ihr ungeahnte Gefühle ausgelöst, die sie gar nicht benennen könne. Vielleicht weil sie einzigartig seien, reserviert ausschließlich für das Tête-à-Tête mit Walen.

Auch sei es ihr anschließend ganz unwirklich vorgekommen, zwischen Tausenden von Magellanpinguinen umherzuspazieren. Manche hätten scheinbar bewusst Pose eingenommen, wenn sie ein Foto machte. Zum Beweis klickte sie ein paar Bilder auf das Display ihrer Kamera und zeigte sie mir.

Irgendwie rührend, wie die zu zweit in ihrer Bruthöhle stehen, sagte sie. Einmal ein Paar, immer ein Paar. So gut müsste man es haben, was? Und nie mehr als zwei Kinder. Da hält sich der Stress im Rahmen. Hast du Geschwister?

Nein, sagte ich. Ich stamme aus einer Einzelkinddynastie. Bin nur gespannt, ob mein Sohn die Tradition fortführen wird.

Wie heißt er denn, dein Sohn?

Sebastian.

Und wie alt ist er?

Einundzwanzig.

Du warst auch nicht mehr die Jüngste, als er auf die Welt kam.

Danke sehr!

Tschuldige, so war's nicht gemeint. Aber stimmt doch, oder?

Wie man's nimmt, ich war siebenundzwanzig.

Was macht der Knabe denn, während du um die Welt fährst? Steht er schon auf eigenen Füßen und braucht seine Mama nicht mehr?

Er fährt selbst durch die Welt.

Da hättet ihr ja zusammen fahren können.

Das sagst *du.* Er sieht das ein bisschen anders.

Ich finde es toll, dass du ihn lässt und nicht so klammerst wie andere Mütter.

Ach, Madeleine, wenn du wüsstest. Das aber sagte ich nicht, sondern dachte es nur hinter der Fassade eines milden Lächelns.

Sie besichtigte mein Lächeln ausführlich, schon bildeten sich auch in ihren Mundwinkeln erste Lachfältchen, doch sie wurde nicht spöttisch, sondern poetisch:

»Kinder laufen fort.
Etwas nehmen sie doch mit.
Wir sind ärmer, sie sind quitt,
Und die Uhr geht Schritt für Schritt
Um den leeren Tisch.«

Es war wie auf der Eisbahn, als sie mir von der Stille der Welt vor Bach erzählte, wie damals staunte ich über die Treffsicherheit der Verse. Sag noch einmal den Schluss, bat ich sie. Sie tat es, und ich musste die Zeilen vor mich hin sprechen, wie um sie auszukosten: »Und die Uhr geht Schritt für Schritt um den leeren Tisch«.

Schön, nicht wahr?, sagte Madeleine.

Traurig.

Das ist in der Literatur dasselbe.

Nur das Traurige soll schön sein?

Ja. Nein. Ich weiß nicht. Lass es mich so sagen: Nur das Traurige tröstet.

Wir hatten inzwischen längst gegessen, doch Madeleine machte keine Anstalten zu gehen. Sie stellte neugierige Fragen nach meiner Herkunft und Familie, und als ich erwähnte, mein Vater sei Professor gewesen und habe sich mit Böll beschäftigt, wollte sie mehr wissen, aber nicht in der Messe, sondern draußen, denn sie mochte unbedingt noch sehen, wie das Schiff Puerto Madryn und den Golfo Nuevo verließ. An der Reling auf der Backbordseite verfolgten wir, wie die Leinen gelöst wurden und das Schiff sich in voller Breite von der Pier wegbewegte, dann rückwärtsfuhr und schließlich wendete wie ein Sekundenzeiger in Zeitlupe, bis der Bug auf die Ausfahrt des Golfes am Horizont wies und wir nach und nach an Fahrt gewannen. Wir sahen sogar noch einige Wale in der Ferne sowie eigenartige Delfine mit weißen Bäuchen und schwarzen Flossen, dann setzte die Abenddämmerung ein, mit Lichttönen, die in jedem die Liebe zum Sommer wecken mussten.

Ich erzählte Madeleine, dass es die Erfahrung des Kriegsheimkehrers gewesen sei, die anfangs das Interesse meines Vaters für Böll geweckt habe. Sein erster Zugang sei höchst privat gewesen, hatte er gesagt, dafür aber umso bindender. Er war maßgeblich daran beteiligt gewesen, dass in der germanistischen Abteilung der Universität Rostock Böll zu einem der Forschungsschwerpunkte erhoben wurde, und als Professor avancierte er dann zur Galionsfigur der Forschungslinie.

Zu Hause in unserer Wohnung empfing er Böll-Spezialisten aus aller Herren Länder – zumindest aus meiner Kinderperspektive betrachtet. Es waren natürlich vor allem Leute aus den Bruderstaaten. Vietnam, Kuba, Rumänien, Jugoslawien, Mongolei, Nord-Korea, aber auch mal einer aus einem sogenannten neutralen Land wie Schweden oder Finnland.

Das waren dann wahrscheinlich solche, die international nur zur zweiten Garde der Wissenschaftler zählten und darum mit DDR-Symposien vorliebnehmen mussten, weil sie in die BRD nicht eingeladen wurden, kommentierte Madeleine kühl, als kennte sie sich in dem Metier bestens aus.

Ich konnte das nicht beurteilen, aber ich wusste zu erzählen, wie sehr mir die ulkigen Variationen des Deutschen gefallen hatten, die in unserem Wohnzimmer damals gesprochen wurden. Und es hatte fast immer gute Stimmung geherrscht, meine Mutter war mit Komplimenten überschüttet worden, bisweilen war sie errötet wie ein Mädchen, und ich hatte natürlich auch das eine oder andere nette Wort abbekommen.

Nur gewisse Asiaten waren mir immer ein bisschen unheimlich gewesen.

Madeleine kicherte. Das kenne ich. Bei denen blickst du nie durch. Also was sie gerade denken oder ganz allgemein von dir halten. Ist für unsereiner schwer zu deuten. Muss man sich dran gewöhnen. Aber jetzt mal ganz was anderes, sagte sie in verändertem Tonfall. Wie war das eigentlich so mit der, na, sagen wir, mit der akademischen Freiheit? Hat dein Herr Vater seinen geliebten Böll behandeln dürfen, wie es ihm gefiel, oder musste er ihn offiziell stets unter Klassenfeindvorbehalt betrachten?

Hundertprozentig weiß ich es nicht, ich denke aber, er hatte seinen Weg gefunden. So hat es jedenfalls ein Student von ihm, der sich für mich interessierte, durchblicken lassen. Mein Vater las die Feinheiten aus Bölls Werken heraus, referierte sie in seinen Vorlesungen ausführlich und gekonnt, wodurch er es seinen Studenten ermöglichte, Bölls Gesellschaftskritik zu erkennen, ohne dass er als Professor selbst zu ideologischen Schlussfolgerungen und Formulierungen greifen musste. Also ohne sich die Zunge schmutzig machen zu müssen.

Madeleine schien damit nicht ganz zufrieden zu sein. Nicht die Zunge schmutzig machen, wiederholte sie murmelnd und fügte mit spöttischer Deklamation hinzu: Er wusch seinen Waschlappen in Unschuld!

Zu Hause erzählte er ab und zu Böll-Anekdoten, sagte ich.

Zum Beispiel?

Jetzt fällt mir gerade keine ein, oder doch, warte. Böll hält irgendwo einen Vortrag, kommt ein Zwischenruf aus dem Publikum: »Herr Böll, Ihr Vergleich hinkt.« Darauf Böll: »Man kann auch hinkend sein Ziel erreichen.«

Findest du das witzig?

Na ja. Geht so.

Wir lachten.

Wieso bist du eigentlich keine Literaturfreundin geworden?, wollte Madeleine wissen.

Ich hatte die Musik.

Soll das eine Erklärung sein? Na, ist ja egal. Ich bin übrigens auch aus dem Osten.

Soll das ein Geständnis sein?

Ja. Nein. Doch. Nee. Oder wer weiß.

Wir lachten wieder, und Madeleine umarmte mich erneut, wie auf dem Boot bei den Walen, sie hatte eine natürliche Art, das zu tun, vor allem eine schnelle, wahrscheinlich kam der Impuls bei ihr so plötzlich, dass sie gar keine Zeit hatte, ihn zu stoppen oder unauffällig umzuleiten. Es war angenehm. Sie stamme aus Berlin, erzählte sie, und ihr Rückzugsraum zu DDR-Zeiten sei nicht die Musik, sondern die Literatur gewesen. Sie habe sich so darin eingenistet, dass sie bis heute nicht flügge geworden und davongeflogen sei. Wozu auch. Heute müsse sie ihre ignorante Kundschaft mit Schriftstellern bekannt machen, die ein so umfangreiches Werk publiziert hätten und so berühmt seien, dass ein normal gebildeter Mensch sie eigentlich kennen müsste; damals habe sie sich in völlig anderen Sphären bewegt: Da habe sie persönlich Literaten gekannt, die überhaupt nicht veröffentlichen durften, jedenfalls nicht im Osten, die bespitzelt und schikaniert wurden. Sie berichtete von mehr oder weniger konspirativen Zirkeln in Altbauwohnungen und feuchten Souterrains, von ekstatischem Zusammengehörigkeitsgefühl und von quälenden Reibungen, von latenten Frustrationen, aber auch von jäh aufbrechender, ewig jugendlicher Begeisterung für die Poesie, für Wörter, Laute, Buchstaben, Typografie. Und sie sprach von den Trauerspielen nach der Wende, als sie mit ansehen musste, wie manch einem der Boden wegbrach, weil sich ein Freund als IM »Freund« entpuppte. Am schlimmsten seien die Fälle gewesen, in denen die Demarkationslinie zwischen Auskundschafter und Objekt quer über den familiären Küchentisch und längs der Mittelritze des Ehebettes verlaufen sei.

Bei der Vorstellung schüttelte es mich so sehr, dass Madeleine fragte, ob mir kalt sei. Ich hatte natürlich selbst von solchen Fällen gehört, trotzdem, das Thema musste nur angestoßen werden, und schon packte mich Beklemmung. Von Klienten aus der Beratungsstelle wusste ich, wie schwer es fiel, sich nach dem Besuch von Einbrechern nach und nach in der eigenen Wohnung wieder heimisch zu fühlen. Wie musste es einem erst die Sandsteinsäulen der Existenz wegätzen, wenn man wusste, dass man mit dem Verräter jahrelang Tisch und Bett geteilt hatte!

Madeleine sah mich aufmerksam von der Seite an und legte mir kurz eine warme Hand zwischen die Schulterblätter. Sie behauptete, aus Berlin weggegangen zu sein, weil sie die Niedergeschlagenheit nicht mehr ertragen habe, die in jenen Dissidentenkreisen herrschte, deren Mitglieder nach der Wende nicht Fuß fassen konnten. Am Prenzlauer Berg und in Mitte wurde fleißig saniert und mit Immobilien spekuliert, Touristen hielten Einzug und das selbstbewusste Nachwendeleben, Eckkneipen und -läden wurden zu Locations in 1a Lage; die alten Kleinlyriker und Handpressenbetreiber aber trafen sich noch immer wie ein konspirativer Zirkel in Souterrain- und Hinterhofwohnungen, wo die Modernisierungswelle noch nicht angekommen war –

nun aber trafen sie sich dort nicht aus Gründen der Abschirmung, sondern weil die Bierpreise in ihrem Kiez so stark gestiegen waren und die Kundschaft in den Lokalen ihnen wie Besucher aus einer anderen Welt vorkam.

Die schönste Zeit sei unmittelbar nach dem Fall der Mauer gewesen. Mindestens ein halbes Jahr lang habe schöpferische Euphorie geherrscht. Alles sei möglich gewesen – und dann auf einmal gar nichts mehr.

An dieser Stelle brach sie ihre Erzählung unvermittelt ab. Die meisten anderen hatten das Deck verlassen, um sich in ihre Kabinen oder in die diversen Gesellschaftsräume zu begeben, unser Schiff fuhr unaufhaltsam in die Nacht hinein, und Madeleine sagte, auf die Reling gestützt: Wir sind vielleicht zwei! Gerade haben wir im Atlantik die ersten Wale unseres Lebens bestaunt, und jetzt stochern wir im muffigen Karpfenteich unserer Vergangenheit.

Es lohnt nicht, mit seinen Erinnerungen zu hadern, erklärte ich fachmännisch. Sie kommen, wann sie wollen. Man kann sich höchstens fragen, warum zu bestimmten Zeiten bestimmte Bilder angesegelt kommen. Man kann, aber man muss nicht. Ich selbst verbiete mir nur eines: Nostalgie.

Warum so streng?

Nostalgie ist Erinnerung, die glaubt, sie komme ohne Schmerz, Trauer, Scham, Schuldgefühle und so weiter aus. Das ist ein Irrtum, das ist Selbstbetrug. Dann tut man nur, als ob.

Sebastian Im Speisesaal stand jetzt auch ein Weihnachtsbaum, anscheinend echt. Ob sie den schon seit Hamburg an Bord hatten? Nach brasilianischem Regenwaldgewächs sah er jedenfalls nicht aus.

Da unser Schiff kinderfrei ist, gibt es dekomäßig auch nichts, was Kindern Laune machen soll. Alles wird auf Erwachsenengeschmack getrimmt, auch die Tanne war entsprechend geschmückt, vom Designer, nix mit Lametta und Engelchen, sondern mit raffinierten Schleifen, speziellen Schimmersternen und diversem Kram, der aus der Entfernung fast ein bisschen an Obst und Gemüse erinnerte.

Wenn man im Speisesaal spielt, sieht man von den Leuten nicht viel, weil der Flügel so ungünstig steht. Dafür müssen fast alle Esser an dir vorbei, wenn sie reinkommen oder rausgehen. Gegessen wird ja in zwei Schichten, da sitzt du schon mal drei, vier Stunden an den Tasten. Es lockert auf, sich beim Schichtwechsel der Tischbesatzungen die Frauen ein bisschen anzugucken, was sie für Kleider tragen und welche man nehmen würde, wenn man freie Wahl hätte.

Die Leute aus der zweiten Schicht sind meistens sympathischer als die aus der ersten. Die Ersten sind hauptsächlich Rentner mit Dauerhunger, für die der größte Horror in einem abgegrasten Büfett besteht. Die gehen auf Nummer sicher und langen in der ersten Schicht zu, wenn garantiert noch alles auf Lager ist. Dafür nehmen sie in Kauf, zügig essen und zu einer bestimmten Zeit ihren Platz frei machen zu müssen. Zwar wird das Büfett ständig aufgefüllt, weshalb zu jedem Zeitpunkt alles da ist, aber der Homo germanicus rentneriensis kann das einfach nicht glauben. Zumindest will er kein Risiko eingehen.

Unter denen in der zweiten Schicht sind die Genießer und die

Jüngeren, die's lockerer nehmen und das Essen schön ausklingen lassen wollen, aber ein paar Megaegoisten sind natürlich auch dabei, so grauhaarige Porschefahrer mit zu jungen Frauen. Die würden es gar nicht einsehen, für irgendwelche neureichen Proleten ihren Platz am Esstisch zu räumen; die richten sich einfach nicht nach fremden Leuten. Fiel mir übrigens schon in Hamburg auf, als mir mein Vater die Stadt zeigte: Alle Porschefahrer sind Jungsenioren mit grauen Haaren. Bloß aus den Cayennes steigen fast nur superschicke Frauen aus. So Vierzigjährige mit Burberry-Karos und Topfigur. Da hat sogar mein Herr Erzeuger einen Blick riskiert, obwohl seine eigene Frau noch ein paar Faltengrade unter vierzig ist.

Also, wenn man zum Dinner spielt, ist das Schönste das Ende der zweiten Schicht, wenn die Leute nach und nach den Speisesaal verlassen, gut drauf, weil sie immer Wein zum Essen trinken, die meisten auch ein Gläschen Schampus vorneweg und hinterher was für den Magen; und wenn sie dann zum Ausgang schlendern und am Flügel vorbeikommen, gucken sie auch schon mal her, darum spiel ich dann gern was Nettes, *Desafinado* zum Beispiel oder *I love you for sentimental reasons,* solche Sachen halt. Und ich guck mir die Frauen an, die jüngeren vor allem, und wenn ihr jeweiliger Macker gerade nicht hersieht, riskier ich auch schon mal ein Zwinkern. Bis jetzt war deswegen noch keine sauer. Allerdings hat mir auch noch nie eine nach Dienstschluss im Gang aufgelauert.

Keine Ahnung, was Tintin für Tricks draufhat. Für ihn scheint es überhaupt kein Problem zu sein, Frauen anzuquatschen, und es lässt ihn auch keine abblitzen. In der Bar hab ich's oft genug beobachtet. Ich muss ihn doch mal fragen, wie er das genau macht. Ich meine, konkret. Schließlich musst du einen ersten Satz sagen, und die Klassiker vom Festland kommen ja wohl kaum infrage. Kommst du öfter hierher, haben wir uns schon mal irgendwo gesehen, hast du zufällig ne Uhr um …

Mein Problem mit Frauen fängt damit schon an. Ich bringe solche Schwachmatensätze einfach nicht über die Lippen. Sobald ich es versuche, brennt mir die Scham mit einem Flammenwerfer eins über. Aber ohne Worte geht's halt nicht, sonst wird man zum Stummfilmkomiker. So wie ich bei Linda.

Was das Anquatschen betrifft, ist Tintin also perfekt, darum hielt ich es für richtig, dass er sich entschieden hatte, doch selbst mit dieser Psychologin über unsere Afrikaner zu reden. Mich hätte sie wahrscheinlich sowieso nicht ernst genommen. Wenn du unter dreißig bist, brauchst du bei denen über vierzig nicht damit zu rechnen, dass sie bei dir den vollen Respekt aufbringen, auch wenn sie nach außen hin so tun. Einzige Ausnahme: Du bist Fußballprofi, Rockstar oder Millionenerbe. Das sind übrigens auch Sparten, in denen keiner nach dem Abi kräht. Im Leben von uns Normalos sieht es da schon anders aus. Mein Vater wusste gar nicht, wohin mit sich, als ich ihm sagte, dass ich ein Jahr vor dem Abi abgehen würde, obwohl meine Noten gar nicht so schlecht waren, seit ich in der Zehnten eine Ehrenrunde gedreht hatte. Es ist zum Haareraufen, hat er ständig gesagt, zum Haareraufen. Ich wollte dann von ihm wissen, was das eigentlich heißt, sich die Haare raufen, weil mir plötzlich auffiel, dass ich mir das nicht richtig vorstellen konnte, aber darauf ging er nicht ein. Als ich ihm dann noch sagte, dass sie mich ausgemustert hatten, meinte er bloß, das wundere ihn auch nicht mehr. Ich glaube, er war neidisch, weil er in meinem Alter satte drei Jahre NVA runtergerissen hatte, auch wenn er immer auf Veteran machte, wenn er davon erzählte, von seinem Vertrauensposten in Grenznähe und solchen Sachen.

Meine Mutter regte sich über meinen frühzeitigen Karriereknick weniger auf. Dafür machte sie sich Vorwürfe, weil sie immer erst so spät von der Arbeit kam, ich jeden Nachmittag alleine war und sie mir darum nicht besser helfen konnte, in die richtige Spur zu kommen. Angeblich hätte sie es auch versäumt, mehr mit mir darüber zu reden, was ich mal werden will. Dabei fand ich es gerade klasse, dass sie mir nie reingeredet und schulmäßig keinen Stress gemacht hat. Ich sollte von mir aus auf den Trichter kommen, freiwillig. Bloß komplett abseilen durfte ich mich nicht, das war ihre Bedingung. Hat sie zwar nie laut gesagt, aber gemerkt hab ich's trotzdem.

Unter den Passagieren gab es einige in meinem Alter, für die es anscheinend ganz normal war, mit ihren Eltern so eine Kreuzfahrt zu machen. Fand ich eigentlich eher komisch, aber jetzt, so kurz vor Weihnachten, sah ich es fast ein bisschen anders, ehrlich gesagt. Du kommst von diesen Ritualen einfach nicht los. Weihnachten, Geburtstag – da willst du nicht alleine sein. Und wie ich so im Speisesaal klimperte und mir den Weihnachtsbaum anguckte, fragte ich mich, ob meine Mutter dieses Jahr wohl für sich alleine eine kleine Tanne kaufen würde. Wir hatten jedes Jahr eine gehabt, auch wenn's aus Sparsamkeitsgründen ab und zu ein mickriges Bäumchen aus den Restbeständen sein musste, erstanden nach langem, giftigem Feilschen meines Muttertiers am 24., kurz nach Mittag. Und es war mein Job gewesen, das Ding nach Hause zu tragen, meine Mutter störte es gar nicht, wenn ich dabei die Tannenspitze über den Asphalt schleifen ließ.

Dieses Jahr ließ ich nicht den Baum hängen, sondern sie. Nicht mal ein Päckchen kriegte sie von mir.

Mir war nicht besonders gut, als ich mir das vorstellte, ich bekam flaue Finger und musste mich zusammenreißen, um am Flügel nicht schlappzumachen.

Wäre vielleicht nicht schlecht, überlegte ich mir, mit der nächsten Kontaktaufnahme doch nicht erst bis nach dem Panamakanal abzuwarten, wie ich es mir ursprünglich vorgenommen hatte. Für Päckchen oder Weihnachtskarte war es zu spät, aber ich nahm mir vor, ihr wenigstens eine Mail zu schreiben.

Zur Feier des Entschlusses, aber auch um wieder stabiler zu werden, spielte ich gleich mal *Stella by Starlight.* Zum Thema Mama passte ein Standard einfach am besten.

Almut Ab und an gibt es Tage, an denen Gaus seine Musikstunde nicht einhalten kann, weil er anderswo gebraucht wird oder weil ich einen Klienten habe. Nach Puerto Madryn war es mal wieder so weit. Als es vor der üblichen Zeit an der Tür klopfte, dachte ich schon, ich hätte Gaus unfreiwillig zur Erweiterung seines angestammten Zeitetats animiert, indem ich mich hatte bewegen lassen, ihm vorzuspielen, aber vor der Tür stand einer, mit dem ich schon lange nicht mehr gesprochen hatte, obwohl wir gewissermaßen auf dem gleichen Sektor tätig waren. Der Herr Pfarrer.

Zu Beginn der Reise hatte er einen Stammtisch der Leib- und Seelsorger vorgeschlagen, aus dem aber nichts wurde, weil alle so viel zu tun hatten – außer ihm. Ich dachte, er käme nun, um seine alte Idee aufzuwärmen, aber er sagte, er komme als Klient.

Haben Sie ein Problem?, fragte ich ihn.

Er sagte, er habe eher zu wenige Probleme. Es sei ihm peinlich, das zu bekennen, aber die Wahrheit stelle sich nun einmal so dar, dass während der gesamten Fahrt von Hamburg ins Mittelmeer, über den Atlantik und die Küste Südamerikas hinunter noch keine einzige Person das Gespräch mit ihm gesucht habe. Zwar trügen ihm die Gottesdienste etwas Kundschaft ein und er habe auch beobachtet, dass sich manche außer der Reihe mal in die Kapelle setzten, aber nie ließen sie sich, wenn er vor der Kapellentür auf sie zutrat, auf ein echtes oder gar tiefer gehendes Gespräch ein. Stets blieb es beim Smalltalk. Seelsorgerisch sei er somit völlig unterfordert.

Können Sie mir das erklären, Frau Schäfer? Hat es womöglich mit meiner Ausstrahlung zu tun? Bin ich abstoßend?

Sollte ich verneinen und ihm damit die Chance geben, sich als anziehend zu interpretieren? Lieber nicht. Der Mann war allein und evangelisch, musste sich von Frauen demnach nicht fernhalten. Ein weiteres Anhängsel wollte ich mir aber nicht ans Bein binden. Mit Gaus hatte ich genug zu tun. Ich brachte ihn erst mal zum Sprechen, um ein bisschen auszuloten, wes Geistes Kind er war.

Was machen Sie denn so tagaus, tagein, wenn Sie sich unterfordert fühlen?

Mit Fühlen hat das nichts zu tun. Ich *bin* es.

Na schön. Aber an meiner Frage ändert das nichts.

Er vertreibe sich die Zeit mit dem Verfassen von Predigten auf Vorrat, erzählte er. Bald verfüge er über ein Sortiment für das gesamte Kirchenjahr. Außerdem habe er entdeckt, dass auf dem Computer in seiner Kabine diverse Spiele installiert seien. Eines davon spiele er mittlerweile täglich, oft mehrere Stunden lang. Sein Gewissen sei darob einigermaßen rein, denn es handele sich um ein christliches Spiel. *Catechumen,* ob ich es kennte. Es sei auch historisch nicht uninteressant, beteuerte er großäugig, wobei er ziemlich jung wirkte. Christenverfolgung im Rom Neros, wissen Sie.

Das Spiel stelle ihn phasenweise vor beträchtliche Herausforderungen. Er habe sogar schon erwogen, zu schummeln und sich dafür übers Internet Cheats zu besorgen, davon aber wieder Abstand genommen.

Ich kannte mich mit diesen Dingen nicht aus, sie waren mir suspekt, nicht aufgrund von fundierten Erkenntnissen, sondern rein instinktiv. Einmal hatte ich Sebastian zu Weihnachten ein Computerspiel gekauft, nach beherztem Sprung über meinen Schatten, weil ich zu spüren geglaubt hatte, er wolle von mir auch in jenen jugendlichen Interessen ernst genommen werden, mit denen ich nichts anfangen konnte, aber es war wohl das falsche gewesen, denn er hatte es bloß einmal ausprobiert und dann nie mehr gespielt. Dafür hatte er mir wenig später die Mitgliedschaft in einem Internet-Spiel abgeschwatzt, wofür mehrere

Jahre lang monatlich vier Euro neunzig von meinem Konto abgingen. *Catechumen* hieß das nicht, es hatte einen komplizierteren, mehrteiligen englischen Namen, den ich mir nie merken konnte.

Ich fragte den Pfarrer, ob er sich schäme. Er stutzte, und ich präzisierte: Weil er sich die Zeit vertreibe wie ein Jugendlicher.

Er überlegte.

Nicht grübeln, empfahl ich ihm. Die richtigen Gedanken kommen immer spontan.

Ach ja? Er schien ehrlich überrascht.

Ich musste schmunzeln, denn mir war das auch nur spontan eingefallen.

Scham sei das falsche Wort, sagte er. Immerhin tue er am Bildschirm nichts Unanständiges. Doch er befürchte, der Zeitvertreib könne doch Folgen zeitigen, auf lange Sicht, dergestalt, dass er sich negativ auf seine Persönlichkeit auswirke und womöglich die letzten Reste seiner pastoralen Ausstrahlung aufzehre.

Wo er denn den großen Teil davon gelassen habe, wenn nur noch Reste vorhanden seien, wollte ich wissen, obwohl ich mir nicht einmal sicher war, was er mit »pastoraler Ausstrahlung« überhaupt meinte. Seit meiner Konfirmation hatte ich Kirchen nur betreten, um mir das Weihnachtsoratorium oder eine von den Passionen anzuhören. Dabei waren Pastoren überflüssig.

In Wahrheit habe er sie vermutlich nie besessen, räumte er im Tonfall sachlicher Resignation ein. Er habe dies als ernst zu nehmenden Makel empfunden, schon als Vikar, nachdem sich die erste Aufregung über das endlich errungene Amt gelegt hatte. Er habe in exponierter Weise vor der Gemeinde gestanden und sei dabei das Gefühl nicht losgeworden, in Wahrheit selbst nur einer aus dem gemeinen Volk zu sein. Er habe viel darüber meditiert und sei zu dem Schluss gekommen, dass er ernsthaft darunter leide, als protestantischer Pfarrer nicht das Zölibat einhalten zu müssen.

Für dieses Problem hatte ich keinen spontanen Gedanken auf Lager. Jedenfalls keinen therapeutisch brauchbaren, denn der schnelle Satz, der mir sofort in den Kopf geschossen war, konnte absolut nicht als psychologisch wertvoll durchgehen: Du solltest dankbar sein, dass dir keiner das Vögeln verbietet, du Schwachkopf. Ich musste mich zusammenreißen. Der Mann war mein Klient und hatte ein Recht auf Verständnis, zumindest auf dessen professionelle Simulation.

Was ist denn so belastend daran, nicht ... äh, Enthaltsamkeit üben zu müssen?

Man hat keine Aura, verstehen Sie. Der Moder des Gewöhnlichen wabert um einen, und sobald man sich qua Amt würdig gibt, kommt man sich wie ein Hochstapler vor.

Man stehe über den Leuten, die auf unbequemen Kirchenbänken frösteln und zur Kanzel hinaufschauen, man blicke auf sie hinab und wisse dabei doch, dass man ihnen nichts voraushabe als ein künstlich in die Länge gezogenes Studium, das man, wenn man ehrlich sei, auch berufsbegleitend in Abend- und Wochenendkursen hätte durchziehen können.

Nur Schwächlinge werden Pfarrer, erklärte er wie ein FdJ-Funktionär, das ist die Wahrheit. Leute, die spüren, dass sie sich im richtigen Leben nicht würden durchsetzen können, die aber trotzdem was Besonderes sein wollen. Am Anfang fühlen sie sich toll und wichtig, wenn sie in ihrem blödsinnigen Talar zum Abendmahl laden. Aber dann merken sie, dass das ja eine Schrumpfgemeinde ist, was da die Altarstufen erklimmt, und dass ihr Amt darin besteht, graues Siechtum zu verwalten.

Er solle nicht übertreiben, bat ich ihn, was ihn erst recht in Fahrt brachte. Er übertreibe nicht. Kein Schwein interessiere sich für seine Predigten, das sei die Wahrheit, er verausgabe sich auf der Kanzel und unten erwache trotzdem keiner aus der sonntäglichen Apathie. Im Gottesdienst herrsche kein Leben, keine Freude, nur steife Bewegung, nicht der geringste Schwung. Manchmal habe ihn der Drang befallen, laut zu brüllen, bewegt die Gelenke, ihr Lahmärsche, kommt endlich vor, holt euch euer Abendmahl ein bisschen flotter ab, das hält ja keiner aus, diese ewige Zeitlupe, was soll das eigentlich, wieso verhaltet ihr euch nicht mehr wie normale Menschen, sobald ihr meine Kirche betretet? Ihr seht aus, als würdet ihr nicht durch Luft gehen, sondern durch Formalin waten.

Er echauffierte sich ausgesprochen glaubwürdig. Ich konnte ihn mir gut auf der Kanzel vorstellen. Es hielt ihn nicht mehr auf dem Stuhl, er sprang auf, ging umher, schlug mit der flachen Hand auf den Flügel, gestikulierte.

Das machte es mir leicht. Eine simple Spiegelung genügte.

Ziemlich temperamentvoll, Ihr Auftritt, stellte ich fest. Sie waten nicht durch Formalin. Das viele Spielen am Computer hat Sie jedenfalls nicht zur tauben Nuss gemacht.

Er wackelte mit dem Kopf hin und her, wedelte unbeholfen mit den Händen und murmelte Unverständliches, vermutlich Abwiegelndes.

Umgehend drängte ich ihm einen Rat auf, so wie man jemandem einen Stapel Bügelwäsche zwischen Armbeuge und Kinn schiebt: Wenn Sie auf dem Luxusdampfer hier keine Seelen zu versorgen haben, retten Sie eben in Rom ein paar Christen mehr vor hungrigen Löwen. Schlagen Sie mit dem Spiel nicht die Zeit tot, sondern widmen Sie sich ihm!

Er schien nicht ganz überzeugt. Aber den entscheidenden Trumpf hatte ich noch im Ärmel.

Das Jugendliche steht Ihnen nämlich gut, sagte ich, worauf er sich geschmeichelt wand, erneut mit dem Kopf wackelte und mit unschlüssigen Halbdrehungen in Richtung Tür seinen Abgang einleitete.

Darf ich wieder auf Sie zukommen?

Ich bitte darum.

Er ließ die Türklinke noch einmal los und machte mit ausgestreckter Hand zwei lange Schritte auf mich zu.

Ich bin der Erdmann, sagte er.

Almut, erwiderte ich, offensichtlich ohne meine Gesichtszüge dabei ganz neutral halten zu können, denn er beeilte sich, erklärend hinzuzufügen, seine Eltern seien Anthroposophen gewesen.

Dann fiel endlich die Tür ins Schloss, und ich konnte mich aus der Kandare lassen. Dank Schallisolierung durfte ich so laut lachen, wie ich wollte.

Später schämte ich mich dafür, den Pfarrer nicht ernst genug genommen zu haben. Das war nicht fair gewesen, und ich versprach mir, es wiedergutzumachen. Vor allem mein Lachen hinterher nagte an mir. Niemand kann etwas für seinen Vornamen, und viele persönliche Kernprobleme können komisch klingen, wenn man sie zum ersten Mal laut ausspricht. Darum besorgen sich viele Leute auch aus Büchern oder Zeitschriften griffige Formulierungen für ihre Last, bevor sie zu mir kommen, und beginnen das Erstgespräch mit Sätzen, die man nicht als Hobbydiagnosen missverstehen darf: Ich bin depressiv, ich habe Verlustangst, ich leide unter Kontrollzwang und so weiter. Auch das klingt komisch. Man darf aber nicht grinsen, sondern muss die Leute loseisen von dieser Art von Schutzbehauptungen, in die sie sich hüllen, obwohl sie Rat suchen und sich zeigen wollen.

Als gelte es, eine Schuld auszugleichen, machte ich mir sogar die Mühe, zu dem Fall des Pastors etwas zu notieren. Ich schrieb ein Gedächtnisprotokoll der Sitzung und entwarf in Stichworten eine mögliche Strategie für das weitere Vorgehen mit ihm. Anschließend wartete ich eine Weile, klimperte ein bisschen auf dem Blüthner, beschloss aber schließlich, da keine Kundschaft kam, mir die Beine zu vertreten.

Ich plauderte mit den Leuten an der Rezeption, antwortete dem Purser auf seine Fragen nach den Walen im Golfo Nuevo und schlenderte weiter über das Promenadendeck, durch die Ladenzeile und diverse Lounges, drehte auch eine Runde im Casino, alles im Schlendergang der Passagiere, den sie sich aneignen, sobald sie spüren, dass ihnen viel zu viel Zeit zur Verfügung steht, um von A nach B zu kommen. Erstaunlich, wie sich das auf die Schrittfrequenz auswirkt.

Erstmals seit der Atlantiküberquerung spürte man nun wieder ein leichtes Schwanken. Offenbar nahm der Seegang zu. Niemand schien sich bislang daran zu stören, es war zu schwach, weit davon entfernt, Gläser auf den Tischen ins Rutschen zu bringen.

Wieder im Foyer angelangt, setzte ich mich auf ein kleines Sofa, um mir mit dem Beobachten der abendlichen Modenschau die Zeit zu vertreiben. Wie glänzend manche Frauen angezogen waren und wie geschmacklos andere, obwohl sie, oder ihre Männer, sichtlich derselben Gehaltsklasse angehörten! Man fragte sich unweigerlich, was das für Menschen sind, die es sich zur Lebensaufgabe gemacht haben, aus edlen Stoffen hässliche Kleider für reiche Kundinnen zu entwerfen. Bei den Männern bestand das Erstaunliche am ehesten in der Frage, warum der gleiche Smoking den einen blendend aussehen ließ und den anderen wie einen lächerlichen Idioten, doch mit solchen Gedanken hielt ich mich nie lange auf, sie verschwanden schnell im Schatten meines Interesses für die zwischenmenschlichen Konstellationen.

Jetzt sah ich auffallend viele Familiengeschwader in Formation vorüberschweben, wohl weil in Kürze die Shows anfingen. Die erwachsenen oder fast volljährigen Kinder in diesen Verbänden wirkten nicht nur proper, sondern strahlten Macht aus und schienen ihre Eltern allein durch ihren Habitus zu Wasserträgern, Zuarbeitern, Dienstboten zu degradieren. Wir sprachen in der Beratungsstelle unter Kollegen manchmal vom Phänomen der Curling-Familien. In denen schrubben die Eltern immer schön den Weg vor ihrem schnurgerade vorwärtsflutschenden Sprössling sauber.

Durchs Foyer glitten aber auch in schlichter, doch überzeugender Choreografie absolut perfekt wirkende Familiengespanne. Sie sahen aus wie gezielt berufene UNICEF-Botschafter mit dem Auftrag, die Idee und den Wert Familie in die Welt hinauszutragen. Wie gut es ihnen ging, war nicht zu übersehen, eine edle, diskret hervorgekehrte Bescheidenheit rundete ihr vollkommenes Erscheinungsbild ab, sodass der Neid, der um sie herum zwangsläufig aufbranden musste, sich schon allein durch den Kontrast als das zeigte, was er war: als hässliche Grimasse.

Die überwiegende Mehrheit auf dem Schiff bilden die Ehepaare, und sie dominierten auch jetzt den abendlichen Verkehr von den Gemächern zu den Zerstreuungen. Laien könnten das Auftreten der Paare für vorbildlich halten und sogar den Glauben an die Institution Ehe wiedergewinnen, wenn sie in den Gesellschaftsräumen die Gattenduos oberflächlich betrachten. Tatsache ist freilich, dass die Zweiertische im Speisesaal furchtbar unbeliebt sind, weshalb es auch nur relativ wenige davon gibt. Man sitzt am liebsten zu sechst oder zu acht, weil dann nie peinliches Schweigen aufkommt. An den Zweiertischen sitzen die Frischvermählten, die ihren Partner noch als Gegenüber ertragen, und man kann den Blick zwischen den kleinen und den großen Tischen hin und her schweifen lassen und sich fragen, was passiert ist auf dem Weg vom unstillbaren Verlangen, seinen Auserwählten vor sich zu haben, bis zum wachsenden Wunsch, durch fremde Menschen von dessen Anwesenheit abgelenkt zu werden.

Auch wenn man sich beruflich damit beschäftigt und Studien zum Thema kennt, bleibt etwas Rätselhaftes an dem Paarverhalten von Eheleuten. Warum sie irgendwann aufhören, schöne, zärtliche Worte aneinander zu richten, warum die Komplimente immer spärlicher und dürftiger werden. Warum es vielen leichter fällt, Kälte zu zeigen, anstatt Wärme zu entfachen. Warum sie ihrem Partner ganz selbstverständlich zumuten, mit anzusehen, wie sie zu Fremden freundlich und herzlich sind – um sich sogleich wieder in einen Eisschrank mit offener Tür zu verwandeln, sobald sie sich dem Angetrauten zuwenden. Warum all die Lustlosigkeit, Abkapselung, Aggression?

Als Fachfrau kann man die Entwicklung im Einzelfall rekonstruieren, aber das regelhafte Leerlaufen der Ehehafenbecken zu verstehen, fällt schwer.

Für mich sind die Fälle am schlimmsten, in denen die Ehepartner sich sogar verachten, aber dennoch mit verkeilten Enterhaken aneinanderhängen. Aus Angst, beim Alleineschwimmen abzutreiben. Auf Verachtung reagiere ich so heftig, dass ich solchen Paaren inständig wünsche, sie möchten doch wenigstens einen anständigen Hass aufeinander schüren, der die Verachtung versengt. Ein Frührentner, der seine Frau im Tobsuchtsanfall würgt, ist mir fast lieber als ein eisiger Schweiger voller Verächtlichkeit.

Was für ein Satz von einer, die mal im Frauenhaus gearbeitet hat!

Nein, für handgreifliche Männer werde ich gewiss kein gutes Wort einlegen, weder für den Würger noch für den Schläger mit und ohne Verzweiflung, meistens ohne, treffsicher in jedem Fall, unabhängig vom Promillepegel, der seiner Frau bevorzugt ins Gesicht schlägt oder tritt, damit es ihr nicht nur akut wehtut, sondern noch wochenlang bei jedem Blick in den Spiegel. Selbst bei den schlimmsten Proleten verfügt das Unbewusste über genügend Kompetenz, um jenen Drang in physische Energie zu verwandeln, der nur eines will: die Identität des Opfers zerstören. Oder wenigstens beschädigen. Kein Mann ist zu blöd, um eine Frau zu schwängern oder sie für den Rest ihres Lebens innerlich und äußerlich zu entstellen.

Während der ersten Monate im Frauenhaus konnte ich an

manchen Tagen über das männliche Gehabe, das mir auf den Straßen und in den Straßenbahnen Leipzigs unter die Augen kam, nicht so leicht hinwegsehen, wie man es sich von Mädchenbeinen an zwangsläufig angeeignet hat. Das gab sich aber mit der Zeit. Irgendwann, nachdem die x-te Frauenhausbewohnerin über Kiefer- oder Jochbeinbruch, Gehirnerschütterung, Zahnschäden, Leberprellung oder Nierenriss – oder eben nur über eine hübsche kleine, mit handfesten Drohungen garnierte Nötigung zur Abtreibung berichtet hat, hält man sich sogar für abgebrüht, was sich aber immer dann wieder als Selbsttäuschung entlarvt, wenn man auf die Kinder der Mütter blickt und erkennt, was an ihnen von den Schmerzen ihrer Mutter hängen geblieben ist, ohne dass sie es selber wissen.

Was wäre ich wohl für eine, wenn ich in Leipzig geblieben wäre, bei diesen Frauen mit ihren Kindern? Denn ich wäre geblieben, hätte vielleicht nie ans Weggehen gedacht, wäre Karin nicht eines Tages gezwungen gewesen, mir zu beichten, dass gegen ihren Willen und erbitterten Widerstand meine Stelle im Frauenhaus gestrichen werde.

Ein überschwängliches Lachen in nächster Nähe riss mich aus den Gedanken. Unmittelbar vor mir waren zwei Singles aufeinandergestoßen und sprühten wie Wunderkerzen. Es gibt von der Sorte mehr an Bord, als ich vorab gedacht hatte, alle zwischen Mitte dreißig und Mitte vierzig, augenscheinlich wohlsituiert und so gut aussehend oder wenigstens gepflegt, dass man sich nur wundern kann, warum sie keinen Partner haben. Beziehungsflüchtlinge sind das nicht, sie sind auf diesem Schiff, eben weil sie jemanden suchen, aus keinem anderen Grund. So viel habe ich in den letzten Monaten allemal mitbekommen, nicht nur durch Gespräche im Beratungszimmer, es bleibt einem auch so nicht verborgen, wenn man die Augen offen hält, Psychologie muss man dafür nicht studiert haben. Sie geben sich erotisch, so wie die Frau im kleinen Schwarzen, die vor meiner Nase gerade die klassische, aus der Verhaltensforschung bekannte Serie von Balzbewegungen abspulte, doch dahinter steckt nichts anderes als die Sehnsucht nach Berührung. *Oversexed and underfucked* nannte Karin das.

Untervögelt zu sein, ist aber ganz und gar nicht das Privileg der Singles. Menschen, die ohne Sex auskommen mussten, standen in der Beratungsstelle Schlange, nicht wenige davon wurden zu meinen Stammkunden, teils mit der Aussicht, es für immer und ewig zu bleiben, weil abzusehen war, dass sich an ihrem Zustand so schnell nichts ändern würde. Ein Arbeitsloser über vierzig mit Hartz IV, also mit leeren Taschen, hat auf dem Beziehungsmarkt keine Chance und muss es für den blanken Hohn halten, in Funk und Fernsehen todschick als Single eingestuft zu werden, wo er doch schlichtweg eine arme Sau ist, ebenso wie die gleichaltrige Frau, die einfach keinen Mann findet, weil sie einen Partner sucht und keinen Dienstleistungsnehmer, oder wie die Sechzigjährige, die daheim einen impotenten Schlaganfallrekonvaleszenten pflegt und sehen muss, wo sie bleibt mit ihrer Weiblichkeit, oder, oder, oder, da ließe sich eine lange Liste aufstellen, und auf der wären dann noch nicht einmal diejenigen aufgeführt, die zunächst gar nicht unter die armen Schweine fallen, weil sie nur überzogene Ansprüche haben und anderen dadurch den Zugang zu sich verwehren, oder Angst vor Konsequenzen und Verantwortung, sprich: vor der Liebe, davor, dass ein anderer Mensch ganz und gar anwesend ist – und bleibt.

Nein, das war keine gute Spirale, die mich im Plüsch- und Edelholzfoyer bei leicht schwankendem Boden in ihre engen Windungen zog. Rasch erhob ich mich, das Single-Pärchen nahm das frei werdende Sofa dankend an, und ich musste mich beherrschen, um meine Schritte nicht ungehörig zu beschleunigen, denn ein Wespenschwarm gefährlicher Gedanken jagte mir hinterher, eigentlich war es nur ein Gedanke, doch ungezieferhaft vervielfacht und jeweils mit Stachel ausgestattet: Und, liebe

Almut, wie steht es bei dir mit dem Geschlechtsleben? Bereichert es dein Dasein, wie dein berühmter Exkollege, der Sexualfachmann Siegfried Schnabl, in seinem Standardwerk *Mann und Frau intim* es allen DDR-Bürgern mittels gezielter Strategien der Lustoptimierung in den Bereich des Möglichen gerückt hat?

Schönen Abend noch, rief mir die Rezeptionistin zu, als ich an ihr vorüberging, und selbstverständlich schenkte ich ihr ein Lächeln.

Auf der Treppe hielt ich mich am Geländer fest, weil das Schiff nun doch ganz schön schlingerte, wenn auch nur sporadisch, es erinnerte an Turbulenzen im Flugzeug, die kommen und gehen.

An der Kreuzung von Längs- und Mittelgang stand der Steward, der für meine Kabine zuständig war, mit dem Kellner aus dem Wintergarten zusammen. Sie flachsten oder feixten, noch als ich nah bei ihnen war, denn durch den Teppich hörten sie meine Schritte nicht. Bestimmt ging es um Frauen; als sie mich endlich bemerkten, nahmen sie Haltung an und ich sagte, nanu, bin ich befördert worden? Rührt euch! Worauf der Steward sich aus dem Staub machte, der Kellner mir aber folgte, was ich erst bemerkte, als seine Hand neben meinem Gesicht auftauchte und mir die Tür zu meiner Kabine aufhielt. Nun war ich es, die seine Schritte nicht gehört hatte.

Darf ich?, sagte er. Ich dachte, er meine das Türaufhalten, aber er meinte das Eintreten, denn gleich darauf fiel die Tür mit diesem unverkennbaren, schiffstypischen Klacken ins Schloss und wir standen beide dort, wo ich alleine hingewollt hatte.

Wäre er zu der schwarzen Witwe damals nicht so nett gewesen, hätte ich ihm Beine gemacht. Er bat sofort ausführlich um Entschuldigung, er beherrschte die Anstandsregeln, aber die gelassene Freundlichkeit, mit der er vor einigen Wochen sogar das Vertrauen der schüchternen Verdienstkreuzträgerin gewonnen hatte, war hinter unübersehbarer Anspannung verschwunden.

Ich fragte ihn, was er wolle, worauf er sich nach meinem Landgang erkundigte. Ob ich auch bei seinen Berufskollegen gewesen sei. Bei den Pinguinen, setzte er sogleich hinzu. Offenkundig hatte er zu seinen eigenen Witzchen kein Vertrauen. Aus gutem Grund.

Kommen Sie zur Sache, Mann!

Ist nicht so einfach.

Aha, ein Druckser, dachte ich, wies trotzdem auf einen Stuhl und setzte mich aufs Bett. Er aber blieb stehen. Trat von einem Bein aufs andere, steckte die Hände in die Hosentaschen und zog sie wieder heraus, fuhr sich durch die Haare, dann mit beiden Händen kurz übers Gesäß, nach oben zu den Hüften, wo die Hände kurz innehielten, vielleicht um Kraft zu tanken für das Kasperltheater, das sie anschließend vollführten; Gesten der Unschlüssigkeit, die Worte vorwegnehmen oder ersetzen sollten.

Nun setzen Sie sich doch!, forderte ich ihn noch einmal auf, aber schon sanfter. Hier hatte ich einen Jüngling vor mir, der Unsicherheit nicht gewohnt war, aber sichtlich etwas auf dem Herzen hatte.

Aber was heißt Jüngling. Er ging wohl schon auf die dreißig zu. Ein Mann, der nichts anderes verdient hatte, als wie ein Mann behandelt zu werden.

Worum geht's?

Er öffnete die Knöpfe seines Sakkos und setzte sich. Sehr gerade. Die Hände im Schoß gefaltet, sodass die Daumenspitzen sich berührten. Gepflegte Hände. Schöne Hände. Mit ganz jugendlicher Haut. Und schlank, wie der gesamte Körper.

Ich brauche Hilfe.

Ein gut aussehender junger Mann, der Hilfe braucht – das hat man nicht alle Tage. Daran muss man sich erst gewöhnen, ich jedenfalls brauchte meine Zeit, bis ich die Skepsis überwunden hatte. Als kennte Schönheit keine Not. Als wollte ich nicht wahrhaben, dass die Schönheit nicht gekommen war, um mir Wohltaten zu bringen, sondern um bei mir etwas abzuholen.

Ich bin nicht für die Crew zuständig. Warum wenden Sie sich an mich?

Wegen Ihrer Ausstrahlung, sagte er.

Wie ist die denn?

Klug, stark, weiblich, antwortete er, ohne zu zögern. Und sehr anziehend, setzte er noch dreist hinzu.

Wahrscheinlich hatte ich meine Gesichtszüge für eine Sekunde nicht unter Kontrolle, denn auf einen Schlag war seine Nervosität wie weggeblasen, als habe er sicheren Boden unter den Füßen gefunden und erinnere sich wieder, wie es im Text weiterging.

Ach ja, machte ich mit unüberhörbar belegter Stimme, wehrlos gegenüber dem ersten Kompliment seit Jahren. Auf Anhieb konnte ich mich an die Vorgängerschmeichelei nicht erinnern.

Es kam mir vor, als wüchse mein Besucher mit abnehmender Unsicherheit um mehrere Zentimeter. Er bat mich, ihn Konstantin zu nennen, und beteuerte, sich nach langer Überlegung bewusst an mich gewandt zu haben. Im Grunde gehe es auch gar nicht um ihn, jedenfalls nicht in erster Linie.

Nun machen Sie es nicht so spannend!

Also gut.

Er schlug die Beine übereinander wie ein Mann von Welt und erzählte mir die Geschichte von dem fehlgeschlagenen Versuch, vier afrikanische Flüchtlinge, die sie bei Teneriffa aus dem Meer geangelt hatten, in Buenos Aires von Bord zu schmuggeln. Er nannte die Konsequenzen, die er mutmaßlich zu tragen haben werde, und schilderte abschließend den apathischen Zustand der vier Afrikaner, die er und einige Kollegen irgendwo auf dem Schiff versteckt hielten.

Wie kann ich Ihnen jetzt helfen?

Er stand auf, machte einen Schritt auf mein Bett zu und ging vor mir in die Hocke.

Ich habe Angst, sagte er. Angst, dass die Jungs sich was antun.

Das meinte er ernst, ich spürte es. Der Pastor hatte seine fehlende Aura beklagt – dieses Problem hatte der Junge hier nicht, obwohl er wahrscheinlich nicht einmal wusste, wie man das Wort Zölibat buchstabiert. Er war kein Nullachtfünfzehn-Kellner, sondern ein sensibler Kerl, der sich nur einen lässigen Anstrich gab, wobei ihm seine feinen Gesichtszüge zugutekamen, auf fatale Art, denn so konnte man leicht übersehen, dass er Beistand brauchte. Ich übersah es nicht. Die Verschränkung meiner Arme öffnete sich, die rechte Hand zog es in Zeitlupe nach vorn.

Wieso arbeiten Sie eigentlich nur als Kellner?, hörte ich mich fragen.

Erstaunt stand er auf. Wie bitte?

Schon gut. Kann man mit den Afrikanern reden? Wo sind sie? Ich müsste sie mir ansehen, bevor ich beurteilen kann, ob ihnen meine Kenntnisse etwas nützen. Eventuell benötigen sie Medikamente. Also, in welchem Loch halten Sie die vier versteckt?

Ich hatte so abrupt das Ruder herumgerissen, dass meine Sätze allzu barsch klangen. Sogleich war bei dem jungen Mann der Argwohn geweckt, er wurde defensiv.

Gehen Sie nicht, bat ich ihn und nun hatte meine rechte Hand sein Handgelenk erreicht.

Er sah an seinem Arm hinunter, dann musterte er mich ernst. Zog mich vom Bett hoch. Sah mir als der Größere von uns beiden ins Gesicht.

Gilt für Sie die Schweigepflicht?

Nein.

Kann ich Ihnen vertrauen?

Ja.

Beweisen Sie es.

Kaum hatte er das gesagt, nahm er mich in den Griff, wie Männer es mit Frauen tun.

Und ich bewies ihm, dass man mir vertrauen konnte, indem ich mich losmachte, nüchtern und energisch, wie beim Durchführen eines Segelmanövers, und die Kabinentür öffnete.

Zögerlich trat er an mir vorbei in den Gang, suchte dabei meinen Blick, das spürte ich, doch ich sah nicht hin, sondern schräg nach unten in eine Ecke der Kabine.

Der Boden schwankte, ohne dass ich entscheiden konnte, ob wegen des Seegangs oder wegen meiner inneren Turbulenzen. Ich wartete eine Weile ab, tief durchatmend, dann machte ich mich entschlossen auf den Weg, denn ich wollte am Schweigen nicht ersticken.

Die Bibliothek war verschlossen. Sollte ich mich erkundigen, in welcher Kabine Madeleine untergebracht war? Ich beschloss, zuvor in der VIP-Lounge nach Sibylle Ausschau zu halten.

Tatsächlich traf ich sie dort an, mit dem Barkeeper plaudernd.

Habe ich Glück gehabt? Ist das Zufall?, fragte ich sie.

Ich bin jeden Abend hier, erklärte sie, nur die Uhrzeit variiert.

Sie ließ mir einen Cognac geben und hörte zu, was ich ihr von dem Besucher in meiner Kabine erzählte. Die Afrikaner sparte ich aus, meine Turbulenzen nicht.

Sibylle hörte interessiert zu. Als ich den Namen Konstantin erwähnte, richtete sie den Blick auf das Holz des Tresens und lächelte vor sich hin.

Was ist? Lachst du über mich?

Abrupt drehte sie den Kopf wieder in meine Richtung. Nein. Es sei wegen des Jungen. Sie sei ihm auch schon mal begegnet.

Bestimmt. Er serviert meistens im Wintergarten.

Nein, sie meine, sie habe auch schon ihre Erfahrungen mit ihm gemacht. Ein charmanter Junge.

Das ist nicht wahr!

Doch.

Ich war entgeistert, sie verlegen. Sie genierte sich sogar gewaltig. Erstaunlich, wie schnell die Selbstsicherheit einer Frau porös werden kann, sogar die so einer Frau. Die weiblichen Schamdrüsen sind leicht reizbar, ihr Sekret ist überaus aggressiv. Es kann im Handumdrehen etlichen anderen Körperfunktionen das Wasser abgraben.

Die Frauen im Leipziger Frauenhaus bestanden fast nur noch aus Scham. Nur wer das erkannte und verstand, fand Zugang zu ihnen.

Lass die Finger von ihm, sagte Sibylle plötzlich.

Klang das eifersüchtig? Ich war nicht sicher, sagte vorsichtshalber, sie solle sich keine Sorgen machen, ich nähme ihr den hübschen Knaben schon nicht weg.

Ich denke nicht an mich, sondern an dich, erwiderte sie. Der Junge ist gefährlich. Er kann dich glauben machen, dass man in unserem Alter noch gewisse Dinge erwarten kann, die in Wahrheit definitiv passé sind.

Zum Beispiel?

Da legte sie nur den Zeigefinger auf die Lippen und schüttelte ganz leicht den Kopf.

Sebastian Es wurde eng. Sie suchten nach den Afrikanern. Mit dem Manifest in der Hand machten sie Razzia auf den Personaldecks und weiter unten, sie schnüffelten in allen Ecken und verglichen jedes schwarze Crewmitglied mit dem Foto im Manifest.

Und Tintin hatten sie erwischt.

Der Sommelier, dieser österreichische Kriecher, hatte ihn tatsächlich verpfiffen, worauf Gaus ihn sich geschnappt und ihm eiskalt gekündigt hatte. Der nächste Hafen war Ushuaia, von dort kam man schlecht weg, darum wollten sie warten bis Santiago und ihn von dort nach Hause schicken.

Nach Hause? Wo soll das denn sein?, hatte Tintin angeblich gefragt, als Gaus ihm erklärt hatte, was kommen würde.

Bis Santiago wurde er strafversetzt. Von nun an war es aus mit dem Herumstolzieren in den Cafés. Ab sofort war er Putzhilfe in der Küche, sprich: der schwärzeste Neger.

Und die Leute vom Sicherheitsdienst fahndeten inzwischen nach unseren vier Flüchtlingen. Schön diskret natürlich. Die Passagiere durften ja nichts merken.

Auf dem Weg zur Arbeit machte ich einen Umweg über die Klinik und sagte Linda Bescheid. Sie war an dem Tag für die Versorgung der vier zuständig.

Was machen wir?

Abwarten, sagte sie. Und hoffen, dass hier oben nicht gefilzt wird.

Wie geht's unseren vier Freunden?

Ihr Zustand ist stabil. Stabil miserabel.

Almut Wie verdaut man Wissen, das einem ungewollt eingetrichtert wurde? Eine Schlüsselfrage für Ehe- und Familienberater. Jeder Mensch ein Kosmos aus Geschichten, und an jedem Arbeitstag fliegst du als Kosmonautin durch mehrere Galaxien. Und wirst mit Informationen überschüttet, die mit dir und deinem Leben nichts zu tun haben, Überschuss, Ballaststoffe, die du nicht absorbieren kannst, die aber nun einmal in dir stecken.

Dann kannst du zum Beispiel lange Wege gehen, damit es bröckelt, lose wird, schließlich herabfällt, und anschließend mit ein bisschen Bach nachspülen. So etwas geht, weil es gehen muss – redest du dir ein, weil es eben nicht anders geht. Denn in Wahrheit bleibt immer etwas hängen. Oft wunderst du dich, was für Einzelheiten haften bleiben, aber wenn du genau hinsiehst, erkennst du: Das sind die Dinge, die doch etwas mit dir zu tun haben. Die werden Bestandteil deiner Erinnerung, obwohl sie ursprünglich aus einem anderen Menschenkosmos stammen.

Nun hatte die Kosmonautin allerdings eine Information anderer Kategorie an Bord ihres persönlichen Raumschiffes auf Interkosmosflug genommen. Sie wusste von vier Illegalen, die irgendwo an Bord versteckt waren, wusste aber nicht, was sie mit diesem Wissen tun sollte.

Ich versuchte mir die blinden Passagiere vorzustellen. Vier schwarze Afrikaner, kauernd, bangend, wartend, zitternd im Versteck. Flüchtlinge, ausgerechnet hier, auf diesem Schiff, nicht auf der Flucht vor Langeweile und Tristesse, sondern vor der schieren Not, getrieben zu einem persönlichen Kap der guten Hoffnung, das auf der Nordhalbkugel lag, in mehrfacher Ausfertigung, verteilt über den größten Teil Europas.

Musste der Kapitän das wissen? Oder Gaus?

Es war einer der Seetage, an denen kein Hafen angelaufen wurde, besonders lange Tage, schien es, der Rhythmus dehnte sich überall an Bord, Entertainer, Musiker, Lektoren schoben Schicht um Schicht und für mich gab es an solchen Tagen erfahrungsgemäß ebenfalls viel zu tun.

Wir fuhren mit Kurs auf Kap Hoorn, hier unten war offiziell Sommer, aber draußen war es ziemlich kühl geworden, windig, der Seegang ständig spürbar, auf dem Deck durfte keiner mehr an die Kletterwand, auch lag längst niemand mehr an den Pools, nur ein paar junge Alphatiere in Neoprenanzügen vertrieben sich hartnäckig die Zeit in der Surfanlage zwischen Deck 12 und 13.

Zugleich stand Weihnachten bevor. Sollte man da ausgerechnet für Unruhe sorgen, indem man eine Suche nach blinden Passagieren in die Wege leitete?

Es wäre in jedem Fall riskant, Gaus ins Vertrauen zu ziehen, auch wenn die Fortsetzung des Versteckspiels den Flüchtlingen am Ende eventuell mehr schadete als nützte. Holte man sie ans Tageslicht, konnten sie vielleicht als Flüchtlinge anerkannt werden. Auf welchem Boden befanden wir uns auf diesem Schiff eigentlich? Waren wir eine amerikanische Enklave, weil wir zu einer US-Reederei gehörten? Oder ein schwimmender Außenposten Deutschlands, weil das Schiff von und nach Deutschland fuhr und generell für Deutsche und solche, die es in deren nächster Nähe aushielten, gedacht war?

Gaus kam und sah aus wie immer, sogar gelaufen war er, trotz des Regens, der waagerecht übers Deck schoss. Gaus roch frisch, ich schaute unwillkürlich länger als sonst auf seine Erscheinung, wie auf der Suche nach Signalen seiner Vertrauenswürdigkeit, und er fühlte sich offenbar gemustert, denn er hob die Augenbrauen, wodurch ein fragender Gesichtsausdruck entstand, außerdem nahm er nicht sofort am Flügel Platz. In mir kam bereits die Befürchtung auf, er könne mich erneut auffordern, ihm etwas vorzuspielen, aber nein, diesmal ging er noch weiter.

Ob er einen Wunsch äußern dürfe.

Äußern immer.

Er wünsche sich, mit mir vierhändig zu spielen. Bislang habe er nicht zu fragen gewagt, da es so etwas Symbolträchtiges an sich habe, das vierhändige Klavierspiel. Es gebe da jedoch ein Stück, das er über die Maßen liebe, speziell dessen schlichtes, aber ungeheuer wirkungsvolles Motiv, und dieses Stück sei nun mal für vier Hände geschrieben, weshalb sich ihm sonst nie die Gelegenheit biete, es einmal eigenhändig zum Leben zu erwecken, genauer gesagt, daran beteiligt zu sein, wenn es zum Leben erweckt wurde. Nun, da er Zeuge meiner ausgeprägten Fähigkeiten am Instrument habe sein dürfen, wolle er endlich den Versuch riskieren. Sofern ich einverstanden sei.

Um welches Stück es sich denn handle, fragte ich, schon ziemlich bang.

Um Schuberts Fantasie in f-Moll, Deutschverzeichnis 940.

Ich weigerte mich. So brüsk, dass Gaus stutzte.

Trotzdem setzte er sich an den Flügel, spielte die ersten Takte der rechten Hand an. Man hörte, dass er es geübt hatte, es gelang ihm, das Motiv auch ohne Begleitung zur Geltung zu bringen.

Schubert komponierte dieses Stück in seinem Sterbejahr, sagte Gaus, als er die Hände von den Tasten nahm. Er widmete es Caroline Esterházy, seiner Schülerin, zu der er sich hingezogen fühlte, die ihm als armem Musiker aber unerreichbar war, da sie dem Adel angehörte. Zuneigung und Trauer, man hört das gleich, finden Sie nicht?

Ich nickte stumm. In Wahrheit hätte ich heulen mögen.

Was ist mit Ihnen?, fragte Gaus.

Ich schüttelte Kopf und Hände, um nicht antworten zu müssen. Dabei vergaß ich, dass oft gerade abwehrende Gebärden tiefste Intimität aufbrechen lassen.

Prompt erhob sich Gaus, um auf mich zuzugehen, doch nach einem Schritt schon blieb er stehen, schaute zur Decke und sprach langsam, als lese er dort oben ein Zitat ab: Wenn Einsame, die auf keine Zuhörer zu hoffen haben und keine zu fürchten brauchen, es gelegentlich mit dem Vierhändigspielen versuchten, so müsste es nicht ihr Schaden sein, sagte er tastend. Ist von Adorno, fügte er hinzu, aber es fehlt noch etwas, Augenblick, ja: Am Ende findet sich auch ein Kind, das ihnen umblättert.

Das ging mir zu weit, es setzte dem Ansinnen, gemeinsam spielen zu wollen, eine zu private Krone auf, ich hörte das am Unterton, oder bildete es mir ein. Das Ansinnen selbst war längst zu viel gewesen, denn was brauchte man denn, wenn man vierhändig spielen wollte? Man brauchte die Symbiose. Ansonsten verhedderte man sich mit den Ärmeln und warf sich gegenseitig aus dem Takt. Stillschweigende Übereinkunft war der Schlüssel zum musikalischen Ausdruck beim vierhändigen Spiel.

Wie konnte Gaus so etwas von mir verlangen?

Er schien die Ernsthaftigkeit meiner Weigerung zu begreifen, setzte sich wieder hin und entschuldigte sich.

Wir haben ja auch nur einen Klavierstuhl hier, sagte er. Bitte vergessen Sie mein Anliegen. Es tut mir leid.

Und dann fing er an, etwas Unauffälliges von Mozart zu spielen, das er auswendig konnte.

———

Hören Sie auf, sagte ich. Ich sagte es nicht laut, eher so, wie man in Gedanken etwas vor sich hin spricht. Die Worte kamen von alleine, die mussten nicht erst ausgedacht werden, sondern entsprangen den Kranzgefäßen meines zentralen Ehrlichkeitsorgans.

In Gausens Spiel schlich sich ein Zögern ein, eine Pause, die in dem Stück nicht vorgesehen war, aber er wandte nicht den Kopf und nahm auch nicht die Hände von den Tasten. Doch er war wachsam, sein Nacken streckte sich lauernd und ich glaubte zu sehen, wie er die Ohren spitzte, wie sie einige Zentimeter wuchsen, die Trommelfellmembran aufs Äußerste spannten, bereit, über die Musik hinweg jedes Wort von mir ohne Einbußen zu registrieren.

Hören Sie auf, wiederholte ich noch einmal, auch diesmal ganz automatisch, ohne ein »bitte« hinzuzusetzen. Ich konnte ihn nicht mehr sehen, ich konnte ihn nicht mehr hören, und das Stück von Mozart, diesem gottverdammten Wunderkind mit der ordinären Fantasie, tänzelte mir in seiner an der gepuderten Perücke herbeigezogenen Heiterkeit wie mit säuberlich polierten Schnallenschuhen über die Nerven.

Es fiel ihm schwer, zu gehorchen, zumal er gerade eben schon in Sachen Fantasie f-Moll klein beigegeben hatte, aber ich hatte ihm den Spaß verdorben. Er ließ das Stück auslaufen, nickte ein paarmal stumm, aber rhythmisch, so als schlüge er mit der Stirn einen Nagel ins Klavier, drehte sich dann schwungvoll zu mir um und versuchte, überfallartig das Heft in die Hand zu bekommen, indem er fragte, was denn nun in mich gefahren sei. Ob sein Ansinnen, mit mir vierhändig zu spielen, so ungehörig gewesen sei, dass ich deswegen aus der Fassung geriete und dabei die Dienstranghierarchie völlig aus den Augen verlöre, auf die er, wie ich wisse, selten bestehe, die aber durchaus ihren Sinn und ihre Berechtigung besitze, weshalb er bitte, nicht nach Belieben und gelenkt von momentanen Grillen damit umzuspringen.

Verschonen Sie mich mit Ihrem gespreizten Geschwätz!, schrie ich ihn an.

Moment, Moment, hob nun auch Gaus die Stimme. Er kam auf mich zu, wie einer, dem gleich die Hand ausrutscht, nein, falsch, nicht wie einer, dem im Affekt alles passieren kann, sondern wie einer, der genau weiß, zu welchem Tatwerkzeug er greifen muss. Der Täter zieht sich Latexhandschuhe an, während er sich dem Opfer nähert, hörte ich mich zwischen den Ohren lächerlicherweise denken und rechnete damit, gleich umstandslos beseitigt und entsorgt zu werden. Aber Gaus bog unmittelbar vor mir in die Kurve ein, drehte eine Runde im Zimmer, holte, als er den Blüthner passierte, mit der rechten Hand zum Schlag aus, bremste sich aber irgendwie, sein Arm zappelte spastisch in der Luft, Gaus lief eine zweite Runde, mit verzerrter Miene, und nun, beim zweiten Durchgang, traf es das Instrument, der Arm erhob sich wieder, sauste herab, doch nicht die Faust, sondern die flache Hand klatschte aufs polierte Holz, blieb darauf haften und stoppte Gaus, so wie ein Anker, der ein Boot an die Kandare nimmt.

Ich lasse mir von Ihnen keine Befehle erteilen!, rief er. Das wäre ja noch schöner. Wem haben Sie diesen Posten hier zu verdanken? Das ist Ihnen wohl entfallen. Ein bisschen mehr Respekt, wenn ich bitten darf! Sie können sich nicht beklagen, aber ich, ich kann auch anders, wenn es sein muss. Wer Privilegien will, muss auch mal ab und zu geben können. Dafür, dass Sie frei schalten und walten dürfen, werden Sie mir ja wohl hier und da mal zu Willen ... ich meine ... zu ... zu ... also mal zu einem winzigen Entgegenkommen bereit sein.

Heiliger Sigmund, du hast eine phänomenale Gabe, manch einem rollenden Karren einen Stock in die Speichen zu rammen! Gaus stolperte über verdrängtes Gerümpel, kam aus dem Tritt, und sein Schneid verlor auf der Stelle mehrere Härtegrade. Das war mir mittlerweile aber gleichgültig, denn mit seinem Appell an mein Entgegenkommen, mit welchem ich angebliche Privilegien abgelten solle, hatte er mal wieder die Firma und ihre Gepflogenheiten aufleben lassen. Zuckerbrot und Peitsche, Schwarzmeerstrand und Hohenschönhausen. Und er hatte damit meine Spezialwut ausgelöst, die sich nicht durch besondere Intensität auszeichnete, sondern dadurch, dass sie im Schwefelbad der Erinnerung an Beklemmungen diverser Art porös geworden war und in ihrer Außenwirkung schwächer wirkte als in ihrer Strahlkraft nach innen. Schon musste ich alle Kraft aufbringen, um nicht in die Verzweiflung abzukippen, wogegen Gaus bloß kurz aus dem Takt geraten war, sich leicht wieder fing und seine Chance nutzte, um die Oberhand zu gewinnen.

Beruhigen Sie sich, setzen Sie sich und erklären Sie mir, was an dem Schubert-Stück so prekär ist, dass Sie es mit mir nicht üben wollen, diktierte er.

Wer redet denn von Schubert?, wehrte ich mich schwach, aber er gab nun keinen Millimeter mehr preis. Ich rede von Schubert, erwiderte er, und es klang wie die akustische Fassung eines Betondenkmals für den unbekannten Soldaten.

Wie soll man darauf reagieren? Mit der Niederlegung eines Kranzes?

In dem Moment fiel der ganze Raum aus den Angeln und kippte zur Seite, die Möbel rutschten der Tür entgegen, als hätten sie es eilig, ans kalte Büfett zu kommen, nur der Blüthner stand fest verschraubt auf dem Parkett, sonderte durch die Erschütterung aber einen gongigen Ton ab, der irgendwie alarmierend klang. Gaus hielt sich am Flügel fest, ich aber stolperte und fiel auf den Tisch, versetzte der Schale mit den Mozartkugeln einen unfreiwilligen Stoß, es klirrte und die Kugeln klackerten durch den Raum. Sogleich folgte die nächste Turbulenz, denn eine Welle kommt selten allein, ich rutschte einen Meter mit dem Tisch, dann kehrte etwas Ruhe ein, aber noch schien das Beratungszimmer nicht wieder ganz stabil in der Fassung zu sitzen. Ich schaute zur Decke, an die Wände und zur Tür, mit dem Blick der Haltsuchenden, und Gaus musterte mich dabei wie ein Schwimmlehrer seinen Schützling, der zum ersten Mal einen Versuch ohne Schwimmflügel wagt.

So weit im Süden kann der Atlantik auch im Sommer unberechenbar sein, stellte er fest. Er wollte mir auf die Beine helfen, doch ich kam rechtzeitig selbst wieder zum Stehen, weshalb er dazu überging, die Möbel zurück an ihren Platz zu schieben.

Das Aufsammeln der Mozartkugeln und der Scherben durfte ich übernehmen. Er ließ keine Gnade walten, sondern fragte mich von oben in den Rücken, was es mit dem Schubert-Stück nun auf sich habe.

Es erinnert mich an meinen Sohn, antwortete ich so, wie man den einzig möglichen Ausweg wählt, raffte mit den Händen die Glassplitter zusammen und warf sie in den Abfallkorb. Die Schokoladenkugeln ließ ich einzeln folgen. Das habe ich oft mit meinem Sohn gespielt, präzisierte ich, nun wieder aufrecht, wenn auch auf wackligen Beinen.

Mit Sebastian?, fragte Gaus.

Woher kennen Sie seinen Namen?

Er zupfte an seinen Ärmeln – eine Übersprunghandlung. Offenbar war ihm gerade etwas herausgerutscht, das er lieber nicht hätte sagen wollen.

Sie werden ihn irgendwann erwähnt haben.

Bestimmt nicht. Da bin ich mir sicher. Ich überlege mir normalerweise ganz genau, wem ich was sage.

Dann habe ich es vermutlich gelesen.

Wo soll das denn geschrieben stehen?

In Ihrer Personalakte zum Beispiel.

Glaube ich nicht.

Natürlich steht da drin, dass Sie einen Sohn haben.

Aber nicht der Name.

Sonst würde ich ihn doch nicht kennen.

Gaus blickte bei jedem Satz zur Seite. Wie war das noch mit den Anzeichen des Lügens? Rechtshänder schauen nach links, Linkshänder nach rechts, wenn sie die Unwahrheit sagen. Oder war es umgekehrt?

Vielleicht meinen Sie eine ganz andere Akte, mutmaßte ich kühl.

Darauf sagte er nichts. Eine neuerliche Welle näherte sich, sie schickte ihre spürbaren Vorboten schon voraus. Gaus wartete die eigentliche Woge ab, die das Schiff wieder zum Schwanken brachte, jedoch nicht so heftig wie eben. Alles blieb an seinem Platz.

Er antwortete nicht, also hatte ich recht. Ich sah ihm in die Augen und war nahe daran, meine von Berufs wegen antrainierte Technik, mir Abscheu vor Gesprächspartnern nicht anmerken zu lassen, kurzfristig außer Betrieb zu setzen.

Gaus schaute mühelos zurück. Er wusste, wie man Blicken standhielt, fest aufs Parkett geschraubt stand er aufrecht da, ließ den Anflug eines maliziösen Lächelns erkennen, hob die Unterarme etwas an, kehrte die Handflächen nach oben und sagte: Die Firma lebt.

Sein Ton war eine unwahrscheinliche Mischung aus Triumph und Bitte um Entschuldigung.

Sollte dieser Ton tatsächlich seinen psychischen Zustand gespiegelt haben, wäre das ein ausreichender Anlass gewesen, die einschlägigen Lehrwerke für das Studienfach Psychologie an bestimmten Stellen umzuschreiben oder wenigstens zu ergänzen.

Ich selbst hingegen bot nicht den geringsten Grund, das überlieferte Standardwissen infrage zu stellen, ich reagierte nach Schema F. Meine Verdrängungsleistungen sind eine Fundgrube für kleine, unspektakuläre Fallbeispiele.

Nehmen wir das Stichwort Akte. Ich höre es, hole es vielleicht sogar selbst hervor, so wie ich es auch gegenüber Gaus getan habe, aber dann kann ich nicht weiter. Ich sage Akte, und die Akte schließt sich. Vor zehn, zwölf – oder waren es sogar schon beinahe fünfzehn – Jahren drängte Karin mich zur Akteneinsicht, hielt mir sogar Blätter vor die Nase, die erklärten, wie man den nötigen Antrag stellt, aber ich stand davor wie vor einem einschüchternden Berg, dessen Anblick in mir jeden Willen zur Besteigung auslöschte. Ich sagte: Nee. Außerdem hab ich gar keine.

Und vor Gaus, dem Fels in der Brandung, ging es mir nicht viel anders. Wenn es mir nicht zufällig gelingt, die Wut in Mut zu verwandeln, gehen mir bei ihm leicht die Kräfte flöten. Ich gebe nicht unbedingt klein bei, aber ich lasse ihn leichter davonkommen, als er es verdient hätte.

So auch jetzt. Wie unter Zwang verließ ich die Stelle, wo es lichterloh brannte, wo der Name Sebastian gefallen war, wo ich mich bestürzt über Gausens Kenntnis gewundert hatte, wo Aktenstaub aufgewirbelt worden war, und hüpfte mit beiden Füßen in ein anderes, etwas weniger brisantes Quadrat.

Der Schubert ist für mich zu privat, den spiele ich nicht mit Vorgesetzten, schon gar nicht mit solchen, die eine Täterbiografie auf dem Buckel haben, formulierte ich betont kühn, aber durchaus ehrlich. Außerdem geriet bei mir innerlich alles in Aufruhr, wenn jemand die Musik missbrauchte, um Macht auszuüben. Das konnte ich nicht ertragen, und das sagte ich Gaus so deutlich, wie ich es über mich brachte.

Er reagierte nicht beleidigt, vielleicht war er sogar froh, dass er von der privaten Schubert-Seite auf die allgemeine springen durfte und sich nicht weiter von mir fragen lassen musste, woher er Sebastian kannte, aber er schlug einen ernsten, strengen Ton an, um keinen falschen Eindruck von Versöhnlichkeit aufkommen zu lassen.

Musik und Macht, Frau Schäfer, das ist ein weites Feld, deklamierte er. Simple Definitionen und übereilte Schlussfolgerungen seien da fehl am Platze. Die Frage sei, ob sich Musik überhaupt eigne, um sie zur Machtausübung zu missbrauchen. Denn sei die Musik nicht eine Sphäre, in der sich Kategorien wie Über- und Unterlegenheit auflösten? Sei Musik denn nicht frei von Klassenzuschreibungen und Hierarchien?

Wenn ich Sie bitte, mit mir vierhändig Schubert zu spielen, verehrte Frau Schäfer, also Seite an Seite mit mir die Hallen der erhabensten Musik zu betreten, läuft das doch eindeutig auf eine Entkräftung der zwischen uns herrschenden hierarchischen Beziehung hinaus. Wir sind doch gleich, wenn wir gemeinsam spielen!

Er glaubte, was er sagte, das sah ich deutlich, und wieder einmal staunte ich darüber, wie geschickt die menschliche Intelligenz darin sein kann, unintelligente Gedanken zu formulieren.

Musik, fuhr Gaus, der nun in Fahrt zu kommen schien, fort, Musik sei eine Sprache, die ohne Worte auskomme und somit eine Sphäre frei von Parolen bilde. Im Gewandhaus habe auch früher schon keiner an den Fünfjahresplan gedacht. Die Musikliebhaber folgten der Musik, die Ignoranten schliefen ein, so war das, formulierte Gaus klipp und klar. Solange gespielt wurde, herrschte die Musik. Was nach dem Applaus und hinter den Kulissen vor sich gegangen sei, das sei ein anderes Thema und gehöre nicht hierher, zumal auf alle Fälle auch im Hinblick auf das Musikleben in der Deutschen Demokratischen Republik – er sprach es gestaucht aus: in der Deutschndekrateschnrblik – Folgendes konstatiert werden könne: Musik werde unter ausgeprägten und tief gestaffelten Machtverhältnissen – genau so drückte Gaus sich aus – gern als Währung eingesetzt, mit der man sich von unschönen Verpflichtungen, von Verstrickungen und Verzettelungen, ja sogar von Repressionen – mit einem Wort: von den Auswirkungen der Macht freikaufen könne.

Zur Illustration brachte er Ruth Zechlin ins Spiel. Die erfolgreichste Komponistin der DDR sei nie Mitglied in der SED gewesen. Sie habe sich einfach darauf berufen, dass ihr als Musikerin Ideologie fernliege. Freilich habe sie sich aber auch nie öffentlich gegen das Regime gestellt, sondern eben nur auf das bestanden, was sie als »eigenständiges musikalisches Denken« bezeichnet habe.

Das nenne ich Musik als machtferner Raum, fasste Gaus zusammen.

Ich nenne es inneren Widerstand, konterte ich.

Das ist mir ein zu großes Wort, Frau Schäfer.

Vielleicht steckt ja ein großes Motiv dahinter.

Nein. In diesen Dingen dürfen Sie sich getrost auf meine Informationsquellen verlassen, belehrte mich Gaus vollkommen humorlos. Er war beim Dozieren wieder einmal in die Rolle des Besserwissers hineingewachsen, was meinen Groll keimen ließ, aber wie so oft verstand er es, mit seinen Geschichten mein Interesse zu wecken. Ruth Zechlin – viele Jahre lang war mir dieser Name nicht mehr begegnet, aber jetzt, da er fiel, brachte er einen ganzen Schwall von Erinnerungen mit, die in ein dröhnendes Orgelspiel eingingen: Ruth Zechlin in der Protestnacht der Künstler an der Orgel der Erlöserkirche, wo sie zur Eröffnung eine eigene Komposition tosen ließ: »Wider den Schlaf der Vernunft«. Oktober 89, da war Sebastian gerade vier und ich, was war ich? Ich war euphorisch, aber auf meine Art, ich brachte, ohne zu hadern, die Kraft auf, Holz für Sebastian und mich zu besorgen, unser Lagerfeuer am Brennen zu halten und uns über dem Feuer sogar noch warme Mahlzeiten zu bereiten.

Gaus hatte inzwischen wieder am Flügel Platz genommen; mit einer kleinen Tonfolge, einem Rückgriff auf den vorhin abgebrochenen Mozart, zog er meine Aufmerksamkeit auf sich.

Er habe dieser Tage ein interessantes Gespräch mit einem Passagier gehabt, fing er gleich wieder an zu reden. Man habe über Musik gesprochen, auch über Pianisten. Anlass sei die digitalisierte Neuveröffentlichung des Mitschnitts von Vladimir Horowitz' letztem Konzert in London gewesen. Von da sei man auf Busoni gekommen, auf Richter, auf Edwin Fischer, und von diesem, naturgemäß, auch auf Kempff. Bei der Gelegenheit sei ihm von seinem Gesprächspartner eine interessante Anekdote erzählt worden. Sie passe zum Thema Macht und Musik. Ob ich sie hören wolle.

Ich gab ihm per Handbewegung die Erlaubnis, auch wenn ich wusste, dass er ohnehin nicht den Mund halten würde.

Die Geschichte habe sich wohl in den Dreißigerjahren zugetragen. Kempff habe dem »Führer« vorspielen sollen, sich auch mit der Straßenbahn auf den Weg zu dessen Wohnsitz gemacht, sei aber zu spät dort eingetroffen. Das Tor sei verschlossen gewesen, und der Pianist habe sich gezwungen gesehen, über den Zaun zu klettern – bei strömendem Regen. Schließlich sei er vollkommen durchnässt im Haus angelangt und habe zunächst trocken geföhnt werden müssen, um Hitler einigermaßen manierlich unter die Augen treten zu können. Das anschließende Konzert sei schlecht gelaufen, und angeblich habe Hitler später geäußert, er wolle diesen Pianisten nie wieder sehen.

So weit die Anekdote, schloss Gaus seine Erzählung. Was ich davon hielte.

Nach allem, was ich inzwischen über Kempff gelesen hatte, kam sie mir nicht sonderlich glaubwürdig vor.

Nicht wahr, bestätigte Gaus. Er sehe das genauso, darum frage er sich, wer so etwas in Umlauf bringe.

Vielleicht steckt der Held der Geschichte selbst dahinter, schlug ich vor. Womöglich sollte die kleine Legende gewissermaßen eine entnazifizierende Funktion erfüllen, im Hinblick auf die Nachwelt.

Ein guter Gedanke, lobte Gaus. Falls er zutreffe, falls Kempff also selbst als Urheber der Anekdote verantwortlich zeichne, sei aber eines höchst interessant, nämlich die Tatsache, dass der Pianist sein eigenes Spiel in ungünstigem Licht darstelle, um seine moralische Integrität hervorzuheben. Er wolle suggerieren, moralisch in so hohem Maße integer gewesen zu sein, dass in unmittelbarer Nähe der bösen Macht die Schönheit der Musik nicht habe zur Entfaltung kommen können.

Wie gesagt, ein interessanter Fall aus dem Bereich »Musik und Macht«, fand Gaus, denn in aller Regel sei es doch so, dass Künstler ihre Kunst einsetzten, um sich von der gesellschaftlichen Verantwortung freizukaufen. Die Musik, jene Kunst der

Sprache ohne Worte, sei in nachgerade idealer Weise dafür geeignet.

Gausens Fähigkeit, mit interessanten Erzählungen meinen Unwillen zu brechen und mich zur mitdenkenden Zuhörerin zu machen, war wirklich phänomenal, ebenso sein Talent, einmal angesprochene Themen über Wochen hinweg am Leben zu halten. Seit wir zuletzt über Kempff gesprochen hatten, war mir Gausens verzweifelte Frage, was den Pianisten bewogen haben konnte, sich vom fetten Göring protegieren zu lassen, nicht aus dem Kopf gegangen, wenn auch aus anderem Grund: Durch Kempff bestand sozusagen eine direkte Verbindung zwischen Onkel Heinrich und dem Grausamkeitskasper Göring, und das war entsetzlich.

Jetzt, bei Gausens allgemeiner Abhandlung über das Thema Musik und Macht, tauchten weitere unschöne Fragen auf, um die ich mich lange nicht mehr gekümmert hatte, zum Beispiel die, was mit Onkel Heinrich oder meinem Vater eigentlich *vor* der DDR gewesen war. Hatten sie, die kultivierten Musensöhne, sich mit den Mächtigen der NSDAP ähnlich arrangiert wie später mit den Popelinemantelfiguren aus der SED?

Arrangiert – ein gefährliches Wort. Ich hatte mich ja schließlich auch arrangiert. Oder wie müsste ich das formulieren?

Was Gaus nun sagte, klang, als habe er meine Gedanken gelesen. Er empfahl, bei dem besagten Thema nicht alles über einen Kamm zu scheren. Bei Musikern hätten außerdem andere Maßstäbe zu gelten, denn der Musiker müsse sich manchmal gewissermaßen zwischen seine Musik und die Macht stellen, um das Werk zu schützen. In diese Richtung deute er, auch angesichts der Aktenlage, das Verhalten der Ruth Zechlin samt ihrem Anspruch, das eigenständige musikalische Denken der ihr anvertrauten Studenten zu fördern. Kempffs Arrangement mit dem feisten Faschisten Göring sei da wohl anders zu bewerten.

Dies sagte mir ungerührt einer, der die besten Jahre seines Lebens mit den Folterknechten von Hohenschönhausen unter einer Decke verbracht hatte.

Plötzlich kam mir in den Sinn, Gaus zu fragen, ob er Kinder habe und wie es gewesen sei, sie in einem totalitären System großzuziehen. Ich kannte die Prämissen meiner Eltern, wusste noch, wie ich selbst an die Sache heranging, als Sebastian geboren wurde, und erinnerte mich genau, wie froh ich war, mich in meiner eigenen kleinen Familie nicht für oder gegen die Strategien meines Vaters und meiner Mutter entscheiden zu müssen, da die DDR rechtzeitig vor der Einschulung meines Sohnes das Zeitliche segnete.

Ich verkniff mir das Eindringen in Gausens familiäre Verhältnisse, wollte ihn aber immerhin dazu bringen, auch mal einen Hauch von Farbe zu bekennen, wo wir gerade beim Arrangieren waren. Daher fragte ich ihn, wie es sich für ihn, den ehemals überzeugten Sozialisten, eigentlich anfühle, ausgerechnet für eine amerikanische Reederei auf einem Kreuzfahrtschiff zu arbeiten – sozusagen einem Flaggschiff des Kapitalismus.

Dass Gaus um eine Antwort nicht verlegen sein würde, hätte ich mir denken können. Nicht einmal zu Übersprunghandlungen musste er Zuflucht nehmen. Er antwortete unverzüglich: Mir genügt es, gebraucht zu werden. Das ist die Voraussetzung für meine Überzeugung. Wenn ich das Gefühl habe, gebraucht zu werden, bin ich auch von der Sache überzeugt. Und wenn ich überzeugt bin, bin ich auch loyal.

Ich hatte nach dem Jetzt gefragt und insgeheim das Früher mit gemeint. Seine Antwort passte darauf perfekt: Sie ließ sich sowohl auf jetzt als auch auf früher anwenden. Aber Gaus war noch nicht fertig. Ich verfüge durch langjährige persönliche Erfahrungen über Fähigkeiten, die nicht jeder aufweisen kann, fuhr er fort. Diese Fähigkeiten kommen hier voll zum Zuge.

Und welche Fähigkeiten sind das?, wollte ich wissen.

Eine ganze Reihe, entgegnete er, offenbar unwillig, sie einzeln aufzuzählen. Stattdessen erklärte er: Der Kapitalismus hat gesiegt. Das muss man anerkennen. Da muss man ein guter Verlierer sein.

Ein Verlierer, der zum Gewinner wird.

Sehe ich wie ein Gewinner aus?

Ehrlich gesagt: Nein.

Sehen Sie.

Sebastian Auf dem Mannschaftsdeck ging das Gerücht um, unsere Fahrt würde sich um ein paar Tage verlängern. Zu schlechtes Wetter, keine Chance, in den nächsten Tagen schon um Kap Hoorn herumzufahren, unmöglich, bei dem Seegang das Weihnachtsfest standesgemäß über die Bühne zu bringen. Angeblich steuerten wir die Falklandinseln an, um dort quasi zu überweihnachten.

Manche waren ziemlich aufgeregt deswegen und gingen in den Computerraum, E-Mails verschicken, obwohl das teuer war und darum von allen Crewmitgliedern auf ein Minimum reduziert wurde. Chatten und Surfen kannst du dir vom Ozean aus kaum leisten, wenn du nicht oberhalb der Gürtellinie des Kreuzfahrtschiffes angesiedelt, also Passagier bist. Für die gibt es keine Limits, schließlich sollen sie auch in Sachen moderne Kommunikation spüren, dass sie sich auf einem Pott der Topkategorie befinden und nicht auf einem popeligen Traumschiffchen.

Mittlerweile schaukelte es auch schon ziemlich heftig. An der Bar schlitterten die Whiskygläser wie im Westernsaloon über die Theke, bloß ungewollt. Und ich konnte mir kein Glas Wasser mehr auf den Flügel stellen, das war zu gefährlich, außerdem hatte man bei den extremen Wellen genug damit zu tun, nicht selber abzuschmieren.

Ich kann zum Glück auch ohne Getränk in Reichweite stundenlang spielen, dank meiner Mutter. Die hat mir früher schon strikt verboten, Tassen oder Gläser neben den Tasten aufs Klavier zu stellen, obwohl in unserer Wohnung keine Seeganggefahr bestand. Die Gefahr, dass Brause oder Kakao zwischen die Tasten lief, war minimal, denn wer holt beim normalen Klimpern schon das tiefe A aus dem Keller?

Mit unserem Klavier war sie halt pingelig. Erbstück und so.

Durfte man auch nichts draufstapeln, obwohl in unseren kleinen Wohnungen schon immer jeder Meter Freifläche genutzt wurde. Und beim Umzug erst! Als die Männer in Leipzig das Instrument aus dem fünften Stock runtertragen mussten, kannte meine Mutter keine Gnade. Sie ließ ihnen nicht die kleinste Schusseligkeit durchgehen, atmete ihnen aus nächster Nähe in den Nacken, und es sah aus, als würde sie die Kerle mit einer unsichtbaren MP in Schach halten. Einer ließ gewohnheitsmäßig ein paar Flüche ab, das verbat sie sich auf der Stelle, als könnte das Klavier darunter leiden. Und der Typ und seine Kollegen, die gehorchten ihr! Sie hatte die vier Packer voll im Griff. Bei meiner Mutter weiß man nie so genau, was sie will oder ob es überhaupt irgendwas gibt, was sie so richtig wirklich will, aber wenn sie etwas *nicht* will, dann sind alle Unklarheiten sofort restlos beseitigt. Beim Umzug wollte sie keinen Kratzer an ihrem Instrument, darum übernahm sie skrupellos das Kommando. Und sie wollte auf keinen Fall Essensreste zwischen oder Limoflecken auf den Tasten haben, darum waren Nahrungsmittel am Klavier strikt verboten. Mich hat das mehr als einmal genervt. Hätte ich gewusst, dass ich später mal bei hohem Seegang davon profitieren würde, wären meine Beschwerden vielleicht ein bisschen mehr piano ausgefallen. Aber wer weiß schon, wo er in seinem Leben hinsteuert. Beziehungsweise gut, dass man's nicht weiß. Denn das muss man sich mal vorstellen: Wenn du zum Beispiel wüsstest, dass der Mann, den du Papa nennst und der kilometerweit mit einer Hand am Sattel deines Kinderrads hinter dir herrennt, um dir das Fahrradfahren beizubringen, zwei, drei Jahre später seinen Job als Familienvater hin- und sich einer anderen Frau als deiner Mutter an den Hals schmeißt, dann würdest du dir wahrscheinlich zweimal überlegen, ob das hinter dir wirklich die passende Person ist, um die Stützräder zu ersetzen.

Das Beste am Leben ist, dass man nicht weiß, wo's hinführt.

Wenn du auf einem Schiff arbeitest, weißt du vielleicht genau, wie die Route verläuft, aber du vergisst irgendwann, darauf zu achten. Du weißt zwar meistens, welcher Hafen als Nächstes angesteuert wird, aber wie schnell es dazwischen vorwärtsgeht und auf welchem Kurs genau, das spielt für dich einfach keine Rolle. Mal abgesehen davon, dass du dein normales Zeitgefühl sowieso an die Fische verfüttern kannst, wenn du ein halbes Jahr Schichtdienst schiebst, in einer Kabine ohne Fenster wohnst und bei fast jedem Blick über die Reling nur Wasser siehst.

Ich wusste jedenfalls selten ganz genau, wo wir gerade waren. Auch jetzt, als es wacklig wurde. Mir war schon klar, es geht in Richtung Feuerland und Patagonien, also nach Südamerika ganz unten, aber für mich zählte eigentlich nur der Dienstplan: Datum, Uhrzeit, Einsatzort. Ich spielte am Spätnachmittag in der Bar zum Cocktail, sah aus dem Panoramafenster und registrierte, aha, dunkle Wolken, passt zum Seegang, aber wie weit es nach Kap Hoorn oder zu den Falklandinseln war – keine Ahnung. War mir auch ziemlich schnuppe. Mulmig war mir trotzdem, weil ich auf einmal Angst bekam, seekrank zu werden. In all den Monaten auf See hatte ich nur mal kurz während der Atlantikpassage daran gedacht, aber als da unten zwischen Feuerland und Falkland die Wellen anrollten, konnte ich mir auf einmal lebhaft vorstellen, wie mir demnächst die Eingeweide oben rauskommen würden.

Zum Glück steckte mir Linda kleine gelbe Pillen zu. Die helfen, meinte sie. Kleine Kinder kriegen die bei langen Autofahrten. Die helfen bestimmt noch besser, wenn man sie von der Krankenschwester Mund zu Mund verabreicht bekommt, dreimal am Tag, meinte ich für meine Verhältnisse ziemlich frech. Linda ist aber nicht auf den Mund gefallen. Der Zungenkuss mit Pille muss vom Arzt kommen, sonst wirkt er nicht, sagte sie und rief sofort in Richtung Nebenzimmer, Frank, komm doch mal kurz, hier will ein Patient einen Kuss von dir. Kaum eine Sekunde dauerte es, da guckte ein braun gebrannter Weißkittel um die Ecke, wie es aussah, zu allem bereit. Linda grinste mich an. Ich sah wahrscheinlich aus wie eine Comicfigur mit schwarzer Wolke überm Kopf.

Die gelben Pillen schienen aber tatsächlich zu wirken. Ich nahm gleich sechs pro Tag, damit sie schneller alle waren und ich bei Linda Nachschub holen konnte.

Für Tintin war der wetterbedingte Umweg eher positiv. Dadurch verzögerte sich seine Abschiebung um ein paar Tage und er konnte sich weiter mit uns den Kopf darüber zerbrechen, was wir mit unseren vier schwarzen Flüchtlingen machen sollten.

Nur, dass ihm langsam die Energie zum Denken ausging. Die Arbeit im Küchentrakt machte ihm zu schaffen. Es war vorbei mit dem eleganten Hüftschwung in gepflegtem Ambiente ohne Essensgerüche. Erstaunlich, wie schnell sich ein Gigolo in einen kleinen mickrigen Malocher verwandeln kann, der nach der Schicht den Hintern nicht mehr hochkriegt.

Das Gespräch mit der Bordpsychologin hatte anscheinend auch nichts gebracht, jedenfalls noch nicht, aber immerhin kam wieder ein bisschen Leben in meinen Kabinennachbarn, als ich endlich mal Gelegenheit fand, ihn auf die Frau anzusprechen. Was sie für einen Eindruck auf ihn gemacht hatte, wollte ich wissen. Ob sie wohl vertrauenswürdig war.

Eindruck ist das richtige Wort, meinte er, mit seinem typischen Tintin-Grinsen. Wenn du sie an dich drückst, drückt sich alles ein bisschen ein.

Sag mal, bist du noch bei Trost?, blaffte ich ihn an, aber er reagierte gar nicht, sondern schmückte erst mal weiter seinen Bericht aus. Sie ist nicht dick oder so, erklärte er, aber halt weich, so wie es sich für Frauen in dem Alter gehört. Die haben nicht solche Teenie-Tennisball-Titten, nee, das ist richtig schönes Fleisch, allerdings noch mit gutem Halt, da kann man nix sagen. Auch hintenrum. Und weißt du, was bei Frauen in dem Alter das Beste ist, natürlich nur, wenn sie nicht fett sind?

Nein, definitiv nicht!

Solltest du aber. Ist nämlich unvergleichlich.

He – nicht pornografisch werden!

So weit runter will ich gar nicht. Das Beste ist nämlich der Bauch. Nicht die Abteilung in Magenhöhe, wo die Nahrung vorverdaut wird, sondern diese Wölbung zwischen Nabel und Scham. Die macht mich verrückt. Wenn ich die spüre, hält mich nichts mehr.

Und? Hast du sie bei ihr gespürt?

Ja, klar.

Also hat dich nichts mehr gehalten?

Eigentlich nicht, aber sie hat mich kaltgestellt. Wie auf Knopfdruck. Keine Ahnung, wie sie das geschafft hat, sie war nämlich selbst kurz vorm Heißwerden. Habe ich genau gemerkt, aber dann war sie plötzlich so strikt, zack, zack, zwei, drei kurze Bewegungen, und ich hab freiwillig den Rückzug angetreten.

Habt ihr was ausgemacht?

Nein.

Siehst du sie wieder?

Ich hoffe.

Er war in anderen Sphären, gar nicht der abgebrühte Begleitservice für einsame Herzen, sondern selbst mit diversen Organen bei der Sache. Ich musste ihn erst mal auf den Boden der Tatsachen zurückholen.

Es geht hier nicht um deine MILF-Fantasien, belehrte ich ihn, sondern um vier arme Schweine, deretwegen du verdammt viel Stress hast, und ich demnächst wahrscheinlich auch.

Ihm fiel nichts Besseres ein, als sich über meine Formulierung herzumachen und mich zu piesacken, weil ich einen Begriff wie MILF kannte. Er meinte, damit hätte ich mich als Pornofilmkonsument geoutet. Stritt ich natürlich ab. Wenn auch halbherzig. Tintin lachte mich dafür aus vollem Herzen aus. So lange, bis ich ebenfalls lachen konnte.

Dann schlug ich vor, auch den Pfarrer einzuschalten. Schon allein, weil dann die Gefahr nicht so groß war, dass Tintin vor lauter Erforschung der Unterbauchregion das eigentliche Thema aus den Augen verlor.

Tintin zuckte dazu nur mit den Achseln. Vom Pfarrer hielt er nicht viel. Warum? Wieder Achselzucken.

Wenn andere unschlüssig sind, bringt das einen selbst manchmal erst auf den Trichter. Ich dachte mir, ich übernehme den Pfarrer einfach selber. Dann kam die nächste Welle, Tintin fluchte, weil sie ihn in der Koje gegen die Wand warf, er befürchtete, der Seegang könnte ihm den Schlaf vermasseln, und ich fragte mich plötzlich, ob die vier Afrikaner womöglich seekrank werden könnten und ob es nicht sinnvoll wäre, ihnen auch welche von Lindas gelben Pillen zu geben.

—

Linda rückte die Tabletten ohne Zicken heraus. Zuerst hatte sie spöttisch gegrinst, dann aber den Kopf geschüttelt und anschließend die Grinsbestandteile in ihrem Gesicht neu zusammengesetzt. Danach sah es fast schon anerkennend aus, vor allem natürlich, weil sie dazu sagte, ich sei ja ganz schön hartnäckig. Du bist die reinste Landplage, Kleiner! See, nicht Land, meinte ich nur und bedankte mich für die Reisetabletten mit einem Küsschen. Ich weiß ja, was sich gehört.

Vierzig, fünfzig Meter vor der Flüchtlingskabine kam mir Gaus auf dem Gang entgegen, mit zwei Typen vom Sicherheitsdienst, jedenfalls sahen sie so aus, und ich hielt es für besser, vorher in einen Quergang abzubiegen. Prompt bogen die drei in denselben Gang ein, und auch noch im Sturmschritt, weshalb ich ebenfalls einen Zahn zulegen und mir dabei eine irgendwie plausible Richtung ausdenken musste. Klaviere standen in der Balkan-Odessa-Region nämlich keine herum und meine Kabine lag nicht mal auf demselben Deck. Zum Glück fiel mir der

Computerraum ein, der lag in der Nähe, und den anzusteuern war nicht verdächtig.

Kaum war ich drin, kamen Gaus und die zwei Tom-Cruise-Karikaturen ebenfalls herein. Ein Cruise schaute hinter jedem Rechner auf den Kabelsalat, dann nickte er den anderen zu, und sie gingen wieder. Von mir und den zwei Kollegen, die schon im Raum gewesen waren, nahmen sie praktisch keine Notiz. Hätte ich mir das Gerenne auch sparen können. Aber wenn ich nun schon mal da war, setzte ich mich auch an einen Bildschirm und ging zum ersten Mal seit Wochen wieder in mein Mailprogramm. Mit bedeutender Post rechnete ich nicht, aber ich hatte ja beschlossen, meiner Mutter zu Weihnachten eine Mail zu schreiben. Und dafür war ich gerade genau zur richtigen Zeit am richtigen Ort.

Wenn ich mit Freunden kommuniziere, dann über MSN-Messenger. Die E-Post ist nur noch ein Überbleibsel. Ich hab halt die Adresse noch, darum gucke ich ab und zu mal in die Mailbox. Aber aus Kohlegründen so gut wie nie auf dem Schiff, sondern praktisch immer nur an Land, von einem Internet-Café aus. Einige meiner Landgänge sind fast komplett in solchen Läden draufgegangen. Scheinen übrigens überall auf der Welt gleich auszusehen: ein Inder hinterm Tresen, und im Nebenraum enge Verrichtungsboxen mit Kopfhörern und Aschenbecher und null Fläche für die Maus. Und rechts und links hinter der Trennwand ein Nachbar, von dem du lieber nicht wissen willst, über welche Kinderschänderseiten er gerade pirscht.

Ich hatte nur eine Mail. Allerdings eine lange. Von meiner Mutter. Sie hatte Sehnsucht. Und ich sollte ihr schreiben. Weil sie wollte, dass wir wieder miteinander sprachen. Weil sie ratlos war. Und dann stand da noch was von einem Schiff, auf dem sie angeblich arbeitete. Hatte sie ihre alten Segelträume ausgegraben? Endlich mit der Schonerbrigg *Wilhelm Pieck* nach Odessa?

Da war es: Odessa! Daher hatte ich das Wort so schnell parat gehabt, als ich zum ersten Mal in die Balkan-Odessa-Region kam. Ich hatte es aus den Segelträumen meiner Mutter. Und die hatten auch wieder mit einer DDR-Legende zu tun, die sie selbst gar nicht miterlebt hatte, oder nur zum Teil, nein, noch mal der Reihe nach. Es gab ein Schiff, das hieß *Wilhelm Pieck*. Genau. Und das hatte sie gesehen, von Onkel Heinrichs Haus aus, schätze ich, weil das ja direkt am Hafen stand. Und Heinrich hatte ihr erzählt, dass dieses Schiff noch vor ihrer Geburt mal um ganz Europa herumgesegelt war. Ganz Europa? Ganz Europa. Bis ins Schwarze Meer, bis nach Odessa. Das hatte damals was bedeutet. Bloß mit dem Anlegen war's schwierig gewesen, weil die sozialistischen Bruderstaaten so ungünstig verteilt waren. Konkret gesagt: Der nächste Bruderstaat war Albanien, davor in Ost- und Nordsee, im Atlantik und im Mittelmeer: rijeng, wie der Franzose beziehungsweise der Leipziger sagt. Erst danach wurde es wieder dichter: Bulgarien, Rumänien, Ukraine.

Die Story kam mir hoch, die hatte sich also in meinem Gedächtnis verfangen, vielleicht weil es auch so eine Geschichte mit komischer Gefühlsmischung war. Großes weißes Segelschiff, raus aufs Meer, weite Fahrt – da leuchteten ihre Augen. Aber Wilhelm Pieck und achtzig Tage, an denen man aus politischen Gründen keinen Hafen anlaufen konnte – da war es mit dem Leuchten gleich wieder vorbei. Verstand ich auch. Ich meine, das konnte doch keiner ernst nehmen.

Meine Mutter wollte jedenfalls als Kind nach Odessa, und als Erwachsene natürlich auch noch, aber das hatte nie geklappt, wenn ich mich nicht irrte. Die Hochzeitsreise hatten sie aus irgendwelchen Gründen abblasen müssen, warum genau, wusste ich nicht mehr oder hatte ich vielleicht auch nie erfahren. Genau. Sie hatte es mir nie erzählt. Egal. Jedenfalls fragte ich mich, ob sie sich gerade ihren Odessa-Traum erfüllte und als Seefrau im Schwarzen Meer angeheuert hatte.

Traute ich ihr das zu?

Hm.

Ja. Ich traute es ihr zu.

Und unsere Wohnung? Stand die jetzt leer? Hatte sie die aufgegeben? Und was war dann mit meinen Sachen? Und mit dem Klavier?

Ich stellte mir vor, dass es unsere Wohnung nicht mehr gab, dass fremde Menschen darin wohnten, dass meine Mutter umgezogen war, ohne mir etwas zu sagen, dass ich deswegen gewissermaßen meine eigene Adresse nicht kannte. Schließlich waren ja fast alle meine Sachen noch bei ihr, abgesehen von dem bisschen, das ich mit nach Hamburg genommen hatte.

Auf einmal wurde ich richtig wütend. Sie hatte mich praktisch vor die Tür gesetzt, rausgeschmissen, abserviert, abgehakt. Und faselte in ihrer Mail was von Sehnsucht! Das durfte ich mir nicht gefallen lassen.

Almut Er hätte fragen können, wie es mir geht, er hätte mir vorab schon mal frohe Weihnachten wünschen und sich ein bisschen daran zurückerinnern können, wie wir früher das Fest verbrachten, wie wir den Baum kauften, den er dann tapfer alleine nach Hause trug, meistens schleifte, wie zufrieden wir waren, zu zweit. Bei uns warf schon lange niemand mehr eine Handvoll Besteckteile an die Wand, weil ihm kurz vor dem festlichen Weihnachtsessen die Galle überkochte. Und Sebastian hatte keine Mutter, die ausgerechnet am 24. Dezember in ihre Quartalsdepression verfiel.

Auch hätte er erzählen, wenigstens andeuten können, wo er ist, was er macht, mit wem er zu tun hat, wie er sich durchs Leben schlägt, ob alleine oder mit einem Freund oder einer Gefährtin.

Doch nichts davon. Er gab ein Lebenszeichen, zeigte aber nichts von seinem Leben, hütete sich, auch nur einen einzigen weiteren Schritt auf mich zuzukommen.

Stattdessen: Vorwürfe, nichts als Vorwürfe, wenngleich in Fragen gehüllt. Was ist mit unserer Wohnung? Was ist mit dem Klavier? Hast du alles aufgegeben? Habe ich jetzt meine alte Adresse nicht mehr? Warum hast du mir nichts gesagt? Du hättest mir doch was sagen müssen!

Vorwürfe eben, schwer verdaulich, auch für eine Fachfrau, die wissen müsste, dass Konflikte manchmal mehr Nähe herstellen als weihnachtliche Oberflächenharmonie. Ich hatte schwer zu kämpfen, um von der Enttäuschung nicht weggerissen zu werden, nachdem ich so außer mir vor Freude gewesen war, als ich den Eingang von Sebastians Mail im Computer meiner Kabine bemerkt hatte.

Zum Glück ragte ein Halm aus dem Strom; ein einzelner Halm trotzte der Strömung, die mich rabiat mitzureißen drohte, und ich griff beherzt nach ihm: An dem kleinen Wörtchen »unser« hielt ich mich fest. »Unsere Wohnung«. »Was ist mit unserer Wohnung?«

War das im Grunde nicht schon alles, was ich hören wollte? Hier hatte ich den Beweis, dass mein Sohn noch »wir« denken und sagen konnte, wenn er sich und mich meinte.

Seine Frage nach der Wohnung, unserer Wohnung zu beantworten war eine Freude, denn die Wohnung war noch dieselbe, die er verlassen hatte. Nur die Pflanzen fehlten, die standen für die Zeit meiner Abwesenheit in der Beratungsstelle, damit sie nicht vertrockneten, ansonsten befand sich alles an seinem Platz, auch das Klavier, dessen Deckel ich vor der Abreise allerdings sorgsam geschlossen hatte – zum ersten Mal seit dem Einzug, glaube ich.

Die Wohnung, Sebastian, ist noch immer so, wie sie war – doch schreiend leer ohne dich. Es ist wie in dem Gedicht, auf das ich neulich zufällig stieß: Kinder laufen fort. Etwas nehmen sie doch mit. Wir sind ärmer, sie sind quitt. Und die Uhr geht Schritt für Schritt um den leeren Tisch.

Ich sehe vor mir immer den leeren Tisch, um den die Uhr herumgeht. Dass mich das Bild traurig macht, müsste ich dir nicht eigens sagen, aber ich tue es trotzdem. Denn ich beschließe gerade, dass von nun an die Zeit vorbei sein soll, in der ich meine weniger schönen Gefühle vor dir verberge. Schließlich willst du nicht mehr von mir geschont und geschützt werden, sonst wärst du ja nicht einfach auf und davon.

Entschuldige. Das sollte kein Vorwurf sein.

Das Klavier steht auch noch an seinem Platz. Ich glaube, es vermisst deinen Anschlag. Seit du es nicht mehr spielst, bleiben manche Töne einfach stumm. Ich stelle mir vor, wie sie mit verschränkten Armen missmutig im Kasten sitzen, die tatenlosen Töne, weil keiner was von ihnen wissen will.

Ob du wohl irgendeine Art von Erinnerung an die Zeit hast,

in der ich dir das Klavierspielen beibrachte? An die allerersten Male, als du so einen irren Spaß daran hattest, mit einem einfachen Druck auf eine Taste einen Ton aufwecken zu können. Das Bereitliegen so vieler verschiedener Töne animierte dich in einer Weise, die ich nicht vorhergesehen hätte. Du wolltest ans Klavier, um Töne und Klänge zu hören, in immer neuen Kombinationen, das Abspielen von vorgegebenen, fest notierten Aufgaben erledigtest du nebenbei, das war nur Nebensache und kein großes Problem für dich. Das Interessante kam danach, das Ausprobieren des Instruments nach deinem eigenen Kopf. Schon nach fünf, sechs Wochen, als wir uns noch ausschließlich in C-Dur bewegten, merkte ich, dass du zu etwas neigtest, was mir fernliegt: zum Improvisieren.

Ich freute mich darüber, denn es verriet dein großes musikalisches Talent, aber mit der Zeit wurde es mir ein bisschen unheimlich. Musikalische Spannung fasziniert mich, aber mir behagt das Unberechenbare nicht. Ich finde es schrecklich, wenn in der Musik unbeabsichtigte Dinge geschehen. Sie können mich verstören. Ich will Klarheit und Verlässlichkeit, darum ist mir Improvisation, sosehr ich sie bewundere, suspekt.

Aber heißt das dann, dass du mir suspekt bist? Der du dir die Musik von Anfang an ohne Improvisation gar nicht vorstellen mochtest? Macht mir deine Lust am Ungesicherten und Unvorhersehbaren Angst? Weil die Quelle, aus der es hervorsprudelt, außerhalb meiner Reichweite liegt?

Ja, Sebastian, das mag wohl sein. Mit deinen fantastischen Spielereien, mit den vielen Noten, die aus dir selber kamen, die nicht auf Blättern standen und auch nie gestochen scharf dort stehen würden, entwichst du mir in Sphären, zu denen mir der Zugang verwehrt blieb. Noten auf dem Blatt konnte ich dir jederzeit nachspielen, ich konnte sie mit dir teilen, deine Improvisationen aber, nirgends fixiert und permanent im Fluss, standen mir nicht zur Verfügung. Ich hatte sie nicht schwarz auf weiß vor mir, ich konnte nicht nachspielen, was aus dir herausgekommen war.

Da fing der erste Abschied an, Sebastian. Ein Abschied im Schönen, immerhin, denn es war einer in der Gestalt musikalischer Klänge. Aber auch einer, der mich auf ganz untypische Ideen brachte. Ich spielte – glaube mir oder nicht – sogar mit dem Gedanken, dir zum Komponieren ein raffiniertes Keyboard zu schenken, mit einem Computer, der sofort in Noten umsetzt, was man spielt. Dann hätte ich fixieren können, was du improvisiertest – nicht um es zu archivieren, sondern um nachzuspielen, was durch dich hindurch in deine Finger und von dort ins Instrument und in die Welt gegangen ist.

Dir sind Noten eher gleichgültig. Ich bin den Noten dankbar dafür, dass sie eine Sprache bilden, die ich verstehe. Ich freue mich tagtäglich darüber, dass die präzisen Zeichen in eindeutige Fingerbewegungen übersetzbar sind – und dass ich das kann!

Die Kehrseite: Ich brauche immer die Vorlage. Ohne Noten sitze ich ratlos vor den Tasten. Zwar kann ich einige Stücke auswendig, das weißt du ja, aber wenn ich sie spiele, lese ich die Partitur gewissermaßen mit dem inneren Auge mit. Das ist nicht viel anders, als wenn sie aufgeschlagen vor mir läge. Ich kann mich nicht ans Klavier setzen, einfach im Nichts anfangen und dann etwas entstehen lassen, was zuvor nicht existiert hat, so wie du es kannst. Wie du es als Kind schon konntest, wenn du deinen Kinderjazz spieltest, obwohl du das Wort Jazz noch gar nicht kanntest. Ich habe Jazz nie besonders gemocht. Und dein Kinderjazz war mir nicht ganz geheuer, aber ich verstand ihn schon. Er kam aus der Musikalität deiner Seele. Das ist nichts, was man lernen kann.

Ich schweifte ab beim Schreiben meiner Antwort an Sebastian, verbot es mir aber nicht, löschte auch kein Wort, denn das Abschweifen war ein Umhergehen in »unserer Wohnung«, wie er selbst es genannt hatte, und es kam mir wie Heimaturlaub nach langer, langer Abwesenheit vor. Ich hatte nicht die geringste Lust, etwas über die unmittelbare Gegenwart, über meine Arbeit, über das Schiff und alles, was dazugehört, zu schreiben, es kam mir einfach nichtig vor gegenüber dem, was ich eigentlich sagen wollte.

Ich möchte dich wieder einmal in unserer Wohnung am Klavier fantasieren hören. Mit deinen Tönen hältst du die Leere fern wie ein tanzender Schamane die bösen Geister.

Sebastian Okay, die Wohnung gab es noch, damit hatte sie mich schon mal beruhigt. Ich wollte mir keine fremden Leute in unserer Küche und schon gar nicht in meinem Zimmer vorstellen. Aber das war's dann auch mit den aktuellen Infos. Sie hätte wenigstens sagen können, ob Odessa oder nicht, was für ein Schiff und für wie lange. Aber nichts da. Stattdessen wieder: Wie's früher war. Ob ich mich erinnern kann, ob ich dies noch weiß und das. Klar kann ich mich erinnern. Ich bin doch nicht verkalkt! Und so lange ist das alles schließlich auch nicht her. Was soll also die Fragerei? Na ja, sie konnte wahrscheinlich nicht anders. Mein Abgang hing ihr bestimmt noch nach. Das steckt man nicht so eben weg, wenn der eigene Sohn plötzlich das Weite sucht. Ist dann natürlich auch auf einen Schlag verdammt still in der Wohnung, wenn man alleine ist. Keiner da, mit dem man reden kann. Keiner, dem man mal einen Gefallen tut, eine Stulle schmiert oder das Bett frisch bezieht. Ich verstand das schon. Da fehlt einem halt was. War ja auch nicht so, dass mir das alles scheißegal gewesen wäre. Ich mein, die ganze Freiheit war zwar alles in allem eher angenehm, aber ich hätte mir schon gern ab und zu mal ein Brot schmieren und vor mir auf den Tisch stellen lassen, schön mit Gurke und Tomate und ein bisschen Pfeffer aus der Mühle drüber. So wie sie das manchmal gemacht hat. Nicht eins mit Salami und eins mit Käse, sondern zwei mit Salami *und* Käse.

Um es auf den Punkt zu bringen: Ich hätte fast geheult, als ich ihre Mail las, geb ich ehrlich zu. Ich hatte irgendwie … Sehnsucht. Hätte sie halt gern mal wiedergesehen. Bisschen geredet und so, gefragt, wie's ihr geht und … na ja … Mann, das war auch für mich nicht so einfach.

Auf der anderen Seite klang in ihrer Mail wieder so ein Unterton durch, der alles andere als anziehend war. Im Gegenteil. Da schwang sozusagen wieder der Sound von D 940 mit, der mich ja gerade von ihr weggetrieben hatte. Und wie gesagt: Sie verlor kein Wort über die Gegenwart, das nervte mich irgendwie und ich wusste nicht genau, wie ich darauf reagieren sollte. Schreib ich ihr gleich zurück? Warte ich erst mal ab? Soll ich noch einmal nach Odessa und dem Schiff fragen, oder nach ihrem Job, oder wie es ihr insgesamt so geht?

Ich war ratlos und mir war flau. Ich kam mir irgendwie durchgeschüttelt vor, ich starrte auf den Bildschirm und konnte mich nicht entscheiden, was ich tun sollte.

Und dann wurde mir die Entscheidung erst mal abgenommen. Die zwei überdimensionierten Tom Cruises vom Sicherheitsdienst kamen hereingeschneit und verhafteten mich sozusagen. Sind Sie Sebastian Schäfer? Ja. Dann kommen Sie bitte mit. So in dem Stil. Kann gut sein, dass ich ihnen sogar kurz die Unterarme hinhielt. Aber sie hatten wahrscheinlich keine Handschellen dabei. Ihren Spickzettel hatten sie auch vergessen, sie schwiegen nämlich hartnäckig, als ich sie fragte, was das sollte, wo sie mich hinbrachten und warum überhaupt. Ich versicherte ihnen, mir könnten sie es ruhig sagen, und wenn sie nicht wüssten, wie man Guillotine ausspricht, sollten sie einfach Schafott sagen. Das war beim Warten auf den Aufzug, eine von den kleinen asiatischen Desinfiziererinnen wischte gerade über den Liftknopf und erschrak so heftig, dass ihre Sprühflasche eine unbeabsichtigte Chemiewolke ausrülpste, als einer von den Riesen-Cruises mir als Antwort kurz und bündig sein Knie zwischen die Beine rammte.

Ich sah Sternchen und deshalb nicht, auf welches Deck wir fuhren. Sie stießen mich den Gang entlang und dann in eine Kabine, und als die Tür hinter mir zufiel und das Schloss schiffstypisch klackend einschnappte, sah ich mich vor einem Schreibtisch stehen, hinter dem einer saß, den ich kannte: Gaus.

Tut mir leid, sagte er, aber wir hätten da einen Sachverhalt zu klären.

Es ging um die vier Afrikaner. Mich hatte er am Wickel, weil ich Tintins Kabinennachbar war. Seltsam eigentlich, dass sie mich nicht schon früher verhört hatten. Kaum hatte ich das gedacht, antwortete Gaus, als könnte er Gedanken lesen: Ich wollte dich verschonen, aber nun geht es nicht mehr. Ich kann es vor meinen Kollegen nicht vertreten. Also: Wo sind die vier?

Welche vier?

Verlange nicht von mir, dass ich auf dumme Fragen antworte!

Aber wenn ich doch nicht weiß, was Sie meinen.

Die vier afrikanischen Illegalen, die ihr aus dem Meer gefischt und gegen alle Vorschriften heimlich an Bord behalten habt, anstatt ordnungsgemäß Meldung zu machen.

Also, ich weiß davon nichts.

Gaus wischte mit der Linken nicht vorhandene Krümel vom Schreibtisch und guckte seiner Hand dabei zu, wie man einem jungen Hund beim Spielen zusieht. Das machte er eine Zeit lang, dann schaute er schräg nach oben und seufzte, als wäre in der Ecke ein Fernseher angeschraubt, auf dessen Bildschirm die laufende Bauchbinde von n-tv ihm gerade mitteilt, dass seine Aktien in den Keller gehen.

Witzig fand ich, dass er eine Gardine vor dem Fenster hängen hatte. Überhaupt nicht schiffsmäßig. Primeln prangten aber keine auf der Fensterbank. Dafür stand ein Klotz von Tresor neben Gaus an der Wand. Ein richtiger Schrank mit Doppeltür, sah schwer geheim aus.

In deinem Fall will ich mal Gnade vor Recht ergehen lassen und die ersten zwei Lügen überhören, erklärte er mir. Dabei guckte er mich an wie einer, der alle Zeit der Welt hat, der weiß, dass er in seinem ganzen Leben nirgendwo mehr hinmuss. Maximal die ersten drei. Aber dann muss die Wahrheit kommen.

Wenn unbedingt nötig, kann ich warten. Aber nicht ewig. Irgendwann werden andere Saiten aufgezogen.

Das sagte er mit einer Gewissheit, dass es mich schüttelte. Er war sich hundertprozentig sicher, aus mir rauszukriegen, was er wissen wollte. Und man konnte tatsächlich den Eindruck gewinnen, dass er über irgendwelche Druckmittel verfügte, die man zwar nicht kannte und nicht sah, auf die er aber jederzeit zurückgreifen konnte. Vielleicht lagen sie in Reichweite in seinem Panzerschrank. Irgendwelche abartigen Peitschen oder so, dachte ich. Ein klassischer Grinsgedanke, der da in mir aufkam, obwohl ich ganz schön zitterte vor dem Herrenkleider-für-Senioren-Model mit dem Laserblick. Ich hatte das Gefühl, der könnte auch zwölf Stunden hier sitzen und mir immerzu die gleichen Fragen stellen und mich dabei fixieren. Kamen nicht sogar scharfe rote Strahlen aus seinen Augen? Eine unfassbare Geduld strahlte er hinter seinem Schreibtisch und vor seiner Gardine aus. Das war aber keine gemütliche Opa-Geduld, die man braucht, um mit den Enkelkindern Sandburgen zu bauen. Nein, das erinnerte mich an den Killer, der stundenlang regungslos im Wagen sitzt, bis sein Opfer die Wohnung verlässt. Er wartet eine Weile ab, dann greift er zum Zündschlüssel. Das Gesicht verzieht er dabei nicht.

Je klarer mir wurde, was für ein Monster der Geduld mir gegenübersaß, desto mehr packte mich der Horror. Der konnte zwölf Stunden lang auf demselben Thema herumreiten, aber ich würde nicht zwölf Stunden lang auf diesem Hocker ohne Lehne sitzen und mir jede Antwort verkneifen können. Irgendwann würde ich die immer gleichen Fragen nicht mehr hören können, irgendwann müsste sich was ändern, damit ich nicht verrückt würde.

Mir lief der Schweiß herunter. Ich suchte in den Hosentaschen nach einem Taschentuch und stieß dabei auf den Streifen mit den gelben Tabletten, die Linda mir gegeben hatte. Die hätte ich längst den vier Jungs bringen müssen. Daraus wurde erst mal nichts. Denn wenn Gaus mich ziehen ließe, konnte es immerhin sein, dass er mich anschließend überwachte.

Ich befummelte nervös den Streifen mit den acht Tabletten und stellte mir dabei automatisch kurz vor, wie es wäre, wenn die Jungs sich die gelben Pillen durch die Alufolie in die hohle Hand drücken und einwerfen würden. Bei der Vorstellung konnte ich die vier fast riechen und es war, als würden sie mir sagen: Wir sind echte Jungs aus Fleisch und Blut, Alter, reiß dich am Riemen und verpfeif uns nicht. Auch nicht aus Versehen!

Also noch einmal. Wo sind die vier?

Die Masche von Gaus war klar: nur nicht laut werden. Autorität durch Ruhe und Beherrschung zum Ausdruck bringen. Den Coolen spielen. Da fiel mir ein, dass er ja gar nicht cool war. Vielleicht fehlte ihm in Wahrheit sogar die Geduld. Ich erinnerte mich an eine Szene in Hamburg, in der ich gesehen hatte, dass Gaus zwar äußerlich immer picobello auftrat und vom Verhalten her einen total abgeklärten Eindruck machte, aber sobald sein Lack den kleinsten Kratzer abbekam, nervös wurde und echte Probleme hatte, sich zu beherrschen. Die Szene, die mir einfiel, spielte sich in der Radeberger-Lounge ab, oben in der Europa-Passage, wo die Möchtegern-Yuppies ihr After-Work-Pils mit Blick auf die Alster trinken und wo ich ein paar Monate lang jeden Abend am Flügel gesessen hatte. Gaus war mit meinem Vater gekommen, um sich anzuhören, was ich draufhatte. Er war dann zuerst auch superfreundlich und lässig, kam zu mir, lobte mich, haute beim Schlussakkord einer etwas fetzigeren Nummer sogar seine rechte Hand in die Tasten und lachte dabei dieses typische Mercedesfahrerlachen, in das mein Erzeuger so richtig schleimig einstimmte. Gaus klopfte mir noch mal kurz auf die Schulter, mein Alter hob den Daumen, war mir alles wahnsinnig peinlich, aber dann schoben sie ab, ließen mich in Ruhe weiterspielen. Ganz jovial quatschten sie, die Hände in den Hosentaschen, und suchten sich einen Tisch am Fenster, aber irgendwann änderte sich offenbar der Ton. Sie saßen längst und hatten ihre Drinks vor sich stehen, da sprang Gaus auf und schnappte sein Glas, als wollte er es gegen die Wand schmeißen. Er holte richtig damit aus, konnte sich aber im letzten Moment beherrschen, was ziemlich komisch aussah, irgendwie spastisch zuckte er mit dem Arm, und der Apfelsaft oder was er da trank, Bier war es jedenfalls nicht und vom Glas her zu schließen auch nichts Hochprozentiges, spritzte in der Gegend rum. Kam bei den Leuten an den Nachbartischen natürlich super an und ich dachte schon, gleich werde ich vom Flügel aus Zeuge einer After-Work-Keilerei, aber da hatte Gaus sich auch schon wieder im Griff und mein Vater beruhigte die Leute.

Ich weiß immer noch nicht, welche vier Sie meinen.

Ihr Kabinennachbar hat uns mittlerweile berichtet, in welchem Umfang du an den Machenschaften im Zusammenhang mit den Illegalen beteiligt bist.

Das glaube ich nicht.

Er hat deine Beteiligung als maßgeblich eingestuft.

Tintin?

So ist es. Der gute Konstantin. Aber du solltest nicht vorschnell über ihn urteilen. Im Grunde spricht es für seinen Charakter, wenn er mit den Repräsentanten von Recht und Ordnung kooperiert.

Wann haben Sie mit ihm gesprochen?

Gerade eben. Der Hocker ist noch warm.

Automatisch lupfte ich meinen Hintern und guckte hinter mich, als hätte ich ein Ei gelegt. Gaus verzog fast keine Miene, lehnte sich aber zurück und wirkte siegessicher. Ich grübelte im Schnellverfahren. Hatte Tintin wirklich gesungen? Mich und vielleicht auch Linda, den schwarzen Helmut und Manuel verraten? Warum hatte er Gaus dann nicht erzählt, wo die vier Afrikaner steckten?

Ich beschloss, erst mal davon auszugehen, dass Gaus bluffte, und blieb bei meiner Taktik: Da muss mein Kollege etwas verwechselt haben. Oder Sie bringen etwas durcheinander. Ich weiß jedenfalls nicht, worum es geht.

Prompt beugte sich Gaus wieder nach vorn, legte die Unterarme auf den Tisch und faltete die Hände, aber so, dass die beiden Zeigefinger ausgestreckt blieben. Das war die Ramme, mit der er es auf mein Burgtor abgesehen hatte.

Dein Vater weiß auch schon Bescheid, sagte er.

Dazu fiel mir nichts ein, es war mir gleichgültig. Als Gaus sah, dass er damit nicht bei mir landen konnte, wechselte er wieder die Strategie. Dein Kollege verfügt leider noch über etwas verquere Vorstellungen von Moral und Humanität. Darum hat er sich noch nicht dazu durchringen können, uns den Aufenthaltsort der vier illegal an Bord befindlichen Elemente zu nennen. Nach meinem Dafürhalten dürfte es aber nur eine Frage der Zeit sein, bis auch hier die Einsicht siegen wird. Aber gerade aus humanitären Gründen wäre es überaus wichtig, so bald wie möglich den Aufenthaltsort der Wirtschaftsflüchtlinge zu erfahren. Auf dem offiziellen Weg hilft man ihnen letztendlich am effektivsten, davon bin ich zu hundert Prozent überzeugt. Um den Vorgang zu beschleunigen, solltest du uns daher endlich Auskunft geben. Falls du dich nicht gleich dafür entscheiden können solltest, werde ich dieses Gespräch kurz unterbrechen, um deinem Kabinennachbarn mitzuteilen, dass du uns das Versteck verraten hast – obwohl du es noch nicht getan hast. Und dann werde ich die Hand ausstrecken und ihn auffordern, den Schlüssel zum Versteck hineinzulegen. Ich bin nämlich sicher, dass es zu dem betreffenden Raum einen Schlüssel gibt. Oder eine Schlüsselkarte. Nicht wahr?

Ich antwortete nichts, sondern blickte auf den Fußboden, damit er nicht in meinem Gesicht lesen konnte.

Ebenso sicher bin ich, dass der junge Mann daraufhin den

Schlüssel, oder die Schlüsselkarte, auf diese meine Handfläche legen wird.

Ich blickte unauffällig nach oben. Er streckte die rechte Hand geöffnet aus. Es war eine große, irgendwie ausgefeilte Hand. Ein einwandfrei funktionierender, perfekt geölter Greifer.

Anschließend werde ich das alles die gesamte Crew wissen lassen und deine Kooperationsbereitschaft mit dem Sicherheitsdienst dabei deutlich hervorheben. Mehrfache Nennung deines Namens inklusive. Dann wirst du richtig prominent. Rate mal, was das für deinen Ruf und deinen weiteren Aufenthalt an Bord bedeuten wird.

Je mehr er redete, desto wütender wurde ich. Und komischerweise kriegte ich durch die Wut Mumm und wurde bockig.

Ich kenne bloß ein paar von den Afrikanern, die hier arbeiten. Nach dem Ausweis hab ich sie nicht gefragt, aber so wie sie sich benehmen, gehören sie offiziell zur Crew und sind keine blinden Passagiere. Von Illegalen weiß ich nichts. Und ich müsste jetzt auch langsam mal gehen. Die Pflicht ruft.

Damit hatte ich seinem Lack den ersten Kratzer verpasst. Was ich gesagt hatte, ging ihm sichtlich auf den Zeiger.

Walter wird das gar nicht gefallen, sagte er so gepresst wie ein Psychopath, der Walter heißt und zähnefletschend eine Axt in den Händen hält. Bloß dass nicht Gaus Walter hieß, sondern mein Erzeuger. Anscheinend wollte Gaus nicht glauben, dass die Masche mit dem Vater bei mir nicht zog. Jedenfalls blieb er beim Thema und baute es sogar noch aus.

Dein Vater ist ein Mensch, der noch weiß, was Dankbarkeit bedeutet.

Wahrscheinlich benimmt er sich deswegen immer so, dass garantiert keiner auf die Idee kommt, ihm dankbar zu sein, dachte ich, sagte aber nichts.

Mit Sicherheit erwartet er von seinem Sohn, dass er nicht vergisst, wem er zum Beispiel den großartigen Posten auf einem der spektakulärsten Kreuzfahrtschiffe – mit anderen Worten: einen der attraktivsten Arbeitsplätze – der Welt zu verdanken hat. Und mit Sicherheit erwartet er, dass sein Sohn ein gerüttelt Maß an Respekt gegenüber Vorgesetzten an den Tag legt, zumal dann, wenn er auch noch in ihrer Dankesschuld steht.

Gaus drehte gewaltig an der Pathosschraube. Dass du hier arbeiten darfst, ist ein Privileg!, schmetterte er. Und wer Privilegien in Anspruch nimmt, der muss auch mal zum Entgegenkommen bereit sein, wenn etwas von ihm erwartet wird.

Damit kletterte er dann auch schon wieder von der Kanzel, senkte zusätzlich die Stimme und machte auf *bad guy:* Wenn du mir nicht entgegenkommst, hat es mit den Privilegien bald ein Ende. Ich kann nämlich auch anders.

Ich aber nicht, hörte ich mich sagen.

Dann stand ich auf und machte einfach den Abgang. Vor der Tür standen keine Gorillas, anscheinend trommelten sich die zwei schon wieder anderswo auf den Brustkorb. Ungehindert konnte ich in meine Kabine gehen und mich für die Arbeit umziehen. Vorläufig ließ Gaus mich laufen, aber ich wurde ihn natürlich nicht los. Er hatte mich an die Leine gelegt, was mich tierisch nervte. Anscheinend ist das ein Naturgesetz: Wenn du als junger Hund ein Halsband hast, kommt dauernd einer, der mit einem Klick die Leine einhakt.

Auch als es mir damals endlich gelungen war, mich von meiner Mutter loszueisen, musste ich erst mal ein, zwei Kilometer gehen, bis ich das Gefühl hatte: Jetzt zerrt dich keiner mehr zurück. Ich stand mitten auf der Rheinbrücke, unten fuhr ein tief liegendes Frachtschiff aus Holland durch, auf dem die Wäsche an der Leine flatterte, und ich brüllte, so laut ich konnte: Freedom. Und das nicht nur einmal.

Dann ging's mir besser und ich war fest entschlossen, mir fürs Erste ein Interrailticket zu kaufen und ein bisschen kreuz und quer durch Europa zu fahren. Am Fahrkartenschalter kam prompt der erste Tiefschlag. Das Ticket war dermaßen teuer, dass ich mit den Ohren schlackerte. Das konnte ich mir nicht leisten. Vierhundert Euro für eine Fahrkarte! Unmöglich. Beschränkte ich mich vorläufig eben auf ein Ticket nach Hamburg. War ja immerhin auch relativ weit weg. Aber statt Freedom wurde es dann halt Farmsen-Berne, genauer gesagt die Backsteinhütte meines Vaters im Vorort der Hansestadt.

Ich schneite bei ihm rein, wie ich bei meiner Mutter rausgeschneit war. Ding, dong, ich bin's. Er war wahnsinnig begeistert, aber ich durfte trotzdem bleiben, das Gästezimmer war ja nicht belegt. Quartierte ich mich also dort ein, wo all die Sachen und Bücher im Ikea-Regal standen, die mein Vater eigentlich nicht mehr sehen wollte, aber aus irgendeinem Grund, aus Sentimentalität vielleicht, auch nicht wegschmeißen mochte. In der ersten Nacht konnte ich nicht einschlafen, weil zuerst das eine Kind schrie und dann das andere Lärm schlug und ich anschließend ständig auf die Geräusche der beiden lauerte und auf die beschwörende Stimme ihrer Mutter. Beim Essen hatten sie mich bloß stumm angeglotzt und es war kein Problem gewesen, sie weitgehend zu ignorieren, aber kaum war es dunkel, spukten sie mir im Kopf herum und ich bekam kein Auge zu. Zum Lesen hatte ich nichts mitgenommen, darum stöberte ich im Regal und stieß prompt auf das Buch, dem ich meine Aufklärung verdankte: *Mann und Frau intim* von einem gewissen Siegfried Schnabl. Das gleiche Buch hatte ich schon mal in einem Regal entdeckt, nämlich in dem meiner Mutter, als ich zwölf war. *Fragen des gesunden und des gestörten Geschlechtslebens* lautete der Untertitel. Fragen hatte ich damals selbst genug gehabt, was mir gefehlt hatte, waren die Antworten.

Schnabl hatte durchaus welche parat, und er machte es seiner Zielgruppe leicht. Er sagte erst mal grob, wie alles lief – Erregung, Plateau, Orgasmus, Entspannung –, und ging dann ins Detail. Allerdings konnte ich mich aufs große Ganze erst konzentrieren, nachdem ich die konkretesten Stellen mehrmals durchhatte.

Im Gästezimmer meines Vaters war's nicht anders, bloß dass ich mich nicht mehr damit zufriedengab, mich auf den Bauch zu legen und mich an dem angenehmen Druckgefühl da unten zu freuen, sondern mir irgendwie pflichtgemäß einen von der Palme schüttelte, was mich allerdings auch nicht froher machte. Ich hatte Hustenreiz danach, einen trockenen Rachen und musste aufs Klo schleichen und Wasser aus dem Hahn trinken.

Fing nicht gerade sensationell an, meine Karriere als freier Mensch, aber nachdem mir mein Vater den Job als Pianist in der Radeberger-Lounge besorgt hatte, ging es langsam aufwärts. Hätte mich Gaus dort nicht gehört und abgeworben, hätte ich mir wahrscheinlich in Hamburg eine Wohnung gesucht und mir freiheitsmäßig einen Plan gemacht.

Vielleicht hatte mein Erzeuger nicht gewollt, dass ich mich in seiner Nähe einnistete, fiel mir ein, als ich im dunklen Anzug und mit Fliege meine Kabine verließ, um mich zum musikalischen Einsatzort zu begeben. Vielleicht dachte er, ich hänge ihm wie ein Klotz am Bein, wenn ich in Hamburg wohne, haue ihn dauernd um Kohle an oder stelle seiner Frau meine schmutzige Wäsche hin. Vielleicht hatte er deshalb Gaus in die Lounge gelotst, damit sich sein alter Bekannter ein Bild davon machen konnte, was ich klaviermäßig draufhabe.

Almut Jeden Tag liegt in der Kabine die aktuelle Bordbroschüre aus: *Ihr persönlicher Kompass.* Protegierend und pseudopersönlich im Ton wird darin das Veranstaltungsprogramm aufgelistet und erklärt, Hinweise werden mit Anweisungen gekoppelt, was die Klientel offenbar nicht zu stören scheint, im Gegenteil dürsten sie wahrscheinlich sogar nach Befehlen: Ja bitte, erteilt mir eure Kommandos! Gebt es mir! Sagt mir, wie die Kleiderordnung für den Abend aussieht, ob ich leger kommen muss oder in Smoking oder Abendkleid! So ein bisschen Autorität kann hübsch gemütlich sein. Da darf man seinen Verantwortungsapparat mal schonen. Muss sich nicht den Kopf zerbrechen und riskante Entscheidungen treffen. Wie peinlich, im weißen Dinnerjacket ans Themen-Büfett zu treten, wenn sich alle anderen in Poloshirt oder kurzärmeligem Leinenhemd die Garnelen auf den Teller schichten und die Sternfruchtscheiben mit Salz bestreuen.

Wer den *Persönlichen Kompass* liest, muss an Bord keine Angst mehr haben, denn er weiß, wo es langgeht. Könnte auch Fünf-Tages-Plan heißen, der *Kompass,* ist ja schließlich voller Segnungen, angesichts deren gewiss manch einer die Unterlippe vorschiebt und anerkennend nickt. Vielleicht hüpft hin und wieder sogar einer von den weiblichen Jungadoleszenten übers Deck und sagt vor sich hin: »Wenn ich über die Planken gehe und etwas Neues Schönes sehe, dann weise ich stolz darauf: Das hat mein Freund getan, mein Freund der Plan«.

Irgendwann aber kommt selbst der strikteste Plan ins Schlingern. Sie mussten über die Bordlautsprecher durchsagen, es komme zu einer Änderung im Routenverlauf. Wegen des hohen Seegangs und der außergewöhnlich komplizierten Windverhältnisse sei es ratsam, nicht sofort Kap Hoorn anzusteuern, sondern die Passage vom Atlantik in den Pazifik um wenige Tage aufzuschieben. Gefahr bestehe keine. Alles geschehe im Interesse der Passagiere. Weitere Informationen folgten in einer Sonderausgabe des *Persönlichen Kompass,* terminliche oder anderweitige Dispositionen, die aufgrund der nunmehr wahrscheinlichen Verlängerung der Reise um ein bis zwei Tage notwendig würden, könnten über den Stab des Cruise Director sowie über das Purserbüro abgewickelt werden. Man habe inzwischen Kurs auf die Falklandinseln genommen und werde dann und dann Port Stanley anlaufen.

Madeleine hatte aus der Crew gehört, es gebe eine Sturmwarnung, die ernst genommen werden müsse. Das wunderte mich nicht. Der Seegang wurde immer ärger, der Wind brach sich an allen Ecken und Enden, sodass man es laut pfeifen hörte, wenn man in die Nähe eines Fensters oder einer Tür kam, und ich hatte immer mehr damit zu kämpfen. Genauer gesagt hatte ich mit mir zu kämpfen, mit der Übelkeit, die unglaublich rabiat und mit gnadenloser Sturheit die Macht über mich ergreifen wollte.

Es kostete mich extreme Mühe, das Gespräch mit dem Ehepaar durchzuhalten, das gekommen war, um sich von mir ein bisschen frisch machen zu lassen. Die *destination* ist uns klar, was uns fehlt, ist die *solution,* hatte der Mann großspurig gesagt, wahrscheinlich um mir zu beweisen, dass er den Bordprospekt genau studiert hatte und einen grauenhaften Akzent in seinem Englisch pflegte. Seine Frau hatte gelacht und genickt und damit das übliche Bild abgerundet: er der tolle Hecht, sie das Kichermäuschen. Dazwischen lag aber nun leider ein Symptom aus dem Bereich der zwischenkörperlichen Begegnung, das der Mann mit gerunzelter Stirn als Problem deklarierte und die Frau mit Schamesröte herunterspielte.

Das sind die Fälle, in denen es mir geradezu grandios lächerlich erscheint, systemische oder psycho-ökologische Paartherapiemodelle auf den Plan zu rufen. Wenn bei solchen »Dyaden«, wie manche meiner Kollegen das protzig nennen, die unausgesprochenen Abmachungen nicht mehr greifen, möchte man am liebsten sagen: Mann, wenn du glaubst, für dich gilt ein anderer Stundenplan, bloß weil du was zwischen den Beinen baumeln hast, dann bist du schiefgewickelt. Und Frau, wenn du nicht endlich mal auf die eigenen Füße kommst, hast du nichts Besseres verdient, als dich von deinem lächerlichen Großmaul als Hauswirtschafterin und Begleitservice halten zu lassen.

Wenn ich es hochrechnen müsste, würde ich sagen, dass für mindestens dreißig bis vierzig Prozent der Paare auf einem Kreuzfahrtschiff das gleiche Muster gilt: Die Reise soll eine Luxuspause im Trott des zwar nicht grauen, aber bei allem Niveau und Geschmack eben doch etwas einförmigen Alltags sein; eine Luxuspause, in der die eheliche Sexualität wieder zum Fest wird. Das ist als Ansatzpunkt nicht einmal schlecht, allerdings funktioniert es nur, wenn sich beide Partner über die Intention im Klaren sind und vielleicht auch mal das eine oder andere Wort darüber wechseln. Leider machen solche eher günstigen Fälle wahrscheinlich nicht einmal drei oder vier Prozent aus. Bei den anderen läuft das Ganze unausgesprochen ab und es kommt zu der Symptomatik, wie sie mir jetzt, auf dem Weg nach Port Stanley, dargelegt wurde: Insgeheim war ein Liebesfest in üppigem Ambiente geplant, aber nun wurde die Frau bei jedem Annäherungsversuch seekrank. Oder klagte über Magenbeschwerden aufgrund der reichlichen Kost an Bord, gar über Darmirritationen, wie sich die Dame mit dem Mäuschenkichern ausdrückte. Es sei ihr ja selbst peinlich, beteuerte sie, was ich allerdings nicht glaubte. Sie furzte sich den Kerl vom Leib, das war die Wahrheit. Was wiederum die Frage aufwarf, wie ich den beiden das beibringen sollte – oder ob überhaupt. Da mir immer schlechter wurde, entschied ich mich für die schnellste und mir bequemste Variante. Die beiden hatten gleich zu Beginn *solutions* eingefordert, also kriegten sie auch welche, nämlich keinen ernst zu nehmenden therapeutischen Rat, sondern ein paar dämliche Tipps, wie man sie auch in Buchform kaufen kann. Sie kamen mir schwer über die Lippen, weil sie mir ähnlich peinlich waren wie der Klientin ihre Blähungen, aber der Mann schrieb sie brav auf und zeigte seiner Gattin anschließend stolz die kalligrafisch anspruchsvoll gemalte Liste mit immerhin zwölf griffig formulierten Verhaltensvorschlägen. Durchaus zuversichtlich zog er von dannen, seine Frau zuckte zwar leicht die Schultern, als sie sich in der Tür noch einmal kurz zu mir umdrehte, aber mir schien, als wäre ihr der Eifer ihres Mannes gar nicht so unrecht. Jetzt hatte er eine Aufgabe, und dank meiner Empfehlungen war sie, die Frau, nun erst mal ein paar Tage vor Eindringungsversuchen sicher.

Alles in allem zehrte meine Übelkeit zu viel von meiner Energie auf, als dass ich mich für diesen Akt der praktischen Erledigungstherapie groß hätte schämen können, ich schlug ein Ei darüber und versuchte nicht mehr daran und am besten an gar nichts mehr zu denken. Dann aber kreuzte der Pfarrer auf, mit ersichtlich hohem Anspruch, und ich musste ihn wegen akuter Kraftlosigkeit höchst unprofessionell abwimmeln.

Um nicht auch noch für Gaus verkrampfte Ausreden erfinden zu müssen, ging ich ihm von vornherein aus dem Weg und floh, als sich seine Klavierstunde näherte, zu Madeleine. Ich brauchte Frische, erklärte sie und lud mich zum Schlittschuhlaufen ein. Aber ich wollte bei dem Auf und Ab nicht auch noch Kreise ziehen und die Achterbahn damit komplett machen. Stattdessen nahm ich ihren zweiten Rat an, trotz des Regens und des Sturms draußen frische Luft zu schnappen.

Beim Warten auf den Aufzug vertrieb sich meine Fantasie die Zeit damit, sich das Paar von vorhin vorzustellen. Meine *solutions* hatten umgehend gegriffen, das Weibchen war plötzlich doch bereit, die Schürze zu heben, und die beiden trieben es in einem der gläsernen Lifte. Immer wieder fuhren sie rauf und runter, vorbei an Foyer und Flaniermeile, bis in die Pianobar hinauf, und nach vollbrachter Tat stiegen sie mit roten Bäckchen glücklich aus dem Lift und freuten sich daran, mit echtem Appetit das Büfett anzusteuern. Und natürlich dachten sie dabei dankbar an mich.

Tatsächlich entbehrte meine Fantasie jeder realen Grundlage. An Bord ist es eher so, dass die Fahrten mit dem Lift die Sexualität *ersetzen.* Fahrstühle sind nämlich die Fetische eines Luxusliners. Erlebnis Lift. Belohnung Aufzug. Geringe Wartezeit als Statussymbol. Höchstens dreißig Sekunden – nur mit so einem Wert kann sich eine Reederei international sehen lassen. Wer eine Minute warten muss, wird nervös, wer zwei, drei Minuten vor der verschlossenen Aufzugtür von einem Bein aufs andere tritt, legt sich innerlich schon einen Beschwerdebrief an den Reiseveranstalter zurecht. Ist man dann nach maximal dreißig Sekunden drin, muss der verglaste Panoramaaufzug unbedingt das richtige Tempo fahren: schnell genug, damit sich die Gewissheit einstellen kann, zügig befördert zu werden, aber auch langsam genug, dass es sich ausreichend majestätisch anfühlt und man bei der Beförderung von außen gesehen, ja womöglich identifiziert werden kann. Viele machen ein Gesicht dabei, als wäre ihre Liftfahrt spektakulärer als die ganze Kreuzfahrt und würde überdies live in die Heimat übertragen. Das Treppensteigen hingegen erfreut sich bei unseren Passagieren weniger großer Beliebtheit. Außer bei bestimmten Frauen über vierzig. Die nehmen bewusst die Treppen, um ein paar Mikrogramm von dem Fett zu verbrennen, dessen Wachstum sie durch sieben Mahlzeiten am Tag hingebungsvoll beschleunigen.

Beim Gedanken an Essen wurde mir noch schlechter, nur kurz vergaß ich es, als ich ins Freie trat und mir der Wind mit einer Wucht entgegenschlug, als wollte er mich, von Raserei getrieben, züchtigen. Es war ein Fehler, ganz hinauf aufs Sonnendeck zu fahren, aber da ich nun einmal dort war, versuchte ich den Sturm für meine Zwecke einzuspannen und mir von ihm die Seekrankheit aus dem Leib prügeln zu lassen, bevor sie richtig ausbrach. Breitbeinig baute ich mich auf, blickte nach vorn und arretierte den Nacken in dieser Position. Ich hielt den Blick unverwandt waagerecht und sah abwechselnd nur Wasser und nur Himmel. So heftig ging die See. Das Riesenschiff tauchte in einem Winkel von bestimmt fünfundvierzig Grad in ein Wellental ein und kurz darauf im gleichen Winkel aus dem Tal wieder auf in Richtung grauer Wolkenberge.

Es fiel kaum Regen, aber jeder Tropfen verpasste mir eine Ohrfeige. Aus welcher Himmelsrichtung der Wind blies, fand ich nicht heraus, mal schlug es mir die Haare von hinten wie einen Vorhang übers Gesicht, dann wieder wurden sie mir seitlich vom Kopf geföhnt oder von vorne mit Gewalt nach hinten geblasen. Der Sturm nahm mich so heftig in die Mangel, dass ich die Übelkeit und den wie von selbst aufkommenden Wunsch der Seekranken, sich möglichst bald den Todesstoß versetzen zu dürfen, zwischenzeitlich vergaß. Wer seekrank ist, will nicht mehr leben – eine wertvolle Erfahrung für Menschen in Helferberufen, denn dadurch kann man wenigstens ahnen, mit welchem Ausmaß von Verzweiflung bei ernsthaft Suizidgefährdeten zu rechnen ist. Innerlich tobt eine solche Hölle, dass nur totale Auslöschung so etwas wie Erlösung verspricht.

Als ich das Deck verließ, war ich wieder in einem Zustand, in dem die unkontrollierte Kotzerei noch ein gutes Stück entfernt, jedoch bereits in Sichtweite liegt. Mit weichen Knien schleppte ich mich über die Gänge und fragte mich ernsthaft, ob mir mit Medikamenten zu helfen wäre. Orientierungslos stand ich an einer Kreuzung und überlegte, wie ich zur Klinik käme, ich sah mich um und stellte fest, dass viele Passagiere auf den Beinen waren. Nach der Ankündigung, dass die Reiseroute leicht geändert werde, herrschte seltsame Unruhe, die im Zusammenspiel mit dem Rollen und Schaukeln des Schiffs irgendwie prekär kippelig wirkte. Als könnte es jeden Moment zu wer weiß was für einer Katastrophe kommen.

Ich vergaß die Medikamente und die Klinik wieder und beschloss, mich dem Seegang und der Übelkeit durch Schlafen zu entziehen. In einer Mischung aus Gewohnheit und krankhaftem Pflichtgefühl ging ich auf dem Weg zu meiner Kabine am Beratungszimmer vorbei, was mir auf dem Gang eine flüchtige Begegnung mit Gaus bescherte, der wohl vom Blüthner kam, sich mit mir aber nicht lange aufhielt, sondern nur im Vorübereilen, sichtlich nervös, raunte, er habe sich nicht konzentrieren können, es habe nach nichts geklungen. Sein Blick war dabei schon wieder nach vorn gerichtet, und flugs war er auch schon fort.

Gleich darauf kam mir der Pfarrer entgegen und ich überlegte instinktiv, auf welchem Weg ich am schnellsten die Flucht ergreifen könnte, aber er war schneller und außerdem sichtbar voller Eifer, er kam nicht meinetwegen auf mich zu, sondern weil er an mir vorbeimusste, weiter den Gang entlang. Er müsse sich beeilen, flüsterte er mir bei verlangsamtem Schritt konspirativ zu, er habe einen Termin, und schon hoppelte er auf dem Golfrasenteppich weiter. So schnell hatte sich also der Wind gedreht. Hoher Seegang schien sich günstig auf die religiöse Konjunktur auszuwirken. Vielleicht wurden manche fromm, wenn sie vor lauter Übelkeit nicht mehr leben wollten.

Für mich galt beides nicht. Fromm würde ich nicht mehr werden, auch wenn ich pro forma seit eh und je qua Herkunftsfamilie und dadurch sozusagen von Natur aus Protestantin war, zwar nicht praktizierend, aber auch nie in Versuchung, per Kirchenaustritt Konsequenz zu zeigen. Letzteres zum Glück. Denn als Konfessionslose hätte ich die Stelle bei der Caritas nie gekriegt, ich konnte von Glück sagen, dass sie überhaupt Protestanten nahmen. Das hatte es früher nicht gegeben, das war neu. Na, zum Ausgleich bezahlten sie mich unter Tarif beziehungsweise machten es viel raffinierter. Sie hatten mich als Psychologin wegen meiner fachlichen Kompetenz mit Kusshand genommen, freilich bedauernd, mir keine Psychologenstelle anbieten zu können. Ausgewiesen war der freie Posten für eine Sozialarbeiterin mit Zusatzausbildung, mit anderen Worten: Er war karg dotiert. Mit dem Erfolg, dass sie mit mir meine Qualifikation als studierte Psychologin bekamen, ich aber mit dem Lohn einer Sozialarbeiterin vorliebnehmen musste. Und wie rechtfertigte der Goldaal von der römisch-katholischen Caritas seinen profanen Spartrick? Mit einem schmutzigen Kniff, gegen den keine Einwände erhoben werden konnten, jedenfalls nicht von mir. Wer in der DDR zur Psychologin ausgebildet worden sei, müsse heute froh sein, wenn er überhaupt Arbeit bekomme, denn es sei ja bekannt, um welche Kaderschmieden es sich bei den psychologischen Fakultäten der ostdeutschen Universitäten gehandelt habe, hatte er mir unverblümt erklärt. Daran war nicht einmal viel Wahres, aber das wenige Wahre wog so schwer, dass ich mich fügte. Das war wieder mal so ein Moment gewesen, in dem etwas in Kauf genommen werden musste. Was mir mehr als nur einen Tag verhagelte, so wie jedes In-Kauf-Nehmen, allein der Ausdruck ging und geht mir gegen den Strich, am meisten dann, wenn er in Kombination auftritt mit der Aufforderung, sich abzufinden: Du musst dich eben damit abfinden, dass du das eine oder andere in Kauf nehmen musst – was für ein Satz! Ein Satz, wie ihn nur mein Vater bilden konnte, worauf meine Mutter sagte, na ja, ich weiß nicht, und gleich darauf, aber wer weiß, vielleicht hast du ja recht.

Der Seegang machte mich also nicht fromm, und das Zweite, was er nicht bei mir bewirkte, vorläufig jedenfalls nicht, war der von Übelkeit genährte Wunsch, nicht mehr leben zu müssen. Da war Sebastian vor. Seine Mail mit dem Wörtchen »unser« und meine Freude darüber halfen mir, dem Geschaukel und der drohenden Seekrankheit standzuhalten. Schade nur, dass er auf meine Antwort nicht wieder reagiert hatte, denn dadurch schwappten in meinem Kopf allerlei Gedanken und Fragen ziemlich heftig hin und her. Was hatte ich nur falsch gemacht? War ich mit meinem Schrieb zu weit gegangen, hatte ich an der Tastatur meines Kabinencomputers die falschen Töne angeschlagen? Ja sicher, das musste es sein. Anstatt ihm, Sebastian, mehr Fragen zu stellen und Interesse für ihn zu zeigen – was er gerade machte, wo er überhaupt steckte –, hatte ich wieder einmal von früher angefangen. Unverzeihlich. Das musste ihn ja kränken. Zwar hätte er von sich aus etwas erzählen können, aber er war nun mal das Kind und besaß allen Grund, es nicht zu tun, denn ihm stand das Recht zu, von seiner Mutter gefragt zu werden. Junge Menschen brauchen Fragen wie das täglich Brot! Sie brauchen zielgerichtetes Interesse; wenn du willst, dass sie sich dir verbunden fühlen und es bis an dein Lebensende bleiben, dann stelle ihnen Fragen! Was für ein Rat von einer Mutter, die ihren eigenen Ratschlägen nicht folgt. Oder liegt hier die Krux des Mutterseins: dass man sich das Fragen abgewöhnt, die Neugier für das Kind verliert, weil man es kennt, zu kennen glaubt? Ähnlich wie in der Ehe, wo die Partner sich nicht – nein, jetzt nicht das eine mit dem anderen verwechseln! Hier geht es um Mutter und Sohn, und wenn der Sohn der Mutter das nächste Mal eine Mail schickt, wird die Mutter ihn alles fragen, was sie wissen will!

Sebastian Das Streichquartett war seekrank, vom Cello bis zur Geige große Kotzerei, prompt hieß es kurzfristig: Sebastian als Ersatzmann zum Dinner in den Speisesaal an den Flügel. Ich sag ja, hier wirst du übelst hin und her geschickt. Aber egal. Zum Essen kann man im Prinzip dasselbe spielen wie in der Bar, insofern stresste mich der Wechsel nicht.

Auf meinem Posten staunte ich allerdings nicht schlecht, denn an den Tischen waren jede Menge Plätze frei. Dafür konnte es nur eine Erklärung geben: Vielen Leuten war bei dem Seegang der Appetit vergangen. Oder sie wollten ihre grünen Gesichter nicht zeigen.

Diejenigen, die sich trotz allem an die Futterausgabe gewagt hatten, waren auch nicht so wie immer. Bei einigen konnte man eine fast schon panische Anspannung erkennen. Man hatte das Gefühl, die sind ständig auf dem Sprung, bereit, jeden Moment zuzupacken, wenn ein Teller wegrutscht oder ein Glas umkippt. Keine Spur von relaxtem Zurücklehnen oder großspurigem Tafeln. Stattdessen Hektik und Nervosität.

Ich staunte, wie geschickt die Kellner bei dem Geschaukel ihren Job erledigten. Nicht einer kam ins Stolpern. Sie balancierten die Teller mit den polierten Warmhaltehauben so sicher wie bei totaler Flaute. Wahrscheinlich hätten die auch auf dem Surfbrett stehend servieren können, beim lockeren Ride auf einer Hawaii-Welle.

Natürlich war ich gespannt, wie die Leute unter den widrigen Bedingungen ihre Suppe essen würden, aber die Jungs in der Küche waren echte Profis: Die ließen die Suppe einfach weg – damit dem hohen Seegang keine weißen Dinnerjackets zum Opfer fielen und keine von den Damen die Erfahrung machen musste, wie es sich anfühlt, wenn einem warme Brühe unter dem Kleid vom Ausschnitt bis zum Nabel läuft. Stattdessen gab's eben auch als zweiten Gang etwas in festem Aggregatzustand.

Einige von den Grauen Staren machten den dicken Max, weil sie nicht seekrank wurden. Wie die Könige thronten sie am Tisch und fragten dauernd lautstark in die Runde: Schmeckt's? Immer wieder konnte ich es bis an meinen Platz hören, es klang, wie wenn im Gelände um dich herum irgendwelche Vögel keckern: schmeckt's, schmeckt's.

Das Beste waren aber wie immer die Frauen. Ich meine jetzt nicht die kreidebleichen Rentnerinnen, denen beim Hochseeschminken anscheinend der Lippenstift verrutscht war. Diese deutschen Luxusgeizkragen, die sich nur in den Speisesaal schleppen, weil sie schon aus Prinzip keine Mahlzeit auslassen, die sie schon bezahlt haben, und die dann mit dem Kinn knapp über der Tischkante die einzelnen Gänge in ihre Futterverwertungsmaschinerie einspeisen, als würde jemand sie mit Waffengewalt dazu zwingen. Nein, ich meine die Frauen, denen die Störung gar nichts auszumachen schien. Wenn's mal ganz besonders doll schaukelte, lachten sie sogar, so auf die süße Art, und ansonsten gaben sie halt die Superfigur ab, die sie sowieso schon hatten. Was eine Frau mit Niveau ist, die kippt auch bei hohem Seegang nicht von den Stöckeln. Und wenn das Weinglas rutscht, greift sie knapp vor der Tischkante danach, aber nicht in Panik, sondern so, dass man glauben könnte, sie hätte sowieso gerade einen Schluck nehmen wollen, obwohl sie in Wirklichkeit elegant einen Absturz mit Scherben und lästigen Flecken verhinderte.

Die Esser waren echt gefordert, sie mussten richtig auf Draht sein, weil die Tische nämlich nicht solche hochgezogenen Kanten hatten wie in der Mannschaftsmesse. Wenn sich bei uns unten ein Besteckteil selbstständig macht, wird es an der Bande abgefangen, aber im Speisesaal oben gibt es so was nicht. Ist ja auch logisch, weil sonst den Passagieren bei jeder Mahlzeit die Tischkante in die Unterarme drücken würde, und mit luxusmäßigem Stil hat das eher wenig zu tun. Dafür hieß es jetzt eben: Augen auf im Speisesaalverkehr.

Irgendwie war dadurch alles anders als sonst, auch die Geräuschkulisse. Es herrschte nicht das gleichmäßige Geklimper und Geplauder wie immer. Es gab sozusagen mehr Ausrutscher. Es schepperte auch schon mal. Oder es wieherte einer plötzlich wie ein Hengst. Sollte dann wohl ein Lachen sein. Und dieses »schmeckt's, schmeckt's« sprang eben auch im ganzen Saal herum. In manchen Ecken herrschte allerdings angestrengtes Schweigen. Dort war den Leuten die Smalltalklaune gründlich vergangen.

Man hörte deutlicher als sonst, was ich spielte, ich konnte mich also nicht hängen lassen, ich musste echt was bringen. Und man hörte deutlicher, was an den Tischen geredet wurde, einzelne Wörter konnte man im ganzen Saal verstehen, was sonst eigentlich nie der Fall war. Und irgendwann fiel irgendwo ein Wort, auf das alle reagierten. Jedenfalls sah es für mich so aus. Es wurde gar nicht lauthals ausgestoßen oder so, sondern einfach in normaler Lautstärke gesagt, aber wahrscheinlich hatten es alle schon im Hinterkopf und reagierten deshalb entsprechend darauf. Als das Wort »Titanic« fiel, war die Katze aus dem Sack.

Plötzlich gingen bei jedem größeren Wellenschlag alle Köpfe hoch und wurden wie bei Holzfiguren nach rechts und links gedreht. Manche hielten den Kopf auch gerade und spitzten bloß die Ohren, als wollten sie auf keinen Fall verpassen, wie es klingt, wenn so ein Megaschiff den Eisberg küsst.

Nachdem das drei, vier Mal passiert war, glaubten manche anscheinend tatsächlich, sie hätten was gehört, denn plötzlich sprangen zig Esser gleichzeitig auf. Die meisten setzten sich wieder, aber manche marschierten auch schnurstracks aus dem Saal. Wie üblich ignorierten sie mich, als sie auf dem Weg zum Ausgang an mir vorbeikamen, aber eine von den gut aussehenden, verwöhnten reichen Töchtern funkelte mich im Vorbeigehen an wie eine Abgesandte von Lord Voldemort und zischte: Geschmacklos.

Ich wusste zuerst gar nicht, was sie meinte, aber dann fiel mir auf, was meine Finger da seit einigen Minuten spielten, total losgelöst vom Kopf, wie es einem oft passiert, wenn man in Bar, Lounge oder Restaurant die lebendige Endlos-CD gibt. Ohne List und Tücke, ohne es mir vorgenommen zu haben, klimperte ich munter um das Hauptmotiv aus dem Schmachtfilm mit Leonardo DiCaprio und Kate Winslet herum.

Ich hatte das nicht mit Absicht gemacht, ich schwör's. Aber es war mir schon peinlich. Ich ließ die fette Tonspur so schnell wie möglich zerbröseln, aber auch nicht zu schnell, damit es nicht so auffiel, und wechselte musikalisch auf eine andere Schaluppe, wo ein bisschen optimistischere Stimmung herrschte: *I am sailing.*

Das Beste hatte aber nichts mit mir zu tun und kam kurz vor dem Nachtisch.

Die meiste Zeit schaukelte es ja relativ gleichmäßig im Takt auf und ab, bloß dass es immer mal wieder ein paar Takte aussetzte, aber im Prinzip ging's immer schön rauf und runter, mal mehr, mal weniger heftig.

Bis auf einmal ein zusätzlicher Drall von der Seite dazukam. Das Ganze erinnerte mich an den Quantensprung von der klassischen Achterbahn zum Euro-Star, wo du zusätzlich gekippt und auf den Kopf gestellt wirst. Die Achterbahn tut sich deine Mutter dir zuliebe noch an, aber beim Euro-Star streicht sie die Segel.

Mit anderen Worten: Jetzt wurde kräftig auf die Tische gereihert. Ehrlich wahr! In die Teller, in den Blumenschmuck, auf die Röcke, auf die Hosen und auf den Fußboden natürlich auch.

Ich war Linda ja so dankbar für die kleinen gelben Pillen!

Kaum wurde gereihert, kamen auch schon kleine Asiatinnen

aus allen Löchern geschossen und wischten und sprühten, was das Zeug hielt, um die Bazillen in Schach zu halten und dafür zu sorgen, dass sich gar nicht erst säuerlicher Gestank im Speisesaal breitmachen konnte.

Ich sah mir das Spektakel in voller Länge an und bekam dabei fast so etwas wie gute Laune. Nein, das ist zu schwach ausgedrückt, es war mehr als gute Laune, fast schon Euphorie. Ich brauchte selbst eine ganze Weile, bis ich begriff, woher sie kam. Euphorisch wurde ich, weil mir nach und nach bewusst wurde, wie phänomenal es eigentlich war, dass ich gar nicht seekrank wurde. Kein bisschen. I am sailing! Und muss nicht kotzen! So großartig war das – ich musste aufpassen, dass ich den Schmachtfetzen von Rod Stewart nicht ständig wiederholte und dabei auch noch mitsang.

Almut Wenn man sich den Magen verdirbt, ein paar Gläser Sekt über den Durst trinkt, sich einen Virus einfängt, der es auf den Verdauungstrakt abgesehen hat, wird einem schlecht. Man leidet, fühlt sich elend, ob man nun schlaff im Bett oder auf der Couch liegt oder ob man auf den kalten Fliesen vor der Kloschüssel kniet, so schrecklich elend fühlt man sich, man könnte heulen.

Aber man hält es aus, weil man bei allem Elend weiß: Es geht vorbei. Bald ist der Magen leer, dann kann nichts mehr nach oben drängen. Den säuerlichen Geschmack im Mund wird man mithilfe eines Glases Leitungswasser, mit Zähneputzen und ein, zwei Bonbons schnell wieder los. Die Übelkeit mit Brechreiz führt immer auch die Verheißung ihres Endes mit sich, der Erlösung von Leid und Elend. Das ist ja auch das Schöne am Erbrechen: Danach kann alles anders sein.

Bei Seekrankheit jedoch trifft nichts davon mehr zu. Man übergibt sich nicht in der Hoffnung, bald Licht am Ende des Tunnels zu sehen. Stattdessen nimmt einen die Übelkeit so in die Mangel, dass unweigerlich das Gefühl ausgelöst wird, nicht mehr leben zu wollen. Wenn es ganz arg kommt, erwischt man sich sogar dabei, wie man Gott um Erlösung anfleht. Obwohl man mit ihm sonst nicht viel am Hut hat, investiert man als Seekranker auf Knien seine letzten Kräfte in mittelalterliches Flehen – bis man es aufgibt, weil man nicht mehr kann. Bis man nur noch auf den Gnadenstoß wartet. Als Henker ist einem in dem Moment jeder willkommen, Hauptsache, er versteht sein Handwerk und hat das Beil fachgerecht geschliffen.

Aus diesem Grund vielleicht ließ ich Gaus in meine Kabine ein.

Von oben sah er in der offenen Tür auf mich herab, mehr als

zuvor, denn ich kam auch im Stehen aus der Schwächekrümmung nicht mehr hoch. Er ließ Vorwürfe folgen, weil er mich im Beratungszimmer schon wieder nicht angetroffen hatte, Vorwürfe, mit denen er sein Eindringen in meinen Privatbereich rechtfertigte.

Ich konnte mich so weit beherrschen, dass ich ihn nicht bat, mich möglichst umstandslos zu köpfen oder mir wenigstens mit oder ohne Latexhandschuhe die Kehle zuzudrücken, doch war er ohnehin nicht zu Gnadenakten aufgelegt. Mit einem Blick hatte er sich ein Bild der Lage gemacht und gab sich gar nicht erst die Mühe, seine Empörung im Zaum zu halten.

Seekrank?, fragte er mit einem Tonfall aus seiner beruflichen Vergangenheit.

Ich nickte und ließ mich aufs Bett sinken.

Und dabei habe ich Sie eigens engagiert, weil ich Sie als Seglerin für seefest hielt!

Vorläufig hatte ich nicht die Kraft zu einer Antwort, nur innerlich reagierte ich schwach, bei getrübtem Bewusstsein: typisch Mann, glaubt, »richtige« Segler können nicht seekrank werden, sondern nur Landratten, die sich zufällig auf ein Schiff verirrt haben, dabei wissen erfahrene Segler genau, dass es unvermutet jeden erwischen kann, auch den Hartgesottenen. Zwar hatte Gaus Informationen über mich besessen, aber er hätte sich über die Kompetenz seines Informanten besser in Kenntnis setzen sollen. Hätte die betreffende Person sich ausgekannt oder mehr für die Materie interessiert, hätte sie gewusst, dass Segler nicht automatisch vor Seekrankheit gefeit sind. Und wer bloß in den Ferien auf dem Bodden ein bisschen mit der Jolle rumjongliert, kann gar nicht wissen, wie resistent er sein wird, wenn er wirklich mal Wellen unterm Kiel hat. Als normaler DDR-Bürger konnte man ja schlecht aus reiner Neugier testen, wie so ein Herbststurm draußen auf der Ostsee auf den werten Magen wirkt. Ich hätte den Test gern gemacht, sehr gern sogar, zum Beispiel per Überfahrt mit der Schwedenfähre, oder noch lieber auf dem ganz großen Törn, um Europa herum, von Rostock nach Odessa zum Beispiel, was aber, lieber Herr Gaus, aus gewissen, ihnen sicherlich ebenfalls noch geläufigen Gründen nicht drin war. Dafür hätte ich sozusagen bessere Beziehungen zu Wilhelm Pieck haben müssen, falls Sie wissen, was ich meine.

Ich war sicher, all dies oder etwas in der Art nur unhörbar in mich hineingelallt zu haben, aber etwas davon musste ohne meinen Willen doch nach außen gedrungen sein, denn Gaus reagierte.

So weit war Odessa gar nicht entfernt, rutschte es ihm vor lauter Zorn heraus.

Da riss der Trübungsschleier meiner Übelkeit ein gehöriges Stück weit auf, bis es für einen Durchblick reichte: Gaus bei seinem Anwerbebesuch in meinem Zimmer in der Beratungsstelle, letztes Frühjahr oder wann das gewesen war; lässig hatte er einen Stoß Blätter auf den Tisch geworfen: Die Firma lebt, Frau Schäfer. Ich blätterte ein bisschen, widerwillig, irritiert, zu einem Drittel darauf bedacht, mich gelassen und auf keinen Fall aufgescheucht zu geben, zu einem zweiten Drittel tatsächlich nicht über alle Maßen interessiert, schon gar nicht nach dem Überfliegen der ersten Seiten, zum dritten Drittel aber auch gar nicht fähig, das Konvolut der real existierenden Infamie in der angemessenen Form aufzunehmen. Es kam mir so vor, als hätte ich einen Volkshochschulkurs belegen müssen, um die Aufsatzsammlung zu verarbeiten. Oder noch einfacher: mich darin vertiefen, allein, für mich, mit viel, viel Zeit.

Kaum etwas hatte ich damals in der Gegenwart von Gausens horchendem und ganz sicher auch guckendem Schweigen aufgenommen. Später nachlesen ging nicht, denn Gaus nahm die Kopien wieder an sich und versenkte sie in seiner Aktentasche.

Nun kehrten mit dem südatlantischen Seegang und mit Gausens abstoßendem Missmut ein paar Einzelheiten zu mir zurück, darunter ein Wort, das ich selbst gerade eben ausgesprochen hatte: Odessa. Bloß dass es in den Aktenauszügen mit Gänsefüßchen verziert gewesen war – und eskortiert von zwei Großbuchstaben.

Nein, ich hatte das damals nicht überlesen. Meine Wahrnehmung hatte es sogleich erfasst, aber noch im selben Augenblick musste mein Verdrängungsmotor angesprungen sein. Da war mir etwas entgegengeschlagen, das ich nicht wissen oder für wahr halten wollte, darum hatte ich mit aller Kraft dafür gesorgt, dass ich es auch nicht wusste, es für mich also nicht wahr wurde.

Jetzt aber hebelte der neuerliche Zwist mit Gaus im Zusammenspiel mit dem erbarmungslosen Seegang meine Verdrängungsdeckung aus. Ich lag in Embryonalstellung auf dem Bett meiner Innenkabine und hatte absolut keinen Zweifel mehr, wer IM »Odessa« war, sein musste, wenn auch nicht sein durfte, bitte, bitte nicht.

Mit so einer Erkenntnis kann man nicht in der Horizontalen bleiben. Ich rappelte mich auf, und von da an wurde die Übelkeit vollends infernalisch.

Gaus sah ich nur noch verschwommen in die Ferne driften, seine Stimme machte sich bemerkbar, auch sie in meiner Wahrnehmung unscharf und verzittert, dann klackte es und er war weg. Was er vor dem Verlassen meiner Kabine gesagt hatte, war nicht in Form von verständlichen Wörtern bei mir angekommen, sondern als ein Geschmier von Tönen. Egal. Es war mir vollkommen gleichgültig, denn ich wollte nicht mehr leben. Ich sagte es laut vor mich hin: Ich will nicht mehr leben. Im Crescendo sagte ich es, immer wieder: Ich will sterben, ich will tot sein!

So grausam war die Übelkeit. Im Sitzen, im Liegen, im Stehen. Ich legte mich hin – die Verzweiflung brach aus. Ich setzte mich auf – die Verzweiflung nahm zu. Ich erhob mich vom Bett –

es wurde noch schlimmer. Trotzdem versuchte ich es mit Gehen, ging in der Kabine, diesem fensterlosen Käfig, umher, rechtsherum, linksherum – nichts half. Ich kratzte an den Wänden, heulte, schluchzte, sank auf den Fußboden, wälzte mich auf dem Teppich, umschlang mich selbst mit beiden Armen, ließ wieder los, weil ich den Druck auf den Magen nicht ertrug, musste mich sogleich aber anderswie und anderswo anpacken, musste festgehalten werden, und da ich allein war, musste ich selbst das übernehmen, ich wollte mich auflösen wie in Säure und hatte zugleich Angst, zu zerfallen, nein, dass es mich zerreißt, zerfetzt, aber die Griffe meiner Hände an meinem eigenen Leib wurden immer schwächer, und bald war es, als wären die Hände mir ganz abgehackt, die hielten gar nichts mehr, und ich schrie, laut oder innerlich, was weiß ich, ich steckte jedenfalls ganz tief drin in meinem Schreien: Ich will nicht mehr leben, ich will, dass alles aufhört, ich will tot sein und so weiter.

Wie das eben so ist, bei akuter Seekrankheit.

Im Nachhinein schreibt sich das leicht. Aber wenn du mittendrin steckst, dann gnade dir Gott.

Natürlich riss ich auch ständig die Badtür auf und hielt den Kopf abwechselnd über Kloschüssel und Waschbecken. Es kam aber längst nur noch Schleim heraus, begleitet von heiserem, brüllendem, irrsinnig lautem Gackern, wie beim trockenen Brechen üblich. Zusätzlich wurde mir immer klaustrophobischer zumute; Innenkabine ohne Fenster, in der Kabine das kleine Bad, in dem Bad der Abgrund der Kloschüssel und der Sog des muschelkleinen Waschbeckens, all das zusammen zog mich in einen Horrorschlund hinein, in eine perverse Mischung aus Geister-, Looping-Achter- und Müllschluckerrutschbahn.

Als ich mir schon vollkommen sicher war, nie mehr aus dem Höllenschacht herauszukommen, half mir ausgerechnet ein fahrlässiger Blick in den Spiegel. Ich hatte ein paar Schleimfäden ins Waschbecken gespuckt und richtete mich auf, da sah ich mich unvermutet selbst: grünlich, mit dem Blick einer Drogensüchtigen, mit einem Gesicht wie schlecht gekneteter und wütend in die Tonne geklopfter Hefeteig. Bestückt mit Schneemannzubehör: abgelutschter Kohle und halb weggefressener, schimmliger Möhre.

Auf einmal war ich nicht mehr zahlende Kundin in der Geisterbahn, sondern Bestandteil ihrer Dekoration. Diesen Job aber wollte ich nicht. Und da nun ein bisschen Wille, wenn auch negativer, sich regte, strömte mir die nötige Energie in die Glieder, die ich brauchte, um die Kabine, dieses persönliche Horrorkabinett, zu verlassen.

Sebastian Seekrank war ich nicht, aber mir saß Gaus im Nacken, und das war auch zum Kotzen. Ich hatte noch immer die gelben Pillen für die Afrikaner in der Hosentasche, und nach der Schicht am Flügel im Speisesaal musste ich die endlich an den Mann bringen. In Arbeitskleidung machte ich mich auf den Weg zur Kabine der Flüchtlinge – genauer gesagt: auf den Umweg, weil ich Schiss hatte, von Gaus und seinen Tom-Cruise-Klonen bespitzelt zu werden. Die wollten wissen, wo die Flüchtlinge waren, sie gingen davon aus, dass ich es wusste, was also lag da näher, als mir nachzuspionieren?

Wie im Krimi, wo die Mafiosi ständig komplizierte Umwege kreuz und quer durch die Stadt fahren, bis sie sich tausendprozentig sicher sind, nicht verfolgt zu werden, bin ich durch das Schiff gecruist, mit dem Aufzug runter, mit dem Aufzug rauf, dann eine Treppe runter, quer rüber zur Backbordseite, dort die nächste Treppe runter, dann ganz durch bis fast zum Heck, wieder zwei Decks hoch, rüber in den Parallelgang, wieder zurück, noch mal ganz durch, mit dem Lift ein Deck hoch, dann wieder runter, noch einmal checken, und schließlich, als ich mir eben auch tausendprozentig sicher war, rein in die Kabine.

Den Jungs ging's miserabel, aber seekrank waren sie nicht. Sie lehnten die Pillen ab, die waren ihnen nicht geheuer, vielleicht hielten sie die Dinger für K.-o.-Tropfen in Tablettenform oder so, jedenfalls fuchtelten sie mit den Händen und schüttelten den Kopf: Not seasick, not seasick, no, no. Und das alles im Stehen, denn sie konnten nicht mehr sitzen und nicht mehr liegen. Sie liefen in der Kabine hin und her, so gut es bei der Enge eben ging, sah ein bisschen wie Autoscooter aus, weil sie sich zwangsläufig dauernd anrempelten. Ein paar Tage zuvor waren sie noch total apathisch gewesen, jetzt standen sie plötzlich unter Strom.

Und sie hatten einen Wunsch. Einen einzigen nur, aber der hatte es in sich: Sie wollten ins Freie.

Normalerweise hätte man sofort sagen müssen: Geht nicht. Ausgeschlossen. Schlagt euch das aus dem Kopf. So war es ja auch abgemacht. Die wussten ja, dass sie im Versteck bleiben mussten. Aber nun sagten die nicht einfach zu mir, du, wir fänden's unheimlich gut, wenn wir uns mal eine Portion Frischluft reinpfeifen könnten, oder so ähnlich. Nein, die bettelten richtig darum, einmal kurz aus der Kabine hinauszudürfen. Sie flehten mich an. Wann passiert dir so was schon mal, dass dich jemand anfleht? Das musst du erst mal verkraften.

Brother, sagten sie. Brother, please.

Ich kam mir vor wie Jesus in Klein, dem die Bettler und die Blinden und die Lahmen und die Aussätzigen und die Zöllner und wer weiß was noch alles für Volk am Gewand hingen, und zwar alle auf einmal. Nur, dass ich keinen Segen mit *special effect* aus dem Ärmel schütteln und die Jungs damit abspeisen konnte. Die ließen sich auch nicht abspeisen. Bei denen brannte die Panik so lichterloh, dass ihnen alles egal war. Mit Vernunft und Vorsicht konntest du denen nicht mehr kommen. War einfach zwecklos. Bring uns irgendwohin, wo Luft ist, bettelten sie, fresh air, just some fresh air and open sky, bei dem schlechten Wetter und um diese Zeit, mitten in der Nacht, sei doch bestimmt niemand an Deck.

Beruhigt euch, Jungs, beruhigt euch, sagte beziehungsweise flüsterte ich. Es lief ja alles flüsternd ab, was irgendwie verrückt klang, vor allem das Betteln und Flehen. Irgendwann waren sie dann wirklich ruhig, wahrscheinlich ahnten sie, dass ich schwankte, und zwar nicht wegen der Wellen. Wir sahen uns an, aus nächster Nähe, alle vier hatten mich irgendwo am Anzug gepackt, sie rochen stark, nicht schlecht, nicht gut, stark eben, und sie waren eindeutig unmittelbar vor dem Durchdrehen.

Ich konnte keinen Tintin und keine Linda fragen, was ich

tun sollte, ich musste selbst entscheiden. Aber jede Entscheidung konnte brutale Folgen haben. Wenn die Jungs durchdrehten, würden sie sich vielleicht wer weiß was antun und in der Kabine ein abartiges Gemetzel anrichten. Aber bei einem Abstecher an die frische Luft konnten sie erwischt und dann erst recht festgesetzt werden. Von allem, was danach käme, ganz zu schweigen. Abschiebehaft und so weiter.

Ich konnte mich nicht entscheiden, musste es aber tun.

Please, brother, please!

Okay, sagte ich, wait here, und dann ging ich in meine Kabine, pirschte mich, ohne Tintin aufzuwecken, an den Spind, packte ein Sweatshirt mit Kapuze und zwei Pullover in eine Tüte und klemmte mir die warme Jacke unter den Arm. Keine Ahnung, was ich erzählt hätte, wenn mir ein Gaus oder Cruise entgegengekommen wäre, ich versuchte, nicht daran zu denken, sondern lief im Mafioso-Zickzack über mehrere Decks und tausend Gänge zu den vier schwarzen Brüdern zurück. Ich gab ihnen die Klamotten und stellte erst in dem Moment fest, dass ich vergessen hatte, für mich selbst was Warmes zum Drüberziehen mitzunehmen. Egal. Ich schwitzte ohnehin so, dass ich mir nicht vorstellen konnte, jemals wieder zu frieren. In mir tobte das Adrenalin, weil ich ohne Einflüsterung von anderen agierte. Kein Tintin, keine Linda hatte mir den Auftrag erteilt. Das hier war allein mein Ding, ich war dafür verantwortlich, ich musste das durchziehen, darum nahm ich die Zügel auch wirklich in die Hand. Und irgendwie wuchs dabei die Sicherheit, dass ich genau das Richtige tat.

Es gab aber noch einen Grund, warum das Adrenalin in mir sein Feuerwerk des Jahrhunderts abbrannte: Mir war noch immer nicht schlecht, trotz des höllischen Seegangs.

Und ich wusste jetzt auch, wo ich die vier hinbringen würde: auf den Bugbalkon. Dort kam nie jemand von der Crew vorbei, und Passagiere garantiert auch nur selten, weil da nichts geboten wurde, außer Aussicht, und weil es gar nicht so leicht war, hinzufinden, obwohl die Stelle von außen gesehen ja eigentlich auffällig und zentral wirkt. In Wahrheit liegt sie weit ab vom Schuss und der Weg über die Gänge ist nicht ausgeschildert.

Wie ein Trupp Apachen, bloß ohne Pfeil und Bogen, schlichen wir über die Gänge, ständig halb geduckt, instinktiv, auch wenn es überflüssig war, und an jeder Gangkreuzung spähte ich um die Ecke und winkte dann zum Zeichen, dass es weiterging.

Bei ruhiger See und normaler Fahrt herrscht auf dem Bugbalkon eine Stille, mit der man nicht rechnet. Ich hatte immer mal einen, der sich auskennt, fragen wollen, wieso es da vorne eigentlich nicht zieht wie auf dem Moped, wo das Schiff doch etwa im gleichen Tempo geradeaus fährt, aber dann hatte ich es auch ebenso oft wieder vergessen. Diesmal war jedoch alles anders. Keine Stille, sondern tierisches Spektakel. Der Wind heulte und föhnte dich an, dass du nur noch staunen konntest. Immer wieder kamen die Böen angebrettert, wusch und wusch und noch einmal, wenn du glaubtest, jetzt ist mal kurz Ruhe, jetzt hat der Wind gedreht, machte es wieder wusch und dir knatterte das Hemd. Und wie das Schiff in die Wellen tauchte! Ich konnte es nicht glauben, ich kam mir vor wie im Film. So blöd war mein Instinkt gar nicht gewesen, als er mir vorhin im Speisesaal den Titanic-Soundtrack eingeflüstert hatte. Steil ging es nach unten, man dachte, das ist der Start zu einem Tauchvorgang, aber nur wenig später wurde der Bug derart nach oben gehievt, dass man glaubte, jetzt geht's in Richtung Wolken. Von denen waren mehr als genug da, das sah man auch im Dunkeln, man dachte bei dem Anblick automatisch, dieses Wetter wird nie mehr enden, nie mehr wird die See ruhig sein und die Sonne scheinen, man konnte sich das einfach nicht vorstellen.

Es war nicht die Art von Wetter, wie sie für Afrika typisch ist, trotzdem waren meine Jungs aus dem Häuschen. Ich erkannte sie kaum wieder. Zuerst wollte ich sie noch zum Schweigen bringen, als sie anfingen zu jauchzen und zu schreien, aber sie ließen sich nicht bändigen, und bei dem Lärm, den Wind und Wasser machten, hörte man die Schreie sowieso nicht weit. Wie die Kinder turnten die vier über den Bugbalkon, rannten, sprangen, schlugen sich gegenseitig auf die Schultern, boxten sich im Spaß und kletterten übermütig auf die Reling, brüllten etwas in ihrer Sprache in den Himmel und sangen sogar. Sie sprangen von der Reling, tanzten herum und sangen, richtig afrikanisch, wie man sich das so vorstellt, und sie strahlten wie die Wirsche und die Gilche. Und mich küssten sie auf die Wange, umarmten mich und forderten mich auf mitzumachen.

Ich wusste bloß nicht, wie, obwohl auch ich vor Euphorie fast platzte. Die Adrenalinpumpe arbeitete weiterhin auf vollen Touren, ich stand breitbeinig in der Mitte des Balkons, ein passendes Lied fiel mir nicht ein, ein afrikanisches schon gar nicht, doch innerlich staute sich so viel Druck an, der herauswollte, dass ich plötzlich einfach anfing zu schreien. Mit ausgebreiteten Armen schrie ich auf den Atlantik hinaus, begeistert, weil ich trotz dieser absoluten Höllenfahrt nicht seekrank war.

Almut Hinaus aus der Kabine und auf dem Gang und allen folgenden Gängen immer am Handlauf entlang, um nicht von einer Wand zur anderen zu prallen. Zum Glück durchziehen solche Handläufe alle Gänge auf dem Schiff. Kilometerweise Messingrohr, stabil verschraubt, darauf Tausende Fingerspuren und Zilliarden von Bakterien, denen Dutzende Asiatinnen sprühend und wischend hinterherjagen, damit die vielen Kilometer Messingrohr spiegelblank und hygienisch glänzen.

Scheinbar ziellos hangelte ich mich zunächst voran, dann blieb ich abrupt stehen, weil ich mich fragte, wohin ich eigentlich wollte. Ich sah auf meine rechte Hand, die das Geländer umfasst hielt, drückte zu, so fest ich konnte, bis die Fingerknöchel knochenweiß wurden, löste die Hand und sah dann kurz die Abdrücke in dem von meinem Griff erzeugten Tau, doch sie verdunsteten sofort und es schien, als wären sie nie da gewesen.

Und schon warf mich ein Wellenschlag über den Gang an die andere Wand. Ich packte mit der Linken das Geländer dort, fühlte mich schwächlich wie ein Vögelchen, dachte daran, umzukehren, weil ich nicht die Kraft zu haben schien, es bis ins Freie hinaus zu schaffen, doch der Weg zurück kam mir ebenso übermächtig weit vor wie der Weg nach draußen, ich ließ den Kopf buchstäblich hängen, sah meine Schuhe im Teppich versunken, zwang mich, in die Richtung zu blicken, in welche die Schuhspitzen wiesen, und sah am Ende des Gangs die Tür aus poliertem, dunklem Holz, darin das runde Fenster. Wie weit war es noch bis dorthin, vierzig, fünfzig Meter, die Tür war mir bekannt, sie führte auf den Bugbalkon hinaus, so ruhig war es dort stets gewesen, fiel mir ein, eine friedliche Erinnerung wehte heran, wie die Aussicht auf Erlösung, untermalt von einer Melodie, »du bist die Ruh, der Friede mild«, wo kam das jetzt auf einmal her, ein Lied von Schubert, zum Vergehen schön, sang Karin das? Ja, Karin sang es für mich und schob mich damit an, fünfzig, vierzig Meter nur noch bis zur Erlösung, weiter am Messingrohr entlang, der wachsenden Tür entgegen, lange davor schon die Rechte nach der Klinke ausgestreckt, schließlich die Klinke gepackt, ohne den Handlauf mit der Linken schon losgelassen zu haben, der einfache Druck mit dem Arm gegen die Tür zu schwach, von außen hielt jemand, hielt etwas dagegen, der Wind, das musste der Wind sein, hier also auch, wo es doch stets so ruhig gewesen war, also den Handlauf loslassen, den schwachen Körper gegen die Holztür drücken, die aus Holz nicht sein konnte, so schwer, wie sie war, nur auf der Innenseite mit Holz verkleidet, die letzte Kraft des Körpers in die Schulter zwingen und mit der Schulter die Tür aufdrücken und hinaus an die Luft.

Und dort ein Tosen, hemmungsloses Peitschen wie aus allen Richtungen, dazu das Niederkrachen schwerer Wogen, Pfeifen auch, weil der Wind sich an den Kanten brach, Pfeifen, Heulen, das erstarb und gleich wiederkam, all das im Halbdunkel unter grauen Wolkenhaufen und Lichtscheinresten von irgendwoher, von Signallampen oder aus den Fenstern oben, Fenstern unten, und dazwischen Stimmen, menschliche Stimmen. Ich kämpfte mich zwei, drei, vier, fünf Schritte weiter vor, um die Biegung, von der man den Balkon in Gänze überblicken konnte, und die Stimmen wurden lauter, Männerstimmen, wie Gesang fast, aber monoton, und dazwischen Rufe, »ich bin nicht seekrank«, immer wieder, »ich bin nicht seekrank«, unterbrochen von Juchzern, und nach und nach erkannte ich in der Mitte des Balkons Silhouetten. Ein, zwei, drei, vier, fünf. Fünf schreiende, singende Silhouetten, »ich bin nicht seekrank«, Silhouetten, die zu Personen wurden, Personen, die zu jungen Männern wurden. Ein paar Schritte näher, und im Zwielicht zeichneten sich erste Einzelheiten ab. Einer der jungen Männer hatte einen schwarzen Anzug an, die anderen vier trugen Kleidungsstücke, die mir irrsinnigerweise bekannt vorkamen, als ich noch ein paar Schritte näher schlich. Die fünf hörten mich nicht, das Tosen war zu laut. Auf einmal war ich sicher, durch die Seekrankheit verrückt zu werden und zu halluzinieren, denn ich erkannte tatsächlich Sebastians weißen Kapuzenpulli mit dem Strichcode auf dem Rücken, ich sah die dicke, dunkelblaue Seemannsjacke aus Warnemünde, sah die zwei Pullover, die meine Mutter ihm gestrickt hatte, den grauen und den weißen, beide hatte er aus dem Geschenkpapier gewickelt, ohne sich etwas anmerken zu lassen, aber beide Male hatte er mich angeschaut und die Augen verdreht, sobald meine Mutter ihn nicht mehr im Blick hatte. Es konnte nicht sein, aber es waren die Kleidungsstücke von Sebastian, nur dass nicht mein Sohn darin steckte, sondern fremde Jungen. Der in der Seemannsjacke mit den Messingknöpfen erblickte mich als Erster, sein Gesicht war vollkommen dunkel, nur die Augen leuchteten weiß, weit aufgerissen sahen sie mich an, und nun wurden auch drei der anderen auf mich aufmerksam, das Juchzen und Schreien hörte auf, keiner rief mehr, »ich bin nicht seekrank«, und der im Kapuzenpulli, der mit dem Rücken zu mir auf der Reling saß und gerade noch wild mit beiden Armen gewedelt hatte, drehte sich jählings zu mir um, zeigte mir kurz das Weiße seiner Augen, den Schrecken seines Blicks, dann schnellte dieser Blick aus der Achse, aus dem Gleichgewicht, und der Junge im Kapuzenpulli stürzte rückwärts über die Reling.

Teil III

Sebastian Abgeschossen. Nur, dass kein Schuss gefallen war. Der Sniper hatte mit den Augen zugeschlagen. Ein Blick, und weg war der Afrikaner in meinem weißen Kapuzenpulli. Mit einem Satz war ich an der Reling und sah ihn unten auf dem Vorderschiff liegen, dort, wo man an den Seiten die Winden für die Ankerketten sieht. Wie ein Verkehrstoter lag er da, fehlten nur die Kreidestriche um den Körper. Lag da und rührte sich nicht. Ich sah den Kopf, die Arme, einen nach oben, den anderen nach unten abgewinkelt, ich sah den Oberkörper, den Strichcode auf dem Rücken, nur die Beine konnte ich nicht sehen, die lagen im toten Winkel, ich sah alles ganz genau und wusste nicht, was tun. Ich war nah am Schreien und gleichzeitig steckte mir ein Trompetendämpfer im Hals. Ich starrte auf den leblosen Körper, eine halbe Ewigkeit lang, bis mich Hände packten und an mir zerrten, am Arm, am Ärmel, an den Schultern, überall zerrte es an mir, es machte mich rasend, ich wollte das nicht, wehrte mich, schlug um mich, wollte nicht wegsehen von dem Strichcode auf dem weißen Rücken da unten. Come, come, rief es, die Griffe wurden rabiater, die drei übrig gebliebenen Afrikaner wollten mich von der Reling wegziehen, weg vom Balkon, ins Schiff hinein, nach unten, zu ihrem abgestürzten Kumpel. Als ich das endlich kapiert hatte, ließ ich das Geländer los und stolperte mit ihnen in Richtung Tür. Kaum kam ich in Bewegung, ließen sie von mir ab und rannten los, was das Zeug hielt, sprangen über das Bündel hinweg, das auf den Planken lag, und waren auch schon um die Biegung verschwunden.

Das Bündel, das war der Sniper mit dem tödlichen Blick.

Als ich das begriff, blockierte mich kein Trompetendämpfer mehr, was hast du da gemacht, schrie ich wie irre und stürzte mich auf den kauernden Menschen, bereit, mich mit aller Kraft zu wehren, falls er Gewalt gegen mich anwenden würde, aber er zog reflexartig den Kopf ein, schützte ihn mit beiden Händen, es kostete mich richtig Kraft, ihm die Arme wegzubiegen, den Kopf freizulegen und am Kinn nach oben zu ziehen, damit ich sein Gesicht sah.

Und dann war ich derjenige, der vom Schuss getroffen wurde.

Der Blick stieß mich einen Meter zurück, mein Kreislauf sackte in sich zusammen, ich wurde schwach, schwach, schwach, der Seegang warf mich gegen die Reling, dann gegen die Wand, ich konnte mich nirgends mehr halten, nur mit den Augen hing ich an diesem Blick, dachte, das, was da kauert, das sieht aus wie meine Mutter, das *ist* meine Mutter.

Dann fiel ich in einen Schacht.

So fühlte sich das an – als wäre ich in einem wahnsinnig hohen Hochhaus im Lift unterwegs und ein bestialischer Bruce-Willis-Klon mit Samuraischwert haut das Aufzugseil mit einem Hieb durch, worauf die Kabine im Schacht sechzig Stockwerke nach unten rast. Ich befand mich im freien Fall, rechnete jeden Moment mit dem tödlichen Aufprall, aber dann schlug der Lift nicht auf Beton auf, sondern im Wasser, ich merkte, ich überlebe, machte die Augen auf und erkannte wieder: Das da ist meine Mutter, und sie sieht aus, als könnte sie nie und nimmer aus eigener Kraft aufstehen, die ist zusammengebrochen und hat ein Gesicht wie eine Leiche, mit hohlen Wangen, Riesenaugen, spitzem Kinn; die ist vollkommen fertig, die geht gleich über den Jordan, dachte ich; vorher hat sie allerdings noch einen armen kleinen Afrikaner über die Reling geballert, dachte ich gleichzeitig auch irgendwie, aber was heißt schon denken, in meinem Kopf toste der reinste Sturm, kein bisschen zahmer als das, was mir auf dem Schiffsbalkon um die Ohren pfiff.

Weil sie sich selbst nicht mehr halten konnte und zur Seite kippte, hielt mich ihr Blick nicht mehr. In dem Moment packte es mich wieder am Arm, an beiden Armen, die drei Afrikaner waren zurückgekommen, diesmal ließen sie nicht locker, sondern zerrten mich rigoros davon, ich stolperte über meine Mutter hinweg, um die Biegung, durch die Tür, Gänge entlang, Treppen hinunter, die drei schleiften mich mit und riefen zwischendurch, go, go, und irgendwann versetzten sie mir einen Stoß, schleuderten mich nach vorne, und als ich mit Stolperschritten den Sturz abfing, kam ich auf die eigenen Beine. Sofort wollte ich kehrtmachen, wieder nach oben zu dem Menschenbündel, aber die drei ließen mich nicht vorbei, sie stießen mich die nächste Treppe hinunter, sie wollten zu ihrem Kumpel, klar, ich wollte ja auch hin, ihn retten, ihn in Sicherheit bringen, bevor ihn jemand entdeckte, der nicht eingeweiht war. Aber zu meiner Mutter wollte ich auch. Musste ich doch. Die drei Jungs ließen mich aber nicht umkehren, ich sollte für sie den Weg aufs Vorderschiff finden, und weil sie nicht nachgaben, gab ich auf, sagte mir, wenn es nicht anders geht, holen wir zuerst schnell den Afrikaner, je eher uns das gelingt, desto schneller kann ich hoch, meiner Mutter helfen. Also drückte ich selbst aufs Tempo, versuchte mich zu orientieren, riss Türen auf und warf sie wieder zu, weil es die falschen waren, rannte Gänge nach vorne, die nicht zu Türen, sondern nur zu Fenstern oder Wänden führten, lief Treppen nach unten und fand schließlich die Tür zum Vorderschiff. Sie war abgesperrt. Durch das Bullauge konnte man nach draußen sehen und trotz der verkrusteten Salzwasserspritzer die groben Einzelheiten erkennen: Da lag kein Afrikaner in weißem Kapuzenpulli mit Strichcode auf dem Rücken.

Tintin hob wie immer bloß ein Augenlid leicht an, aber was er diesmal durch den Millimeterspalt auf die Netzhaut ließ, machte ihn mit einem Schlag hellwach. Ich konnte nichts sagen, ich lehnte an der Tür und schnaufte. Möchte gar nicht wissen, wie ich aussah.

Tintin sprang aus dem Bett und zog sich seine Klamotten so hastig an wie bei Feueralarm, dabei hatte ich noch kein Wort gesagt. Ich war wie gelähmt und bestand nur noch aus Keuchen. Mir brannte die Lunge, ich hatte nicht nur weiche Knie, alle meine Gelenke waren aus Pudding. Willenlos ließ ich mich von Tintin aufs Bett verfrachten, er stellte sich ans Fußende, hob meine Beine an und legte sie sich rechts und links von seinem Kopf auf die Schultern. Wahrscheinlich sah er, dass oberhalb der Gürtellinie kein Tropfen Blut mehr in meinem Körper unterwegs war. Er wirkte unheimlich erwachsen, drängte mich nicht mal, zu sagen, was eigentlich los war, weil er genau sah, dass ich es gar nicht gekonnt hätte. Ich musste erst wieder zu mir kommen.

Fragte sich bloß, wozu. Ich wollte nämlich nicht mehr in meiner Haut stecken. Ich hab alles verbockt, war das Erste, was ich rausbrachte. Ich hab's verbockt. Alles meine Schuld. Tintin legte meine Beine auf dem Bett ab, und ich fing an zu heulen. Ich hab Scheiße gebaut, so eine Wahnsinnsscheiße gebaut, greinte ich, ich hab einen Menschen auf dem Gewissen, kapierst du das, einen Menschen! Und meine Mutter liegt da oben und stirbt vielleicht auch noch.

Was redest du da, Kleiner, bist du verrückt geworden?

Tintin holte Wasser und befahl mir, mit dem Heulen aufzuhören.

Erzähl mir, was los ist! Jetzt sofort!

Mit Ach und Krach stammelte ich etwas zusammen. Viel war nicht nötig, bis auch Tintin sagte: Ach du Scheiße.

Als sie ihren abgestürzten Kumpel nicht mehr auf dem Vorderschiff liegen sahen, hielt die anderen drei Afrikaner nichts mehr. Ich schrie ihnen nach, bleibt hier, doch sie rannten einfach weg. Ich natürlich hinterher, aber schon auf dem nächsten Deck verlor ich sie aus den Augen, weil sie rannten wie die Wilden. Ich dachte mir, die haben sich sicher in ihre Kabine geflüchtet. Da waren sie aber nicht. Sie hätten auch nicht reingekonnt, denn die Schlüsselkarte hatte ich. Ich sah die leere Kabine mit den vier Kopfkissen auf dem Doppelbett und dachte, ich muss kotzen. Und zwar nicht wegen des Seegangs. Das Schiff schaukelte noch immer irrsinnig, aber das machte mir gar nichts aus. Es war der blanke Horror, der in mir brüllte wie ein Tier.

Ich rannte dann wieder auf den Bugbalkon, um mich wenigstens um meine Mutter zu kümmern. Doch die war auch nicht mehr da. Gähnende Leere, nicht die Spur von einem Menschen, nur der brutale Wind. Und das Schiff tauchte abwechselnd ins dunkelschwarze Wasser und in den hellschwarzen Himmel. Berg-und-Tal-Fahrt auf dem Geisterschiff. Ich hätte mich über die Reling stürzen können, es zog mich wirklich nach unten, raus aus allem, ich hielt das Höllenspektakel einfach nicht mehr aus, und wer weiß, was ich getan hätte, wenn ich nicht an meine Mutter gedacht hätte. Und gleich danach blitzlichtartig auch an Linda.

Vielleicht sind beide tot, wimmerte ich nun Tintin vor.

Wieso beide? Wovon redest du?

Der Afrikaner und meine Mutter. Vielleicht ist meine Mutter über Bord gegangen.

Was faselst du da von deiner Mutter? Siehst du Gespenster, hast du Halluzinationen?

Tintin fasste mich nun härter an. Du glaubst, du hast den Afrikaner auf dem Gewissen, deswegen stehst du unter Schock und fängst an zu spinnen, schärfte er mir ein.

Ich stand tatsächlich unter Schock, aber durchgedreht war ich nicht, auch wenn es vielleicht so klang, weil alles, was ich sagte, wimmernd rauskam.

Nein, nein, das da oben war meine Mutter, total fertig, und dann war sie auf einmal nicht mehr da.

Wie kann deine Mutter auf dem Schiff hier sein? Das gibt's doch nicht!

Aber sie war's. Sie war's wirklich!

Und du hast nichts davon gewusst?

Nein!

Das war geschrien, und damit war endlich auch das Wimmern aus dem Hals. Tintin setzte sich auf sein Bett.

Deine Mutter?

Ja.

Hier auf dem Schiff?

Ja.

Macht sie das öfter?

Was?

Kreuzfahrten.

Nein. Nie. Die käme gar nicht auf die Idee. Die findet das abartig. Wenn's ne große Fähre wäre, ja, aber Kreuzfahrt, nein.

Trotzdem ist sie hier?

Sag ich doch die ganze Zeit.

Kann es sein, dass sie hier arbeitet?

Quatsch!

Was ist sie von Beruf?

Ich sag dir doch, das ist Quatsch!

Was sie von Beruf ist, hab ich dich gefragt.

Psychologin.

Nein!

Wieso nein? Doch! Sie ist Psychologin, arbeitet als Ehe- und Familienberaterin.

Wie sieht sie aus?

Wie sie aussieht? Wie meine Mutter halt, ich weiß nicht …

Mach keine Witze. Du wirst ja wohl beschreiben können, wie deine Mutter aussieht!

Na ja, so Ende vierzig, glatte braune Haare so bis hier, dunkle Augen.

Warte hier. Rühr dich nicht von der Stelle!

Tintin rannte aus der Kabine und kam nach einer Weile mit

einer Broschüre zurück. Vorne drauf war unser Schiff abgebildet. Er blätterte kurz, dann hielt er mir eine aufgeschlagene Seite vor die Nase.

Ist sie das?

Ich konnte nur nicken, weil ich losheulen musste wie ein Kind, als ich das passbildgroße Foto sah.

Almut Gegen Seekrankheit kommt nicht einmal das Gewissen an. Jemand war abgestürzt, ich hätte Hilfe holen müssen, ich tat es nicht. Hatte nicht die Kraft dazu, redete mir ein, die schreienden, springenden Schimären in Sebastians Kleidern, die auf dem Bugbalkon über mich hinweggestolpert waren, würden sich schon darum kümmern, warum sonst waren sie davongerannt. Ich lag so lange dort oben auf den Planken, bis ich zitterte vor Kälte, dann kroch ich zur Tür, rappelte mich auf und zog mich an den Handläufen von Gängen und Treppen in meine Kabine, vom Seegang weiterhin gegen die Reling meines letzten Lebenswillens geworfen und mit der schaukelnden Vision von Sebastians Gesicht vor Augen. Ich schaffte es in Kleidern aufs Bett, dachte noch einmal daran, jemanden alarmieren zu müssen, doch mein Arm reichte nicht bis zum Telefon, und dann fielen endgültig alle Kräfte von mir ab. Ich trieb beinahe leblos auf den Wellen meiner Übelkeit dahin, bäumte mich nicht mehr auf, ergab mich meinem Schicksal.

Irgendwann begann ich mich zu wundern, dass es in der Kabine nicht dauerhaft dunkel war, obwohl ich beim Hereintaumeln kein Licht gemacht hatte. In unregelmäßigen Abständen flutete Helligkeit herein, die nach einer Weile wieder gedämpft wurde; im Rhythmus des Seegangs ging das hin und her, dunkel, hell, erst nach einer Weile begriff ich, dass die Kabinentür nicht hinter mir ins Schloss gefallen war und jetzt mit den Wellenschlägen aufschwang und dann wieder zusank, aber nicht heftig genug, um einzurasten.

Kaum hatte ich das erfasst, machte es mir zu schaffen. Ungeschützt und wehrlos lag ich auf meinem Bett, wer vorüberging, konnte mich vom Gang aus sehen, das Häuflein Elend.

Zwischenzeitlich wurden Angst und Unbehagen von der Seekrankheit überflutet, aber in den Wellentälern kehrten sie wieder. Und unter all das mischten sich noch die Bilder vom Bugbalkon. Sie kamen mir nun wie ein höhnischer Traum vor, vier Gestalten in den Kleidern meines Sohnes, und schließlich das Gesicht Sebastians mit panisch aufgerissenen Augen unmittelbar vor mir, das mussten Halluzinationen gewesen sein, Nebenwirkungen der Seekrankheit, aber der Sturz des jungen Mannes mit dem Strichcode auf dem weißen Kapuzenpulli, war das auch halluziniert, war mir das dort oben nicht vollkommen real erschienen?

Es fehlten mir die Kräfte, die Bilder von außen von den Bildern aus meinem Inneren zu trennen, abschieben ließen sie sich auch nicht, vor allem zwei von ihnen drängten hartnäckig in den Vordergrund: der Sturz des Kapuzenmanns und Sebastians Gesicht. Sie ließen nicht locker, bis ein Klacken ertönte und die Schallverhältnisse um mich herum sich änderten.

Ich riss die Augen auf: Es war dunkel, vollkommen dunkel, wie nur, wenn die Tür verschlossen ist. Schon wollte ich mich der Erleichterung hingeben, nicht mehr allen Blicken ausgesetzt zu sein, da ging das Licht an, Helle von allen Seiten, aus den Tisch-, Wand- und Deckenlampen der Kabine. Und allmählich formte sich undeutlich ein Gedanke: Jemand hat die Tür geschlossen und in der Kabine Licht gemacht. Es dauerte, bis der Gedanke ausgeklungen war, dann gab er den Blick auf einen Mann frei, der auf mich herabsah.

Er trat langsam näher. Sah mir ins Gesicht. Sorgenvoll. Erschrocken. Daran las ich meine Verfassung ab.

Er ging neben meinem Bett in die Hocke. Brauchen Sie Hilfe?

Ich drehte den Kopf auf dem Kissen hin und her, schwerfällig, das sollte nein bedeuten.

Erkennen Sie mich wieder?, fragte er.

Das Kopfnicken wollte mir gar nicht gelingen, so ersetzte ich es durch ein betontes Senken der Lider. Dann fiel mir sein Name wieder ein.

Er nahm meine Hand, merkte, wie kalt sie war, legte seine andere Hand darauf und rieb vorsichtig.

Kann ich etwas für Sie tun?, fragte er nun. Ich lächelte, denn er tat es bereits.

Er roch leicht säuerlich, wie nach dem Schlaf. Die Bewegung seiner Hand auf meinem Handrücken ging gleichmäßig hin und her, es fühlte sich mechanisch an, darum nahm ich all meine Kraft zusammen und legte meine linke Hand auf die Hand des jungen Mannes. Die lag nun regungslos auf dem Rücken meiner Rechten. So war es gut.

Als er zum ersten Mal zu mir gekommen war, hatte er um Hilfe für die vier afrikanischen Flüchtlinge bitten wollen, aber mit allzu aufdringlichem Körpereinsatz alles verdorben. Die Erinnerung an den Druck seines Körpers war dennoch bei mir haften geblieben, weil es die erste dieser Art nach langer, langer Zeit gewesen war.

Warum kam er jetzt wieder? Wegen meines Körpers oder wegen der Afrikaner? Wenn es wegen der Afrikaner war, konnte das heißen, dass ich vorhin nicht halluziniert hatte, denn waren die Jungen, die auf dem Bugbalkon herumgeturnt waren, nicht schwarz gewesen? Hatte ich nicht wenigstens bei der schlanken Gestalt im Kapuzenpulli den Kontrast überdeutlich gesehen, das dunkle Gesicht umrahmt von weißem Baumwollstoff? Die Übelkeit ließ mich noch immer nicht klar denken, aber es bildeten sich Fragewolken, zusehends bedrängend. Vier Afrikaner? Waren es auf dem Balkon nicht fünf gewesen? Wer war der Fünfte? Konstantin? Hatte er sich über mich gebeugt, mir sein Gesicht gezeigt, das ich in meinem halluzinogenen Zustand als Sebastians gedeutet hatte? War Konstantin sekundenlang Sebastian für mich gewesen? Was wollte er von mir? Mich um mein Schweigen bitten? Ach, wenn es sonst nichts war, mein Schweigen sollte er haben. Wieder schickte ich Restenergie in meinen linken Arm, wieder führte ich ihn über meinen Leib hinweg, diesmal aber so weit, dass sich mein ganzer Körper nach rechts drehte, bis ich Konstantins Kopf zu fassen bekam und an mich ziehen konnte.

Nun sah ich sein Gesicht nicht mehr, spürte aber die Schädelknochen, die feste Rundung seines Kopfes, und roch sein Haar. Ich hielt ihn fest, bis mir die Kraft ausging, dann rollte ich wieder auf den Rücken und mein Arm rutschte in seine Ruheposition zurück.

Der junge Mann setzte sich auf den Bettrand wie ein Pfleger.

Was würde Ihnen guttun?, fragte er mich.

Noch hatte ich kein Wort an ihn gerichtet, ich war nicht sicher, ob meine Stimme funktionierte, wollte aber auch gar nicht reden. Denn setzte die Heilung nicht schon ein? Ich schloss die Augen. Die Würgegriffe der Übelkeitstentakel verloren an Druck. Eine Hand legte sich auf meine Stirn, fuhr über die Schläfe zur Wange hinab und blieb dort eine Weile liegen. Der Daumen streichelte die dünne Haut über dem Wangenknochen.

Zaghaft öffnete ich die Augen.

Ganz ruhig, sagte der junge Mann. Die Hand löste sich von meinem Gesicht, und ich hielt den Atem an: Jetzt schwebte sie wohl über mir durch die Luft, die Hand, um sich gleich irgendwo niederzulassen.

Dann landete ein Vögelchen auf meinem Bauch. Südlich des Nabels, auf der Wölbung des Unterbauchs, dort, wo die Empfänglichkeit wohnt. Tastenden Schrittes bewegte sich das Vögelchen, zart, zart, wie beim Antippen hoher Töne auf dem Klavier, wenn man jede Härte vermeiden will, damit der Klang zu Herzen geht. Ich hörte sie sogar, die sanft schreitende Melodie, sie drang durch den Nebel meiner Übelkeit, schuf dunstfreien Raum, in dem die Klänge sich entfalten konnten, Präludium in b-Moll, ja, das sanfte Tippen der Fingerkuppen ging zu Herzen, zart, zart, während die tiefen Töne mich in Sicherheit wiegten. Die Finger tupften meinen Bauch zwischen Nabel und Scham, die Handfläche strich die Spuren glatt, die Übelkeitstentakel des Kopffüßers namens Seekrankheit erlahmten endgültig, das Vögelchen mit seinem sanften Gang erlöste mich. Und ich schlief ein.

Sebastian Ich hatte Schüttelfrost, aber keine warmen Sachen mehr, die waren samt afrikanischem Inhalt im Schiffsbauch verschwunden. Im Schneidersitz hockte ich auf dem Bett, schlotterte, wartete auf Tintin, und sah zwei Filme gleichzeitig: In dem einen turnte der junge Afrikaner auf der Reling und stürzte plötzlich ab, im anderen starrte mich meine Mutter aus nächster Nähe an und ich stolperte über sie hinweg. Zwei Filme parallel, immer wieder von vorn. Repeat. Repeat. Das hält kein Mensch aus. Ich bekam nicht auf die Reihe, dass meine Mutter auf dem Schiff sein sollte. Der Wahnsinn. Wir fuhren seit Monaten unter einem Dach über die Ozeane und hatten keine Ahnung, wie dicht wir aneinander dran waren! Ich hätte ihr nie zugetraut, dass sie auf einem Luxusliner anheuert. Meine Mutter und Luxus, das passte nicht zusammen. Ihr fiel ja nicht mal ein, sich irgendetwas zu gönnen, außer nach der Arbeit einen Spaziergang, bevor sie nach Hause kam und Pellkartoffeln kochte und ein Pfund Quark mit Pfeffer, Salz und Leinöl würzte. Für die war Urlaub, wenn man von Onkel Heinrichs Häuschen bis zum Ende der Mole und zurück spazierte und anschließend einen Cappuccino trank. Und jetzt cruiste sie im Luxusambiente über die Weltmeere.

Was ihr aber nicht gut bekam, wie man oben auf dem Bugbalkon gesehen hatte. Oder sie war seekrank. Eigentlich kaum möglich, bei ihr als alter Seglerin. Vielleicht war sie aus der Übung gekommen, schließlich lag ihr letzter Segeltörn schon eine Weile zurück.

Auf dem Foto im Bordprospekt sah sie aus wie immer. Schätzte ich jedenfalls, denn komischerweise hatte ich das Gefühl, sie schon ewig nicht mehr angeschaut zu haben. So von vorne, wie man jemanden ansieht, den man nicht kennt, aber kennenlernen will. Und damit meine ich jetzt nicht das Dreivierteljahr, in dem ich weg war, sondern die Zeit davor. Du lebst mit deiner Mutter zusammen, aber du guckst ihr halt nicht ins Gesicht. Darum fühlt es sich irgendwie seltsam an, sie auf einem Foto zu betrachten. Von dem sie dich anlächelt, aber jeden, der in der Broschüre blättert, eben auch, wildfremde Gestalten, das ganze Pack, das hier über die Auslegeware pirscht.

Plötzlich fiel mir die schwarze Witwe ein, die vor Wochen mal im Aufzug zu mir gesagt hatte, Sie haben Ähnlichkeit mit jemandem. Damals hatte mich das zum Schmunzeln gebracht, jetzt ging mir ein Kronleuchter auf: Die musste zuvor meine Mutter gesehen haben! Das war noch im Mittelmeer gewesen, ziemlich am Anfang der ganzen Tour. Damals schon hatten wir also praktisch fast Kontakt gehabt.

Ich haute mich der Länge nach hin, den Kopf ins Kissen. Das war alles zu viel für mich.

Dann kam Tintin wieder, und ich wollte mich gleich auf ihn stürzen, hast du sie gefunden, was hat sie gesagt, hat sie mich gesehen, hast du ihr gesagt, dass ich sie erkannt habe, war sie es überhaupt, wie geht es ihr, lebt sie noch, ist sie krank … – aber ich biss mir auf die Zunge, denn hinter Tintin kamen Helmut, Manuel und Linda in die Kabine.

Haste scheißedicke Tinte gebaut, Alter, meinte Manuel.

Darüber hätte ich normalerweise gelacht, aber das fiel mir in dem Moment absolut nicht ein. Tintin hatte die drei alarmiert und sich zusammen mit ihnen auf die Suche nach den afrikanischen Jungs gemacht. Ohne Erfolg. Wir brauchen einen Plan, sagte er. Wir machten auch einen, oder sie machten ihn, denn ich war nicht zu gebrauchen, es war wie am Anfang, als mich noch keiner richtig ernst genommen hatte. Hätten sie bloß gar nicht erst damit angefangen! Ohne Verantwortung hätte ich auch nichts verbockt.

Ich hörte mir an, was sie vereinbarten. Helmut und Manuel

machten sich wieder auf die Suche, der schwarze Helmut ganz unten in der afrikanischen Zone, Manuel bei den Asiaten eine Etage drüber.

Linda blieb noch. Irgendwas wollte sie von mir. Aber ich musste zuerst mit Tintin reden.

Wo ist sie?, fragte ich ihn.

In ihrer Kabine.

Von wem redet ihr?, mischte sich Linda ein.

Von seiner Mutter.

Von wem?

Tintin erklärte es ihr. Sie staunte nicht schlecht, ihr blieb sogar die Spucke weg, was sonst nicht gerade typisch für sie war.

Wie geht es ihr?, wollte ich von Tintin wissen. Ist sie …

Sie schläft.

Was machen wir jetzt?, piepste ich.

Das fragst du noch? Du gehst zu ihr, Kleiner, was denn sonst.

Ich weiß nicht.

Wie, du weißt nicht?

Ich wusste nicht, weil ich mich schämte. Zuerst hatte ich sie in unserer Wohnung sitzen lassen und war davongerannt, hatte anschließend keinen Mucks von mir gegeben, mal abgesehen von der einen Mail neulich, in der ich ihr auch noch Vorwürfe machte, und dann ließ ich sie da oben auf dem Bugbalkon bei krassester Windstärke und übelstem Seegang auf dem Boden liegen, obwohl sie aussah wie halb tot. Wie konnte ich ihr da einfach so als braves Söhnchen unter die Augen treten? Hallo Mama, wie geht's. So ein Zufall, dass du auch hier bist. Hätte ich echt nicht gedacht. Warst wohl ein bisschen seekrank. Bist du jetzt wieder auf dem Damm? Nein. So ging das nicht.

So einfach geht das nicht, sagte ich zu Tintin. Ich kann mich nicht locker vor ihr aufbauen, als wäre nichts gewesen.

Linda sagte noch immer nichts, hörte aber genau zu. Sie sah

zwischen Tintin und mir hin und her wie die Zuschauerin bei einem Tennismatch.

Tintin machte erst gar keine Anstalten, Verständnis aufzubringen. Er weigerte sich ganz einfach. Was heißt hier, als wäre nichts gewesen, schnaubte er. Merk dir eines, Kleiner: Es ist immer was gewesen. Es gibt im Leben keine Lage, in der zuvor nichts gewesen ist. Kapierst du, was ich meine?

Ich trau mich trotzdem nicht.

Feigling!

Das sagte er nicht auf seine übliche lässige Art, sondern sehr ernst – und irgendwie auch verächtlich. Sei froh, dass du eine Mutter hast, die dich sehen will, murmelte er noch, falls ich ihn richtig verstanden habe.

Kannst du es nicht wenigstens ein bisschen für mich einfädeln, bat ich ihn.

Er funkelte mich an, aus nächster Nähe, packte mich mit einer Hand an der Schulter und kam ganz dicht an mein Gesicht heran.

Also gut, sagte er leise, aber es klang gepresst, so, als müssten die Worte eigentlich geschrien werden, okay, ich gehe zu ihr. Und weißt du was? Ich gehe gern hin. Sehr gern sogar. Im Gegensatz zu dir, du Krücke.

Almut Ich bildete mir ein, ihn am Klopfen zu erkennen. Der Boden schwankte nicht mehr ganz so arg, ich schaffte es bis zur Tür, öffnete, ohne hinzusehen, und wankte sogleich wieder zum Bett.

Der Schlaf hatte mir gutgetan, aber ich fürchtete, schlecht zu riechen, zumal nach dem Erbrechen, und verkroch mich unter der Decke, drehte mich auf die Seite, zog die Beine an, hielt den Rand der Decke über der Schulter fest und fasste den Besucher von dieser Festung aus ins Auge.

Eine Haarsträhne war mir ins Gesicht gerutscht, die strich er zur Seite. Er setzte sich wieder auf den Bettrand, rieb mit der Hand über meine Schulter. Sie nahm die Reibung, sanft und doch mit Nachdruck, trotz der Decke auf, die Entspannung setzte sich in den Arm hinein fort, und als sie meine Hand erreicht hatte, ließen die Finger den Rand der Decke los. Er merkte es und wollte die wärmende Hülle lüften. Da griff ich wieder zu.

Ich bin schmutzig, sagte ich.

Ich wasch dich, sagte er. Sagte, komm, und deckte mich auf, sagte noch einmal, komm, und zog mich hoch, half mir beim Ausziehen und führte mich ins Bad. Ich wollte mich nicht wehren, weil ich wollte, dass er entschied, was richtig war. Bevor ich eingeschlafen war, hatte er mich gefragt, was mir guttäte. Das fragt nur einer, der es schon weiß.

Im Bad richtete ich das Gesicht nach oben, zur warmen Quelle, und ließ mich waschen. Solange ich unter der Dusche stand, hielt ich die Augen fest geschlossen, sah nur mit dem inneren Auge hin und achtete auf die Hände. War es Nacht, war es Tag? Ich wusste nur, dass alle Sanduhren gesplittert und sämtliche Anker gelichtet waren.

Sebastian Tintin verstand mich nicht. Linda verstand mich. Sie kniete sich vor mir aufs Bett, wie man es nur aus Filmen kennt, nahm meinen Kopf zwischen die Hände und redete mir zu wie einem jungen Hund.

Und ich? Fing gleich wieder das Heulen an. Wie als Kind, wenn du traurig bist und gleichzeitig auch wütend und nicht weißt, wohin mit dir, und dann jemand kommt und dich mit beiden Händen tröstet.

Was heißt jemand. In der Kindheit kommen dafür nicht übermäßig viele Kandidaten infrage.

Aber jetzt war es Linda. Die nichts für mich war, wie Tintin gesagt hatte, zu alt, das meinte sie wahrscheinlich selbst, obwohl sie es nicht sagte. Die mich jetzt aber genau dort küsste, wo das Salzwasser hinperlte. Und mein Gesicht an ihren Hals zog und mir mit beiden Händen über den Rücken strich. Und mich dann wieder ein Stück von sich wegdrückte, um plötzlich meinen Mund zu küssen. Ganz leicht. Mit trockenen Lippen. So leicht, dass ich ihr Lippenmuster spüren konnte. Dann etwas fester. Und ein bisschen länger, bis mein Heulen ins Stottern geriet.

Tränenstopp und Unterbrechung. Ich sah sie an, wahrscheinlich wie ein Fragezeichen. Sie wischte mir das Nasse aus dem Gesicht. Legte mir eine Hand auf den Oberschenkel.

Ich dachte, Mitleid und Erotik passen nicht zusammen, brachte ich heraus. Sie ließ sich davon nicht irritieren.

Tintin blieb lange weg, verriet nicht, wo er sich aufgehalten hatte, antwortete nicht auf Fragen, sondern führte mich nach oben in einen Gang mit Teppichboden. Vor einer Innenkabine blieben wir stehen. Tintin klopfte an, niemand öffnete.

Sie will mich nicht sehen, sagte ich schon fast erleichtert, komm, wir hauen ab.

Nein. Ich weiß, wo sie ist.

Er führte mich in die Gegend des Spa-Bereichs und stellte mich dort vor einer Tür ab.

So, Kleiner. Hier klopfst du jetzt schön brav an und wartest, bis sie aufmacht, kapiert?

Und schon machte er sich auf dem dicken Teppich davon.

Es war still vor dieser Tür. Kein Laut drang heraus. Auf dem Display der Rufanlage stand der Name meiner Mutter. Almut Schäfer. Ich starrte die zwei Wörter an wie einen unbekannten Code.

Kein Laut auch auf dem Gang. Ich versank immer tiefer im Teppich und legte mir einen ersten Satz zurecht. Eine Welle brachte mich kurz zum Schwanken. Hallo, ich bin's bloß, dein Sohn. – Mir fiel kein Satz ein, der mir passend vorkam. Nicht mehr lange, und ich wäre bis zum Kinn im Teppich eingesunken. Entweder lief ich jetzt davon oder ich klopfte an. Ich hob die Hand, traute mich doch nicht, zog die Hand zurück und legte sie auf dem Mund ab, wie man das manchmal so macht, wenn man unschlüssig ist. Meine Finger rochen nach Linda. Mir wurde flau. Ob meine Mutter das riechen würde? Roch man mir an, dass ich gerade mit einer Frau, die nichts für mich war, in der Koje gelegen hatte?

Ich legte ein Ohr an die Tür. Man hörte wirklich nichts.

Almut Ich hätte mich schämen oder ein schlechtes Gewissen haben müssen. Aber ich schämte mich nicht. Und gegen das schlechte Gewissen führte ich mein wieder erstarkendes Pflichtbewusstsein ins Feld. Stand vom Bett auf, wusch mich nicht noch einmal, denn ich war ja vorhin erst gewaschen worden, zog mich an und ging ins Beratungszimmer. Ich hatte Dienst, Seegang hin oder her.

Kaum stand ich neben dem schwarz glänzenden Blüthner auf dem Parkett, packte mich das schlechte Gewissen doch, und zwar mit harter Hand – nicht wegen Konstantin, sondern wegen des Afrikaners, der vom Bugbalkon gefallen war. Ich sah die Szene vor mir aufflammen und erschrak bis ins Mark darüber, sie zwischendurch mitsamt dem Zeitgefühl verloren zu haben.

Lange konnte das Gewissen mich nicht in die Mangel nehmen, denn es kam tatsächlich jemand ins Beratungszimmer. Die Pflicht stieß den Schrecken mit Gewalt zur Seite, und mit einem Schlag wusste ich auch wieder, in welcher Zeit ich lebte. Gaus persönlich füllte die Uhren erneut mit Sand, indem er erhobenen Hauptes zur Musikstunde eintrat.

Der Seegang hatte sich beruhigt, man konnte sich einigermaßen stabil auf den Beinen halten; wacklig war ich, weil ich ewig nichts gegessen hatte. Ich fühlte mich wie ausgeputzt, fand es jedoch nicht unangenehm, dachte, so rein fühlt sich vielleicht ein neuer Anfang an.

Das biss sich allerdings mit Gausens Art, dort anzuknüpfen, wo er bei einem der letzten Male aufgehört hatte.

Er musterte mich kritisch, bevor er sich an den Blüthner setzte, legte sich wohl ein paar Sätze zurecht, denn bevor er in die Tasten griff, erklärte er, er habe nachgedacht und müsse mir recht geben. Bach sei ihm tatsächlich nicht geheuer. Die

Stimmführung der Fugen beunruhige ihn, das sei wohl etwas Charakterliches. Mehrere disparate Stimmen in sich zu ertragen, sei seine Sache nicht. Darum bevorzuge er Beethoven. Wenn man ihn zwänge, bis zu seinem Lebensende nur noch die Werke eines einzigen Komponisten zu spielen, würde er sich für Beethoven entscheiden. Beethoven wiederhole sich nicht, jede Sonate sei ein eigener Komplex, jede befasse sich mit einer anderen menschlichen Verfassung, falls man das so sagen dürfe, mit einem anderen inneren Zustand.

Aus seinem Ringen um die treffende Formulierung hörte ich heraus, wie er sich mühte, bestimmte Vokabeln zu vermeiden: Seele, Leidenschaft, Gefühle.

Auch seien Beethovens Sonaten allemal dramatisch genug, damit es einem mit ihnen nicht langweilig werde, stellte Gaus fest, um dann zu dem Punkt zu kommen, der ihm offenbar hauptsächlich am Herzen lag. Auch Beethoven arbeite mit höchst unterschiedlichen Motiven, lasse sie in der Durchführung die Klingen kreuzen, dass die Funken sprühten, aber am Ende gehe doch immer das Hauptthema siegreich aus dem Kampf hervor. Er müsse gestehen, sagte Gaus, dass dies seinem Temperament entgegenkomme. Man verliere nicht die Orientierung, was am Anfang auftrete, werde bis zum Schluss erhalten und gehe nicht in verwandelter Form in etwas anderem auf.

Aber leben Sonaten denn nicht vom Konflikt?, wandte ich ein. Vom Zusammenprall der Kräfte?

Ja, ja, räumte Gaus ein, durchaus und unbedingt, wir haben es nicht selten mit einem Dualismus zu tun …

Oder mit Dialektik?, unterbrach ich ihn.

Er überlegte. Nein, sagte er dann entschieden. Nein, nein. Am Ende gibt es keine Synthese, sondern einen Sieger. Bei Beethoven, wohlgemerkt. Bei Schubert hingegen …

Gibt es nur Verlierer?

Wieder legte er eine Denkpause ein, ich sah ihm an, dass er

mit seinem Vortrag noch nicht annähernd am Ende war, doch bevor er wieder ansetzen konnte, klopfte es an der Tür.

Ich musste sogleich an Konstantin denken, befürchtete, der junge Mann könnte jetzt schon das Klammern beginnen, was ich mir freilich selbst zuzuschreiben hätte, nach dem Schwall an Verheißung, den ich in meiner Kabine über ihm ausgegossen hatte. Mir wurde flau im Unterbauch.

Es klopfte noch einmal. Zu zaghaft für Konstantin. Stand womöglich eine Klientin vor der Tür, schüchtern, gedemütigt, eine, die Erste Hilfe brauchte?

Falls es Konstantin war und Gaus ihn sähe, würde der Junge noch mehr Schwierigkeiten bekommen, als er ohnehin schon hatte. Ich wusste inzwischen, wie es ihm ergangen war, denn nach der Waschung und dem Abtrocknen war beim Aufladen der Wärme unter meiner Decke auch Gelegenheit zum Reden gewesen.

Unwillkürlich langte ich nach dem Pflaster hinter meinem Ohr. Das hatte er mir zum Abschied aufgeklebt. Ein medizinisches Pflaster gegen Seekrankheit.

Wollen Sie nicht öffnen?, fragte Gaus halb im Befehlston.

Doch, sagte ich. Wie es aussieht, müssen wir Ihre Musikstunde verschieben. Sie haben doch Verständnis?

Selbstverständlich, meinte er. Wenn es auch schade ist.

Er stand auf, rückte seine Krawatte zurecht und ging zur Tür. Ich öffnete sie ihm weit und sah im Rahmen Sebastian stehen.

Meine seekranke Halluzination war keine gewesen.

Vor Gaus hatte ich mich eben noch gefasst, jetzt aber schoss ein neuer Übelkeitsgeysir in mir hoch, ich taumelte, knickte ein. Vier Männerhände fingen mich und setzten mich auf einen Stuhl, dort saß ich schwach und starrte auf die leere Türöffnung, die eben noch meinen Sohn gerahmt hatte.

Mama, hörte ich es neben mir. Mama. Geht's dir nicht gut? Ich hol dir ein Glas Wasser. Gibt's hier Wasser?

Sebastian sprang ins Bad, mein Schwindel legte sich, ich richtete den Blick auf Gaus.

Dieser zupfte sich am rechten und am linken Ärmel.

Sie Schwein, hauchte ich.

Ich nahm Sebastian das Glas aus der Hand und trank, gab ihm das Glas zurück und griff nach seinem Kopf, um ihn an meinen Hals zu ziehen. Ich roch sein Haar, ich strich über den festen Schädel, dann ließ ich ihn frei und stand auf.

Haben Sie es gewusst?

Gaus druckste.

Sie haben es die ganze Zeit gewusst, sagte ich außer mir, nun schon mindestens mezzoforte. Sie wussten, dass mein Sohn auf diesem Schiff ist, und haben mir kein Wort davon gesagt, obwohl Sie jeden Tag hier aufkreuzen und sich mit Ihren Rachmaninow-Pranken an meinem Klavier vergreifen und mich als Publikum missbrauchen. Sind Sie pervers?

Das war fortissimo.

Sie faseln mir was vom vierhändigen Spiel der Einsamen vor, vom Kind, das kommt und umblättert, irgend so eine Adorno-Scheiße, und verheimlichen mir, dass mein eigenes Kind, das mir nicht nur schon tausendmal die Noten umgeblättert, sondern auch mehr als einmal mit mir vierhändig gespielt hat, die ganze Zeit in meiner Nähe ist! Sie sind ja wahnsinnig!, schrie ich. Sie sind krank!

Sebastian zitterte wie Espenlaub. Ich hab auch nichts gewusst, sagte er zu mir. Ehrlich, ich hatte keine Ahnung, dass du hier bist.

Darauf starrte er Gaus an wie ein Gespenst. Er kennt Papa, sagte er. Papa hat mir über ihn den Job vermittelt.

Hätte mich die Vorstellung, ihn anzufassen, nicht geekelt, wäre ich Gaus an die Gurgel gegangen. Ich brannte lichterloh vor Zorn und Verzweiflung, und das versengte mir die Sprache, was Gaus die Chance zum Abgang bot.

Wir reden später weiter, presste er heraus. Wenn Sie sich beruhigt haben.

Ich schloss die Tür, und wir waren zu dritt: er, ich und das Klavier. Wie beim letzten Mal, an dem Tag, als er davonlief.

Er dachte das Gleiche. Müssten wir jetzt was Vierhändiges spielen?, fragte er fast schon mit einem Lächeln.

D 940, schlug ich vor. Er zuckte nicht zusammen, schien aber unsicher, wie ernst mein Vorschlag gemeint war.

Ich würd's glatt versuchen, sagte er, jetzt wirklich lächelnd.

Meine Antwort bestand darin, den Flügel zuzuklappen. Nach diesem Kraftakt konnte ich meine Schwingen nicht mehr heben, sie hingen schwer herab bis auf den Boden. Ich sackte auf den Stuhl, überzeugt davon, nie wieder aufstehen zu können, mochte mich der Schwäche aber nicht ergeben, denn ich musste meinen Sohn beruhigen, der mindestens so blass wurde, wie ich aller Wahrscheinlichkeit nach längst war; wenn ich seinen Blick richtig deutete, sah ich aus wie eine Leiche. Mit dünner Stimme sprach ich von Seekrankheit und Nahrungsmangel und daraus resultierender Schwäche, sogar ein Lächeln brachte ich zustande. Warte hier, sagte er und wollte zur Tür, ich sagte, nein, geh nicht, er zögerte, dachte vielleicht wie ich an die Szene auf dem Bugbalkon, widersetzte sich dann trotzdem meinem leisen Flehen, kündigte Hilfe an.

Und kam nach einer Weile mit einer jungen Frau in weißer Kluft zurück. Linda heiße sie, sagte er, und diese Linda musterte mich ärztlich, in ihren Augen schien ich ähnlich auszusehen wie in Sebastians, bloß wich ihre Gesichtsbräune nicht der Blässe. Sie machte keine Worte, sondern öffnete ihr Köfferchen und zog eine Spritze auf, die sie mir sorgfältig und konzentriert in die Armbeuge drückte. Sie roch nach Parfum und Kaugummi.

Während wir auf die Wirkung der Injektion warteten, offerierte sie mir ein Pflaster gegen Seekrankheit. Ich hab schon eins, sagte ich und hob meine Haare etwas an, sodass sie es sehen konnte. Statt eines Pflasters legte sie mir einen Streifen mit kleinen gelben Pillen hin.

Sebastian schaute ihr gebannt zu, bedankte sich brav und berührte sie dabei am Arm. Zu zweit führten sie mich in meine Kabine. Zum Abschied berührte Sebastian sie erneut und sah sie dazu mit einem Blick an, der voller Fragen war. Ihr schneller Antwortkuss auf die Wange tat ihm sichtlich wohl.

Wie eine Kranke lag ich auf dem Bett, und Sebastian wusste nicht, wohin mit sich. Ich rückte zur Wand. Er nahm die Einladung an, ließ sich von mir halten, seiner Körperspannung war kein Unwille anzumerken, er atmete ganz ruhig, mein großer Junge, der es gewagt hatte, ohne mich bis ans Ende der Welt zu fahren, und nun damit leben musste, dass ich doch dabei gewesen war.

Ich hielt ihn wie eine Mutter ihren Sohn, ähnlich wie ich Konstantin gehalten hatte, doch zugleich ganz anders, und das nicht nur, weil ich jetzt angezogen war. Konstantin hatte jede noch so kleine mütterliche Regung von mir mit Genuss über sich ergehen lassen, ohne dass sein erotisches Verlangen damit gestillt gewesen wäre. Sein Drang, meine Brust zu berühren und die Haut zu schmecken, hatte mit Säuglingsreflexen nichts zu tun, auch wenn ich dabei eine kindhafte Gier zu spüren meinte, die abgeklärten Liebhabern sicher nicht eigen war. Die Erinnerung an meine Empfänglichkeit weckte leichtes Unbehagen, als ich jetzt Sebastian übers Haar strich. Zudem: Man legt sich nicht so leicht mit seinem Sohn ins Bett, wenn man sich von ihm fast so verlassen wähnte wie vom Ehemann. Wohlgemerkt fast. Ich konnte den Unterschied beurteilen, seit Walter mich im Wenderegen stehen gelassen hatte, um drüben sein Glück zu suchen. Damals war ich zwar Rat und Fassung los gewesen, aber die Sehnsucht hatte sich bald hinter der Kränkung verzogen, und vor allem: Ich hatte Sebastian, vier zarte Jährchen alt und bedürftig, wie Kinder es in dem Alter sind.

Als der zarte Junge gut anderthalb Jahrzehnte später vom Klavier aufgestanden und davongegangen war, klang das zum Schmerz verdichtete Hauptmotiv aus Schuberts Fantasie für zwei Menschen unaufhörlich in mir nach, die Sehnsucht gab sich nicht, sie nahm nur zu, und dieses Liegen auf dem Bett nun diente dem Abfluss der Sehnsucht und dem Lernen eines neuen Gedankens: Ich muss meinen Sohn nicht mehr vermissen.

War es unbedingt nötig, so plötzlich wegzulaufen?, traute ich mich zu fragen. Hätte es nicht genügt, die Schule zu schmeißen?

Ich wusste nicht, wie es anders gegangen wäre, sagte er. Hatte ja keine Erfahrung.

Hab ich dir nie ein bisschen leidgetan?, fragte ich weiter, sehr darauf bedacht, nicht vorwurfsvoll zu klingen.

Ich hatte ständig ein schlechtes Gewissen, entgegnete er. Echt wahr.

Schon wollte ich reflexartig sagen, das wäre nicht nötig gewesen, aber ich sagte es nicht. Keine kleinen Lügen mehr.

Bloß musste ich halt die Schotten dichtmachen, sonst hätte ich es nicht gepackt, so ganz allein und so weit weg. Und deine Schreierei bei meinem Abgang – die war auch nicht gerade der ideale Proviant.

Ich bin schwach, Sebastian.

Dafür hast du aber stark geschrien. Vorher bist du nie ausgetickt, nur als ich noch ganz klein war, da hatte ich dich einmal so gesehen, aber damals war nicht ich gemeint gewesen.

Nein, war er nicht. Walter war gemeint, der mir kurz zuvor offenbart hatte, dass er rübermache. Er gebrauchte das hässliche Verb, das damals alle benutzten, weil es so praktisch war: Es steckte alles drin, das Wort zeigte die Himmelsrichtung an, die Absicht, sich dort nieder- und hier alles hinter sich zu lassen, den festen Willen, Glück zu finden, *das* Glück, dem Leben endlich mal in eine Tasche zu greifen, die tatsächlich etwas enthielt. Dass man darin womöglich bloß mit den Fingern in einem Haufen Lose raschelte, darunter die obligatorischen Nieten, davon wollte keiner etwas wissen.

So einsilbig und unwirsch, wie Walter sich in der Wendezeit gegeben hatte, war mit einem so plötzlichen Entschluss nicht zu rechnen gewesen, ich befürchtete eher, er würde in Echsenstarre verfallen. Zu den Demos am Schluss ließ er sich nur widerwillig mitzerren, froh, dass es mir schon allein Sebastians wegen lieber war, am Rand zu bleiben. Unsere Ehe glänzte damals längst durch Planuntererfüllung in allen Bereichen, war insofern also staatskonform, aber die Information, dass Walter zu dem Zeitpunkt bereits eine Jungblondine in Hamburg in petto hatte, hebelte mich vollständig aus.

Nur drei Mal war er zuvor in Hamburg gewesen, innerhalb weniger Monate, er ahnte, dass er seinen Job verlieren würde, falls es zum Systemwechsel oder gar zur Wiedervereinigung käme, da wollte er alte Kontakte nützen, um mit deren Hilfe neue Perspektiven zu schaffen – »für uns«, wie er vor jeder Abreise beteuert hatte, als Rechtfertigung für die teuren Zugfahrkarten. Kontakte aus dem Neptun waren das, mehrmals im Jahr hatte er sich dort von Berufs wegen aufhalten und mit Industriellen aus dem Westen treffen müssen, in dem Hotelkasten am Warnemünder Strand, dessen Bauarbeiten mir mehrere Sommerferien verdorben hatten, als ich zehn, elf, zwölf Jahre alt gewesen war, unentwegt hatte es auf der Riesenbaustelle gelärmt und gestaubt, trotzdem gefiel mir die Vorstellung, Walter in Warnemünde zu wissen. Wenn er zurückkam, unterhielt er mich mit Geschichten aus der Bar im neunzehnten Stock, wo er immer aufpassen musste, dass »die Hamburger«, wie er sagte, ihn nicht abfüllten oder ihm leichte Mädchen andrehten. Oder er schilderte mir das Getue in der Russischen Bauernstube, wo das Bier neun Mark kostete und man, wenn man Pech hatte, am Nachbartisch von Uwe Barschel saß, der, wie Walter sagte, seine große Klappe nicht halten konnte und notorisch davon faselte, dass Warnemünde ja eigentlich wie Travemünde sei, aber eben noch authentisch »auf eine ganz spezielle Art«. Ja, ja, in der Russischen Bauernstube war es garantiert authentisch, so authentisch wie die Devisen, mit denen man nach dem Verdauungswodka die Rechnung begleichen musste. Ich hätte ja gerne mal einen Blick in so ein Etablissement geworfen, in das Skandinavische Gletscherrestaurant oder noch lieber in die Kubanische Bodega, wo angeblich echte Kubaner so lange in die Nacht hinein Musik machten, bis alle Frauen weinten, aber die Lokale waren teuer, da sie der staatlichen Devisenbeschaffung galten, und Walter hatte nie Anstalten gemacht, mich auf seine Spesen mitzunehmen.

Was hatte Papa mit Gaus zu tun?, fiel mir endlich ein, Sebastian zu fragen.

Er wusste es nicht genau, meinte aber, sie duzten sich und kennten sich offenbar schon lange, Walter habe Sebastian mit Gaus zusammengebracht, in einer auf ein Ossi-Bier getauften Glasfront-Lounge in Hamburg, wo Sebastian gespielt habe, und nach einigen Tagen sei ihm dann von seinem Vater nahegelegt worden, sich bei der Reederei um eine Stelle als Bordpianist zu bewerben. Ohne Vorstellungsgespräch sei die Zusage gekommen, Vertrag anbei.

Nachdem Sebastian bereits einige Tage in Hamburg gewesen war, hatte Walter es gewagt, mich anzurufen, um mir mitzuteilen, der Junge sei bei ihm und er werde ihm unter die Arme greifen. War das sein Hilfsgriff gewesen? Den Jungen auf ein Schiff zu schieben?

Bist du gern auf dieses Schiff gegangen?

Klar.

Aber von dir aus wärst du nicht auf die Idee gekommen?

Wie auch. Aber ich mach das nur für den Übergang. Danach

versuch ich, als Studiomusiker einen Fuß in die Tür zu bekommen.

In welche Tür?

Die müsste ich mir halt erst noch suchen.

Und wo willst du suchen? In Hamburg?

Auf keinen Fall. In Hamburg geht nichts, hab ich längst gecheckt. Berlin, schätze ich mal. Da ist musikmäßig am meisten los.

Er sagte es mit so rührendem Jugendernst, mein großer Junge, dass ich es endlich riskierte, ihm einen Kuss zu geben, wenigstens auf die Stirn. Er nahm es gelassen hin, deutete es vielleicht als Zeichen mütterlichen Einverständnisses. In diesem Augenblick verstanden wir uns ohne Störgeräusche, es war erleichternd, und das nutzte er sogleich, um vom Bett aufzustehen. Er sah auf die Uhr, sagte, er habe bald Dienst. Ich ließ ihn gehen, denn ich wollte ja, dass er wiederkam.

Sebastian Natürlich hatte ich den Blues, als ich mich im Kaffeesalon an die Werkbank setzte, um die tägliche Tortenschlacht musikalisch zu garnieren. Mein Kopf lief über, ich war bis zum Rand voller Töne, die meine Mutter mein Leben lang in mich hineingeschüttet hatte, Bach und Schubert, Kinderlieder, Weihnachtslieder, dazwischen sogar ein paar Pionierliedchen, die sie mir manchmal aus Spaß vorgesungen hatte, im Zusammenhang mit Geschichten von früher, die ich mir immer gern erzählen ließ, schon allein, weil Oma und Opa oft darin vorkamen.

Ich hatte den Blues und war voller Melodien, weshalb ich nicht einfach mit den üblichen Dienststücken loslegen konnte. Ich spielte also meinen eigenen Kram, das heißt Improvisationen, wie sie mir gerade in den Sinn kamen. Da rieb sich die Musik aus dem Klavier wenigstens nicht mit der Musik, die mir im Kopf rumspukte.

Es war komisch gewesen, meiner Mutter so lange ins Gesicht zu sehen.

Hätte mich vorher jemand aufgefordert, ein Bild von ihr zu zeichnen, hätte ich es vielleicht gar nicht hinbekommen. Jetzt könnte ich es. Ich sah sie deutlich vor mir, scannte die Umrisse genau, und dann schaffte ich es irgendwann auch, das Bild auszuknipsen.

Nach Dienstschluss lag ich sogar einigermaßen ruhig in meiner Kabine, musste an die Afrikaner denken, klar, zerbrach mir aber nicht mehr so panisch den Kopf darüber, wo sie steckten, glaubte irgendwie an ihre Cleverness, und was die Vorwürfe anging, die ich mir gemacht hatte: Sie hackten nicht mehr auf mich ein, sondern zirkulierten jetzt in meinem Organismus; um sie loszuwerden, hätte ich einen Eimer Blut spenden müssen.

Als Linda zur Tür hereinkam, wollte ich allerdings gleich andere Töne anschlagen, beherrschte mich aber, weil sich hinter ihr der schwarze Helmut in die Kabine schob.

Wenn ich sage, die beiden hatten ebenfalls den Blues, untertreibe ich gewaltig. Das waren Wachsfiguren. Ein Tonband spulte in Helmuts Mund einzelne Sätze ab, blanke Information: Ein schwer verletzter Afrikaner lag in der Klinik, dort abgeliefert von ein paar Filipinos. Bis jetzt wusste außerhalb der medizinischen Abteilung niemand was davon. Die Verhandlungen zwischen Linda und den Ärzten darüber, wie lange das so bleiben konnte, liefen noch.

»Schwer verletzt« klang schrecklich. Aber es klang verdammt viel besser als »tot«. Und darum atmete ich wenigstens ein bisschen auf.

Die übrigen drei Flüchtlinge saßen in der Zelle, ging das Tonband weiter. Eingesperrt waren sie ja praktisch die ganze Zeit gewesen, aber jetzt hatten sich ihre Aussichten radikal geändert. Vorher war Versteck gewesen, jetzt war Gefängnis. Die drei hatten sich aufs unterste Deck geflüchtet, wo es keine Kabinen gab, sondern nur noch Gerätschaften, Apparaturen und allen möglichen Kram, ein paar andere Schwarze hatten sie so gut es ging versteckt, aber irgendeiner musste sie dann doch verpfiffen haben, jedenfalls hatte der Sicherheitsdienst sie gefunden und kassiert. Für solche Zwecke gab es an Bord zwei Zellen.

Wie war Helmut an die Information gekommen? Ganz einfach. Antonio, der argentinische Koch mit den deutschen Vorfahren, hatte gehört, wie zwei von den Cruise-Klonen in der Messe lauthals darüber schwadroniert hatten, wie sie die blinden Passagiere ausgegraben hätten.

Jetzt musste das einer von uns Tintin beibringen. Der hatte wegen der Flüchtlinge seinen Job verloren, wie würde er reagieren, wenn man ihm sagte: War alles für die Katz?

Ich fand ihn in einem von den Räumen hinter der Küche.

Dort spritzte er Metallschränke, Tische, Regale, die Fliesen und die Bodengitter ab. Der Hochdruckreiniger, so ein gelbes Ding mit dünnem Rohr, aus dem das Wasser dampfend und mit vollem Druck herausschoss, machte einen Höllenlärm. Ich musste schreien, damit Tintin mich hörte und auf die Idee kam, das Ding auszuschalten.

Er wollte etwas sagen, aber ich schnitt ihm das Wort ab und berichtete ihm, was Sache war. Ihn packte die Wut, er zitterte, wusste nicht, wohin mit dem heißen Dampf, der auch in ihm einen Irrsinnsdruck zu entwickeln schien, einen vernünftigen Satz bekam er nicht heraus, er lief bloß unruhig hin und her und ballte die Fäuste in den gelben Gummihandschuhen.

Wieso ist es hier so still, wird hier nicht gearbeitet?, fragte an der Tür plötzlich jemand: der Sommelier, der Tintin mit den vier Flüchtlingen gesehen und anschließend verpfiffen hatte. Er spielte sich als großer Schinder auf, trieb Tintin an wie einen Sklaven; mach hin, Bürscherl, damit alles blitzblank ist, wenn die Vorbereitungen fürs Weihnachtsdinner anlaufen, fauchte der Kotzbrocken, bevor er wieder verschwand.

Na gut, meinte Tintin bloß, ganz ruhig auf einmal, dann machen wir eben hin. Er zog den Stecker aus der Dose und öffnete die Metalltür, auf der »Weinkeller« stand. Er verfrachtete seinen Wasserwerfer zwischen die Regale, wo sich Batterien von Weinflaschen stapelten, stöpselte das Kabel ein und machte erst mal die Türen der verglasten Schränke auf, in denen ebenfalls Wein gelagert wurde, die besseren Sorten, nahm ich an. Dann griff er zur Waffe und legte los. Eine nach der anderen spritzte er die Flaschen ab, das Sprührohr hielt er dabei wie eine Maschinenpistole. Es machte einen wahnsinnigen Krach, als der scharfe Strahl über Metall und Glas fegte, manche Etiketten flogen durch die Luft, andere rutschten aufgeweicht von den Flaschen und klatschten auf den Boden, ein paar Pullen wurden von dem Dampfstrahl aus der Halterung geschleudert, die meisten zerdepperten, einige hielten dem Aufprall stand und rollten bloß in eine Ecke. Tintin machte den Terminator, er hatte ein Ventil für seine Wut gefunden – das war so klein, dass es für Hochdruck sorgte, und es war gut geputzt, sodass die Kraft ungebremst herausschoss.

Zunächst war ich total baff, aber als Tintin das erste Regal und den ersten Weinschrank durchhatte, konnte ich nicht länger zusehen. Wenn er so weitermachte, hatte bald keine von den Flaschen mehr ein Etikett, das ging doch irgendwie nicht! Das waren garantiert sauteure Weine, die durfte man nicht einfach so neutralisieren. Ich wollte eingreifen, aber Tintin drehte sich nur kurz zu mir um und verpasste mir eine Ladung mit dem Dampfstrahl. Ein Schuss nur, und ich war klatschnass. Die Wucht warf mich bestimmt einen Meter zurück. Meinen Kabinennachbarn hielt nichts mehr, das war klar, der hatte nichts mehr zu verlieren, er wollte Rache, und zwar gründlich. Er wollte die Schweine an ihrer empfindlichsten Stelle treffen, sie sollten sich vor den Passagieren so richtig blamieren.

Darum flogen jetzt die Etiketten.

Bald war der ganze Boden mit Papiermatsch überzogen, knöchelhoch, aber Tintin hörte nicht auf, er wütete weiter, bis er den Job komplett erledigt hatte. Dann schaltete er seine Wasserwaffe aus und warf das Rohr in die Pampe auf den Bodenkacheln.

So, sagte er, das wär's.

Er blickte sich um wie ein hinterhältiger Saboteur in irgendeinem Film. Was sagst du?, fragte er mich. Sieht doch geil aus, oder?

Nicht ganz üblich war der Anblick auf jeden Fall. Alle Flaschen lagen mit blankem Bauch in ihren Kuhlen oder auf dem Boden. Kein Fitzelchen Papier mehr dran, bloß grünes, schwarzes, braunes, gelbes Glas, mit rotem oder weißem Plastikhut oben auf dem Flaschenhals.

Und jetzt zugepackt, Kleiner!, befahl mir Tintin und fing

selbst schon mal an, Flaschen zu vertauschen. Ich begriff, was er vorhatte. Die Weine sollten nicht mehr identifiziert werden können. Niemand sollte mehr wissen, was gut und teuer war und was man nur so fürs allabendliche Besäufnis nahm. Der Sommelier, dieser kleine, dreckige Pinguin, konnte dann nicht mehr mit rausgestrecktem Entenarsch vor den reichen Kreuzfahrtsnobs angeben, er konnte keinem Herrn mehr die Flasche vor die Nase halten, damit der sich vor seiner Dame als Kenner aufspielte und mit aufgepflanzter Lesebrille so tat, als sagte ihm die Aufschrift des Etiketts etwas. Mit alldem war für den Rest der Reise Sense.

Der widerliche Sommelier würde verzweifeln. Und sich hoffentlich auch kräftig in die Hosen machen. Und die Chefabteilung würde eine Krisensitzung einberufen und grübeln, was man den Gästen erzählen sollte.

Nicht einfach. Absolut nicht einfach. Eines stand schon mal fest: Zum Weihnachtsdinner gab es Wein ohne Etikett. Kein Wunder, dass Tintin mich breit angrinste, allerdings ziemlich düster.

Almut Im Hafen von Port Stanley machte das Rollen und Stampfen dank fester Vertäuung endlich Pause. Falkland war mir schnuppe, ich schaute nur flüchtig nach draußen: alles grau, nirgendwo Bäume, eine Art Novemberwetter, stürmischer bloß. Mit leise rieselndem Schnee war nicht zu rechnen, an weiße Weihnacht erinnerte lediglich mein bleiches Gesicht im Spiegel.

Sebastian musste an diesem Heiligabend arbeiten. Das hatte es in unserer gemeinsamen Weihnachtsgeschichte auch noch nicht gegeben. Zunächst spielte er im Kaffeesalon, später musste er mit einer Geigerin und einem Cellisten für den Auftritt beim abendlichen Weihnachtsdinner proben. Sein Part fiel auf den ersten Teil der zweiten Schicht, da traf es sich gut, dass ich ebenfalls dienstlich in der zweiten Schicht speisen sollte. Alle Schiffsoffiziere sowie Ärzte, höhere Chargen, der Herr Pfarrer und auch ich wurden über den ganzen Speisesaal verteilt, das Weihnachtsbankett stand im Range eines erweiterten Captain's Dinner. Da der Kapitän nur an einem Tisch sitzen konnte, sollten wir seinen Abglanz an die übrigen Tafeln tragen.

In meinem Abendkleid kam ich mir dünn vor, weil ich seit der seekranken Spuckerei und der nachfolgenden Spritze lediglich eine zerdrückte Banane zu mir genommen hatte. Ich war nicht bei Kräften, sah mich nun aber einem vielgängigen Menü ausgesetzt. Mir war bange – einen Wodka kann man vielleicht unauffällig in den Blumentopf kippen, eine Gänsekeule nicht.

Eigentlich mochte ich die Leichtigkeit meines Körpers gar nicht unbedingt preisgeben, hatte er doch in diesem Zustand Berührungen angezogen und mir unerwartete Näheerlebnisse beschert. Schwach fühlte ich mich zwar noch immer, doch hatte ich zugleich das seltene Gefühl, komplett zu sein. Verblüffend gut saß mir die Haut am Leib, nach den zwei Varianten nächster Nähe, die hinter mir lagen, der erregenden und der versöhnenden. Trotz Schwäche trat ich gestärkt den Dienst als Gesellschaftsdame an.

Klar war jedoch, dass es nicht nur zum Aperitif, sondern zu allen Gängen Wermut geben würde, und zwar nicht in Tropfendosis, denn so wahr, wie das Sebastianbild vom Bugbalkon geworden war, so wahr musste auch der abgestürzte Junge in Sebastians Kapuzenpulli gewesen sein. Ich versuchte mich autosuggestiv zu entlasten, indem ich mir einredete, es werde sich gewiss jemand um ihn gekümmert haben, nicht alles, Almut, lastet auf deinen Schultern, hier gibt es tausendfünfhundert Mann und Frau Besatzung, da wird sich ja wohl jemand finden, der in diesem Fall für dich einspringt. Matrosen, Sanitäter, Ärzte – sie werden den jungen Mann gefunden haben, auf Umwegen alarmiert von seinen drei Freunden, die ihn sicher nicht im Stich lassen konnten. Bestimmt wird er längst fachgerecht versorgt. Ich glaubte meiner Überzeugungsarbeit nicht bis ins Letzte, doch immerhin so weit, dass ich auf der Abendkleidebene handlungsfähig war. Dabei schwor ich mir freilich, den abgestürzten Jungen nicht aus dem Gedächtnis zu verlieren.

Mir wurde ein Tisch auf der ersten Galerie zugewiesen, daran ein Platz nah an der Brüstung, sodass ich nach unten schauen konnte, wo die Musik spielte und der Kapitän seine Aufwartung machte. Die erste Schicht hatte mit dem Ersten Offizier vorliebnehmen müssen, insofern waren wir quasi privilegiert. Der Mann, der uns über die Meere lenkte, weilte unter uns; kein Kapitän wie jeder andere, denn Kreuzfahrtschiffe von dieser Größe gab es weltweit nur eine Handvoll. Mir wollte freilich kein ehrwürdiger Schauder gelingen, nicht mal eine Gänsehaut auf meinen nackten Armen trat in Kontrast zur Abendkleidviskose, als der mutmaßlich grau melierte Herr der Ozeane sich von seinem Platz erhob, um über Mikrofon die Weihnachtsansprache zu halten. Zwar sah ich weder seine Haarfarbe noch seine Haltung, denn eine dicke Säule verdeckte mir die Sicht, aber ich sah einen Teil seiner Tischgesellschaft nach oben blicken, während er sprach, und seine Stimme klang allemal silbrig schimmernd und klar gescheitelt.

Am Kapitänstisch und an den umstehenden Premium-Tischen waren sichtlich handverlesene Passagiere platziert, bis auf die Galerie herauf witterte man die Edelmaterialien der weiblichen Roben. Smoking war freilich Smoking, da konnte man als Laie kaum Unterschiede erkennen, aber Männer, die wirklich reich sind, schauen anders aus der Wäsche, selbst wenn diese Wäsche sich von normaler Mittelstandswäsche nicht wesentlich unterscheidet. Dadurch erkennen sie stets ihresgleichen und geraten nicht in Gefahr, sich versehentlich mit Standesniedrigeren zu vermischen.

Während ich so räsonierte, um mir die Zeit zu vertreiben, solange der Kapitän sie mir mit seinem nichtigen Gerede lang werden ließ, fiel mir auf, dass ich bisher noch keine Klienten aus der absoluten Oberschicht des Schiffes empfangen hatte. Ging es den richtig Reichen womöglich wirklich besser?

Halt, Almut!, musste ich mich stoppen. Nicht in die Falle des motivierten Vergessens tappen! Verweegen gehörte zur Topkategorie. Den hatte ich glatt verdrängt, wohl weil er schon seit Längerem nicht mehr bei mir vorsprach. Hatte Sibylle, wie angekündigt, wirkungsvoll den Hebel bei ihm angesetzt?

Sie schien sich dabei keinen Bruch gehoben zu haben, denn ich sah sie in beneidenswert graziöser Haltung am Kapitänstisch sitzen, allem Anschein nach sogar als Tischdame des Höchstdekorierten. Sie schaute keinesfalls zu ihm auf, sie lächelte auf ihr Gedeck herab oder blickte charmant in die Runde. Sie konnte das, und sie genoss es auch; nur pure Gewohnheit war das nicht.

Wie gern hätte ich mit Madeleine die Szenerie beobachtet – und ausgiebig kommentiert, doch ich sah Madeleine nicht einmal, ihr Einsatzort befand sich entweder auf der oberen Galerie oder im toten Winkel meines Sichtfeldes. Ich sah mich ausführlich nach ihr um, reckte den Hals dabei, wie ihn Sibylle nie im Leben recken würde, jedenfalls nicht hier, und stolperte prompt in die Radarfalle des Pfarrers. Er hatte die Kamera offenbar schon länger auf mich gerichtet und nickte mir nun absolut undistinguiert, gewissermaßen erdmännisch zu.

Eifersüchtig bemühte sich mein Tischherr, meine Aufmerksamkeit auf sich zu lenken, doch mir gelang es beim besten Willen nicht, den Spannungsreichtum im Berufsfeld des Prokuristen gebührend zu würdigen. Zum Glück bestand die übrige Gesellschaft an der runden Tafel aus Ehepaaren und war somit darauf bedacht, ein allgemeines Gespräch in Gang zu halten. Überdies bot das Menü genügend Abwechslung und Gesprächsstoff, unentwegt wurde etwas Neues aufgetragen, was benannt und fleißig verglichen werden musste mit anderswo auf der Welt eingenommenen ähnlichen Speisen. Vom gesellschaftlichen Aspekt her war besonders die weihnachtliche Form des Weinkredenzens zu begrüßen. Die Flaschen kamen nämlich ohne Etiketten auf den Tisch, was Anlass zu Spekulationen bot und unweigerlich dazu führte, dass gekostet, beschrieben und charakterisiert wurde, man riet, woher, man schätzte, wie alt, man tippte auf Traubensorten, diskutierte ausführlich Lagen und Namen. Mit »man« ist selbstverständlich Mann gemeint. Die Damen gaben nur klecksweise Senf hinzu.

Die Freude an der Weinverkostung erlahmte mit der Zeit, man fragte sich, ob man vom Management einem Experiment ausgesetzt werde oder ob das Servieren etikettfreier Flaschen als besonders stilvoll gelte. Schließlich sprach der Prokurist neben mir laut aus, was vermutlich viele dachten: Eine raffinierte Methode sei das, wohlfeile Weine an den Mann zu bringen. Er erwog Beschwerde, nahm sich zumindest vor, darauf zu drängen, im Nachhinein die Planungsskizze der Sommeliers einsehen zu dürfen.

Ich ertrug alles mit Fassung, konzentrierte mich darauf, kleine Bissen zu mir zu nehmen und gewissenhaft zu kauen, um meinen Magen auf jede Speise gründlich einzustimmen, auch ließ ich von jedem Gang etwas auf dem Teller, was den Prokuristen zu gierigen Seitenblicken animierte, doch beherrschte er sich, stibitzte nicht, sondern begnügte sich damit, der auf der Hand des Kellners entschwebenden Perlhuhnbrust auf Moosbeerenschaum, die ich kaum angerührt hatte, wehmütig nachzuschauen.

Ich dankte dem Zufall, dass er mir einen Platz beschert hatte, von dem ich Sebastian am Flügel sehen konnte, seinen Kopf, seine Schultern, seinen langen Rücken im Frack, die Hände auf den Tasten. Bis zum Sorbet spielte er mit dem Cellisten und der Geigerin Klaviertrios, dann kam die Ablösung, ein Streichquartett, und Sebastian verließ den Saal. Ich stellte mir vor, wie er unter die Gürtellinie des Schiffs abtauchte, in seiner Kabine die Kleider wechselte und dann vielleicht in der Mannschaftsmesse etwas aß; sicherlich kein Sorbet, aber vielleicht machten sie ihm aus meiner angenagten Perlhuhnbrust ein kleines Ragout dort unten, dachte ich mit einem Lächeln, einem wermuthaltigen allerdings, denn das war mir jetzt doch ein bisschen zu eindeutig: Wir hier oben, ihr dort unten, und besonders unschön wurde es durch die wieder aufscheinende Erinnerung an die Afrikaner. Die waren während des Essens nun doch meinem Gedächtnis entschlüpft, was ich mir nicht zugutehielt.

Machte man die Augen zu, schloss sich um einen die Geräuschkulisse des dreistöckigen, kolossalen Saals zu einem Universum aus Stimmen, Geschirr-, Glas- und Besteckgeräuschen und Musik, schwadenweise von durchaus angenehmen Aromen durchzogen.

Machte man die Augen wieder auf, wurde die Attraktivität des Ambientes durch die anwesenden Personen um einen Grad gemindert, denn nicht alle Gutbetuchten verfügen über ausgefeilte Tischmanieren, mein Berufsblick röntgte außerdem unweigerlich die in meinem Blickfeld platzierten Dyaden, und zu allem Überfluss entdeckte ich natürlich hier und da Kundschaft, die im Lauf der bisherigen Reise mein Beratungszimmer aufgesucht hatte. Es war ein wenig wie zu Hause, wenn ich zufällig Klienten in der Stadt begegnete, es war ein wenig peinlich. Ich wusste ja oft nicht einmal, ob ich grüßen durfte, wenn ich auf dem Markt eine Frau mit dem Mann sah, von dem sie seit Monaten bei mir im Beratungszimmer die Trennung plante.

Wenn hier im Speisesaal mein Blick auf bekannte Gesichter traf, lächelte ich höflich, aber pauschal, also so, dass man das Lächeln auch als eines deuten konnte, das nicht durch nähere Bekanntschaft unterfüttert wurde. Nicht in allen Fällen gelang mir das ohne Mühe. So sah ich auf unserer Galerie eine Dame sitzen, die sich vor wenigen Wochen auf meinem Beratungsstuhl die Bluse abgestreift hatte, um mir die blauen Flecken auf ihren Oberarmen zu zeigen, und mich dadurch nicht nur in Leipziger Frauenhauserinnerungen, sondern auch in konkrete Handlungsunschlüssigkeit hier auf der deutschen Schwimminsel gestürzt hatte, und nur wenige Tische weiter sah ich eine Mittfünfzigerin das Weinglas heben, die mir ausführlich geschildert hatte, wie ihr Alkoholproblem in ihrer Ehe zu Buche schlage. Sie trinke, ohne aufs Etikett zu schauen, hatte sie mir im Beratungszimmer gesagt. Zweitausend Zeitgenossen tun es ihr in diesem Moment gleich, wenn auch unfreiwillig, dachte ich und hätte gegrinst, wäre es mir nicht im letzten Moment gelungen, mich zu beherrschen. So viel hatte ich Sibylle mittlerweile abgeschaut: Eine Dame im Abendkleid grinst nicht.

Je weiter das Dinner fortschritt, desto mehr verloren meine Tischnachbarn die Lust, über das Essen selbst zu plaudern. Einzelne Bemerkungen wurden selbstredend gemacht, aber die Begeisterung kam abhanden, was ja an sich kein Wunder war, schließlich hatten sie bereits Hunderte von Mahlzeiten auf dem

Schiff erlebt und waren zwangsläufig auch mit hier beim Weihnachtsbankett gereichten Rohstoffen in Berührung gekommen. Sicherlich hatte es auch die Perlhuhnbrust irgendwann schon einmal gegeben, wenn vielleicht auch nicht geräuchert und auf Moosbeerenschaum.

Das Bankett zog sich in die Länge und stellte somit auch gewiefte Smalltalker auf die Probe. Da das Tischgespräch nie abreißen durfte, wurden die Themen notgedrungen politisch und persönlich. Ich erfuhr unfreiwillig einiges vom Überlebenskampf mittelständischer Unternehmer, musste zur Kenntnis nehmen, dass ein pensionierter Ministerialdirigent aus Stuttgart es für eine »Kataschtrophe« hielt, dass wir in Deutschland so viele Ausländer hätten, ein Thema, das unter der Bewirtung durch asiatische Dienstkräfte höchsten Eifer am runden Tisch entfachte, sodass keine Gesprächspause mir die Gelegenheit bot, Spitzen des Unmuts zu setzen und dadurch womöglich unbehaglichen Schmolltalk auszulösen.

Dankenswerterweise ergriff vor dem Dessert noch einmal der Kapitän das Wort, pointenreich, worauf gehorsam gelacht und angestoßen wurde, man erging sich in weihnachtlichen Erinnerungen, und ich fragte mich, mit wem Sebastian wohl gerade am Tisch saß. Mit der braun gebrannten Frau, die mich per Injektion aufgepäppelt hatte? Das war eine Nette, Hübsche, für meinen Jungen aber doch ein paar Jährchen zu alt. Dass er sich nur keine falschen Hoffnungen machte!

Nach der allgemein belobigten zweiten Rede des Kapitäns beschäftigte sich meine Tischgesellschaft mit Spekulationen zur Person des Schiffslenkers, über das Dasein von Kapitänen im Allgemeinen und Besonderen, und auf einmal hörte ich mich sagen, ein Onkel von mir wohne in einem Kapitänshaus. Man bedachte mich nun mit freundlicher Aufmerksamkeit, erkundigte sich, wo das besagte Häuschen denn stehe, und kaum hatte ich Warnemünde gesagt, fragte der mittelständische Unternehmer in mir unbekanntem Dialekt, ob ich aus dem Osten sei.

Ja, ich bin in Rostock geboren, habe aber lange in Leipzig gelebt, konnte ich gerade sagen, da war ich schon nicht mehr gefragt, denn die Runde hatte ihr Thema gefunden. Teils beklagte man sich über angebliche Privilegien des Ostens, teils über die negative Mentalität, die in der ehemaligen DDR, wie sie es nannten, herrsche, man tauschte Erfahrungen aus mit Investitionen und Expansionsversuchen, mit Treuhand, Späth, Biedenkopf und Ostalgie, imitierte sächsischen Dialekt oder was man dafür hielt, hob die Stimmen mehr, als es die Umstände erfordert hätten, vergaß, befeuert vom etikettenlosen Wein, die Etikette, zumindest für die Männer galt das, die Frauen griffen eher halbherzig beschwichtigend ein. Der Ministerialdirigent aus Stuttgart deutete auf ein zentrales Element der weihnachtlichen Tischdekoration und fragte mich aus der Tiefe seines erfrischenden Humors heraus, ob mir die schöne Jahresendflügelfigur schon aufgefallen sei. Alles lachte, ich reagierte spaßverderbend, indem ich trocken feststellte, ich hätte mein ganzes Leben lang immer Engel gesagt.

Aus dem Augenwinkel sah ich, dass der Pfarrer den Blick nicht mehr von unserem Tisch wenden konnte, zu eifrig wurde diskutiert, zu sehr war ich gezwungen, mäßigend, korrigierend, zurückweisend oder einfach nur erklärend in die Deutschlanddebatte einzugreifen. Dank meiner körperlichen Schwäche nach Seekrankheit und Spatzennahrung geriet ich nicht in Gefahr, mich zu sehr zu ereifern, und als die Tafel aufgehoben wurde, machte man mir deswegen prompt ein Kompliment. Der Pfarrer war mit einem Satz an meiner Seite, veranlasste den Prokuristen durch ganz unpastorale Nichtbeachtung dazu, sich kleinlaut zu trollen, und gab sich als beeindruckt zu erkennen. Beeindruckt von der Art, wie ich mich im Sturmfeuer, wie er sagte, behauptet hätte. Er habe wohl doch zu viel Zeit mit seinem Computerspiel verbracht, meinte ich, da er sich so martialisch ausdrücke, er widersprach mir nicht, aber nicht etwa, weil er meiner Meinung war, sondern weil er mir Avancen machen und mir deswegen nicht widersprechen wollte.

Der Erdmann besaß durchaus Schläue, er wusste, dass man einer Frau nicht mit Neins kommen durfte, wenn man von ihr ein Ja haben wollte.

Sebastian Es war ja Weihnachten. Und da wollte ich halt mal sehen, was sie so macht, nach dem Essen. Ein bisschen Zeit hatte ich. Erst nach Mitternacht musste ich zum Ausklang noch mal ganz oben in der Lounge ran.

Ich lungerte also in Sichtweite vom Speisesaaleingang rum und sah mir die Prozession der Satten an, bis ich sie darin erspähte. Aber sie war nicht allein. Ein Typ quatschte auf sie ein, der Pfarrer. So ein bisschen von oben, mit verdrehtem Hals und Dauergrinsen, und sie ließ ihn nicht abfahren, sondern sagte immer mal wieder was, guckte auch mal kurz hin und hatte so ein leicht amüsiertes Lächeln auf den Lippen, mit einem Grübchen in der einen Wange. Im Foyer blieb sie sogar mit ihm stehen, sah fast schon vertraut aus, wie sie miteinander redeten, und wenn ich es nüchtern betrachtete, musste ich mir sagen: Sebastian, da baggert gerade einer deine Mutter an. Meine Mutter! Als wäre sie irgendeine Frau!

Auf einmal dachte ich, ich seh nicht richtig. Da streckt der Pastor die Hand aus und greift sich den Arm meiner Mutter. Und da sie ein ärmelloses Abendkleid anhatte, war dieser Arm nackt. Nimm die Hand da weg!, brüllte ich, aber nur innerlich. Ging mich ja nichts an, mit wem sich meine Mutter abgab und auf welche Tour. Aber ich bin dann natürlich nicht hin zu ihr, sondern wieder zurück in die Messe. Wollte ja nicht stören. Ich meine, sie muss selbst wissen, von wem sie sich angraben lässt. Andererseits: ausgerechnet an Weihnachten. Aber okay. Ist ihre Sache. Und in der Mannschaftsmesse war ja auch Weihnachten. In der Ecke stand eine Plastiktanne, vom Band kam Weihnachtsmusik, und Tintin gab sich zur Feier des Tages die Kante. Neben ihm auf dem Tisch lagen seine gelben Gummihandschuhe. Ich ließ ihn lieber in Ruhe, redete an einem anderen Tisch mit ein paar Kollegen Blödsinn, trank abwechselnd Cola und Bier und machte mich dann, als es Zeit war, auf den Weg zum Dienst. In wenigen Sekunden schoss mich der Lift in ein ziemlich anderes Ambiente. In der schicken Lounge mit den hellen Lederpolstern herrschte auf den ersten Blick ganz andere Luft als unten in der Messe, auf den zweiten Blick war der Unterschied aber gar nicht mal so groß. Sah aus, als hingen hier die Singles rum, die sich Weihnachten abgewöhnt hatten, um nicht ein Mal im Jahr stimmungsmäßig voll einzubrechen. Sie orderten einen Gimlet, um zu entspannen, und dann guckten sie aus der Wäsche, als wären sie doch eingebrochen.

Ich sag dazu nur eins: Gegen Weihnachten kommst du nicht an. Weihnachten ist zu viel für einen kleinen Menschen, viel zu mächtig. Merkte ich ja an mir. An Weihnachten hast du plötzlich einen Irrsinnsdrang, deine Mutter zu sehen, und bist total fixiert auf so eine bestimmte Stimmung, du weißt gar nicht, wie du die nennen sollst, aber du spürst es ganz genau.

Bei uns zu Hause war es nie spektakulär. Wir waren halt zu zweit, hatten unsere eigenhändig angeschleifte, krumme Tanne, ich bekam meine Päckchen, und als ich noch klein war, guckten wir zusammen ein Puppenkisten-Video. Mama spielte natürlich auch immer was auf dem Klavier oder legte das Weihnachtsoratorium auf, Essen war nicht so wichtig, Würstchen mit Pommes, Fischstäbchen mit Kartoffelsalat, was ich halt so mochte. War klasse. Nie krampfig. Was Besonderes zwar, aber irgendwie eben auch normal. Und jedes Jahr wie immer. Außer einmal, als meine Mutter an Heiligabend Dienst hatte und ich mit ins Frauenhaus musste. Da gab's auch das Weihnachtsoratorium, da stand auch eine Tanne, Päckchen habe ich auch gekriegt und die anderen Kinder waren völlig korrekt. Aber trotzdem. Ein Scheißabend. Ich war sauer bis zum zweiten Feiertag, als uns Oma und Opa in Rostock am Bahnhof abholten.

Ich stellte fest: Ich hatte immer noch den Blues und musste

aufpassen, dass ich nicht einen spielte. Einige von den Singles taten inzwischen, was Singles immer tun, schon aus Gewohnheit: Kontakt aufnehmen. Es war, als hätte der große Single-Animateur in seine versilberte Calvin-Klein-Trillerpfeife geblasen und gerufen: Ran an den Speck.

Es dauerte nicht lange, und die Barkeeper rotierten wie Batteriehäschen; peng, peng, peng die Gläser hingeknallt, Kühlschranktür auf, Kühlschranktür zu, hier ne Flasche, da ne Flasche, mit der Schaufel großes Geraschel in der Eissplitterhalde, shaken, schütten, träufeln, Limetten säbeln, Pfefferminzblättchen zupfen, und alles ruck, zuck und ohne Pause, die kamen garantiert nicht auf die Idee, den Weihnachtsbäumen ihrer Kindheit nachzutrauern. Und je mehr die Barkeeper im Stress waren, desto mehr kam in der Lounge die Geilheit durch. Da wollte jeder mit einer Süßen die Glocken klingen lassen und ich gebe zu, dass es nicht lange dauerte, bis ich mir Linda vorstellte, und zwar nicht, wie sie meiner Mutter eine Spritze setzte.

Apropos Mutter. Sie passte eher nicht hierher, tauchte aber trotzdem auf. Sie lief tatsächlich in diese Lounge mit den hellen Lederpolstern ein, wo Singles davon träumen, zu Swingern zu mutieren. Zum Glück kam sie nicht in Herrenbegleitung. Stattdessen hatte sie die Tante aus dem Fernsehen dabei, die mir mal unten in der großen Bar die Hand auf die Wange gelegt hatte.

Die kannten sich also. Setzten sich in voller Montur, also in langen Abendkleidern, an die Bar und winkten zu mir herüber wie Schwestern. Dann passierte erst mal nichts. Ich versuchte, nicht dauernd hinzuschielen, was mir aber schwerfiel. Sie verstanden sich anscheinend perfekt, quatschten ohne Pause, lachten und bestellten Getränke nach. Und plötzlich steht die aus dem Fernsehen auf und segelt auf mich zu wie damals in der großen Bar. Sah mir in die Augen und legte mir wieder die Hand auf die Wange.

Ich hätte einen Musikwunsch, sagte sie. Wenn Sie mir den erfüllen könnten, wäre ich Ihnen sehr, sehr dankbar.

Kommt darauf an, ob ich das Stück kenne, piepste ich.

Oh ja, das kennen Sie. Sehr gut sogar, habe ich mir sagen lassen.

Was ist es denn?, fragte ich, wobei ich natürlich immer weiter irgendwas auf den Tasten klimperte.

Präludium Nummer sechzehn in g-Moll, sagte sie.

Sie brauchte gar nicht erst zu erklären, von wem, mir war eh alles klar. Bach. Und der Wunsch kam auch nicht von ihr, sondern von meiner Mutter. Als ich zu ihr rüberschaute, lächelte sie mich an, mit zwei Grübchen.

Ich erfüllte ihr den Wunsch, hängte sogar noch eine Zugabe dran, aber nicht die Fuge, sondern das nächste Präludium, Nummer siebzehn in As-Dur. Immer nur Moll, das war doch nix, nicht an Weihnachten. Aber wie du's machst, machst du's falsch: Kaum spielst du anderthalb Minuten was in Dur, laufen deiner Mutter Tränen über die Wangen.

Almut Als ich elf war, nahm Onkel Heinrich den letzten Band der Klavierschule für Kinder vom Klavier und sagte: Jetzt fangen wir mit echter Musik an. Er meinte die Präludien und Fugen des Wohltemperierten Klaviers.

Seit weit über dreißig Jahren spiele ich diese achtundvierzig Stücke nun. Einige davon sind mir noch nie fehlerfrei gelungen. Wie kann das sein? Wieso übe ich drei Jahrzehnte lang ein Stück von anderthalb oder zwei Minuten und beherrsche es doch nie perfekt? Vor allem aber: Woher nehme ich die Hartnäckigkeit, es immer wieder zu versuchen? Es muss mit den Stücken selbst zu tun haben.

Onkel Heinrich sagte, das Wohltemperierte Klavier sei das tägliche Brot des Pianisten. Ich weiß nicht. Kann schon sein. Wohl käme ich auch ohne aus. Doch das will ich nicht. Bei einigen der Stücke kommt es mir vor, als müsste ich sie jedes Mal mit all meiner Gestaltungskraft erschaffen, als weigerten sie sich, einfach so vom Blatt gespielt zu werden. Darin liegt ein großer Reiz, aber es löst jedes Mal auch Lampenfieber in mir aus. Immer beschleicht mich leise Bangigkeit, wenn ich die Finger auf die Tasten lege: Wird es mir gelingen, der Musik keinen Schaden zuzufügen?

Sebastian holte sie in der schicken Lounge, mitten in der aufgedrehten weihnachtlichen Nachbescherung der gut betuchten Singles, vollkommen unversehrt aus dem Barpiano. Es rührte mich, dass er die Präludien noch immer konnte. Sie waren Teil der Erinnerung seiner Hände geworden, darum vermochte er sie jederzeit und in der unwahrscheinlichsten Situation zum Leben zu erwecken. In der Beziehung war er fast wie Kempff, von dem Onkel Heinrich behauptete, der habe schon mit zehn Jahren alle achtundvierzig Präludien und Fugen aus dem Wohltemperierten Klavier auswendig vortragen und sogar in jede gewünschte Tonart transponieren können.

Ich habe früh gemerkt, was sich in Bachs Musik für Räume öffnen, ganze Dimensionen. Und gleichzeitig gibt sie mir innere Sicherheit, vielleicht weil man nie das Gefühl hat, dass sie zu hoch hinauswill. Gewiss gibt es kaum höhere Kunst, und doch hat sie zugleich etwas Bescheidenes an sich. Wie soll man das erklären? Das kann man nicht erklären. Man wird ganz wirr im Kopf, wenn man darüber nachdenkt, während beim Spielen alles klar und schlicht einleuchtet.

Onkel Heinrich verfügte über ein gut gefülltes Repertoire an geschliffenen Formulierungen berühmter Männer zur Musik von Bach. Ich konnte sie mir natürlich nicht wortwörtlich merken, aber oft war dabei von Gott die Rede gewesen. Goethe zum Beispiel hatte Bachs Musik mit einem Selbstgespräch Gottes verglichen. Was Bach davon gehalten hätte? Wahrscheinlich hätte er mit den Schultern gezuckt und schnell sein Kantätchen zu Ende komponiert, solange noch Tageslicht durchs Fenster fiel.

Mich stärkt diese Musik. Dafür bin ich ihr dankbar, und ich versuche ihr etwas zurückzugeben, indem ich sie so zur Geltung bringe, dass ihre Schönheit erkennbar wird. Nicht zu romantisch, nicht zu mechanisch. Und ohne zu vergessen, dass in all den Stücken der Geist des Tanzes schwebt, auch in den ernsten, traurigen. Denn wer einen traurigen Tanz beherrscht, besitzt ein Mittel gegen die Verzweiflung. Traurige Tänze können ungeheuer tröstlich sein. Vielleicht, sage ich mir oft, haben sie Bach selbst getröstet, als er Kinder und Frau verloren hatte. Hört man das seiner Musik nicht an?

In der Lounge spielte mein wiedergefundener Sohn, und mir kamen die Tränen, aber dafür brauchte ich keinen Trost, denn das war einfach Gefühlsüberschuss. Nicht bloß Rührung, nein, das meine ich nicht. Mein Zustand war der einer emotionalen Überanstrengung, die sich aus vielen Quellen speiste. Die Rührung über meinen Sohn war nur ein Teil davon. Es gab noch eine Menge mehr. Irgendwo auf diesem Schiff hielt sich ein Gaus auf, mit dem ich noch nicht fertig war; weiter unten gab es einen Konstantin, der, wenn mich meine private und professionelle Empathie nicht trogen, vermutlich ähnlich emotional überschüssig dasaß, und irgendwo in Afrika mochte es eine Mutter geben, die ihren Sohn vermisste, weil er sich auf den Weg nach Europa gemacht hatte, und diese Mutter würde womöglich nie erfahren, dass ihr Sohn auf einem großen, weißen Schiff im südlichen Atlantik vor Übermut und Schrecken abgestürzt und im schlimmsten Fall dabei ums Leben gekommen war.

Woran mein schwächlicher, seekranker Blick fatalen Anteil gehabt hatte.

Der Pfarrer wollte mich nach dem Weihnachtsdinner zum privaten Krippenspiel bewegen, doch sein Umgarnungsmaterial war mir zu strohig. Da ließ ich mir lieber von Sibylle in ungehörig luxuriösem Ambiente Stroh zu Gold spinnen und mir dazu von meinem Sohn schöne Melodien spielen. Sibylles gute Nachrichten bezüglich der Sorgenknaben Verweegen und Skarupke waren ein hübsches Weihnachtspräsent. Sie hatte den beiden die Zusage abgerungen, mich fortan nicht mehr zu belästigen, und sie auf andere Gedanken, nämlich auf beruflicher Ebene zusammengebracht; und dies in einer Weise, die auch für sie als Fernsehjournalistin, die von einer eigenen Produktionsfirma träumte, Profit verhieß. Ich konnte nur anerkennend nicken, als sie mir kurz skizzierte, welche Projekte da visionär ins Auge gefasst worden waren. Und nicht nur ins Auge – mit dem europäischen Festland hatte inzwischen so viel Kommunikation stattgefunden, dass die Butter bereits in Fischnähe gerückt war.

Fast fing ich auf der Stelle an, Verweegen zu vermissen, meinen einzigen Stammkunden, sah man vom notorischen Gaus ab, dem Mann mit den symmetrischen, peinlich sauberen Händen.

Am Weihnachtstag verließen wir Port Stanley mit Kurs auf Kap Hoorn, und ich wartete schon morgens gewissenhaft im Beratungszimmer auf Klienten, denn ich wusste, wie sehr das Fest der Liebe die Gärungsprozesse in angefaulten Ehen beschleunigen konnte. Da sich nach mehreren Stunden wider Erwarten nichts tat, wagte ich es, mich selbst anlassgemäß zu beschenken und in den Bauch des Schiffes hinabzusteigen, um die Lebenssphäre meines Sohnes ein wenig zu erkunden und nebenbei herauszufinden, wie Konstantin den Jahreshöhepunkt überlebt hatte. Außerdem hoffte ich, etwas Neues über die afrikanischen Flüchtlinge zu hören.

In weiten Bogen schraubte ich mich Deck für Deck nach unten, kam durch Gänge, in denen alle Türen offen standen, wo Frauen, offenbar aus dem Balkan oder angrenzenden Regionen, ihre Gespräche unterbrachen und mich fragend anschauten, da sie mich nicht kannten; sie argwöhnten wohl, ich käme zur Kontrolle. In einem anderen Gang wiederum war von Misstrauen nichts zu spüren, im Gegenteil. Gleich mehrere Cliquen luden mich zu privaten Weihnachtsfeiern, die sie auf die Pausen des ganzen Arbeitstages verteilten, ein, bei einem litauischen Ehepaar nahm ich sogar auf dem Kabinenhocker Platz, vor einem winzigen Plastiktannenbäumchen. Sie war Verkäuferin in einer Boutique auf dem Promenadendeck, er Mechaniker in der Antriebsmaschinerie. Ihre beiden Kinder sah ich nur auf Fotos. Sie lebten unter der Obhut der Großeltern in Klaipėda und bekamen ihre Eltern ein halbes Jahr lang nicht zu Gesicht. Es war kaum auszuhalten. Muss das denn sein?, fragte ich, enthemmt durch mein Entsetzen. Es musste sein, behaupteten sie, formulierten jedoch die Vision, in Kürze mit der gesamten Familie nach Irland umzusiedeln.

Weihnachten hat familienpsychologisch fraglos seine problematischen Seiten, aber fern der Heimat machte es die Menschen in den unteren Schiffsfluren gesprächig. Ich wurde fast jedes Mal, wenn ich zögernd einen neuen Gang betrat, freimütig angesprochen, bald fühlte ich mich wie ein Staatsgast bei der Inspizierung eines Vorzeigekombinats, nur dass mich kein Staatsratsvorsitzender führte und rechts und links kein Gefolge katzbuckelnd auf Bemerkungen lauerte, die überschwänglich belacht werden mussten.

Die Werktätigen gaben mir bereitwillig Auskunft, vielleicht war der Anteil kommunikationsfreudiger Zeitgenossen in Schiffsbesatzungen überproportional hoch, autistische Grottenolme kamen vermutlich gar nicht erst auf die Idee, sich für die Arbeit in so einem dicht bevölkerten schwimmenden Ameisenbau zu bewerben, oder es war eine Generationsfrage, denn die meisten Mitarbeiter waren jung, viele von ihnen offenbar Kinder und Enkel von ehemaligen Gastarbeitern, junge Menschen mit deutschem Pass und frei flottierender Schiffsidentität. Eine Frau erkannte mich vom Foto im Bordprospekt wieder: die Osteopathin, eine Person mit berückender Präsenz, durch ihre bloße Erscheinung demonstrierte sie, dass der Körper dem Menschen nicht nur Last und Grund zum Kummer sein muss. Ihre Art, zu lächeln und zu reden, hatte etwas Sportliches, alles kam frisch daher, auch wenn sie über heikle Themen sprach. Ich wollte wissen, ob ihre Dienste von vielen Passagieren in Anspruch genommen würden. Sie sagte Ja und nannte auch den Grund: Die Leute wollten angefasst werden.

Schließlich wagte ich doch noch den Weg aufs Küchendeck. Dort hatte allerdings niemand Zeit zum Plaudern, wer hier auf Posten war, bewegte sich in der vorgeschriebenen Choreografie seiner Routine. Als Gast durfte man nicht stehen bleiben und eingespielte Laufwege versperren, sosehr man auch staunte über die Mengen an Gläsern, Tassen, Töpfen, Pfannen, vieles davon an Haken aufgehängt, in endlosen Reihen, matt gespiegelt in Metallflächen.

Ich ließ mich zu den Essensgerüchen treiben, ins heiße Herz der Küche, das man mit einem Blick nicht überschauen konnte, hier gab es, weiß Gott, mehr als einen Herd. Der Lärm, der an zig Arbeitsplatten und Gasflammen erzeugt wurde, war beträchtlich, Metallgeräusche dominierten, aber es wurde auch unentwegt geredet, ja laut gerufen. Ganz langsam schlich ich an dem sicherlich zehn Meter langen Ausgabebüfett vorbei, spähte unter den Wärmelampen hindurch auf die Geschäftigkeit der Köche und blieb plötzlich doch stehen, in dem Moment nämlich, als ich weit hinten Konstantins Blick begegnete. Es war ein halbierter Blick, denn ein Auge war zugeschwollen, das ganze Gesicht sah ramponiert aus. Und es war der Blick eines zutiefst Verwundeten. Er sah mich stehen und erahnte meinen Impuls, einen Weg zu ihm zu finden, wandte sich ab, rannte davon und warf eine schwere Metalltür hinter sich zu.

Jemand versetzte mir einen Stoß: Sie sind im Weg.

Ich nahm einen der Aufzüge nach oben. Für dieses Mal hatte ich vom Bauch des Schiffs genug gesehen.

Sebastian Ich versuchte mir das vorzustellen: Du gehst aus dem Haus und trittst auf der Straße erst mal in Dreck. Nein. Schon falsch. Du hast gar kein Haus, sondern eine zusammengenagelte Bruchbude. Und du trittst davor auch nicht auf eine Straße, sondern auf ein Brett, das jemand dahin gelegt hat, damit du nicht bis zu den Knöcheln im Dreck versinkst. Überall in der ganzen Gegend liegen diese Bretter, das sind die Verkehrswege in deinem Viertel, das praktisch komplett aus Müll besteht. Die Behausungen selbst sind schon aus Müll, und die Bewohner schmeißen ihren Müll einfach aus Türen und Fenstern. Überall stinkt's. Dein Leben lang hast du den Gestank in der Nase: Dreck und Scheiße. Das ganze Viertel schwimmt in verschissenem, verpisstem Müll, und dieses Viertel ist, verdammt noch mal, so groß wie Hamburg!

Die Stadt, von der Anthony erzählt hatte, heißt Lagos, und in dem Viertel, aus dem er stammt, wohnen lauter Leute, die aus anderen afrikanischen Ländern nach Nigeria gekommen sind, so wie Anthonys Eltern. Ein Riesenviertel voller armer Schweine.

Gibt's da Schulen oder so?, hatte ich ihn gefragt.

No school.

Und dann versuchte ich mir vorzustellen, wie man aus so einem Viertel rauskommt: Du gehst auf den Brettern durch den Dreck, bis du an eine breite Straße kommst, springst auf einen Pick-up auf und irgendwo dann wieder ab, so machst du es mehrmals, bis du am Busbahnhof angekommen bist. Dort zwängst du dich in einen vollgeknallten Bus, der nicht mal Fensterscheiben hat, und fährst erst mal, fährst und fährst, versuchst zu schlafen, obwohl du von allen Seiten eingeklemmt bist zwischen anderen Leuten und ihrem Gepäck, vielleicht auch ihren Ziegen oder so, du fährst und isst und trinkst kaum was, damit du nicht aufs Klo musst, und irgendwann kommst du in eine andere Stadt, wechselst den Bus, fährst wieder ewig lang, erreichst die Grenze, gehst zum Schlagbaum, schmierst einen Zöllner, darfst rüber ins Nachbarland, und dann wartest du. Wartest und wartest. Zusammen mit anderen Jungs, die den gleichen Trip hinter sich und das gleiche Ziel vor sich haben wie du: Europa. Sie wissen, irgendwann kommen sie an, weil sie unterwegs auf Typen stoßen werden, die ihr Geld damit verdienen, dass sie solche Jungs nach Europa bringen, oder auf den Weg dorthin.

Ich stellte mir vor, wie die Jungs sich auf baufälligen Fahrzeugen an ihre Wasserflaschen klammerten, bei der Fahrt durch die Wüste, denn es war ja die Sahara, die sie durchqueren mussten, Wüste, Wüste, tagelang. Dann wieder warten. Ein bisschen fahren, und wieder warten. Dabei die Wasserflasche immer in beiden Händen. Die anderen Jungs sind deine Kumpels geworden, klar, wenn man so lange so dicht aufeinanderhängt, aber wenn einer kein Wasser mehr hat, darfst du ihm nichts geben. Auf keinen Fall. Denn dann bist du der Nächste, der krepiert. Ich stellte mir das vor: wie ich mitten in der Wüste hocke, wie rundum die Fata Morganas flimmern und wie ich mit beiden Händen meine Wasserflasche festhalte, weil mich von allen Seiten meine Kumpels anbetteln: Gib mir einen Schluck, Sebastian, einen Schluck nur, bitte! Ich verdurste sonst. Hilf uns, Sebastian, wenn du uns nicht hilfst, verrecken wir hier elend in der Wüste. Vor deinen Augen, Sebastian.

So war es, hatte Anthony gesagt. Er hatte mir alles erzählt, weil ich auf die Idee gekommen war, ihn danach zu fragen. Wie heißt du eigentlich, hatte ich ihn gefragt, und wo kommst du her?

Do you really wanna know?

Ja, klar, Mann, sonst würde ich dich doch nicht fragen.

Why now?

Darauf hatte ich keine Antwort parat. Warum jetzt, warum

nicht früher? Keine Ahnung. Wir waren nicht auf die Idee gekommen.

Er hatte den Absturz einigermaßen überstanden, lag in der Klinik hinter einem Vorhang und durfte sich nicht rühren, wenn andere Patienten in der Nähe waren, damit er nicht entdeckt wurde. Nur der eine Arzt und Linda wussten, dass er da lag, sonst niemand.

Ich war so was von froh, dass er überlebt hatte, aber bei seiner Story verging mir die Lust am Jubeln. Zwei seiner Freunde waren in der Wüste krepiert, weil sie nichts mehr zu trinken hatten.

Irgendwann war er in einer Stadt in Mauretanien angekommen. Dort war das Meer, dort lagen Boote, und in eins davon war er schließlich geklettert, in ein stinkeinfaches Holzboot, schon vollgestopft mit Afrikanern. Und damit ging es dann übers Meer in Richtung Teneriffa. Fast hätten sie es geschafft. Wie viele ertrunken waren, wusste Anthony nicht. Als wir kamen und ihn aufgabelten, war er kurz vor dem Verdursten und gleichzeitig kurz vor dem Ertrinken gewesen. Jetzt lag er verpflastert und verbunden im Krankenbett, hatte mir seine Geschichte erzählt und sah mich nur noch an, mit einem Blick, den ich nicht einordnen konnte. Irgendwann schaute er zur Decke, dann machte er einfach die Augen zu.

Linda führte mich weg. Du musst was tun, Kleiner, sagte sie. Dir hat er seinen Namen genannt, jetzt musst du was tun. Lass dir was einfallen, aber schnell. Ewig können wir den hier nicht verstecken.

Da bin ich dann endlich zum Pfarrer. Das fiel mir zwar nicht ganz leicht, weil ich ihn am Heiligabend mit meiner Mutter gesehen hatte. Aber das machte mich wiederum aggressiv genug, um ihn festzunageln.

Zuerst gab er sich milde, mit diesem ganz bestimmten Pfaffenlächeln, pseudoverständnisvoll, Augen zu, ein bisschen nicken und so. Ich hätte ihm am liebsten eine verpasst, sagte aber nur: Hören Sie auf, so zu grinsen. Eiskalt und ernst sagte ich das. Und wessen Sohn ich bin, habe ich ihm auch gesagt. Da hörte er auf zu lächeln.

Ich werde mich als Seelsorger einbringen und sehen, was ich tun kann, meinte er.

Okay, sagte ich. Aber beeilen Sie sich. Und belagern Sie meine Mutter nicht so.

Almut Konstantins einäugiger Blick verfolgte mich. Ich überlegte hin und her, ob ich abwarten sollte, bis er von sich aus wieder meine Nähe suchte, oder ob es meine Pflicht war, ihn ausfindig zu machen, um ihm beizustehen.

Dann aber riefen andere Pflichten, eine Frau meldete sich nach meiner Expedition in den Bauch des Schiffes, sie stand einfach vor der Tür, was schon für einen relativ hohen Verzweiflungsgrad sprach.

Ihrem Mann war die Hand ausgerutscht.

Und das, obwohl sie sich immer solche Mühe mit ihm gab. Ließ sich sogar jeden Morgen heimlich vom Handy unterm Kopfkissen wecken, um sich, während ihr Herr und Gebieter noch selig schlief, ins Bad zu schleichen. Picobello aufgehübscht lag sie wieder in den Kissen, wenn ihr Ehemann beim offiziellen Weckerläuten die Augen aufschlug. So hatte sie es ihr gesamtes Eheleben lang gehalten, noch nie hatte ihr Mann sie morgens ungeschminkt erlebt. Nun war ihr aber ein Missgeschick passiert. Nach der frühmorgendlichen Schmückungsprozedur hatte sie nicht mehr einschlafen können und darum beschlossen, einen kleinen, heimlichen Spaziergang zu unternehmen. Doch als sie wiederkam, wachte ihr Mann auf, sah sie geschminkt in die Kabine kommen und war nicht von der Überzeugung abzubringen, dass seine Frau gerade von einem Seitensprung zurückkehrte. Ihm sei schon länger aufgefallen, hatte er behauptet, wie sie sich an die anderen Männer am Tisch regelrecht rangeschmissen habe. Als sie geleugnet, also die Wahrheit gesagt hatte, war er immer wilder geworden. Bis ihm die Hand ausrutschte.

Ich kann ihn ja irgendwie verstehen, meinte sie, und das hieß für mich, dass ich es bei ein bisschen Zuspruch nicht bewenden lassen konnte. Hier musste man bei null anfangen, mit Sorgfalt, konzentriert und nicht bloß nebenbei. Man musste ihr helfen, die Kreuzfahrt einigermaßen zu überstehen, sie aber vor allem motivieren, anschließend ihr Elend grundsätzlich in Angriff zu nehmen. Was nicht ganz einfach war, denn sie wollte gar kein Elend sehen, sondern wissen, wie sie ihren Mann wieder beruhigen könne.

Manchen Menschen ist nicht zu helfen, jedenfalls nicht auf die Schnelle. Schön ist das nicht, und mich befiel anschließend das gewaltige Bedürfnis, Bach zu spielen, nach Australien auszuwandern und den Beruf zu wechseln.

Wenige Fugen später kam Gaus. Zur gewohnten Stunde, auch an Weihnachten. Trotz meiner wilden Beschimpfungen vor Sebastians Augen. Der Mann traute sich was. War das die Courage einer Persönlichkeit von Format oder waren das Überreste der Dreistigkeit, wie sie die Firma kultiviert und ihren Mitarbeitern eingeimpft hatte?

Ich sah sofort, dass Gaus sich auf diese Begegnung mental vorbereitet hatte. Es sollte gar nicht erst der Eindruck entstehen, er könnte sich wegen inakzeptablen Verhaltens schuldig fühlen. Er musste sich gründlich autosuggestiv bearbeitet haben, denn ihm entwischte keine einzige Übersprunghandlung.

Hat sich Ihre Seekrankheit gelegt?, fragte er, bevor ich die Initiative ergreifen konnte.

Ich nickte irritiert und langte unwillkürlich hinter mein Ohr. Das Pflaster war noch da.

Habe ich Ihnen eigentlich schon erzählt, wie ich unseren Genossen Honecker einmal seekrank erlebt habe?

Ich schüttelte noch immer irritiert, aber mit aufkeimendem Unwillen den Kopf.

Können Sie sich an die *Ostseeland* erinnern?

Da musste ich nun wieder nicken, und Gaus deutete das als Genehmigung, den Klavierstuhl einzunehmen.

Ich hatte die *Ostseeland* in Warnemünde liegen sehen. Ein

stolzes Schiffchen für unsere Verhältnisse, wenn auch bei Weitem nicht so prächtig wie die *Wilhelm Pieck,* schon allein, weil sie keine Segel hatte. Die Wandlitzer Elite stach damit gelegentlich in See, nahm Sonnenbäder auf dem Achterdeck oder präsentierte Staatsgästen vom Wasser aus die Rügener Kreidefelsen.

Gaus behauptete, er sei im Gefolge seines Ministers zur Kurzkreuzfahrt eingeladen gewesen. Honecker habe im Hafen feierliche Worte an sie gerichtet und dann laut »Leinen los« gerufen. Eine halbe Stunde später habe die Landratte keinen Mucks mehr von sich gegeben. Seekrank.

Gaus machte einen angewiderten Gesichtsausdruck, als er das Wort herauspresste wie einen letzten Rest Zahnpasta aus der Tube. Seekrank – und das trotz der Anti-Schaukel-Anlage, die man für teure Devisen in England bestellt und eigens in der *Ostseeland* eingebaut hatte!

Ich sah, wie Gaus in Fahrt kam, und wollte ihn bremsen. Walzen Sie mir Ihre Anekdoten jetzt bitte nicht aus. Ich muss über etwas anderes mit Ihnen reden, sagte ich.

Er ging nicht auf mich ein, sondern blieb beim Thema: 1990 wurde das Schiff ja vom Ministerrat …

Hören Sie endlich auf, Herr Gaus!

Er ließ sich nicht beirren: … an eine Firma oder ein Konsortium, oder was es nun mal war, verkauft, jedenfalls mit Sitz in Malta. Und nun raten Sie mal, wer den Verkauf in die Wege geleitet und letztendlich abgewickelt hat?

Was soll das?

Sie kennen ihn.

Das glaube ich kaum.

Der Mann hieß Walter Schäfer.

Er hatte recht, den kannte ich. Und den kannte auch Gaus, wie von Sebastian schon behauptet. Er kannte ihn so gut, dass er ihm angeblich den Schiffsmaklerauftrag vermittelt hatte. So nämlich ging Gausens Erzählung weiter. Für Walter sei dabei ein schönes Startkapital für den Neuanfang in Hamburg herausgesprungen. Gaus sagte tatsächlich »herausgesprungen«, und wenn mich nicht alles täuschte, klang irgendwo im Hintergrund des Verbs ein Neidhauch mit.

Meinem Exmann sei dadurch die moralische Verpflichtung zugewachsen, sich bei Gaus zu revanchieren, und dieser Verpflichtung sei er auch nachgekommen, als die Umstände es erforderlich und möglich machten. Er, Gaus, habe sich dafür wieder erkenntlich gezeigt, und so sei das hin und her gegangen, eine Hand wasche nun mal die andere.

Ich schlug ihm einen anderen Begriff vor: Seilschaften.

Sein maliziöses Lächeln war für mich nichts Neues.

Zuletzt habe er Walter den Gefallen getan, dessen desorientierten Sohn an Bord des Schiffes hier zu nehmen, als Pianist.

Wann?, wollte ich nur wissen.

Nicht lange vor dem Auslaufen.

Da hatten Sie mich längst angeheuert.

Er nickte seinem Spiegelbild im Blüthner zu.

Warum haben Sie mir in all den Wochen nicht gesagt, dass mein Sohn auf diesem Schiff ist?

Er besah sein leichtes Schulterzucken in der Pianopolitur.

Sollte das ein Experiment sein?, hakte ich nach. Eine Art Menschenversuch? Oder müsste man eher Tierversuch sagen? Haben Sie uns beobachtet wie Ratten im Labor?

Ich redete mich in Rage und rückte Gaus dabei immer näher auf den Leib, bis er mir das Wort abschnitt, aufsprang und energisch bellte: Es reicht, Frau Schäfer. Es war nicht klug von mir, wohl auch nicht recht, das sei hiermit eingeräumt. Aber nun reicht es.

So einfach geht das nicht, mein Lieber, so leicht kommen Sie mir nicht davon!

Treiben Sie Ihre Anmaßung nicht auf die Spitze, Verehrteste.

Was Sie getrieben haben, ist der Gipfel des Zynismus! Die reinste Zersetzung. Die Firma feiert fröhliche Urständ in Ihnen. Habe ich recht? Hab ich nicht recht, Herr Gaus?

Er hatte sichtlich beschlossen, sich nicht aus der Fassung bringen zu lassen. Wieder klappte er das Visier seines maliziösen Lächelns herunter, doch kam ihm dabei der Lächelanteil abhanden, und wenn das Maliziöse allein zurückbleibt, wird das Gesicht zur Fratze.

Obwohl er im Stehen keine Spiegelfläche mehr vor sich hatte, schien er das zu spüren, denn mit einer wischenden Gebärde versuchte er alles auszuradieren.

Gut, sagte er. Gut. Wie schon gesagt, es war vielleicht nicht recht. Ich sage nicht, dass ich mir einer Schuld bewusst bin, nehmen Sie das zur Kenntnis. Ich muss Sie nicht um Entschuldigung bitten, dafür sind Sie mir zu sehr zur Dankbarkeit verpflichtet. Was Sie sicherlich bestätigen werden, wenn Sie sich beruhigt haben und ein wenig nachdenken.

Ich sah ihn ungläubig an, fragte mich, ob er sein Gänserichgefieder tatsächlich so gründlich mit Bürzelfett eingerieben hatte, dass alles an ihm abperlte.

Glauben Sie, damit wäre der Fall für mich erledigt?, fragte ich ihn. Glauben Sie im Ernst, ich wäre nach alldem noch bereit, mir Tag für Tag Ihre Klavierexerzitien anzuhören? Wissen Sie was, Herr Gaus? Von nun an werde ich Sie gar nicht mehr diesen Raum betreten lassen! Dann können Sie in Ihrer Kabine Klaviertasten auf die Tischkante malen und tonlose Trockenübungen veranstalten.

Sieh an, der Turm geriet ins Wanken.

Das werden Sie nicht tun, presste Gaus mit bemühter Strenge heraus. Das können Sie gar nicht.

Doch, das kann ich. Ich werde mir beim Kapitän persönlich Rückendeckung holen.

Überschätzen Sie sich nicht, kam es nun mit wieder erstar-

kender Überheblichkeit von Gaus. Der Kapitän lässt niedere Chargen gar nicht an sich heran.

Wenn Sie sich da nicht täuschen, Herr Gaus. Unter uns: Der Herr Kapitän bittet mich ein Mal pro Woche zum persönlichen Gespräch in seine Gemächer. Er möchte das als Supervision bezeichnet wissen. Und glauben Sie mir, Herr Gaus, in diesen Gesprächen werden Namen genannt.

Nun war er ernsthaft verunsichert. Das hätte er mir nicht zugetraut. Er musterte mich lange, so lange, dass ich mir alle Mühe geben musste, mir die Scham über meine dreiste Lüge nicht anmerken zu lassen. Sie war mir spontan eingefallen, und nun bestaunte ich ihre durchschlagende Wirkung.

Also gut, also gut, beschwichtigte Gaus schließlich. Sie haben einen Bonus bei mir.

Er mochte an einen zusätzlichen Landgang oder einen Essensgutschein für das Fortuna gedacht haben, aber da sich in meinem Kopf nach der effektiven Lüge gerade der fürs Kreative zuständige Hirnlappen besonders kräftiger Durchblutung erfreute, fiel mir Dringlicheres ein: Ich verwendete mich für die Afrikaner. Verlangte von Gaus, dafür zu sorgen, dass sie human behandelt wurden, wie Flüchtlinge, nicht wie Gefangene.

Das sind keine Flüchtlinge, das sind Migranten, knurrte Gaus.

Das können wir nicht wissen, wandte ich ein.

Flüchtlinge fliehen, weil sie müssen, Migranten verlassen ihr Land, weil sie es wollen, das ist ein großer Unterschied, auch in moralischer Hinsicht.

Sie sind anmaßend, Herr Gaus. Stellen Sie sich lieber vor, was passieren müsste, damit Sie Ihre Heimat mit ungewisser Perspektive verlassen würden!

Das habe ich längst getan.

Werden Sie nicht wieder zynisch!

Ich sage nur die Wahrheit.

Wollen Sie sich mit hungernden Afrikanern auf eine Stufe stellen?

Die vier, von denen wir reden, fahren auf demselben Schiff wie ich. Warum liegt Ihnen eigentlich so viel an denen?, wollte er plötzlich wissen.

Reichen Ihnen humanitäre Gründe nicht?, fragte ich gereizt.

Oh, doch, selbstverständlich, erwiderte er mit aufblitzendem Sarkasmus, lenkte aber dann doch ein. Er war damit einverstanden, die Afrikaner aus der Zelle zu entlassen, ihnen eine Kabine zuzuweisen und über das weitere Vorgehen im Lauf der nächsten Tage zu beraten.

Ich werde das in die Wege leiten, sagte er und schickte sich an zu gehen. An der Tür drehte er sich noch einmal um. Die Bitte, die er aussprach, lag ihm sichtlich am Herzen, aber er formulierte sie nicht als Bitte, sondern als halbherzig barsche Aufforderung, was ich beinahe rührend fand: Und Sie sollten sich das mit meinen täglichen Klavierexerzitien noch einmal durch den Kopf gehen lassen.

Ich versprach ihm, es mir zu überlegen, er drückte die Klinke herunter, und ich musste schnell entscheiden, ob ich meine Scham überwinden und ein weiteres Anliegen vorbringen sollte.

Warten Sie noch einen Augenblick, bat ich ihn. Er hielt inne, ich gab mir den nötigen Ruck. Brachte den Fall Konstantin zur Sprache, fragte, ob es unbedingt nötig sei, an dessen Bestrafung und Entlassung festzuhalten.

Gerade noch war ich moralisch über Gaus hinausgewachsen. Mit dem Vortrag meines persönlichen Anliegens machte ich mich vor ihm wieder klein. Eindringlich sah er mir in die Augen, nickte schwer interpretierbar und ließ die Klinke los. Mit seltsam schleifenden Schritten begab er sich wieder ans Klavier. Er dachte nach, legte die Tastatur frei, betrachtete sie eine Weile und fing dann unvermittelt an zu spielen, *etwas lebhaft und mit der innigsten Empfindung.*

Ihnen liegt was an dem jungen Mann, stellte er fest.

Ich erwiderte nichts, wartete ab.

Ein Freund Ihres Sohnes, sprach Gaus weiter vor sich hin. Sie teilen eine Kabine.

Dann richtete er abrupt wieder den Blick auf und das Wort an mich: Ich werde es überdenken. Ihr Sohn hat sich auch schon für ihn starkgemacht. Indirekt. Indem er ihn nicht verraten hat.

Wann hätte er ihn denn verraten sollen?, fragte ich, erneut irritiert.

Beim Verhör.

Ich verstand nicht, was er meinte.

Er habe, erklärte Gaus, Sebastian vernommen, in klassischer Manier, aber der Junge habe seinen Freund nicht hingehängt, sondern Rückgrat gezeigt: Ich ließ ihn gehen, wollte ihn mir später noch einmal kaufen, was dann nicht mehr nötig war, weil wir die Afrikaner fanden. Jedenfalls drei von ihnen. Der vierte wird gewiss auch noch auftauchen, da dürfen Sie beruhigt sein, Frau Schäfer. Und was Ihren Sohn betrifft: Wie gesagt, alle Achtung vor seiner Zivilcourage. Wer eine Vernehmung übersteht, ohne einzubrechen, verdient Respekt, auch wenn er objektiv falsch gehandelt und sich auf die falsche Seite geschlagen hat.

In dem kleinen Wörtchen »objektiv« steckte die Anmaßung eines ganzen Apparates. Was war das für ein Mensch, der sich vor mir brüstete, meinen Sohn »verhört« zu haben? Er führte sich auf wie ein Tschekist, und ich wollte ihm umgehend in die Speichen seines Stasi-Hochrads greifen, auf das er sich erneut schwang. Vorhin hatte er Walter angesprochen, woraufhin ich das Gespräch brüsk auf Sebastian gelenkt hatte, unbewusst ausweichend vielleicht, nun führte Gaus, der Offizier, mich über Sebastian zum Ausgangspunkt zurück. Ohne Walter kein Sebastian, ohne Hochzeit keine Familie – da endlich fiel der Groschen. Hochzeit, Hochzeitsreise, Traumziel Schwarzes Meer.

Wer ist IM »Odessa«?, fragte ich ihn unvermittelt.

Er sah mich nur an.

Walter?, hauchte ich.

Er nickte.

Walter und ich, wir hatten uns den Wartburg von Walters Onkel für die Fahrt zum Schwarzen Meer geliehen, doch mitten in der Tschechoslowakei kehrten wir um, Walter entnervt, ich deprimiert, nach drei Reifenwechseln auf zweihundert Kilometern und weil ein großer Teil der Reisekasse sich in Form von schwarzem Gummi unter uns auf dem löchrigen Asphalt abnutzte. Mit kindlicher Naivität redete ich mir damals ein, eine so früh gemeinsam erlebte Frustration würde auf lange Sicht Zusammenhalt stiften.

Was wollte mein Ex unter seinem schönen, schlimmen Decknamen denn aufdecken bei mir?

Gaus blieb mir keine Antwort schuldig. Mein Vater war früh im Visier gewesen, schon wegen seines Forschungsschwerpunktes Böll, vor allem aber wegen der germanistischen Besucher aus aller Herren Länder. Besuch war immer interessant, Besuch brachte was mit, Gegenstände zum Benutzen und Gegenstände der Diskussion, Druckwerke, Überlegungen, Prismen allesamt, in denen sich das Licht mitunter in ungekannter Weise brach. Mutter hatte in der Klinik hin und wieder Reisende aus Skandinavien behandelt, Onkel Heinrich sich allgemeiner Unbotmäßigkeit schuldig gemacht: gesündigt in Gedanken, Worten und geringfügigen Werken.

Als ich den sagenhaft erwachsen wirkenden Wirtschaftsstudenten Walter in Leipzig kennengelernt hatte, war er gerade im Begriff gewesen, Gaus an den Haken zu gehen und sich dabei selbst zum Häkchen zu krümmen, erfuhr ich nun. Sein erstes hübsches Decknämchen musste er hergeben, da ein über die

Landesgrenzen hinaus bekannter Kulturschaffender aus purer Eitelkeit auf genau diesen Gänsefußspreizer bestand. Der stilbewusste Kulturgenosse wollte mit einem ganz bestimmten Markennamen die Unterlagen zieren. Walter fand sein neues Namensschildchen bei mir, nachdem er mich gefunden hatte.

Dass er mich reizvoll fand, brachte ihn als jungen Inoffiziellen zunächst in Kalamitäten, denn es stellte sich die Frage, ob er mir beichten sollte, wie er einen Teil seiner Freizeit gestaltete. Zum Glück war ein IM nie allein, sondern konnte auf den Beistand seines Führungsoffiziers bauen. Gaus drehte mich »durch die Mühle«, wie es, laut demselben, im Firmenjargon hieß, und stellte fest, dass der Name Almut Schäfer bekannt war, durch Vater, Mutter, Onkel sowie eigene Kraft, dank einschlägiger Berichte aus der psychologischen Abteilung der Universität. Worauf Gaus den damals so erwachsen wirkenden Walter überredete, mir nichts über seine Schwert-und-Schild-Bürger-Streiche zu sagen. Danach dauerte es nicht mehr lange, bis Walter mit Fragen nach mir und meinem Umfeld konfrontiert wurde, und irgendwann sagte Gaus direkt: Genosse, schreib mir das alles einmal auf und such dir dazu einen schönen neuen Aktennamen aus.

So entstanden erste Berichte unter dem Kennzeichen »Odessa«. Der angehende Ökonomiefachmann wollte seine Frau durchaus nicht bespitzeln – tat es de facto aber doch, es ging fast wie von selbst, nicht wahr, Herr Gaus, er drängte sich Ihnen doch nicht auf, mein Mann?

Gaus schöpfte beim schwachen Trösten aus dem Reservoir systemimmanenter Logik, es habe sich ja nicht um eine operative Bearbeitung gehandelt, sondern lediglich um das Sammeln von Informationen. Nachteile, so Gaus, seien mir daraus nicht erwachsen, eher Vorteile, wenn man es objektiv betrachte, denn immerhin sei mir direkt im Anschluss an mein Studium die Möglichkeit eingeräumt worden, ausbildungsgerecht meinen Beruf auszuüben.

IM »Odessa« wiederum sei hoch angerechnet worden, seine Frau aus seinem Engagement nicht schamhaft ausgeblendet zu haben, und was die späteren Jahre betreffe, so sei alles, was im weitesten Sinne unter Psychotherapie fiel, aus staatlichem Verantwortungsbewusstsein ohnehin im Auge behalten worden.

Gaus wollte wohl, dass ich vor Dankbarkeit vergaß, welch schleichende Erosion meiner bisherigen Sicht auf meine Ehe angesichts all dessen den Nährboden entzog. Bislang hatte ich den Umstand, dass Walter und ich nach ein paar Jahren auf keiner Ebene mehr die Schnabl'schen Glücksnormen erreichten, auf Sebastian zurückgeführt, genauer auf meinen durchgedrückten Kinderwunsch. Nach der Geburt des Jungen war die Ehe tot, Walter an Lustoptimierung nicht mehr interessiert, kein einziges Mal mehr wurde er diesbezüglich vorstellig. Trotzdem meinte er beharrlich, sich nicht scheiden lassen zu können. Ich suchte die Gründe dafür in seiner Psyche, dabei trug der Grund den Namen Gaus. Der hatte Walter die Scheidung schlicht und einfach untersagt. Und meine gesamte anstudierte Kompetenz hatte nicht gereicht, um etwas davon zu ahnen.

Mit der Wende wendete sich das Blatt im Nu. Walter zog die Scheidung auf seine Weise durch, machte sich aus dem Staub und rüber. Was Gaus die Chance bot, sich unter neuen Vorzeichen an ihn zu hängen. Schließlich verfügte Walter über seine Kontakte aus dem Neptun, welche sich ihrerseits, besorgt um ihre weißen Westen, höchst kooperationsbereit gerierten.

Wie aber kam es, dass Walters und Gausens Westen nach der Wende keine weithin sichtbaren Flecken zeigten?

Nun, sie wussten zur rechten Zeit am rechten Ort zu sein, Gaus noch vor dem 4. Dezember in Leipzigs Runder Ecke und einen Monat später in der Normannenstraße, und Walter fuhr Anfang Dezember 89 ein letztes Mal ins Neptun, unternahm von dort aus einen Abstecher in Rostocks August-Bebel-Straße, um dazu beizutragen, dass die Dissidenten, als sie am 4. Dezember nachts das MfS-Gebäude stürmten, nicht mehr allzu viele Unterlagen vorfanden: Die Reißwölfe waren noch warm.

Wie Walter nach der Wende als Unternehmensberater Fuß fasste, indem er sich der Zukunftsplanung diverser Ostfirmen annahm, brauchte mir Gaus nicht zu erzählen, doch wäre Gaus nicht Gaus gewesen, hätte er meinem Bild nicht die eine oder andere mir unbekannte Facette hinzugefügt. Etwa bezüglich Walters Kopfjägergeschäft: Im Osten waren nach der Wende im Handumdrehen Heerscharen hoch qualifizierter Führungskräfte freigesetzt worden, und auf deren Vermittlung legte Walter einen der Schwerpunkte seiner Beratungstätigkeit. So konnte einer wie Gaus der Reederei vermittelt werden. Gerade im Bereich »komplexe, personalintensive Einheiten« seien Leute aus dem Osten mit einschlägigen Kompetenzen durchaus gefragt gewesen, lautete Gausens Erläuterung. Nicht von ungefähr sei auch im Adlon ein ehemaliger Dienstleister aus Mielkes Firma auf Direktorenebene tätig, und im Neptun habe man ohnehin die alte Mannschaft übernommen. Was ich für ein Zeichen von Augenmaß bei den Neueigentümern halte, fügte Bernd Gaus lapidar hinzu.

Nach Walters Hilfestellung sei es für ihn, Gaus, dann eine Selbstverständlichkeit gewesen, dem ehemaligen Mitarbeiter aus Verbundenheit den minimalen Dienst zu erweisen und Sebastian mit der anspruchsvollen, zugleich höchst privilegierten und ordentlich entlohnten Tätigkeit eines Bordpianisten auf diesem Schiff zu betrauen.

Doch warum ich? Warum musste auch ich ins Boot geholt werden? Hatte sich Walter so sehr daran gewöhnt, hinter den Kulissen meines Lebens die Strippen zu ziehen, dass er es auch als dekonspirierter Zeitgenosse nicht bleiben lassen konnte?

Gaus, sichtlich bemüht, auch jetzt nicht das Ärmelzupfen ausbrechen zu lassen, antwortete in betont neutralem Ton, er wolle nicht unterschlagen, dass sein Anteil an meiner Verpflichtung nüchtern betrachtet wohl als maßgeblich bezeichnet werden dürfe. Ich sei ihm, schloss er seinen Bericht, nach Aktenlage immer schon sympathisch gewesen.

Sebastian Wie ein blinder Passagier schob sich Tintin in die Kabine. Vom Mann, dem die Frauen vertrauen, war wenig übrig geblieben. Nicht bloß, weil er ein Veilchen und diverse weitere Kratzer abgekriegt hatte. Seine Terminator-Aktion im Weinkeller war bei ein paar Leuten nicht gut angekommen, und das hatten sie ihn handfest spüren lassen.

Glotz nicht so, meinte er matt und ließ sich in die Koje fallen.

Wie geht's jetzt weiter mit dir?, wollte ich wissen.

Ich darf wieder als Kellner arbeiten.

Da staunte ich, freute mich aber natürlich für ihn. Dann würde es wieder wie früher werden, entspannter. Nur: Wieso hatte Gaus die Politik geändert?

Angeblich hat sich jemand für mich starkgemacht, meinte Tintin und guckte von da an nur noch an die Decke. Total ernst.

Es macht mich nervös, wenn du so an die Decke starrst, sagte ich. Was denkst'n gerade? Hast du Heimweh?

Als hätte er einen elektrischen Schlag bekommen, schoss er hoch und schrie mich an: Ich hab kein Heimweh, merk dir das!

Ganz schön geladen, der Mann, aber das war ja auch kein Wunder, bei allem, was er in den letzten Tagen hatte einstecken müssen. Er war einfach fertig. Ich wusste nicht hundertprozentig, ob ich mich das trauen durfte, aber ich setzte mich trotzdem neben ihn aufs Bett. Komm, Alter, sagte ich zu ihm, jetzt chillst du mal ein, zwei Tage, bis dein Auge wieder offen ist, und dann machst du weiter deinen Job, so wie früher. Die Frauen haben dich bestimmt vermisst.

Ist mir egal, meinte er.

Ist dir egal? Hast du ne schwere Gehirnerschütterung oder was?

War von mir alles als Aufmunterung gemeint, aber er wollte nicht locker werden. Schwieg bloß wieder.

Aber irgendwann machte er doch den Mund auf: Was ist eigentlich deine Mutter für ein Typ?, wollte er auf einmal wissen.

Wieso interessiert dich das jetzt?

So halt.

Hey, verarsch mich nicht.

Wie wär's, wenn du mir einfach eine ganz normale Antwort gibst. Wie ist sie so?

Ich weiß nicht …

Reiß dich zusammen!

Schon gut, schon gut. Also, sie ist … irgendwie … Moment mal. Du willst das wirklich wissen, oder? Du … du stehst auf sie!

Du verstehst das nicht, meinte er.

Da könntest du recht haben.

Ich setzte mich wieder auf mein Bett und sah ihn an. Mein Kabinennachbar, mein bester Kumpel auf diesem Kahn, interessierte sich für meine Mutter, und zwar nicht einfach so, sondern *so!*

Wieso könnt ihr Typen nicht die Finger von anderer Leute Mütter lassen?, fragte ich ernsthaft genervt. Habt ihr keine eigenen?

Wieso ihr?, wollte er wissen. Siehst du doppelt?

Ich mein bloß, weil …

Aber er wollte jetzt nichts mehr von mir wissen. Vergiss es, sagte er. Und lass mich mal einen Moment alleine, ich bin kaputt, verstehst du.

Ich hatte keine Lust, die Kabine zu verlassen, aber ich tat ihm den Gefallen.

Sie ist in Ordnung, sagte ich noch, bevor ich ging. Im Ernst. Aber sie ist zu alt für dich, vergiss das nicht.

Almut Ich stand auf der Stelle. Schloss die Augen. Da war Boden unter meinen Füßen, doch er schwankte. Übel wurde mir trotzdem nicht. Vielleicht dank Konstantins Pflaster. Schwankender Boden, kippelige Planken ohne Übelkeit, eine Erinnerung; dieses Gefühl, wenn man ein Boot besteigt, den Fuß hineinsetzt, die Balance sucht und findet und danach den zweiten Fuß nachzieht, auf das prekäre Schwanken mit dem Willen zum Gleichgewicht antwortet, den man aus Kindertagen herübergerettet hat in seinen großen Erwachsenenkörper. Dazu die Fähigkeit der Hände, die mich die Nussschale lenken lässt, aus dem Bootshafen hinaus auf das nachmittäglich glitzernde Wasser des Boddens, und während die Hände wie von selbst ihre Fähigkeit einsetzen und die Jolle auf dem läppischen Brackwasser spielend auf Kurs halten, sehe ich mich vor dem inneren Auge auf dem echten Meer segeln, vor der Warnemünder Mole, vorne gleitet die Fähre nach Gedser am Horizont entlang, hoch und weiß, mit schwarzem Lokomotivenqualm aus dem schrägen Schornstein, und ich in meiner Jolle halte darauf zu, um den Weg des Fährschiffes zu kreuzen, mich aufgabeln und mitnehmen zu lassen, an einen Ort, wo die Neugier ihr großes Fressen fände.

Die Fähren nach Dänemark hatten meine Fantasie bedient, einige Male stieg ich bei schönem Wetter auf die Galerie des Leuchtturms, um den Hafen von Gedser zu erspähen, aber jenseits der Frachtschiffe, die auf der offenen Reede auf einen freien Liegeplatz im Seehafen warteten, sah ich jedes Mal nur Dunst.

Noch aufregender als der Rauchschleier der Dänemarkfähre hatten auf meine Einbildungskraft die Segel der *Wilhelm Pieck* gewirkt, doch ihr legendäres Ziel hatte mir Gaus vom mentalen Globus genommen. Odessa war für die Erinnerung getilgt.

Ich öffnete die Augen bei der Frage, was seinen Platz einnehmen sollte.

Ganz einfach, Almut: die Orte, an denen du dich tatsächlich befindest, zum Beispiel jetzt, in diesem Augenblick. Südamerika, Argentinien, Chile! Du steuerst auf Kap Hoorn zu, fällt dir dazu nichts Schönes ein?

Um meine Assoziationen zu mobilisieren, riss ich mich aus der Starre. Jetzt hieß es gehen, und sobald ich auf dem Gang war, sagte ich mir das Wort Argentinien vor und achtete darauf, was mir dabei in den Sinn kam. Perón, Evita, Don't cry for me, die Mütter mit den Kopftüchern, hellblau-weiß gestreifte Fußballer mit schwarzen Locken; Juden auf der Flucht vor der Verfolgung, gleich darauf Nazis, die sich in Sicherheit bringen, Argentinien, Argentinien, vom einen ins andere Extrem, ein landender Zeppelin in Buenos Aires, Kempff auf Konzerttournee ... Wo kam das jetzt her? Von Gaus natürlich, dem detailfixierten Führungsoffizier, der mich ins Schwanken gebracht hatte und nach Aktenlage sympathisch fand – der aber Wort gehalten hatte, wie ich sah, als ich nach rhythmischem Gehen über viele Gänge und nach fragendem Klopfen Sebastians Kabinentür öffnete und Konstantin mit ramponiertem Gesicht auf dem Bett liegen sah.

Die Nachbarkoje war leer.

Er sah mich aus einem Auge an, mit dem Blick des Davongejagten. Dann rückte er auf seinem Bett zur Seite, und ich legte mich fast ohne Zögern zu ihm, sah ihm ins Gesicht, streichelte ihn behutsam, um ihm nicht wehzutun. Sein Atem wurde ruhig, dann schneller, ein gehauchtes Keuchen in fast schluchzendem Rhythmus, und dann hörte ich aus dem beschleunigten Atemtakt heraus die Bitte: Gib mir deine Brust.

Und schon fing er an zu nesteln.

Da konnte ich nicht mehr liegen bleiben. Es schmerzte mich, von der Tür aus auf ihn hinabzublicken, aber ich musste gehen.

Sebastian Der Kapitän persönlich sagte über alle Bordlautsprecher durch, dass wir auf Kap Hoorn zusteuerten. Von dem Moment an brauchte keiner mehr Klavierbegleitung. Wer eine Außenkabine hatte, rannte auf seinen Privatbalkon, der Rest bevölkerte die Relings auf den Außendecks: Menschenkette in Multifunktionsanoraks.

Das Wetter? Miserabel. Hinterhältiger Wind, blies kurz mal volle Kanne, dann brach er ab wie auf Kommando und sprang plötzlich wieder an wie das Gebläse einer durchgedrehten Klimaanlage, die ein Sadist auf eiskalt geschaltet hatte.

Zum Glück hatte ich meine dicke Seemannsjacke aus Warnemünde wieder.

Anthonys Freunde waren aus der Zelle raus und wieder in ihrer Kabine – ganz offiziell. Sie mussten sich nicht mehr verstecken, die Tür stand offen, und ein paar Frauen aus der Balkan-Odessa-Region kümmerten sich um sie im klassisch-mütterlichen Päppelstil. Und Anthony lag jetzt ebenfalls offiziell im Patientenbett, wenn auch nicht mehr in der Passagierklinik, sondern ein paar Decks weiter unten im Krankenzimmer für die Crew.

Den Orden dafür hatte ich dem Pfarrer umhängen wollen, aber Linda klärte mich auf: Als der Pfarrer sich einmischte, war der Fall auf Befehl von Gaus bereits geregelt.

Das Beste an Kap Hoorn war Linda, weil sie wollte, dass ich mit ins Freie kam, ohne dass ich darum betteln musste. Wie Passagiere standen wir an der Reling und peilten dicht an dicht den Schrecken der Seefahrt an.

Gemütlich sah es tatsächlich nicht aus. Die Wellen tobten gnadenlos, sie waren grau wie Stein, und der Himmel drüber war genauso grau, man duckte sich automatisch, und das einzig

Schöne war Lindas Gesicht in der Kapuze, die kühlen, glatten Wangen. Zum Küssen. Sie sagte dauernd, nun übertreib mal nicht, mach langsam, beherrsch dich, aber Abstand hielt sie nicht. Sie wollte unter meine Jacke und da blieb sie auch.

Wie sieht Kap Hoorn eigentlich aus?, wollte sie wissen.

Ich hatte keine Ahnung, stellte mir irgendwas Großes vor, eine Art Berg, vielleicht sogar mit einem Leuchtturm obendrauf. Erst mal wurden wir von Vögeln abgelenkt, die ans Schiff herangeschwebt kamen und sich neugierig die Anorakparade ansahen. Tierisch groß waren sie, es kam einem vor, als wollten sie dem Schiff Geleitschutz geben. Sie rührten keine Feder, hielten aber trotzdem mit. Extrem cool. Man musste nicht fragen, was das für Vögel waren, weil die knipsenden Passagiere es sich gegenseitig zuriefen: Albatrosse.

Almut Ich schätzte die Windstärke auf Beaufort 6 oder 7. Es pfiff, es schaukelte auch, aber schwerfällig, weil die Wellen nicht zu hoch waren. Die meisten Passagiere schienen an Deck zu sein, schön aufgereiht in bunten Anoraks, und mitten unter ihnen, auf der Steuerbordseite: Sebastian in seiner dunkelblauen Seemannsjacke. Ein kleines Wesen mit Kapuze drängte sich an ihn, ich konnte nicht erkennen, wer das war, aber ich tippte auf Linda und beschloss, die beiden ohne meine Tuchfühlung Kap Hoorn umrunden zu lassen.

Ich war lange nicht mehr gesegelt, aber der Körper vergisst das Segeln nicht, und das war ein schönes Gefühl, es nahm den hiesigen Wind auf, und von nun an wartete ich gespannt auf die Stelle, die alle Segler magisch anzieht: auf Kap Hoorn.

Der kleine Park hinten auf dem Deck wurde gezaust, die Oleander wirkten seekrank, sie hatten fast keine Blätter mehr, und wie es aussah, war das Zierbächlein über die Ufer getreten und quasi ausgelaufen. Ich hängte mich auf der Steuerbordseite an die Reling und konzentrierte mich auf die See, die hier niemals Ruhe gibt. Es kann keine Flaute geben, weil unentwegt die kalten und warmen Meeresströmungen von Atlantik und Pazifik aufeinanderprallen. Hier herrscht stets heftige Bewegung, immerfort, und oft höllischer Sturm, wenn sich sämtliche Westwinde Südamerikas verbünden und die der Antarktis noch dazu. Die Wogen drängten in breiten Fronten voran, doch ihre Bewegung hatte etwas Großflächiges an sich, sie lief nach allen Seiten ins Unendliche, ohne schwächer zu werden. Die Kraft blieb ständig gleich, und die Vorstellung, dass dieser Aufruhr sich nie legen würde, niemals, dass hier schon immer dieselbe Energie getost hatte und auf ewig weitertosen würde, raubte mir den Atem.

Auf einmal sah ich etwas am Horizont und war mir wenige Minuten später sicher: Da ragte Land aus dem Meer auf. Eine Insel, fast ein Berg. Das konnte nur, das musste Kap Hoorn sein. Unwillkürlich deutete ich darauf, aber hier im zerrupften Park war niemand in der Nähe, alles, was keinen Privatbalkon an der Kabine hatte, drängte sich weiter vorne oder auf anderen Decks.

Nach einer Weile glaubte ich, einen Turm oben auf der Insel erkennen zu können, ein ehemaliger Leuchtturm vielleicht, und dann sagte jemand neben mir: Thank God for this place.

Ich freute mich so sehr, Madeleine zu sehen, dass ich sie an mich zog.

Steht angeblich da oben auf der Wand eines Turms oder irgendeiner Hütte. Frag mich nicht, warum, sagte sie und meinte den englischen Satz, den sie zitiert hatte. Sie drückte mir zwei Sektgläser in die Hand und ließ den Korken der Flasche knallen, die sie aus ihrem Mantel herausgezogen hatte. Der Plopp verhallte im Wind.

Das ist nicht Rotkäppchen, mein Schatz, das ist was Französisches.

Wie aus dem Nichts tauchte vorne ein kompaktes, graues Schiff auf. Ein Kriegsschiff!, rief ich. Madeleine lachte. Sagen wir lieber Marine, schlug sie vor. Zu Recht, denn die Fregatte wollte nichts Böses. Ihre Besatzung winkte so eifrig wie eine Schar Kinder. Neben uns schwebten außerdem Albatrosse her, frappierend groß. Mal hielten sie sich auf Deckhöhe, dann wieder flogen sie furchtlos lange Strecken dicht über den Wellen. Man sah die Kraft in ihren Flügeln, die Spannweite war kaum zu glauben.

In diesen Wellen würde sich ein Wal gut machen, meinte Madeleine. Sie rückte dicht an mich heran, sah mir aufmerksam ins Gesicht, als wollte sie ablesen, ob ich mich daran erinnern konnte, wie sie bei Puerto Madryn einen Südkaper gestreichelt hatte. Ich konnte mich erinnern, sie sah es, denn sie freute

sich und richtete sich auf, mit durchgedrücktem Kreuz. Die überwältigende Vorstellung vom großen Wale!, deklamierte sie in den Wind hinein. Die tausend patagonischen Wunder! Ich liebe es, verbotene Meere zu besegeln und an barbarischen Küsten zu landen!

Und von wem ist das jetzt wieder?, fragte ich automatisch.

Du kennst auch wirklich gar nichts, lachte sie, fing aber sogleich an, von Moby Dick zu sprechen, vom Mythos Kap Hoorn, von Feuerland und Patagonien, wo die Gefahren sich mit Wundern treffen, vom endgültigen Kap des Exils.

Ich habe nur das Wort im Kopf, sagte ich zu Madeleine. Patagonien. Keine Bilder. Die will ich mir selbst holen, beim nächsten Landgang.

Versprich dir nicht zu viel, warnte Madeleine. Weißt du, was Borges sagt? Man findet dort nichts, sagt er. Es gibt nichts in Patagonien.

Ich suche ja nichts. Und dieser Borges interessiert mich nicht. Wer soll das überhaupt sein? Außerdem bin ich besser dran als jede andere Patagonien-Reisende, denn ich habe meine kluge Madeleine bei mir, erwiderte ich geradezu gut gelaunt, trotz der noch frischen Nackenschläge durch Gaus.

Während Madeleine auf meine Worte hin mit geschlossenen Augen lächelte, fiel mir ein, was sie mir auf dem Weg zu den Walen im Bus gesagt hatte: Patagonien sei das Heilmittel gegen die Übel der Menschheit. Die Erinnerung an ihre Worte machte mir riesige Lust, abergläubisch zu werden und an die Wahrheit ihres Satzes zu glauben. Wäre es zu primitiv-symbolisch, wenn ich versuchte, in Kap Hoorn einen Wendepunkt zu sehen? Meinen Klienten führte ich doch auch, wann immer möglich, konkrete Orientierungsbilder vor Augen.

Willst du dir eigentlich noch lange diese zugige Grauorgie hier draußen antun?, fragte Madeleine in meine Gedanken hinein. Ihr war kalt, sie wollte ins Warme, aber ich wollte ihr etwas zeigen und nahm sie zur Abwechslung in mein Schlepptau. Ich führte sie aus dem Park hinaus, gut hundert Meter über Deck und dann ins Innere des Schiffs, an die Panoramafenster der Steuerbordseite. Dort verlangsamte ich den Schritt und klapperte mit den Augen die Anorakreihe draußen an der Reling ab, bis ich die dunkelblaue Seemannsjacke aus Warnemünde erspäht hatte. Mein Sohn, sagte ich.

Madeleine sah mich staunend an. Ich glaube, du musst mir mal ein bisschen was erzählen, mein Schatz, stellte sie fest. Und dann war wieder sie es, die mir die Richtung wies.

Sie hatte gesagt, ihr sei kalt und sie wolle ins Warme, aber jetzt stand ihr offenbar der Sinn nach etwas anderem. Wie schon einmal zog sie mich in die Eingeweide des Schiffs hinein, zur Eisbahn.

Dort war kein Mensch, auch an der Bar nicht, obwohl über dem Tresen Licht brannte. Die Lampen über der Eisfläche waren gelöscht, es herrschte Halbdunkel wie im Hinterhof unseres Hauses in der Wokrenter Straße, wenn im Winter die Abenddämmerung einsetzte.

Madeleine wusste meine Schuhgröße noch, holte mir Schlittschuhe, zog sich selbst welche an und beeilte sich, auf die unversehrte Fläche zu kommen und ein paar Kreise zu ziehen.

Komm!, rief sie mir zu. Erzähl mir endlich was von dir!

Was willst du hören?

Alles!

Wo soll ich anfangen?

Beim Gruppenbild mit Dame.

Wie kommst du darauf?

Weil du das Buch noch immer nicht zurückgebracht hast, woraus ich schließe, dass es dir etwas bedeutet.

Ich balancierte über die Gummimatte zur Bande und stieg so

wacklig aufs Eis wie bei leichtem Seegang in die Jolle. Mit wedelnden Armen verhinderte ich den prompten Sturz nach hinten, dann glitt ich schon und musste beinahe kichern über das Wiederfinden des unvergleichlichen Gefühls, das ich vor Kurzem erst kennengelernt hatte, in der gleichen Schlittschuhstille.

Balance – das war ein Schlüsselwort meines Vaters gewesen, beim Versuch, mir Proviant zum Überleben in der Diktatur mitzugeben. Er sagte nicht »in der Diktatur«, er sagte: »unter den herrschenden Umständen«.

Immer wieder machte er mich dabei auf die Überlebensstrategie der Leni Pfeiffer in Bölls *Gruppenbild mit Dame* aufmerksam. Lenis störrischer Eigensinn habe sie unabhängig sein lassen. Ich verstand ihn schlecht, weil ich an ihm selbst den Eigensinn nicht recht erkennen konnte. Außerdem dachte ich mir, dass die Art von Unabhängigkeit, die er eventuell im Sinn hatte, einen Menschen am Ende doch wieder systemkompatibel machte, weil man damit hier wie dort leben konnte. Waren die herrschenden Umstände denn nicht damit zufrieden, wenn die von ihnen Beherrschten unter allen Umständen stillhielten, und sei es aus der Unabhängigkeit des Eigensinns heraus?

Nicht weniger fragwürdig kam mir eine weitere seiner Thesen vor, die er in die Formel kleidete, man müsse die Uniform, die man zu tragen genötigt war, innerlich umwidmen. Man müsse dahin kommen, sie nicht als Zwangsjacke zu betrachten, sondern als Schutzhülle. Das gelte fürs weiße Hemd wie für das blaue. Pionier werde man, um in Ruhe gelassen zu werden, damit man nicht schon als Schulkind Energie für Verteidigungsschlachten vergeuden müsse. Und so gehe es immer weiter, bis zur Mitgliedschaft in der Partei. Wenn dir keiner was kann, gewinnst du Spielraum, sagte er für seine damaligen Verhältnisse erstaunlich salopp.

Seine Leni-Pfeiffer-Doktrin trug mein Vater bisweilen so aufdringlich vor, dass ich mich lange weigerte, den Roman zu lesen.

Und als ich ihn endlich doch aufschlug, war mir, als kennte ich ihn schon. Aus so vielen Einzelerwähnungen, aufgeschnappten Sätzen und Bildern setzte sich meine Vorstellung zusammen, vor meinem inneren Auge hatte Leni Pfeiffer sogar ein Gesicht, sie sah aus wie diese berühmte Schauspielerin.

Wie Romy Schneider, warf Madeleine ein.

Ja, genau.

Kein Wunder.

Wieso?

Oh, mein Schatz aus dem Tal der Ahnungslosen! Du stellst die schönsten Fragen!

Eben noch hatte Madeleine es fertiggebracht, mich in gute Laune zu versetzen, doch jetzt reagierte ich eingeschnappt auf ihr Necken im scharfen Vorübergleiten auf dem Eis. Eine gekränkte Erwachsene aber schrumpft sogleich zum Kind zusammen, das allerhand begreift und trotzdem vor allem eines braucht: Zuspruch und Schutz. So fuhr ich beleidigt an die Bande und wandte mich an Madeleine mit einer mädchenhaften Mischung aus Tadeln und Flehen: Du hast mich aufs Eis geführt, jetzt lass mich nicht im Stich!

Sie bremste mit keilenden Kufen, dass es spritzte, gab mir einen Klaps auf den Po, stieß sich wieder ab und rief: Fang einfach noch mal von vorne an.

Womit denn? Was wollte ich eigentlich erklären? Wie war ich überhaupt hierhergekommen?

Deine Eltern, rief Madeleine über das Eis, waren also beide in der Partei?

Ja, aber ohne Eifer.

Madeleine machte schnaubend einen Sprung mit grotesk verzerrten Gliedmaßen.

Es war fast so, als hätte ihre Mitgliedschaft garantiert, dass zu Hause nicht darüber gesprochen werden musste. Als ich eingeschult wurde, stand die Mauer seit drei Jahren und sie versuchten wohl, sich daran zu gewöhnen. Dass sie irgendwie nicht nur in Berlin stand, begriff ich schon als Kind, doch meine Eltern hüteten sich, mir durch Lamentieren ein falsches Vorbild zu geben. Ich absolvierte das ganze Programm gesellschaftlicher Aktivitäten, einschließlich Lager, Übungen, Paraden, aber den größten Teil der Ferien verbrachte ich in Dierhagen, wo ich manchmal segeln durfte, oder noch lieber in Warnemünde: am Strand und beim Klavierspielen in Onkel Heinrichs Kapitänshäuschen. Womöglich gab es ganze Wochen, in denen mein Jugendleben aussah wie eines in Travemünde. Und Weihnachten wurde gefeiert wie bei, wie bei … – ich suchte nach einem passenden Vergleich für das aufwendige Familienritual, bei dem man sich am üppig gedeckten Tisch daran erfreute, unter sich zu sein.

Wie bei Buddenbrooks, schlug Madeleine vor.

Kann sein. Besonders christlich ging es allerdings nicht zu, meine Familie hatte keine religiösen Ambitionen. Darum war auch die Jugendweihe kein Problem. Auch sonst kam ich gut durch die Schule.

Kam niemand auf die Idee, dir »unsozialistisches Verhalten« vorzuwerfen?, wollte Madeleine wissen.

Nein …

Da hast du mehr Glück gehabt als manche andere, flüsterte sie, während sie haarscharf an mir vorbeizischte. Wann hast du Abitur gemacht?

1976. In dem Jahr, in dem ich so viel DDR-Fernsehen genossen habe wie später nie wieder. Wegen der Olympischen Spiele in Montreal.

Warst du auch stolz auf unsere Sieger?, fragte Madeleine sarkastisch.

Sie waren mir, ehrlich gesagt, ein bisschen unheimlich. Die meiste Sympathie weckten die Turnerinnen mit ihrem Gekicher bei der Siegerehrung, und das, obwohl sie nur Bronze geholt hatten.

Während ich das abspulte, drehte ich selbst eine Art Pirouette, weil Madeleine im Kreis geschwind um mich herumfuhr.

Ich bewunderte Nadja Comăneci und Nelli Kim. Aus unserem Lager und trotzdem so graziöse Mädchen! Wenn ich die beiden sah, kam ich mir plump und hässlich vor. Und wenn ich nach einer Übertragung aus dem Haus ging, erschienen mir die Leute in der Stadt noch plumper und hässlicher.

Ich hatte genug vom Eis und legte mich mit geschlossenen Augen neben der Bahn auf die Bank, mit meiner Jacke als Kopfkissen. Wenig später hörte ich Madeleine ebenfalls vom Eis aufs Gummi springen. Als sie sich hinter meinem Kopf setzte und die Schlittschuhe auszog, vibrierte die Bank.

Jung und elastisch, wenn auch nicht graziös, fühlte ich mich erst, als ich das Gebäude der Universität betrat. Das ganze Studium über blieb ich jung, dank Karin, meiner Zimmergenossin und Freundin, mit der ich in einem Raum schlafen konnte, obwohl ich das als Einzelkind ja nicht gewohnt war.

War sie wie ich? Madeleine beugte sich von hinten über mich. Aus dieser Perspektive sah ihr hübsches Gesicht wie das einer Handpuppe aus.

Ich musste lachen, aber nicht deswegen, sondern weil sie mit ihrer Vermutung gar nicht so falschlag. Es war mir bislang nicht in den Sinn gekommen, aber nun fiel es mir leicht zu sagen: Ein bisschen schon.

Sebastian Die Albatrosse brachten mich in Stimmung. Ich stellte mir vor, was für ein irres Gefühl es sein musste, so lässig zu fliegen, und mit Linda im Arm hob ich selbst fast ab. Ich war begeistert wie vor Tagen auf dem Bugbalkon, als ich nicht seekrank geworden war – dank Lindas Pillen. Anscheinend zuckte ich bei der Erinnerung zusammen, weil mir natürlich schlagartig Anthonys Sturz von der Reling und die Totenmaske meiner Mutter einfiel, prompt wollte Linda wissen, was in mich gefahren ist. Nichts, sagte ich, ich fliege bloß gerade mit dir los. Sie konnte den Blick auch nicht von den Albatrossen losreißen, schaute ihnen pausenlos hinterher, und als ich sie fragte, woran sie dachte, meinte sie, an Bernhard und Bianca und an Fleetwood Mac. Muss man die drei kennen? Sie lachte. Dafür bist du wahrscheinlich zu jung. Und nach einer kurzen Pause sah sie mir ins Gesicht und hängte noch ein Wörtchen an: Kleiner.

Ihr zuliebe zwang ich mich zu einem Lächeln.

Linda reagierte auf meinen Blick wie eine Gedankenleserin: Ich sag's nicht mehr, versprochen. Da fühlte ich mich unheimlich gut und dachte, dass Kap Hoorn vielleicht so was wie ein Wendepunkt sein könnte. Meine Mutter hatte mir schließlich auch immer empfohlen, mich an konkreten Bildern zu orientieren, und mich manchmal regelrecht zugemüllt damit: Du musst dein Segel setzen, wenn Wind geht, oder: Es hat schon seinen Sinn, dass es Leuchttürme gibt. Man soll sich an ihnen orientieren.

Testweise fragte ich Linda im gleichen Stil, ob sie mit mir zusammen einen Zweimaster auftakeln wollte, wenn unser Einsatz auf diesem Schiff hier mal zu Ende war. Ich sagte es so, als meinte ich es im Spaß, was natürlich nicht stimmte, aber locker klang es bestimmt. Sie reagierte nicht darauf. Schaute wieder den Vögeln zu, sodass ich nur ihre Nasenspitze aus der Kapuze lugen sah, und nach einer Weile wollte sie nach drinnen gehen, weil ihr kalt war.

Ist was mit dir?, fragte ich sie auf dem Weg nach unten. Sie schüttelte den Kopf und meinte, sie müsse in die Klinik. Ich brachte sie hin, klar, und vor der Tür nahm sie endlich die Kapuze ab. Sie gab mir sogar einen Kuss, aber so richtig in die Augen schaute sie mir dabei nicht. Sie hatte irgendwas im Kopf, was vorher nicht drin gewesen war.

Almut Madeleine mopste zwei Fläschchen Cola gegen den Durst aus der Bar, dann verließen wir wie eingespielte Freundinnen die Eisbahn, holten den Böll-Roman aus meiner Kabine und trugen ihn feierlich in die Bibliothek. Kap Hoorn war eben doch ein Wendepunkt. Leni Pfeiffer musste zurück in die Buchgarage, wie Madeleine sich ausdrückte, stattdessen sollte ich mir etwas Neues aussuchen. Aber was? Sie schritt theatralisch die Regalreihen ab und zog ein Werk heraus, das in Klebefolie eingebunden war und aussah wie ein von mindestens zehn Schülergenerationen abgegriffenes Lehrbuch. *Das sexuelle Leben der Catherine M.* stand auf dem Umschlag. Es sei ein Zufall, dass es nicht ausgeliehen sei, bei dem Opus handle es sich nämlich um eines der beliebtesten der Schiffsbibliothek. Ich schlug es blindlings auf und fing mit dem ersten Blick das Wort »Schwänze« ein. Nein danke, das darfst du gleich wieder einparken. Madeleine lachte. War ja nur Spaß.

Du kannst ganz schön kindisch sein, stellte ich fest, worauf sie sogleich ernst wurde und in ihren leicht hyperaktiven Bewegungen innehielt. Diktaturen machen jeden zum Kind, sagte sie.

Ich war nicht sicher, ob sie wieder jemanden zitierte, außerdem wollte ich wissen, was sie meinte. Ich dachte eher, dass man notorisch versucht hatte, uns von klein auf zu Erwachsenen zu dressieren.

Sie machen dich zum Kind, weil sie dir nicht erlauben, Entscheidungen zu treffen. Sie stehlen dir die Verantwortung für dich selbst, erklärte sie. Dir bleibt nichts als deine Fantasien. Und die wuchern dann umso mehr. Wie bei einem Kind.

Und als erwachsener Mensch kommst du dir vor wie in einem monströsen Kindergarten, ergänzte ich, weil ich nun glaubte, sie zu verstehen.

Doch den Vergleich nannte sie zu harmlos. Sie setzte sich wieder vor den Bücherwänden in Bewegung und zog nur wenige Regalmeter von Catherine M. entfernt ein Buch heraus, das funkelnagelneu aussah. Auf dem Titelbild sah man das Gesicht eines älteren Mannes. Madeleine blätterte eine Weile, dann las sie vor. »In der Diktatur ist der Staatsbürger, der gerade nicht im Gefängnis ist, lediglich Häftling auf Urlaub.« Schreibt immerhin ein Nobelpreisträger.

Das hatte mit Kindergarten nicht viel zu tun.

Siehst du dich manchmal noch als Zonenkind?, fragte Madeleine beinahe flüsternd.

Ich wusste nicht gleich zu antworten. Wenn ich ans Kindsein dachte, dachte ich an Sebastian, nicht an mich.

Man muss glücklich sein, wenn man vor lauter Kinderschwäche nach der Diktatur genügend Kraft hat, die Freiheit anzunehmen, erklärte Madeleine trocken.

Hattest du?, fragte ich sie.

Am Anfang glaubte ich sie massenhaft zu haben, aber nach einiger Zeit wachte ich morgens manchmal auf und sie war weg. Dann hätte ich am liebsten mein Gehirn ausgeschaltet, bevor es auf die Idee kam, zurückzudenken. Ich war ganz zittrig, minutenlang bestand ich nur aus Angst.

Ich suchte nach einem Bild, mit dem ich ihr, nicht als Beraterin, sondern als Freundin, fassen konnte, was sie beschrieben hatte.

Du schautest in einen Abgrund, sagte ich probehalber. Aber der Abgrund war hinter dir: dein zuvor gelebtes Leben.

Madeleine machte große Augen und hob die Hand, in der sie das Buch hielt, in die Höhe. Jetzt hast du fast wörtlich Kertész zitiert, sagte sie. Ohne ihn gelesen zu haben!

Du meinst, ich bin so klug wie ein Nobelpreisträger?

Wir wollen nicht übertreiben. Sagen wir so: Ähnliche Erfahrungen bringen ähnliche Gedanken hervor.

Entschlossen stellte sie das Buch des Nobelpreisträgers zurück ins Regal und kam auf ein ganz anderes männliches Wesen zu sprechen.

Da oben an Deck, sagte sie, wobei sie mich an den Schultern in einen der englischen Ledersessel drückte, war das wirklich dein Sohn?

Ich nickte, wie man im Friseurstuhl nickt, nur ohne Spiegel.

Erzähl da weiter, wo du vorhin aufgehört hast, forderte mich Madeleine auf. Kopfmassage gefällig?

Ich war erstaunt, legte aber den Kopf so weit zurück, bis er auf dem fetten Lederwulst der Sessellehne ruhte, und nahm mit einem leichten Schauder Madeleines Fingerkuppen in Empfang. Sie drückten kräftig zu, signalisierten zugleich aber, dass ich nicht befürchten musste, mit der Schmerzgrenze in Kontakt zu kommen. Madeleine knetete mir mit sanftem Nachdruck eine lange Erzählung aus dem Hirn, die von meiner ersten Arbeitsstelle im Kinderheim über Weiterbildungskurse zu meinem nächsten Etappenziel führte: Ehe- und Sexualberatung.

Siegfried Schnabl!, kam es von der Masseuse wie aus der Pistole geschossen. Und wie aus einem Munde deklamierten wir: Mann und Frau intim. Und kicherten.

Techniken der Lustoptimierung für alle DDR-Bürger.

Mensch, was waren wir geil!

Wir hatten ja sonst nüscht.

Wieder Kichern.

»Konfliktarmes, das Dasein bereicherndes Geschlechtsleben«, zitierte ich korrekt, und Madeleine stöhnte hinter mir theatralisch.

Ich habe ihn sogar mal in natura erlebt.

Nein!

Aber ja. In Warnemünde.

Doch wohl nicht im Hotel der Spione mit Kurmittelabteilung und Meeresbrandungsbad? Wie hieß der Kasten gleich?

Neptun. Nein, in weniger anspruchsvollem Ambiente: bei den Rostocker Fortbildungstagen über Probleme der Ehe- und Sexualberatung. Kann jedoch sein, dass Schnabl an dem einen oder anderen Abend in seinem hellen Anzug der Hotelbar seine Aufwartung gemacht hat.

Madeleine setzte mit der Massage aus. Glaubst du, fragte sie, dass einer wie Schnabl, der es ja gut mit den Leuten meinte, etwas mit der Firma zu tun hatte?

Unweigerlich stieg der südukrainische Schwarzmeerhafen mit den Gänsefüßchen aus der Versenkung auf. Um mir nichts anmerken zu lassen, antwortete ich schnell: Vermutlich hatte er Kontakte, fragt sich nur, welche und wie intensiv. Karin behauptet immer, das MfS habe alle Psychotherapeuten operativ bearbeitet. Bloß angeworben habe man sie selten. Weil die Führungsoffiziere Angst hatten, von den professionellen Schädelbohrern überlistet oder durchschaut zu werden.

Madeleine musste lachen, und ich ließ mich gerne anstecken. Obwohl ich nun Walter nicht mehr ausweichen konnte, schon rein chronologisch. Bei der Erwähnung meines Studiums hatte ich ihn unterschlagen, beim Thema Hochzeit war das nicht mehr drin, aber ich beließ es bei einer kurzen Erwähnung der Veranstaltung und leitete umgehend Sebastians Geburt ein. Gefolgt von nur noch fünf Jahren DDR. Gefolgt von Walters Abgang. Gefolgt von der Abwicklung meines Arbeitsplatzes. Gefolgt von der Ratlosigkeit der alleinerziehenden Beraterin.

Haben dir deine Eltern nicht geholfen?, fragte Madeleine.

Ach, die hatten selber Hilfe nötig. Mein Vater, als DDR-Professor nach der Wende unter Generalverdacht, war im Westen, der sich nun ja überall befand, nicht mehr gefragt, nicht bei Kongressen, nicht in Festschriften. Nebenbei musste er zusehen, wie seine Frau einfach weiterarbeitete wie zuvor. In der Klinik blieb vieles beim Alten. Nur nach und nach änderten sich die Zulieferer und damit die verwendeten Medikamente und Hilfsmittel, später dann auch Kittel, Schuhe und so weiter. Meine Mutter hielt die Stellung, und doch war sie es, die mir ins Gewissen redete: Geh in den Westen!

Ich versuchte es tatsächlich, kaufte mir ein Taschenbuch, in dem stand, wie man sich bewerben musste, kaufte mir Zeitungen, in denen stand, wo man sich bewerben konnte, und bewarb mich, um zu einem einzigen Vorstellungsgespräch eingeladen zu werden, das offenbar nur dazu diente, mir die Ablehnung unter Einsparung der Portokosten direkt ins Gesicht zu sagen: »Bei Ihnen wurde ja nicht mal Freud gelesen, wie wollen Sie da als Psychologin auftreten?«

Madeleine reagierte auf den Satz mit heftigem Zupacken ihrer Hände, ausgelöst wohl durch einen reflexartigen Würgewillen, der freilich nicht gegen mich gerichtet war, weshalb sie sogleich um Entschuldigung bat. Sie strich mir leicht übers Haar, hob meinen Kopf behutsam an und signalisierte mir damit, dass die Massage nun zu Ende war. Sie schüttelte ihre Hände aus und setzte sich neben mir in einen Sessel.

Die Zeit der Rat- und Aussichtslosigkeit dauerte und dauerte, bis irgendwann Karin als rettender Engel erschien und verkündete: Almut, du darfst in Leipzig bleiben. Sie hatte mit Kolleginnen in der Südstadt einen Verein gegründet, der ein Frauenhaus auf die Beine stellte. Kaum war es amtlich und fertig, war es schon überfüllt, Karin eiste höhere Landesmittel los, eine weitere Planstelle wurde geschaffen – wie geschaffen für mich.

Des einen Not ist des anderen Brot.

Die mehltrockene Bemerkung brachte mich kurz aus dem Konzept, aber Madeleine forderte mich auf, weiterzureden.

Nun gut, ich verdiente mein Brot von da an also mit der Not gequälter Frauen. Zum Abendbrot saß ich dann allein mit meinem Sohn in unserer Zweiraumwohnung in der Körnerstraße.

Und Karin?, wollte Madeleine wissen.

Die hatte zwar auch keinen Ehemann mehr, aber eine große

Wohnung mit Kohleheizung und wechselnde Bekanntschaften, die ihr die Kohlen aus dem Keller holten.

Hättest du dir auch gewünscht, was?

Ich hätte eher einen Pfleger gebrauchen können. Denn nach nicht mal einem Jahr Frauenhaus stand ich vor dem Spiegel, sah an vielen Stellen die Haut abblättern und sagte mir: Almut, du bist zum psychosomatischen Vorzeigeobjekt geworden. Kaum hatte ich das gedacht, staunte ich über mich selbst. In der DDR-Psychologie hatte man nie »psychosomatisch« sagen dürfen, sondern immer nur »kortiko-viszeral« oder »cerebro-viszeral«. Und jetzt ertappte ich mich dabei, wie ich im Selbstgespräch ganz automatisch den Westbegriff verwendete!

Aber angesichts dessen, was sich auf meiner Haut abspielte, waren Worte Schall und Himmelsrichtungen Rauch. Ich fragte mich, wie lange ich es noch aushalten würde, mir jeden Tag aus Frauenmund Geschichten von Gewalt anzuhören. Die Selbstbefragung hatte schnell ein Ende, denn Leipzig litt damals unter starkem Schwund. Massenhaft zogen die Leute weg, sie machten immer noch rüber, obwohl der Westen längst auf uns übergriff. Mit den sinkenden Steuereinnahmen wurden der Freistaat Sachsen und die Stadt Leipzig klamm und klammer, was zur Folge hatte, dass man unserem Frauenhaus das Budget zusammenstrich, worauf Karin sich gezwungen sah, meine Stelle zu halbieren.

Ein Jahr später war auch die halbe Stelle futsch. Karin mochte mir nicht mehr in die Augen schauen. Das war 1995, ich war siebenunddreißig, alleinerziehende Mutter eines zehnjährigen Sohnes und arbeitslos. Wie nannte man das doch gleich? Richtig: Freiheit. Ich hatte meine Verantwortung wieder. Und tagsüber jede Menge Zeit, Klavier zu spielen.

Worüber sich die Nachbarn bestimmt freuten, mutmaßte Madeleine.

Sebastian Und dann hatten wir Kap Hoorn auch schon umrundet, das hieß, dass es wieder nach Norden ging. In absehbarer Zeit würden wir den Panamakanal erreichen und uns praktisch auf den Heimweg machen. Einmal quer über den Atlantik wäre nach dem langen Trip nur noch ein Kinderspiel. Das hieß für mich: klären, was kommt. Berlin? Was würde Linda im Hamburger Hafen tun? Einen Bus zum Bahnhof nehmen und nach Hause fahren? Wo war das eigentlich? Ich hatte sie gar nicht danach gefragt. Auf diesem Schiff vergisst man die Festlandverhältnisse manchmal verdammt gründlich.

Anthony hörte im Krankenzimmer Afro-Pop oder wie man das nennt. Jemand hatte ihm einen altmodischen Discman und einen Stapel CDs besorgt. Er ließ mich ein bisschen reinhören, ich fand's ganz witzig, aber meine Musik war es nicht.

Die Kabine seiner Kumpels stand leer, ich fand die drei in der Messe, wo sie mit dem schwarzen Helmut und ein paar anderen Afrikanern am Tisch saßen. Sie spielten ein Spiel mit Bohnen, bei dem ich nicht mitkam, weil sie mit dermaßen flinken Fingern die essbaren Spielsteine verschoben und zusammenrafften.

Tintin lag auf dem Bett und machte gar nichts. Er solle sich mal ein bisschen bewegen, forderte ich ihn auf, aber er sagte, das habe er längst getan. Angeblich war er gerade erst bei Linda in der Klinik gewesen und hatte sich krankschreiben lassen, weil er mit seinem Gesicht nicht kellnern konnte.

Wir haben über dich gesprochen, sagte er, Linda und ich. Sie hat gesagt, du klammerst.

Sein ramponiertes Auge ging mittlerweile schon ein bisschen auf, sodass er mich mit einem Dreiviertelblick fixierte. Ich wurde nervös.

Was heißt hier klammern? Ich bin halt gern mit ihr zusammen. Außerdem: Was geht dich das an?

Nichts. Aber sie wollte anscheinend mit jemandem drüber reden. Vielleicht stresst es sie.

Quatsch. Das hätte ich doch gemerkt.

Da wäre ich mir nicht so sicher. Andere Dinge merkst du ja auch nicht, du blinder Passagier.

Zum Beispiel?

Zum Beispiel, dass sie verheiratet ist.

Wer?

Linda.

Im Ernst?

Zum Spaß bestimmt nicht.

Scheiße.

Eben. Erinnerst du dich noch, was ich dir gesagt habe? Lass die Finger von ihr.

Falls er gedacht haben sollte, ich sag jetzt einfach, ja, hast recht, hatte er sich getäuscht. So lief das nicht. So konnte es einfach nicht laufen. Aber ich verstand jetzt besser, warum Linda so einen seltsamen Blick draufgehabt hatte. Und ich konnte mir ungefähr vorstellen, was dabei hinter den Augen in ihrem Kopf vorgegangen war. Und wer behauptet, es wäre immer gut, wenn man was versteht, hat keine Ahnung. Es war übel, durchzublicken.

Almut Du hast deine verspätete Wendekrise also am Klavier abgesessen.

Ja, aber nicht ohne mir meine Gedanken zu machen. Zum Beispiel fing ich da erst richtig an, mit unserer DDR zu hadern. Ich dachte, was ich ihr nie verzeihen würde …

Wem?

Na, der DDR.

Was du da tust, nennt man Anthropomorphismus, ist dir das klar? Das müsste man mal psychologisch deuten.

Ich bin nicht sicher, ob ich dich jetzt verstehe.

Kind! »Die DDR« hat gar nichts getan, verstehst du! Wenn jemand was getan hat, dann die Insassen. Oder meinetwegen Protagonisten, falls dir »Insassen« zu forensisch klingt.

Du bist ein kluges Köpfchen, Madeleine, aber ich war das vor zehn Jahren nicht, und darum dachte ich in unserer Dachwohnung in der Körnerstraße an die DDR als – na ja, vielleicht tatsächlich als eine Art Wesen. Und ich wusste plötzlich, dass ich diesem Wesen eines nicht verzeihen würde: dass es eine kleine Frau wie mich dazu gebracht hatte, alle persönlichen Sinnkrisen auf die Zeit nach seinem Untergang zu verschieben.

Auf die Zeit nach wessen Untergang?

Na, des Wesens.

Also der DDR?

Sag ich doch.

Madeleine lehnt sich schmunzelnd im Sessel zurück und reckte sich, wodurch ihr Hollywood-Busen voll zur Geltung kam.

In der Rückschau kam es mir so vor, als wäre mir das Sinnchaos, das man als junger Mensch braucht, um erwachsen zu werden, von den herrschenden Umständen verwehrt worden.

Man wurde gelenkt, man trieb, man stieß nicht an die Kanten der Entscheidungen. Wie du gesagt hast: Man durfte die Last der Verantwortung nicht tragen. Also stürzte man auch nicht in Krisen. Aber als es die DDR dann nicht mehr gab, war nur noch Krise, in der man navigieren musste, ohne vorher geübt zu haben.

Schon beim Reden bemerkte ich Madeleines Unruhe. Sie sah das alles anders oder verstand mich falsch. Ich musste die Hand nach ihr ausstrecken. Findest du, dass ich Blödsinn rede?, fragte ich sie.

Es war dämmrig geworden in der Bibliothek, Madeleine machte Licht unter einem grünen Schirm, und wir horchten auf die gedämpften Geräusche des Schiffes, das sich schwerfällig hob und senkte. Man nahm nicht wahr, in welche Richtung die Fahrt ging, man spürte nur das Auf und Ab.

Ich möchte noch einmal einen Wal sehen, sagte Madeleine überraschend. Ich fühlte mich so wunderbar leicht, als ich den Wal berührte.

Ich sah sie an, bis sie den Blick auf mich richtete und wissen wollte, warum ich die Walexpedition neulich nicht mit meinem Sohn unternommen hätte. Und so erzählte ich in Madeleines ungläubiges Gesicht hinein von Gausens Menschenversuch, auch von Walters Gänsefüßchen, bis der Schimmer von Abscheu in ihren Augen so deutlich wurde, dass ich Angst hatte, er könnte zum Teil auch mir gelten.

Wir sahen uns an wie Skulpturen, die in einem Park für alle Zeiten mit demselben Abstand voneinander unter Bäumen stehen und sich mit unveränderlichem Blick fixieren.

Nach einer Weile stand Madeleine auf, ging langsam zur Tür, fragte mit festem Ernst, ob Gaus sich mir gegenüber tatsächlich der Firma zugerechnet habe, und verließ den Raum, nachdem ich es bestätigt hatte.

Vor Ushuaia sah ich Madeleine nicht mehr. Nach Kap Hoorn wurde der Seegang ruhiger, die Stimmung an Bord jedoch seltsam ruhelos. Die Gleitfahrt durch den Beaglekanal verlockte dazu, an die Fenster oder ins Freie zu gehen, Ufer und Inseln zogen die Blicke auf sich, besonders wenn mit Flechten überzogene Geröllfelder ockergelb vor kantigen Felsen leuchteten oder wenn ein Leuchtturm auf sich aufmerksam machte, rot-weiß geringelt auch hier, doch niedrig, weshalb lediglich zwei rote Ringe einen weißen in die Mitte nahmen.

Begeisterung lösten die Tiere aus, die sich auf abschüssigen Steinplatten über der Wasserlinie ballten, Robben, aus der Ferne schwarze Silhouetten, beim Näherkommen aber braun, ja golden, umringt von Kormoranen, piratenhaft auf vollgekotetem Gestein herumlungernd. Im Hintergrund Berge, mit runden Gipfeln meist, manche aber auch alpin gezackt, mit Schnee bepudert und darunter dunkelgrau; das Grün der Hänge unterstellte man eher, als dass man es sah. Und darüber permanent das Wechselspiel der Wolken, wie ein Aquarell aus Grau und Weiß, mit einer Spur Himmelblau gelegentlich, ein Wasserfarbenpanorama, das nie trocknete, die Farben liefen unentwegt ineinander, mischten sich, um einander dann aber wieder abzustoßen. Die Wolken drängten in alle Richtungen.

Ich verankerte mich an der Reling, um möglichst viel zu sehen vom äußersten Ende der bewohnbaren Welt. Jenseits dieser Landschaftslinien kam nur noch die Antarktis. Die Luft enthielt einen kristallinen, kalten Kern, auch das Wasser wirkte gletscherhaft, wohl wegen des Schimmers der grauen Töne, und was mir echte Schauer über den Rücken jagte, waren die Urschreie der Seelöwen. Sie passten zu dem Schleier von Unheimlichkeit und Düsternis, der bei aller Schönheit über den Panoramen lag und nie riss, auch nicht, wenn Fischerboote das Blickfeld kreuzten und verblüffend arglos aussahen. Wie vom Dach eines Hochhauses blickte man auf die Nussschalen hinab. Sie transportierten große Körbe voller krebsfleischiger, ein bisschen nackt-obszön wirkender Haufen, die ich nicht zu deuten wusste, bis ein Fischer, der komplett in Ölzeug steckte, sich in seinem Boot erhob, mit beiden Händen in einen Korb griff und eine Krabbe, so groß wie sein Oberkörper, an zwei Beinen in die Höhe hob. Wie ein Totem.

Als ich durchgefroren war, ging ich hinein, wanderte umher und wärmte mich, und genauso taten es viele Passagiere, allein dadurch entstand Dauerbewegung, Unruhe.

Im Kaffeesalon kam Sebastian seiner Pflicht nach, die Gäste mit einlullenden Melodien unempfindlich gegen die Kräfte der Natur zu machen. Ich sah ihm zu, ohne dass er es merkte, und hätte gerne auch in ihn hineingeschaut. Sein Blick ging in alle Richtungen, ich hörte, dass er sich beim Spielen nicht allzu große Mühe gab, er improvisierte ein Dauermedley, vor seinem inneren Auge mochten dabei die schönsten oder schrecklichsten Bilder ablaufen, aber äußerlich merkte man ihm nichts an. Er wirkte unfassbar souverän bei seiner Arbeit, aber ich erkannte, dass sie ihn nicht interessierte. Das tat mir weh. Ich hätte hingehen und ihm den Deckel auf die Finger schlagen mögen – oder aber mich zu ihm setzen und etwas Vierhändiges spielen, etwas Richtiges. Stattdessen machte ich kehrt und nahm mir vor, den Salon künftig zu meiden, wo Sebastian sein Talent an eine Musik vergeudete, die sich in ihrer eigenen Belanglosigkeit aufhob.

Seit wir uns getroffen hatten, verhielt Sebastian sich so, wie er es als Kind bei Konflikten getan hatte: Waren sie bereinigt, sorgte er umgehend dafür, dass wieder hundertprozentige Normalität herrschte. Kinder wollen Probleme nicht aufarbeiten, sie wollen einfach, dass es sie nicht mehr gibt. Kinder schauen nach vorne, auch wenn sie schon erwachsen sind. Erst wenn ihre eigenen Kinder größer werden, richten sie den Blick auch mal nach hinten.

Mein kleines Traumasortiment musste ich alleine ordnen, darum überwand ich mich dazu, vor der Ankunft in Ushuaia den Bugbalkon zu betreten und mich von dieser Warte aus der Stadt zu nähern. Ich ging denselben Weg, den ich zuletzt seekrank getaumelt war, öffnete dieselbe Tür, kam an der Stelle vorbei, an der Sebastians Gesicht plötzlich so dicht vor mir gewesen war, und trat an das Geländer, von dem ich den afrikanischen Jungen geschossen hatte. Kurz rumorten die Erinnerungsbilder wie in einem Traum, aber dann gelang es mir, den Blick auf die Aussicht zu richten, in die sich das Schiff langsam schob.

Das endlose Ritardando beim Einlaufen in einen Hafen hat etwas Quälendes. Man möchte möglichst schnell die Stadt aus der Nähe sehen, das Panorama in Einzelwahrnehmungen von Gebäuden, Plätzen, Straßen, Menschen auflösen. Das Riesenschiff aber muss lange das Tempo drosseln, um seine Masse an der Pier rechtzeitig stoppen zu können. So ging es auch jetzt nur in Schrittgeschwindigkeit in die Bucht hinein.

Die Stadt passte leicht in einen Blick, sie lag an Hängen, die zu beträchtlichen Bergen aufstiegen. Oben lag Schnee, zu den unteren Rändern hin ausdünnend, in manchen Einschnitten zwischen Gipfelzacken jedoch so massiv geballt, dass es nach Gletscher aussah. Wolkenschwaden zogen durch die Kulisse, aber irgendwo fand die Sonne eine Lücke, denn plötzlich blitzte es überall auf, helle Häuserfassaden leuchteten im flach einschießenden Licht, und das Wasser glänzte wie ein schraffierter Spiegel, auf den ein Riese willkürlich lauter Segel- und Motorboote gesetzt hat. Sie lagen in der Bucht vor Anker und schwoiten und schaukelten durch die Wellen unseres Schiffs.

Die südlichste Stadt der Welt sah mit Funkmasten und Häuserblocks, mit Kirchturm und Reklamewänden nicht aus wie der letzte Vorposten der Zivilisation. Mehrere Straßen führten von der Uferlinie aus durch die Innenstadt geradewegs nach oben in die Berge, und das zog mich ungeheuer an. Es drängte mich, zu gehen, so weit wie es nur möglich war, vielleicht sogar bis auf einen der Gipfel. Ungeduld erfasste mich, Sucht nach Bewegung, Andante con moto, weg von dem Schiff, fort aus dieser Sphäre, in der immerzu Gaus und das Gausenhafte lauerten.

Das zähe Gleiten in den Hafen ging fast lautlos und ohne Vibration vonstatten, aber dann, beim eigentlichen Anlegevorgang, fing der Boden unter mir leicht zu zittern an. Es kam mir vor wie das Nachbeben nach der Erschütterung, für die Gaus gesorgt hatte. Dieses Nachzittern wollte ich mir dort drüben im fast greifbar nahen Ushuaia aus dem Körper laufen.

Sebastian Ich klappte den Flügel zu und überlegte, ob ich mir die Ankunft in der südlichsten Stadt der Welt ansehen oder gleich bei Linda vorbeischauen und sie fragen sollte, wo sie ihren Ehering versteckt hatte.

Lange musste ich nicht grübeln, denn Linda schneite ganz von selbst herein. Es war ein Achterbahngefühl, aber nur kurz. Bei der Szene, die hier gedreht wurde, stand auf der Klappe nicht: Schöne Frau holt ihren Angebeteten von der kreativen Arbeit ab, wischt sämtliche Verdachtsmomente vom Tisch und sinkt schmachtend in seine Arme. Keine Spur. Linda kam mit einer einzigen Info: Die drei Afrikaner wollten an Land. Im Sturmschritt zog sie mich in die Balkan-Odessa-Region und weiter zur Kabine der drei Jungs, doch die war leer. Linda fluchte.

In der Messe waren die drei auch nicht, aber der schwarze Helmut saß dort und ließ den Kopf hängen. Von ihm hatten sie sich wenigstens verabschiedet. Wir liefen auf den Gang und suchten ein Fenster, durch das man den Kai sehen konnte. Das Schiff vibrierte schon, wie immer kurz vorm Festmachen, und Hafenarbeiter in Overalls legten die dicken Taue um die Duckdalben. Das da draußen schien eine richtige kleine Stadt zu sein, immerhin, aber das Wetter war nicht gut, ziemlich grau alles, auch wenn kurz mal die Sonne durchstach und alles aufblitzte, was aus Glas, aus Metall oder weiß gestrichen war. Auf den Bergen hinter der Stadt lag Schnee. Hier hätte Weihnachten besser hingepasst, dachte ich noch, dann zog mich Linda schon wieder mit sich. Sie wollte die drei Jungs abfangen, bevor sie an Land gingen, aber das war leicht gesagt. Die Gänge oben waren wieder mal verstopft mit Dränglern, man sah nur ein Meer von Köpfen, alle in eine Richtung gedreht. Sobald vorne die Tür aufging, drang kalte Luft herein, die Stimmen wurden lauter und es kam Bewegung in die Menge. Linda sprang auf ein Sofa im Foyer, ich machte es ihr nach, siebte mit Blicken die Menge nach den Afrikanern durch, und plötzlich gingen zwei kleine Lichter an: Zwei Augen fokussierten mich. Ich sah in ein schwarzes Gesicht, das sich vor dem Ausschiffen noch einmal umgedreht hatte, sicher nicht nach mir, aber ich stand nun mal da; es verzog keine Miene, das Gesicht, guckte nur; ich fasste Linda an, deutete in die Richtung, aus der die Augen leuchteten, sie fragte, wo?, wo?, wo denn?, und dann sah ich es selbst nicht mehr, es war mit zwei anderen schwarzen Gesichtern in der Menge verschwunden. Wir rannten wieder zu unserem Bullauge zurück, und von dort aus sahen wir sie: In dicken Klamotten, die ihnen irgendjemand abgetreten hatte, und mit Plastiktüten in der Hand gingen sie über den Kai und blickten sich mehrmals kurz nach dem Schiff um. An der Bewegung ihrer Köpfe konnte man erkennen, wie lang und hoch der Luxusliner war.

Linda und ich, wir sahen sie auf die Stadtkulisse zugehen, die erste Ampel an der Uferstraße war rot, sie blieben stehen, es wurde grün, sie überquerten die Straße, und dann dauerte es nur noch Sekunden, bis sie hinter Geländewagen und Bussen verschwanden.

Sie hätten das Schiff nicht verlassen müssen. Gaus hatte versprochen, sie bis Santiago zu dulden. Aber anscheinend konnte sie nichts mehr halten. Sie wollten an Land. Irgendwie verstand ich das. Was ich nicht verstand: Sie waren zu viert gekommen und gingen zu dritt. Den Vierten ließen sie einfach im Krankenzimmer liegen. Das war unfassbar. Wer bringt das jetzt Anthony bei?, flüsterte ich.

Du musst das tun, sagte Linda.

—

Er zog die Musikstöpsel aus den Ohren. Ich sagte: Bad news. Erzählte in einem Satz, was los war, und versuchte, ihn mit einem Haufen Sätze zu trösten. Er sagte: It's okay.

Das musste ich erst mal verdauen. Er fand es okay, von seinen Kumpels im Stich gelassen zu werden.

Haben sie sich wenigstens von dir verabschiedet?

No.

Scheiße.

It's okay.

Was war hier los? Das musste Flüchtlingslogik sein. Wenn du schon deine Familie verlässt, hängst du dich auch nicht unnötig an Freunde. So vielleicht? Wenn du fliehst, geht es dir um das Leben, das du ansteuerst. Die Flucht willst du bloß hinter dich bringen, loswerden, komplett, für immer. So?

Ja, so. Irgendwie so.

Und du bist dir sicher, dass du das wegsteckst, Anthony?

I'm okay.

Almut Ich warf meine Dienstkleidung weit von mir, zog eine Hose an, so bequem, dass ich mir mit beiden Händen einen Klaps auf den Po versetzte, streifte meinen Wanderpullover über und schlüpfte in feste Schuhe. Als ich zur Jacke griff, kam Gaus. Vermutlich hatte er auf seine Chance gelauert. Er roch nach Alkohol, sah mir an, dass ich es merkte, und rechtfertigte sich mit einem Umtrunk beim Kapitän.

Ich gehe an Land, erklärte ich. Darauf schloss er die Tür und fragte ohne Umschweife, ob ich mir das mit seiner täglichen Musikstunde überlegt hätte. Sein fordernder Ton aktivierte in mir die Dosis Unwillen, die zur Ehrlichkeit nötig war.

Ich kann Sie nicht mehr hören, Gaus.

Es zuckte minimal in seinem Gesicht, als er den Stromstoß hinnahm. Er wehrte sich mit schwerem Geschütz: Sie können mir nicht einfach die Ausübung der Kunst verbieten. Das ist inhuman. Ohne Kunst sei der Mensch kein richtiger Mensch, auch der Staatssicherheitsmensch nicht, sagte er. Wir waren doch auch nur Menschen, lamentierte er weiter. Menschen!

Ich konnte kaum glauben, was ich da hörte, am Ende der Welt, ich war blockiert, und Gaus damit schon wieder ausgeliefert.

Erinnern Sie sich an den Satz, den Sibelius einst zu Kempff gesagt hat?, fragte er beinahe flüsternd, eindringlich, den Kopf zu mir herabgesenkt. »Sie haben nicht wie ein Pianist gespielt, sondern wie ein Mensch.« Sie, Frau Schäfer, flüsterte er weiter, haben mich spielen hören. Beethoven, Schubert. Habe ich nicht auch gespielt wie ein Mensch?

Er ließ die Worte auf mich, vor allem aber auf sich selber wirken, und dabei machte sich in seinem Gesicht die greinende Grimasse breit, die ich schon einmal an ihm gesehen hatte. Sie stieß mich ab, obwohl sie an mein Mitgefühl appellieren sollte.

Er vermengte alles so, wie es ihm in den Kram passte, er kam vom Staatssicherheitsmenschen auf den musikalischen Mitläufer Kempff, der Hobbyspieler nahm für sich in Anspruch, was für den berühmten Beethoven-Interpreten gegolten hatte.

Lassen Sie mich mit Ihrer neurotischen Projektion namens Kempff in Ruhe, forderte ich ihn auf.

Projektion? Das ist wohl psychologisch, wie? Aber wissen Sie was, falls es sich um eine Projektion handelt, teilen Sie die mit mir! Sie sind doch selber auf den Mann fixiert, und sei es wegen Ihres Onkels Heinrich. Ich habe nur ein Argument gesucht, das Sie verstehen!, rief er aus. Und schloss dann leise an: Und was Kempff betrifft, verstehen wir uns doch, Frau Schäfer, nicht wahr? Sehen Sie, ich beschäftige mich mit ihm schon an die vierzig Jahre.

Ach ja? Wie das denn? Hat Ihnen weiland jemand eine Platte aus dem Westen eingeschmuggelt? Oder haben Sie eigenhändig eine stibitzt, beim Schnüffeln in der Wohnung anderer Leute?

Ich habe ihn gesehen und gehört, stellte Gaus trocken fest. Leibhaftig. 1965 in Ost-Berlin. War damals an der MfS-Hochschule, bin von Potsdam aus eigens hingefahren. Nicht nur ein Mal. Sämtliche Klavierkonzerte Beethovens in der Staatsoper. Unter Heinz Rögner. Und 1966 wieder, beim Bachfest in Leipzig.

Sie und Bach?

Dort war ich nicht aus freien Stücken, sondern dienstlich.

Dienstlich?

Jawohl. Ihr Onkel Heinrich war übrigens auch im Publikum.

Was für ein perfider Zug! Gaus beherrschte sein Metier noch immer, mir wurde schwindlig.

Bitte, sagte er frontal in meine Atemstockung hinein, bitte erlauben Sie mir, auch weiterhin auf dem Blüthner zu spielen.

Ich sah ihm an, dass er nahe daran war, meine Schultern anzufassen. Wie hatte er auf seine unnachahmliche Weise gesagt? Ich sei ihm nach Aktenlage sympathisch gewesen. Pfui Teufel.

Haben Sie vergessen, was Sie mir zugemutet haben?

Ich …

Ja: Ich. Das können Sie. Ich, ich, ich. Das fällt Ihnen stets als Erstes ein. Vielleicht versuchen Sie zur Abwechslung mal, an andere zu denken.

Er murmelte etwas, das ich nicht verstand.

Machen Sie den Mund auf, wenn Sie mit mir reden!, fuhr ich ihn zu meiner eigenen Überraschung an.

Er gehorchte. Es gibt ja niemanden, sagte er jetzt hörbar.

Gleich darauf berührten zwei Hände meine Schultern.

Sie haben Ihren Sohn, sagte Gaus. Für den würden Sie eine Bresche schlagen, nicht wahr?

Ich nickte wirr.

Ihm würden Sie alles verzeihen.

Anstatt zu nicken, spannte ich die Schultern an, wie um von innen her seine Hände wegzudrücken.

Sie würden ihm verzeihen, obwohl er in seinem Leben kaum gelitten hat, obwohl seine Eltern immer zu ihm gestanden haben.

Worauf wollen Sie hinaus?

Auf die Frage, was Sie einem, zu dem die Eltern nicht gestanden haben, verzeihen würden.

Und dann erzählte mir Gaus eine Geschichte ohne Korinthen, ohne nervende Details, nur in groben Zügen und brutal und für mich aus mehr als einem Grund schwer erträglich. Mit fünfzehn Jahren schon habe er sich bereit erklärt, in den Dienst der Staatssicherheit zu treten. Er sei auf Empfehlung mehrerer Lehrer ausgefiltert worden, mit der Bescheinigung, in allen Belangen den Anforderungen des MfS gerecht zu werden, worauf man seinen

Hintergrund abgeklopft habe, mit dem Ergebnis: keine Westkontakte und auch sonst keinerlei negative Fakten. Folgte die kaderpolitische Überprüfung, folgten die Vorgespräche mit den Eltern. Alles mündete in einer intimen Stunde am heimischen Wohnzimmertisch, wo der fünfzehnjährige Bernd die Bereitschaftserklärung unterschrieb, nach Beendigung der Schulzeit unverzüglich in den Staatssicherheitsdienst einzutreten. Seine Eltern unterschrieben ebenfalls. Traten ihn auf diese Weise an den Staat ab. Gegen die Aussicht auf ein paar Privilegien.

Sie verkauften mich, bevor ich selbst über mein Leben entscheiden konnte!, tönte Gaus und ließ endlich meine Schultern los. Mit fünfzehn Jahren!, jaulte er.

Ich suchte in seinem Gesicht nach erneuten Anzeichen von Perfidie und Berechnung, fand aber beim besten Willen nichts, gleichzeitig registrierte ich, wie in mir automatisch Empathie ansprang: Was hatte das für den jungen Bernd bedeutet!

Wieder vergriffen sich die Rachmaninow-Finger an meinen Schultern. Das löste Störungen in meiner Einfühlungsautomatik aus, ich dachte, der Kerl missbraucht dich als Therapeutin, obwohl du dank seiner Lebensleistung selbst Patientin bist.

Ich schob ihn zur Seite, schnappte meine Jacke und war mit einem Satz an der Tür. Bevor ich floh, drehte ich mich noch einmal um: Sie kommen zu spät mit Ihrer Geschichte, Herr Gaus. Und noch etwas. Für Onkel Heinrich gehörten die Konzerte mit Kempff zu den Höhepunkten seines Lebens.

Gehen. Jetzt unbedingt gehen. Die ersten Schritte auf dem Asphalt schienen sämtliche Gelenke von den Knöcheln bis zu den Schultern ein wenig zu stauchen, so ungewohnt war der harte Untergrund. Es standen keine Busse am Kai, da der Hafen unmittelbar an die Stadt grenzte, bloß ein Taxifahrer lehnte neben seinem Wagen an einem Holzpinguin, welcher ein Schild mit der Aufschrift *Fin del mundo,* »Ende der Welt«, zwischen den Flügelstummeln hielt. Der Mann rief mir etwas zu und warf seine Zigarette weg, voreilig, denn ich wollte nicht fahren, sondern gehen. Ich durchquerte im Sturmschritt die Stadt, machte Bogen um Passagiere unseres Schiffes, die sich vor Geschäften mit Pinguindekoration drängten, nahm die glitzernde Fassade eines Spielcasinos zur Kenntnis, das Rot und Gelb der vielen Abfalleimer, die wulstigen Geländewagen auf den Straßen.

Mit steiler werdender Straße wurden die kleinen Holzhäuser zwischen den robusteren Bauten zahlreicher. Ich registrierte sie nur flüchtig, denn ich hatte den kleinen Gletscher am nächstliegenden Berg ins Auge gefasst. Erst als ich die letzten Häuser hinter mir gelassen hatte, warf ich einen Blick zurück und sah das Schiff als riesige, weiße Maßstabsverzerrung im Hafen liegen.

Die asphaltierte Straße schlängelte sich in Serpentinen an einem übermäßig breiten Hotelgebäude vorbei hinauf zu einem Parkplatz, auf dem ein einziges hellblaues Fahrzeug stand. Von nun an ging es auf einem Fußweg weiter, es knirschte unter meinen Schritten, die schlanken Laubbäume rechts und links kannte ich nicht, sie bogen sich grazil, wie übergroße Bonsais. Nach der Baumgrenze bestand die Vegetation aus kniehohen, knorrigen Gewächsen, und bald wuchs nur noch Gras, zunehmend von Geröll durchsetzt. Vor mir ballte sich das Gebirge grau und kantig, der Gletscher umschloss einzelne Felsansammlungen mit weißen Kragen. Auf einer kleinen Hochebene hielt ich an, um zu verschnaufen.

Ich hatte Durst und von der Luft auch Appetit, doch keinerlei Proviant bei mir. Die Landschaft war inzwischen vom schwersten Grau erleichtert, die Wolkenbänke wurden mürbe und stellenweise undicht. Flaches Licht schoss ein, setzte vereinzelt Glanzpunkte auf Stein und Schnee. Um den Gletscher zu erreichen, musste man klettern, nicht weit, doch war der Aufstieg mühsamer, als ich gedacht hatte. Trotz meiner Schwäche gab ich nicht auf, ich wollte das Gletschereis berühren und schaffte es schließlich auch. Streckte die Hand aus, griff ins Weiße, aß eine Handvoll Schnee gegen den Durst.

Das Atmen am Rand des Eises tat gut. Madeleine würde den kalten Hauch mögen, dachte ich, und erst da wandte ich mich der Aussicht zu.

Die Wolken über Ushuaia und dem Beaglekanal zogen in dicht gestaffelten Kolonnen ab. Man sah mindestens sechs, sieben Varianten von Blau auf Wasser und Himmel. Man sah Bergketten diesseits und jenseits des Kanals, und ich wusste, da drüben, hinter der großen Insel auf der anderen, der chilenischen Seite, irgendwo da drüben musste Kap Hoorn liegen, der Wendepunkt. Von oben sah man die Stadt im kompakten Miniaturformat und links, am Bildrand meines Panoramas, erfasste mein Blick das Schiff. Übertrieben weiß stand es auf dem blaublanken Wasser und rührte sich nicht, doch je länger ich es fixierte, umso deutlicher sah ich, wie es sich langsam in Bewegung setzte, mithilfe der Bugstrahlruder seitlich von der Pier abrückte, nach hinten stieß, in den Buchtmittelpunkt, wo es sich langsam drehte wie ein Sekundenzeiger in Zeitlupe, bis der Bug aus der Bucht hinauswies und unmissverständlich anzeigte, dass es auf dem Beaglekanal in westlicher Richtung weitergehen würde, nach Chile, in die Fjorde, zu den höheren Gebirgen und den großen, eisblauen Gletschern Patagoniens.

Ich sah das Schiff allmählich Fahrt aufnehmen, schwarzer Qualm drang aus den Schornsteinen und der Seelöwenton des Typhons erschallte über dem Panorama, ein kolossaler, lang anhaltender Ton, der die gesamte Spitze Südamerikas umlief, über die Pampa der Hochebenen rollte, tief in die ewigen Jagdgründe der Yamana-Indianer vordrang und aller Welt das Auslaufen des Schiffes verkündete sowie die frohe Botschaft, dass mit dem Schiff nun auch Bernd Gaus davonfuhr.

Schon wollte ich dem lauten Ton der Schiffssirene dankbar winken, da traf mich der Keil des Schreckens: Mit dem Schiff fuhren auch Sibylle und Madeleine davon, es nahm Konstantin mit und entführte Sebastian wieder in die Ferne. Sogleich schaltete ich meine Fantasie auf Leerlauf und stellte fest, dass unser Schiff noch immer regungslos im Hafen lag und lediglich ein wenig schwarzen Rauch aus einem Schornstein quellen ließ.

Sebastian Anthony hatte behauptet: I'm okay. Ich war es nicht. Weil seine Freunde ihn im Stich gelassen hatten. Weil ich mit Linda reden wollte.

Sie ließ mich wieder nicht. Passte mich nach dem Besuch bei Anthony ab und fragte mich zum ersten Mal, ob ich endlich mal was für sie spielen würde. Weil das Schiff leer sei und ich Zeit hätte. Auf dem besten Flügel wollte sie mich hören. Der stand im Theater. Dort probierte sie verschiedene Plätze aus, während ich das Instrument von der Abdeckung befreite und wie einen streikenden Kleinwagen in die Mitte der Bühne schob.

Sie setzte sich schließlich mitten ins Parkett, ich mich auf den Klavierstuhl. Und jetzt? Ich hatte das Gefühl, als wäre das die Chance meines Lebens, bloß konnte ich mich nicht entscheiden, was ich spielen sollte. Mir drängte sich hartnäckig D 940 von Schubert auf, das hätte wahnsinnig gut gepasst, ein echter Lovesound für die Frau, die du mit Gänsehäuten überziehen willst, aber das war nun mal für vier Hände, das konnte man nicht einfach halbieren.

Wo hängt's?, fragte Linda aus Reihe neun.

Mir fällt nichts ein.

Spiel mir dein Lieblingsstück!

Mit dieser Bitte sorgte sie für eine Premiere. Noch nie hatte mich jemand nach meinem Lieblingsstück gefragt, nicht mal ich selbst. Ich hatte keines. Wieso nur? Jetzt hieß es sich fieberhaft was ausdenken. Eine Idee rettete mich aus der Klemme. Ich spiele *dein* Lieblingsstück, rief ich in den Saal. Was ist es?

Es gibt zwei, antwortete sie prompt: die Pavane von Fauré und *I'll stand by you* von den Pretenders. Aber die will ich nicht hören. Ich will dich hören.

Mich hören. Tja, lieber Schubert, da bleibt mir wohl nichts

übrig, als ein bisschen zu improvisieren, und dafür muss ich dir leider Gewalt antun – ich hab ja nur zwei Hände. Aber mal ehrlich: Du würdest es nicht anders machen, oder? Wenn zum Beispiel Fräulein Esterházy zu dir gesagt hätte: Ich will dich hören, Franzl, dann hättest du Gas gegeben wie ein frisierter Doppelschubert. Und darum gehe ich einfach mal davon aus, dass du es mir nicht krummnimmst, wenn ich jetzt mit deiner Fantasie 940 fantasiere, aus vier Händen zwei mache, aber zum Ausgleich doppelt so heftig in die Tasten greife, bis Linda die Gänsehaut ihres Lebens kriegt.

Und du, Mama – hör einfach weg.

Almut Als ich beim Abstieg den Parkplatz am Ende des Bergpfades erreichte, stand dort noch immer das Auto von vorhin, ein sichtlich betagter, hellblauer Geländewagen, jetzt aber mit aufgeklappter Motorhaube, unter der sich ein Mann zu schaffen machte. Als die Klappe zufiel, sah ich, dass es ein alter Mann war, klein und hager, ziemlich krumm. Er öffnete die Fahrertür, stieg jedoch nicht ein, sondern begann den Wagen anzuschieben, was ihn so viel Mühe kostete, dass ich sofort den Impuls verspürte, ihm zu helfen, trotz meiner vor Hungerschwäche weichen Knie. Schließlich kam das Fahrzeug ins Rollen, der Alte hüpfte hinein und nach einigem Stottern sprang der Motor an, heulte einen Moment später herzerweichend auf, immer wieder, bis endlich jeder Rest von Stottern und Hüsteln aus dem Motorenlärm verschwunden war. Dann fiel die Fahrertür zu, das Auto beschleunigte langsam und bremste plötzlich wieder ab. Die Tür ging auf, das Männchen kletterte heraus: Es hatte mich im Rückspiegel gesehen und rief mir etwas zu.

Ich ging näher heran, ein wenig zaghaft, wieder rief der Mann etwas, auf Spanisch natürlich, ich verstand ihn nicht, nahm aber an, dass es sich um eine Einladung zum Mitfahren handelte.

American?, fragte der Alte, als ich nahe genug herangekommen war. Er trug unglaubliche Kleidung, etwas, das man auf den ersten Blick als Lumpen bezeichnen würde, eine mehrlagige Kombination diverser Jacken und dazu, passend zu seinem Auto, eine hellblaue Schildmütze mit der Aufschrift »albatros.com«.

German, antwortete ich.

Er stutzte. Machte ein paar Schritte auf mich zu und sagte: Korn.

Wie bitte?

Korn. Arnold Korn mein Name.

Das war Deutsch. Ich staunte, konnte es aber nur mit offenem Mund zum Ausdruck bringen, denn ich sah, wie sich das hellblaue Auto mit offener Fahrertür langsam in Bewegung setzte. Der Alte deutete nach erneutem Stutzen meinen Blick richtig, drehte sich um und rannte seinem Geländewagen hinterher, holte ihn gerade noch ein, bevor der Parkplatz in die abschüssige Straße überging, und zog die Handbremse, was ich an dem Ruck sah, den das Fahrzeug abrupt vollführte.

Im Innern des Wagens war rundum ebenfalls alles hellblau, und aus Blech, vom Armaturenbrett bis zum gerillten Boden. Mein Chauffeur saß weit vorne auf dem Sitz und hielt das Kinn über das Lenkrad. Mit heulendem Motor nahm er die Serpentinen, erklärte, die Bremsen seien schlecht, weshalb er beim Bremsen mit dem Motor nachhelfen müsse. Er fragte mich, ob ich aufs Schiff wolle, und als ich das bejahte, meinte er, dann hätte ich ja noch genügend Zeit. Er kannte die üblichen Abfahrtszeiten, denn zwischen Frühling und Herbst liefen eine Menge Kreuzfahrtschiffe im Hafen von Ushuaia ein, und alle folgten, wie er behauptete, demselben Rhythmus.

Hunger?

Ja.

Sein Holzhaus stand oberhalb der Stadt auf einem Grundstück voller Gerümpel und Gesträuch. Ich rechnete auch im Inneren mit einem Sammelsurium von Gegenständen, aber ich täuschte mich. Die Wohnküche, in die er mich führte, wirkte fast leer. Tisch mit Wachsdecke, vier weiß lackierte Stühle, Herd, brummender Kühlschrank, ein paar Schränke, groß genug, um sämtliche Utensilien aufzunehmen, denn nichts stand herum. Nur auf dem Küchensofa lag ein kleiner Stapel Zeitungen.

Er sei mit seinen Eltern nach Argentinien gekommen, als kleiner Junge. Dreiunddreißig.

Er sprach mit fremder Färbung Deutsch, darum wirkten seine Worte sehr gewählt. Es gefiel mir, es klang schön, es weckte meine Neugier, es wärmte mich und nährte mich so wie die Mahlzeit, die er mir servierte, Bohnen und Fleisch, eine Art Gulasch, nur seltsam schwarz.

Sie hätten in Buenos Aires gelebt, erzählte Korn, aber nach dem Krieg hätten die Eltern die Hauptstadt nicht mehr ertragen, weil auf einmal die falschen Deutschen einwanderten.

Es wirkte eigentümlich, einen Mann von mindestens achtzig Jahren von seinen Eltern sprechen zu hören.

Schon lange vor dem Krieg habe der Vater zum ersten Mal Magenschmerzen bekommen, weil er dachte, die Nazis kämen bald über den Atlantik. Damals sei das Luftschiff *Graf Zeppelin* eingeschwebt. Mit dem »Zeppelinpianisten« an Bord. Korn sprach das Wort so aus, dass man die Anführungszeichen hören konnte. So habe es im *Argentinischen Tageblatt* gestanden. Ein berühmter Klavierspieler sei an Bord gewesen, aber an den Namen könne er sich nicht mehr erinnern.

Meine Hand, die auf dem Weg war, sich ein weiteres Stück Bruchschokolade aus der inzwischen auf der Wachstischdecke aufgetauchten Porzellanschüssel zu angeln, hielt mitten in der Bewegung inne. War das schon wieder Kempff?

Es sei ein majestätischer Anblick gewesen, man habe es von der Stadt aus gut verfolgen können, auch er, sagte der alte Mann, habe als kleiner Junge mit seinen Eltern den Anflug beobachtet und werde nie vergessen, wie sein Vater beim Anblick des Zeppelins zuerst außer sich vor Begeisterung, dann aber plötzlich blass und niedergeschlagen gewesen sei.

Warum?

Weil die Heckflossen mit großen Hakenkreuzen verziert waren.

Während er mit mir sprach, ging der alte Mann ohne Unterlass seinen Beschäftigungen in der Küche nach, schlurfend, krumm, doch in rührender Weise agil, zwei-, dreimal verschwand er kurz im Nebenzimmer, und nur hin und wieder sah er kurz her und mir direkt ins Gesicht. Seine Augen waren hellblau wie Schwimmbadwasser, und ich fragte mich, ob er Mütze und Geländewagen zufällig oder aus Eitelkeit ausgesucht hatte.

Später seien sie dann von Buenos Aires weggezogen, weil der Vater Schwierigkeiten mit Odessa-Leuten bekommen habe. Sie seien nach Puerto Santa Cruz gegangen, wo es nicht so viele Deutsche gegeben habe.

Ich hielt den Atem an bei der Geschichte, doch als der Alte die Schüssel mit der Bruchschokolade vom Tisch nahm und das Wachstuch mit einem riesengroßen Lappen sorgfältig abwischte, traute ich mich, nachzufragen: Was heißt das, Schwierigkeiten mit Odessa bekommen?

Na ja, sie werden ihn unter Druck gesetzt oder vergrault haben, wahrscheinlich weil er Jude war.

Verstehe, aber wieso Odessa?

Was ist daran so schwer zu begreifen?

Was war Odessa?

Eine Abkürzung. Warten Sie, da muss ich mich besinnen … Organisation der ehemaligen SS-Angehörigen, glaube ich. Die hielten zusammen, sage ich Ihnen. Aber ich rede zu viel. Ein alter Mann. Wenn man so selten die Gelegenheit hat, seine Muttersprache zu sprechen, verliert man leicht das Maß.

Sind Sie allein?

Sie müssen los, Kind, sonst fährt Ihr Schiff ohne Sie ab. Sie sind doch satt?

Im Nu hatte der Alte seine Jackenkombination und die Schnürstiefel, die durchaus aus den Dreißigerjahren stammen konnten, wieder an, außerdem die hellblaue Schildmütze auf dem Kopf und hielt mir die Tür auf. Er schloss nicht ab, humpelte gleich zum blauen Auto, um mir auch dort die Tür aufzuhalten.

Sinnigerweise hatte er den Wagen am Hang stehen lassen, mit dem Bug voraus. Er ließ das Gefährt anrollen und nach hundert Metern die Kupplung kommen, ohne eine Miene zu verziehen.

Ich hätte gelacht, wenn ich nicht befürchtet hätte, den alten Herrn damit zu kränken. Vorsichtig blickte ich zu ihm hinüber. Er hielt das Kinn exakt oberhalb des Lenkrads. Spürte meinen Blick, sah mich an. Albatros.com.

Auf einmal hätte ich ihn umarmen mögen, obwohl er roch, wie er nun einmal roch.

An der Uferstraße angekommen, mussten wir an einer roten Ampel halten. Gegenüber, unmittelbar am Wasser, sah ich ein flaches, aber breites Beton- und Holzgerippe, Armiereisen standen oben hundertfach heraus, und auf dem Gerüst waren mehrere Arbeiter zugange, auch solche mit schwarzer Haut. Und plötzlich meinte ich, am Fuß des Gerüsts, die Köpfe nach oben zu einem Bauarbeiter gereckt, die drei Afrikaner von unserem Schiff zu erkennen. Es fehlt der vierte, dachte ich. Dann aber sprang die Ampel um, wir bogen bei Grün nach links ab und fuhren geradewegs auf den Hafen zu. Das Schiff erhob sich als höchstes aller Gebäude hinter diversen Hafenbaracken. Die Lichter brannten, schwarzer Qualm stieg auf.

Entschuldigen Sie noch einmal, sagte der alte Mann, als ich ausstieg.

Wofür?

Dafür, dass ich so viel geredet und mich gar nicht nach Ihnen erkundigt habe. Aber Sie sind noch jung, Ihnen hört man noch zu. Leben Sie wohl!

Sebastian Sie atmete ganz entspannt. Ich lag leicht verkrampft daneben, weil so eine Koje für zwei Personen ziemlich schmal ist. Und war unruhig. Wer liegt schon ganz entspannt mit einer verheirateten Frau im Bett. Linda war noch immer selig, weil ich für sie gespielt hatte. Das war so schön, sagte sie.

Kleiner.

Wie?

Wolltest du das nicht gerade sagen: Kleiner? Das war so schön, Kleiner.

Sie schüttelte den Kopf und legte mir die Hand auf die Wange.

Und das andere – war das auch schön?, wollte ich wissen.

Das war auch schön.

Aber nicht so schön wie die Musik?

Das habe ich nicht gesagt.

Aber gedacht. Du denkst, ich bin am Flügel besser als im Bett.

Hör auf!

Kleiner.

Ich wollte nicht »Kleiner« sagen, glaub's mir!

Warum hast du mir nicht erzählt, dass du verheiratet bist?

Hätte dich das beeinflusst?

Weiß nicht.

Es beeinflusst dich ja auch nicht, dass du viel zu jung für mich bist.

Für mein Alter kann ich nichts. Aber du betrügst deinen Mann vorsätzlich mit mir. Ich will nicht, dass jemand mit mir betrogen wird!

Hey, sagte sie und sah mich fast schon streng an. Beruhige dich. Steigere dich da nicht rein, Kleiner.

Almut Auf den Gängen herrschte Betrieb, das Schiff lief aus, die Abendmahlzeiten standen bevor, auch die Darbietungen. Wer um diese Stunde unterwegs war, wusste, wo er hinging. Die Leute von der Crew trugen ihre normalfreundlichen Dienstgesichter, den Passagieren sah man an, dass sie erleichtert waren, die Tage rauer See hinter sich zu haben. In die Mienen der grau melierten Männer war das Selbstbewusstsein zurückgekehrt, in die Schritte das Kreuzfahrtschlendern. Ich musste ständig ausweichen, als ich zur Bibliothek eilte, um Madeleine von meiner Begegnung mit dem alten Korn zu erzählen. Ich stellte mir ihr Lachen vor, wenn ich ihr die blaue Albatros-Mütze schilderte.

Beim Eintreten in Madeleines Reich umfing mich nicht, wie ich erwartet hatte, bibliothekarische Stille. Stattdessen schlugen mir aufgebrachte Stimmen entgegen. Sie sprengten den Rahmen der besänftigenden Beleuchtung aus den grünen Lampen.

Madeleine und Gaus standen sich hinter dem Schreibtisch feindlich gegenüber. Mein Erscheinen kappte ihren Disput wie ein Messerhieb das Tau, an dem zwei Parteien verbissen ziehen. Mein fragender Blick fror zwei Personen ein, die im Begriff zu sein schienen, einander anzugreifen. Mir war, als sähe ich Gausens rechte Hand schon zucken.

Bei meinem Anblick lenkte Gaus seine aggressive Energie jedoch in die unteren Extremitäten und wandte sich von seiner Kontrahentin ab, um den Raum zu verlassen. Auf meiner Höhe verlangsamte er den Schritt, um mir aus nächster Nähe einen kalt unterlegten Satz zu verabreichen: Ich dachte, man kann Ihnen vertrauen, zischte er, eskortiert von einem furchterregenden Abgrundsblick, dann verschwand er durch die Tür.

Was hast du ihm gesagt?, wollte ich von Madeleine wissen.

Es war etwas in ihr Gesicht getreten, das ich nicht gleich deuten konnte, eine haarfeine Deformation der Züge.

Sie habe Gaus unter einem Dienstvorwand in die Bibliothek kommen lassen und dann zur Rede gestellt, sagte sie. Nachdem sie von mir erfahren habe, dass er für Mielkes Firma gearbeitet habe, sei ihr Bedürfnis, den Zersetzer zu stellen, übermächtig geworden. Ich hatte meine Gründe, erklärte sie, und du, Almut, warst nur einer davon. Die anderen habe ich selbst mitgebracht.

Was hast du zu ihm gesagt?, insistierte ich.

Alles, was ich durch dich weiß. Doch das quittierte er bloß mit maliziösem Schmunzeln. Worauf ich die Contenance verlor und ihn beschimpfte. Ich verwünschte ihn bis nach Nordkorea und warf ihm an den Kopf, einer wie er würde sogar seine Mutter, ja seinen eigenen Sohn verkaufen, wenn es der große Vorsitzende von ihm verlangte. Da war das maliziöse Lächeln weg, der Kerl lud sich komplett elektrisch auf, und dann bist du zur Tür hereingekommen.

Den eigenen Sohn verkaufen. Darum sein funkelnder Blick bei der gezischten Anspielung auf meine Vertrauenswürdigkeit, nachdem er mir vor Stunden erst die Schlüsselszene seiner Jugend erzählt hatte. Darum das Zucken seines Arms. Ohne es zu ahnen, hatte Madeleine ihn frontal in die tiefste Kränkung laufen lassen.

Was ist?, wollte sie wissen, da meine inneren Bilder mich vom Sprechen abhielten.

Nichts.

Worauf sie mit den Achseln zuckte und dazu überging, die Bücher auf dem Schreibtisch wieder aufzuschichten, die offenbar bei ihrem Streit mit Gaus vom Stoß gerutscht waren.

Ich stand vor der Bibliothek im Gang und war von zwei klar erkennbaren, widerstreitenden Gefühlen erfüllt: Ich spürte den Drang, Gaus zu versichern, sein Vertrauen nicht enttäuscht zu haben. Zugleich hatte ich Angst, ihm alleine zu begegnen. Der Widerspruch hinderte mich daran, meine Kabine oder das Beratungszimmer anzusteuern, also ging ich unschlüssig noch einmal in die Bibliothek zurück.

Madeleine saß auf ihrem Stuhl hinter dem Schreibtisch und sah mit Bittermandelblick vor sich hin. Die Bücher auf dem Tisch waren wieder ordentlich gestapelt. Alles chilenische Schriftsteller, sagte Madeleine beiläufig, begleitet von einer matten Handbewegung, weil wir jetzt ja nach Chile kommen.

Ich nahm das oberste Buch in die Hand und sah darunter ein Taschenbuch zum Vorschein kommen, hautfarben, mit dem Schwarz-Weiß-Bild einer älteren Frau mit freundlichen Augen auf dem Umschlag. Darüber in roter Schrift der Buchtitel: *Wenn du mich anblickst, werd' ich schön.*

Ohne um Erlaubnis zu bitten, schlug ich es auf und suchte unter Madeleines verwundertem Blick hastig nach dem Gedicht, das dem Buch seinen Namen gegeben hatte, aber es gab keines, das so hieß. Jedoch fand ich eines, das den Buchtitel als Verszeile enthielt. Sein Titel lautete: *Scham.*

Sebastian Doch, ich steigerte mich hinein. Mit Betrug wollte ich nichts zu tun haben, und als wäre das nicht genug, bildete ich mir auf einmal auch noch ein, an Linda den Geruch anderer Männer zu erkennen. Zumindest den von ihrem Mann. Es machte mich krank, dass es den Typen gab; gleichzeitig machte es mich verrückt, dass sie mir nichts über ihn erzählte. Ich war gnadenlos neugierig, wusste aber genau, dass jede einzelne Info reinknallen würde wie ein Geschoss.

Und dann sagte sie, ich wäre eifersüchtig.

Da bin ich ausgerastet.

Nicht schlimm oder so. Beziehungsweise, es hat gereicht. Ich hab sie bloß geschüttelt, aber sie ist sofort hysterisch geworden, hat geschrien wie am Spieß. Und in dem Moment, in dem ich losließ, hat sie mir eine gescheuert.

Sie war selber baff. Tat ihr gleich wieder leid. Hat mir über die Wange gestrichen, die wie Feuer brannte.

Tintin hat recht. Sie ist zu alt für mich. Sie hat Sachen drauf, bei denen ich nicht mitkomme. Dieses Hin und Her zum Beispiel. Ich will dich, ich will dich nicht. Oder das mit dem Betrug. Betrug ist was für Erwachsene, damit hab ich nichts am Hut.

Andererseits: Hatte ich nicht perfekt für sie gespielt? Und das danach … war das nicht vielleicht doch einen Schritt in Richtung Vollzeit-Erwachsener wert?

Almut In der Nacht, in meiner Kabine, legte ich das hautfarbene Buch aus der Hand und atmete in die Stille. Ich nahm die minimale Vibration der Schiffsbewegung wahr und wusste, dass ich mich gegen Gaus neu in Stellung bringen musste. Und nicht nur das. Ich musste endlich nach Antworten auf Fragen suchen, die in Patagonien akut geworden waren. Walter nach der Rückkehr mit seinem Verrat konfrontieren? Wie viel Energie soll ein Mensch in den schmutzigen Teil seiner Vergangenheit investieren? Wie sollte es nach der Fahrt auf diesem Schiff überhaupt weitergehen? Noch einmal 157 Tage in Gausens Dunstkreis, bis mir sogar das Lächeln des Blüthners verzerrt vorkäme? Ausgeschlossen. Bliebe die Rückkehr in die Stadt am Rhein, die mir nicht unsympathisch war, in der ich aber nicht heimisch wurde, weil in mir ein ewiges Leipzig steckte, umweht vom unablässigen Wind aus Warnemünde. Bliebe der tägliche Fußweg nach Hause, um die Schlacke des Klientenelends abzuschütteln, bliebe der Ärger über Kürzungen und QM. Schwer, sich dafür sehenden Auges zu entscheiden. Wann aber hatte ich überhaupt je selbst entschieden? Ich war doch stets nur geholt worden: von der Absolventenlenkung aus dem Elternhaus, von Walter in die Ehe, von Karin ins Frauenhaus und später in die Stadt am Rhein. Gaus schließlich lotste mich auf das Schiff.

Ganz anders Sebastian. Der war aus eigenem Entschluss gegangen. In Sachen Entscheidungsfreiheit machte er mir leicht was vor. Es war höchste Zeit für mich, vom Driften abzukommen und den Kurs selbst zu bestimmen. Allein.

Muss nur den Wind finden, damit die Jolle Fahrt aufnimmt, über die Demarkationslinie hinweg, ein letzter Blick noch auf die Mole und das hoch aufragende Hotel am Strand, und dann hinaus auf Gewässer, die nicht unter der Kuratel falscher Hoheiten schwappen, dachte ich und überließ mich der patagonischen Nacht.

Am nächsten Morgen saß ich Sebastian in der Mannschaftsmesse gegenüber. Die Morgensonne machte die Salzflecken auf dem Fenster sichtbar. Ich sah immer wieder hin, wie man auf Wolken schaut, um Figuren darin zu sehen. Ich suchte nach einem Fingerzeig, der mir helfen konnte, die Scham vor meinem Sohn zu überwinden.

Sebastian aß und schwieg. Söhne müssen unter den Augen ihrer Mütter nicht pausenlos reden.

Schließlich lehnte ich mich zurück, strich über die Druckstellen, die die Tischkante an den Unterarmen hinterließ.

Drei der Afrikaner haben das Schiff verlassen, stimmt's?, fragte ich. Was ist mit dem vierten, dem abgestürzten?

Du meinst Anthony?, fragte er zurück.

Ich zog die Schultern hoch.

Anthony ist okay.

Okay?

Es geht ihm besser. Linda sagt, solche Brüche heilen schnell.

Sebastian stand auf und füllte am Tresen seine Tasse. Er trank jetzt Kaffee. Das hatte er zu Hause nie getan. Als er sich wieder an den Tisch setzte, schob er den Teller von sich und wich meinem Blick nicht mehr aus.

Sebastian Als ich mit der zweiten Tasse Kaffee an den Tisch kam, lächelte sie leicht, ein bisschen wie bekümmert, und wir sahen uns lange an.

Sie sagte, sie müsse mir jetzt etwas über meinen Vater erzählen. Etwas, das mich erschrecken könnte.

Du meinst, dass er ein Verräter war?

Wie kommst du darauf? Woher weißt du das?

Na, er hat dich doch sitzen gelassen. Mit mir.

Ja, aber.

Wieso aber? Reicht das nicht? Ist das nicht Verrat genug?

Nachweise

Seite 52, 53
Aus: Gabriela Mistral, *Wenn du mich anblickst, werd' ich schön,* Gedichte, hg. von Wolfgang Eitel, aus dem chilenischen Spanisch von Albert Theile u. a., München: Piper Verlag 1991.

Seite 126
Aus: Lars Gustafsson, *Die Stille der Welt vor Bach,* hg. von Verena Reichel, aus dem Schwedischen von Hans Magnus Enzensberger u. a., München: Deutscher Taschenbuch Verlag 1984.

Seite 212
Aus: W. H. Hudson, *Müßige Tage in Patagonien,* aus dem Englischen von Rainer G. Schmidt, Butjadingen: Achilla Presse 2008.

Seite 218, 273
Aus: »Elternlied«, in: Franz Werfel, *Das lyrische Werk,* hg. von Adolf D. Klarmann, Frankfurt am Main: S. Fischer Verlag 1967.

Seite 250
Aus: »Vierhändig, noch einmal«, in: Theodor W. Adorno, *Gesammelte Schriften in 20 Bänden.* Band 17: Musikalische Schriften IV. Moments musicaux. Impromptus, Frankfurt am Main: Suhrkamp Verlag 2003.

Seite 397
Aus: Herman Melville, *Moby-Dick oder Der Wal,* aus dem Englischen von Matthias Jendis, München: Carl Hanser Verlag 2001.

Seite 406
Aus: Imre Kertész, *Dossier K. Eine Ermittlung,* Reinbek: Rowohlt Verlag 2006.

Uwe Timm im dtv

»Als Stilist und Erzähler sucht Uwe Timm in Deutschland seinesgleichen.«
Christian Kracht in ›Tempo‹

Heißer Sommer
Roman
ISBN 978-3-423-12547-5

Johannisnacht
Roman
ISBN 978-3-423-12592-5

Der Schlangenbaum
Roman
ISBN 978-3-423-12643-4

Morenga
Roman
ISBN 978-3-423-12725-7

Kerbels Flucht
Roman
ISBN 978-3-423-12765-3

Römische Aufzeichnungen
ISBN 978-3-423-12766-0

Die Entdeckung der Currywurst
Novelle
ISBN 978-3-423-12839-1
und dtv AutorenBibliothek
ISBN 978-3-423-19127-2

Nicht morgen, nicht gestern
Erzählungen
ISBN 978-3-423-12891-9

Kopfjäger
Roman
ISBN 978-3-423-12937-4

Der Mann auf dem Hochrad
Roman
ISBN 978-3-423-12965-7

Rot
Roman
ISBN 978-3-423-13125-4

Am Beispiel meines Bruders
ISBN 978-3-423-13316-6

Uwe Timm Lesebuch
Die Stimme beim Schreiben
Hg. v. Martin Hielscher
ISBN 978-3-423-13317-3

Der Freund und der Fremde
ISBN 978-3-423-13557-3

Halbschatten
Roman
ISBN 978-3-423-13848-2

Von Anfang und Ende
Über die Lesbarkeit der Welt
ISBN 978-3-423-14036-2

Freitisch
Novelle
ISBN 978-3-423-14152-9

Martin Hielscher
Uwe Timm
dtv portrait
ISBN 978-3-423-31081-9